# A PONTE de HAVEN

Outras obras da autora publicadas pela Verus Editora:

AMOR DE REDENÇÃO

A ESPERANÇA DE UMA MÃE

O SONHO DE UMA FILHA

A PONTE DE HAVEN

NO CAMINHO DO AMOR DE REDENÇÃO

UMA VOZ AO VENTO (VOL. 1 A MARCA DO LEÃO)

UM ECO NA ESCURIDÃO (VOL. 2 A MARCA DO LEÃO)

TÃO CERTO QUANTO O AMANHECER
(VOL. 3 A MARCA DO LEÃO)

# A PONTE de HAVEN

## FRANCINE RIVERS

**Tradução**
Cecília Camargo Bartalotti

3ª edição
Rio de Janeiro-RJ / São Paulo-SP, 2023

VERUS
EDITORA

**Editora**
Raïssa Castro

**Coordenadora editorial**
Ana Paula Gomes

**Copidesque**
Katia Rossini

**Capa**
Adaptação da original (© Jennifer Ghionzoli/Tyndale House Publishers)

**Fotos da capa**
Mulher e carro: Stephen Vosloo (© Tyndale House Publishers)
Árvores: © franckreporter/iStockphoto
Ponte: © Steve Knox

**Projeto gráfico**
André S. Tavares da Silva

**Diagramação**
Daiane Cristina Avelino

---

**Título original**
*Bridge to Haven*

ISBN: 978-85-7686-412-7

Copyright © Francine Rivers, 2014
Todos os direitos reservados.
Edição publicada mediante acordo com Browne & Miller Literary Associates, LLC.

Tradução © Verus Editora, 2015
Direitos reservados em língua portuguesa, no Brasil, por Verus Editora. Nenhuma parte desta obra pode ser reproduzida ou transmitida por qualquer forma e/ou quaisquer meios (eletrônico ou mecânico, incluindo fotocópia e gravação) ou arquivada em qualquer sistema ou banco de dados sem permissão escrita da editora.

As citações bíblicas na tradução para o português foram retiradas da *Bíblia de Jerusalém*. São Paulo: Paulinas, 1985.

**Verus Editora Ltda.**
Rua Argentina, 171, São Cristóvão, Rio de Janeiro/RJ, 20921-380
www.veruseditora.com.br

CIP-BRASIL. CATALOGAÇÃO NA FONTE
SINDICATO NACIONAL DOS EDITORES DE LIVROS, RJ

R522s

Rivers, Francine, 1947-
  A ponte de Haven / Francine Rivers ; tradução Cecília Camargo Bartalotti. - 3.ed. - Rio de Janeiro, RJ : Verus, 2023.
  23 cm

  Tradução de: Bridge to Haven
  ISBN 978-85-7686-412-7

  1. Romance americano. I. Bartalotti, Cecília Camargo. II. Título.

15-22923
CDD: 813
CDU: 821.111(73)-3

Revisado conforme o novo acordo ortográfico

*A meus filhos e netos,*
*Trevor, Travis, Rich, Brendan, William e Logan*

# 1

*Desde o seio tu és o meu apoio, tu és minha
parte desde as entranhas maternas.*

SALMOS 71,6

## 1936

Enchendo os pulmões com o ar fresco de outubro, o pastor Ezekiel Freeman iniciou sua rotina matinal. Ele definira a rota em um mapa, quando chegara à cidade. Cada casa lhe trazia pessoas à mente, e ele as apresentava diante do Senhor, dando graças pelas dificuldades que haviam superado, rezando pelas provações que agora enfrentavam e perguntando a Deus que papel ele poderia exercer para ajudá-las.

Dirigiu-se ao Colégio Thomas Jefferson. Passou pelo Eddie's Diner, o pequeno restaurante onde os estudantes gostavam de se reunir. As luzes estavam acesas lá dentro. Eddie veio até a porta.

— Bom dia, Zeke. Quer uma xícara de café?

Zeke sentou-se ao balcão enquanto Eddie preparava pilhas de hambúrgueres. Eles conversaram sobre o time de futebol do colégio e sobre quem poderia ganhar uma bolsa de estudos. Zeke lhe agradeceu pelo café e pela conversa e saiu de novo na rua ainda escura.

Atravessou a Main Street e caminhou ao lado dos trilhos do trem, em direção ao lugar onde andarilhos se reuniam. Viu uma fogueira acesa, aproximou-se dos homens sentados em volta dela e perguntou se podia se juntar a eles. Vários deles estavam na cidade havia tempo suficiente para já conhecer Zeke. Outros eram estranhos, homens que pareciam cansados e desgastados de andar pelo país, arrumando trabalhos temporários pelo caminho, vivendo apenas com o básico. Um jovem disse que tinha gostado do lugar e que esperava poder ficar. Zeke lhe informou que a madeireira ao norte da cidade estava procurando um carregador. Passou ao rapaz um cartão com seu nome e o endereço e telefone da igreja.

— Passe por lá quando quiser. Eu gostaria de saber como você está indo.

=====

Os grilos na grama alta e a coruja em um pinheiro ficaram em silêncio quando um carro entrou no Riverfront Park e estacionou perto dos banheiros. Uma jovem saltou do banco do motorista. A lua cheia iluminava o caminho o suficiente para ela saber onde pisava.

Gemendo de dor, ela se curvou e pousou a mão sobre a barriga enorme. As contrações vinham mais depressa agora, com menos de um minuto de intervalo. Ela precisava de abrigo, de algum lugar reservado para dar à luz. Cambaleou pelo escuro até o banheiro feminino, mas a porta estava trancada. Com um soluço abafado, ela se virou, olhando em volta.

Por que tinha ido tão longe? Por que não parara em algum hotel no caminho? Agora era tarde demais.

=====

A praça da cidade era a parada seguinte na rota de Zeke. Ele rezou pelos lojistas, pelos vereadores que tinham uma reunião à tarde na Câmara Municipal e pelos viajantes que se hospedavam no Hotel Haven. Ainda estava escuro quando ele caminhou pela Second Street e avistou o caminhão de hortaliças de Leland Dutcher, virando na entrada de uma viela ao lado do Mercado Gruening.

Todos o chamavam de Dutch, inclusive a esposa, que estava no hospital, enfrentando os estágios terminais de um câncer. Zeke sentara-se junto dela várias vezes e sabia que ela sofria mais pela falta de fé do marido que pela proximidade da morte.

— Eu sei para onde vou. Estou mais preocupada com onde Dutch vai acabar.

O homem trabalhava seis dias por semana e não via necessidade de passar o sétimo na igreja. Na verdade, estava furioso com Deus e não pretendia agradá-lo.

Os freios do caminhão chiaram brevemente quando ele parou. Dutch abriu a janela.

— Manhã fria para ficar perambulando pelas ruas, pastor. Tem uma namorada escondida em algum lugar por aí?

Ignorando o sarcasmo, Zeke enfiou as mãos frias nos bolsos.

— É a melhor hora para rezar.

— Bem, fogo do inferno e aleluia! Não vou atrapalhar seu trabalho. — Ele deu uma risada rouca.

Zeke aproximou-se mais.

— Estive com Sharon ontem.

Dutch expirou ruidosamente.

— Então sabe que ela não está indo muito bem.

— Sim, ela não está. — A menos que acontecesse um milagre, não lhe restaria muito tempo. Descansaria mais tranquilamente se não estivesse tão preocupada com o marido, mas dizer isso naquele momento só deixaria Dutch ainda mais hostil.

— Vá em frente, pastor. Convide-me para ir à igreja.

— Você já sabe que o convite está sempre aberto.

Dutch se desarmou um pouco.

— Ela anda atrás de mim há anos por causa disso. Mas, neste momento, tudo que sinto vontade de fazer é cuspir na cara de Deus. Ela é uma boa mulher, a melhor que já conheci. Se alguém merece um milagre, é Sharon. Diga-me, que ajuda Deus está dando a ela?

— O corpo dela vai morrer, Dutch, mas Sharon não. — O pastor percebeu a centelha de dor nos olhos do homem e soube que ele não estava preparado para ouvir mais nada. — Quer ajuda para descarregar o caminhão?

— Obrigado, mas acho que posso fazer isso sozinho. — Dutch engrenou a marcha, murmurou um palavrão e seguiu pela ruela.

═══

A criança saiu em um fluxo de quentura pegajosa, despejando-se de seu corpo, e a jovem soltou um suspiro de alívio. O aperto de ferro que a rasgava cessou, dando-lhe tempo para recuperar o fôlego. Ofegante nas sombras sob a ponte, ela ergueu os olhos para o céu estrelado, visível por entre os suportes de aço.

O bebê era pálido e perfeito sob o luar, deitado em um cobertor de terra. Estava escuro demais para enxergar se era menino ou menina, mas o que importava?

Com o corpo febril, a jovem tirou o fino blusão e estendeu-o sobre o bebê.

―――

Uma brisa fria estava soprando. Zeke puxou para cima o colarinho do casaco. Percorreu a Mason Street, atravessou a First e desceu a McMurray, de volta à Second, em direção ao Hospital Bom Samaritano. A ponte lhe veio à mente, mas ficava na outra direção. Nos meses de verão, ele a atravessava com frequência, até o Riverfront Park, especialmente quando o local estava cheio de visitantes, em barracas no pequeno camping adjacente.

Ninguém estaria acampado ali nessa época do ano, com a temperatura em declínio e a queda das folhas.

A escuridão estava se dissipando, embora ainda fosse demorar um pouco até o nascer do sol. Precisava voltar para casa, mas a ponte não lhe saía da cabeça. Zeke mudou de direção e tomou o rumo da ponte e do Riverfront Park.

Ele soprou as mãos. Devia ter vestido luvas naquela manhã. Parou na esquina, debatendo-se entre prosseguir naquela direção ou ir para casa. Sempre tomava um banho e fazia a barba antes de se sentar para o café da manhã com Marianne e Joshua. Ir à ponte agora o faria se atrasar para isso.

Mas, dentro dele, havia uma sensação de urgência. Alguém precisava de ajuda. Só levaria dez minutos para caminhar até lá, talvez menos se ele apressasse o passo. Não teria paz de espírito se não fosse.

―――

Tremendo violentamente, a jovem fechou a janela do carro, sabendo que nunca estaria livre de culpa e arrependimento. Sua mão estava trêmula quando girou a chave que havia deixado na ignição. Só queria ir embora daquele lugar. Queria cobrir a cabeça e esquecer tudo o que havia acontecido, tudo o que fizera de errado.

Virando o volante, pisou com força demais no acelerador. O carro derrapou para um lado, dando-lhe um frio na espinha. Ela corrigiu a manobra rapidamente, enquanto os pneus lançavam pedregulhos como balas pelo parque. Devagar, virou à direita, em direção à estrada principal, olhando em frente através das lágrimas. Seguiria na direção norte e encontraria um hotel barato. E, então, decidiria como se matar.

Pelas margens arenosas do rio e sob a ponte, uma brisa passava. Não mais protegido pelo calor do útero da mãe, o bebê abandonado sentia o frio cortante do mundo. Começou com um choro suave, que se tornou um lamento doloroso. O som se espalhou sobre as águas, mas nenhuma luz se acendeu nas casas junto ao rio.

=====

A estrutura de aço em treliça da ponte erguia-se acima das árvores. Zeke atravessou a velha estrada do rio e seguiu pelo caminho de pedestres sobre a ponte. Parou na metade e se inclinou sobre a grade lateral. O rio ondulava abaixo dele. Havia chovido alguns dias antes, deixando as margens lisas e compactas. O lugar estava deserto.

*Por que estou aqui, meu Deus?*

Zeke endireitou o corpo, ainda incomodado. Esperou mais um momento e, então, deu meia-volta. Hora de ir para casa.

Um gemido suave misturou-se aos sons do rio. O que seria aquilo? Segurando-se à grade, ele se inclinou e examinou as sombras dos pilares. O som veio outra vez. Ele atravessou a ponte rapidamente e desceu pela encosta gramada até o estacionamento. Seria um gatinho? As pessoas muitas vezes abandonavam ninhadas indesejadas na margem da estrada.

De novo ouviu o som, e dessa vez o reconheceu. Joshua fazia o mesmo ruído quando era bebê. *Um bebê, aqui?* Procurou pelas sombras, com o coração acelerado. Avistou pegadas. Desceu até a margem do rio e as seguiu pela areia até o cascalho sob a ponte. Os pedregulhos rangiam sob seus pés.

Escutou novamente, mais fraco dessa vez, mas tão perto que ele começou a prestar mais atenção no chão antes de cada passo. Franzindo a testa, intrigado, abaixou e pegou o que parecia um blusão abandonado.

— Meu Deus... — Um bebê estava ali, tão imóvel, tão pequeno, tão pálido que ele se perguntou se seria tarde demais. Uma menina. Zeke deslizou as mãos sob ela, que não pesava quase nada. Quando a ergueu, os bracinhos da criança se abriram como os de uma avezinha tentando voar e ela soltou um choro trêmulo.

Levantando-se depressa, Zeke abriu o casaco e os botões da camisa, a fim de colocar a bebê em contato com a pele. Respirou sobre o rosto da criança para aquecê-la.

— Chore, querida, chore o mais alto que puder. Agarre-se à vida agora. Está me ouvindo?

Zeke conhecia todos os atalhos e chegou ao Hospital Bom Samaritano antes de o sol nascer.

=====

Zeke voltou ao hospital no meio do dia, para visitar Sharon. Dutch estava com ela, parecendo triste e acabado. Ele segurava a mão frágil da esposa entre as suas e não falava nada. Zeke conversou com os dois. Quando Sharon lhe estendeu a mão, ele a pegou e rezou por ela e por Dutch.

Não podia ir embora sem passar pelo berçário. Não deveria ter se surpreendido ao ver Marianne em pé diante do vidro, com o braço sobre os ombros de Joshua, seu filho de cinco anos. Zeke sentiu ternura e orgulho. O filho era todo braços desengonçados, pernas longas e finas, joelhos protuberantes e grandes pés.

Joshua pôs as mãos no vidro.

— Ela é tão pequena, papai. Eu era pequeno assim? — A minúscula menininha dormia profundamente em um bercinho de hospital.

— Não, filho. Você pesava quatro quilos, era maior. — A expressão no rosto de Marianne o preocupou. Ele lhe tomou as mãos. — Vamos para casa, querida.

— Graças a Deus você a encontrou, Zeke. O que teria acontecido com ela se você não a encontrasse? — Marianne olhou para ele. — Devíamos adotá-la.

— Você sabe que não podemos. Vão encontrar alguém para ficar com ela. — Ele tentou levá-la embora.

Marianne não se moveu.

— Quem melhor do que nós?

Joshua concordou.

— Foi você que encontrou ela, papai. Achado não é roubado.

— Ela não é uma moeda encontrada na calçada, filho. Ela precisa de uma família.

— Nós somos uma família.

— Você sabe o que quero dizer. — Ele envolveu com a mão o rosto de Marianne. — Já esqueceu como é cuidar de um bebê recém-nascido?

— Posso muito bem fazer isso, Zeke. Sei que posso. Por que ela não poderia ser nossa? — Ela se afastou da mão dele. — Por favor, não me olhe assim. Eu sou mais forte do que você pensa. — Os olhos dela se encheram de lágrimas antes que pudesse desviá-los. — Olhe para ela. Isso não parte seu coração?

Ele olhou e seu coração amoleceu. Mas era preciso ser prático.

— Vamos embora.

Marianne apertou-lhe a mão.

— A religião pura e genuína aos olhos de Deus é demonstrada pelo cuidado com as viúvas *e os órfãos*.

— Não use a Escritura contra mim quando é você que estou tentando proteger.

Joshua levantou os olhos.

— Proteger do quê, papai?

— Nada. — Marianne lançou a Zeke um olhar de repreensão. — É só uma ideia que seu pai pôs na cabeça muito tempo atrás. Ele vai superar. Deus a colocou em seus braços, Zeke. Não me diga que não foi assim. — Marianne o fitou com olhos límpidos. — Temos nosso menino. Uma menininha deixaria tudo perfeito. Não é como eu sempre disse?

Era verdade. Marianne sempre desejara ter mais filhos, mas o médico a advertira de que seu coração, prejudicado pela febre reumática na infância, não era suficientemente forte para sobreviver a outra gravidez.

Zeke sentiu sua firmeza se dissolver.

— Marianne. Por favor, pare. — Ela demorara meses para se recuperar depois do nascimento de Joshua. Cuidar de outro recém-nascido seria um esforço excessivo para ela.

— Podemos ser pais adotivos. Vamos levá-la para casa assim que for possível. Se for excessivo, então... — Seus olhos ficaram úmidos. — Por favor, Zeke.

═══

Dez dias mais tarde, o dr. Rubenstein assinou os formulários de alta da bebê e a colocou nos braços de Marianne.

— Vocês serão ótimos pais adotivos.

Depois das três primeiras noites, Zeke começou a se preocupar. Marianne levantava-se a cada duas horas para alimentar a bebê. Quanto tempo levaria até que aquilo prejudicasse sua saúde? Mas, embora parecesse exausta, ela não poderia estar mais feliz. Sentada em uma cadeira de balanço, Marianne embalava a menina nos braços e a alimentava com uma mamadeira de leite aquecido.

— Ela precisa de um nome, Zeke. Um nome cheio de promessas e esperança.

— Abra significa Mãe das Nações — disse o pastor, antes de conseguir se conter.

Marianne riu.

— Você a queria desde o começo, não é? Não finja que não.

Como ele poderia não querer? Ainda assim, sentia uma pontada de medo.

— Somos pais adotivos, Marianne. Não se esqueça disso. Se as coisas ficarem muito difíceis para você, chamaremos a assistente social. Teremos que devolver Abra.

— Devolvê-la para quem? A assistente social quer que isto funcione. E eu não acho que exista alguém na cidade que queira tirá-la de nós agora. Você acha? — Peter Matthews, um professor da escola fundamental, e sua esposa Priscilla tinham expressado interesse também, mas, como haviam acabado de ter um bebê, concordaram que Abra deveria ficar com os Freeman, se eles conseguissem lidar com a situação.

Marianne pôs a mamadeira vazia de lado e levantou a bebê até o ombro.

— Precisamos economizar para poder fazer mais um quarto. Abra não será bebê por muito tempo. Ela passará do berço para uma cama normal. Precisará de um quarto só para ela.

Não havia como argumentar com Marianne. Todos os seus instintos maternos haviam entrado em ação, mas, a cada dia, cansavam-na um pouco mais. Tirar cochilos ao longo do dia ajudava, mas conseguir alguns minutos de sono aqui e ali não seria suficiente para mantê-la saudável. Já andava descabelada, pálida e com olheiras.

— Amanhã de manhã, você fica dormindo e eu a levo comigo.

— No escuro?

— Há muita iluminação na rua. E eu conheço a cidade como a palma da minha mão.

— Ela vai ficar com frio.

— Eu a enrolo bem. — Ele dobrou um cobertor em triângulo, amarrou-o em volta da cintura e do pescoço, tomou Abra dos braços de Marianne, acomodou-a e esticou o corpo. — Está vendo? Totalmente aconchegada. — E bem junto de seu coração, onde estivera desde o primeiro momento em que ele a vira.

Às vezes Abra reclamava quando ele a levava para suas caminhadas de manhã cedo, e então ele lhe cantava hinos.

— "Venho para o jardim sozinho, quando o orvalho ainda molha as rosas..." — Ela dormia por um tempo e se mexia quando Zeke parava no Eddie's Diner ou fazia uma pausa para falar com Dutch.

— Vocês foram muito bons de pegar essa pequena. Ela não é lindinha, com todo esse cabelo vermelho? — Eddie passava a ponta do dedo pelo rosto de Abra.

Mesmo o endurecido Dutch sorria quando se inclinava na janela do caminhão para olhá-la.

— Parece um anjinho. — Ele se retraiu. — Sharon e eu sempre quisemos filhos. — Ele disse isso como se fosse mais um ponto negativo contra Deus. Sharon havia morrido, e Zeke sabia que ele estava sofrendo. Quando os dedinhos de Abra se fecharam sobre o dedo mínimo de Dutch, ele pareceu prestes a chorar. — Quem abandonaria um bebê debaixo de uma ponte, pelos céus? Que bom que aconteceu de você passar por lá.

— Não foi acidente eu ir até lá naquela manhã.

— Como assim? — O motor do caminhão de Dutch zumbia em ponto morto.

— Eu me senti impelido a ir. Deus às vezes faz essas coisas.

Dutch fez uma expressão de dor.

— Não vou fazer especulações. Não há dúvida de que essa menininha precisava de alguém naquela manhã, ou estaria morta e enterrada agora. — *Como Sharon*, seus olhos diziam.

— Se tiver vontade de conversar, Dutch, é só me ligar.

— É melhor você desistir de mim.

— Sharon não desistiu. Por que eu desistiria?

À medida que crescia, Abra dormia mais tempo seguido entre as mamadas e Marianne podia descansar mais. Mesmo assim, Zeke não deixou de carregá-la consigo em suas caminhadas.

— Vou fazer isso até que ela esteja dormindo a noite inteira. — Ao acordar a cada manhã, antes do despertador, ele se vestia e espiava pela porta do quarto das crianças, encontrando Abra bem desperta, esperando por ele.

======

## 1941

Até as exigências de uma criança tranquila podem desgastar alguém, e Zeke via os resultados em Marianne.

Quando ele chegou em casa, em uma tarde de junho, e encontrou a esposa dormindo no sofá enquanto Abra, agora com quatro anos, mergulhava a boneca repetidamente no vaso sanitário, soube que as coisas precisariam mudar.

— Você está exausta.

— Abra é mais rápida que o meu pensamento.

— Você não pode continuar assim, Marianne.

Outros na congregação também haviam notado como Marianne parecia cansada e expressaram preocupação. Priscilla Matthews veio lhes falar em um domingo, depois do culto. Seu marido havia montado porteirinhas para que sua menina de quatro anos, Penny, não pudesse escapar da sala.

— A casa inteira é um grande parque de diversões agora, Marianne. Eu desisti e embalei tudo o que fosse quebrável. Por que você e Zeke não trazem Abra algumas tardes por semana? Poderão descansar sem preocupações ou interrupções por algumas horas.

Marianne resistiu, mas Zeke insistiu que seria a solução perfeita.

———

Zeke comprou madeira, pregos, papel alcatroado e telhas e começou a trabalhar em um quarto nos fundos da casa. Joshua, com nove anos, sentava-se sobre as tábuas, mantendo-as estáveis enquanto Zeke serrava. Um dos paroquianos puxou a fiação para a eletricidade. Outro construiu uma cama com gavetões e o ajudou a instalar janelas voltadas para o quintal.

Embora o pastor não estivesse tão entusiasmado com a ideia de seu filho mudar para um quarto estreito, adaptado na varanda dos fundos, Joshua adorou seu "forte". Seu melhor amigo, Dave Upton, veio passar a noite, mas o cômodo era tão pequeno que Zeke acabou montando uma barraca para eles no gramado dos fundos. Quando voltou para dentro, ele desabou em sua poltrona.

— O forte é muito pequeno.

Marianne sorriu, com Abra aconchegada a seu lado na outra poltrona e um livro de histórias da Bíblia aberto.

— Não ouvi Joshua reclamar. Os meninos parecem muito felizes, Zeke.

— Por enquanto. — Se Joshua puxasse ao pai e aos tios de Iowa, ficaria grande demais para o espaço antes de chegar ao colegial.

Zeke ligou o rádio e examinou a correspondência. O rádio só trazia más notícias. Hitler ficava cada vez mais ambicioso. O insaciável Führer continuava mandando aviões para oeste através do canal da Mancha, a fim de bombardear a Inglaterra, enquanto suas tropas invadiam as fronteiras da Rússia, a leste. Charles Lydickson, o banqueiro da cidade, dizia que seria apenas questão de tempo até que os Estados Unidos entrassem na guerra. O oceano Atlântico não representava nenhuma proteção, com todos aqueles submarinos alemães rondando, ansiosos para afundar navios.

Zeke agradeceu a Deus por Joshua ter apenas nove anos, mas em seguida se sentiu culpado, sabendo quantos outros pais tinham filhos que logo poderiam estar partindo para a guerra.

Quando Marianne terminou de ler a história de Davi e Golias, aconchegou Abra mais perto de si. A criança estava semiadormecida, e Marianne parecia cansada demais para se levantar. Quando tentou, Zeke se ergueu da cadeira.

— Deixe que eu a levo para a cama hoje. — Ele tirou Abra do lado de Marianne. A criança se derreteu junto ao corpo dele, com a cabeça em seu ombro, o polegar na boca.

Ele puxou as cobertas sobre a menina, pressionou o cobertor em volta dela para deixá-la bem aconchegada e inclinou a cabeça. Ela juntou as mãos em oração e Zeke pôs as suas em torno das dela.

— Pai nosso, que estais no céu... — Quando terminaram, ele se inclinou e a beijou. — Durma bem.

Antes que pudesse se levantar, ela prendeu os braços em torno de seu pescoço.

— Eu te amo, papai. — Ele disse que a amava também, beijou-lhe o rosto e a testa e saiu do quarto.

Marianne parecia exausta. O rosto do pastor expressou apreensão. Ela meneou a cabeça, sorrindo de leve.

— Estou bem, Zeke. Só cansada. Não há nada errado comigo que uma boa noite de sono não cure.

Zeke soube que isso não era verdade quando ela tentou se levantar e oscilou ligeiramente. Ela a ergueu nos braços e a carregou para o quarto, depois sentou na cama com ela no colo.

— Vou chamar o médico.

— Você sabe o que ele vai dizer. — Ela começou a chorar.

— Precisamos começar a fazer outros planos. — Ele não teve coragem de dizer de outra maneira, mas ela sabia o que aquilo significava.

— Eu não vou desistir de Abra.
— Marianne...
— Ela precisa de mim.
— *Eu* preciso de você.
— Você a ama tanto quanto eu, Zeke. Como pode sequer pensar em dá-la?
— Nunca deveríamos tê-la trazido para casa.

Zeke embalou a esposa no colo por um momento, depois a ajudou a tirar o robe de chenile e a acomodou na cama. Beijou-a e apagou a luz antes de fechar a porta.

Quase tropeçou em Abra, sentada de pernas cruzadas no corredor, com seu ursinho de pelúcia apertado contra o peito e o polegar na boca. Sentiu um sobressalto de inquietação. Quanto ela teria ouvido?

Ele a ergueu nos braços.

— Você devia estar na cama, pequenina. — Ele a aconchegou sob as cobertas de novo e lhe deu uma batidinha no nariz. — Fique aqui, quietinha desta vez. — Zeke a beijou. — Durma.

Afundando-se na poltrona na sala de estar, ele apoiou a cabeça nas mãos. *Será que eu entendi mal, Senhor? Eu permiti que Marianne me convencesse, quando seus planos para Abra eram outros? O Senhor sabe quanto eu amo as duas. O que faço agora, Senhor? Meu Deus, o que faço agora?*

===

Abra estava sentada no banco da frente, tremendo de frio, enquanto mamãe praticava hinos ao piano, embora papai tivesse ligado a caldeira para que o santuário ficasse aquecido para o culto do dia seguinte. Mitzi dissera que, sem o aquecedor ligado e funcionando corretamente, "a igreja cheirava tão úmida e mofada quanto um cemitério". Abra respondera que não sabia como era o cheiro de cemitério, e Mitzi falara:

— Não olhe para mim assim, garotinha. O único jeito de eu ir até lá é carregada dentro de uma caixa de pinho.

A chuva batia no telhado e nas janelas. Papai estava examinando as anotações do sermão no pequeno escritório que dava para o átrio. Joshua tinha saído com seu uniforme de escoteiro para vender árvores de Natal na praça da cidade. O Natal estava a menos de três semanas. Mamãe tinha deixado Abra ajudar a fazer biscoitos de gengibre para os doentes e a montar o presépio sobre a lareira. Papai e Joshua puseram luzes na frente da casa. Abra gostava de ir até o portão depois do jantar e olhar a casa toda iluminada.

Mamãe fechou o hinário, deixou-o de lado e levantou-se.

— Pronto, querida, sua vez de praticar. — Abra pulou do banco e subiu correndo os degraus até o piano. Mamãe tentou levantá-la para sentar no banquinho, mas parou no meio, deu um passo para o lado e apoiou a mão pesadamente sobre o piano, enquanto a outra tocava o peito. Ofegou por um momento, depois sorriu em encorajamento e colocou uma partitura para iniciantes no suporte. — Treine as escalas primeiro, depois toque "Noite feliz". Consegue fazer isso?

Geralmente, mamãe ficava em pé ao lado dela. Exceto quando não se sentia bem.

Abra adorava tocar piano. Era sua atividade favorita. Tocou as escalas e acordes, embora fosse difícil alcançar todas as notas ao mesmo tempo. Praticou "Noite feliz", "O Little Town of Bethlehem" e "Away in a Manger". Cada vez que terminava uma, mamãe dizia que estava muito bom e Abra se sentia aquecida por dentro.

Papai entrou no santuário.

— Acho que é hora de irmos embora. — Ele pôs um braço em torno da mamãe e a ajudou a se levantar. Decepcionada, Abra fechou a tampa do piano e os seguiu em direção ao carro. Mamãe se desculpou por estar tão cansada, e papai disse que ela ficaria bem após algumas horas de descanso.

Mamãe protestou quando papai a carregou para dentro de casa. Ele se sentou com ela no quarto por alguns minutos, depois veio para a sala.

— Brinque em silêncio, Abra, e deixe Marianne dormir um pouco. — Assim que ele voltou para o carro, Abra foi ao quarto da mamãe e do papai e subiu na cama.

— Esta é a minha menina — mamãe disse e a abraçou.

— Você está doente outra vez?

— Shhh. Não estou doente. Só cansada, só isso. — Ela adormeceu, e Abra ficou com ela até ouvir o carro chegando. Então deslizou da cama e correu até a sala de estar para olhar pela janela. Papai estava desamarrando uma árvore de Natal do alto do velho Plymouth cinza.

Com um gritinho de alegria, Abra abriu a porta da frente e desceu correndo os degraus. Ela batia palmas, saltitando.

— É tão grande!

Joshua entrou pela porta dos fundos, com as faces coradas de frio, mas os olhos brilhando. As vendas de árvores de Natal tinham ido bem. Se o grupo angariasse dinheiro suficiente naquele ano, todos iriam para o Acampamento Dimond-O, perto de Yosemite. Se não conseguissem, Joshua já havia conversado com os Weir e os McKenna, vizinhos da rua, para que o contratassem para cortar a grama.

— Eles concordaram em me pagar cinquenta centavos por semana. Dá quatro dólares por mês! — Parecia muito dinheiro. — Vou economizar o suficiente para pagar o acampamento eu mesmo.

Depois do jantar, mamãe insistiu em lavar os pratos e disse ao papai para ir abrindo as caixas de enfeites e começar a montar a árvore. Ele desemaranhou os fios e enrolou as luzes na árvore. Então as acendeu antes de começar a desembalar os enfeites e entregá-los, um por um, para que Joshua e Abra os pendurassem.

— Cuide dos ramos mais altos, filho, e deixe a metade inferior para Abra.

Algo caiu na cozinha. Assustada, Abra derrubou um enfeite de vidro, enquanto papai se levantava depressa e corria para lá.

— Marianne? Você está bem?

Trêmula, Abra abaixou para recolher os pedaços do enfeite que havia quebrado, mas Joshua se colocou ao lado dela.

— Cuidado. Deixe que eu faço isso. Você pode se cortar. — Quando ela começou a chorar, ele a abraçou. — Está tudo bem. Não chore.

Abra se agarrou a ele, com o coração batendo forte enquanto ouvia papai e mamãe discutindo. Eles tentavam falar baixo, mas ela os escutava. Ouviu o barulho da vassoura e de algo sendo jogado no cesto de lixo sob a pia. A porta se abriu e mamãe apareceu, com o sorriso sumindo do rosto.

— O que aconteceu?

— Ela quebrou um enfeite.

Papai pegou Abra no colo.

— Você se cortou? — Ela sacudiu a cabeça. Papai lhe deu um tapinha no traseiro. — Então não há razão para ficar nervosa. — Ele a abraçou rapidamente e a pôs no chão outra vez. — Vocês dois, terminem de decorar a árvore enquanto eu acendo a lareira.

Mamãe ligou o rádio e encontrou uma estação de músicas. Acomodando-se na poltrona, pegou no cesto um trabalho de tricô. Abra subiu na cadeira com ela. Mamãe a beijou no alto da cabeça.

— Não quer pôr mais enfeites na árvore?

— Quero ficar aqui com você.

Papai olhou por sobre o ombro enquanto preparava a lareira. Sua expressão era sombria.

═══

O domingo estava frio, mas a chuva tinha parado. Casais se aglomeravam dentro do salão da igreja com seus filhos, conduzindo-os para a escola dominical antes de se dirigirem ao santuário para o culto. Abra avistou Penny Matthews e correu na frente de mamãe. Quando a alcançou, elas deram as mãos e se dirigiram, juntas, para a classe.

Depois da escola dominical, a sra. Matthews veio pegar Penny. Mamãe ajudou Mitzi a lavar e enxugar os pratos de biscoitos. Papai conversava com os últimos a ir embora. Depois que todos se foram, a família voltou para o santuário. Mamãe arrumou os hinários e juntou os folhetos deixados nos bancos. Papai guardou os reluzentes candelabros de bronze e as bandejas de oferendas. Abra sentou no banco do piano, balançando as pernas e tocando acordes.

A porta da igreja abriu-se de repente, e um homem entrou, apressado. Mamãe endireitou o corpo e levou uma das mãos ao coração.

— Clyde Eisenhower, o que foi isso? Você quase me matou de susto.

O homem estava afogueado e inquieto.

— Os japoneses bombardearam uma de nossas bases navais no Havaí!

Assim que chegaram em casa, papai ligou o rádio. Tirou o terno e o pendurou no encosto de uma cadeira na cozinha, em vez de guardá-lo no armário do quarto, como sempre fazia. "... *os japoneses atacaram Pearl Harbor, no Havaí, pelo ar, conforme o presidente Roosevelt acabou de anunciar. O ataque também aconteceu em todas as atividades navais e militares na ilha principal de Oahu...*" A voz no rádio soava preocupada.

Mamãe desabou em uma cadeira da cozinha. Papai fechou os olhos e baixou a cabeça.

— Eu sabia que isso ia acontecer.

Mamãe ajudou Abra a subir em seu colo e ficou em silêncio, escutando a voz que continuava falando e falando sobre bombardeios e navios afundados e homens morrendo queimados. Mamãe começou a chorar, e isso fez Abra chorar também. Ela a abraçou com mais força e a embalou.

— Está tudo bem, querida. Está tudo bem.

Mas Abra sabia que não estava.

Mitzi abriu a porta com um gesto amplo.

— Ora, se não é minha garotinha favorita! — Ela jogou a ponta do xale sobre o ombro e abriu os braços. Rindo, Abra a envolveu com os dela. — Quanto tempo vou poder ficar com você desta vez?

— Pelo tempo que quiser — mamãe disse, seguindo-as para a sala de estar.

Abra gostava de ficar com Mitzi. Havia enfeites por toda a sala, e ela não se importava que Abra os pegasse para olhar. Às vezes, fazia café e até enchia uma xícara para Abra, deixando-a colocar creme e tanto açúcar quanto quisesse.

Mitzi se preocupou.

— Você parece terrivelmente cansada, Marianne.

— Vou para casa agora e dormir bastante.

— Isso mesmo, querida. — Mitzi beijou-a no rosto. — Não se esforce tanto.

Mamãe se inclinou e deu um abraço em Abra. Beijou-a nas faces e passou a mão por seus cabelos enquanto se levantava.

— Seja boazinha com Mitzi, meu bem.

Mitzi levantou o queixo.

— Comece a caçada — disse a Abra. Mitzi acompanhou mamãe até a porta da frente, onde elas conversaram por alguns minutos enquanto Abra andava pela sala, procurando sua peça favorita: um reluzente cisne de porcelana com um filhote feio ao lado. Ela o encontrou em uma mesa de canto, sob uma estola de penas.

Mitzi voltou para a sala.

— Encontrou tão depressa. — Ela o colocou no console da lareira. — Tenho que encontrar um lugar melhor para escondê-lo na próxima vez. — Esfregando as mãos, cruzou os dedos e estalou as juntas. — Que tal um pouco de música de salão? — Ela se sentou ao velho piano vertical e martelou uma melodia alegre. — Depois que você aprender a tocar Bach, Beethoven, Chopin e Mozart, vou lhe ensinar a tocar as coisas divertidas. — Suas mãos voavam de um lado para o outro. Ela se levantou, empurrando o banquinho para o lado, e continuou tocando, levantando um pé, depois o outro, em chutes desengonçados. Abra riu e a imitou.

Mitzi endireitou o corpo.

— Isso foi só um aperitivo. — Jogou a ponta do xale para trás outra vez e ergueu o queixo, com o rosto sisudo. — Agora precisamos ser sérias. — Ela se afastou e fez um gesto animado com a mão para que Abra se sentasse no banquinho. Rindo, a menina assumiu sua posição enquanto Mitzi punha uma partitura no suporte. — Beethoven um pouco simplificado é o prato do dia.

Abra tocou até o relógio sobre a lareira marcar quatro horas. Mitzi olhou para o relógio de pulso.

— Que tal brincar com minhas roupas um pouco? Tenho que dar um telefonema.

Abra deslizou do banquinho.

— Posso olhar suas joias?

— Claro que pode, querida. — Mitzi acenou em direção ao quarto. — Olhe no guarda-roupa; procure nas gavetas também. Experimente o que quiser.

Abra encontrou uma arca do tesouro de bugigangas e contas brilhantes. Colocou um par de brincos de strass e um colar comprido de contas de vidro vermelhas. Acrescentou outro de pérolas e mais um, de contas muito pretas. Gostou do peso de ostentação e glória em volta do pescoço. Ao ver o estojo de blush de Mitzi, esfregou um pouco em cada face, depois usou o lápis de sobrancelha. Escolheu o batom vermelho mais escuro da coleção de Mitzi. Abrindo bem a boca, imitou uma das mulheres que tinha visto no banheiro da igreja e espalhou o batom.

Procurou no meio da maquiagem e passou pó nas faces, tossindo quando uma nuvem de cheiro adocicado a envolveu.

— Tudo bem aí? — Mitzi chamou do outro cômodo.

Diante do espelho, movendo as mãos em torno do rosto, Abra respondeu que estava muito bem e voltou ao guarda-roupa de Mitzi. Colocou um chapéu de aba larga com um grande laço vermelho e encontrou um xale preto com flores bordadas e uma franja longa. Mitzi tinha muitos sapatos. Abra sentou, desamarrou os tênis e calçou um par de sapatos vermelhos de salto alto.

— Ah, não! — Mitzi entrou depressa e segurou a mão de Abra. — O pastor Zeke está vindo buscar você. Tenho que limpá-la antes que ele chegue aqui. — Ela riu enquanto tirava o grande chapéu e o lançava para dentro do armário, depois soltou o xale. — Um admirador me deu isso quando eu cantava em um cabaré em Paris, cento e cinquenta anos atrás.

— O que é cabaré?

— Ah, esqueça que eu falei isso. — Mitzi jogou o xale sobre a colcha cor-de-rosa de chenile. — E esses velhos colares! Caramba. Quantos você colocou? Estou surpresa por ainda estar em pé com todo esse peso. Venha, agora. Para o banheiro. — Mitzi espalhou um creme fresco no rosto de Abra e depois o removeu. Deu risada. — Você parece uma palhacinha com essas sobrancelhas pretas e os lábios vermelhos. — E riu outra vez, esfregando as faces de Abra até elas formigarem.

A campainha tocou.

— Bom, melhor que isso não fica. — Ela largou a toalha, arrumou o vestido de Abra, ajeitou os cabelos dela com os dedos e lhe deu um tapinha no rosto. — Você está bem elegante, docinho. — Depois tomou-lhe a mão e elas voltaram para a sala. — Espere bem aqui. — Mitzi foi até a porta e abriu calmamente. — Entre, pastor Zeke.

Papai deu uma olhada em Abra e levantou as sobrancelhas. Torceu a boca e olhou de soslaio para Mitzi.

— Hummm.

Mitzi uniu as mãos nas costas e sorriu, toda inocência.

— Ponha a culpa em mim, Zeke. Eu disse a ela para pegar o que quisesse em meu quarto enquanto ligava para Marianne. Esqueci-me de todas as tentações. Marianne parecia tão cansada que eu lhe disse que ligaria para você. Achei que não chegaria antes das cinco.

Papai estendeu a mão.

— Hora de ir, Abra.

Mamãe estava dormindo no sofá. Ela acordou, mas papai lhe disse para descansar, que ele arrumaria o jantar. Ele disse a Abra para brincar em silêncio. Joshua entrou pela porta dos fundos e conversou com papai. O telefone tocou. Pela primeira vez que Abra podia lembrar, papai o ignorou.

Mamãe parecia melhor quando todos se sentaram para jantar. Papai pronunciou as bênçãos. Todos conversaram sobre o dia. Joshua tirou e lavou os pratos. Abra tentou ajudar, mas ele a dispensou.

— É mais rápido se eu fizer sozinho.

Mamãe foi para a cama cedo. Assim que papai pôs Abra para dormir, foi deitar também. A menina ficou acordada, ouvindo o som baixo das vozes. Passou-se um longo tempo antes que ela adormecesse.

Abra acordou no escuro e ouviu a porta da frente se fechar. Papai tinha saído para suas orações antes do amanhecer. Ela se lembrava de quando ele a levava nessas caminhadas e desejou que ainda fosse assim.

A casa ficava fria e escura quando ele saía, mesmo com mamãe no quarto ao lado e Joshua em seu forte. Ela afastou as cobertas e foi, na ponta dos pés, até o quarto dos pais. Mamãe se mexeu na cama e levantou a cabeça.

— O que foi, meu amor?

— Estou com medo.

Mamãe levantou as cobertas. Abra subiu na cama e entrou embaixo delas. Ela a abraçou, cobriu ambas e a trouxe para bem perto de si. Abra se aconchegou no calor da proximidade, sentindo-se sonolenta. Acordou quando mamãe fez um som estranho, um gemido baixo, e murmurou:

— Agora não, Senhor. Por favor. Agora não. — Gemeu de novo e seu corpo se enrijeceu. Ela virou de costas na cama.

Abra virou-se para ela.

— Mamãe?

— Durma, meu bem. Volte a dormir. — Sua voz era tensa, como se estivesse falando entre dentes. Fez um som de soluço, depois soltou uma respiração longa e relaxou.

— Mamãe? — Quando ela não respondeu, Abra chegou mais perto e se encolheu a seu lado.

A menina acordou abruptamente, ao toque de mãos frias e fortes que a levantavam.

— De volta para a cama, Abra — papai sussurrou. O ar frio a fez estremecer. Envolvendo-se com os próprios braços, ela olhou por sobre o ombro enquanto caminhava em direção à porta.

Papai contornou a cama.

— Dormindo até mais tarde esta manhã? — Seu tom de voz era suave e amoroso, enquanto se inclinava para beijar mamãe. — Marianne? — Ele endireitou o corpo e acendeu a luz. O nome dela saiu então em um grito rouco, quando ele afastou as cobertas e a levantou.

Mamãe pendeu nos braços de papai, mole como uma boneca de pano, com a boca e os olhos abertos.

Ele se sentou na cama, balançando-a para frente e para trás enquanto soluçava.

— Ah, Deus, não... não... *não*.

# 2

*O Senhor o deu, o Senhor o tirou.
Bendito seja o nome do Senhor!*

JÓ 1,21

Joshua estava sentado no banco da frente da igreja, olhando para o pai com a visão nublada pelas lágrimas. Abra estava ao lado dele, com o corpo rígido, as lágrimas escorrendo pelas faces pálidas. Quando ele segurou a mão dela, sentiu dedos gelados apertarem os seus. Os bancos atrás deles estavam lotados de gente, alguns chorando baixinho. A voz de papai falhou, e Joshua apertou os olhos, derramando as próprias lágrimas. Papai ficou parado em pé por um momento, com a cabeça baixa, em silêncio. Alguém soluçou, e Joshua não soube se o som fora emitido por ele mesmo ou por Abra.

O sr. e a sra. Matthews levantaram-se da fileira logo atrás deles e sentaram-se cada um de um lado de Joshua e Abra. Penny comprimiu-se entre sua mãe e Abra e segurou a mão da amiga. O sr. Matthews pôs o braço sobre o ombro de Joshua.

Papai levantou a cabeça devagar e olhou para eles.

— É muito difícil dizer adeus a alguém que se ama, mesmo sabendo que voltaremos a vê-la. Marianne foi uma esposa e mãe maravilhosa. — Falou sobre como eles se conheceram ainda na infância, nos tempos de fazenda em Iowa. Falou de como eram jovens quando se casaram, e como eram pobres, mas felizes. Falou sobre a família que Joshua não conheceu, porque eles moravam tão longe. Haviam enviado uma coroa de flores. A voz de papai ficou mais baixa e mais tensa. — Se alguém quiser dizer uma palavra ou compartilhar uma história sobre Marianne, por favor, esteja à vontade.

Uma após outra, as pessoas se levantaram. Mamãe tinha muitos amigos, e todos eles tinham coisas boas a dizer. Uma senhora disse que Marianne era uma guerreira da oração. Outra disse que ela era uma santa. Vários velhos paroquianos lembraram que ela lhes levara, mais de uma vez, ensopados e tortas caseiras.

— Ela também trazia a pequena junto. Era uma alegria.

Uma jovem mãe levantou-se com seu bebê nos braços e disse que Marianne sempre encontrava uma maneira de trazer o Senhor para suas conversas.

A congregação ficou em silêncio. Ninguém se movia. Mitzi se levantou. Seu filho, Hodge Martin, disse algo, mas ela se esgueirou pelo corredor lateral e foi para a frente da igreja. Assoou o nariz enquanto caminhava e enfiou o lenço na manga do blusão. Subiu os três degraus e sentou-se ao piano. Sorriu para papai, ainda em pé no púlpito.

— Minha vez, Zeke.

Ele assentiu com a cabeça.

Mitzi olhou para Joshua, depois fixou os olhos em Abra.

— Na primeira vez que Marianne trouxe Abra para uma aula de piano, eu me perguntei por que ela mesma não lhe ensinava. Todos nós sabemos como ela tocava bem. Ela disse que nunca havia aprendido a tocar outra coisa além de hinos e queria que Abra aprendesse todo tipo de música. Perguntei o que ela gostava mais, e ela me surpreendeu. — Posicionando as mãos sobre o teclado, Mitzi levantou os olhos. — Isto é para você, querida. Espero que esteja dançando aí em cima.

Batendo os pés algumas vezes, Mitzi marcou o ritmo, depois iniciou "Maple Leaf Rag".

Hodge Martin afundou no banco e cobriu o rosto. Alguns pareceram chocados, mas papai riu. Joshua riu também, enxugando as lágrimas do rosto. Quando Mitzi terminou, olhou para papai, com o rosto mais suave, e começou a tocar um dos hinos favoritos de mamãe. Ele fechou os olhos e cantou: "Jesus vive e eu também viverei. Morte, teu aguilhão se foi para sempre..."

As pessoas foram aderindo uma a uma, até que toda a congregação estava cantando.

"Ele, por mim, se dignou a morrer, vive para romper as cadeias da morte."

Papai desceu os degraus e Peter Matthews, vestido com um terno preto, levantou-se, apertou o ombro de Joshua e uniu-se aos outros que carregavam o caixão. Toda a congregação se levantou e continuou a cantar.

"Ele me ressuscitará do pó. Jesus é minha esperança e confiança."

Joshua tomou a mão de Abra, e eles seguiram papai e os homens que carregavam mamãe no caixão até o carro fúnebre, estacionado em frente.

===

Três semanas depois do funeral de mamãe, o carro morreu, com um alto som metálico e um solavanco, no meio da rua. Papai saiu e abriu o capô para examinar, enquanto Abra ficava sentada no banco da frente, esperando. Depois de alguns minutos, ele bateu o capô com o rosto tenso e abriu a porta do carro.

— Venha, Abra. Vamos ter que andar até a escola.

Estava frio, e a respiração dela saía em nuvens de vapor, mas ela se aqueceu rapidamente ao acompanhar os passos longos de papai. Queria não ter de ir para a escola. Ficara em casa por uma semana depois que mamãe morrera e, quando voltou, um dos meninos a provocou chamando-a de bebê chorão, até que Penny lhe disse para calar a boca, que ele também choraria se a mãe morresse e ele estivesse bem do lado dela quando isso acontecesse, e ela sabia disso porque sua mãe lhe falou. No dia seguinte, outra menina, no parquinho, disse que Abra nunca teve mãe e que o pastor Zeke a encontrou debaixo de uma ponte onde as pessoas abandonam gatinhos que não querem.

Abra tropeçou e quase caiu, mas papai a segurou pela mão.

— Posso ir para a igreja com você?

— Você tem que ir para a escola.

As pernas dela doíam, e ainda faltavam muitos quarteirões.

— Vamos ter que voltar para casa a pé?

— Provavelmente. Quando você estiver cansada demais para andar, eu a carrego.

— Pode me carregar agora?

Ele a levantou, apoiando-a sobre o quadril.

— Só por um quarteirão. É o suficiente para descansar.

Abra encostou a cabeça no ombro dele.

— Estou com saudade da mamãe.

— Eu também.

Papai não a pôs no chão até estarem a um quarteirão da escola. Agachando-se, ele a segurou pelos ombros.

— A sra. Matthews vai levá-la para a casa dela com Penny esta tarde. Eu passo para pegar você às cinco e quinze.

O lábio dela tremeu.

— Eu quero ir para casa.

— Não discuta, Abra. — Ele a beijou no rosto. — Preciso fazer o que é melhor para você, quer gostemos ou não. — Quando ela começou a chorar, ele a abraçou. — Por favor, não chore. — A voz dele soou sufocada por lágrimas. — As coisas já estão suficientemente ruins sem você chorando o tempo todo. — Ele passou o dedo pelo nariz de Abra e levantou-lhe o queixo. — Vá para a classe agora.

Quando a aula terminou, a sra. Matthews estava esperando na porta da sala, conversando com a mãe de Robbie Austin. Ela parecia triste e séria até vê-las.

— Aí estão minhas meninas! — Beijou primeiro o rosto de Penny, depois o de Abra. — Como foi o dia? — Penny ficou falando sem parar enquanto elas caminhavam para o carro. — Entrem as duas. — A sra. Matthews deixou que ambas se acomodassem na frente, Abra no meio. Penny continuava falando do outro lado.

A casa cheirava a cookies recém-assados. A sra. Matthews havia arrumado a mesa de canto para um lanche. Elas tomaram suco de maçã e comeram cookies. Abra começou a se sentir melhor.

Penny tinha uma cama de dossel com uma colcha cor-de-rosa de chenile, uma cômoda branca e paredes cobertas de flores rosa e brancas. Sob a janela de mansarda, havia um banco acolchoado que dava vista para o jardim frontal. Enquanto Penny remexia em sua caixa de brinquedos, Abra sentou no banco junto à janela e ficou olhando para o gramado e a cerca de estacas. Lembrou como rosas vermelhas cobriam o caramanchão no verão. Mamãe adorava rosas. Abra sentiu um nó crescendo na garganta.

— Vamos brincar de colorir! — Penny jogou cadernos de colorir sobre o tapete florido e abriu uma caixa de sapatos cheia de lápis de cera. Abra juntou-se a ela. Penny falava e falava enquanto Abra estava atenta ao relógio de pêndulo no andar de baixo, esperando-o tocar cinco vezes. Depois, ficou aguardando o som da campainha. Por fim, ela tocou. Papai tinha vindo buscá-la, como prometera.

Penny soltou um gemido alto.

— Eu não quero que você vá embora! Estamos nos divertindo tanto! — Ela seguiu Abra pelo corredor. — Queria que você fosse minha irmã. Aí a gente ia poder brincar juntas o tempo todo. — Papai e a sra. Matthews estavam em pé na entrada, conversando em voz baixa. — Mamãe? — Penny chamou com uma voz chorosa. — Abra pode passar a noite aqui? *Por favoooor?*

— Claro que pode, mas isso quem decide é o pastor Zeke.

Penny virou-se ansiosa para Abra.

— Podemos jogar damas chinesas e ouvir a novela *One Man's Family* no rádio.

Papai estava em pé junto à porta, com o boné na mão, olhando para Abra na escada. Ele parecia cansado.

— Ela não tem pijama, nem uma troca de roupa para a escola amanhã.

— Ah, isso não é problema. Ela e Penny usam o mesmo tamanho. E temos escovas de dentes extras.

— Oba! — Penny começou a pular. — Venha, Abra. Vamos brincar!

Abra correu para o papai, agarrou a mão dele e lhe abraçou a perna. Ela queria ir para casa. Ele a afastou de si e se abaixou.

— É uma longa caminhada até nossa casa, Abra. Acho que é uma boa ideia você passar a noite aqui. — Quando ela começou a protestar, ele pôs um dedo sobre seus lábios. — Você vai ficar bem.

=====

Zeke deu uma olhada em Joshua antes de sair para sua caminhada matinal. Abra havia passado as três últimas noites com a família Matthews. Trancou a porta, pôs a chave dentro do vaso e se dirigiu à Main Street. Seguiu para norte, ultrapassou a cidade e prosseguiu até chegar ao cemitério de Haven. Já estivera tantas vezes no túmulo de Marianne, ao longo das últimas semanas, que poderia encontrar o caminho mesmo se a lua não estivesse cheia. A lápide de mármore branca destacava-se.

Seu coração doía pela falta dela. Eles costumavam conversar todas as manhãs na cozinha, antes que as crianças levantassem. E ele precisava conversar agora.

Zeke enfiou as mãos nos bolsos.

— A sra. Welch passou na igreja ontem. — A assistente social havia oferecido suas condolências antes de começar a fazer perguntas. Ele engoliu em seco, resistindo às lágrimas. — Desculpe por ter sido tão egoísta, Marianne. Desculpe por tê-la deixado me convencer a levar Abra para casa, embora nós soubéssemos que adoção estava fora de questão por causa da sua saúde. Eu cedi porque sabia quanto você queria outro filho. — Ele fechou os olhos e sacudiu a cabeça. — Não. Isso não é verdade. Eu cedi porque amava aquela criança também.

Por um momento, não conseguiu falar.

— Eu trabalho o dia todo, todos os dias, Marianne. Você conhece as exigências do ministério. E estou desmoronando. Não consegui proteger você. Estou falhando como pai. Estou falhando como pastor. Estou tão preso em minha própria dor que me sinto esmagado sob a carga dos outros. — Deixou escapar um riso triste. — Sei que eu já disse isso uma centena de vezes para pessoas que passavam por crises, mas, se mais alguém me disser que tudo acaba funcionando para o melhor, eu...

Ele sentiu a garganta se apertar.

— Abra tem apenas cinco anos. Ela precisa de uma mãe. Precisa de um pai que não seja chamado no meio da noite quando alguém tiver uma crise.

Não havia saída fácil. Zeke pousou a mão na elevação de terra.

— Hoje vou conversar com Peter e Priscilla sobre eles adotarem Abra. Você sabe que eles a queriam desde o início e, depois que você se foi, eles se ofereceram para ajudar de toda forma que puderem. Sei que adorariam recebê-la na família.

Zeke piscou para conter as lágrimas, fitando ao longe.

— A sra. Welch não tem certeza se isso vai funcionar. Ela acha que Abra se adaptaria mais facilmente se fosse em um novo lugar. Talvez seja egoísmo, mas eu a quero por perto, não em outra cidade, com completos estranhos.

Estaria ele tomando outra decisão de que viria a se arrepender? Não que se arrependesse dos cinco anos em que tiveram Abra. Marianne fora tão feliz.

— Ah, Marianne, você sabe quanto eu amo Abra. A ideia de entregá-la está me matando. Espero estar fazendo a coisa certa. — Ele se sentou, com o corpo todo convulsionado por soluços. — Ela não vai entender. — Enxugou o rosto. Deixou as lágrimas fluírem. — Perdoe-me. Por favor, perdoe-me.

Se a sra. Welch mudasse de ideia, Abra seria tirada dele de maneira menos gentil e levada para algum outro lugar. Ele não saberia onde ela estaria. Não poderia vê-la crescer.

Zeke voltou para a rua. Um caminhão do Mercado Gruening se aproximou e parou na entrada. Dutch abriu a janela e esperou por ele.

— Como está indo, pastor?

— Levando. — Mal e mal.

— Entendo o que quer dizer. Entre. Eu lhe dou uma carona de volta para a cidade.

Zeke subiu no assento do passageiro.

— Obrigado.

Dutch engatou a marcha do caminhão e pressionou o acelerador.

— Eu costumava me sentar ao lado do túmulo de Sharon e conversar com ela, todos os dias por umas duas semanas, depois a cada dois dias, depois uma vez por semana. Agora, vou lá no aniversário dela e em nosso aniversário de casamento. Ela ia querer que eu continuasse vivendo. — Ele lançou um olhar para Zeke. — Demorei um tempo para me convencer de que ela não está aqui. Bem, ela está. Mas não está. Você me disse. Eu não acreditei. — Murmurou um palavrão. — Estou tentando fazer você se sentir melhor, mas está uma porcaria.

— Não se preocupe com isso.

Dutch sorriu levemente.

— Você me disse uma vez que não há lágrimas no céu. — Ele fixou o olhar na rua à frente. — Nós já temos muitas aqui embaixo, não é? Eu sei que dói como o diabo agora. — Reduziu a marcha e diminuiu a velocidade. — Você vai atravessar a dor e sair do outro lado. — Dutch estacionou na esquina. — Como eu fiz.

Zeke estendeu a mão.

— Obrigado, Dutch. — O homem tinha um aperto de mão firme.

O pastor desceu da cabine do caminhão.

— Que tal um café qualquer hora dessas? — Dutch sugeriu.

Zeke olhou para ele. Depois de todos aqueles anos, estaria a porta finalmente se abrindo?

Dutch parecia acanhado.

— Tenho muitas perguntas. É provável que Sharon tenha dado as respostas, mas, sempre que ela começava a falar de religião, eu fechava os ouvidos.

— Que tal no Bessie's Corner Café amanhã de manhã, quando você terminar o trabalho? Por volta de sete e quinze?

— Certo. Vejo você lá. — Dutch levantou a mão, acelerou o caminhão e virou à direita.

Zeke sorriu um pouco enquanto o veículo desaparecia ao dobrar a esquina.

O sol estava nascendo. Ele fechou os olhos por um momento, tentando não pensar nos dias à frente. *Senhor, só me ajude a superar este dia. Atravesse comigo toda essa dor e me ajude a sair do outro lado.*

═══

Abra chorou a tarde toda. Papai não a queria mais, porque era culpa dela a mamãe ter morrido. Tinha ouvido quando ele disse que ela dava trabalho demais para a mamãe.

A sra. Matthews estava sentada com ela no quarto de Penny, acariciando-lhe as costas e lhe dizendo quanto eles a amavam e como esperavam que ela aprendesse a amá-los também. Abra não conseguiu manter os olhos abertos.

Ela acordou quando Penny chegou em casa e subiu as escadas aos pulos. Seu pai a chamou de volta para baixo antes que ela chegasse à porta. Abra se levantou e sentou-se no banco junto à janela.

A porta se abriu alguns minutos depois e toda a família entrou. Foram até Abra, e Penny sentou-se ao lado dela.

— Mamãe e papai disseram que você vai ser minha irmã. — Quando as lágrimas correram pelo rosto de Abra, Penny pareceu hesitante. — Você não quer ser minha irmã?

Os lábios de Abra tremeram.

— Eu quero ser sua amiga.

A sra. Matthews pôs uma das mãos sobre a cabeça de cada uma delas e alisou-lhes os cabelos.

— Agora vocês podem ser as duas coisas.

Penny abraçou Abra.

— Eu disse à mamãe que queria que você fosse minha irmã. Ela disse para eu rezar para isso, e eu rezei. Rezei e rezei, e agora tenho exatamente o que sempre quis.

Abra se perguntou o que aconteceria quando Penny mudasse de ideia. Como o papai.

═══

Depois do jantar, de *One Man's Family* no rádio e da história da hora de dormir, Abra foi acomodada na cama com Penny. A sra. Matthews beijou as duas, apagou a luz e fechou a porta. Penny falou e falou até adormecer em meio a uma frase.

Totalmente acordada, Abra ficou olhando para o dossel de renda.

Mamãe disse que a amaria para sempre, e morreu. Mamãe disse que Deus não a levaria embora, mas ele a levou. Papai disse que a amava, mas depois falou que ela não poderia mais morar com ele. Teria de ficar ali e morar com a família Matthews. Ele disse que o sr. e a sra. Matthews queriam ser os pais dela.

Por que não importava o que Abra queria?

A chuva batia no telhado, alguns pingos que foram se acelerando até um tamborilar contínuo. Penny se virou, falando durante o sono. Abra baixou as cobertas, levantou-se e sentou no banco junto à janela. Enrolando os braços em torno das pernas, ela apoiou o queixo nos joelhos. As luzes da rua pareciam borradas na chuva. O portão da frente batia. O mensageiro dos ventos cantava.

Um homem virou a esquina um quarteirão abaixo e continuou pela calçada. Papai! Talvez ele tivesse mudado de ideia e a quisesse de volta!

Ela se levantou, apoiando-se nos joelhos, com as mãos no parapeito da janela.

Ele olhou para cima uma vez e reduziu o passo enquanto passava pela cerca de madeira.

Será que ele a tinha visto? Ela bateu na janela. O vento chicoteava os galhos das três bétulas no canto do jardim. Ele parou abaixo dela, na frente do portão. Enquanto batia de novo, mais forte, Abra sentiu o coração acelerar.

Ele não ergueu os olhos nem abriu o portão. Ficou imóvel, de cabeça baixa, do jeito que fazia sempre que rezava. Quando ele fazia isso, mamãe sempre dizia para esperar, porque ele estava falando com Deus.

Abra sentou-se sobre os calcanhares, baixando a própria cabeça, com as mãos apertadas uma na outra.

— Por favor, meu Deus, por favor, por favor, faça meu pai me levar para casa. Por favor. Vou ser boa, eu prometo. Não vou deixar ninguém muito cansado ou doente. — Enxugou as lágrimas. — Quero ir para casa.

Cheia de esperança, ela se ergueu e olhou pela janela.

Papai tinha caminhado até o fim do quarteirão. Ela ficou olhando enquanto ele desaparecia ao dobrar a esquina.

———

Peter e Priscilla falavam aos cochichos. Às vezes pareciam preocupados. Então punham amplos sorrisos no rosto e fingiam que estava tudo bem. O entusiasmo de Penny para ter uma irmã desaparecera. A situação chegou a um ponto crítico quando Priscilla fez uma roupa nova de brincar para Abra e não fez uma para Penny.

— Achei que era para mim! — Penny choramingou.

— Você já tem muitas, e Abra não tem.

A menina chorou mais alto.

— Quero que ela *vá para casa*!

Peter veio da cozinha, onde estava corrigindo provas.

— Chega, Penny. Vá para o quarto!

Ela foi, mas não sem antes mostrar a língua para Abra. Peter disse a Priscilla que eles precisavam ter outra conversa com Penny, e ele e a esposa subiram as escadas. Entraram no quarto da filha, fecharam a porta e ficaram lá por tanto tempo que Abra não sabia o que fazer. Por fim, foi para o quintal e sentou no balanço. Será que ela devia voltar para casa? Para onde o papai a levaria então? Para outra família?

Ela girou no balanço até enrolar as correntes, depois levantou os pés para se deixar rodar e rodar. *Penny sempre virá primeiro, virá primeiro, virá primeiro. Penny é a filha real, filha real, filha real.* Tonta, ela tornou a girar. *É melhor eu ser boazinha, ser boazinha, ser boazinha.*

Naquela manhã, Abra tinha ouvido Peter conversando com Priscilla na cozinha.

— Eu não a vi sorrir nem uma vez nos últimos três meses, Priss. Ela era uma menina tão alegre.

Priscilla respondeu em voz baixa:

— Marianne a adorava. Provavelmente ainda estaria viva se tivessem nos deixado ficar com Abra desde o início, e nós não estaríamos tendo todos esses problemas agora.

Peter serviu-se de uma xícara de café.

— Espero que as coisas melhorem logo, ou não sei o que vamos fazer.

Abra sentiu um calafrio de medo. Eles estavam falando de se livrar dela.

— Abra! — Peter parecia preocupado. Chegou correndo pela porta dos fundos. Ela se levantou do balanço, e ele soltou um suspiro de alívio. — Ah, você está aí. Venha para dentro, querida. Nós todos queremos falar com você.

Abra sentia a palma das mãos molhada. Seu coração batia acelerado enquanto seguia Peter até a sala de estar. Será que iam mandá-la embora para morar com estranhos? Priscilla e Penny estavam sentadas no sofá. Peter pousou a mão no ombro de Abra.

— Penny tem algo para lhe dizer.

— Desculpe, Abra. — O rosto de Penny estava inchado de chorar. — Eu gosto de ter você como irmã. — A voz dela soava sem emoção; seus olhos diziam a verdade.

— Boa menina! — Priscilla a abraçou e lhe beijou o alto da cabeça.

Abra não confiava em nenhum deles.

Priscilla a puxou para o lado dela e passou um braço sobre seus ombros, abraçando Penny de um lado e Abra do outro.

— Vocês duas são nossas menininhas agora. Nós adoramos ter duas filhas.

Papai ainda vinha a intervalos de poucos dias. Joshua nunca vinha com ele. Só se viam depois da escola de domingo, todas as semanas, mas então ficavam apenas parados e se olhavam, sem saber o que dizer.

Sempre que Abra ouvia a voz do pai, voava escada abaixo, na esperança de que, dessa vez, ele tivesse vindo levá-la para casa. Priscilla segurava sua mão e se inclinava.

— Não o chame de papai, Abra. Você deve chamá-lo de reverendo Freeman, como todas as outras crianças fazem. Quando ficar mais velha, poderá chamá-lo de pastor Zeke. Peter é seu papai agora.

Ela chorava até dormir nessas noites e, às vezes, tinha pesadelos. Gritava chamando o papai, mas ele não a ouvia. Tentava correr atrás dele, mas mãos a seguravam. Ela berrava: "Papai, papai!", mas ele não se virava.

Priscilla a acordava e a abraçava.

— Vai ficar tudo bem, Abra. A mamãe está aqui.

Mas mamãe não estava. Mamãe estava em um caixão embaixo da terra.

Por mais que eles lhe dissessem isso, Abra não acreditava que Peter e Priscilla a amassem. Ela sabia que só a haviam adotado porque Penny queria uma irmã. Se a menina mudasse de ideia, eles desistiriam dela. Para onde ela iria, então? Para quem?

Na vez seguinte em que papai veio, Peter conversou com ele na porta da frente por um longo tempo, depois voltou para dentro sozinho. Abra tentou passar por ele, mas Peter agachou e a segurou pelos ombros.

— Você não vai ver o pastor Zeke por algum tempo, Abra.

Ela pensou que isso significava que não o veria até ir à igreja no domingo, mas Peter seguiu por um caminho diferente naquele domingo de manhã. Quando Penny perguntou para onde estavam indo, ele respondeu que iriam a outra igreja. Embora ela tenha choramingado e resmungado por não ver suas amigas, Peter disse que a mudança seria boa para todos. Abra sabia que era por sua culpa que eles não iriam mais à igreja do reverendo Freeman, e sua última esperança se desfez. Agora, não veria nem Joshua mais. Penny cruzou os braços e ficou emburrada. Priscilla lhe deu um sorriso triste e disse que eles teriam de esperar para ver como as coisas ficariam.

## 1950

Mitzi abriu a porta e deu uma espiada em volta. Não estava usando nenhuma maquiagem, e seus cabelos não tinham sido penteados.

— É quarta-feira? — Ela fez um gesto para que Abra entrasse e fechou a porta. Usava um roupão vermelho e chinelos gastos de cetim azul, arrematados por penas.

Abra a olhou com ar surpreso.

— Você disse que eu podia praticar aqui.

— Bem, promessa é promessa. — Os chinelos batiam em seus calcanhares enquanto ela caminhava em direção à sala. — Fico feliz por você estar aqui, docinho. Só não conte a ninguém que eu não estava vestida às três horas da tarde. E não conte a ninguém que eu estava fumando. — Ela esmagou um cigarro em um pequeno cinzeiro de cristal. — Hodge acha que é ruim para minha saúde. — Pegou o cinzeiro e o levou para a cozinha, onde despejou as provas de seu delito no cesto de lixo. — Que tal uma xícara de chocolate quente antes de atacar aquela peça de Beethoven que eu lhe passei?

Abra sentou em uma cadeira na cozinha, de onde podia ver o quintal vizinho. O filho de Mitzi, Hodge, morava na casa ao lado. Abra viu a esposa dele, Carla, ocupada na cozinha.

— Feche essa cortina. — Mitzi gesticulou com os dedos enquanto se mantinha fora de vista. — Não, espere. Melhor não. Carla vai pensar que há algo errado, e Hodge virá aqui querendo saber por que ainda estou de roupão no meio da tarde.

Abra riu do ar de desafio de Mitzi, depois perguntou:

— Mas *por que* você está de roupão no meio da tarde?

— Porque estou velha e cansada e às vezes não tenho vontade de fazer maquiagem e cabelo e de pensar no que vou vestir. Ficar bonita é um grande projeto que requer colher de pedreiro e um balde de base. Ah, finalmente! Um sorriso! — Ela colocou o chocolate em pó no leite sobre o fogão e o mexeu. — Como a vida está tratando você, docinho?

— Penny detesta quando eu toco piano.

— Porque ela não tem ouvido nem talento para música. — A expressão de Mitzi mudou. — E você vai esquecer neste mesmo instante que eu disse isso. — Ela levantou a mão fechada, com o dedo mínimo estendido.

— Promessa de dedinho — Abra aceitou.

Carla Martin a viu e acenou da janela da cozinha. Abra forçou um amplo sorriso e respondeu acenando com os dedos.

— Você sabe que pode praticar naquela belezinha de piano de cauda da igreja na hora em que quiser. O pastor Zeke não se incomodaria.

— Por que eu ia querer ir lá? — Abra olhou pela janela outra vez.

— Eu só estava pensando... — Mitzi desligou o gás e despejou o chocolate fumegante em duas canecas. — Vamos para a sala. — Entregou uma das canecas a Abra e escapuliu pela porta. — Não vale a pena sacudir uma bandeira vermelha na cara de Carla.

Segurando a caneca quente com ambas as mãos, Abra se sentou com as pernas sobre o braço da poltrona.

— Obrigada, Mitzi. — Se ela ficasse assim na casa de Peter e Priscilla, esta lhe diria para se sentar como uma dama. — Gosto de estar aqui mais do que em qualquer outro lugar.

O sorriso de Mitzi tornou-se carinhoso.

— Eu gosto de ter você aqui. — Ela se acomodou no sofá, tirou os chinelos e pôs os pés descalços sobre a mesinha de centro. As unhas de seus pés estavam pintadas de vermelho brilhante. — Quer dizer que eles estão todos conspirando contra você, é isso? Estão tentando podar o botão do seu talento florescente?

Às vezes Mitzi podia ser irritante. Abra tomou um gole do chocolate e decidiu ser sincera.

— Eles se cansam de me ouvir tocar a mesma música sem parar, e eu não consigo tocar certo se não fizer isso. Priscilla fica com dor de cabeça, Peter quer escutar as notícias no rádio, e Penny grita como uma alma penada.

— Sabe, o verdadeiro problema são duas meninas de treze anos vivendo sob o mesmo teto — Mitzi falou lentamente. — Um dia vocês são amigas do peito; no dia seguinte, querem pular na garganta uma da outra.

— Então você está dizendo que Peter e Priscilla estariam melhor se tivessem só uma filha.

Mitzi pareceu chocada.

— Eu não estou dizendo nada disso. Só que você duas vão crescer e parar de ser chatas.

— Quem sabe.

— Bem, você é bem-vinda para usar meu piano quando quiser. Talvez eu dê um gemido se você tocar uma nota errada, mas não vou fazê-la parar.

— A família unida vai dar vivas e cambalhotas pela sala. — Abra girou as pernas para frente e apoiou os pés na mesinha de centro. Gostava da companhia de Mitzi. Não precisava morder a língua toda vez que queria dizer o que realmente estava pensando. Não que Mitzi a deixasse ficar fazendo fofoca ou resmungando. Ela não tinha paciência para isso. Mas, ali, Abra se sentia mais em casa do que "em casa".

— Calma aí, mocinha. — Mitzi olhou para Abra sobre a borda da caneca. — Tenho uma condição. Você vai tocar nos cultos de domingo.

— O quê? — Abra sentiu todo o prazer e o conforto a deixarem. — Não! — Pousou a caneca na mesa. Só pensar naquilo já lhe revirava o estômago.

— Sim. E quero que você comece...

— Eu disse não.

— Dê-me uma boa razão para isso.

Ela procurou alguma desculpa.

— Porque não quero fazer nada para o reverendo Freeman. É por isso. Ele me deu. Lembra?

Com os olhos escuros faiscando, Mitzi plantou os dois pés no chão.

— Quanta bobagem. Além do mais, você ouviu o pastor Zeke lhe pedindo alguma coisa? Você não vai fazer isso por ele. Vai fazer por mim. Seria ainda melhor se estivesse fazendo por Deus.

Sem chance. O que Deus já havia feito por ela? Mas, sabendo como Mitzi se sentia a esse respeito, Abra achou melhor não dizer nada.

— Você toca muito melhor do que eu jamais tocarei.

— Você é quase tão boa quanto eu e sabe muito bem disso. Já quase não tenho o que lhe ensinar. E, sim, sim, vou chegar no ragtime. Mas ainda não.

— Por que está me pedindo para tocar na igreja?

— Porque estou ficando velha e cansada e quero um domingo de folga. É por isso. E Marianne sempre sonhou que você tocasse na igreja um dia. Faça por ela, se não for por mim.

Lágrimas vieram aos olhos de Abra. A velha dor lhe subiu pelo peito e apertou sua garganta.

Mitzi suavizou a voz.

— Desculpe, docinho. Ah, querida, você está tão cheia de medo, e não há necessidade disso. — Ela sorriu tristemente. — O pastor Zeke a ama, e você não terá nem de falar com ele. Estou tão feliz de sua família tê-la trazido de volta para nossa igreja. Esses dois anos em que ele mal pôde vê-la foram difíceis para ele.

Abra revirou os olhos.

— Esse homem salvou sua vida e lhe deu um lar por cinco anos.

— Ele devia ter me deixado onde me encontrou.

— Buá-buá. Você só fica aí choramingando, mas não pode ceder um pouco? Nem sequer demonstra o respeito que ele merece como seu pastor.

Trêmula e contendo as lágrimas, Abra se levantou.

— Achei que você gostasse de mim.

— Eu te amo, sua boba! Por que acha que sempre tenho você por perto? Por seu bom humor? — Mitzi soltou um suspiro impaciente. — Vou lhe dizer só uma vez. *Supere isso!* Abra, querida, Zeke deu você porque a ama, não porque queria se livrar de você. Ele fez isso pelo seu próprio bem. E não me venha com esse olhar de quem não está entendendo. Nunca menti para você e nunca mentirei. — Ela bufou. — Sei que é sua escolha acreditar em mim ou não, mas é bom que compreenda isto: aquilo em que você acredita define o rumo da sua vida. E não me diga que nunca foi feliz com a família Matthews.

— Estive fingindo.

— É mesmo? — Mitzi soltou um grunhido indelicado. — Bem, se isso é verdade, você é uma atriz muito melhor do que eu fui. — Ela ainda estava acomodada na beira do sofá. — Não vai sentar agora? Está me dando dor no pescoço.

Abra se sentou.

Mitzi se recostou e levantou os pés outra vez. Olhou para Abra.

— E então? O que me diz, srta. Matthews? Vai descer desse cavalo em que está montada e se acomodar no banquinho do piano? Ou vai praticar em casa e deixar sua família louca?

— Quando vou ter que tocar na igreja?

— Esta semana.

— *Esta semana?*

— Vou escolher alguns hinos fáceis. "Fairest Lord Jesus" é um bom. — Mitzi pegou a caneca de chocolate de Abra e apontou o piano. — Chega de enrolar. Faça um aquecimento com algumas escalas.

Abra viu uma partitura de "Buttons and Bows", de Dinah Shore. Mitzi voltou da cozinha e pôs "Baby Face" diante dela. Abra avançou alegremente pela música, sem cometer muitos erros.

— Muito bem. Agora acabou a brincadeira. — Mitzi abriu o hinário em "Fairest Lord Jesus". Não ficou satisfeita até Abra conseguir tocar o hino três vezes sem errar. Então, pegou o hinário e começou a folheá-lo outra vez.
— O próximo é "Immortal, Invisible, God Only Wise". — Ficou andando de um lado para outro enquanto Abra tocava. — Acelere o ritmo. Isso não é um canto fúnebre. — Mitzi movimentou os braços no ar e cantou alto, com afinação perfeita. Quando finalmente ficou satisfeita, encontrou "Beneath the Cross of Jesus".

Abra dirigiu-lhe um olhar furioso. Tinha vontade de bater a tampa do piano. Em vez disso, conferiu a "Beneath the Cross of Jesus" um ritmo totalmente novo.

— Isso não é uma valsa. O que está pensando? Que as pessoas deveriam sair dançando pelos corredores?

— Melhor que dormir nos bancos!

Mitzi riu até ser obrigada a se sentar. Estendeu os pés, com os braços pendurados nas laterais da poltrona.

— Mais dois e depois você pode tocar o que quiser. Procure aí "All Hail the Power of Jesus' Name" e toque em ritmo de marcha. Este será o hino final. Toque com paixão!

Abra obedeceu, irritada.

— Só falta agora um hino de entrada, enquanto as pessoas se acomodam nos bancos, e um para o ofertório, para amolecer os corações o suficiente para que elas abram as carteiras. — Mitzi deu um tapinha no ombro de Abra. — Uma hora por dia desses hinos e qualquer coisa que você quiser depois. Feito?

— Eu tenho escolha?

— Ah, quanto entusiasmo. — Ela uniu as mãos em prece. — Perdoe-a, Senhor, ela não sabe o que faz. Ainda. — Vindo com o braço por trás de Abra, Mitzi virou as páginas até "Trust and Obey". — Toque este.

Uma lembrança lhe passou pela mente, de estar presa nas costas do reverendo Freeman em uma manhã enevoada, enquanto ele cantava esse hino. Ela adorava o som da voz dele. Sabia todas as palavras de cor. Mas como falar em confiança? Não confiava mais em ninguém, muito menos em Jesus. Ela fechou a tampa sobre as teclas.

— Preciso ir para casa.

As mãos de Mitzi apoiaram-se nos ombros dela.

— Não vou pressioná-la tanto amanhã.

— Não sei se vou voltar.

Mitzi beijou-lhe o alto da cabeça.

— Você é quem sabe.

Com Mitzi, não adiantava fingir. As duas sabiam que ela viria. Quando Abra se levantou, a mulher parou diante dela e segurou-lhe o rosto entre as mãos.

— Tenho fé em você. Sei que nos deixará orgulhosos. — Soltando-a, ela se inclinou para pegar o hinário. — Leve-o. Leia as letras para saber de que modo tocar. Aposto que, se você disser a Priscilla e Peter que vai tocar na igreja, eles a deixarão praticar em casa. — Os olhos dela brilharam com ar de travessura. — Assim, quando você vier aqui, podemos tocar ragtime.

Abra sentiu-se mais alegre. Beijou o rosto macio de Mitzi.

— Eu te amo, Mitzi.

— Eu também te amo, docinho. — Mitzi a acompanhou até a porta. — Aposto que em um ano você saberá tocar todas as partituras desse livro. Não só memorizar a música, memorizar as palavras. Vá agora, antes que Priscilla dê queixa do seu desaparecimento e Jim Helgerson apareça com o carro de polícia. — Ela fechou melhor o roupão vermelho em torno do corpo, parada à porta. — Tchauzinho.

---

Zeke tirou o boné quando entrou no Bessie's. O sino sobre a porta soou, e a nova garçonete deu uma olhada antes de voltar a atender meia dúzia de clientes homens sentados em banquinhos no balcão. Tinha cabelos castanhos, presos impecavelmente atrás da cabeça, revelando um rosto bonito, ainda que um pouco distante. O avental azul, amarrado na cintura sobre uma blusa branca simples e uma saia preta, sugeria um corpo de curvas bem feitas. Os homens faziam comentários, mas ela servia cada um deles com um sorriso frio e profissional e uma postura reservada.

As portas de vaivém da cozinha se abriram e Bessie apareceu, com três pratos de café de manhã apoiados em um braço e outro na mão.

— Bom dia, Zeke! Está um pouco atrasado hoje. Sua mesa está reservada. Fique à vontade que já vou atendê-lo. — Ela serviu quatro homens vestidos em roupas de trabalho que estavam sentados perto das janelas da frente.

Antes de deslizar para seu lugar habitual, no fundo do café, Zeke deu uma espiada na cozinha para dizer um alô a Oliver, que estava apressado, mas mantendo o controle do fluxo matinal de clientes.

— Vi que Bessie arrumou uma nova garçonete.

— Ela trabalha bem. Começou ontem à noite. Conseguiu dar conta do movimento sem problemas. Bessie está de dedos cruzados.

Zeke deixou-o trabalhando e foi se sentar. Gostava de ficar no fundo, olhando para a frente do café, assim podia ver todos que entravam. Dutch passava por ali com frequência, e eles tomavam um café e conversavam um pouco. Ele finalmente fora à igreja, onde Zeke o apresentara a Marjorie Baxter. Passaram-se alguns meses de conversas informais antes que Dutch convidasse Marjorie para jantar.

— Conversamos sobre você a noite inteira — Dutch lhe contou com um sorriso. — Agora que já esgotamos esse assunto chato, podemos passar para outras coisas. — Zeke ficou muito feliz quando os dois começaram a sair juntos regularmente.

A nova garçonete olhou para ele outra vez. Ele sorriu e a cumprimentou em silêncio, com um gesto de cabeça. Geralmente conseguia adivinhar a idade das pessoas, mas aquela mulher o confundia. Trinta e cinco? Ela se movia depressa, como se estivesse acostumada com aquele tipo de trabalho. Em torno dos olhos, havia sinais que revelavam que estava cansada, não fisicamente, mas cansada do mundo, esgotada. Quando ela lhe devolveu o sorriso, este não se refletiu nos olhos.

Depois de entregar os pratos, Bessie pegou uma caneca na prateleira e foi a seu encontro.

— Você costuma chegar antes da multidão. — Ela pousou a caneca sobre a mesa e despejou café fumegante, sem derramar uma gota.

Zeke agradeceu e envolveu a porcelana quente com as mãos.

— Fiz uma caminhada mais longa esta manhã.

— Não entendo por que você anda a pé quando tem aquela beleza de Packard 740 para levá-lo por aí.

Mitzi Martin o surpreendera alguns meses depois da morte de Marianne, quando insistira em lhe dar o Packard 740 1930 conversível que estava estacionado em sua garagem sabe-se lá havia quantos anos. "Você precisa de um carro, e eu tenho um parado na garagem, juntando poeira. Quero que fique com ele." Ela já estava decidida, e tudo o que Zeke pôde fazer foi agradecer e aceitar a oferta.

Mesmo depois de vários anos, porém, ele ainda se sentia muito exposto atrás do volante do carro de Mitzi e só o usava quando tinha de estar em algum lugar com pressa, ou ir mais longe do que suas pernas permitiam, em um intervalo de tempo razoável. Só o usara uma vez na última semana, para dar uma carona a Mitzi no campo. Haviam conversado sobre Abra. A menina estava tocando todos os domingos na igreja, ainda que sob protestos.

— Ela fica nervosa de tocar na frente de todos, mas vai acabar se acostumando. Leva algum tempo — Mitzi explicou.

Abra ainda não tinha muito a dizer para Zeke. Chamava-o de pastor Zeke agora, em vez de reverendo Freeman, o que já era um progresso. Ele lhe dissera certa vez como Marianne se orgulharia de vê-la tocando piano durante os cultos. Ela respondera que Mitzi lhe havia dito a mesma coisa e era por isso que concordara em tocar, em memória de Marianne. Dissera-o em um tom perfeitamente educado, mas ele sentira a estocada mesmo assim. Mitzi lhe contara que ela estava olhando as coisas da perspectiva de uma criança magoada. "Pelo menos ela vai aprender todos os hinos do livro, e alguma coisa disso pode lhe ser útil quando ela tiver necessidade."

Zeke sorriu tristemente para Bessie.

— Não quero fazer quilometragem demais no carro.

— Ou fica constrangido por ter um carro melhor que o da maioria das pessoas da paróquia.

Havia alguma verdade naquilo. De fato, Charles Lydickson ficava um pouco irritado sempre que via Zeke no Packard.

Com um gesto de cabeça, ele apontou a nova garçonete

— Vejo que você encontrou alguém para ajudá-la.

Bessie pareceu satisfeita.

— O nome dela é Susan Wells. Entrou aqui ontem, nova na cidade, e disse que estava procurando emprego. Falou que tinha experiência em servir mesas e, depois de observá-la trabalhar ontem à noite e esta manhã, posso confirmar que é verdade. — Ela a chamou com um gesto. — Susan! Venha aqui conhecer um dos meus melhores clientes.

Susan enxugou as mãos e, saindo de trás do balcão, aproximou-se deles.

— Zeke, esta é Susan Wells, recém-chegada a Haven. Susan, este é o reverendo Ezekiel Freeman, da Igreja Comunitária de Haven.

Os olhos dela piscaram ao ouvir "reverendo". Ele já tinha visto aquela expressão de surpresa em outros rostos.

— Reverendo Freeman. — Ela fez um cumprimento discreto com a cabeça.

— Chame-o de pastor Zeke — Bessie falou. — *Reverendo* parece muito pesado, não acha? Como se ele fosse um velho. — Ela piscou para Zeke.

Ele estendeu a mão para Susan.

— É um prazer conhecê-la, srta. Wells.

Depois de um segundo de hesitação, ela correspondeu ao gesto. Um aperto de mão firme e breve.

— É sra. Wells — ela corrigiu com a voz tensa. Seu olhar se desviou e voltou a ele em seguida. — Meu marido foi morto na guerra.

Ele percebeu a mentira.

— Lamento ouvir isso.

— Ei, Bessie! Que tal me servir aqui? — Um cliente levantou a caneca.

— Calma aí, Barney! O que está fazendo, afinal? Despejando o café em uma garrafa térmica antes de levantar esse traseiro da minha cadeira e voltar ao trabalho? — Bessie pediu licença e foi atender o cliente.

Susan tinha observado o diálogo em um silêncio espantado. Zeke riu.

— Não se preocupe. Barney é o irmão mais novo de Bessie.

— Ah. — Ela fechou os lábios.

Bessie e Barney estavam rindo agora. Ela segurou um punhado dos cabelos escuros e encaracolados dele e deu um puxãozinho, antes de seguir para outra mesa.

— É um ritual matinal. — Zeke sorriu. — Bem-vinda a Haven, sra. Wells. — Ele a olhou de frente.

A expressão dela se alterou, como se um véu tivesse sido puxado sobre seu rosto, ocultando-a do olhar curioso dele.

— Obrigada. Tenho que voltar ao trabalho.

═══

Joshua se viu encurralado na cadeira de balanço da varanda, com Abra recostada na grade e Penny sentada ao lado dele, falando sem parar sobre a formatura da oitava série e a festa que seus pais iam dar. Abra só ouvia, sem dizer nada.

Penny chegou mais perto de Joshua.

— Você vai ao seu baile de formatura do colégio? É no próximo fim de semana, não é?

Priscilla apareceu na porta da frente.

— Penny, entre e venha arrumar a mesa.

— Ainda não está nem perto da hora do jantar.

— Agora, Penny.

— Tá bom, tá bom. — Zangada, ela saiu do balanço. — Joshua pode ficar para jantar?

Priscilla olhou para ele.

— Você sabe que é mais do que bem-vindo.

Um pouco mais bem-vindo do que ele gostaria.

— Obrigado, mas eu não posso.

Assim que a porta se fechou atrás delas, Joshua se levantou.

— Que tal darmos uma volta?

Abra levantou a cabeça e seu rosto se iluminou.

— Claro.

Ele abriu o portão da frente para ela. Abra caminhava com os olhos fixos na calçada. Ele se perguntava o que ela estaria pensando.

— Eu estava tentando trazer você para a conversa.

Ela deu de ombros.

— Penny está interessada em você.

Uma vez mais, Joshua teve a sensação de que havia algo incomodando Abra. A última coisa que ele queria era criar uma rusga entre as irmãs.

— Ela vai se interessar por outra pessoa na semana que vem.

— Você *vai* ao baile? — Ela lhe lançou um olhar que ele não pôde decifrar. — Você não chegou a responder à pergunta da Penny.

— Sim, eu vou. — Paul Davenport queria levar Janet Fulsom, mas o pai dela não a deixaria ir se eles não fossem com outro casal. Joshua gostaria de convidar a melhor amiga de Janet, Sally Pruitt, mas sabia que Brady Studebaker já havia convidado. Então ele chamou Lacey Glover, que disse que adoraria ir.

Abra mudou abruptamente de assunto e perguntou se ele ainda estava trabalhando nos armários de cozinha dos Wooding.

— Não. Jack e eu terminamos esse projeto na semana passada. Agora ele está falando em trocar os balaústres da escada. Ele me ensinou a usar a fresa e me pôs para trabalhar fazendo balaústres seguindo um modelo. São para os novos chalés que ele está construindo. Mas ele quer que eu invente meu próprio modelo, "um balaústre com detalhes", como ele diz. — Riu. — O sr. Wooding tem mais confiança em mim do que eu mesmo. Já fiz seis, e ele quebrou todos ao meio e jogou na caixa de lenha para a lareira.

— Ele parece mau.

— Não, ele não é mau. Só me incentiva a fazer melhor. Aprendi muito com ele.

— Você não quer ir para a faculdade?

— Um dia. Talvez. Não tenho dinheiro suficiente no momento.

— Você ainda está nos escoteiros?

— Não estou mais. — Jack Wooding o havia incentivado a avançar até a categoria Eagle, a máxima. Joshua a alcançara no ano anterior, quando redigira uma proposta para a construção de uma rampa de acesso à biblioteca pública, projetou-a e encontrou financiamento bancário e mão de obra para executar o projeto. — Com a escola e o trabalho para o sr. Wooding, ando muito ocupado.

— Mas ainda tem tempo para sair com garotas. — Ela o olhou de soslaio. — Você não disse quem vai levar ao baile.

Ela ainda estava pensando nisso?

— Lacey Glover. A família dela frequenta a nossa igreja. — Ele percebeu que Abra franzia a testa e imaginou que talvez ela não a conhecesse. — Alta, cabelos castanhos, senta na sexta fileira do lado direito da igreja, com a família. Tem um irmão mais novo que é um ano mais velho que você. O nome dele é Brian. Conhece?

Ela deu de ombros.

— Eu sei quem ele é. Mas não o conheço. — Ela continuou andando. — Penny esperava que você a convidasse para o baile.

— Claro que não. Ela só tem treze anos e nem está no colegial.

— Vamos estar no próximo ano.

Joshua tentou brincar com ela para melhorar seu humor.

— Alguma ideia de quem você gostaria que a convidasse para um baile um dia?

Ela deu uma breve risada.

— Duvido que eu vá ser convidada.

— Por que não seria? Você é bonita. — Ele passou o braço sobre os ombros dela, puxando-a para mais perto de si. — Vai ver só. Terá garotos fazendo fila para sair com você. No caso improvável de não ter um par, eu levo você. — Ele a beijou no rosto e a soltou, ao mesmo tempo em que o relógio no centro da cidade soava no alto da torre. — É melhor eu levar você para casa.

O humor de Abra tinha mudado, e ela o desafiou para uma corrida na volta. Sem fôlego, os dois chegaram ao portão ofegantes.

— Você corre muito bem para uma menina. — Ele a vencera por pouco. Enfiou a mão no bolso à procura das chaves. A porta da caminhonete rangeu quando a abriu.

Abra se apoiou na janela do passageiro, aberta.

— Esta coisa ainda está um lixo, Joshua.

— Ei! É um trabalho em andamento. — Ele deu um tapinha no volante. — E corre muito bem. — Virou a chave e o motor não pegou.

Abra riu.

— Você vai levar Lacey Glover ao baile nesta lata-velha?

Ele sorriu.

— Papai vai me emprestar o Packard.

— Eu nunca dei nem uma volta no carro da Mitzi!

— A culpa é sua. É só pedir a ele. — Joshua girou a chave na ignição outra vez, e a caminhonete tremeu e ganhou vida.

Abra afastou-se e gritou acima do barulho:

— Você vai à nossa formatura?

— Eu não perderia por nada! E é bom que você vá à minha. — Ele acenou enquanto se afastava da guia. Olhou para trás ao dobrar a esquina. Abra ainda estava em pé do lado de fora do portão, observando-o. Joshua sentiu uma estranha alegria no peito ao olhar para ela, como uma sugestão de algo ainda por vir, mas ele não sabia o quê.

=====

O auditório da Escola Fundamental George Washington estava lotado para a cerimônia de formatura da oitava série. Uma faixa em que se lia "Turma de 1950" erguia-se sobre a plataforma onde os estudantes se sentariam.

— Não é emocionante? — Penny apertou a mão de Abra. Ela retribuiu e olhou para a aglomeração de pessoas. Lá estava Mitzi, toda sorridente, e Joshua, ambos sentados com Peter e Priscilla. Abra sabia que o pastor Zeke estava em pé na plataforma a poucos metros de distância, mas sentia as lágrimas muito perto da superfície para se arriscar a olhar para ele. Estaria orgulhoso dela? Estaria arrependido por tê-la dado a outra família?

Depois da cerimônia, todos se levantaram, bateram palmas e deram vivas. Abra viu Joshua levar os dedos aos lábios e soltar um assobio agudo. Ela riu, retribuindo o abraço exuberante de Penny.

Priscilla e Peter encontraram-se com elas fora do auditório, onde a confusão era geral. Abra viu Mitzi e foi em sua direção como se ela fosse um farol.

— Estou tão feliz por você ter vindo.

Mitzi a abraçou e lhe beijou o rosto.

— Eu não perderia por nada no mundo. — Ela esticou os braços, segurando os ombros de Abra. — Isso é só o começo, docinho.

Peter chamou e estalou os dedos.

— Penny! Abra! Venham. Vocês têm que devolver as becas e os barretes para irmos para casa. Preciso acender o fogo.

As pessoas chegavam para a festa e se aglomeravam no quintal. O pastor Zeke e Joshua conversavam com Peter enquanto este virava os hambúrgueres na grelha. Penny ria e pulava com Pamela e Charlotte, provavelmente planejando gritos para os testes para líderes de torcida da equipe júnior do colégio, que teriam lugar em setembro.

Abra viu Joshua abrindo caminho entre as pessoas e vindo em sua direção. O olhar dele a percorreu de cima a baixo.

— Você parece bem crescida, exceto pelos pés descalços.

Ela se animou.

— Eu sou crescida, mesmo com os pés descalços.

— Esse vestido faz seus olhos parecerem esmeraldas.

Ela enrubesceu.

O pastor Zeke juntou-se a eles, mas Priscilla interrompeu suas congratulações.

— Fiquem bem juntos. Quero tirar uma foto. — Abra ficou no meio, entre o pastor Zeke e Joshua. — Digam "xis"!

Priscilla bateu o retrato e sorriu para eles antes de afastar para tirar mais fotos de Penny e dos convidados.

— Marianne teria se orgulhado muito de você, Abra. — O pastor Zeke tirou uma caixinha do bolso e a entregou à menina. — Ela ia querer que você ficasse com isto.

A última coisa que Abra esperava dele era um presente. Aceitou-o confusa.

— Vá em frente — disse Joshua, observando com um sorriso ansioso. — Veja o que é.

O cordão com a cruz de ouro de Marianne estava aninhado dentro da pequena caixa forrada de veludo azul. Um nó se formou na garganta de Abra e ela não conseguiu falar. O pastor Zeke pegou o colar da caixa e parou atrás dela. Abra sentiu os dedos roçarem sua nuca.

— Pronto. Esse é o lugar dele. — Ele falava com uma voz suave e um pouco rouca. Pôs as mãos em seus ombros e os apertou levemente, antes de voltar a ficar diante dela.

Abra tocou a cruz e lutou contra as lágrimas. Não conseguiu balbuciar nem um simples obrigada quando o fitou.

A expressão do pastor Zeke era terna.

— A mãe dela lhe deu isso. — Ele sorriu com afeto. — Espero que você use como lembrança dela.

Abra assentiu com a cabeça, incapaz de articular uma palavra sequer.

— Ora, se não está um chuchuzinho! — Mitzi aproximou-se deles e envolveu a cintura de Abra com o braço. — Toda arrumadinha e nenhum lugar para ir. Você está ficando tão bonita que Peter vai ter que usar um bastão de beisebol para afastar os rapazes.

Abra riu, com os olhos turvos. Quando olhou para o pastor Zeke outra vez, viu que alguém já o havia puxado para outro lugar. Mitzi notou a direção de seu olhar.

— O pobre homem nunca tem um momento de folga, não é?

— Parte do trabalho — disse Joshua, e Abra percebeu que ele a estava observando o tempo todo. Sentiu uma onda de calor subir pelo rosto.

— Bem — falou Mitzi, com um brilho nos olhos —, é algo a se pensar se você pretende seguir essa mesma linha de trabalho.

Joshua riu.

— Acho que Deus está me chamando em outra direção.

— Nunca se sabe o que Deus tem em mente até ele ter terminado. — Mitzi olhou para ambos, com um sorriso estranho brincando nos lábios. — E ele parece nos espalhar em mil direções, não é? Sal da terra e tudo isso... Com um pouquinho de tempero aqui e ali. — Ela envolveu os dois com os braços e os levou consigo. — Falando em tempero, venham, meus queridos. É melhor pegarmos alguns hambúrgueres antes que acabem!

Joshua subiu até as colinas e sentou-se em um lugar de onde podia admirar Haven. O acampamento tinha uma dúzia de barracas montadas, com famílias começando a preparar churrascos. O estacionamento do Riverfront Park estava lotado, e adolescentes estendiam-se sobre toalhas de praia enquanto famílias faziam piqueniques sob as sequoias e crianças brincavam em uma área cercada do rio.

Desde sua formatura no mês anterior, ele dedicara todo o seu tempo ao aprendizado de marcenaria com Jack Wooding. Adorava os sons das serras e martelos, o cheiro de serragem. Gostava de ver casas se erguerem, sabendo que fazia parte do processo. Mas, depois que chegava em casa, tomava um banho e preparava seu jantar, mal tinha energia para conversar com o pai.

Não era frequente ter um dia de folga, mas, quando isso acontecia, ele ia até ali para respirar ar fresco e rezar. O futuro parecia tão incerto. A Coreia do Norte tinha invadido a Coreia do Sul, e as Nações Unidas haviam aprovado a ação militar, o que significava que os Estados Unidos estavam sendo levados à guerra. Vários homens conhecidos de seu pai que estavam na reserva do exército já haviam sido chamados para se apresentar. E o alistamento fora reativado. Joshua sentia uma inquietude na alma, um anseio que não sabia definir.

Priscilla o havia chamado de lado, no culto de domingo, e dito que ela e Peter estavam preocupados com Abra.

— Ela passa todo o tempo no quarto, lendo, ou na casa de Mitzi praticando piano. Diz que está tudo bem, mas eu não acho que esteja. Peter tentou conversar com ela, mas mal chegamos perto e ela já ergue sua parede invisível.

Ela não pediu, mas Joshua sabia que Priscilla esperava que ele se dispusesse a conversar com Abra para descobrir o que estava se passando dentro dela.

Ele se surpreendeu com quanto queria ir. Abra tinha apenas treze anos, caramba. E ele tinha dezoito. Ela ainda era uma criança, embora ele houvesse notado, na festa de formatura, como estava crescendo depressa. Seus cabelos haviam adquirido um tom de vermelho mais escuro, e ela apresentava os primeiros sinais de um corpo de mulher. Seu pai o notou reparando nela e lhe lançou um olhar estranho. Ele rira de si mesmo. Quase dissera a Priscilla para procurar outra pessoa, mas não queria que ela pensasse que ele não se importava. Só não sabia como incentivar uma menina de treze anos sem lhe dar a impressão errada.

Ele a amava desde que se entendia por gente. Quando seu pai a deu para Peter e Priscilla, ele sofreu. Agora, estava preocupado. Não conseguia tirar Abra do pensamento. Não conseguia afastar suas inquietações. Priscilla, sem querer, ou talvez por querer, colocara aquilo em sua cabeça. *Abra está sofrendo, Senhor. É por causa do passado? Ou é por alguma coisa que está acontecendo agora? E o que poderia ser?* Seria apenas angústia adolescente? Conflitos com Penny? Como ele poderia saber se não passasse mais tempo com ela?

*Abra precisa de um amigo. Nada mais que isso. E nada menos também.*

Joshua estava voltando para a cidade quando a avistou atravessando a ponte a pé. Ela nem notou a caminhonete se aproximando, até que ele tocou a buzina e a chamou pela janela aberta.

— Quer uma carona?

— Ah, oi. Claro. — Ela abriu a porta e subiu.

— Eu estava pensando em você agora mesmo, e aí você aparece. — Joshua engatou a marcha. — Faz semanas que não te vejo.

— Tenho andado ocupada.

Os cabelos dela estavam úmidos, as faces coradas de sol.

— Estava nadando no Riverfront Park?

— Hoje foi a primeira vez que fui. E não vou voltar.

— Brigou com Penny?

— Não. — Ela ergueu um ombro e olhou pela janela. — Só não gosto de ir lá.

Ah. Ele sabia por quê, mas achou melhor não dizer mais nada.

— Então... quais são seus planos para o resto do dia?

— Eu? — Ela deu uma risada irônica. — Planos?

— Ótimo. Estou morrendo de fome. Que tal um hambúrguer, fritas e um milk-shake? Você pode ligar para casa do Bessie's e avisar que está comigo. Acho que eles não vão se incomodar.

Toda a angústia deixou seu rosto e ela lhe deu um sorriso que o derreteu.

A nova garçonete, Susan, anotou o pedido. Joshua entendia agora por que seu pai estava fazendo mais refeições no Bessie's. Perguntou a Abra como estava indo seu verão e ela respondeu:

— Devagar.

Ele lhe disse que ela estava ficando melhor no piano a cada domingo, e ela falou que ainda sentia um frio no estômago toda vez que tocava na igreja.

— Mitzi insiste que vou superar isso, mas ainda não consegui.

— Como ela te convenceu a tocar?

— Disse que, se eu tocasse na igreja, ela me ensinaria ragtime. Eu a estou fazendo manter a promessa.

Ele riu.

— Poderia ser interessante se você misturasse os dois estilos.

Ela lhe deu um sorriso travesso que o fez lembrar Mitzi, depois mudou de assunto.

— O que você tem feito durante todo o verão? Ainda está saindo com Lacey Glover?

— Nós terminamos faz duas semanas.

— Você está sofrendo?

Ele apoiou os braços na mesa.

— Ainda somos bons amigos.

O sorriso solidário de Abra tornou-se amargo.

— Vou contar para a Penny. O coração dela vai dar pulos ao saber que você está livre de novo. E ela nem vai lembrar mais de Kent Fullerton.

Ele não gostou do tom maldoso.

— Não seja uma fedelha.

Ela pareceu pronta para se defender, mas mudou de ideia e se recostou de novo no assento.

— Às vezes fico cansada de fingir.

— Fingir o quê?

Ela olhou para ele e sacudiu a cabeça.

— Não importa.

— Importa, sim. Para mim. — Ele se inclinou para frente. — O que está incomodando você?

— Tudo. Nada. Eu nem sei. Só quero... — Ele podia perceber sua luta interior e a frustração em seu rosto. Ela desistiu de tentar explicar e deu de ombros. — Meu hambúrguer, fritas e milk-shake. — Abra sorriu educadamente enquanto a garçonete entregava seus pedidos.

— Você é nova na cidade, não é? — disse Joshua, antes que a garçonete se afastasse. Ela confirmou, e ele estendeu a mão. — Sou Joshua Freeman, filho do pastor Zeke, e esta é minha amiga Abra Matthews. Aposto que a Bessie está feliz por tê-la aqui.

— É o que ela diz. — Susan deu um sorriso sem alegria. Olhou de um para outro. — É um prazer conhecê-los. — Teria sentido algo estranho?

Joshua fez uma rápida oração de agradecimento e pegou seu hambúrguer.

— Você também está interessada no salva-vidas?

— Penny me mataria durante o sono. — Ela bateu no fundo do pote de ketchup, e o molho saiu em uma enxurrada.

Joshua riu.

— Nada como um pouco de hambúrguer com seu ketchup.

Ela riu também.

— Então, como vocês conheceram Kent Fullerton?

Ela pegou o hambúrguer.

— Bem, nós não o conhecemos, exatamente. Ele é salva-vidas no parque. Vai para o último ano do colégio no próximo período e é do time de futebol. Todas as meninas são loucas por ele.

— Inclusive você?

Ela acabou de engolir e lhe dirigiu um olhar cômico.

— Ele é um adônis loiro e bronzeado que ficaria perfeito com Penny. — Deu de ombros e mordeu o sanduíche.

Ele mudou de assunto.

Abra lhe contou sobre a lista de livros clássicos que Peter lhe dera. Já havia lido seis. Ela relaxou e fez imitações espirituosas de diálogos dos romances de Jane Austen. Joshua riu.

Depois de comer, eles foram para a praça ouvir a banda. Famílias se reuniam ali. Alguns casais mais velhos dançavam diante do coreto. Joshua pegou a mão de Abra.

— Venha. Vamos também.

— Está brincando? — Ela fincou os pés no chão. — Não sei dançar!

Joshua a puxou.

— Não seja covarde. Eu ensino. — Ele lhe mostrou um passo simples, depois pôs a mão dela em seu ombro e a colocou em posição de dança. Abra pedia desculpas toda vez que pisava no pé dele. — Levante a cabeça, Abra. Pare de olhar para os pés. — Ele sorriu. — Confie em mim. Feche os olhos e sinta a música. — Abra pegou o jeito mais depressa depois disso.

Outros casais vieram dançar também. Então o relógio na torre do sino tocou. A música terminou. Joshua a soltou.

— Melhor eu levar você para casa.

Abra caminhou ao lado dele. A expressão abatida que ele tinha visto na ponte se fora. Ela parecia feliz e tranquila, mais compatível com a criança que deveria ser.

— Que tal fazermos uma caminhada em meu próximo dia de folga?

— Claro. — Ela lhe dirigiu um sorriso radiante. — Quando vai ser?

— Domingo. E estou falando de uma subida de cinco quilômetros, não de uma volta no quarteirão. — A caminhonete sacudiu e morreu duas vezes antes de pegar. — Acha que consegue?

— Não sei. — Ela sorriu. — Tem certeza de que não precisa trabalhar nesta lata-velha?

Ele retribuiu o sorriso.

— Nunca aos domingos.

═════

Joshua sabia que o pai não estaria em casa ainda. Ele tinha avisado que ia até a casa dos MacPherson conversar com Gil, que não estava bem desde que voltara da guerra. Sadie ligava a intervalos de poucas semanas e pedia que o pastor fosse visitá-lo. Ele não contava muita coisa, exceto que Gil tinha trabalhado na unidade médica e vira mais do que qualquer homem deveria ver.

Joshua pegou a correspondência na caixa de correio e subiu os degraus da frente, espiando os envelopes. O último da pilha, dirigido a ele, foi como um chute no estômago.

Ele pôs a correspondência do pai sobre a mesa da cozinha, com o coração batendo forte, e abriu sua carta. Depois tornou a dobrá-la e a enfiá-la no envelope. Olhou em volta e decidiu colocá-la dentro da Bíblia, para que ficasse mais segura.

Ouviu o ronco do Packard. Joshua não queria contar ao pai, ainda não. Queria meditar sobre aquilo e absorver a ideia primeiro. Precisava de um pouco de tempo antes de dar a notícia. Sentia-se como se houvesse um elefante sentado em seu peito.

O verão de repente pareceu muito diferente de como ele imaginara algumas horas antes, enquanto dançava com Abra.

Talvez Deus quisesse fechar essa porta.

# 3

> *Perdoe seus inimigos, mas nunca*
> *esqueça o nome deles.*
> JOHN F. KENNEDY

Abra ficou contente quando Joshua manteve sua promessa e a levou para uma caminhada no domingo à tarde. Durante as semanas seguintes, sempre que saía cedo do trabalho, ele a pegava e a levava ao Bessie's para uma porção de fritas e um milk-shake. Dizia-lhe para parar de reclamar de Penny e Priscilla e falar de livros, ou dos cursos que ia fazer, ou do que queria ser quando crescesse.

Na maioria dos domingos, eles saíam para caminhadas. Joshua a obrigava a manter o ritmo, não parando até que ela sentisse como se tivesse uma espada espetada na lateral do corpo e mal pudesse respirar.

— Certo. Vamos parar aqui.

Abra se sentou, sentindo-se grudenta de suor. Joshua sorriu e tirou a mochila das costas.

— Na semana que vem, vamos até o topo da montanha.

— Supondo que eu concorde em fazer outra caminhada com você. — Ela se deitou de costas, com os braços estendidos para os lados.

— Mais uns oitocentos metros e estaremos lá. A vista vai valer a pena, eu garanto.

— Me conte quando voltar. — Ela se sentou, abriu o cantil e o teria esvaziado se ele não a impedisse.

— Só alguns goles, ou você pode ficar enjoada. — Ele abriu a mochila e lhe entregou um sanduíche. A pasta de amendoim e a geleia haviam se derretido no pão. O sabor era divino.

Ela tomou mais uns goles de água e olhou para ele.

— Você não falou muito hoje.

— Estou com a cabeça cheia.

— Com o quê?

— Suba até o alto da montanha e conversamos sobre isso. — Seu sorriso era brincalhão, mas os olhos pareciam sérios. Ele comeu sem falar. Estava sentado ao lado dela, mas parecia estar a milhares de quilômetros de distância.

Abra terminou o sanduíche e se levantou.

— Vamos. — Ele a fitou, parecendo hesitante. — Levante logo. Você disse que queria chegar ao topo e me mostrar a vista. Então vamos.

Ele recolheu os restos de papel na mochila, prendeu-a nas costas e seguiu na frente. Abra sentia o medo espicaçando-a à medida que o seguia. Quinhentos metros depois, estava ofegante outra vez. Suas pernas doíam. Os pés estavam quentes dentro dos tênis de lona vermelha. Apertando os dentes, ela não reclamou. Sentiu-se triunfante quando viu o topo. Joshua tirou a mochila das costas e a soltou no chão. Abra contemplou, admirada, a vista de Haven.

— Dá para ver tudo daqui.

— Quase. — Ele parecia estar absorvendo a paisagem.

Ela vinha pensando em todos os tipos de possibilidade.

— E então? Você e Lacey Glover voltaram e vão se casar?

— Casar? De onde tirou essa ideia? Não estou saindo com ninguém. Eu fui... — Ele parou tão abruptamente que ela soube que não gostaria do que viria a seguir.

— Foi o quê?

Ele parecia abatido.

— Convocado.

Abra fechou os olhos, com os lábios trêmulos. Lembrou-se de estar em pé no cemitério, vendo o caixão de Marianne ser baixado na terra.

Deixou-se desabar no chão, apoiou os cotovelos nos joelhos e a cabeça nas mãos. Suprimiu um soluço.

— Por que você tem que ir?

— Porque fui chamado. — Ele se sentou ao lado dela. — Isso não significa que não vou voltar.

Doía respirar.

— Então você me trouxe até aqui em cima para contar isso.

— Estou adiando há semanas. Não queria estragar o tempo que ainda me restava com você.

Abra tinha medo de perguntar, mas precisava saber.

— Você vai para a Coreia?

Ele meneou a cabeça.

— Não sei. Campo de treinamento primeiro, depois vou receber as ordens de onde terei que servir. — Ele franziu a testa. — Temos bases na Europa e no Japão. Eu digo a você assim que souber.

Abra se encostou nele e Joshua envolveu os ombros dela com um dos braços. Ela se aproximou ainda mais, até seu quadril se pressionar contra o dele.

— Eu te amo.

Ela o sentiu beijar o alto de sua cabeça.

— Eu também te amo. Sempre amei. Sempre amarei.

— Quantas pessoas sabem que você vai?

— Papai. Jack Wooding. E agora você.

— E Penny? Peter e Priscilla?

— Você pode contar a eles. Acho que Priscilla já adivinhou. — Ele acariciou o alto da cabeça dela com o queixo. — Quando você vai começar a chamá-los de mãe e pai?

Abra se aconchegou de encontro a ele e chorou.

— Prometa que vai voltar para casa.

— Prometo tentar.

———

Abra correu da escola para casa, ansiosa para ver se havia chegado outra carta de Joshua. Ele estava em Fort Ord. Descreveu a base perto da baía de Monterey e disse que havia sido designado para um quartel temporário, depois para um quartel de treinamento, onde recebeu seu uniforme. Um suboficial líder de pelotão supervisionaria o treinamento ao longo das oito semanas seguintes. Mais cartas se seguiram.

*Nosso suboficial é duro, mas todo mundo aqui o respeita. Ele sobreviveu ao dia D, então tudo o que ele diz tem peso. Marchamos para toda parte e nos exercitamos várias vezes por dia. Gosto do desafio das pistas de obstáculos, mas estou ficando cansado de correr quilômetros em formação todos os dias, faça chuva ou faça sol...*

Ele disse que sentia falta de ter um tempo sozinho nas colinas. Todas as horas de seu dia eram programadas, e sempre na companhia dos outros homens.

*Meu colega de beliche é da Geórgia e também é cristão. Ele tem uma voz melhor que a minha e canta tão alto na capela que alguns homens riem dele. Ele diz "amém" toda vez que o capelão faz uma observação, o que me espantou no começo. Estou me acostumando. Ele trabalhava para um fazendeiro de amendoins, mas entrou para o exército quando soube que o presidente Truman tinha acabado com a segregação nas Forças Armadas.*

Joshua teve sua primeira licença e a passou em Cannery Row com colegas do quartel. Abra foi à biblioteca e pegou *Cannery Row*, ou *A rua das ilusões perdidas*, de John Steinbeck. Em sua carta seguinte, ela perguntou se ele estava procurando o Bear Flag Restaurant, um bordel no livro. Joshua escreveu uma resposta rápida:

*Se você está perguntando o que eu acho que está, a resposta é não! Eu não estava atrás de garotas. Queria algo melhor para comer do que a comida do exército. Diga a Bessie que estou com saudade da comida do Oliver.*

Mitzi quis que Abra estudasse no piano de cauda da igreja. Assim, todos os sábados, elas se encontravam lá. Mitzi lhe dava instruções, depois a deixava praticar enquanto conferia os hinários nos bancos ou encontrava algo para fazer no salão comunitário. O pastor Zeke ia muitas vezes ao santuário e se sentava para escutar.

— Você está cada vez melhor, Abra.

Ela se pegava esperando por ele. O pastor sempre ficava em silêncio até que ela terminasse de praticar, então perguntava se Abra tinha alguma notícia de Joshua.

— Recebi uma carta ontem. Ele disse que está descobrindo músculos que nem sabia que tinha. E foi para Monterey outra vez.

— Ele faz Monterey parecer um lugar bonito, não é?

— Ele vem para casa depois do treinamento?
— Esperemos que sim.

Ela não falava tanto assim com o pastor Zeke desde que deixara de morar na casa dele.

========

Joshua adorava a hora do correio. Seu pai escrevia com frequência, mas Abra estava escrevendo cada vez menos, e suas cartas eram curtas e artificiais.

*Querido Joshua,*
*Como está? Espero que bem. Eu estou indo, me esforçando muito.*

Ela escrevia sobre lições de casa e professores, mas nunca sobre Penny ou suas outras amigas.

Rasgando o envelope da carta do pai, Joshua desdobrou a única folha, cheia da caprichada letra cursiva do pastor.

*Meu querido Joshua,*
*Que esta carta o encontre bem em corpo e espírito. Sinto falta de nossas longas conversas durante o café da manhã. Fico contente por você ter encontrado amigos dispostos a passar algum tempo em estudos da Bíblia. Quando dois ou três se reúnem em nome de Cristo, ele está entre vocês e os confortará e fortalecerá quando mais precisarem.*
*Priscilla e Peter estiveram aqui. Eles estão muito preocupados com Abra, como eu também. Ela vai à casa de Mitzi todos os dias depois da escola agora. Mal fala com Penny. Priscilla acha que Abra talvez esteja com ciúme por causa de algum rapaz que goste de Penny. Eu rezo para que elas venham a se afeiçoar, como deve ser entre irmãs. Elas eram tão próximas antes de Peter e Priscilla adotarem Abra. Todos nós esperávamos que essa amizade crescesse a ponto de se tornar uma verdadeira ligação fraternal.*
*Abra tem uma boa amiga em Mitzi. Ela é uma boa mulher, que ama o Senhor. Sei que fará todo o possível para manter Abra dentro do barco enquanto ela desce a correnteza.*
*Agora falemos de coisas mais felizes: Abra está se tornando uma pianista maravilhosa. Ela disse a Mitzi que não sente mais vontade de vomitar toda vez que toca diante da congregação. Às vezes eu acho que*

ela quer falar comigo e deixo minha porta aberta. Mitzi nos dá espaço, mas Abra se mantém em silêncio. Eu traí a confiança dela e só posso rezar, esperar e desejar que, um dia, ela aceite o meu amor outra vez.

———

Querido Joshua,

Você vai ficar feliz de saber que eu e Penny estamos nos falando outra vez. Nós duas gostávamos de Kent Fullerton. Lembra o adônis de quem eu falei para você? Ele é nosso quarterback, a estrela do time, e metade das meninas da escola vive atrás de sua atenção. Ele parecia ter algum interesse por mim, até Penny decidir roubá-lo. Mas fácil vem, fácil vai. Agora ela está de coração partido porque ele está saindo com Charlotte. Penny disse que tinha a ver com a regra de Peter de não namorar até os dezesseis anos, mas eu acho que tem a ver com querer uma garota que concorde em se sentar na última fila do cinema. Você sabe o que eles fazem na última fila, não sabe? Penny até que está se saindo bem fingindo que não se importa.

Estou com saudade de você, Joshua. Não como hambúrguer com milk-shake desde que você foi embora! Mas também estou muito brava. Você convidou seu pai para a cerimônia de graduação em seu campo de treinamento. Por que não me convidou? Eu iria. Pouco me importo se eu faltasse à igreja pelo resto de minha vida! E não me diga que eu deveria ter vergonha por meu mau comportamento. Já ouço isso o bastante de Mitzi.

Estou brava com ela também, agora. Ela já me fez aprender a tocar todos os hinos do livro, mas ainda não acha que é suficiente. Agora quer que eu decore um hino diferente a cada semana. Fiquei tão furiosa que tive vontade de lhe dar um soco. Ela só abriu um sorriso.

Peguei a partitura de "Maple Leaf Rag" e disse que não ia mais devolver. Ela foi direto até a varanda e gritou bem alto, para todos na vizinhança ouvirem, que eu nunca acertaria o ritmo sem ela. Priscilla e Peter disseram que eu posso praticar em casa, mas eu sei que isso não vai durar. Há sempre o piano da igreja, mas não acho que seu pai ou o conselho iam aprovar. Você acha? Ha-ha.

Volto a escrever logo. Amo você.

Abra

———

Zeke entrou no café de Bessie e encontrou as mesas cheias de clientes matinais. Avistou Dutch em uma banqueta no balcão e acomodou-se ao lado dele.

— Bom dia.

Susan Wells estava a alguns metros de distância, anotando um pedido. Deu uma olhada para Zeke.

— Só um minuto, pastor Freeman.

Dutch olhou para ele solenemente.

— Alguma novidade do seu menino?

— Ele está no Texas, treinando para trabalhar na unidade médica.

O homem esfregou a testa e apoiou os braços no balcão.

— Não há muito que eu possa dizer, não é? — Tomou um gole de café.

— Como está Marjorie?

— Ela ainda não quer marcar uma data.

Zeke sabia qual era o problema.

— Você já guardou aquela foto da Sharon?

Dutch franziu a testa, como se estivesse pensando no assunto.

— É isso que a está incomodando?

Bessie saiu da cozinha com pratos sobre o braço e entregou os pedidos de café da manhã em uma mesa perto da porta.

— Bom dia, Zeke. Susan, cuide bem dele.

Susan pôs uma caneca na frente de Zeke e a encheu de café fumegante, antes de tornar a encher a de Dutch. Uma campainha soou, e Susan foi para a cozinha.

Ela voltou e perguntou se Zeke queria fazer seu pedido. Ele disse que queria um café da manhã completo e um suco de laranja. Ela não se demorou junto à mesa.

Dutch a observou enquanto ela se afastava.

— Acho que ela não gosta muito de você.

— Eu a deixo nervosa.

Ele riu.

— Você me deixava nervoso também. Eu sabia que você estava atrás da minha alma. — Dutch levantou a mão, pedindo a conta. — Preciso voltar ao trabalho. — Susan pôs a conta no balcão diante dele. Enquanto ela ia em direção à caixa registradora, Dutch levantou-se e bateu nas costas de Zeke.

— Boa sorte, meu amigo. Acho que você vai precisar.

Zeke pegou a carta mais recente de Joshua no bolso do casaco. Já a tinha lido uma dúzia de vezes e leria mais uma dúzia antes de receber outra.

Perguntou-se o que a guerra faria com Joshua. Alguns homens sobreviviam fisicamente, mas voltavam para casa com a alma ferida. Gil MacPherson ainda enfrentava episódios de depressão profunda. O início da Guerra da Coreia fizera com que seus pesadelos recomeçassem. O pobre homem ainda sonhava com a carnificina na Normandia e com os amigos que morreram lá, um deles em seus braços. Vários outros manifestavam fadiga de combate em graus menores. Michael Weir trabalhava sem parar, deixando a esposa sozinha e solitária. Patrick McKenna bebia em excesso.

*Ah, Deus, meu filho, meu filho...*

Seu filho era um homem de paz chamado para a guerra. Ele estaria no meio da luta, viajando com sua unidade, transportando suprimentos médicos. Precisaria estar pronto para dar auxílio de emergência aos feridos. Zeke tinha de se lembrar com frequência que, o que quer que acontecesse, Joshua jamais estaria perdido. Seu futuro estava seguro e garantido, ainda que o corpo não estivesse. Apesar de saber disso, o medo podia ser um inimigo implacável, atacando-o quando ele estava cansado e mais vulnerável.

— Uma carta de seu filho?

Surpreso, Zeke levantou os olhos. Susan segurava seu prato de café da manhã e um bule de café.

— Sim. — Ele dobrou a carta e a guardou no bolso do casaco.

Ela colocou o prato na mesa.

— Sinto muito. Não devia ter perguntado.

— Foi gentileza sua perguntar. — Zeke sorriu. — Ele está indo bem, mas pedindo orações que o ajudem a estar à altura do trabalho que vão lhe dar.

— Que trabalho ele terá?

— Unidade médica.

— Ah. — Ela fechou os olhos.

A reação dela abriu espaço para que um dos dardos de Satã atravessasse uma brecha na armadura de Zeke. O medo o apertou por dentro. *Senhor!*, Ele rezou. *Senhor, eu sei que seu amor por ele é ainda maior que o meu.*

— Deus é soberano, mesmo em tempos de guerra. — Ele pegou o guardanapo e desenrolou os talheres.

— O senhor não está com medo por ele?

— Ah, eu tenho medo, mas, toda vez que ele me ataca, eu rezo.

— Rezar nunca me adiantou de nada. — A expressão dela se tornou perturbada. — Mas acho que Deus escuta mais os ministros do que alguém como eu. — Ela se afastou, antes que ele pudesse fazer algum comentário, e se manteve a distância. Encheu a caneca dele mais uma vez e pôs a conta sobre o balcão. Zeke deixou dinheiro suficiente para cobrir a despesa, além de uma gorjeta generosa. Ele virou a conta e escreveu no verso: "Deus ouve a todos, Susan".

## 1951

*Querido Joshua,*

*Peter disse que treinar para a unidade médica significa que você vai para a Coreia. É verdade? Eu espero que ele esteja errado. Se não estiver, espero que a guerra termine antes de você acabar o treinamento! Peter ouve o noticiário todas as noites, e Edward R. Murrow nunca diz nada de bom sobre a Coreia.*

*O Natal foi bom. Mitzi ajudou com a procissão. O sr. Brubaker tocou piano este ano. Você sabia que ele já foi pianista de concerto? Mitzi diz que ele tocou no Carnegie Hall. Ela falou para Priscilla e Peter que eu deveria ter aulas com ele uma vez por semana. Perguntei a ela se estava querendo se livrar de mim. Ela diz que nós podemos nos concentrar no ragtime agora. Penny e eu fomos ver Cinderela.*

*Fora isso, eu estudo, faço minhas tarefas de casa e pratico piano como uma boa menina. Essa é a soma total de minha vida entediante e patética. Haven é o lugar mais chato da Terra.*

*Quando eu crescer, vou me mudar para uma cidade grande bem longe daqui. Você vai me visitar em Nova York ou New Orleans e ver a festa de Mardi Gras! Talvez eu vá para Hollywood e vire artista de cinema. Quero viver em algum lugar empolgante, onde as pessoas se divirtam! Você me deve duas cartas agora.*

*Com amor, Abra*

Abra chegou da casa de Mitzi depois de uma longa aula com o sr. Brubaker. Priscilla a cumprimentou e continuou descascando batatas.

— Há uma carta de Joshua em cima da sua cama.

Abra correu para cima. Não tinha notícias de Joshua desde que ele voltara para casa de licença, antes do Dia de Ação de Graças. Ele a levara ao Bessie's Corner Café uma vez, e ela se sentira estranhamente tímida com ele. Joshua parecia diferente. Tinha uma postura mais ereta e parecia mais velho, mais reservado. Não era mais um garoto, e ela percebia com nitidez os cinco anos de diferença entre eles. Nunca havia tido dificuldade para conversar com Joshua antes, nem sentira os estranhos formigamentos quando ele a olhava.

Abra largou os livros sobre a mesa e estendeu a mão para o fino envelope militar com listras azuis e vermelhas. Rasgou a ponta com cuidado. Eram poucas linhas desta vez.

*Querida Abra,*

*Quando você ler isto, eu estarei no ar, a caminho da Coreia. Eu disse ao papai que não queria que ninguém soubesse que eu já havia recebido minhas ordens. Isso estragaria o tempo que eu tinha para passar em casa. Desculpe por não ter me despedido. Naquele momento, achei que era melhor assim. Agora me arrependo.*

*Estou rezando para você manter sua mente firme em Jesus e confiar nele, o que quer que aconteça. Deus tem um plano para cada um de nós, e este é o plano dele para mim. Farei o meu melhor para cumprir meu dever e voltar para casa inteiro.*

*Agradeça a sua mãe pela fotografia.*

*Vou amar você para sempre.*

*Joshua*

Abra chorou.

========

Zeke assumiu seu lugar na cadeira do pastor, à direita do púlpito, enquanto Abra terminava um pot-pourri de hinos e a congregação se acomodava nos assentos. A menina melhorara de forma notável no piano, desde que Ian Brubaker começara a trabalhar com ela. Tocava com mais habilidade do que Marianne jamais alcançara, mas a destreza técnica não bastava para substituir um jorro de emoções no desempenho da música. Zeke rezava enquanto a observava e escutava. *Senhor, o que será preciso para abrir o coração dessa criança para toda a profundidade de seu amor por ela?*

Zeke avistou um rosto novo entre os já habituais. Susan Wells estava sentada no último banco, movendo-se ligeiramente para a direita a fim de se ocultar atrás dos Beamer e dos Callaghan. Zeke quase sorriu, mas achou melhor se conter. Preferiu deixá-la pensar que ele não a havia notado. Não queria que ela escapasse pela porta e fugisse. Já vinha fugindo há muito tempo e parecia cansada disso.

Abrindo sua Bíblia, Zeke procurou o Sermão da Montanha. Ouviu-se o som de páginas virando nos bancos enquanto ele começava a ler em voz alta.

— Bem-aventurados os pobres em espírito, porque deles é o reino dos céus. Bem-aventurados os aflitos, porque serão consolados. Bem-aventurados os mansos, porque herdarão a terra. Bem-aventurados os que têm fome e sede de justiça, porque serão saciados.

Todos ficaram sentados, esperando, enquanto Zeke fazia uma oração silenciosa para que o Senhor lhe desse as palavras que precisavam ser ditas, então ele começou a falar. Ross Beamer recostou-se mais no banco e Zeke teve um vislumbre de Susan atrás dele. Nada se revelava em seu rosto, mas ele sentia sua fragilidade e seu anseio.

Seu coração doeu pelo que percebeu nela. Será que ela iria embora antes que ele tivesse uma oportunidade de lhe dar as boas-vindas? Talvez outros lhe oferecessem amizade, se ela não pudesse aceitar a dele.

O culto estava terminando. As pessoas se levantavam e se moviam para o corredor central, enquanto Abra tocava o hino de encerramento. Zeke pensou que Susan já teria ido embora antes que ele chegasse ao último banco, mas ela foi retida pela velha Fern Daniels, que sempre ficava atenta a recém-chegados. Mitzi também logo estaria ali. Zeke esperava que aquela atenção focada e amorosa delas não afugentasse Susan. Ele ficou em pé do lado de fora, apertando mãos e falando com as pessoas que iam saindo da igreja. A maioria lhe agradecia, fazia comentários gentis ou mantinha uma conversa rápida antes de se dirigir ao salão comunitário, onde havia uma mesa servida.

Marjorie Baxter deu o braço para Dutch ao chegarem perto dele.

— Temos boas notícias, Zeke. — Ela parecia feliz. E Dutch também.

— Vi o anúncio do noivado no *Chronicle*. Parabéns.

Fern Daniels estava de braço dado com Susan quando a apresentou à sra. Vanderhooten e a Gil e Sadie MacPherson. Todos saíram pela porta da frente. Susan evitou olhar para ele. Fern abriu um amplo sorriso.

— Zeke, quero lhe apresentar Susan Wells. Susan...

— Nós já nos conhecemos — ela disse, e Fern pareceu surpresa, depois tão interessada que Susan tratou de explicar logo. — Eu trabalho no Bessie's Corner Café. O pastor Freeman toma o café da manhã lá algumas vezes por semana.

— Ah, mas ninguém o chama de pastor Freeman, querida. Ele é o pastor Zeke para todos na cidade. — Ela deu uma batidinha maternal no braço dele. — Todos aqui somos uma família e adoraríamos que você se juntasse a nós.

— Só estou visitando.

— Sim, claro. E pode visitar quantas vezes quiser. Ah, ali está nossa pequena Abra. Querida, venha até aqui. — Ela acenou. — Susan, esta é Abra Matthews. Ela não é uma pianista maravilhosa?

— Sim, ela é.

— Não tão boa quanto Brubaker, sra. Daniels. — Abra apertou a mão de Susan.

— Ah, bobagem. — Fern espantou o comentário com a mão, como se fosse uma mosca incômoda. — Ele esteve na Juilliard. Você brilha também. — Ela se inclinou na direção de Susan. — Abra toca desde que era do tamanho de um gafanhoto. No começo, ficava apavorada de se sentar ali na frente de todos, mas vem tocando melhor a cada semana. — Fern olhou em volta, à procura de outros para apresentar. Susan parecia pronta para correr em busca de abrigo. — Mitzi! Venha aqui. Quero lhe apresentar uma pessoa.

Zeke riu.

— Você ficará bem, Susan. Elas não mordem.

Mitzi e Fern acompanharam Susan até o salão comunitário.

Abra ficou para trás.

— Tem alguma notícia de Joshua, pastor Zeke?

Joshua era o único assunto em comum entre eles.

— Recebi uma breve carta que dizia que ele havia chegado ao Japão e seria transportado de barco pelo estreito da Coreia até Pusan. E você?

— Nada. — Ela parecia preocupada. — Peter disse que Hoengseong foi destruída. Joshua não estava lá, não é? Peter disse que os comunistas estavam passando por cima de nossas unidades como uma onda humana.

Zeke vinha lendo os jornais e acompanhando as notícias pelo rádio também.

— Hoengseong fica no meio da Coreia do Sul. Ele não devia estar lá quando a batalha aconteceu, mas pode ter ido depois. Não disse se ficaria com uma unidade ou em um posto médico. Temos que esperar até ele escrever e rezar para que Deus o mantenha em segurança.

Ela parecia zangada agora, à beira das lágrimas.

— Bom, espero que Deus o escute. A mim, ele nunca escutou. — Ela se virou e desceu correndo os degraus.

═══

Joshua estava no país há apenas uma semana e já se sentia exausto. E piorava a cada dia. Nunca estivera tão cansado na vida. O avanço para Chipyong-ni e as montanhas a sudeste fora fatigante. Suas costas e pernas ardiam. O terreno era acidentado, a temperatura mal chegava a dez graus ao meio-dia. Joshua carregava uma caixa de metal, bolsas e uma M1911 .45 ACP que só usaria para salvar a si mesmo ou a um paciente.

Já havia sido avisado de que os comunistas não respeitavam a Convenção de Genebra e usariam a cruz vermelha em seu capacete como alvo. Como precaução, ele a cobriu de barro, mas a chuva a havia lavado. Já ficara encurralado mais de uma vez, com fogo inimigo acertando o chão à sua volta. Seus companheiros diziam que tinham sorte porque os comunistas eram ruins de mira, mas Joshua creditava aquilo a Deus e a algum grupo de anjos que ele tivesse enviado para mantê-lo vivo.

Os tiros vinham da colina acima. Joshua se deitou, a fim de se proteger.

— Mantenham a cabeça baixa!

Granadas voavam de cima da colina. Um homem gritou e caiu. Houve uma explosão perto dele. Joshua se levantou e, com o corpo curvado, correu colina acima para chegar ao homem ferido.

— Boomer! — Eles haviam rezado juntos e conversado sobre suas famílias. Os pais de Boomer plantavam milho e criaram oito filhos, cinco deles homens, em Iowa. Ele compartilhava a mesma fé de Joshua, mas tinha uma sensação de que as coisas não iriam bem para ele naquele dia. Dera uma carta a Joshua para que ele a enviasse para sua casa se algo lhe acontecesse. Joshua a havia guardado no bolso do casaco.

Boomer estava estendido de costas, com uma grande mancha vermelha no centro do peito, os olhos muito abertos, olhando para o céu cinza como aço. Joshua os fechou com delicadeza, enquanto uma metralhadora despejava uma chuva de tiros. Explosões abalavam o chão em que ele estava ajoelhado. Ouviu outros homens gritarem.

— Médico! — alguém exclamou mais acima na colina. Joshua soltou a corrente do pescoço de Boomer. Prendeu uma das plaquinhas de identificação entre os dois dentes da frente dele e guardou a outra no bolso. Então, ajeitou a mochila e correu. Dois homens tinham sido atingidos. Joshua pediu ajuda, fazendo um sinal para outro assistente médico cuidar do ferido mais próximo enquanto ele se dirigia ao que estava mais distante. Balas crivavam o chão à sua volta. Ele viu uma explosão mais acima e ouviu gritos. Com o coração acelerado, as pernas queimando de exaustão, Joshua continuou correndo, com a mente focada em alcançar os homens que precisavam dele.

———

Abra não recebia uma carta de Joshua havia um mês, e tudo que Peter sabia falar era do número de homens que estavam morrendo na Coreia. Ele ligava o rádio no minuto em que entrava em casa, ansioso para ouvir as últimas notícias. O presidente Truman havia demitido o general MacArthur do comando. As forças comunistas chinesas tinham passado pela 2ª, 3ª, 7ª e 24ª divisões e marchavam para Seul, enquanto MacArthur depunha no Congresso por suas opiniões ousadas sobre como a guerra deveria ser lutada.

A última carta de Joshua tinha sido curta, quase indiferente, como se escrevesse por obrigação. Ele perguntara sobre ela. Estavam resolvidos os problemas com Penny? A vida era curta demais para guardar ressentimentos. Não respondera nenhuma das perguntas dela sobre sua vida de soldado, ou seus amigos, ou o que acontecia a sua volta. E o pastor Zeke não estava mais mostrando as cartas dele. Ela havia sido grosseira com ele. Talvez esse fosse seu modo de puni-la.

Mesmo depois que ela pediu desculpas, ele ainda não a deixou ler as cartas de Joshua.

— Não estou deixando de mostrá-las a você por despeito, Abra. Joshua escreve para mim coisas diferentes daquelas que escreve para você. É só isso.

A resposta a deixou ainda mais determinada.

— Mas era por isso mesmo que estávamos trocando as cartas, não era?

— Algumas coisas você não precisa saber.

— Como o quê?

— Como é estar no meio de um combate.

— Você poderia me contar *alguma coisa*, não poderia?

— Posso lhe dizer que Joshua precisa de suas orações. Posso lhe dizer que ele foi transferido para um posto médico perto da linha de frente.

Peter achou que estar em posto médico parecia mais seguro do que no campo de batalha.

— Pelo menos ele não está correndo com um batalhão sob fogo de artilharia.

Ela se preocupou menos até ouvi-lo comentar com o vizinho que os comunistas estavam mirando as MASH, as unidades médicas militares. Nem precisou perguntar se isso significava que Joshua talvez estivesse em perigo. Tinha pesadelos com ele deitado em um caixão e sendo baixado em um buraco na terra, ao lado da lápide de mármore de Marianne Freeman.

Priscilla a acordou no meio da noite.

— Ouvi você chorando.

Abra aconchegou-se em seus braços, aos soluços.

Penny parou à porta, com olhos sonolentos.

— Ela está bem, mamãe?

— É só um pesadelo, querida. Volte para a cama. — Os braços de Priscilla se apertaram em torno de Abra, e ela falou com ternura. — Sei que você está preocupada com Joshua, Abra. Todos nós estamos. Só o que podemos fazer é rezar. — Priscilla fez exatamente isso enquanto Abra, agarrada a ela, só esperava que o Deus que não estivera presente para ela não abandonasse Joshua.

Olhando para a escuridão pela janela do quarto, ela rezou também.

*Se o deixar morrer, Deus, vou odiá-lo para sempre. Juro que vou.*

═══

*Querido papai,*

*Tem sido difícil. Não dormi por noventa e duas horas. Acordei agora há pouco, no quartel de campanha, e não sabia como tinha chegado aqui. Joe disse que eu desmoronei. Não me lembro de nada. Gil sempre me vem à cabeça. Eu o entendo melhor agora. Rezo por ele sempre que penso nisso.*

*Recebi ordens de descansar por mais oito horas, mas queria enviar uma carta para você. Pode demorar um pouco para eu conseguir escrever outra vez.*

*Pensei que a chuva congelante e a neve fossem ruins, mas agora temos o calor. Insetos são um problema, pulgas são o pior. Todo paciente que trazemos da linha de frente está infestado. Temos que limpá-los e espirrar DDT. No campo, todos os coreanos estão infestados com vermes e parasitas. No minuto em que um médico abre um paciente coreano, os vermes começam a rastejar para fora, alguns com mais de sessenta centímetros de comprimento. Os médicos simplesmente os despejam em um balde.*

*Estamos com escassez de água, e a que está disponível é poluída com fezes. Muitos homens estão com disenteria ou febre tifoide. Há até dois casos de encefalite. Muitos refugiados em situação de pobreza, famintos, procurando abrigo em qualquer lugar que encontram e vivendo na sujeira. Mulheres recorrem à prostituição para sobreviver. Todos os soldados que saem procurando "alívio" voltam com uma doença venérea. O médico está fazendo inspeções em todos os homens que retornam de licença.*

*Trago a edição de bolso da Bíblia de Gideão comigo o tempo todo, e a leio em qualquer oportunidade que apareça. Ela me acalma, me dá esperança. Os homens me chamam de "pregador", e não é em tom de zombaria, como faziam no campo de treinamento. Quando a morte assombra os homens, eles procuram Deus. Eles querem escutar o Evangelho.*

*Reze por mim, pai. Vi tantos morrerem que já não sinto nada quando isso acontece. Mas provavelmente é melhor assim. Preciso ter a cabeça fria. Preciso trabalhar depressa. Um morre, mas outro espera em uma maca.*

*Diga a Abra que eu a amo. Sonho com ela, às vezes. Diga a ela para me desculpar por não estar escrevendo muito. A verdade é que não sei mais o que dizer a ela. Vivo em um mundo tão diferente do dela, e não quero convidá-la para este. Tudo o que ela precisa saber é que eu a amo. Ainda estou dando o melhor de mim para servir a Deus e a meu país. Estou vivo.*

*Amo você, pai. Suas palavras são minha boia de salvação. Elas me mantêm são em um mundo insano.*

*Joshua*

---

Joshua escreveu para Abra uma vez do Japão, onde estava em licença. Foi a carta mais longa que ela recebeu em meses. Ele disse que passava a maior parte do tempo dormindo, enquanto os outros iam para a cidade. Solicitaria uma extensão de seu período de serviço, porque sentia que precisavam dele.

Abra escreveu de volta, furiosa por ele estar causando tanta preocupação a todos. Ela escutava as notícias quase tanto quanto Peter. As conversações para uma trégua começaram em julho, mas, no fim de agosto, os comunistas romperam as negociações e a Batalha de Bloody Ridge ocupou as manchetes. Peter achava que os comunistas fingiam querer a paz, mas, na verdade, só estavam ganhando tempo para se recuperar de suas perdas. Tal preocupação mostrou-se verdadeira quando as lutas se intensificaram, depois de as negociações de paz terem dado tempo para o inimigo esconder suprimentos em bunkers de sacos de areia, para seu plano de conquistar toda a Coreia.

As aulas começaram, dando a ela mais o que pensar além das aulas de piano e da obsessão com Joshua. Penny entrou para a equipe de líderes de torcida e passava a maior parte das tardes treinando novos gritos. Quando elas foram ver *O dia em que a Terra parou*, Abra pegou a mania de ficar falando "Klaatu barada nikto!" a toda hora, porque Patricia Neal não conseguia lembrar o que deveria dizer para salvar o mundo do robô do espaço.

Enquanto isso, a Batalha de Heartbreak Ridge se desenrolava na Coreia. Em questão de semanas, três divisões norte-americanas atacaram forças comunistas, cujas linhas de frente estavam cada vez mais frágeis, e conseguiram fazer o inimigo recuar. As perdas dos comunistas foram tão extensas que as conversações de paz se reiniciaram em Kaesong. Abra não recebia uma palavra sequer de Joshua, mas sabia que as coisas não iam bem, porque o pastor Zeke andava pálido e abatido.

=====

## 1952

Peter e Priscilla deram uma vitrola de presente a Penny em seu aniversário de dezesseis anos. Abra enjoou de ouvir Hank Williams cantando "Your Cheatin' Heart" e Rosemary Clooney em "Come on-a My House". Em autodefesa, ela nadava sozinha na piscina dos fundos da casa. Elas assistiram a *Matar ou morrer* no cinema, e Penny começou a pentear os cabelos como os de Grace Kelly.

Abra não esperava uma comemoração de aniversário, mas Peter e Priscilla a surpreenderam convidando o pastor Zeke, Mitzi e o sr. Brubaker para jantar com a família. O sr. Brubaker deu a Abra uma partitura do sucesso da Broadway *South Pacific*. Mitzi trouxe, embrulhado, seu lindo xale espanhol. Penny lhe deu um relógio Kit-Cat. Quando abriu o presente do pastor Zeke, Abra encontrou a Bíblia gasta de Marianne embrulhada em papel de seda. Ela a abriu e viu a caligrafia caprichada de Marianne nas margens, passagens sublinhadas, circuladas, marcadas com estrelas. Ao levantar a cabeça, percebeu esperança e lágrimas nos olhos dele. Agradeceu-lhe, mas não conseguiu mentir e prometer que ia ler.

— E, agora, o nosso presente. — Priscilla entregou a Abra um pacote belamente embrulhado. Ao remover o papel e as fitas, ela encontrou uma caixa de veludo azul revestida de cetim.

Penny admirou-se.

— Pérolas! Ah, me deixe ver! — Ela estendeu a mão para pegá-las, mas Peter a lembrou de que ela havia ganhado uma ótima vitrola. Ele tirou as pérolas da caixa e as prendeu no pescoço de Abra.

A noite ainda nem tinha acabado antes de Penny pedi-las emprestadas para ir ao cinema assistir a *Depois do vendaval* com Jack Constantinow, um dos jogadores do time de futebol do colégio.

— Só depois que eu tiver uma oportunidade de usá-las primeiro. — Abra tentou ser gentil em sua recusa, mas se ressentia da pressuposição de Penny de que tudo em suas gavetas e em seu armário pertencia a ela também. Quando Priscilla trouxe o bolo de aniversário e lhe disse para fazer um desejo, Abra desejou que Joshua voltasse da guerra e assoprou as velas.

As conversações de paz continuavam; pequenas batalhas ocorriam ao longo da linha principal de resistência. As perdas cresciam enquanto as negociações se arrastavam.

As cartas de Joshua foram rareando, até que pararam de chegar.

# 4

*A guerra é o inferno!*
WILLIAM TECUMSEH SHERMAN

**1953**

O suor corria frio pelas costas de Joshua quando ele se levantou e correu com sua unidade. Canhões de retrocarga ressoavam atrás dele, e os projéteis explodiam. Morteiros carregados pela boca disparavam projéteis contra as fortificações inimigas, sacos de areia estouravam, fogo ardia, homens gritavam.

Um homem caiu na frente dele. Outro foi lançado para trás com os braços abertos, estendidos como asas. Um soldado, chorando, tentava arrastar um companheiro para a um lugar protegido. Joshua o ajudou a puxá-lo para trás das rochas.

— Jacko! — o soldado gemia. — Jacko! Vamos lá, cara. Acorde! Eu lhe disse para ficar com a cabeça abaixada.

Joshua não precisou checar o pulso. Puxou o cordão com as plaquinhas de identificação, colocou uma em seu bolso e a outra entre os dentes do homem.

Ele puxou o soldado enlutado contra o peito, como um pai confortando uma criança. O homem se apoiou pesadamente nele, com o corpo agitado por soluços. Uma explosão soou tão perto que ambos foram jogados para trás. Os ouvidos de Joshua zumbiram. Escutou gritos e rajadas de metralhadora. Rolando, viu o outro homem inconsciente pelo impacto da explosão. Arrastou-o para uma posição segura e pediu ajuda pelo rádio. Em poucos minutos, dois paramédicos subiram a colina com uma maca.

O cheiro de pó, sangue e enxofre cercava Joshua. O chão balançava a cada disparo dos canhões. Alguma coisa atingiu a lateral de seu capacete. Ele sentiu uma forte pressão na lateral do corpo.

— Pregador! — alguém gritou.

Joshua deslizou para uma cobertura de pedras. Havia um homem recostado, pálido e ofegante, enquanto outros dois disparavam suas armas. Alguém blasfemava aos gritos, e uma metralhadora despejava dezenas de rajadas no espaço de segundos. Joshua soltou a mochila e aliviou o homem ferido de seus equipamentos. Limpou a umidade dos olhos e abriu o casaco e a camisa do homem, a fim de expor o ferimento e conter a hemorragia.

— Pregador. — Com o rosto coberto de pó e fuligem, o homem o fitou com olhos de alívio e confusão.

Joshua o conhecia.

— Não tente falar, Wade. Vamos ver o que foi. — Ele avaliou o dano. — Ferimento no ombro. Não pegou os pulmões. Graças a Deus. Você vai voltar para seus campos de milho, meu amigo.

Joshua enxugou o rosto outra vez, e sua mão saiu coberta de sangue. Pegou um pedaço de gaze em seus suprimentos e o enfiou dentro do capacete. Um dos homens lançou uma granada. A explosão trouxe uma chuva de pedras e pó.

— Eu os peguei! Vamos indo!

Joshua e Wade foram deixados para trás. Joshua tentou pedir ajuda pelo rádio, mas não conseguiu comunicação. O homem ferido desmaiou. Joshua mudou de posição e puxou o ar com expressão de dor. A lateral do corpo queimava como fogo, e ele sentia o cós da calça molhado. Pegou outra gaze e a pressionou com força contra o corpo para estancar o sangue, usando um pedaço de bandagem para prendê-la.

Seu rádio emitiu ruídos de estática, depois ficou mudo. Ninguém viria.

A artilharia soava mais distante agora. Talvez ele conseguisse descer a colina, se partisse naquele instante.

Joshua puxou Wade por sobre os ombros e se levantou, cambaleante. Seguiu pelo terreno árido e pedregoso, evitando buracos, rochas e detritos. Plaquinhas de identificação tilintavam em seu bolso. Quantas ele já havia levado nos bolsos desde que chegara a solo coreano?

Ele tropeçou e caiu de joelhos, a dor subindo pelas pernas e costas. Wade pesava sobre ele como um saco de pedras. A dor aguda espalhou-se pela lateral do corpo. *Deus, me dê força!* O posto médico devia estar perto. Sua visão se nublou, mas ele achou que tinha avistado o prédio escurecido da escola e as barracas.

O peso de Wade foi tirado de cima dele. Joshua caiu com o rosto na terra. Braços fortes o levantaram. Ele tentou andar, mas os dedos dos pés se arrastavam pelo chão enquanto dois homens o carregavam. Tudo ficou escuro.

===

— Abra. — Priscilla parou na entrada do quarto. — O pastor Zeke está lá embaixo. Ele quer falar com você.

O livro e o caderno de química de Abra caíram no chão quando ela voou para fora da cama e escada abaixo. Nem ela nem o pastor Zeke tinham notícias de Joshua havia semanas.

O pastor estava pálido e abatido. Abra sentiu um arrepio de medo, seguido de raiva.

— Ele morreu, não é? Joshua morreu. — A voz dela falhou. — Eu sabia que ele ia ser morto. Eu sabia!

Zeke a segurou pelos ombros e a sacudiu levemente.

— Ele foi ferido. Mas está vivo.

Abra sentiu-se fraca de alívio.

— Quando posso vê-lo?

— Ele ficará no Hospital Tripler, no Havaí, por algum tempo, não sei quanto. Depois será transferido por avião para a base aérea militar de Travis. Ele nos avisará quando chegar lá. — Ficava a meio dia de viagem de Haven, indo de carro. Ela começou a chorar. Não conseguia parar. O pastor Zeke a abraçou. — Ele vai voltar para casa, Abra.

Ela manteve os braços caídos ao lado do corpo. A mão do pastor segurou-lhe a nuca. Ela havia esquecido como o som do coração dele a confortava.

— Reze para a guerra terminar logo, Abra. — Ele pousou brevemente o queixo sobre a cabeça dela antes de deixá-la se afastar. — Pelo bem de Joshua e de todos os outros homens na Coreia.

O alívio dela se dissipou.

— Ele foi ferido. Não vão mandá-lo de volta para a guerra.

— Podemos torcer para que o exército não aceite a solicitação dele. — Havia dor nos olhos do pastor Zeke. Ele havia envelhecido desde que Joshua partira. Seu cabelo escuro tinha faixas grisalhas. Perdera peso. — Está nas mãos de Deus.

— Você só sabe falar de Deus. Poderia dizer a Joshua para ficar em casa, e ele te ouviria.

— Não posso fazer isso.

— Você pode, mas não quer!

— Chega, Abra. — Peter interveio com firmeza. — Vá para o seu quarto.

Em vez disso, ela saiu correndo pela porta da frente e pelos degraus da varanda. Correu três quarteirões até que a dor pelo esforço a fizesse diminuir o ritmo. A raiva pulsava dentro dela, e tinha vontade de direcioná-la a alguém. Voluntariar-se para voltar? Joshua estava louco? Ele *queria* morrer?

Ofegante, ela continuou em passo rápido até chegar à praça principal. Sentou-se em um banco, olhando para o pátio onde Joshua dançara com ela. Não havia bandas agora. O verão tinha acabado fazia tempo. Caía uma garoa fina, e as nuvens escuras prometiam chuvas mais pesadas para logo. Seu corpo esfriou e ela estremeceu. O Bessie's ofereceria abrigo.

Poucos clientes vinham entre o café da manhã e o almoço. O sininho soou sobre a porta quando ela entrou. A mulher de cabelos escuros no balcão levantou os olhos, surpresa. Como era o nome dela? Susan Wells.

— Poderia me dar uma água, sra. Wells?

— Pode me chamar de Susan. — Ela pôs gelo moído em um copo alto, encheu-o de água e colocou-o na frente de Abra. — Se não se incomoda com a pergunta, você está bem?

— Eu estou bem. Joshua foi ferido. — Ela tomou um grande gole da água.

— O filho do pastor Zeke. Um bom rapaz. Você esteve aqui com ele, não foi?

— Ele é meu melhor amigo. Ou era. Não sei mais. Ele quase não escreve. Conta todas as coisas importantes para o pastor Zeke e só me faz um punhado de perguntas bobas. — Ela falou em tom de deboche: — "Como está a escola, Abra? Como está se dando com Penny? Está fazendo sua lição de casa? Está indo à igreja?" — Mordeu o lábio para interromper o fluxo de palavras, com medo de que as lágrimas viessem a seguir. Por que estava falando tanto com uma estranha?

— Talvez ele não lhe conte algumas coisas porque sabe que você se preocupa.

— Não vou mais me preocupar com ele. — Ela bebeu o resto da água e baixou o copo com força sobre o balcão. — Não me importo com o que ele faz. Por mim, ele pode ir para o inferno.

— Isso é o que costumamos dizer quando nos preocupamos muito. — Susan deu um sorriso sem alegria enquanto enchia outra vez o copo. — Ele é da unidade médica, não é?

Abra deixou-se cair sobre um banquinho.

— Ele é um idiota!

— Ele se feriu muito?

— O suficiente para que o exército o mande de volta para casa, mas não o suficiente para impedi-lo de querer voltar para lá!

— Ah. — Susan suspirou, olhando para o nada. — Ele parece mesmo esse tipo de rapaz.

— Que tipo?

— O tipo que se importa mais com as outras pessoas do que consigo mesmo. — Ela sorriu tristemente. — Não há mais muitos homens assim por aí. Isso é uma verdade.

Abra cobriu o rosto e reprimiu um soluço.

Susan segurou os pulsos dela e os apertou de leve.

— Eu sinto muito, Abra. Sinto muito, muito mesmo. — Ela estava tão próxima que Abra podia sentir a quentura de sua respiração. — Se há uma coisa que aprendi ao longo dos anos é que não se pode interferir no que outras pessoas fazem da vida. Todos fazem as próprias escolhas, boas ou ruins.

— Eu não quero que ele morra.

Susan soltou as mãos e as afastou.

— Tudo o que você pode fazer é esperar e ver o que acontece. — Colocou vários guardanapos sobre o balcão diante de Abra.

Ela pegou um e assoou o nariz.

— Me desculpe por estar fazendo um alvoroço.

— Não se preocupe.

Abra olhou pela janela. Não era mais garoa, mas uma chuva grossa, fria e contínua.

— Posso ficar aqui um pouco?

— Fique o tempo que quiser. — Susan colocou um cardápio na frente de Abra. — Talvez se sinta melhor se comer alguma coisa.

— Não trouxe dinheiro.

— É por minha conta. — Susan sorriu. — A menos que você peça filé.

Joshua sentiu o medo borbulhar dentro dele como refrigerante em uma lata sacudida. Não fazia sentido. Ele estava no continente, em um ônibus Greyhound, indo para casa. Logo depois de chegar a Travis, tentara se voluntariar para voltar à Coreia, mas lhe disseram que seria preciso se alistar novamente. Ele meditara sobre isso, mas, em vez de se sentir em paz com a ideia de retornar ao front, sentiu o forte impulso de voltar para casa.

Tudo estava tão tranquilo, tão normal, enquanto, por dentro, suas sensações eram muito diferentes. Não parava de pensar nos homens que ainda estavam na Coreia, ainda lutando, ainda morrendo. Sentia-se como se tivesse passado por um moedor de carne e sido expelido pelo outro lado.

A maioria dos passageiros no ônibus dormia. Um roncava alto na última fila. Joshua cochilou e sonhou que estava correndo colina acima, com os pulmões queimando em uma ânsia por ar, explosões à direita e à esquerda. Ouvia gritos e sabia que tinha de chegar aos feridos. Conseguiu ir até o topo e olhou para um vale de sombras e mortes: americanos, coreanos e chineses, todos misturados. O ar estava cheio do mau cheiro de carne apodrecendo; o céu era negro de urubus circulando, prontos para o banquete. Caiu de joelhos, chorando, e ouviu uma risada sombria.

Uma figura saiu da escuridão, malévola e zombeteira. Estendeu as asas, triunfante. *Ainda não terminei. Este é só o começo do que vou realizar antes que o último dia chegue.*

Joshua se levantou.

— Você já perdeu.

*Ah, mas nesse caso você também. Não pôde salvar todos eles, pôde? Apenas uns míseros poucos. Este é o meu domínio. Detenho o poder sobre a vida e a morte.*

— Você é um mentiroso e um assassino. Afaste-se de mim!

A voz sarcástica chegou mais perto. *Eu vejo você, Joshua. Eu a vejo também.*

Joshua tentou agarrá-lo pela garganta, mas a criatura riu e desapareceu.

Ele acordou com o coração batendo em ritmo de guerra. Não havia ninguém atrás de seu banco. Ninguém estava falando com ele. Nenhum projétil de morteiro se aproximando e explodindo homens em pedaços. Apenas o rangido dos freios do ônibus.

Recostou-se e olhou pela janela. Não queria fechar os olhos outra vez. Estava em solo americano havia um mês, mas o sono ainda trazia pesadelos da Coreia.

Joshua inspirou profundamente e soltou o ar devagar. Levou a mente para trás, lembrando. Seus músculos relaxaram, seus pensamentos se focaram. *Quando me chamou, eu respondi, Senhor.*

Sentiu conforto e sossego. *E chamo-o outra vez, para que deposite em mim os seus fardos. Eu lhe dou paz, Joshua, não como o mundo dá, mas uma paz além de toda a compreensão humana. Confie em mim.*

O ônibus saiu da estrada principal. Joshua viu o Riverfront Park à esquerda. Seu coração rufava de excitação quando o veículo atravessou a ponte para Haven. *Rat-a-tat, rat-a-tat*, as rodas sussurravam contra o aço e o calçamento de pedras da estrada.

Ele se inclinou para a frente quando o ônibus parou na Main Street, do outro lado da praça. A alegria explodiu dentro dele quando viu o pai em pé na calçada, depois sentiu uma pontada de decepção. Não via Abra.

— Haven! — o motorista anunciou, enquanto abria a porta e descia rapidamente os degraus.

Joshua se levantou e ajeitou o casaco do uniforme enquanto saía do ônibus. Seu pai o abraçou com firmeza.

— Você verá Abra daqui a pouco. Peter e Priscilla insistiram que jantássemos lá. — Ele pegou a mochila da mão do filho e seguiu na frente até o carro de Mitzi, estacionado na esquina.

Joshua sorriu enquanto entrava no carro e fechava a porta.

— Ou você não tem usado essa belezinha, ou acabou de fazer lavagem e polimento.

Seu pai sorriu e virou a chave na ignição. O motor roncou.

— Achei que esta era uma boa ocasião para dar uma voltinha com ela.

Uma faixa de "Bem-vindo, Joshua" estava estendida sobre a cerca branca de madeira. Ele viu carros estacionados por toda a rua. Começou a se encher de medo.

— O que é tudo isso?

— Desculpe. Você sabe o que está à sua espera e vai sobreviver. Tentei pedir que lhe dessem alguns dias, mas as pessoas o amam, filho. Elas querem lhe dar as boas-vindas. — A vaga de estacionamento na frente da casa havia sido reservada para eles.

Amigos saíram em enxurrada pela porta da frente até a varanda para dar vivas e aplaudir. Joshua mal havia conseguido sair do carro e a multidão já cruzava o portão e o cercava, para abraçá-lo e lhe dar tapinhas nas costas. Priscilla chorava e fazia sinal para outros passarem na frente dela. Joshua reconheceu os rostos: Mitzi, os Martin, Bessie e Oliver Knox, os Lydickson. Jack e a equipe com quem ele trabalhava antes de ir embora.

— Deem algum espaço para ele, pessoal! — Peter gritou. — Deixem o rapaz entrar na casa!

E então Joshua viu Abra. Seu coração deu um pulo quando ela passou pela porta da frente e parou na varanda. Estava mais alta e encorpada do que na última vez em que a vira. Mesmo com o rabo de cavalo infantil, ela parecia uma jovem mulher, não mais uma criança. Ao vê-la descendo os degraus, ele abriu caminho entre os amigos e a pegou quando ela se jogou em seus braços.

— Joshua! — Com os braços em volta de seu pescoço, ela pressionou todo o corpo contra o dele. Ele puxou o ar, pego desprevenido pelo choque de sensações que o percorreu. Ela beijou seu rosto. — Senti tanta falta de você!

Será que Abra podia ouvir como seu coração batia forte contra o dela, ou sentir o calor que irradiava dele?

Ele a pousou firmemente no chão e recuou, forçando uma risada.

— Senti sua falta também. — A voz dele saiu tensa e rouca. Gostaria que estivessem sozinhos, para poderem conversar. As cartas recentes dela tinham sido cautelosas e frias. Ele não sabia o que esperar quando chegasse em casa; certamente, não uma acolhida como aquela, nem esse calor em sua barriga, nem o sangue pulsando, apressado.

Abra segurou a mão dele e o puxou pelos degraus até a casa, agindo mais como a criança-menina que ele deixara.

— Venha! Está tudo pronto lá dentro!

Ele riu, apreensivo.

— Tudo o quê?

— A decoração, o bufê no quintal, o bolo! — Quando entraram na casa, ela o abraçou pela cintura e apertou com força. — Eu tive medo que você não voltasse mais para casa.

Ele deslizou a mão para cima, sob o rabo de cavalo dela, e pressionou-lhe levemente a nuca.

— Eu também.

Ela se virou com exuberância e o beijou no canto da boca. Quando se afastou, ele viu algo indefinível e inebriante em seus olhos. Será que ela havia percebido seu poder nascente? Ele desviou o olhar, rompendo deliberadamente o momento. Seu pai estava parado a alguma distância, observando-os.

Joshua não relaxou de fato até que as pessoas começassem a fazer fila para o bufê. Já estivera em uma centena de banquetes na igreja e fizera fila para pegar comida nos refeitórios do exército. Todos insistiram que ele fosse o primeiro. Cada um havia trazido alguma coisa para contribuir com a festa. Joshua hesitou, até Mitzi segurar seu prato e seu braço.

— Vamos lá, garoto. Você precisa de mais carne nesses ossos.

═══

Penny puxou Abra de lado.

— Você pode cobrir para mim, por favor?

— Aonde você vai desta vez?

— Michelle e eu vamos ao Eddie's.

Abra tinha esperado que ver Joshua em seu uniforme do exército reacendesse o velho entusiasmo de Penny por ele. Mas, exceto por dizer que ele estava bonito, ela não pareceu muito impressionada. Abra olhou para ele, em pé junto à mesa do bufê, com Mitzi, que pegava o prato para servi-lo. Ele havia mudado. Não era apenas por causa do corpo mais esguio e musculoso, ou o cabelo curto, ou a tensão no queixo. Não era o uniforme. Era alguma outra coisa, algo comprimido bem no fundo dele. Ela notara isso assim que Joshua saíra do carro. Será que todos tinham visto também? Ele havia sofrido, muito. Carregava feridas mais profundas do que aquela na lateral do corpo. Ainda era Joshua, só que não o mesmo Joshua que saíra de Haven quase três anos antes.

— Abra! — Penny insistiu, impaciente. — Você vai me dar cobertura ou não?

— Todo esse drama por causa de um hambúrguer e um milk-shake com Michelle?

— Tem um garoto que eu quero ver.

Abra revirou os olhos.

— Claro. Quem é ele?

— Ninguém que você conheça. Ele é de Los Angeles e totalmente lindo. Quero encontrar com ele. Se a mamãe perguntar...

Abra riu.

— Se alguém perguntar, vou dizer que você está no telefone. Isso lhe dará a tarde inteira. O que acha?

— Perfeito! — Ela beijou o rosto de Abra. — Obrigada. Eu faço um favor para você qualquer dia. E lhe conto tudo sobre ele quando chegar em casa. — Deu dois passos e virou-se com um sorriso brincalhão. — Ou talvez não.

— Como se eu me importasse. Vá, saia logo. — Ela sacudiu a cabeça enquanto Penny passava pelo meio da multidão no quintal e entrava na casa. Abra pegou um prato e serviu-se de um pedaço de frango frito. Deu uma olhada para Joshua. Sempre havia alguém parando à mesa dele. Joshua parecia pouco à vontade, tenso. Se ela pudesse ter feito as coisas do seu jeito, teria se encontrado com ele sozinha no ponto do ônibus, e eles estariam no Bessie's naquele momento, com hambúrgueres, fritas e milk-shakes, chocolate para ela e morango para ele.

Abra olhou para Joshua outra vez. Ele estava olhando para ela. Ela sentiu um arrepio estranho no estômago. Ele sorriu. Ela sorriu de volta, esperando que a guerra não o tivesse mudado demais.

---

Um reluzente Corvette vermelho conversível com assentos de couro branco estava estacionado na frente da casa quando Abra chegou da aula de piano, alguns dias mais tarde. Ela abriu o portão, ouviu vozes e viu um rapaz recostado na grade da varanda. Devia ser o tal "garoto de Los Angeles" por quem Penny andava tão entusiasmada. Quando o portão fechou atrás de Abra, ele olhou em sua direção.

Abra nunca tinha visto um rapaz tão incrivelmente lindo quanto aquele. Parecia ter saído do cartaz de um filme. Quando ele sorriu, ela se deu conta de que o estava encarando. Ele examinou Abra de cima a baixo, com os olhos escuros semicerrados. Todo o corpo dela esquentou, e sua respiração ficou presa na garganta.

Ele endireitou o corpo e caminhou até ela.

— Já que Penny parece ter esquecido os bons modos, eu mesmo me apresento. Dylan Stark. — Ele estendeu a mão. — E você é...?

— Abra. — Os dedos dele se fecharam em torno de sua mão, e ela sentiu a pressão quente descer até os pés.

— Minha irmã — Penny disse com vivacidade, os olhos flamejando.

— É mesmo? — ele respondeu pausadamente. Sua jaqueta de couro marrom estava aberta, revelando uma camiseta branca justa enfiada sob o cós com cinto de uma calça jeans colada ao corpo. Ele ficaria melhor em um calção de banho do que Kent Fullerton. Abra desviou os olhos, mas não antes de ele ter notado. Sua expressão lhe passou a sensação de que ele sabia exatamente o que ela estava pensando, e sentindo. Ele sorriu, mostrando dentes brancos perfeitos. — É um prazer conhecê-la, Abra.

A consciência da sensação de arrepio em seu corpo a perturbou.

— Abra — Penny lançou-lhe um olhar zangado —, você não tem nada para fazer?

Ela deu outra olhada para Dylan antes de abrir a porta da frente.

— É sempre um prazer conhecer um dos novos namorados da Penny. — Ela escapou para dentro e quase deu de encontro com Priscilla no saguão de entrada.

A mulher fez um sinal na direção da porta.

— O que achou dele?

Abra tentou encontrar uma resposta, mas as emoções estavam fervilhando dentro dela. Priscilla observou sua expressão e franziu a testa. Abriu a porta de tela e saiu para a varanda.

— Penny, por que não convida seu amigo para jantar?

— Não quero dar trabalho, sra. Matthews.

— Nós adoraríamos tê-lo conosco. — O tom de voz de Priscilla se tornou quase insistente. — Peter e eu sempre gostamos de conhecer os amigos de Penny.

Dylan riu suavemente.

— Bem, como eu poderia dizer não? Mas tenho que ligar para meu pai e saber que se ele já fez algum outro plano.

— Claro. O telefone fica na cozinha.

Constrangida com a ideia de ser pega escutando, Abra correu escada acima. Fechou a porta do quarto e se encostou nela com o coração acelerado. Seria isso que os romances românticos queriam dizer quando falavam em conhecer alguém e saber de imediato que haviam sido feitos um para o outro? Nunca se sentira assim antes. Será que Penny se sentia desse jeito toda vez que ficava "apaixonada"?

Abra escovou os cabelos com força. Por que Penny conseguia todos os garotos que queria e Abra nunca havia saído com ninguém? Que ela fosse atrás de outra pessoa, então. Abra ficara entusiasmada com Kent Fullerton, e isso não impedira Penny de seduzi-lo até que ele sucumbisse.

Abra tirou a blusa branca, jeans, meias curtas e tênis e remexeu o armário, decidindo-se pelo vestido verde que usava na igreja. Mitzi dizia que ele era da cor perfeita para ela. Abra não esperou ser chamada para o jantar. Ofereceu-se para arrumar a mesa. Priscilla pareceu surpresa quando a viu de roupa trocada e cabelos soltos caindo sobre os ombros. Penny ficou claramente furiosa, mas um olhar de Priscilla a impediu de fazer qualquer comentário. Peter conversou um pouco com Dylan na sala de estar, antes de todos se acomodarem em torno da mesa de jantar.

Todos os nervos no corpo de Abra lhe diziam que a atenção de Dylan estava focada nela, embora ele nem a olhasse. Seu coração pulsava, o corpo zunia. Peter começou a fazer perguntas. Penny protestou, mas Dylan disse que não se importava. Ele respondeu com um sorriso enquanto passava o purê de batatas e as costeletas de porco. Concluíra algumas disciplinas na USC, principalmente ligadas a negócios e marketing. Tinha vinte anos e estava fazendo uma pausa antes de terminar a faculdade e se iniciar em uma profissão. Gostava da ideia de ter seu próprio negócio algum dia, mas ainda não sabia o quê. Estava passando o verão com o pai, que tinha vinhedos na área.

— Não conheço nenhum Stark por aqui. — Peter pareceu confuso.

— Meu pai é Cole Thurman. Ele é dono da Vinícola Shadow Hills.

— Ah. — O tom de Peter era neutro. Só os que o conheciam bem perceberiam que ele sentira alguma apreensão.

Abra não tinha visto aquela expressão no rosto de Peter antes. Olhou para Priscilla e viu que ela parecia intrigada também. Quem seria Cole Thurman?

Dylan continuou. Seus pais eram divorciados desde que ele era criança; infelizmente, não fora uma separação amigável. Ele deu uma risada breve e triste e disse que era por isso que usava o sobrenome da mãe, não o do pai. Achou que já era hora de vir para o norte e conhecê-lo melhor, para fazer seu próprio julgamento.

Peter cortou a costeleta no prato.

— Quanto tempo você pretende ficar?

— Ainda não sei. — Dylan deu de ombros. — Pode ser uma semana. Pode ser a vida inteira. — Sua mãe não estava nem um pouco feliz com o fato de o filho ter vindo, mas ele precisava de tempo para tomar sua própria decisão. Todos tinham o direito de saber a verdade sobre seus pais, não é? Seus olhos escuros encontraram Abra. Ela sentiu o choque. Será que Penny andara lhe contando histórias sobre de onde sua irmã tinha vindo?

Peter perguntou o que Dylan achava da guerra na Coreia. Penny gemeu.
— Papai!
Priscilla interrompeu:
— Por que não vamos para a sala de estar? Lá ficaremos mais confortáveis.
Penny empurrou a cadeira para trás.
— Papai, Dylan quer me levar ao cinema hoje. Está passando *O monstro do mar*.
— Eu achei que você não gostasse de filmes de terror.
— Ah, mas parece que esse é muito bom. Por favor...?
— Prometo que a trago de volta às dez, sr. Matthews.

Penny provavelmente arrastaria Dylan para a última fila. Fingiria estar aterrorizada e necessitando desesperadamente de um braço protetor a sua volta. Abra observou Penny descer os degraus da varanda com Dylan. Ele abriu a porta do carro para ela. Ela sorriu para ele enquanto puxava a saia branca em torno das pernas, para que ele fechasse a porta. Abra baixou a cabeça, com medo que ele a tivesse visto olhando-o fixamente, e não tornou a levantá-la até ouvir o ronco do Corvette se afastando.

Ela subiu as escadas. Em seu quarto, tirou o vestido verde e o pendurou no armário. Fizera papel de idiota mostrando-se ainda mais óbvia que Penny. Vestiu o pijama e se atirou na cama.

A campainha tocou. Ela sentou de um pulo, lembrando de repente que Joshua ficara de aparecer naquela noite. Correu para o alto da escada antes que Priscilla abrisse a porta.

— Diga a ele que vou descer em cinco minutos! — Correu de volta para o quarto e vestiu a calça capri preta nova, no estilo Audrey Hepburn, e sapatilhas pretas. Abotoou uma blusa verde de mangas curtas, passou os dedos pelos cabelos e aplicou um pouco de batom.

Pediria a Joshua para levá-la ao cinema.

———

Joshua ficou sem fôlego quando viu Abra descer correndo as escadas, com as faces coradas, os olhos tão animados. Que diferença três anos podiam fazer para uma menina. Sentiu-se abalado, fora de prumo. Por que ela não podia ter continuado uma menininha, em vez de se tornar essa mulher perturbadora que lançava os braços em volta de seu pescoço e o abraçava como uma amiga, enquanto ele sentia muito mais? *Muito cedo*, ele disse a si mesmo, esperando que o calor se aliviasse e seu coração voltasse ao ritmo normal.

— Podemos ir ao cinema, Joshua? Por favor. Por favor!

— O que está passando?

— *O monstro do mar* — Peter respondeu da sala. Ele apareceu na porta e lançou um olhar estranho a Abra, antes de estender a mão para cumprimentar Joshua. — É bom ver você, Joshua. — Levantou a sobrancelha para Abra. — Está querendo ficar de olho na sua irmã? — Deu um sorriso aborrecido. — Até que não é má ideia. Estou começando a me arrepender de tê-la deixado ir.

Joshua olhou para Abra com uma expressão interrogativa e viu as faces dela corarem. Peter os acompanhou até a porta, desejou que se divertissem e entrou de novo. Joshua abriu o portão do jardim para ela.

— Achei que você não gostasse de filmes de terror.

Ela deu de ombros.

— Não gosto. Normalmente. Mas parece que esse é muito bom.

Alguma coisa estava acontecendo, e ele queria saber o que era antes de se ver envolvido naquilo.

— Quem disse?

— Todo mundo! — Ela abriu a porta da caminhonete e entrou. — Precisamos correr, ou vamos perder os primeiros minutos.

Joshua deu uma olhada para ela enquanto dirigia para o centro da cidade.

— Que história é essa com a Penny?

— História nenhuma. Ela saiu com um namorado. Um cara que acabou de chegar à cidade.

*Um cara*. Ela disse isso em um tom indiferente, como se não lhe importasse. Ele sentiu uma dor incômoda no peito.

— Tem certeza que não quer ir ao Bessie's conversar?

— Tenho. — As mãos dela se contorciam no colo.

— Como é esse cara novo na cidade?

— Mais novo que você. De Los Angeles.

Ela disse isso como se Joshua tivesse quarenta anos e Los Angeles fosse a cidade mais empolgante do universo. Ele apertou os dentes e não fez mais perguntas.

O rapaz de rosto espinhento na bilheteria disse que eles já haviam perdido dez minutos do filme. Joshua sugeriu que fossem jogar boliche. Abra insistiu que queria ver o filme. Não podiam ter perdido tanto, disse ela, e, se tivessem, sempre poderiam ficar e ver o começo da sessão seguinte. Não podiam?

— *Por favor*, Joshua!

Ele sempre fizera o que ela pedia, mas agora tinha vontade de enfiá-la de volta na caminhonete e levá-la para cem quilômetros de distância do cinema. *Seja racional*, disse a si mesmo, tentando se acalmar. Comprou os ingressos. Queria ver seu rival.

O lanterninha acendeu a lâmpada e os conduziu pelo cinema escuro. Abra olhou para as fileiras do fundo. Joshua a segurou com firmeza pelo braço e apontou com um gesto de cabeça.

— Se está procurando Penny, ela está quatro fileiras abaixo, à direita. — Os cabelos muito claros dela quase brilhavam no escuro. Estava recostada a um rapaz que tinha o braço sobre seus ombros.

Com os olhos fixos neles, Abra entrou em uma fileira e se sentou. Quando o dinossauro foi despertado por um teste atômico no Ártico e começou sua devastação dos estados no litoral do Atlântico Norte, ela nem notou. Penny deu um pulo e soltou um gritinho, depois se apertou um pouco mais de encontro ao rapaz que estava com ela. Joshua deu uma olhada para Abra e viu sua boca apertada, os olhos faiscantes. Aborrecido, ele se inclinou e lhe falou mais de perto:

— Está gostando do filme?

— Claro. — Ela cruzou os braços e se afundou no assento. — É ótimo.

Joshua nunca sentira tanto ciúme antes, e isso o incomodava. Fechou os olhos com força. *Senhor, isso não parece certo. Quem é esse cara?* Ele abriu os olhos e se concentrou no acompanhante de Penny. O rapaz se inclinou para ela e lhe sussurrou algo ao ouvido. Abra apertou as mãos sobre o colo. Joshua sabia exatamente como ela se sentia.

O dinossauro foi vencido com sucesso em Nova York, e a mensagem de oposição às armas atômicas foi dada. Os americanos maus eram culpados por terem soltado a bomba atômica duas vezes sobre o Japão, e quem poderia saber que monstros ainda espreitavam no futuro? Joshua revirou os olhos. Estava lutando para controlar a raiva crescente. Não conseguia parar de ver homens que haviam morrido no campo de batalha na Coreia. Uma bomba atômica bem posicionada no extremo norte poderia acabar com a carnificina. *Senhor, me ajude. A carne está falando mais alto sobre mim.* Ele se moveu no assento e olhou para Abra.

— Podemos ir?

— Ainda não.

As luzes se acenderam, e Joshua deu uma boa olhada no garoto que as duas meninas Matthews queriam. Não era um garoto, era um homem jovem. Rico, autoconfiante, carismático. Penny olhava para ele com ar de adoração. Apenas semi-interessado em sua conquista, ele já olhava em volta, para as outras mulheres no cinema. Quando avistou Abra, sua boca se curvou em um sorriso pretensioso que fez Joshua querer socá-lo. Ele segurou o braço de Abra.

— Vamos sair daqui.

Ela já havia fixado os pés no chão.

— Só um minuto.

Joshua o olhou diretamente. O outro homem ergueu ligeiramente as sobrancelhas, reconhecendo a advertência. Então, olhando para trás de Joshua, encarou Abra como se a reivindicasse para si, mesmo de mãos dadas com Penny.

Joshua estendeu a mão e se apresentou. O rapaz respondeu educadamente ao cumprimento, embora, em seus olhos negros semicerrados, houvesse apenas desdém. Joshua tinha vontade de apertar aquela mão até triturar cada osso de Dylan Stark. Soltou-a antes que o impulso ficasse excessivo. Lembrou a si mesmo que não era certo julgar ninguém. Talvez sua má impressão inicial de Dylan desaparecesse se o conhecesse um pouco melhor.

— Que tal você e Penny virem conosco ao Bessie's? Podemos conversar enquanto comemos hambúrgueres e tomamos milk-shakes.

O sorriso de Stark tornou-se irônico.

— Infelizmente, terei que recusar o convite. — Ele pôs o braço sobre os ombros de Penny. — Ela vai virar abóbora se eu não a deixar em casa até as dez. — Olhou para seu relógio de ouro. — O que me dá quinze minutos antes que o papai chame a polícia. — Ele sorriu para Abra. — Parece que as regras são diferentes para você.

— Só quando ela está comigo. — Joshua pôs as mãos nos ombros de Abra e afastou-a de Dylan. Ela estava trêmula, e seu corpo irradiava calor. Um olhar para o rosto de Stark bastou para revelar a Joshua que o canalha sabia exatamente o efeito que tinha sobre ela.

Assim que saíram pelas portas do cinema, Abra olhou para a direita e para a esquerda. Joshua ouviu o ronco de um motor potente e soube, antes de olhar, quem estava ao volante. Um Corvette vermelho conversível parou no sinal. Stark sorriu para ele e acelerou o motor. Todos na calçada se viraram para olhar. Os rapazes notaram o carro, as meninas repararam no motorista. Joshua tentou recuperar a atenção de Abra.

— Quer ir ao Bessie's comer alguma coisa?

— Acho que não. Está tarde. Prefiro voltar para casa.

Ele deu uma risada curta e irônica.

— Nunca soube que você poderia se impressionar tão facilmente por um rosto bonito. — Ele se arrependeu das palavras assim que elas saíram de seus lábios, e não só por causa da expressão dela. *Cale a boca, Joshua!* Se ela não tivesse adivinhado antes como ele se sentia, ia saber agora. — Ele é muito velho para você, Abra.

— Ele tem só vinte anos. Você tem vinte e dois! — Ela soltou o braço de Joshua. — Peter deixou Penny sair com Dylan, e você sabe como ele é exigente sobre quem é suficientemente bom para a filha.

— Se eu levar você para casa agora, ele e Penny vão achar que você o está perseguindo. — Esse era um crime do qual ela sempre acusara a irmã. Ela não havia lhe escrito que Penny roubara Kent Fullerton? Joshua a puxou para dentro do Bessie's. Talvez um copo de água gelada a esfriasse. Se ela não bebesse, ele o viraria na cabeça dela.

O café estava lotado de casais do colégio que haviam acabado de sair do cinema. Susan sorriu para eles e apontou para duas banquetas de vinil vermelho e metal cromado junto ao balcão. Entregou um cardápio para cada um e disse a Joshua que era bom tê-lo de volta inteiro. Abra empoleirou-se em sua banqueta como se estivesse pronta para sair correndo.

Ele franziu a testa e largou o cardápio.

— Você quer ficar ou ir para casa?

— Como se eu tivesse escolha.

Ele se forçou a ter paciência.

— Estou lhe dando a escolha.

— Não quero ficar, mas também não quero voltar para a casa de Peter e Priscilla.

*A casa de Peter e Priscilla.*

— Pare de falar deles como se fossem estranhos.

— É como se fossem.

— Eles são seus pais. Eles te amam.

Ela olhou para ele com ar irritado.

— Eles nunca foram e nunca serão meus pais. Eu não tenho pais. Lembra? Não sou de nenhum lugar e de ninguém. — Ela deslizou da banqueta e foi para a porta. Susan lançou a ele um olhar preocupado. Joshua sacudiu a cabeça e seguiu Abra. Ela já estava na esquina, pronta para atravessar a rua.

— Ei, espere aí! — Ele a alcançou no meio da faixa de pedestres. — O que está se passando na sua cabeça?

Ela o fitou sob a luz da rua, com os olhos faiscando.

— Estou cansada de me dizerem como eu devo me sentir e o que devo pensar de tudo! Estou cansada de ver Penny ter *tudo* o que quer, quando quer! E estou exausta de você e todos os outros a defenderem o tempo inteiro e me dizerem que eu tenho que tirar o melhor das situações.

— Espere aí um minuto. — Ele teve que respirar fundo para se manter calmo. — Você não está sendo justa.

— Só me deixe em paz!

Ele a segurou firmemente pelo braço e a puxou para que o encarasse.

— Você quer ir para casa? Tudo bem! Eu levo você!

— São só seis quarteirões. Prefiro ir a pé. — Ela tentou se soltar.

— Mas não vai.

— Eu já cresci, caso você não tenha notado! Posso cuidar de mim mesma! — ela gritou.

— Da minha posição, eu vejo você agir como uma menininha de dois anos de idade tendo um ataque de birra porque as coisas não estão saindo como você quer. — Ele a levou de volta para a caminhonete. — Entre! — Abra obedeceu, batendo a porta com tanta força que ele achou que fosse soltar das dobradiças enferrujadas. Joshua se sentou no banco do motorista. — Vamos dar uma volta.

— Eu não quero dar uma volta!

— Que pena! Porque você vai esfriar a cabeça antes de eu te levar para casa.

Ela cruzou os braços sobre o peito e olhou, furiosa, pela janela.

Joshua dirigiu pela cidade por meia hora. Nenhum dos dois disse uma palavra sequer. Ele se acalmou. Abra finalmente cedeu, e as lágrimas começaram a lhe descer pelas faces.

— Você não entende, Joshua. — Ela parecia devastada. — Você não entende!

— Sobre ver alguém e se sentir desorientado, com a cabeça nas nuvens? — Ele meneou a cabeça. — Ah, eu entendo, sim. — Ele a sentiu olhando para ele, como se o compreendesse. Sabia que ela estava pressupondo que ele falava de Lacey Glover. Não quis corrigi-la. Ela estava partindo seu coração e nem sabia disso.

Joshua estacionou na frente da casa e desligou o carro.

— Não quero que você se machuque, Abra.

— Eu estou machucada minha vida inteira. Nem me lembro de algum momento em que eu não tenha sentido que não era boa o suficiente.

Quando ele esticou o braço para tocar-lhe o rosto, ela se virou e abriu a porta da caminhonete. Ele saiu depressa e deu a volta para acompanhá-la até a casa. Ela já tinha passado o portão. Ele a alcançou e a fez virar.

— Ouça, Abra. Por favor. — Quando ela tentou se soltar, ele a segurou pelos braços e se inclinou para olhá-la bem de frente. — Resguarde seu coração. Ele afeta tudo o que você faz nesta vida.

— Talvez você devesse ter praticado o que prega. — Ela lhe lançou um sorriso triste. — Lacey Glover não merece você. — Então subiu os degraus correndo e entrou em casa.

═══

Zeke ouviu Joshua entrar. A porta dos fundos se fechou com uma batida. As chaves tilintaram, jogadas sobre a mesa. A água correu na pia da cozinha. O pastor se levantou da poltrona e foi para a cozinha. Joshua estava inclinado sobre a pia, jogando água no rosto. Zeke pegou a toalha na alça do forno e a colocou na mão que o filho estendia para procurá-la.

— Obrigado — Joshua murmurou, enxugando o rosto. Zeke nunca vira seu filho tão bravo.

— Algo errado?

— Pode-se dizer que sim. — Ele deu uma breve risada. — Abra acha que está apaixonada.

— Tinha que acontecer alguma hora.

— Não gosto dele.

— Você o conheceu?

— Por uns dois minutos. O suficiente para saber que não é coisa boa.

Zeke riu.

— Você precisou de todo esse tempo para formar seu julgamento?

Joshua jogou a toalha sobre o balcão.

— Certo. Talvez eu não gostasse de nenhum rapaz por quem ela se apaixonasse, mas esse... — Seus olhos se obscureceram de dor. — Há alguma coisa nele, pai. Não costumo ter uma reação visceral às pessoas, mas ele me deixou incomodado. — Ele massageou a nuca. — Ela o conheceu hoje mesmo. — Joshua expirou forte. — Gostaria de saber mais sobre ele. Seu nome é Dylan Stark. Já ouviu falar?

Zeke franziu a testa.

— Ele tem família aqui? Não reconheço o nome.

— Peter talvez saiba alguma coisa. Duvido que ele deixasse Penny sair sem fazer vinte perguntas primeiro. — Joshua deu um sorriso leve, esperançoso, depois sacudiu a cabeça. — Não quero que Abra tenha nada com esse sujeito.

Zeke passou pela escola elementar no dia seguinte para conversar com Peter.

— Ele foi bem objetivo nas informações — Peter disse. — É filho de Cole Thurman. Isso foi antes do seu tempo, Zeke, mas ele é famoso por ter chocado a paróquia de Haven quando teve um caso com a diretora do coro. Ele acabou com o casamento dela, depois começou a sair com outra mulher, antes de captar a mensagem e sair da igreja. Vejo-o pela cidade de vez em quando. Não estou dizendo que Dylan seja necessariamente igual. Mas digo que ele conseguiu jogar minhas filhas uma contra a outra. Não gosto dele.

— Penny vai sair com ele outra vez?

— Se eu disser não, ele vai se tornar um fruto proibido. Eu o estou recebendo bem. — Peter pareceu sério. — Prefiro ter o inimigo por perto, onde posso ficar de olho. Sei que Penny é namoradeira e volúvel às vezes, mas, por baixo disso tudo, ela tem uma cabeça boa.

— E Abra?

Peter apertou os lábios.

— Ela nunca entendeu quanto a amamos. — Ele não precisou explicar o que queria dizer com isso. Ela poderia sair à procura de amor em outra parte.

Zeke pensou em Joshua, mas sabia que não era hora de o filho fazer declarações. Abra era muito jovem, Joshua ainda estava muito abalado pela guerra. Seu coração doía ao ver o que a guerra havia feito com seu filho tão terno. O que aconteceria a ambos se Abra seguisse o sedutor e não quem a amava de fato?

Zeke sabia que tinha apenas uma maneira de lutar pela menina que ele e seu filho amavam. Ele rezou.

# 5

*O diabo não nos tenta — nós é que o tentamos,*
*Acenando para sua perícia com a oportunidade.*
GEORGE ELIOT

Um dia antes do início das aulas, Abra sacou dinheiro do fundo de reserva para a faculdade e foi à loja de roupas femininas Dorothea's, perto da praça. Mitzi dizia que Dorothea Endicott era a melhor estilista da cidade. Em outros tempos, havia sido modelo em Nova York, e cada centímetro de seu corpo esguio de um metro e oitenta a declarava uma especialista em moda. Ela deu uma olhada em Abra e sorriu.

— Eu sempre quis que você entrasse em minha loja algum dia. Você tem as formas certas nos lugares certos, minha querida, e estou louca para ensiná-la a se vestir.

Na manhã seguinte, Abra ignorou as batidas de Penny na porta do banheiro, sinalizando para que se apressasse. Vestiu a saia rodada, a blusa abotoada e o cinto vermelho de couro que Dorothea escolhera para ela. Levantou a gola só um pouquinho e soltou os cabelos, que caíram sobre os ombros e as costas.

Ainda nem haviam chegado ao portão quando Penny contou a Abra que ia se encontrar com Dylan. Um rápido passar de olhos pela roupa nova de Abra acrescentou uma declaração silenciosa de que toda aquela produção não adiantaria nada. Caminharam três quarteirões, e Abra ouviu o ronco de um motor potente se aproximando delas.

— Duas garotas lindas, e eu só tenho espaço para uma. Que situação triste.

Penny abriu a porta do carro e entrou. Dylan a ignorou e sorriu para Abra de uma maneira que fez os dedos dela se curvarem dentro dos sapatos novos.

Penny ajustou uma bandana cor-de-rosa sobre os cabelos.

— Não conte para o papai, Abra.

Dylan piscou para ela antes de partir, deixando Abra envolta no cheiro de borracha queimada e fumaça.

Durante o intervalo do almoço, Abra viu Penny sentada em companhia de Michelle e Pamela e vários jogadores do time de futebol. Michelle acenou para Abra ir sentar-se com eles. Penny sorriu como se não houvesse Dylan entre elas. O sinal tocou, e todas se levantaram para voltar à classe. Penny caminhou ao lado de Abra.

— A turma vai para o Eddie's depois da escola. Quer vir conosco?

Abra sabia que "a turma" eram Michelle, Charlotte e Pamela, e provavelmente Robbie Austin e Alex Morgan também.

— Você não vai se encontrar com Dylan?

Ela fez uma careta.

— Não.

— Não? — Será que ela devia mesmo acreditar?

— Papai não quer mais que nenhuma de nós duas saia com ele.

— Isso não impediu que você entrasse no carro dele hoje de manhã.

— Aprendi a lição.

— Do que você está falando?

Penny pareceu hesitante.

— Dylan não é Joshua, Abra. Ele... — Charlotte as alcançou, e Penny franziu o cenho. — Dylan me assusta um pouco — ela sussurrou. — Eu lhe conto melhor mais tarde. — E foi andando de costas pelo saguão em direção a sua próxima aula. — Venha conosco ao Eddie's. — Sorriu. — Alex disse que você é um arraso. Talvez te convide para o baile de início das aulas. — Penny se virou e saiu correndo em meio aos outros alunos.

Abra revirou os olhos. Que lhe importava o que Alex achava? E ela não acreditou nem por um minuto que Penny tivesse perdido o interesse por Dylan Stark. Ela estava só fingindo, do mesmo modo que Abra fingira que não se importava com Kent Fullerton.

Quando as aulas terminaram, ela caminhou para o centro da cidade, em vez de ir para casa ou para a de Mitzi. Sentia-se inquieta e ansiosa, como se estivesse esperando que algo acontecesse. Ao ouvir o já conhecido ronco do motor, soube por quê. Ela não se virou para olhar. Foi até a loja mais próxima e fingiu estar interessada nos livros expostos na vitrine. O silêncio lhe disse que Dylan havia estacionado. O som da porta do carro batendo a encheu de excitação. Ela entrou no Bessie's Corner Café.

Susan, que limpava o balcão, levantou os olhos e sorriu.

— Você está muito bonita hoje, Abra. — O lugar estava quase vazio. — Sente-se onde quiser. — Ela jogou o pano sob o balcão e fez um gesto com a mão, mostrando a superfície limpa.

— Obrigada, mas se importa se eu sentar em uma mesa? Tenho lição para fazer.

— Claro. — Susan pareceu surpresa, mas satisfeita. Os alunos do ensino médio só costumavam vir ao Bessie's às sextas e sábados à noite, depois do cinema. — O que vai querer? Fritas? Um refrigerante?

— Só um refrigerante, obrigada. — Ela se sentou a uma das mesas do fundo, enquanto o sininho soava sobre a porta da frente. Suas terminações nervosas ficaram em alerta. Não precisou olhar para saber que era Dylan.

Manteve a cabeça baixa, fingindo examinar seus livros de escola. Quanto mais os passos se aproximavam, mais seu coração se acelerava.

— Posso me sentar com você? — Dylan acomodou-se na frente dela sem esperar uma resposta. Cruzou as mãos sobre a mesa e lhe dirigiu um olhar lento e provocante. — E não finja que não sabia que eu te seguiria.

Espicaçada pelo orgulho, ela levantou o queixo.

— Se está procurando Penny, ela está no Eddie's Diner, na frente do colégio. Precisa que eu ensine o caminho?

— Está me dizendo para te deixar em paz? É só falar que eu vou embora. — Ele esperou. Quando ela não respondeu, ele examinou sua expressão e tudo o mais que pôde ver acima da mesa. — Imagino que você tenha feito muitas cabeças virarem para olhá-la hoje, Abra. Sempre acontece quando uma garota deixa os cabelos soltos pela primeira vez.

Não foi o que ele disse. Foi o jeito como disse que a fez sentir as faces quentes. Ela desviou o olhar em autodefesa e viu Susan os observando. A garçonete franziu o cenho e sacudiu a cabeça para Abra. Dylan olhou por sobre o ombro e deu uma risadinha.

— Aposto que ela é amiga daquele FP com quem você está saindo. Certo?

— FP?

— Filho de pastor. Penny me contou tudo sobre ele no caminho para casa ontem à noite. Um herói de guerra. Fiquei tão impressionado. — Ele inclinou ligeiramente a cabeça. — Quer dar uma volta comigo? Para ver como eu sou? — A expressão dele era provocativa. — Prometo não te levar mais longe do que você quiser ir. — O sorriso a desafiava. — E você chegará em casa em segurança, com tempo de sobra para fazer toda a sua lição de casa e jantar com a mamãe e o papai. Eles nem vão saber que você saiu.

O coração de Abra estava aos pulos. Ela deu uma olhada para Susan, depois seu olhar retornou a Dylan.

— Para onde você quer ir?

— Correr algum risco. — Ele saiu da mesa e estendeu a mão.

— E seu refrigerante? — Susan falou do balcão.

Abra nem lembrava que tinha pedido um. Dylan tirou uma nota do bolso e bateu-a no balcão.

— Isso deve cobrir tudo. — Segurou os livros de Abra sob um braço e, com a mão livre em seu ombro, guiou-a em direção à porta. Abriu-a para ela e a seguiu logo atrás. — Parece que todos nesta cidade querem te proteger.

Era uma declaração generalizada e bem longe de verdadeira.

— Ninguém nesta cidade se importa com o que acontece comigo.

— É mesmo? — Ele lhe lançou um sorriso estranho. — Você é mesmo inocente, não é?

Será que ele estava caçoando dela?

— Para onde vamos?

— Você vai ver. — Dylan largou os livros no chão na frente do assento de passageiro e abriu a porta para Abra. — Está pronta para viver perigosamente, garotinha?

— Tenho que estar em casa às cinco. — Ela se sentiu infantil assim que as palavras saíram.

Dylan riu.

— Vamos fazer tudo depressa. — Ele se inclinou sobre a alavanca do câmbio. — Segure firme, garota. Vou lhe dar o passeio da sua vida. — Ele arrancou com o carro, mudou a marcha e disparou em direção ao semáforo, freando praticamente um segundo antes que o carro avançasse para a Main Street. Manteve-se no limite de velocidade até virar para a ponte, então mudou a marcha e pisou no acelerador.

O vento açoitava os cabelos de Abra enquanto ele acelerava para fora da cidade. Rindo, ela tentou segurá-los. Quando a corrente de ar entrou por baixo de sua saia e a levantou, ela a agarrou e prendeu embaixo das coxas. Dylan estava olhando.

— Desmancha-prazeres! — Ele sorriu.

Ele fazia as curvas tão rápido que as rodas guinchavam. Um borrão verde de árvores e arbustos voava ao redor deles. Abra sentiu um frio na barriga quando ele subiu uma colina e desceu em um mergulho do outro lado, depois subiu de novo e contornou uma curva fechada. Ela sentiu uma pontada de medo quando ele acelerou, rasgando a estrada como um piloto de corridas. O sorriso dele parecia mais um rosnado ao mudar a marcha outra vez.

Vinhedos estendiam-se dos dois lados da estrada. O coração de Abra deu um pulo quando ele reduziu a marcha bruscamente e fez uma curva acentuada para a direita. O Corvette derrapou na pista enquanto ele corrigia o curso. Dylan mudou de marcha outra vez e virou o volante com tanta força que o Corvette girou em um círculo completo e deslizou até parar, envolto em uma nuvem de poeira e cheiro de borracha queimada. Ele se inclinou e enfiou os dedos nos cabelos dela.

— Agora vou fazer o que tive vontade desde que pus os olhos em você. — E a beijou, longa e intensamente. Ela ofegou quando Dylan a soltou. Com um largo sorriso, ele passou as mãos pelos cabelos de Abra.

Um instinto básico e febril subiu por dentro dela quando ele a encarou. A mão de Dylan contornou a curva de seu quadril.

— Adoro o jeito como você olha para mim. — Ele a beijou de novo. Não foi igual à primeira vez. Ele a fez abrir a boca e a devorou. Quando se afastou, olhou-a com ar divertido. — Nunca foi beijada assim antes, foi?

— Não. — Será que ele havia beijado Penny desse jeito?

— Você é deliciosa. Vamos tentar outra vez.

=====

Nada ficava escondido por muito tempo em uma cidade pequena. Zeke soube que Abra tinha saído com Dylan Stark antes de eles atravessarem a ponte. Susan Wells ligou para ele.

— Ele a seguiu até aqui e se sentou com ela. Cinco minutos depois, ela estava no carro dele. Ela é só uma criança, pastor Zeke, e ele... Eu conheço esse tipo até bem demais.

Mitzi ligou no dia seguinte. Seu filho lhe contara que tinha visto Abra em um Corvette vermelho.

— Hodge falou que o rapaz estava dirigindo como um louco. Disse que ele devia estar a uns cem por hora quando passou pelo Riverfront Park. Peter está maluco de deixar Abra sair com um garoto como aquele?

Assim que ele desligou, Priscilla telefonou.

— Peter disse a Dylan que as duas meninas são novas demais para ele. Nunca vi Peter tão bravo.

— O que Dylan respondeu?

— Nada. Só entrou no carro e foi embora. Peter conversou com as meninas. Achei que Penny ia subir pelas paredes, mas ela recebeu bem. Foi Abra quem ficou furiosa.

Peter disse a Abra que ela não deveria nunca mais falar com Dylan, e ela respondeu que ia fazer o que quisesse, então ele disse: "Não dentro da minha casa!", ao que ela falou que ia embora. Poderia ir morar embaixo da ponte! Era ali que todos consideravam mesmo ser o lugar dela, não era?

— Eu não sei o que fazer, Zeke. Peter está fora de si de preocupação e mágoa. Não sei o que acontece com Abra. Louca de paixão. Não é assim que dizem? — Priscilla chorou. — Nunca a vi assim. Será que você poderia, por favor, conversar com ela?

Ele tentou. Ela ficou sentada em silêncio pétreo, com os punhos cerrados, olhando fixamente adiante. Quando ele terminou, ela se levantou e saiu da sala. Peter e Priscilla vieram da cozinha e olharam para ele, que meneou a cabeça.

Joshua foi o último a saber o que estava acontecendo e foi quem ficou mais profundamente perturbado.

===

Joshua tocou a campainha de Peter e Priscilla. Suas mãos estavam trêmulas. Seu pai tinha lhe pedido que fosse até lá falar com ela. Joshua lembrou-o que já havia tentado alertar Abra sobre Dylan Stark e que nem a vira mais desde aquela noite no cinema. Mas achou que valia a pena tentar.

Priscilla atendeu à porta.

— Graças a Deus. — Ela se afastou para que ele entrasse. — Espero que ela o escute, Joshua. — Ela mantinha a voz baixa. — Ela está de castigo, mas, no minuto em que sai por aquela porta para ir à escola, fico preocupada que possa estar no carro de Dylan. Ela não escuta.

— E como está Penny?

— Aborrecida. Claro. Ela estava apaixonada por Dylan, mas acho que isso passou. Não sei bem como aconteceu. — Ela o fitou. — Achei que todo aquele melodrama por causa de Kent Fullerton tinha sido difícil, mas isso agora é assustador. Não sabemos o que fazer, Joshua. Abra nem quis falar com seu pai ontem. Acho que ela não ouviu uma palavra sequer do que ele disse.

— Ela sabe ser teimosa.

— Todos nós, não é? — Ela fez um gesto de desânimo. — Ela está no quarto. Deve estar com fome. Não desceu para o jantar. — Riu tristemente. — Disse que não queria comer com hipócritas. — Seus olhos se encheram de lágrimas inconformadas. — Algumas pessoas são muito difíceis de amar.

O que significava que precisavam ainda mais de amor.

Joshua subiu as escadas. A porta do quarto de Penny estava aberta. Ela se recostava no banco junto à janela, folheando uma revista de cinema. Levantou-se quando o viu e foi até a porta.

— Boa sorte. Você vai precisar. Ela é uma idiota! — A voz dela subiu de volume. — Abra não ouviria nem a Deus se ele aparecesse em uma sarça ardente! — Ela jogou a revista no chão e levantou a voz um pouco mais. — Ela acha que estou com ciúme. Eu não estou! — gritou. — Você vai se arrepender de ter conhecido Dylan, Abra!

— Penny! — Priscilla chamou do andar de baixo. — Chega!

Em lágrimas, a garota bateu a porta do quarto.

Pelo menos uma das meninas Matthews tinha enxergado além das aparências. Joshua bateu à porta de Abra.

— Abra? É Joshua.

A chave girou e a porta se abriu. Abra voltou para a cama desarrumada. Não olhou para ele enquanto se sentava na cama de pernas cruzadas e pegava a escova de cabelos.

— Você está aqui como amigo ou inimigo? — disse em tom hostil.

— Quando eu fui seu inimigo?

Ela manteve o rosto virado enquanto passava a escova com força pelos cabelos.

— Então feche a porta. Não quero que aquela bruxinha do outro lado do corredor ouça a nossa conversa.

Por mais que ele a conhecesse há tanto tempo, parecia errado estar sozinho com ela em seu quarto fechado, ainda que Peter e Priscilla aprovassem isso, nas circunstâncias atuais.

— Talvez a gente pudesse sair e dar uma volta.

— Estou de castigo.

Joshua ergueu os ombros e fechou a porta. Pegou uma cadeira junto à escrivaninha, virou-a e sentou com as pernas em torno do encosto. Abra continuou a escovar o cabelo. Ele olhou em volta. Parecia um quarto de hotel, não seu espaço pessoal. Tudo combinava perfeitamente, exceto o quadro de mensagens com fotos de astros de filmes antigos, mais adequadas para a geração de Mitzi que para a de Abra. Seu coração se alegrou ao avistar duas fotos suas, uma com o barrete e a beca de formatura do colégio e outra de farda. Pelo menos ele ainda importava um pouco, no atual esquema das coisas. Talvez ainda houvesse uma esperança.

— Então... o que está acontecendo?

Ela levantou o queixo, os olhos verde-claros cuspindo fogo.

— Nada. — Segurou o cabo da escova como se pretendesse atirá-la na cabeça dele. — Ainda.

— Ainda?

— Dylan e eu temos muito em comum.

— O quê, por exemplo? — Ele manteve o tom calmo, embora tudo em seu interior se preparasse para uma batalha.

— O pai dele o abandonou quando ele era bebê.

— O que mais você sabe sobre ele?

Os olhos dela faiscaram.

— Ele é formado em administração e marketing.

— Parece algo de família. — Ele tentou soar neutro, mas os olhos dela faiscaram outra vez.

— O que você quer dizer com isso?

— Cole Thurman tem fama de ser bom nos negócios. Foi só isso que eu quis dizer.

Ela voltou a escovar os cabelos.

— Ele está tentando compensar os anos que perdeu com Dylan.

Joshua lutou contra a irritação que crescia dentro dele e que vinha fervilhando sob a superfície desde que voltara da Coreia.

— Quanto você realmente conhece Dylan Stark?

— Ele não gosta de fingimento. Quer que eu seja eu mesma.

— Ah, sei. — A ironia permeou as palavras desta vez, e ele soube que estava derrotado.

— *Ele me entende!*

— Ele entende que você está atraída por ele. Ficou muito claro no cinema. Isso não tem a ver com amor, Abra. Tem a ver com sexo, e do tipo mais baixo.

Ela abriu a boca, e seu rosto ficou vermelho.

— Você é nojento!

Ele se levantou tão depressa que a cadeira virou.

— Estou lhe dizendo a verdade!

— Dylan diz que eu sou linda. Que eu sou inteligente. Ele me ama!

— Dylan dirá qualquer coisa para conseguir o que quer!

— Ele *me* quer.

— Não duvido disso! Mas por quanto tempo? O afeto dele por Penny não durou uma semana.

Ela sorriu e levantou o queixo.

— Ele disse que Penny é água e eu sou vinho.

Dylan parecia saber exatamente o que Abra queria ouvir. Joshua ficava furioso por ela não perceber o que o sujeito estava armando. Endireitou a cadeira e sentou-se outra vez, agora com as mãos fechadas entre os joelhos, lutando com as próprias emoções.

— Ouça, Abra. Escute o que estou dizendo. Somos amigos. Me dê esse crédito. — Quando ela não respondeu, ele começou a rezar enquanto falava. — Um homem que realmente te ame se esforçará para que você possa ser o seu melhor.

— Eu *sou* o meu melhor quando estou com Dylan.

Ele segurou os joelhos.

— Frívola e rebelde? Completamente egoísta, sem um pensamento sequer sobre o que está fazendo com a sua família? Isso é o seu melhor?

Os olhos dela se encheram de lágrimas de acusação.

— Você devia ser o meu melhor amigo e é capaz de dizer isso para mim?

— Digo isso porque *eu te amo.* — Abra não tinha ideia de quanto.

— Quer saber, Joshua? Eu achava que você era o único amigo real, verdadeiro, que eu tinha. — Os olhos dela ficaram frios. — Agora sei que você é igual a todo o resto.

O ferimento na lateral dele latejou.

— Ainda sou seu amigo, o melhor amigo que você jamais terá. — E mais, tanto mais. — E sempre vou ser.

Ela jogou a escova sobre a cama desarrumada e foi em direção à porta. Abriu-a e parou do lado.

— Muito obrigada por ter vindo — disse em um tom açucarado, depois acrescentou gelo. — Não se incomode em voltar.

Joshua saiu. Ela soltou um soluço abafado, bateu a porta e a trancou.

Ele ficou parado no corredor, atordoado. Tinha acabado antes mesmo de começar. *Eu a perdi, Senhor. Ah, meu Deus, eu a perdi.*

=====

Os pesadelos de Joshua voltaram, piores do que nunca. Sonhou que estava de volta à Coreia, sofrendo em um inverno frio e branco, correndo, sempre correndo, para salvar alguém que não conseguia alcançar. Seu pai o acordava quase todas as noites e sentava-se e rezava com ele, enquanto Joshua ficava deitado, ofegante, lutando contra o medo que espreitava logo abaixo da superfície.

Gil MacPherson ligou e convidou Joshua para ir a seu rancho. Fora sugestão de seu pai.

— Ele foi de uma unidade médica na Normandia. Acho que pode entender melhor do que eu o que você está passando.

Gil entendia.

O pastor ainda saía todas as manhãs para sua longa caminhada pela cidade. Joshua sabia que ele ainda parava junto ao portão de Peter e Priscilla. Ainda rezava por Abra.

E Dylan Stark ainda aparecia pela cidade. Um professor do colégio, amigo de Peter, disse que tinha visto um Corvette vermelho estacionado junto à cerca alambrada, no extremo do campo de futebol do colégio. Dylan Stark também tinha sido visto perto do Eddie's Diner, onde os estudantes costumavam se encontrar.

Joshua sabia que Dylan não ia desistir. Estava espreitando, à espera de uma oportunidade para conseguir o que queria. Peter não podia manter Abra de castigo para sempre.

=====

Abra sentia que estava enlouquecendo. Só conseguia pensar em Dylan e em quando poderia vê-lo outra vez.

O sinal tocou para o intervalo do almoço; os saguões e corredores se encheram de estudantes que saíam para se sentar em grupos no gramado, ou às mesas de piquenique montadas sob as árvores, perto do prédio principal, ou reunir-se no campo de futebol. Quando Abra avistou Dylan de pé junto ao alambrado, olhou rapidamente para os lados e foi até ele. Agarrou-se ao arame.

— Que bom ver você.

Os dedos dele se prenderam aos dela.

— É só isso que você tem a dizer? — Ele parecia bravo, irritado. — Quando vai escapar daquela prisão em que te trancaram?

— Peter me pôs de castigo por um mês, Dylan. Ainda faltam duas semanas.

— Não vou ficar esperando mais duas semanas, gata. Estou cheio desta cidade.

O coração dela começou a bater forte e rápido.

— Por favor, não vá embora.

— Venha comigo. — Os dedos dele se apertaram, machucando-a.

— Para onde?

— Isso importa? Você me ama, não é? — Diante da confirmação ofegante dela, ele se aproximou mais. — Quero pôr as mãos em você. Mal começamos naquele dia em que te levei para casa. Vamos ser demais juntos, gata. Podíamos ir para San Francisco, Santa Cruz, onde quisermos.

Ela não duvidava de que ele a amava.

— Você sabe que eu quero ir embora daqui, Dylan.

Ele a soltou e se afastou do alambrado.

— Então me encontre na ponte à meia-noite.

*Hoje à noite?*

— Eu não posso! — Ela não podia pensar tão depressa assim.

— Não pode ou não quer? Talvez eu esteja errado sobre você. — Ele fez menção de partir.

— Dylan! Espere! Eu estarei lá.

Ele olhou para trás e sorriu.

— Se não estiver, vai passar o resto da vida se perguntando o que perdeu. — E continuou andando, dessa vez sem olhar para trás.

=====

Abra comeu, embora não estivesse com fome. Era vez de Penny lavar os pratos, então Abra pediu licença para se retirar. Tinha lição de casa para fazer e estava um pouco cansada. Talvez fosse dormir mais cedo.

Peter olhou para ela com um ar de leve interrogação.

— Tem certeza que não quer ficar conosco na sala? Ver um pouco de televisão?

— Eu gostaria, mas tenho um relatório para entregar na sexta-feira. — Duas mentiras em sequência, e isso nem a incomodou.

Com todos no piso de baixo, foi fácil para ela entrar escondida no quarto de Penny e roubar uma mala do conjunto que Priscilla tinha lhe dado de presente de Natal. Penny queria ir para a Faculdade Mills. Ian Brubaker dissera que Abra deveria ir para Juilliard. Mas ela só queria uma coisa agora. Estar com Dylan.

A mala não era grande o suficiente para conter tudo, mas Abra embalou o que conseguiu e a escondeu sob a cama. Passava de nove horas quando Peter subiu. Uma hora mais tarde, Priscilla veio. Ela bateu de leve na porta de Penny.

— Hora de apagar a luz, Penny. A aula começa cedo amanhã.

A casa ficou em silêncio. Abra estava deitada no escuro. As palavras de Joshua lhe voltaram, e dúvidas se seguiram. Será que Dylan a amava mesmo? Ele nunca dissera isso diretamente. Mas poderia beijá-la daquele jeito se não a amasse?

O relógio tiquetaqueava. O tempo ia passando. Ela se levantou e andou pelo quarto, depois parou porque alguém poderia ouvir e vir bater em sua porta para perguntar se estava tudo bem. Sentou-se na beira da cama, com o coração batendo descontroladamente. Devia pelo menos deixar um bilhete. Foi até a mesa e procurou um papel. Acendeu o abajur e escreveu depressa. O vento começou a soprar mais forte, o bordo lá fora farfalhou e a assustou. O mensageiro dos ventos dançava sob o caramanchão do jardim. O relógio da sala bateu onze horas. Ela pegou alguns envelopes. Em um deles, pôs um bilhete endereçado a "Sr. e sra. Matthews", outro para "Reverendo Ezekiel Freeman", e uma despedida muito mais afetuosa para Mitzi. Queria escrever para Joshua também, mas não soube o que dizer. Melhor nem tentar. Tendo uma ideia súbita, pegou a Bíblia de Marianne na gaveta de baixo, rabiscou uma nota rápida e colocou-a dentro: "Marianne gostaria que a esposa de Joshua ficasse com isso".

Abra puxou a mala de baixo da cama, abriu lentamente a porta e seguiu na ponta dos pés pelo corredor. Seu coração deu um pulo quando a escada estalou. Correu para a porta da frente e a fechou em silêncio atrás de si.

Tinha o corpo dolorido quando chegou à ponte. Dylan estava lá, encostado no carro. Ele se endireitou quando a viu. Jogou a mala dela no pequeno porta-malas e o fechou com uma batida.

— Eu sabia que você viria. — Ele a puxou para si e a beijou até deixá-la sem fôlego. — Não adoraria ver a cara deles de manhã?

Suas mãos se fecharam sobre os seios dela, e Abra sentiu um momento de pânico.

— Ainda está usando isso? — Ele quebrou a corrente que segurava o crucifixo de Marianne e a jogou para o lado. — Não precisa mais de lembretes do passado, certo? — Não lhe deu tempo para pensar antes de beijá-la outra vez. Suas mãos tomaram liberdades que a chocaram, mas ela teve medo de protestar. — Vou me divertir muito com você. — Ele a afastou para o lado para poder abrir a porta do carro. — Entre.

Ela deslizou para o banco, girando as pernas para dentro antes que ele fechasse a porta.

Ele deu a volta e acomodou-se no banco do motorista.

— Esta noite, vamos começar a viver. — Ligou o motor e fez soar a buzina enquanto atravessavam a ponte para sair de Haven. — Para todo mundo saber!

Ele parecia tão satisfeito que ela riu, exultante.

═══

Joshua sentou-se à mesa da cozinha, ainda abalado por seu pesadelo. Com a cabeça apoiada nas mãos, tentou se concentrar no salmo 23. "Ainda que eu caminhe por um vale tenebroso, nenhum mal temerei, pois estás junto de mim; teu bastão e teu cajado me deixam tranquilo."

O telefone tocou. A adrenalina lhe percorreu o corpo; ele sentiu uma premonição e tentou afastá-la. O fato de o telefone tocar às quatro horas da manhã não significava que havia acontecido algo com Abra. Seu pai com frequência recebia chamadas no meio da noite. Joshua arrastou a cadeira para trás e foi para a sala atender.

— Joshua, é Peter. Ela foi embora.

Ele não precisou perguntar quem a tinha levado.

— A que horas eles foram?

— Em algum momento depois que fomos dormir. Priscilla acordou e achou ter ouvido alguma coisa. Faz umas duas horas que estou andando de carro pela cidade, mas não a vi.

Joshua desligou, folheou o catálogo telefônico e discou o número de Cole Thurman. O telefone tocou dez vezes antes de uma voz sonolenta atender com um palavrão.

— Sr. Thurman? É Joshua Freeman. Onde está Dylan? — Ele mal podia se controlar para não gritar.

— Como vou saber? Sou pai dele, não guarda-costas.

— Abra Matthews está com ele. Ela tem só dezesseis anos.

— Aquela menina já era um lixo desde o dia em que o seu pai a encontrou. Ele devia tê-la deixado embaixo da ponte.

Joshua bateu o telefone.

— Não há nada que você possa fazer, Joshua. — Seu pai estava parado à porta, vestido para a caminhada matinal. O rosto dele parecia ainda mais pálido e abatido do que quando sua mãe morrera.

— Não posso ficar aqui e não fazer nada, pai! Tenho que ir atrás dela! — Ele pegou o casaco e as chaves e saiu porta afora.

=====

Abra sentia-se aquecida e confortável dentro do carro esporte de Dylan. Ele dirigia em velocidade, o rádio berrando rock and roll. Seus nervos se arrepiavam cada vez que ele a olhava. Quando ele reduzia a marcha, depois aumentava outra vez, o estômago de Abra se apertava de excitação. Penny e todas as suas amigas tinham tentado ganhar a atenção dele, mas ele a escolhera. Ficariam juntos para sempre. Bastava um olhar dele para fazer com que o calor inundasse suas veias.

A mão de Dylan deslizou pela coxa de Abra.

— Você parece entusiasmada.

Abra sentia-se consumida de necessidade.

— Ainda estou absorvendo tudo isso. — Ela o fitou, esperando que ele dissesse que a amava.

— Absorvendo o quê?

Dylan tinha o sorriso mais belo e cintilante de todos. Ela riu, um pouco sem fôlego.

— Fugir com você, claro. — Ele era tão lindo. Como uma pintura.

— Mal posso esperar para te jogar na cama.

Será que a terra ia se mover, como os romances que Penny lia em segredo diziam? Ela sentiu um arrepio de medo.

Não sabia nada sobre sexo, a não ser que era um grande mistério.

Abra examinou o perfil dele.

— Aonde vamos para nos casar?

— Casar? — Ele deu uma risada curta e debochada. — De onde tirou a ideia de que eu ia casar com você?

Suas palavras foram como um tapa.

— Você me pediu para ir embora com você, Dylan. Disse que me queria.

— Ah, gata, e quero mesmo. Quero você da pior maneira. — Ele acariciou o rosto afogueado dela com as costas da mão. — Mais do que quis qualquer outra pessoa em muito tempo. — Dylan focou a atenção na estrada. — Quem sabe? Talvez eu me case um dia. Não seria incrível? — Ele riu, como se a ideia fosse impossível. — Ei! — Fitou Abra com um sorriso zombeteiro. — Você acha que o reverendo Freeman faria a cerimônia?

— Duvido.

Ele riu.

— Eu estava brincando.

Talvez fosse o modo como Dylan estava dirigindo, fazendo as curvas tão rápido que os pneus guinchavam, forçando as mudanças de marchas, acelerando, que a fez sentir o estômago enjoado.

— Mas nós o convidaríamos mesmo assim, não é? — Dylan falava com frieza e desdém. — E aquele filho santinho dele também. Como é o nome dele?

— Joshua.

— Isso, Joshua. Belo nome bíblico. Talvez eu case com você só para ver dois homens crescidos chorarem. — E riu.

Por um breve segundo, Abra teve vontade de dizer a ele para fazer o retorno e levá-la de volta para casa. Não queria falar do pastor Zeke ou de Joshua. Não queria pensar em como eles ficariam decepcionados com ela. Pensou nos bilhetes que havia deixado. Não havia mais volta.

Dylan olhou para ela.

— Sabe o que eu adoro em você, gata? Você foi atrás do que queria. Não amarelou.

Ela examinou os ângulos belos e duros do rosto dele, iluminados pelas luzes do painel. Será que um dia encontraria outro alguém como ele? Alguém que produzisse nela uma sensação tão violenta de desejo e necessidade?

— Eu te amo, Dylan.

Ele sorriu.

— Eu sei, gata. No momento em que te vi, eu soube que tínhamos sido feitos um para o outro.

Ela esperava que sua declaração encorajasse Dylan a se declarar também. Seu estômago tremeu, e não mais de desejo.

— Você me ama, Dylan? — Ela prendeu a respiração à espera da resposta. Havia deixado todos para trás em Haven para vir com ele, e agora estava sacrificando seu orgulho também.

Dylan levantou os ombros com indiferença.

— Nem tenho certeza se sei o que é o amor, gata. — Deu uma risada curta. — E não sei se quero saber. Pelo que tenho visto, o amor deixa os homens fracos. — Reduziu a marcha e fez uma curva fechada, depois acelerou de novo. — Uma coisa é melhor você aprender sobre mim logo de cara. — Ele lhe deu uma olhada de advertência. — Eu não gosto de ser pressionado.

Abra entendeu a mensagem. Se queria que Dylan a amasse, era melhor fazer o que fosse necessário para deixá-lo feliz. Ela olhou pela janela, lutando com as emoções conflitantes dentro de si. Podia se considerar uma pessoa de sorte. Todas as meninas em Haven o queriam. Ele a escolhera. E a escolhera em vez de Penny. Isso era importante, não era?

Apoiando a cabeça no encosto, ela tentou afastar o peso crescente da decepção. Não era aquilo o que ela queria. Não era como ela imaginou que seria. O instinto lhe disse para não chorar na frente de Dylan. Ele já lhe dissera que não gostava de covardes.

Dylan aumentou o volume do rádio e "Pretend", de Nat King Cole, encheu o carro. Ele cantou "That's Amore" com Dean Martin. Tinha uma boa voz, mas não chegava perto da qualidade da do pastor Zeke ou de Joshua.

Por que ela estava pensando em Zeke e Joshua outra vez? Disse a si mesma para tirá-los da cabeça. Não ia mais vê-los.

— Você ficou terrivelmente calada de repente. Eu não suporto quando uma garota fica emburrada.

Ela forçou um sorriso.

— Só estou apreciando o passeio.

— E agora? — Ele apertou com mais força o acelerador, sorrindo para ela sem tirar o pé até que o carro começasse a vibrar com a velocidade. — Parece que vai desmontar, não é?

Ela sentia o coração pulsando nos ouvidos, mas riu mesmo assim.

— Não dá para ir mais depressa?

Dylan pareceu surpreso e contente.

— Você é doidinha mesmo! — Ele reduziu a velocidade. — Vamos tentar a qualquer hora em uma estrada reta.

— Para onde estamos indo?

— San Francisco. Fiz uma reserva. — Ele lhe dirigiu seu sorriso branco cintilante. — Vai ser melhor do que em qualquer lugar onde você já esteve.

Conforme as horas se passavam, a névoa da paixão parecia ir se dissipando. Quanto ela realmente sabia sobre Dylan? Tudo que pensara nas últimas semanas foi em como se sentia quando ele a olhava. Mesmo agora, quando ele pousava sobre ela os olhos escuros, deixava-a um pouco sem ar. Dylan não perguntou como ela estava se sentindo ou por que estava quieta. Estava muito ocupado batucando um ritmo no volante.

*Dylan me assusta um pouco.* As palavras sussurradas de Penny voltaram para provocá-la.

Dúvidas incômodas corroíam sua autoconfiança. Mas o que Penny sabia? Ela e Dylan tinham saído só duas vezes antes de ele perder o interesse e deixá-la. Pensar nos dois juntos fazia seu estômago se apertar. Mas por que ela se permitia pensar nessas coisas, afinal? Dylan era só o que importava. E ele escolhera a ela, não Penny. Ele cuidaria dela.

Ele tinha dito isso?

E daí se não tinha?

A estrada subiu. Dylan acelerou colina acima, depois abaixo, e entrou em um túnel. A Golden Gate surgiu do outro lado. Uma névoa matinal pesada descia sobre as montanhas e pela estrada, como espuma branca. A cidade à beira da baía estava toda iluminada, chamando como um farol. Dylan reduziu a velocidade para pagar o pedágio quando chegou à ponte, e o pulso de Abra se acelerou. Depois de irem tão rápido, setenta por hora dava a sensação de estarem se arrastando por aqueles dois quilômetros. Dylan seguiu pela Doyle Drive em direção à marina, depois virou na Van Ness. Passou por dois sinais vermelhos e fez uma curva fechada na California, subindo a encosta em velocidade.

— Estamos quase lá, gata.

Uma catedral surgiu diante deles. Ela sonhara que teria um casamento de vestido branco algum dia. Prometeu a si mesma fazer Dylan tão feliz naquela noite que ele ia querer casar com ela na manhã seguinte. Suas unhas estavam cravadas na palma das mãos. Faria com que ele nunca mais quisesse deixá-la. O carro voou pela Nob Hill. Um quarteirão depois da catedral, Dylan fez uma curva fechada à esquerda e estacionou na frente do Hotel Fairmont. Abra ficou boquiaberta. Nunca tinha visto nada tão grandioso.

— Ponha isso. — Ele tirou um anel do dedo mínimo e o passou a ela. — Vire para mostrar só a aliança dourada. Se alguém perguntar, estamos em lua de mel. — Ele abriu a porta e saltou. Ela sentiu o ar úmido e frio.

Abra enfiou rapidamente no dedo o anel com a figura de um ser alado, antes que o homem de uniforme abrisse sua porta.

— Bem-vinda ao Fairmont. — O sorriso dele mudou quando a viu direito. Ela corou. Claramente, o homem percebeu que ela e Dylan não eram casados. Ele sabia por que estavam ali. Ela baixou os olhos enquanto saía do carro.

— Ei, você! — Dylan jogou as chaves para o homem. — Estacione. — Ele deu a volta, tomou Abra pelo braço e se inclinou para sussurrar: — Tente não parecer tão menininha. — E a levou para dentro do hotel.

Abra queria se esconder quando entraram no saguão, embora só houvesse funcionários por ali àquela hora.

— Sente ali e me espere. Não fale com ninguém. Eu volto já.

Ela fez como ele mandou e se afundou em uma poltrona aveludada, atrás de um vaso com folhas de palmeira. Dylan se afastou.

Ele exibia tanta autoconfiança que era como se pertencesse a lugares como aquele. Com o coração acelerado, as palmas das mãos suando, Abra olhou em volta, para as colunas de mármore, a escadaria dourada, os tapetes vermelhos, as esculturas nos cantos, os quadros nas paredes. Parecia um palácio! Ela se lembrou do que Mitzi lhe ensinava quando ficava com medo de tocar piano na igreja. *Respire fundo e solte devagar pelo nariz. Isso vai acalmá-la.* Abra afastou o pensamento de que todos a olhavam com desconfiança e imaginou-se uma princesa, sendo Dylan o príncipe que a trouxera para seu castelo.

Ela o ouviu rir. Espiando por trás das folhas da palmeira, viu que ele flertava com a recepcionista atraente. A mulher lhe devolveu o sorriso e voltou para o trabalho, enquanto Dylan se inclinava sobre o balcão. O que quer que ele tivesse dito, perturbou a mulher e a fez corar. Ciúme e mágoa inundaram Abra. Ele já havia esquecido que a deixara escondida em um canto discreto?

O que Dylan faria se ela se levantasse e saísse pela porta naquele momento?

Mas para onde ela poderia ir, se fizesse isso? Estava frio lá fora, e ela não pensara em trazer um casaco. Teria de ligar para Peter e Priscilla e implorar que viessem buscá-la.

Será que eles viriam?

Dylan reapareceu, sorridente.

— Tranquilo. Um flertezinho rápido e ela nem se preocupou em olhar para você. — Ele apertou os olhos. — Não achou que eu estava atraído por ela, né? Ela deve ter pelo menos uns dez anos a mais que eu. Se bem que até poderia ser interessante. — Ele envolveu os os ombros de Abra com o braço e a puxou para si. — Relaxe. Sou todo seu. Estão mandando champanhe para o quarto, para comemorarmos a noite de núpcias. — Ele a beijou na têmpora. — Você parece assustada.

— Eu estou. Um pouco.

Ele sabia exatamente onde os elevadores estavam localizados. Será que já estivera ali?

— Eu não sei nada, Dylan.

— Ah, mas vai saber, gata. Vai saber. — Assim que as portas se fecharam, ele a puxou para seus braços. — Adoro o jeito como você olha para mim. Como se o sol nascesse e se pusesse ao meu comando. — Sua boca devorou a dela enquanto ele a pressionava contra a parede. O elevador subia. O corpo dele parecia uma fornalha.

O elevador parou. Dylan a segurou pela mão. Ela precisava dar dois passos a cada passo dele, para acompanhá-lo pelo corredor acarpetado. Ele girou a chave em uma das portas e a abriu.

— Lar, doce lar.

Ela sentia o coração preso na garganta e não se moveu até que ele a tocasse nos quadris e a empurrasse para dentro. A porta ainda nem havia se fechado quando Dylan começou a arrancar-lhe as roupas. Ela prendeu a respiração e foi recuando. Botões se soltaram. Ele abriu o zíper da saia dela, puxou a peça para baixo e a deixou cair sobre os tornozelos. Abra disse o nome dele, em um protesto assustado, quando ele desceu as alças de seu sutiã.

Alguém bateu à porta. Ela procurou algo para se cobrir.

Dylan disse um palavrão, com a respiração saindo quente e pesada.

— Vá para o banheiro e fique lá até eu lhe dizer para sair.

Abra saiu apressada e fechou a porta, trêmula. Quando se olhou no espelho, não reconheceu a menina afogueada, de olhos escurecidos e cabelos desgrenhados que a olhava de volta. Ouviu Dylan através da porta, falando com alguém. Ele parecia totalmente controlado outra vez, satisfeito. O outro homem falava em voz baixa e respeitosa. Passos dirigiram-se à porta, que se fechou com um barulho de trinco.

Dylan entrou no banheiro.

— Era a nossa bagagem. Caminho livre, gata. — Quando ele levantou a tampa do vaso sanitário e abriu o zíper da calça, ela correu para o quarto. Com as mãos no rosto quente, parou junto à janela, olhando para as luzes da cidade, as ruas estreitas, a Bay Bridge. Sentia-se a milhares de quilômetros de distância de Haven. Ouviu a descarga no banheiro.

Em pânico, abriu a mala de Penny à procura de sua camisola. Quando Dylan voltou para o quarto, ela passou por ele e retornou ao banheiro, trancando a porta dessa vez.

Dylan riu e tamborilou com os dedos na porta.

— Você não vai ser uma dessas garotas que se trancam no banheiro a noite inteira, vai?

Outra batida na porta do quarto a salvou de precisar responder. Dylan abriu e falou com outro homem. Ela ouviu o som de um carrinho, taças, os homens falando em voz baixa, uma rolha estourando, a porta fechando. Dylan bateu outra vez.

— O champanhe chegou.

Ela abriu a porta cautelosamente.

— Mais alguém vai vir?

— Não até pedirmos nosso café da manhã na cama. — Ele lhe entregou uma taça de cristal com champanhe e ergueu a sua. — Um brinde a aproveitar a vida ao máximo. — E bateu a taça na dela. — Beba tudo, gata. Você parece estar precisando de um pouco de coragem líquida. — Ele a observava com os olhos semicerrados, enquanto ela tomava um gole, hesitante. As bolhas lhe fizeram cócegas no nariz, e ela não gostou do sabor. — Experimente com isso. — Ele pôs um morango na boca de Abra e tornou a encher sua taça. Depois de duas, ela sentiu a cabeça começar a rodar.

Dylan deslizou o dedo pelo braço dela, provocando-lhe um arrepio.

— Você parece mais relaxada. — Ele tirou a taça de champanhe da mão dela e a colocou no carrinho. — Agora chega. — Piscou, provocante. — Quero você consciente.

Abra nunca tinha visto um homem se despir e virou de costas. Dylan riu.

— Não fique tímida. Pode olhar. — Ele a virou para si e segurou sua mão. — E tocar. — Quando ela afastou o braço, ele segurou a frente de sua camisola e a rasgou. Abra levantou as mãos para tentar se cobrir, mas ele a agarrou pelos punhos e afastou seus braços para os lados, para poder vê-la. — Eu sabia que você era linda.

— Você está me machucando, Dylan.

— É sua culpa. Pare de resistir.

— Por favor. Espere.

— Por quê? — Os olhos dele eram como carvões pretos, seu sorriso era debochado. — Gata. — Ele enfiou o joelho entre os dela.

Como alguém tão bonito podia se tornar tão feio e assustador? O que antes era um calor envolvente no estômago de Abra se transformou em um nó frio de medo. Tudo parecia errado.

Dylan era forte e implacável. Não era suave nem gentil.

Incapaz de escapar, Abra recolheu-se dentro de si mesma, fechando-se, entorpecendo-se. Sentiu como se flutuasse no alto, testemunhando a devastação. *Isso é fazer amor? Esse ato vil e profano de violência? É isso que os romancistas dizem que faz a terra se mover?*

Finalmente terminou. Dylan se afastou abruptamente, deixando-a sentir o frio. Será que os dedos dele tinham deixado marcas? Ela se sentia espancada por dentro. Queria cobrir o rosto de vergonha.

Ele deitou de costas e dormiu de imediato. Roncava feito um velho.

Abra ficou imóvel, com medo de se mover, com medo de acordá-lo. Fitou o teto, com lágrimas inundando os olhos e escorrendo das têmporas até os cabelos. No escuro, ela se lembrou. *Não quero que você se machuque, Abra.* Joshua tinha tentado avisá-la. Ela sempre fora uma pária, uma excluída. Agora, estava profanada também.

*Ah, meu Deus, o que acontece agora?*

Uma voz sombria em sua mente sussurrou: *O que você acha? Você fez sua cama, agora deite-se nela. Lembra? Era isso que você queria. Só lhe resta tentar tirar o melhor proveito disso.*

# 6

*Tenha cuidado com o que deseja.*
*Você pode conseguir.*
REI MIDAS

Joshua dirigiu pela noite em direção a San Francisco. Encontrou um posto de gasolina e encheu o tanque, tentando refletir sobre o que fazer em seguida. Deveria iniciar a busca pelo labirinto de ruas que se entrelaçavam pelas encostas? Não sabia por onde começar, como encontrá-la. Será que Dylan a levaria a um hotel elegante ou a um motel barato? Teria seguido em frente? Pouco provável. Ele ia querer conseguir o que desejava o mais rápido possível. Mas e depois? Deixaria Abra sozinha em algum lugar? Ou a levaria consigo para onde pretendesse ir?

Amanheceu e Joshua estacionou junto à praia. Olhou para o oceano sem fim, as ondas lambendo a areia. Pessoas apareceram para caminhar, algumas com cachorros. Joshua apoiou a cabeça no volante.

— Senhor, por favor, faça-a ligar para casa. — Sentindo-se derrotado, ligou o motor e voltou para a Golden Gate.

Abra encheu os pulmões e soltou o ar, assim como todas as suas expectativas e sonhos. Suas lágrimas haviam secado. Saiu cuidadosamente da cama, foi para o banheiro e trancou a porta. Com as mãos trêmulas, ligou o chuveiro. Entrou debaixo d'água e aumentou o calor aos poucos, até sua pele se avermelhar como uma lagosta cozida. O vapor ficou tão espesso lá dentro que ela respirava ar líquido. Lavou-se o máximo possível e ainda se sentia suja.

Dylan acordou quando ela voltou para a cama.

— Humm, você está cheirando tão bem. — Ele a quis outra vez. Ela não ousou dizer não. Mesmo se tivesse dito, ele teria ouvido? Quando terminou, ela puxou o cobertor sobre si e enrolou-se em posição fetal.

*Abra*, uma voz interior sussurrou. *Levante-se. Vá lá para baixo e telefone para casa.*

*Não posso.*

*Ligue para o pastor Zeke.*

Ela pressionou os punhos contra as orelhas.

*Você é só uma criança.*

Não mais. Peter e Priscilla teriam vergonha demais até de olhar para ela, quanto mais falar com ela. Penny espalharia por toda a escola que ela havia fugido com Dylan, passado uma noite em um hotel e voltado para casa com o rabo entre as pernas, como um cachorrinho perdido. O pastor Zeke lhe diria que ela ia para o inferno. E Joshua... Ah, o que Joshua diria? Abra estremeceu diante da ideia de encará-lo.

*Ligue...*

Ela fechou os ouvidos para a voz. *Não posso voltar para casa. Não tenho mais casa. Para onde Dylan for, eu vou.*

A exaustão finalmente a venceu. Ela sonhou que era bebê outra vez, tão fraca que não conseguia se levantar, e mal tinha forças para chorar. Um homem apareceu na ponte acima dela. A esperança veio e ela ergueu a mão, esticando os dedos, suplicando. Queria chamar, mas não tinha voz. Ele se inclinou, olhou sobre a grade, mas uma fera de asas escuras se aproximou dela. Tudo o que Abra podia ver agora era a grande e escura forma sobre ela, com olhos vermelhos ardentes e um sorriso branco, cintilante e zombeteiro.

---

Seu pai abriu a porta dos fundos quando Joshua subiu os degraus. Não precisou perguntar se ele tivera alguma sorte. Joshua foi para a sala e se afundou no sofá.

— Eu nem sabia por onde começar a procurar.

— Ela está nas mãos de Deus, filho.

— Ela está nas mãos de Dylan Stark, pai! — A irritação tomou conta dele. — Ele vai deixá-la em pedaços. — Sentia que ia sufocar de raiva. — Se é que já não fez isso.

— Talvez isso tenha sido necessário para tocar dentro dela.

Joshua o encarou com ar surpreso.

— Você não pode estar falando sério.

— Também não gosto da ideia, filho, mas amor, bondade e razão não a moveram. Ela fechou o coração para todos, menos para esse garoto.

— Ele não é um garoto. É um filho da...!

— Se você se opuser a ela, ela vai se sentir uma mártir.

Joshua levantou.

— Então me diga o que fazer!

— Você fez tudo o que podia. É isso que estou lhe dizendo. É hora de deixá-la seguir seu caminho.

— Desistir dela? — A voz de Joshua soou áspera, sofrida.

— Deixar ir não é desistir. É confiar que Deus vai fazer o que tiver de ser feito. Lembre-se do que você sabe que é verdade. Deus a ama mais que você. Ele a ama mais do que eu, ou do que Peter e Priscilla, mais do que todos nós juntos. — Ele suspirou. — Às vezes Deus tem que destruir para salvar. Ele tem que ferir para curar.

— Destruir? Ferir? Não posso deixar isso acontecer.

— Já está acontecendo, Joshua. Não é sua escolha. É dela. Tudo o que você pode fazer é confiar no amor infalível de Deus.

— Eu tenho que fazer *alguma coisa*, ou vou ficar louco. — Joshua desabou no sofá outra vez, cobriu a cabeça e chorou.

Sentiu a mão firme de seu pai sobre seu ombro.

— Vamos fazer alguma coisa. — A mão do pastor o apertou mais. — Vamos rezar por ela.

===

Abra acordou quando Dylan puxou as cobertas de cima dela.

— Vamos lá, gata. Levante.

Eles tomaram o café da manhã no quarto, e Dylan a fez esperar do lado de fora enquanto pagava a conta. Disse que ficariam mais uma ou duas noites em San Francisco, em um hotel perto de North Beach. Não seria tão grandioso, mas eles só precisavam mesmo de uma cama, certo?

Ele a levou ao Fisherman's Wharf. Falou da última vez em que estivera na cidade, com amigos da faculdade. Quando disse que eles haviam se divertido, ela soube que estava se referindo a mulheres. Abra gostou do cheiro do mar. Dylan comprou caranguejo fresco, servido em uma pequena tigela.

— Abra a boca, passarinho. — Ele enfiou uma garfada em sua boca. Disse que queria lhe comprar algo de lembrança e se decidiu por um moletom cor-de-rosa barato de zíper, com as palavras "Fisherman's Wharf" na frente. Rosa era a cor favorita de Penny. — Dizem os boatos que Joe e Marilyn vão se amarrar logo. Eles moram aqui por perto. Se tivermos sorte, talvez os encontremos.

— Você está me dizendo que os conhece?

— Já encontrei a Marilyn. — Ele sorriu da surpresa boquiaberta de Abra. — Ela esteve em casa. Minha mãe conhece todo mundo em Hollywood.

— Sua mãe também é atriz? — Ela nunca ouvira falar de Lilith Stark.

— É colunista. Ela levanta e derruba atrizes. Faz as melhores festas da indústria do cinema. Todos que querem ser alguém comparecem. Ela conhece todas as sujeiras que as pessoas tentam esconder. Todos querem estar em boas relações com ela. Quando diz venha, eles só perguntam quando. — Ele sorriu sarcasticamente. — Marilyn pode passar a imagem de uma loira burra, mas é muito mais inteligente do que parece.

Dylan a levou para jantar em Chinatown, depois para uma casa noturna em North Beach.

— Tenho todo um mundo novo para mostrar a você. — O homem à porta deu uma olhada para Abra e sacudiu a cabeça. Dylan se inclinou e disse alguma coisa no ouvido dele, enquanto deslizava dinheiro para sua mão. Ele se afastou e deixou-os entrar.

Estava escuro e enfumaçado lá dentro. Abra ficou boquiaberta de susto quando avistou duas moças nuas girando em um pequeno palco. O local estava lotado, principalmente de homens. Dylan puxou Abra atrás de si até encontrar um lugar para sentarem. Os homens olhavam para ela. Ela sentia a pele se arrepiar. Uma garçonete de topless veio anotar o pedido, e Abra baixou depressa os olhos para a mesa. Dylan fez o pedido e se recostou na cadeira para assistir ao show.

— Podemos ir embora? — Abra suplicou, envergonhada.

— Pare de agir como uma menininha de escola religiosa. Assista ao show. — Ele a segurou pelo queixo e virou o rosto dela para o palco. — Talvez aprenda alguma coisa. — Quando Dylan se levantou, Abra entrou em pânico. Ele se inclinou para ela. — Não se preocupe, eu volto logo. — Ela o viu passar entre as mesas e falar com um homem do outro lado do salão. O homem pegou algo no bolso e entregou a ele. Dylan lhe deu algo em troca.

Abra não conseguiu respirar direito até Dylan retornar para a cadeira a seu lado. Ele lhe deu uma piscadinha. — Achou que eu já estava abandonando você?

A garçonete de topless voltou com uma bandeja de bebidas. Dylan pegou uma e a passou para Abra.

— Beba tudo. — Ela obedeceu e sentiu o efeito assim que engoliu. Seu estômago ficou quente. Ele tirou um pequeno envelope do bolso e pegou um comprimido. — Tome isso. Você esteve tensa o dia inteiro. Isso vai te ajudar a relaxar. — Ela fez como ele mandou, para agradá-lo. Quando ele indicou a bebida num gesto de cabeça, ela tomou outro gole.

Abra de fato relaxou. A batida rítmica da percussão começou a pulsar no compasso de seu sangue. Dylan a puxou e dançou com ela. Quando ele afastou as mãos, ela não parou. Sentia-se eufórica, simplesmente se movendo com a música. Homens gritavam palavras de incentivo. Luzes coloridas brilhavam em seu rosto. Ela fechou os olhos e girou, com os braços no ar, o corpo movendo-se com o ritmo. O barulho ficou mais alto. Ela ouviu gritos irritados, uma agitação, mas não se importou. Não queria pensar em nada a não ser na música, no movimento.

Alguém a agarrou pelo pulso e a puxou. Ela tropeçou ao descer os degraus. Será que estava em um palco?

— Venha. — Uma mulher a arrastou por um corredor mal iluminado. Abra cambaleou e se chocou contra a parede. A mulher lhe deu um tapa leve no rosto. Uma vez, duas. — Saia dessa, querida. O que aquele diabo lhe deu?

Abra ouviu a voz de Dylan. A mulher gritou. Ele segurou Abra. A mulher protestou, e ele a xingou e a mandou cuidar da própria vida. Oscilante, Abra saiu andando, tateando pela parede para encontrar o caminho. Tudo estava desfocado. Dylan a alcançou e a segurou firmemente em torno da cintura.

— Vamos embora. — Ele abriu uma porta no fim do corredor. O ar estava frio, o céu escuro, muito escuro. Ela ficou tonta, tudo escureceu.

Ao acordar, com uma terrível dor de cabeça, Abra ouviu um chuveiro ligado. Sentia-se toda dolorida, por dentro e por fora. Onde estava? Não se lembrava daquele quarto. Havia uma velha cômoda, um espelho, uma poltrona com estofamento gasto, ao lado de uma janela com a cortina fechada, e um quadro da Golden Gate na parede.

Dylan saiu do banheiro com uma toalha enrolada na cintura enquanto enxugava o cabelo com outra.

— Que noite! — Ele sorriu para ela como um gato selvagem pronto para pular sobre um rato. — Você deu um show!

— O que aconteceu?

— O que não aconteceu? — Ele riu. — Você ficou doidinha!

Ela não se lembrava de muita coisa depois daquele comprimido que Dylan lhe dera. Sentou-se e pressionou as têmporas com as mãos.

— Minha cabeça dói.

— Vou lhe dar algo para cuidar disso. — Dylan deu um sorriso malicioso. — Você me surpreendeu, gata. Não sabia que uma boa moça cristã podia dançar daquele jeito.

De que jeito? Ela lembrava o suficiente para não perguntar.

— O que você me deu?

— Só uma coisa para deixar você mais à vontade. — Ele sentou na cama, afastou os cabelos dela dos ombros e beijou a curva de seu pescoço. — Você acabou comigo, gata. — Ele lambeu sua orelha. — Pedi para fazermos o checkout mais tarde, então temos até as duas horas. Isso lhe dá trinta minutos para se aprontar.

Abra sentiu medo.

— Para quê?

— Para continuar a viagem.

Foram para o sul pela Highway 101 até Santa Cruz e pararam no calçadão à beira mar, na foz do rio San Lorenzo. Dylan estava alegre. Ele perguntou o que ela queria fazer. Ela andou de carrossel e pegou a argola dourada. Dylan a levou à montanha-russa vermelha e branca Giant Dipper. Ela passou de completo terror em um minuto para risadas histéricas no minuto seguinte. Depois disso, brincaram em todos os jogos. Dylan comprou duas toalhas coloridas, um calção de banho e um biquíni.

— O que é bonito é para mostrar, gata.

Eles nadaram em direção à plataforma. Dylan disse que ela estava demorando demais e aumentou o ritmo das braçadas, deixando-a para trás. A água estava fria. Abra sentiu um arrepio de medo, imaginando o que poderia estar nas profundezas. Nadou mais depressa e estava cansada quando chegou ao pontão. Dylan já repousava, deitado ao sol. Ele se entediou rapidamente e mergulhou outra vez. Ela o seguiu e, com consternação, viu-o chegar de volta à praia e sair andando sem nem olhar para trás. Ele enxugou a água dos ombros e sacudiu a cabeça como um cachorro peludo. Ela se perguntou se ele sabia que havia uma dúzia de garotas de olhos fixos nele. Uma loira esguia em um maiô cor-de-rosa se aproximou para falar com ele. Dylan se virou para ela, deleitando-se com a atenção.

Quando Abra chegou à parte rasa, saiu sem olhar na direção dele. Fazendo pose, passou os dedos pelos cabelos molhados e os torceu, depois os sacudiu para soltá-los. Até Dylan virou para olhar. Quando um rapaz começou a andar na direção dela, Dylan a alcançou primeiro.

— Pode ir saindo. Ela é minha. — Passou o braço sobre os ombros dela enquanto subiam pela praia. — Fomos convidados para uma festa.

Havia carros estacionados por toda a rua estreita, música tocando alto de uma casa de praia, o lugar repleto de garotos e garotas. A loira da praia chamou Dylan, e Abra resistiu à tentação de se agarrar a seu braço. Ele soltou a mão dela assim que entrou na casa e se enfiou em meio às pessoas, deixando-a para trás. Levantou na mão uma garrafa de uísque e ganhou vivas. Parecia que todas as garotas estavam usando blusas semitransparentes sobre o traje de banho, algumas com biquínis menores que o de Abra. Dylan logo foi cercado. Quando ele beijou a loira, Abra sentiu um soco no estômago.

Ela saiu pelas portas de vidro corrediças e encontrou outras pessoas agrupadas em volta de uma fogueira, com os rostos avermelhados à luz do fogo. As ondas batiam e subiam pela encosta branca, perdiam potência e recuavam para o mar.

Abra já tinha visto Penny flertar, o bastante para saber como se fazia. Mas parecia mais natural para ela deixar que os rapazes se aproximassem e falassem. Ela sorria, fingindo escutar e esperando que a porta deslizasse e Dylan aparecesse. O que ele estava fazendo dentro da casa com aquela loira? Quando finalmente apareceu, ela riu à toa e disse algo tão baixo que o rapaz que estava a seu lado teve de se inclinar para mais perto.

— Aí está você, gata. Te procurei por toda parte.

*Mentiroso.* Abra não pegou o drinque que ele ofereceu, mostrando-lhe o que já havia recebido de outra pessoa. Quando ele o tirou da mão dela e insistiu que pegasse o que ele tinha trazido, ela se perguntou se ele teria posto outro comprimido na bebida. Ouviu risadas estridentes e viu um menino e uma menina saírem nus de dentro da casa e correrem para o mar. Enquanto Dylan assistia e ria, Abra despejou o drinque na areia. Ele olhou para ela.

— Volte para dentro da casa quando seu mau humor tiver passado.

Quando ela voltou, Dylan estava em pé no meio de um grupo de garotos e garotas, a maioria da idade dela. Parecia adulto e sofisticado em comparação aos outros, que o olhavam com ar de admiração.

— Eu não esperava ver *você* aqui. — Kent Fullerton surgiu do lado dela, com uma cerveja na mão. — Eu te vi na praia. Achei que talvez tivesse vindo com Penny Matthews.

— Eu não moro mais com eles.

— Desde quando? — Kent pareceu apreensivo.

— Alguns dias atrás. Estou com Dylan agora.

Ele levantou sua cerveja enquanto examinava Dylan.

— Outro cara mais velho.

Ela o fitou.

— Como assim?

Kent sorriu com uma expressão de lamento.

— A Penny me disse que você estava apaixonada por Joshua Freeman. Era por isso que você não me dava atenção.

— Joshua é um amigo da família. E eu teria lhe dado atenção se você não tivesse perdido o interesse por mim tão depressa.

— Eu não perdi o interesse. Toda vez que eu te olhava, você desviava o olhar. Penny disse que você era tímida. Esperei por você do lado de fora da classe uma vez. Você me deu uma olhada e se enfiou no banheiro. Eu me senti um idiota correndo atrás de uma menina que nem queria falar comigo.

— Ninguém nem sabia que eu existia até então. Eu não sabia o que dizer.

Kent estudou o rosto dela.

— Bem, estamos conversando agora.

— É tarde demais.

Ele olhou dela para Dylan.

— Tem certeza de que não está cometendo um erro? — Quando ela não respondeu, ele a observou outra vez. — Quer que eu tire você daqui?

Depois de horas vendo Dylan com sua multidão crescente de admiradoras, não havia nada que ela quisesse mais.

Não tinham andado mais que alguns metros quando Kent foi puxado para trás. A expressão no rosto de Dylan, antes de acertar um soco no rapaz, aterrorizou Abra. Quando Kent tentou se levantar, Dylan mergulhou sobre ele como um animal feroz. As pessoas se afastaram e gritaram. Rolando,

Kent conseguiu dar alguns golpes antes que Dylan o prendesse entre as pernas e usasse ambos os punhos. Outros se aproximaram, seguraram Dylan pelos braços e o arrastaram para trás.

A música continuou tocando alto enquanto Dylan resistia às pessoas que o seguravam, com os dentes à mostra, veias salientes na testa, a face lívida.

— Está bem — disse ele. — Está bem! Me soltem! — Livrou-se das mãos que o continham.

Kent gemeu e tentou sentar. Abra deu um passo adiante e Dylan a agarrou pelo braço.

— Você e eu vamos embora! — Ele a empurrou em direção à porta. As pessoas abriram caminho para eles. Até as meninas que tinham parecido tão deslumbradas recuavam, assustadas agora. A loira olhou para Abra, e sua expressão era de preocupação, não de inveja.

Os dedos de Dylan se enterravam no braço dela enquanto caminhavam em direção ao carro. Abra tinha de dar dois passos para cada um dele. Ele abriu com violência a porta do passageiro e quase a jogou para dentro. Ela mal teve tempo de puxar as pernas antes que ele batesse a porta. Apoiando a mão aberta sobre o capô, ele passou para o outro lado, abriu a porta e entrou. O motor roncou. Xingando, Dylan acelerou. Desceu a rua em velocidade, por pouco não batendo nos carros estacionados. Os pneus guinchavam quando ele fazia curvas.

— Você estava indo embora com aquele cara.

Abra fechou os olhos, apavorada. Dylan mudou de marcha outra vez. Dois dias antes, aquele movimento acelerava seu pulso. Agora, parava seu coração.

— Ele foi namorado da Penny.

— O que você pretendia fazer com ele?

— Não mais do que você estava fazendo com todas aquelas meninas à sua volta.

Dylan riu, mas não foi um som alegre. Não disse mais nada, e Abra ficou em silêncio, querendo que ele se concentrasse na direção e não matasse os dois.

Abra não tinha ideia de quantos quilômetros haviam rodado antes de Dylan relaxar.

— Eu quebrei o nariz dele. Queria ter arrancado os dentes. — Ele deu um sorriso cruel. — Talvez tenha feito isso. — Então começou a zombar das garotas que havia conhecido na praia. A loira quis lhe mostrar a casa, mas, na hora do vamos ver, deu para trás. Abra desviou o olhar, sabendo o que isso queria dizer.

Dylan olhou para ela e sorriu.

— Que nem a Penny. — Ele fez uma manobra abrupta, e ela prendeu a respiração. O cascalho tamborilou sob o carro, que deslizou e parou na beira de um penhasco.

Ele a agarrou pelos cabelos e a puxou para si.

— Eu podia jogar você lá embaixo nessas pedras, e ninguém nem sentiria sua falta. — A expressão de seu olhar fez o coração de Abra pular como um coelho assustado. — O que você me diz disso?

Ela se encarregaria de deixar marcas nele, se ele tentasse.

A expressão dele mudou.

— A maioria das garotas estaria chorando agora, implorando. — Ele lhe deu um beijo violento. — Você é incrível, sabia? — Sorrindo, sacudiu a cabeça e voltou à estrada. — Acho que não vou enjoar de você tão cedo. — E continuou dirigindo noite adentro.

Apoiando a cabeça no encosto, Abra observou Dylan. Ele era tão lindo. Havia ficado com ciúme de Kent. Talvez fosse um sinal de que a amava, mas ainda percebera. Ele a olhou e deu o sorriso que a fizera se apaixonar. Ou, pelo menos, que a fizera imaginar que havia se apaixonado.

— Em que está pensando, gata?

— Só curtindo a viagem. Para onde estamos indo, Dylan?

— Isso importa?

Ela olhou para a escuridão sem fim.

— Não.

— Quero ter mais alguns dias com você antes de voltar para casa e enfrentar o drama.

Abra sacudiu a cabeça.

— Não precisa se preocupar, Dylan. Ninguém se dará o trabalho de procurar por mim.

— Eu não estava falando de você. — Ele deu uma risada de desdém, como se as pessoas em Haven fossem a menor de suas preocupações. — Digamos que deixei uma pequena situação para minha mãe resolver. Foi por isso que fui para Haven, para dar um tempo até as coisas esfriarem.

— Que coisas?

— Algumas garotas não sabem quando parar. Minha mãe disse que a pombinha ferida voou e está passando uns meses na Riviera Italiana. — Ele pousou a mão na coxa de Abra. — Então a costa está limpa. — Retirou a mão. — O problema é que minha mãe vai dar uma olhada em você e querer minha cabeça em uma bandeja de prata.

===

Zeke caminhou até a ponte e apoiou os braços na grade. Unindo as mãos, rezou com os olhos abertos, acalmado pelo som da água que descia das montanhas e fluía para o mar. As lembranças de Abra o tomaram: ouvir seu choro de recém-nascida, vê-la ali, indefesa, sentir os batimentos de seu coração sob os dedos; o sopro da vida que ele infundiu nela; sua carne fria pressionada contra o peito dele. Já conhecera o medo antes, mas nunca tanto quanto naquela noite em que segurara Abra, com a pele escorregadia do nascimento, à beira da morte, em suas mãos.

*Lembro do modo como ela olhou para mim com total confiança e amor. E lembro do dia em que tudo mudou.*

Suas mãos apertaram a grade.

*Senhor, não vou fingir que entendo o que está querendo fazer por meio de tudo isso, mas confio. Joshua está sofrendo. Há uma batalha acontecendo dentro dele. Ele acabou de chegar de uma guerra e já tem de enfrentar outra. Ele me escuta, Senhor, mas seu coração está partido. Ponha uma cerca de proteção em torno dele, meu Pai. Dê-lhe sustentação. Circunde-o.*

Zeke endireitou o corpo e olhou para leste. Abra partira havia uma semana, e nenhuma notícia chegara. O horizonte abrandava-se com uma luz tênue, anunciando o nascer do sol. Ele enfiou as mãos nos bolsos e tomou o caminho de volta. Um brilho na passarela da ponte chamou sua atenção. Curioso, ele se curvou e pegou o objeto. O crucifixo de Marianne, com a corrente quebrada. Com um suspiro, ele o colocou no bolso da camisa.

Quando entrou em casa, Joshua estava sentado à mesa da cozinha, com círculos escuros sob os olhos, as mãos em volta de uma caneca de café fumegante. Ele sorriu com tristeza para o pai. Zeke apertou-lhe o ombro e foi até o balcão servir-se de uma xícara de café antes de se sentar diante do filho.

Joshua fechou os olhos.

— Onde será que eles estão agora?

Não adiantaria nada dizer a Joshua que ele precisava parar de pensar em Abra e Dylan. Seria como dizer para ele parar de respirar.

— Vai trabalhar hoje?

Joshua sacudiu a cabeça.

— Não na construção. Estamos esperando mais madeira. Pensei em ir até a casa de Gil e ajudar a consertar o celeiro.

— Boa ideia.

O trabalho duro manteria a mente de Joshua ocupada. Ele teria de aprender por si mesmo que apenas o tempo alivia a dor.

═══

Dylan começou a ficar sem dinheiro e a parar em hotéis cada vez mais baratos. Comiam com colheres engorduradas. Uma vez, ele deu algum dinheiro a Abra e lhe disse para comprar pão e queijo enquanto ele dava uma olhada nas revistas. Quando voltaram para o carro, ele tirou uma garrafa de uísque roubada de dentro do casaco e a jogou no colo dela. Encontrou um lugar para estacionar e passar a noite e fez uma cama com dois cobertores que havia roubado do último hotel. Bebeu o uísque enquanto olhava as ondas. Abra tinha medo de dormir, com receio de que, quando acordasse, ele tivesse ido embora. A exaustão acabou por vencê-la.

O sol surgiu e ela sentiu as mãos de Dylan passando por seus cabelos. Ele a observou com uma expressão de surpresa divertida.

— Eu costumo já estar cansado das garotas depois desse tempo. Mas ainda quero você.

Ela ouviu o que ele não disse. *É só uma questão de tempo até eu enjoar de você.* Dylan faria exatamente o que quisesse fazer. Ironicamente, essa tinha sido uma das coisas que mais a atraíram nele.

Com os olhos semicerrados, ele desceu a ponta do dedo pela testa dela, sobre o nariz e lábios, até a garganta.

— Tenho dinheiro suficiente para a gasolina até chegar em casa. Acho que é hora de enfrentar o dragão.

Dylan pouco falou depois disso. Abra ficava cada vez mais nervosa a cada quilômetro que avançavam pela Pacific Coast Highway, embora fizesse o máximo possível para não demonstrar. Ele pegou a San Vicente para a Wilshire e virou na South Beverly Glen para a Sunset Boulevard. Áreas impecáveis iam passando, com gramados verdes como carpetes e sebes aparadas. Padarias e butiques femininas, lojas de sapatos, de roupas masculinas, joalherias e churrascarias, e mais casas, depois outra curva para a Benedict Canyon

Drive. Ele acelerou e o Corvette colou-se à pista. As casas agora eram mais afastadas da rua, mais grandiosas, mais escondidas.

Ele fez uma curva fechada para a direita na Tower Road, acelerou, depois reduziu a marcha e fez outra curva para a direita, brecando com um ranger de pneus ao lado de um canteiro elevado, diante de dois enormes pilares de pedra e um imponente portão de ferro ornamentado. Ele apertou um botão. Uma voz de homem crepitou. Dylan chamou o homem pelo nome e lhe disse para abrir o portão, então esperou, com a mão no câmbio. Um músculo se contraiu no rosto dele conforme os minutos se passavam. Abra sabia que não era a única com os nervos à flor da pele.

Dylan pisou no acelerador e bateu no portão.

— Vamos, mãe. Chega dessa demora. — Os pneus guincharam quando ele deu ré e pisou no freio. Tornou a acelerar o motor. O portão se abriu lentamente. — Até que enfim! — Assim que se abriu o suficiente para caber o Corvette, ele entrou.

Um homem dirigia um cortador de grama do tamanho de um carro pelo jardim. A propriedade a fez lembrar o Golden Gate Park: grama, árvores, arbustos, flores, milimetricamente cuidados. A pista fez uma curva, e uma enorme mansão mediterrânea com telhado de telhas vermelhas surgiu à vista.

Dylan acelerou e fez o carro girar em um círculo e parar, derrapando na frente da casa. Deixando as chaves na ignição, ele abriu a porta e saltou. Deu a volta e agiu como um perfeito cavalheiro. Segurou a mão dela e a levou aos lábios enquanto a ajudava a sair.

— Minha mãe sempre enfatizou as boas maneiras. — Ele piscou. — Ela deve estar nos observando de sua torre. — Passando o braço pela cintura dela, ele a beijou no rosto. — Seja valente. Se ela começar a cuspir fogo, fique atrás de mim. Eu consigo enfrentar o calor.

Uma empregada abriu a porta da frente e o cumprimentou respeitosamente, depois fez um gesto de cabeça educado para Abra. Dylan a conduziu por um saguão de entrada de mármore vermelho, colunas brancas e folhas de palmeira em coloridos vasos de terracota. Uma sala de estar enorme e elegantemente mobiliada estendia-se diante deles, com amplas janelas com vista para um pátio com uma imensa piscina. Do outro lado, havia jardins formais que desciam em direção à vista do vale.

— Onde ela está? — Dylan perguntou à moça.

— No escritório do andar superior, sr. Stark. Ela ligou quando o porteiro avisou que o senhor havia chegado. Quer que o senhor vá lá em cima.

Dylan segurou Abra pelo cotovelo. Havia pequenas gotas de suor na testa dele. Seria o calor do sul da Califórnia, ou ele estava de fato com medo da mãe? A mão dele apertou a de Abra enquanto caminhavam por um corredor cheio de quadros a óleo nas paredes e estátuas de mármore em nichos. Parecia um museu. Ele parou diante de uma grande porta entalhada. Seus dedos pressionavam doloridamente a pele dela.

— Não diga nada. Deixe tudo comigo.

Vozes abafadas vinham do outro lado da porta.

Dylan soltou a mão de Abra e, sem bater, abriu a porta e entrou.

— Olá, mamãe. — Um homem de terno e gravata e uma jovem de óculos, saia preta, blusa abotoada na frente e sapatos pretos de salto alto retiraram-se por uma porta à direita.

Uma mulher muito magra, em um elegante tailleur cor-de-rosa, estava parada junto à janela que dava para a frente da casa, com os cabelos loiros impecavelmente arrumados em um coque. Ela se virou e inclinou a cabeça para o lado.

— Dylan, querido. O filho pródigo finalmente volta para casa. — Ela lhe apresentou uma face para que ele a beijasse. — Que bom vê-lo. — Ela parecia qualquer coisa, menos feliz. Deu um passo para trás, e os olhos azuis e frios fixaram-se em Abra, que continuava em pé à porta, onde Dylan a deixara. — E trouxe uma amiga com você. Isso não é maravilhoso? — O tom dela gotejava sarcasmo.

Dylan fez uma apresentação formal. Abra respondeu com os cumprimentos adequados, constrangida por parecer uma criança assustada.

Lilith virou-se para Dylan.

— Você está completamente louco? Quantos anos essa tem? Quinze? *Essa?*

Dylan riu e deu de ombros.

— Esqueci de perguntar. — Ele olhou para Abra com ar de interrogação.

— Dezessete. — Não se tratava de uma mentira tão grande, já que seu aniversário seria dali a duas semanas.

A mãe de Dylan a encarou como uma técnica de laboratório examinando um germe causador de pragas sob um microscópio e emitiu um ruído de desgosto.

— Mais um abacaxi para eu descascar. Gosto de escrever sobre escândalos, não de estar no meio de um deles.

— Ninguém se importa com ela.

— Seu pai ligou e disse que a polícia foi falar com ele. E eu recebi uma ligação de um homem querendo saber onde você estava.

— Quando foi isso?

— Uma semana atrás.

— Mais alguma ligação depois disso?

— Não.

Dylan lhe deu um sorriso presunçoso.

— Como eu disse. Ninguém se importa.

Abra sentiu os olhos azuis e frios de Lilith Stark sobre ela outra vez.

— Por que ninguém se preocuparia com você?

Dylan respondeu por ela:

— Ela não tem pais.

Lilith Stark ignorou o filho.

— O que você diria se eu lhe desse algum dinheiro? Dylan pode colocá-la em um ônibus e mandá-la de volta para o lugar de onde você veio.

Abra sentiu um momento de pânico e olhou para Dylan. Será que ele faria isso? Como ela encararia as pessoas em Haven depois do que fizera? Todos diriam: "Eu avisei".

— Vou ficar com ela, mamãe. — Dylan parecia furioso.

— O que é ela? Um bichinho de estimação? — Lilith examinou o filho com ar sério. — Você geralmente vai atrás das loiras sinuosas, Dylan. O que vê nesta menina?

— Não é algo que eu possa explicar com palavras. Ela tem... alguma coisa.

— E quanto tempo essa *alguma coisa* vai durar desta vez?

— Tanto quanto eu quiser.

— Sempre a mesma resposta, Dylan. — Lilith pôs os óculos de leitura com armação enfeitada de diamantes. — Eu dou um mês para esse romance. — Ela folheou um livro. — Certo, fique com ela. Ela pode ficar no quarto azul.

— Quero a casa de hóspedes.

Lilith baixou os óculos no nariz.

— Está bem, a casa de hóspedes. Ela é sua prima, filha da minha irmã.

— Você não tem irmã.

— Quem vai saber? — Ela o olhou, irada. — Não quero ninguém pensando que aprovo relações sórdidas sob meu próprio teto.

Dylan riu, realmente riu.

— Não vou mencionar o banqueiro de Nova York, ou o artista do México, ou...

— Cuidado, Dylan. — Os olhos dela se apertaram. — Esta é a *minha* casa.

— E você sabe quanto eu te adoro e admiro, mamãe. — Sem se intimidar, Dylan riu. — Relações sórdidas são seu ganha-pão. Ah, eu preciso de dinheiro. Estou sem nada.

— Vou lhe dar dinheiro. Depois que você trabalhar por ele. — Lilith recostou-se em uma poltrona e lhe dirigiu um sorriso indulgente. — Tenho uma grande festa marcada para sábado. Espero que você compareça.

— Quem vem dessa vez?

— Todos, é claro.

Dylan sorriu para Abra.

— Você deu sorte, gata. Todos aqueles caipiras lá de Haven morreriam para estar no seu lugar neste momento.

— Por falar nisso... — Lilith olhou com cara de nojo para a aparência de Abra e escreveu algo em uma caderneta. Destacou a página e entregou-a a Dylan. — Chame Marisa e diga-lhe para fazer algo com a sua amiguinha. — Lilith fez uma careta. — Ela parece que saiu de uma guerra.

— Estávamos viajando com a capota abaixada.

— Se você diz...

— Quanto posso gastar com ela?

— O céu é o limite. — Seu sorriso branco e cintilante era igual ao do filho. — A conta será mandada para o seu pai. — Sua atenção desviou-se brevemente e então se fixou nele outra vez. — Ah, outra coisa, querido. Leve-a ao médico e garanta que ela tenha proteção. — Sua expressão era cheia de significado. — Se criar outro probleminha daquele tipo, Dylan, agora será você quem vai pagar e cuidar de tudo.

O telefone tocou. Lilith pegou o fone com a mão enfeitada de joias. Sua voz mudou quando atendeu.

— Querido, que notícia saborosa você tem para mim?

=====

Zeke sentou-se mais para frente no sofá de Mitzi, a fim de pegar a xícara e o pires de porcelana delicada que ela lhe passava.

— Acho que lhe faria bem algo mais forte que chá, pastor Zeke. Tenho um bom conhaque no armário. Apenas para fins medicinais, claro.

Seu tom humorístico o fez rir.

— Chá está bom, Mitzi. — Zeke observou a velha senhora atravessar a sala. Ela havia perdido um peso que não poderia perder. Acomodou o corpo magro com cuidado na poltrona de veludo vermelho gasto perto da janela da frente. Seus tornozelos estavam inchados, os dedos deformados pela artrite. Ian Brubaker vinha substituindo Abra na igreja, e, embora ele ainda mantivesse todas as habilidades de um pianista de concerto, Zeke sentia falta do toque mais leve que Abra havia aprendido com Mitzi. A professora tinha um modo maravilhoso de introduzir humor aqui e ali, para consternação de Hodge e de uns poucos outros. — Como você está, Mitzi?

Ela lhe lançou um olhar gracejador.

— Estou excelente, pastor Zeke. Peter e Priscilla tiveram alguma notícia de Abra? — Quando ele sacudiu a cabeça, ela suspirou e recostou-se na poltrona. — Eu tinha receio disso. Adolescentes podem ser tão idiotas... — Ela apertou os olhos. — Eu devia saber. Também já fui uma.

— Abra talvez ligue para você antes de se comunicar com qualquer outra pessoa.

— Se ela fizer isso, eu aviso a você, mas não posso prometer que vou lhe contar o que ela me disser ou onde está, se ela me pedir para não contar.

— Ela confia em você, Mitzi. E eu também. — Ele sempre gostara de Mitzi. Hodge parecia sentir-se dividido entre vergonha e orgulho. Ele adorava a mãe, mas dizia que ela o deixava louco às vezes. Admitira uma vez que nunca sabia como seu pai trabalhador, um pouco tímido e todo certinho, havia sequer a conhecido, quanto mais se casado com ela. Não que ele não estivesse feliz por isso ter acontecido, sendo ele o único produto da união.

Zeke conhecia Mitzi como uma mulher de inteligência e sabedoria, que poderia parecer frívola se não estivesse tão solidamente apoiada na fé. A experiência de vida nem sempre trazia sabedoria. No caso de Mitzi, trouxera muito mais. Ela dizia que havia sido ardente no pecado, mas era ainda mais no arrependimento. Tinha o dom da compaixão pelos marginalizados para provar isso.

— Nunca lhe pedirei para trair a confiança de Abra, Mitzi.

— Eu sei. Eu poderia chamar aquele Dylan Stark de uma lista de nomes, mas não vou fazer isso. Quem é ele, afinal? Apareceu do nada, e eu senti um cheiro da fumaça de enxofre do inferno. De onde ele veio? Você sabe alguma coisa a respeito dele?

Mitzi tinha feito o chá forte, quente e com uma boa porção de mel.

— Ele é filho de Cole Thurman.

— Ah. Filhote do lobo. — Ela fitou Zeke com aqueles velhos olhos sábios. — Pobre Abra. — Ela sacudiu a cabeça e ficou olhando para a xícara de chá. — Ela vai ter um despertar violento. — Mitzi tomou um gole. — Como está Joshua?

— Sofrendo. Trabalhando muito. Fazendo longas caminhadas nas colinas. Ele quase não dorme.

— Tal pai, tal filho. Mesmo quando se sabe que o trem está vindo, nem sempre se entende como sair da frente, Zeke. — Ela parecia prestes a chorar. — Eu me preocupo com esse seu menino.

— A fé dele é forte.

— Ele vai precisar disso. Pode demorar um longo tempo, você sabe.

— Ainda tenho esperança.

— Agarre-se a ela. Deus não desistiu de Abra, ainda que ela queira desistir dele. — Seu sorriso guardava a velha sugestão de travessura. — Vou rezar para ela se lembrar de cada linha de cada hino que a obriguei a aprender. — Ela riu. — Tenho certeza que ela vai querer esquecer, mas acredito que Deus vai trazer tudo a sua mente quando ela mais precisar. — Deu uma batidinha na têmpora. — Está tudo lá dentro da cabeça dela, Zeke. Deus pode usar.

O pastou se recostou, relaxando nas almofadas do velho sofá.

— Parece que você sabia que este dia estava chegando.

Ela bebericou mais um gole do chá.

— Abra e eu podemos ter décadas de diferença de idade, mas temos muito em comum. Além disso, não foi você que me disse que ninguém nasce cristão? A guerra por uma alma começa mesmo antes de o bebê respirar. — Mitzi pousou a xícara e o pires na mesinha de centro. — Não posso andar por toda a cidade como você, nem perambular pelas colinas como Joshua, mas com certeza posso me sentar bem aqui nesta poltrona e rezar o dia inteiro. O diabo que pegue isso e enfie onde quiser. Posso ser a mulher mais velha da cidade, Zeke, mas não tirei mais minha armadura desde que a vesti. — Seu rosto envelhecido enrugou-se com um sorriso gentil. — E vou lhe dizer mais uma coisa: não sou a única nesta cidade que quer se juntar a você e a Joshua para batalhar por Abra. Não estou falando só daquelas outras duas almas em sofrimento, Peter e Priscilla. Abra tem amigos aqui de que ela nem sabe.

Zeke esperava que fosse assim.

Permaneceu ali por mais uma hora.

Ele tinha vindo para confortar. Saiu de lá confortado.

# 7

*Paredes de pedra não fazem uma prisão,
Nem barras de ferro uma jaula...*
RICHARD LOVELACE

## 1955

O filho de Jack Wooding entrou no canteiro de obras com as janelas da caminhonete abertas e o rádio tocando o hit de Doris Day "If I Give My Heart to You" em alto volume. Abra passou pela mente de Joshua, trazendo consigo uma pontada de dor.

Fazia mais de um ano que ela havia ido embora, e não tiveram nenhuma notícia dela. Peter procurara a polícia depois da primeira semana. O chefe de polícia, Jim Helgerson, foi até Shadow Hills e conversou com Cole Thurman, que disse que não sabia onde seu filho estava nem se tinha levado alguém com ele quando partira. Por que não ligavam para a mãe dele, Lilith Stark? Ele lhes deu o número de telefone. Lilith disse que não via o filho havia vários meses. Ele era adulto, responsável pela própria vida, mas ela duvidava que tivesse levado alguma garota contra a vontade. Quem sabe? Talvez eles tivessem se casado.

O chefe Helgerson disse a Peter que não havia mais nada que ele pudesse fazer. Fugitivos geralmente conseguiam desaparecer pelo tempo que quisessem. Àquela altura, poderiam ter se casado em outro estado. Ele não tinha tempo nem recursos para continuar procurando.

— Se ela quiser vir para casa, virá. — As palavras do chefe de polícia não foram nem um pouco animadoras para ninguém que amava Abra. Até Penny estava preocupada com ela.

A última notícia que haviam tido de Abra veio de Kent Fullerton. O astro de futebol do colégio voltou da faculdade para casa no Natal e ligou para Penny. Ele tinha visto a irmã dela em uma festa de praia em Santa Cruz, poucos dias depois de ela sair de Haven. Quando Joshua soube, foi até a casa dos Fullerton conversar com Kent.

— Eu perguntei se ela queria ir embora. E, antes de perceber o que tinha me atingido, estava no chão com o nariz quebrado. Acho que aquele cara teria me matado se alguns amigos meus não o tivessem arrancado de cima de mim. Tenho isso para me lembrar dele. — E tocou uma cicatriz na maçã do rosto.

Os pesadelos de Joshua retornaram com força total.

"Will you give me all your love? Will you swear that you'll be true to me?" A voz de Doris Day cantava na caminhonete parada enquanto o filho de Jack fazia a entrega de alguns papéis. Joshua apertou os dentes, ouvindo a letra da música, e enxugou o suor da testa. Que tipo de promessas Dylan teria feito a Abra? Será que ele havia mantido alguma delas? Abra ainda estaria se sentindo do mesmo modo em relação a Dylan, ou seu entusiasmo já teria passado? Será que eles ainda estavam juntos, ou ele a havia abandonado em algum lugar? Ele pensou na Coreia devastada pela guerra, nas meninas famintas que haviam ficado sozinhas e em quantos soldados ele havia tratado de doenças venéreas. Enviou outra prece rápida a Deus para que cuidasse de Abra e a protegesse.

Joshua posicionou uma tábua recém-cortada no lugar onde deveria ficar e pegou o martelo no cinto de ferramentas. Encontrava prazer no cheiro da serragem, no grão da madeira, no modo como as peças se encaixavam, como em um quebra-cabeça. A música de Doris Day tinha terminado, e agora Rudy Eckhart, trabalhando a poucos metros de Joshua, cantava com as Chordettes: "Sandman, I'm so alone; don't have nobody to call my own..." Felizmente, os tratores começaram a funcionar na rua e abafaram a voz dele com o som do nivelamento de novos terrenos para a próxima fase da construção em Pleasant Hills.

Os caminhões roncavam, carregados de concreto e prontos para despejar as fundações de lajes. Joshua e sua equipe estariam ocupados trabalhando na construção das casas nas próximas semanas, depois colocando portas e janelas e instalando revestimentos, enquanto os empreiteiros trabalhavam em telhados, fiações e encanamentos. O isolamento e os acabamentos vinham em seguida, seguidos pelo pessoal da argamassa e os pintores. Os eletricistas e encanadores terminavam seu trabalho antes que os balcões de banheiros e cozinhas fossem instalados. Mais trabalhadores chegavam para assentar carpetes e pisos. Depois que as instalações de água e esgoto ficassem prontas, os chefes pegariam a lista de pendências a fim de checar deficiências ou problemas que precisassem ser corrigidos. Antes de esse dia chegar, Joshua faria as próprias inspeções.

Um apito agudo interrompeu o barulho.

— Chega por hoje, pessoal! — Jack acenou com o punhado de cheques que seu filho tinha trazido do escritório central.

Rudy soltou uma exclamação de entusiasmo.

— Ei, rapazes! O que acham de irmos para o Wagon Wheel virar umas cervejas geladas? Vem com a gente desta vez, Freeman?

— Já tenho compromisso. — Joshua colocou o martelo no cinto de ferramentas como se fosse um pistoleiro guardando sua Colt .45 no coldre.

— Novidade, pessoal! — Rudy gritou para os outros, que guardavam as ferramentas enquanto se aproximavam de Jack. — Joshua tem um encontro esta noite!

Ele riu.

— Um encontro com um telhado amanhã bem cedinho. — A igreja precisava de um telhado novo havia vários anos, mas o dinheiro era pouco. Ele fizera contatos e separara a quantia suficiente para fazer a obra. Seu pai, Gil MacPherson e Peter Matthews fariam parte da equipe de trabalho.

— Você nunca para de trabalhar, Freeman? — Rudy gritou.

— Tenho folga o dia inteiro aos domingos.

— E passa o dia na igreja. Toda aquela cantoria me dá dor de cabeça.

Um dos homens brincou:

— Ouvir você cantar "Earth Angel" é que me dá dor de cabeça! — Outros riram.

Rudy começou a cantarolar "That's All Right" e a imitar os famosos movimentos de quadril de Elvis. Os homens vaiaram e gritaram em protesto.

— O que aconteceu, Eckhart? Está com formigas nas calças?

Rindo, Joshua pegou seu cheque e caminhou com os colegas até os veículos estacionados. Todos tinham planos para o fim de semana. Dois iam pescar no litoral. Um tinha um encontro quente com uma garota que havia conhecido em um bar. Outro disse que a esposa havia preparado uma longa lista de coisas a fazer e, se ele não terminasse antes que os sogros chegassem, ia dormir na casinha de cachorro. Dois outros gostaram da ideia de Rudy, de se encontrar no Wagon Wheel depois de um banho e tomar umas cervejas geladas com carne assada, para comemorar o dia do pagamento.

Joshua parou na igreja no caminho para casa. Queria se certificar de que os materiais para o telhado haviam sido entregues. O velho Plymouth de Irene Farley estava estacionado na frente. Ela era secretária da igreja desde que Joshua podia se lembrar. Seu pai a chamava de "LFM", linha de frente do ministério, porque sua voz acolhedora ao telefone já trouxera mais de uma alma cansada para a igreja aos domingos, ainda que apenas para conhecer a senhora de voz doce. O carro de Mitzi também estava estacionado em frente, o que significava que seu pai devia ter feito visitas fora dos limites da cidade.

Pilhas de telhas de asfalto ensacadas, uma caixa de pregos e rolos de papel alcatroado e de folhas de cobre tinham sido deixados no gramado, entre a igreja e o salão comunitário. Duas escadas extensíveis estavam encostadas na parede da igreja. A parte mais difícil do trabalho seria tirar as telhas velhas. O entulho seria carregado em sua caminhonete. Hodge Martin faria as viagens até o depósito de lixo.

A porta do escritório da igreja estava aberta. Irene levantou os olhos quando Joshua entrou.

— Como está, Joshua? — Ela sorriu quando ele se inclinou para lhe dar um beijo no rosto.

A porta do escritório de seu pai tinha uma fresta aberta. Ele ouviu o murmúrio baixo de uma voz de mulher. Seu pai nunca recebia uma mulher se Irene não estivesse no escritório da frente e, mesmo assim, nunca fechava a porta por completo.

Joshua se acomodou em uma cadeira e ficou conversando com Irene enquanto esperava o pai terminar a sessão de aconselhamento. Ficou surpreso quando Susan Wells saiu, com os olhos vermelhos e inchados. Susan corou quando viu Joshua. Murmurou um cumprimento rápido e tristonho, agradeceu a Irene e dirigiu-se para a porta. Seu pai apareceu em seguida, pôs a mão no ombro de Susan antes que ela pudesse escapar e falou-lhe em voz baixa. Ela permaneceu imóvel enquanto ele a tocava, mas não levantou a cabeça. Fez um gesto de concordância e foi embora.

Irene olhou para ele.

— Ela vai ficar bem?

— Ela está aprendendo o que significa confiar em Deus. — Ele agradeceu a Irene por ficar até mais tarde. Ela pegou a bolsa e alguns arquivos e se despediu deles com um "Até domingo de manhã".

Joshua seguiu o pai, que retornava ao escritório.

— Você parece exausto, pai.

— Você também. — O pastor sorriu. — Ian Brubaker enviou o material. Temos tudo de que precisamos?

— Sim, mas prometa que não vai subir no telhado de novo. — Ele quase caíra na última vez, conseguindo, no último momento, prender o calcanhar na calha.

— Pretendo manejar a roldana. — Ele pegou o casaco. — Que tal jantarmos no Bessie's?

Joshua inclinou a cabeça e observou o rosto do pai. Irene dissera que ele estava no escritório havia mais de uma hora.

— Você gosta da Susan, não é?

— Sim, eu gosto.

Foi uma declaração incisiva. Joshua ia perguntar se ele queria dizer isso em um sentido pessoal, mas o pai interrompeu as especulações:

— Deixe estar.

Joshua abafou a curiosidade.

— Preciso de um banho antes de sair para jantar. — Ele se perguntou como sua mãe se sentiria com a ideia de o pai se interessar por outra mulher.

O pastor Zeke pegou o boné de beisebol dos Cardinals no gancho junto à porta.

— Vou indo e pego uma mesa para nós.

— Serei rápido. Peça o especial do dia, qualquer que seja.

— Não se apresse, filho. Te espero lá.

Joshua foi para casa e entrou sob o fluxo de água fresca para lavar a sujeira e o suor de um dia de trabalho duro. Estava pensando em seu pai e Susan Wells. Zeke ainda era um homem jovem. Teria finalmente encontrado alguém com quem estivesse pensando em se casar? Joshua vestiu uma calça jeans limpa e uma camisa social de mangas curtas, calçou os sapatos e decidiu prestar atenção no relacionamento deles.

Estacionou em uma vaga na rua, ao lado do café. O sininho soou, e Bessie gritou um cumprimento quando ele entrou.

— Dois Freeman! Meu dia de sorte! Vocês dois comem feito cavalos!

Seu pai estava em seu lugar usual, perto das portas de vaivém da cozinha. Susan conversava com ele ao lado da mesa, com as mãos nos bolsos do avental. Ela se virou quando Joshua se aproximou. Os olhos não estavam mais inchados, mas ainda parecia perturbada.

— Oi, Joshua. O que vai beber? — Não era a primeira vez que alguém ficava constrangido por ter sido visto no escritório do pastor.

— Limonada, com muito gelo, por favor. — Ele se sentou. — E quero o especial que Oliver estiver cozinhando para hoje.

— Rosbife, purê de batatas e legumes cozidos. O jantar vem acompanhado de sopa creme de tomate ou salada verde.

— Salada com vinagre e azeite.

Seu pai riu e devolveu o cardápio para Susan.

— O mesmo para mim, Susan, por favor.

— Em um instante, pastor Zeke. — Havia um novo calor na voz dela, acompanhado de uma expressão que não estava ali antes. Joshua observou o pai, disfarçadamente, e não viu nada fora do comum. Ele parecia tranquilo, satisfeito. Toda vez que a porta se abria e o sino tocava, Zeke cumprimentava com um sorriso. Ele conhecia todo mundo na cidade. Alguns lhe davam um oi, outros paravam para conversar um pouco. Joshua havia crescido em meio a interrupções.

Seu pai pôs o boné de beisebol de lado.

— Soube que Gil vem amanhã de manhã nos ajudar.

Joshua considerava Gil um de seus melhores amigos, apesar da diferença de idade. Ambos tinham passado pelo inferno e lutado para superar a carnificina que testemunharam. Ambos sabiam o que significava ser assombrado pelo remorso simplesmente por ter sobrevivido quando outros não haviam conseguido. A partida de Abra somara-se ao estresse pós-guerra de Joshua. Gil também sofrera, e tinha carregado esse sofrimento por anos. De alguma forma, falar sobre isso havia ajudado os dois a se livrar da carga daquilo que não puderam fazer e se libertar dos fantasmas dos que não tinham podido salvar.

Seu pai vinha tentando reacender uma faísca agonizante de fé em Gil. Quando mandara Joshua falar com ele, algo no homem mudara. Outra pessoa que havia sofrido como ele precisava desesperadamente de seu apoio. Os dois deram forças um ao outro. Joshua viu a fé se inflamar no colega mais velho. Ambos tinham alguém mais próximo que um irmão a seu lado, alguém que morrera para salvar a todos, alguém que sabia o que era sofrer por aqueles extraviados, na batalha pelas almas dos homens.

Estar com Gil fazia Joshua se lembrar de coisas que lhe haviam sido ensinadas.

— Eu esqueci as regras — ele admitiu para o amigo durante uma de suas primeiras conversas.

— Que regras? — Gil perguntou.

— Regra número um: homens jovens morrem. Regra número dois: não se pode mudar a regra número um. Ouvi isso no treinamento, mas esqueci durante o combate.

Joshua e Gil podiam conversar livremente sobre o que tinham visto e sentido no campo de batalha. Podiam compartilhar coisas de que não falavam a mais ninguém. À medida que o tempo passava, eles conversavam menos sobre o que haviam perdido e mais sobre o que precisava ser desfeito e reconstruído. O vizinho de Gil tinha um celeiro novo. Em poucos dias, a igreja teria um telhado novo.

Susan saiu pelas portas de vaivém com as saladas. Seu pai abençoou a comida.

— E rezamos por nossa amada Abra, Senhor. Que ela se lembre de quem é.

Com a cabeça baixa, Joshua acrescentou:

— E de quem é sua família.

— E que ligue para casa — Susan disse, ainda suficientemente perto para ouvir todas as palavras. Joshua levantou os olhos, e ela fez uma expressão constrangida. — Desculpe. Não quis me intrometer.

— Não se intrometeu. — O pastor sorriu.

Ela se afastou e voltou logo em seguida para completar os copos de limonada.

Zeke a observou se afastando. Percebeu que Joshua o fitava.

— Deus está trabalhando, filho.

Joshua sorriu.

— Parece que sim.

— Ele sempre está trabalhando. — Seu pai começou a comer a salada.

Joshua acreditava nisso. Só queria que Deus trabalhasse um pouco mais depressa com Abra.

Abra deitou-se de costas, olhando para o teto do chalé. Dylan já havia saído, vestido em suas imaculadas roupas brancas de tênis, para passar o dia no clube de campo. Ele nunca a levava. Nunca dizia com quem estaria ou a que horas voltaria.

Uma semana depois de ele tê-la alojado na casa de hóspedes, Abra caíra em lágrimas e reclamações ao vê-lo sair mais uma vez sem ela. Dylan a acusara de pegar no pé dele. Ela ficou brava, e ele a segurou pelos braços e a sacudiu. Abra viu a fúria incontida nos olhos dele e lembrou o que ele havia feito com Kent Fullerton quando perdera o controle. Quando ela apareceu na casa para uma festa naquela noite, Lilith notou as manchas roxas e a mandou de volta para o chalé. Ela ouviu a mulher discutindo com Dylan antes de chegar à porta. Ele voltou naquela noite, mas não pediu desculpas. E, bem antes de o sol surgir, Abra já tinha decidido nunca mais questioná-lo. Ele faria o que quisesse, quando quisesse, e isso incluía fazer o que quisesse com ela. Dylan era capaz de causar mais danos com as palavras do que com as mãos.

Lilith esperava que Abra parecesse bonita e educada, agisse de forma amistosa, mas não amistosa demais, e ouvisse discretamente o que as pessoas falavam.

— Só vá se movendo pela sala e escutando conversas.

Abra seguiu sua orientação. E ouviu todo tipo de coisas.

— Eles deviam transformar esse estúdio em uma fábrica de armamentos. Só faz bomba há anos.

— Pelo que eu soube, eles não estão mais produzindo nada, só alugando direitos de filmes antigos para a televisão.

— A televisão não vai durar.

— É tolice sua pensar isso. A televisão chegou para ficar. Ninguém vai desligá-la. Espere só. Você vai ver como estou certo.

— Tá bom, tá bom.

Nas festas, Lilith tratava Abra como uma sobrinha favorita, e a ignorava no restante do tempo. Abra gostava das festas de Lilith: vestir-se com roupas caras e estar na mesma sala que os ricos e famosos, ainda que mal a notassem. Lilith preferia assim. Dizia a Abra para se mover pela sala, ficar quieta e não aparecer. Os homens gostavam de mulheres jovens que sorviam todas as suas palavras.

— Incentive-os a se gabar. Seja toda ouvidos e olhos.

Penny teria dado tudo para estar entre aquelas pessoas. Ela estaria se vangloriando para todo mundo se estivesse na mesma sala que Natalie Wood e Robert Wagner e Debbie Reynolds e Gene Kelly.

Às vezes, Abra pensava em escrever uma carta para Penny, só para falar das pessoas que tinha conhecido. Ela diria que ainda estava com Dylan, morando em um lindo chalé em uma enorme propriedade pertencente à mãe dele, uma famosa colunista de Hollywood. Queria que Penny soubesse que sua vida era maior e melhor do que a dela jamais seria. E daí que não era verdade? Penny não precisava saber como Dylan podia ser cruel, que a mãe dele apenas a tolerava e que nenhuma das pessoas famosas na sala a conhecia ou se importava em ter uma conversa com ela, porque ela era uma ninguém. Eram educados por ela ser "sobrinha" de Lilith. Ela havia sido ninguém em Haven e era ninguém ali também. Qual a novidade? Os amigos de Dylan, os que ela havia conhecido, nem sabiam que ela era namorada dele. O mais próximo que ele chegara de contar a alguém foi em uma festa na piscina em que ficou bêbado, a abraçou e beijou, depois, dando risada, a chamou de priminha íntima.

Pela manhã, depois das festas, Lilith sempre convidava Abra para tomar um café e conversar. Dylan geralmente ficava na cama, de ressaca. Lilith perguntava o que Abra tinha ouvido e tomava notas enquanto a garota falava. Dylan sorria quando lia as colunas. Depois que ele se afastava, Abra as lia e compreendia qual tinha sido sua parte na divulgação de insinuações e escândalos, como um fragmento de informação aparentemente inofensivo podia ser destorcido e usado para recompensar ou punir pessoas.

Levara algumas festas para perceber que "astros" não eram tão diferentes de outras pessoas. Eram inseguros, ciumentos, às vezes gentis, às vezes tímidos. Eram mais bonitos e tinham mais dinheiro, mas sua vida não era tão perfeita quanto Abra, Penny, Charlotte e as outras sempre tinham imaginado.

Em certo momento, Abra parou de contar para Lilith todas as coisas que ouvia. Como poderia tomar parte em espalhar aqueles boatos quando sua própria vida tinha começado como um escândalo? Seu nascimento ganhara as manchetes dos jornais, e a história ainda a assombrava. Ela não queria ajudar Lilith a cavar os podres dos outros, mas achou que não valeria a pena admitir seu ataque de escrúpulos.

Lilith sentiu a mudança e tornou-se um pouco menos tolerante, até menos inclinada a dar dinheiro a Dylan para que gastasse na "manutenção" dela, como costumava dizer.

— Desta vez, se quiser que ela vá à festa, compre você o vestido dela.

— Você sempre se gaba de ser tão generosa, mamãe — Dylan protestou. — O que as pessoas vão pensar se a sua "sobrinha favorita" tiver que ficar no chalé por falta de um vestido decente? Você será como a madrasta má de *Cinderela*. — Ele riu.

Lilith não achou graça.

— Duvido que alguém note a falta dela.

Abra teve a sensação de que Dylan só insistia que ela fosse para irritar a mãe. Na maior parte do tempo, ele a deixava sozinha e saía para jogar charme e flertar com as jovens atrizes de cinema e beber com seus agentes. Durante os primeiros meses, ela sentira o fogo do ciúme e a dor da mágoa. Tinha que lembrar a si mesma que ele estava desempenhando um papel, circulando pela sala como sua mãe queria. Desde que o fizesse bem, o dinheiro continuaria entrando.

Quanto mais tempo Abra passava com Dylan, menos bonito ele lhe parecia. A beleza e o carisma que tanto a haviam atraído começaram a se dissipar. Dylan comentava sobre a mudança nela e fazia jogos para mantê-la seduzida. Era menos rude. Agia como um cavalheiro. Ela não se deixava mais enganar. Apenas fingia.

— Nunca sei o que você está pensando por trás desses seus olhos verdes. Nunca sei se a tenho de fato ou não.

Talvez essa fosse a única coisa que o mantinha interessado. Não saber. Certa vez ele se vangloriou de ter dormido com outra pessoa. Contou a ela todos os detalhes. Ela ouviu, indiferente, e perguntou se ele não se importaria se ela também experimentasse um pouco. Tinha visto um homem em uma das festas de sua mãe...

Foi só até aí que ela chegou. Nunca mais disse nada desse tipo.

Seu coração ainda se acelerava quando ele entrava no chalé. Seria amor ou medo o que a fazia tremer quando Dylan a tomava nos braços? Era melhor se convencer de que se tratava de amor.

Impaciente, Abra levantou e abriu uma gaveta da cômoda. Dylan lhe dissera para estar pronta às dez, para fazer compras. Ele ia levá-la à loja de Marisa. Lilith daria outra festa e esperava que ela fizesse sua parte. Marisa

Cohen era bem menos elegante que Dorothea Endicott, em Haven, mas a mulher de meia-idade sabia como vestir estrelas de cinema.

Dylan costumava ficar para apreciar o desfile das roupas. Naquele dia, porém, estacionou o carro e, sem nem sequer fingir boas maneiras, estendeu o braço e abriu a porta dela.

— Peça para Marisa lhe chamar um táxi quando tiver terminado. Tenho que ir a outro lugar.

Um alarme soou dentro da cabeça de Abra, mas ela obedeceu. Precisou de toda sua força de vontade para não se virar e ficar olhando enquanto ele se afastava.

— Dylan quer algo especial para amanhã à noite — Marisa anunciou. — Ele foi muito específico. É ótimo que ele tenha bom gosto. — Ela parecia uma professora de escola, com seus óculos de aro preto e os cabelos escuros presos em um coque correto. Apenas a calça social de corte reto, a blusa creme de seda e o colar de pérolas de duas voltas recendiam a dinheiro.

Havia vários vestidos em cabides, esperando que Abra os experimentasse. O branco era muito virginal; o vermelho ficou bom, mas era um pouco revelador demais. Um vestido após outro caía como camadas de nuvens sobre as curvas dela. Marisa lhe dizia para caminhar com eles.

— Cabeça erguida; ponha esses ombros para trás. Imagine que você é uma rainha. O chiffon verde-mar fica maravilhoso em você! Perfeito para esses seus lindos olhos e todo esse cabelo ruivo.

Confusa, Abra confessou:

— Eu sempre odiei meu cabelo. Queria ser loira.

— Por quê? — Marisa olhou de lado para Abra. — Loiras são como água em Hollywood, principalmente desde que Marilyn Monroe veio para a cidade.

— Dylan gosta de loiras. — Ela não se lembrava de nenhuma festa de Lilith em que ele não tivesse gravitado em torno de alguma. Às vezes se perguntava por que ele teria perdido o interesse por Penny e se voltado para ela.

— Dylan gosta de mulheres. Não mude a si mesma para agradar um homem. Provavelmente ele a escolheu por você ser diferente. E não se cansou de você como acontecia com as outras. A maioria das namoradas dele dura um ou dois meses. Você já dura mais de um ano. Isso significa muita coisa. Ele deve amar você.

Será? Ou será que a mantinha por perto por outra razão? Ele nunca lhe falara de amor, e ela nunca percebera nele a expressão de ternura que via entre Peter e Priscilla.

Marisa tocou-lhe o ombro de leve.

— Não fique tão triste. Você é uma menina linda, Abra. Mesmo que ele perca o interesse, há muitos outros peixes no mar. — Ela a virou para o espelho. — Olhe o que você tem a oferecer.

Abra admirou o próprio reflexo. O vestido era lindo.

— Pode se trocar agora. Prenda os cabelos para a festa.

Não fazia dez minutos que Abra havia chegado ao chalé quando viu Dylan vindo em passos rápidos da casa, seguido de perto pela mãe. Ele se deteve e a encarou, lívido. As vozes deles soaram por sobre a piscina e pela janela aberta do chalé.

— Veronica me dá tédio!

— Você gostava dela no ano passado.

— Era um jogo, mamãe. Eu venci. Acabou!

— Não acabou! E não me importa o que você acha dela! Você tem sorte de o pai dela não saber o que precisou ser feito. E mais sorte ainda porque a menina não tem coragem de contar a ele. Você vai pedir desculpas e implorar o perdão dela. Vai ser o mais encantador possível. Vai ser um cavalheiro.

— Eu não sou sempre? — ele zombou.

— Você não pode tratar a filha do presidente de um dos maiores estúdios de Hollywood como uma vadia qualquer!

— Ela *é* uma...

— Cale a boca, Dylan! Ela tem um pedigree muito melhor do que aquela vira-lata que você mantém no chalé. Não pense que eu não sei tudo sobre a origem dela. Quando vai se livrar dela?

— Quando eu estiver pronto! — Ele deu um passo à frente, com o rosto quase tocando o da mãe. — Fique fora da minha vida, mamãe. Eu já tinha terminado com Veronica quando fui para o norte.

— Sim, mas me deixou com o problema na mão. Se você for desagradável com ela, é bem capaz que ela vá chorando atrás do papai. E ele vai querer saber por quê.

Dylan lhe disse para ir para o inferno.

Lilith Stark xingou-o de volta.

— Sorte sua que Veronica ainda gosta de você, garoto. Encontre uma maneira de dispensá-la gentilmente ou a entrose com um de seus amiguinhos, do contrário o pai dela vai mandar capangas para estragar esse seu rostinho bonito. Ou ele pode simplesmente mandar cortar a única coisa que parece importar para você. Está me entendendo *agora*?

— *Está bem!* — Dylan deu-lhe as costas, massageando a nuca. Depois voltou a encará-la. — Vou ser bonzinho. Feliz agora? — Suas palavras pingavam sarcasmo. Quando ele tomou a direção do chalé, Abra correu para o quarto e se jogou na cama, enrolou-se de lado e fingiu estar dormindo. A porta bateu. Dylan xingou outra vez e atirou algo contra a parede da sala. Ela não podia fingir não ter ouvido.

Quando ela entrou na sala, Dylan estava sentado na beira do sofá, servindo-se de uma dose de uísque. Podia sentir o calor de sua fúria e ver a tensão em seus ombros. Ele olhou para ela e bebeu de um só gole. Ele a havia ensinado a fazer massagem, mas ela não se arriscaria a tocá-lo naquele estado de humor.

— Como foi com Marisa hoje?

— Bem. — Ela manteve o tom neutro, mas a adrenalina se despejava em sua corrente sanguínea. Olhou para a urna grega estilhaçada e imaginou se poderia vir a ser a próxima vítima. Abra avaliou a distância até a porta.

Dylan virou uma segunda dose e bateu o copo na mesa.

— Venha aqui. — Seus olhos escuros se apertaram, abrasadores. Quando ela se sentou a seu lado, ele se ajeitou em uma posição mais confortável. Estendeu os braços sobre o encosto do sofá e lhe lançou um olhar que ela aprendera a temer. — Me faça feliz.

Quando Dylan saiu, uma hora mais tarde, Abra permaneceu no chalé. Ela não foi para a casa na hora do jantar. Ninguém lhe perguntou por quê.

═══

Dylan não voltou naquela noite, e uma bandeja com o café da manhã foi trazida na manhã seguinte, com um bilhete de Lilith avisando-a que o motorista a levaria ao salão de Alfredo. Alfredo era o cabeleireiro de Lilith, um jovem bonito e um pouco pálido, que garantiu a Abra que faria dela uma deusa. Ele falava e fazia perguntas, na maior parte retóricas. Ofereceu-se para pedir almoço para ela. Aparentemente, era coisa corriqueira encomendá-lo em um dos restaurantes exclusivos da área. Ele citou o nome do favorito de Lilith. Abra disse que não estava com fome.

Quando Alfredo terminou, ela achou exagerado, mas não disse nada. Marisa tinha lhe dito para usar o cabelo preso com o vestido de chiffon verde-

-mar. O motorista de Lilith a olhou com admiração antes de abrir a porta do carro. A empregada mexicana apareceu às cinco horas com um prato na bandeja de jantar. Não era a primeira vez que Abra jantava sozinha. Dylan apareceu enquanto ela se vestia. Recostou-se à porta, observando-a. De smoking, parecia um astro de cinema. Mesmo com tudo que sabia sobre ele, ela às vezes ainda se impressionava com sua beleza física.

— Só passei aqui por alguns minutos. — Ele havia esquecido a carteira e as chaves. — Tenho que ir pegar alguém. — Veronica. A garota que ainda estava louca por ele, apesar de ter sofrido em suas mãos.

*Quantas de nós haverá no mundo?*, Abra se perguntou.

— Eu te vejo na festa, mas não vou poder ficar com você.

Ela quase o lembrou que ele raramente ficava.

— A propósito, você está linda. — Ele se aproximou, levantou-lhe o queixo e a beijou. Depois a encarou com ar sério. — Vou ficar de olho em você.

Lilith estava deslumbrante em um vestido preto. Suas sobrancelhas se arquearam ligeiramente quando examinou Abra.

— Você tem mesmo alguma coisa. — Soou como uma pequena concessão. — *Não* distraia Dylan. Ele tem negócios importantes para resolver esta noite. Achei melhor avisá-la, para que não seja uma surpresa dolorida. Ele vai trazer outra mulher. É muito importante que você não fique no caminho.

Quando as pessoas começaram a chegar, Lilith tornou-se efervescente, calorosa, cheia de risos. Ela distribuía beijos. Todos sorriam e conversavam alegremente. Apesar de todas as amabilidades e demonstrações de afeto, Abra tinha a sensação de que havia poucos na sala que gostavam de Lilith Stark. Todos conheciam o poder de sua pena, e ninguém queria vê-la embebida em veneno à sua custa. Dylan entrou com uma loira sinuosa agarrada a seu braço. Muitos a conheciam e a cumprimentavam. Bandejas de canapés eram servidas, taças de champanhe completadas. Na sala de estar, Abra manteve-se tão longe de Dylan e Veronica quanto possível. Sentiu que ele a procurava com o olhar. Então a avistou e sussurrou algo para a jovem a seu lado, depois a conduziu pela sala. Lilith percebeu o que ele estava fazendo e tentou interceptá-los. Ele a contornou, e a mulher lançou a Abra um olhar fulminante de advertência. Abra dirigiu-se à porta aberta, em direção ao pátio externo. Mas, quando Dylan chamou seu nome, ela não teve escolha. Virou-se, sorrindo.

— Veronica, quero que conheça minha prima. Abra, esta é Veronica. — Ele se inclinou e beijou a moça no rosto. Ela corou de prazer e olhou para ele com adoração. O coração de Abra bateu forte. Aquele canalha ainda tinha o poder de machucá-la. Um garçom de smoking preto aproximou-se, oferecendo champanhe. Dylan pegou duas taças na bandeja e entregou uma para Veronica e outra para Abra. Depois pegou uma terceira para si.

— Você não parece estar se divertindo muito, Abra.

Ela sorriu rigidamente.

— O suficiente.

— Ela é atriz iniciante. — Os lábios de Dylan se inclinaram de um lado.

— É uma sorte ter Lilith como tia. — Veronica tomou um gole de champanhe. — Ela conhece todo mundo na indústria do cinema. — Examinou Abra de cima a baixo e deu uma olhada para Dylan.

Lilith chamou Abra, acenando para que ela fosse conhecer alguém. Dylan riu.

— Diga a ela que todos esses esforços não vão adiantar nada.

Abra já tinha se virado, mas ouviu Veronica.

— Isso não foi muito simpático, Dylan. Sua prima é muito bonita.

Lilith fez as apresentações e manteve a conversa. Abra estava em pé entre meia dúzia de pessoas, sentindo-se profundamente sozinha.

— Você parece um pouco pálida, querida. — Lilith fingiu preocupação. — Quer voltar ao chalé?

Abra não queria. Dylan era a única esperança que tinha. Pegou mais uma taça de champanhe e parou perto de uma janela, de onde poderia observar sem ser notada. Dylan estava fazendo seu jogo com Veronica, e a moça parecia visivelmente enfeitiçada. Abra sentiu-se desolada.

— E quem seria você?

Surpresa, ela notou o homem sentado em uma cadeira perto da parede. Era atraente e mais velho. Imaginou que tivesse uns quarenta e poucos anos. Ele se levantou. Era mais alto que Dylan, com os ombros largos e musculosos de um homem maduro. Seus cabelos castanhos tinham um ligeiro toque grisalho nas têmporas. Ele arqueou uma das sobrancelhas.

— O gato comeu sua língua?

— Meu nome é Abra. — Ela não perguntou o dele.

— Abra. — Ele repetiu o nome como se o estivesse testando. — Um nome interessante. Bem, Abra, como você se encaixa aqui? — Ele fez um movimento com a cabeça que incluía toda a sala.

— Não sei. — Ela quase esqueceu quem deveria ser. — Sou prima de Dylan. Do norte.

— É mesmo? — Ele pareceu achar divertido. — Prima de Dylan. Do norte. Tudo está nos detalhes, não é? De que lado da família?

— Franklin Moss! — Lilith veio por entre os convidados e enfiou-se entre eles. — Querido! Aí está você! Estive à sua procura a noite inteira.

Ele se virou para Lilith e sorriu.

— Quem ousa se esconder de Lilith Stark?

— Sinto muito por Pamela.

— Ah, Pamela. Sim, eu sei. — Seu tom de voz era de gracejo. — Garotas bonitas vêm e vão.

Lilith deu uma olhada rápida para Abra antes de menear a cabeça e dirigir um sorriso de reprovação a Franklin Moss.

— Você não está jogando a rede, está, querido? Todos aqui já têm um agente.

O sr. Moss inclinou a cabeça e olhou para Abra outra vez.

— Até a prima de Dylan?

Lilith disfarçou a irritação levantando uma das mãos. Um funcionário apareceu como um gênio da garrafa, oferecendo champanhe. O sr. Moss sacudiu a cabeça e disse que estava bebendo uísque com gelo. Lilith disse ao garçom para ir lhe pegar outro. Ela tirou a taça de champanhe da mão de Abra.

— Não, não. Ela é muito nova para beber, Franklin, e muito nova para você.

— Não sabia que você era tão protetora.

— Ela é minha sobrinha favorita. E, sim, ela é linda e arrisco-me a dizer que tem algum talento, mas vai voltar para casa logo. — Tomou um gole de champanhe, com os olhos fixos em Abra. — A família está com saudades dela.

— E qual família seria essa?

Lilith apertou os olhos.

— Nós nos conhecemos há muito tempo, Franklin. Tenho certeza de que você compreende. — Levantou o queixo. — Agora, conte-me sobre Pamela. Não vou ficar satisfeita até ouvir cada detalhe da fonte original. Você sabe que prefiro ouvir a verdade de você a ficar dependendo de fofocas.

— Não parece seu estilo, Lilith.

Ela apertou os lábios cor-de-rosa.

— Dizem os boatos que ela o demitiu e foi para outra agência. Não posso acreditar que seja verdade. Depois de tudo que você fez por ela.

Abra percebeu o clima desagradável e se retirou. Dylan estava envolvido em uma conversa com Veronica e vários outros. Abra sentia-se um fantasma, movendo-se, invisível, entre a multidão cintilante. Alguns poucos olhavam para ela e franziam ligeiramente a testa, como se tentassem entender qual seria seu lugar ali. Ela pegou uma torrada com uma fatia de ovo cozido e caviar.

Elizabeth Taylor estava deslumbrante ao lado do marido, Michael Wilding, enquanto conversavam com Debbie Reynolds e Eddie Fisher. Robert Wagner era ainda mais bonito na vida real do que em celuloide ou nos cartazes.

Abra passou por perto de vários grupos, ouvindo fragmentos de conversa: comentários de atores sobre audições em que foram mal ou bem, um papel em que estavam atuando, outros enaltecendo os próprios talentos para algum homem de terno escuro, alguns perguntando sobre testes. Sempre conseguia identificar os executivos dos estúdios.

Dylan estava rindo de algo que alguém havia dito. Ainda mantinha o braço na cintura de Veronica.

Deprimida, Abra saiu discretamente da casa e voltou ao chalé. Pendurou o vestido no armário, vestiu uma camiseta e foi para a cama. Não conseguiu dormir.

Dylan entrou depois da meia-noite.

— Vou precisar da cama. Um último momento de glória com Veronica antes de me livrar dela.

Uma onda de ciúme e dor percorreu o corpo de Abra.

— Já é suficientemente ruim eu ter que ver você com ela a noite inteira.

— Levante-se.

— Não!

— Jamais diga não para mim. — Dylan arrancou as cobertas da cama.

Emoções que ela mantivera contidas durante meses a fizeram ir contra ele, com as mãos em garras. Nunca sentira tanta raiva ou ódio.

Ele a segurou pelos pulsos, prendendo-os contra o colchão.

— Fazia muito tempo que você não dava uma de namorada ciumenta. — Sorrindo, ele apoiou os joelhos dos dois lados dela. — Eu sabia que o fogo ainda queimava dentro de você.

Ela conseguiu soltar uma das mãos e deu-lhe um tapa no rosto. Os olhos dele mudaram. Ele pegou um travesseiro e cobriu o rosto dela. Aterrorizada, Abra se contorceu e lutou. Um pouco antes de ela desmaiar, Dylan jogou o travesseiro de lado e a segurou pelos cabelos.

— Bata em mim outra vez e eu te mato. Eu poderia ter feito isso, você sabe. Ninguém nem sentiria sua falta.

Ofegante, ela começou a soluçar, tomada de terror. Ele se sentou sobre seus quadris. Os músculos de Abra se enrijeceram quando as mãos dele lhe percorreram o corpo, mas ela não reagiu.

— Você finge indiferença, gata, mas seu coração ainda bate por mim. Você ainda me ama. Ainda posso te ter na hora que quiser.

Ele saiu de cima dela. Sentou na borda da cama e soltou a respiração. Afagou os cabelos dela em uma carícia gentil; o brilho cruel havia desaparecido de seus olhos.

— Você já estava queimando por dentro. Eu só atiçei o fogo. — Ele se levantou, com uma aparência de cansaço. — Às vezes, não sei bem como me sinto em relação a você. Sinto algo, mais do que qualquer outra pessoa já me fez sentir. Talvez seja por isso que eu não esteja pronto para te deixar ir embora. — Dylan suspirou, como se admitir aquilo o tivesse irritado. Sacudiu a cabeça. — Vá nadar um pouco.

Ainda trêmula, Abra se levantou.

— Veronica sabe que eu não sou sua prima.

— Provavelmente é por isso que ela está tão determinada a me agradar esta noite.

Ela se despiu, enquanto ele a observava, e colocou o biquíni que ele havia comprado em Santa Cruz.

— Divirta-se, Dylan.

— Eu sempre me divirto.

Abra sentou na beira da piscina, tremendo, enquanto Veronica surgia das sombras. Quanto ela teria ouvido? O que importava, exceto pelo fato de que ela poderia mudar de ideia a respeito de Dylan? Talvez ele tivesse dito e feito aquilo tudo exatamente com essa finalidade.

Lutando contra as lágrimas, Abra entrou na água aquecida. Soltando o ar, mergulhou até o fundo e sentou-se de pernas cruzadas no cimento branco. Ele parecia áspero contra sua pele delicada. Os longos cabelos ruivos flutuavam a sua volta como algas. Será que Dylan se importaria se ela se afogasse?

Dando vazão à angústia que sentia, ela gritou embaixo da água, com as mãos apertadas.

Seu corpo, traidor, elevou-se. Ela agitou as pernas dentro da água. Sentiu que alguém a observava e olhou para a lateral da piscina. Havia um homem nas sombras, fumando um cigarro. Ele o jogou no chão e o apagou com o pé, antes de voltar para dentro da casa. Virou-se ligeiramente antes de entrar, e a luz incidiu sobre seu rosto. Era Franklin Moss.

O rosto de Joshua nadou na lembrança de Abra, suas palavras sussurrando nas folhas de palmeira que se agitavam à brisa noturna. *Resguarde seu coração.*

Tarde demais. Quando fugiu, ela estava tão segura de que amava Dylan e ele a amava. Aprendeu a verdade da maneira mais difícil, naquela primeira noite em San Francisco. O que ele sentia não era amor. Ela esperara que o desejo dele pudesse se transformar em algo melhor, algo mais terno e duradouro. Dera-lhe tudo na esperança de que isso acontecesse.

Ele dissera que ainda sentia alguma coisa. Mas o quê? Dissera que não estava pronto para deixá-la ir embora. Ela poderia se aguentar um pouco mais, ter esperança um pouco mais.

Abra flutuou de costas, pernas e braços estendidos como uma mulher morta, olhos muito abertos, olhando para o céu noturno. O ar estava frio, a lua era cheia. A água lhe cobria as orelhas, e tudo o que ela podia ouvir era a própria mente.

Não poderia voltar para Haven, de qualquer modo. Tinha sido tão burra. O que Mitzi havia dito certa vez? *Nenhum homem compra uma vaca quando pode conseguir o leite de graça.* Até a garçonete do Bessie's Corner Café tentara alertá-la sobre Dylan.

*Eu era cega, mas agora posso ver.* As palavras de "Amazing Grace" lhe passaram pela mente. Ela tocara esse hino dezenas de vezes. Outras linhas vieram, automáticas. Ela não queria lembrar. Não queria pensar em Deus.

Pensar em Deus só a fazia se sentir pior.

═══

Zeke acordou no escuro. Seu coração doía. Ele sentou devagar, massageando o peito. Virou o despertador e conferiu o horário: duas e quinze da madrugada. Ficou escutando atentamente e ouviu os pios de uma coruja no pátio, mas sabia que não havia sido isso que o acordara. Esfregou o rosto, enfiou os pés nos chinelos e foi para a cozinha. A Bíblia de Joshua estava aberta sobre a mesa, com anotações feitas em sua caligrafia caprichada. Zeke pressionou os dedos contra o esterno outra vez, como se pudesse apagar uma velha ferida.

*Já é hora, Senhor? Faz dezoito meses.*
Silêncio.
*Há algo que eu possa fazer, Senhor?*
Joshua entrou na cozinha, descalço e apenas com a calça do pijama.
— Ouvi você se levantar. Algum pesadelo?
— Não. E você?
Joshua desabou em uma cadeira e passou os dedos pelos cabelos curtos.
— É mais fácil durante o dia. Posso me concentrar no trabalho.
— Trabalhamos à noite também, de uma maneira diferente. Nosso trabalho é acreditar em Deus. — Ele pegou o café no armário. — A batalha é sempre com a mente, filho.
— Você acha que ela pensa em nós?
— Provavelmente, tenta não pensar.
— Eu não entendo, pai. Ela conheceu o Senhor a vida inteira.
— Ela sabia o que nós lhe falávamos sobre o Senhor, Joshua. Isso é diferente de conhecê-lo. — Ele abriu a torneira. — Nenhum de nós ouve a voz dele até de fato escutarmos.

=====

Dylan chegava e saía como lhe dava vontade. Às vezes ainda ficava a noite inteira.
— Sentiu minha falta, gata?
Pelo menos ela podia fingir por algumas horas que alguém a amava. Lilith mantinha o filho ocupado por meio de exigências constantes. Ele estava sempre em atividade, "fazendo pesquisas", como descrevia ironicamente. Não havia um ponto de encontro ou esconderijo que ele não conhecesse. Ninguém podia enterrar um segredo tão profundamente que ele não conseguisse escavá-lo. Tinha espiões em hospitais particulares, que ligavam para sussurrar que uma estrela tinha dado entrada e por quê. Lilith ganhava pilhas de dinheiro. Abra imaginava se boa parte daquilo seria para manter certas histórias em sigilo. Mas ela era generosa e dividia uma porcentagem de sua renda com Dylan.

— Minha mãe vai dar outra festa.

Haveria algum fim de semana em que ela não o fizesse? Dylan tinha alguma coisa em mente, e Abra sabia que não ia gostar.

— Marisa vai cuidar de tudo. Quero que você ofusque todas as outras.

— Por quê?

— Tenho minhas razões. — Ele se levantou, tomou um banho e vestiu a camiseta e o shorts brancos de tênis. — Vou cuidar bem de você. — Levantou o queixo de Abra, inclinou-se e beijou-a. — Eu prometo. — Dylan passou os dedos frios pelo rosto dela e foi embora.

Ele tinha dado instruções específicas a Marisa Cohen, e Abra viu-se em um vestido branco frente-única que deixava as costas nuas.

— Ele mostra o seu bronzeado lindamente. — Abra vinha passando muito tempo sozinha na piscina. — E é informal para uma festa à noite, o que vai fazê-la se destacar ainda mais. Deixe os cabelos soltos.

O telefone tocou logo que ela entrou no chalé.

— Maria vai levar seu jantar. Esteja pronta às sete, mas não saia até eu avisar. — Eram quase oito quando ele ligou de novo para chamá-la.

Ela entrou pelas portas duplas do pátio e encontrou a sala cheia de pessoas em trajes formais. As mulheres usavam vestidos longos e joias faiscantes; os homens estavam de smoking. Seu vestido branco informal chamou atenção de imediato. Ela avistou Dylan e perguntou-se que jogo ele estaria fazendo agora, quando uma voz conhecida falou atrás dela.

— Uma pomba entre os pavões. — Franklin Moss pôs um cigarro entre os lábios, tragou profundamente e esmagou-o em um cinzeiro de mármore. Exalou devagar enquanto examinava o rosto dela. — Você parece virginal. — Quando ela apertou os lábios, ele meneou a cabeça. — Sem nenhuma intenção de ofender. Lilith fez parecer que você estava de partida quando nos vimos da última vez. Não esperava encontrá-la de novo.

Ela ergueu um ombro.

— Ainda estou no chalé.

— Sorte sua. — Ele pegou uma cigarreira de prata e ofereceu-lhe um cigarro. Ela negou com um gesto de cabeça, dizendo que não fumava. — Garota esperta. É um vício ruim. — Ele pegou um para si e bateu-o na tampa. Guardou a cigarreira no bolso e alcançou um isqueiro, dando uma olhada para Dylan. — Como foi que uma boa menina como você se envolveu com Dylan Stark?

Boa menina? Ela quase riu.

— Sou prima dele.

— E eu sou seu tio. — Ele olhou em volta, depois novamente para ela. — Muitos tios no mundo... Este não é o lugar para você.

— Provavelmente porque não sou atriz.

— Ah, eu acho que você é, e melhor que a maioria nesta sala, mesmo as que ganham papéis principais. Importa-se se eu lhe disser uma coisa?

— O quê?

— Para uma garota esperta, você é muita boba.

Ela desviou o olhar.

— Por que você fica aqui? Porque ele é bonito? Isso eu tenho de admitir que é verdade.

— Amor?

Ele sorriu do sarcasmo dela.

— Sim. *Amor.* — Franklin riu. — Ou ele é tão bom assim na cama? — Quando ela não respondeu, ele deu um suspiro cansado. — Quando a gente pensa que se safou de uma, a vida dá voltas.

Abra nem imaginava do que ele estava falando.

Dylan veio por entre a multidão até eles.

— Franklin, é bom vê-lo, como sempre. — Ele envolveu a cintura de Abra com um dos braços e olhou de um para o outro, como se algo suspeito estivesse acontecendo. — Não sabia que vocês dois se conheciam.

— Não nos conhecemos. — O sr. Moss apagou o cigarro, com a intenção de se afastar.

Dylan apertou a cintura de Abra.

— Franklin trabalhava para uma das agências mais prestigiosas da cidade, até que uma atriz específica saiu e ele foi demitido.

— Tal mãe, tal filho. Você sabe da vida de todo mundo.

— Não há nada de secreto no fato de uma jovem estrela em evidência ter um caso com o diretor de seu filme mais recente. É bem difícil fazer controle de danos depois disso, não acha?

— Pamela vai longe.

— Acha mesmo? — A expressão de Dylan mudou, demonstrando profunda solidariedade. Abra sabia que era tudo fingimento. — Soube que sua esposa pediu o divórcio. O que me faz pensar se os boatos sobre você e sua cliente...?

Os olhos do homem brilharam de irritação e de dor, mas ele disfarçou seus sentimentos depressa e deu de ombros.

— Como eu disse à sua mãe, mulheres vêm, mulheres vão.

— Este homem é uma lenda, Abra. Diziam que ele podia pegar uma garota em uma esquina qualquer e transformá-la em uma estrela de cinema.

— Ainda posso, embora esteja mais seletivo atualmente.

— Encontrou alguém?

— Ainda procurando. — Seu olhar voltou-se para Abra.

— Seletivo como? O que está procurando? Outra loira sexy?

— Lealdade. É isso que estou procurando. Infelizmente, é inexistente nestes tempos.

— Você está enganado. — Dylan sorriu para ela. — Abra é leal como um labrador. Não é, gata? — Ela percebeu o que estava por vir e não encontrou maneira de evitar o inevitável.

Franklin Moss olhou para ela de novo, e não só para o seu rosto dessa vez.

— Ela tem algum outro talento além da fidelidade canina?

— A irmã dela me contou que ela toca piano.

— Toca bem?

— Não tenho ideia, mas ela deve ter sido boa. — Dylan riu. — Tocava em uma igreja. — Ele a soltou quando alguém chamou seu nome do outro lado da sala. Levantou a mão em resposta e pediu que esperassem um minuto. — Leve-a com você e veja o que ela pode fazer. — Piscou. — Quem sabe? Ela pode surpreendê-lo.

— Acha mesmo? Eu não me surpreendo com facilidade.

— Quem não arrisca não petisca, como dizem.

— Dylan. — Abra odiou quanto seu tom a fez parecer pequena e desesperada. Ela se agarrou ao braço dele.

Ele se inclinou para ela.

— Vá. É melhor que ser enfiada em um ônibus de volta para casa. — Roçou os lábios na orelha dela. — Eu prometi que ia cuidar de você, não prometi?

Abra o viu se afastar, chocada e magoada demais para dizer qualquer coisa. Dylan pegou uma taça de champanhe de uma bandeja e juntou-se a um quarteto de belas garotas.

Abra tremia. Estava tudo acabado. Simples assim. Ela o havia perdido. Sabia que isso aconteceria. Em algum momento. Algum dia.

Não naquela noite. Não ali. Não agora.

Sempre dizia a si mesma que esse dia chegaria, mas, agora que chegara, a sensação era de choque, de devastação.

— Está pronta?

— O quê? — Abra olhou para Franklin Moss sem entender.

Ele arqueou uma das sobrancelhas.

— Para me mostrar o que pode fazer.

Que escolha tinha? Ela deu de ombros.

— Acho que sim.

— Então vamos. Quem não arrisca não petisca.

## 8

*Há um momento para tudo,
e um tempo para todo propósito debaixo do céu.*
ECLESIASTES 3,1

Franklin Moss manteve a mão sob o cotovelo de Abra enquanto saíam pela porta da frente de Lilith Stark. Abra tinha a sensação de que ele achava que ela sairia correndo. Isso passou pela cabeça dela, mas para onde iria? Fugir no escuro? Dormir em um banco em algum lugar? E depois? Retornar e implorar que Dylan a aceitasse de volta? Ele adoraria isso. Seu estômago revirava de tensão. Estaria tomando outra decisão errada? Deveria dizer àquele homem que tinha mudado de ideia?

— Eu sei que você está com medo. Estou sentindo você tremer. — O sr. Moss lhe deu um sorriso triste. — Mas me deixe alertá-la de uma coisa. Se voltar para dentro daquela casa, Lilith fará Dylan levá-la à estação de ônibus mais próxima. Os dois querem se livrar de você.

— Como sabe? — Será que Dylan estava apenas seguindo as instruções da mãe?

— Você também sabe. — Ele expirou, desgostoso. — Essa foi a despedida mais fria que já vi, e já vi muitas.

As lágrimas começaram a se juntar e queimar. A respiração de Abra ficou mais rápida. Dylan a jogara nas mãos de um homem mais velho sem nem avisar, e, para não dar o braço a torcer, ela aceitara. O sr. Moss pôs o braço em torno de sua cintura e se inclinou.

— Não lhes dê a satisfação de olhar para trás ou de chorar onde eles possam vê-la. Mantenha a cabeça erguida. — Era uma ordem.

Ela obedeceu.

— Não sei se estou fazendo a coisa certa indo com você. — Sua voz tremia.

— No momento, não há uma coisa certa. Só há uma saída. — Ele falava em um tom objetivo. — Controle-se até passarmos pelo portão. Depois pode chorar baldes, gritar e se enfurecer. Mas não agora. Não aqui. Olhe para mim. Sorria. Tente fazer parecer autêntico. Isso, assim que eu gosto.

Um Cadillac preto novo e reluzente parou diante deles, e um jovem manobrista de uniforme e quepe pretos saltou.

— Sua carruagem a espera, Cinderela.

Abra entrou depressa. O tremor piorou. Ela sentia o corpo inteiro gelado. Abria e fechava as mãos, olhando para a maçaneta da porta. *Vá até o fim, sua covarde. Quem não arrisca não petisca.*

Ela viu o sr. Moss dar a volta pela frente do carro. Ele falou brevemente com o rapaz, entregou-lhe uma nota dobrada e acomodou-se no banco do motorista.

— Você está indo ver o mágico, o maravilhoso mágico de Oz. — Ele cantou baixinho, afinado, e piscou para ela enquanto engatava a marcha do carro e pisava no acelerador. Assim que passou pelo portão e virou à esquerda na Tower Road, disse gentilmente: — Agora pode chorar.

Abra desviou o rosto para que ele não visse as lágrimas que lhe escorriam pelas faces. Apertou os dentes. Seu salvador pôs em seu colo um lenço branco imaculado, bordado com um monograma. Ela o pegou, agradecida.

— Eu odeio Dylan.

— Ainda não, mas um dia você vai reconhecer Dylan pelo que ele realmente é. Se isso é algum consolo, você durou mais tempo que qualquer outra garota de que eu já tenha ouvido falar, e, até onde sei, ele nunca fez nenhum tipo de arranjo para as outras.

— Que sorte a minha.

O sr. Moss olhou para ela.

— Você tem brios. Eu gosto disso.

Ela fechou os olhos com força. *Sou uma idiota.*

— Dê a si própria o devido crédito. Você sobreviveu ao escorpião e ao filho dela. Ambos agarram e ferroam. Lilith se alimenta de vidas arruinadas. O negócio dela é saber os maiores e mais recentes escândalos.

Quanto Dylan haveria contado a ela?, Abra se perguntou. Por outro lado, quem se importaria?

— Eu achei que Dylan me amava. — Ela queria tão desesperadamente que alguém pudesse amá-la.

— Dylan Stark é incapaz de amar. Esqueça-o.

— Você fala como se fosse fácil.

— Não fácil. Necessário.

— E se eu não tiver nenhum talento? Como fico? — Será que aquele homem a jogaria na rua?

O olhar dele moveu-se intencionalmente pelo corpo dela.

— Vamos começar pelo que você tem, que é muito bom. Muito bom mesmo. — Ele lhe dirigiu sorriso triste. — Não fique tão assustada. Não estou atrás do que você pensa.

As emoções ainda se agitavam dentro dela. Será que ele ia ser tão rude quanto Dylan? Ele era mais alto e mais forte. Não estava com vontade de fazer perguntas. Felizmente, Franklin Moss também não perguntou nada. E não ligou o rádio. Ela nunca havia ido a lugar nenhum com Dylan sem que ele o ligasse no máximo volume.

Abra desviou o olhar. Será que Dylan a havia amado, mesmo que só por um segundo? Ela só vira desejo, sarcasmo e fúria. Ficara com ele porque tinha vergonha demais para pedir ajuda. Ficara para não ser obrigada a ouvir que fizera a própria cama e, agora, teria de se deitar nela. Ficara por medo. Ficara porque não sabia para onde ir. Ficara por uma centena de razões que não faziam sentido, nem mesmo para ela. Agora, sentia-se perdida. E a sensação não tinha nada a ver com localização.

Aquele homem usava o carro de modo bem diferente de Dylan. Ele não dirigia a uma velocidade alucinante, rangendo os pneus nas curvas, ultrapassando carros com poucos centímetros de folga. Dirigia rápido, mas com controle absoluto. Não tamborilava um ritmo no volante, segurava-o com firmeza.

Estaria ele de fato lhe oferecendo uma chance de se salvar? Ou apenas uma mudança de cama? Um vento frio de constatação soprou sobre ela. Que diferença faria agora?

Passaram por um sinal amarelo.

— Você quer voltar?

— Para Dylan?

— Para a vida ou a família que você tinha antes de conhecê-lo.

— Não. — Mesmo que alguém tivesse se dado o trabalho de procurá-la, ela não teria voltado. Nunca voltaria para Haven. — Eu não tinha uma vida.

— Nenhuma? — Ele pareceu duvidar.

— Nenhuma de que valha a pena falar.

— E sua família?

— Não tenho. Nunca pertenci de fato a lugar nenhum.

Ele refletiu sobre as palavras dela e sobre ela, depois olhou fixo para a rua à frente.

— Foi uma das primeiras coisas que notei em você, esse ar de mistério. Você se destacava. E se recolhia também, observando e observada.

— Observada?

Ele riu diante de seu olhar surpreso.

— Não acredita? A única razão de ninguém se aproximar de você foi Lilith ter dito que você era sobrinha dela. Ninguém queria correr o risco de sofrer a ira dela.

— Ela teria saído dançando na rua se alguém tivesse me tirado de Dylan.

— Então você não entendeu nada. — Ele a olhou sem emoção. — Nem mesmo ela contraria Dylan.

Eles não conversaram mais. Distante, pensativo, o sr. Moss acelerava pelas ruas de Los Angeles. Ela não sabia para onde ele a estava levando e não se importava. Que diferença fazia, afinal? Os prédios eram maiores e mais altos, as luzes mais brilhantes. Carros congestionavam um boulevard. Um teatro art déco reluzia com luzes de neon, e o letreiro anunciava *A dama e o vagabundo*. A sessão já havia terminado. Pessoas passeavam pelas calçadas. Sua vida acabara de se partir em pedaços, mas o mundo à sua volta continuava como sempre. Se ela desaparecesse da face da Terra, nem perceberiam. Já que era indiferente, talvez valesse a pena fazer o possível para sobreviver.

Estacionaram na frente de um prédio cinza de oito andares, com figuras egípcias masculinas e femininas talhadas em relevo na pedra. Um porteiro uniformizado apareceu enquanto o sr. Moss dava a volta para abrir a porta para Abra.

— Boa noite, sr. Moss.

— Boa noite, Howard. — O sr. Moss entregou-lhe as chaves e disse que não precisaria mais do carro aquela noite. Abra sentiu o rosto esquentar. Imaginou que deveria se sentir agradecida por ele a deixar passar a noite, mesmo se seu teste não saísse da maneira como ele esperava. Sentiu a grande mão dele nas costas, conduzindo-a para a frente através da porta que Howard segurava aberta para eles. — Encha o tanque e verifique o óleo, está bem?

— Sim, senhor.

Abra estava mais constrangida que na noite em que Dylan chegara com ela ao Hotel Fairmont. O sr. Moss tinha a idade de Peter Matthews, ou quase isso.

O elevador os levou ao último andar. O sr. Moss cruzou o corredor e abriu uma porta. Havia apenas mais uma, adiante e do outro lado do corredor.

— Lar, doce lar. — Ele fez um sinal com a cabeça e ela entrou em um mundo preto e branco. A sala de estar era espartana; os móveis, funcionais, caros e modernos. Uma fileira de janelas abria-se para a noite escura e um prédio de apartamentos com as luzes apagadas do outro lado da rua. A única cor na sala vinha de três grandes quadros afixados a uma parede branca: três vistas diferentes de um homem com uma túnica curta, abraçando uma figura de mármore que havia, aparentemente, acabado de ganhar vida.

Ele tirou o paletó preto, dobrou-o ombro com ombro e colocou-o sobre o encosto de uma poltrona de couro branco. Afrouxou a gravata preta e abriu o primeiro botão da camisa branca.

— Obra de Jean-Léon Gérôme. O que acha?

Um sininho de alerta soou dentro dela. Ela o silenciou. Parecia um conjunto de quadros perfeitamente apropriado para um agente de talentos.

— Pigmalião e Galateia.

— Garota esperta.

Afastando o olhar dos quadros, ela caminhou até um piano de cauda em um canto.

— Você toca?

— Um pouco, mas você não veio aqui para me ouvir. — Ele estava atrás de um balcão. — Um drinque primeiro. Sente-se. Você está rígida de tensão. Não vou comprometer sua virtude.

Como se ela ainda tivesse alguma virtude para ser comprometida. Sentou-se na borda de um sofá branco. Como poderia relaxar se a próxima hora determinaria o que ia acontecer com o resto de sua vida? Ouviu o tilintar de vidro e gelo, o ruído de uma tampa sendo aberta. O sr. Moss caminhou para ela, observando-a enquanto lhe passava um copo com um líquido escuro borbulhante. Ela franziu a testa, lembrando-se da casa noturna.

— O que é isso?

— Tão desconfiada... Imagino que tenha tido experiências ruins.

Ela segurou a bebida fria com mãos frias.

— Dylan me deu uma bebida uma vez que me fez dançar em um palco.

— Onde foi isso?

— North Beach. San Francisco.

Ele fez um som de escárnio.

— Dylan e sua classe. — A expressão dele tornou-se curiosa. — Você foi boa?

— Boa o suficiente para provocar uma briga e fazer a polícia invadir o lugar. — Ou pelo menos era isso que Dylan tinha lhe contado. Ela não se lembrava muito daquela noite.

Ele fez um gesto de cabeça na direção do copo na mão dela.

— É rum com Coca-Cola. Você não me parece uma garota estilo uísque com gelo. E eu nunca lhe darei drogas, a menos que você esteja ciente disso e elas tenham sido prescritas por um médico.

Ele falava como se tudo já estivesse acertado. Abra tomou um gole, hesitante. Geralmente não gostava de álcool, mas aquilo tinha um gosto bom.

O sr. Moss se sentou na outra ponta do sofá, com uma expressão agradável. Ele parecia cheio de autoconfiança, perfeitamente à vontade. Apesar da distância em que se encontravam, ela sentiu uma tensão nele, como uma corrente elétrica de excitação, de expectativa. Moss disse que o teste não teria a ver com sexo, mas ela ainda não tinha certeza. Ele apoiou o braço sobre o encosto do sofá.

— Algumas coisas que você talvez queira saber a meu respeito antes de iniciarmos seu teste. — O sorriso dele era irônico, como se pudesse ler a mente de Abra.

Moss iniciou um monólogo, resumindo sua vida. Havia se formado em administração em Harvard e feito estágio em uma agência de Nova York voltada para artistas da Broadway, antes de vir para oeste e entrar para a mais prestigiosa e poderosa agência de talentos de Hollywood. Saíra-se bem, trazendo vários clientes que se tornaram grandes astros. Nunca havia sido demitido em sua vida, apesar dos boatos em contrário. Ganhara muito dinheiro e ainda tinha a maior parte dele. Desde que saíra da agência, havia assinado contratos com vários atores, e todos eles agora tinham trabalhos constantes, o que significava entrada contínua de dinheiro também. Ele gostava do jogo. Vinha procurando um novo projeto. E, sim, havia tido um caso com a estrela Pamela Hudson e, sim, isso havia causado muita dor, uma das quais fora sua esposa ter saído de casa e levado seus filhos. Não que ele se importasse tanto. Haviam se casado jovens e crescido em direções diferentes.

— Divórcio nunca é simples e, às vezes, é dispendioso. Meu maior lamento é o que esse caso fez com meus filhos. Eles não me perdoaram por trair a mãe deles.

— E sua esposa?

— Ela ficou com a casa em Malibu, o que fez a felicidade dela e dos meus filhos. Eles gostam da praia. Eu fiquei com este apartamento, o que me faz feliz. Gosto de estar perto da ação.

Tudo que ele dissera fora rápido demais para ela absorver.

— Quantos filhos você tem?

— Um menino e uma menina, de quinze e treze anos. — Ele terminou seu uísque e levantou para servir-se de outro. — Minha filha gostaria de arrancar minha cabeça e entregá-la para a mãe em uma bandeja. Meu filho não fala comigo. Consequências de Pamela.

— Você ainda gosta dela?

— Lamento mais por minha esposa que por ela. Ah, que seja. — Ele deu uma risada rouca. — No momento, meu único interesse por qualquer mulher é profissional. Foi preciso a gansa dos ovos de ouro voar para o ninho de outro homem para me fazer acordar. Ainda bem que investi a comissão que ganhei com Pamela, antes de ela abrir as asas e sair voando. — Sorriu sem humor. — Não que ela tenha ido muito longe. Está grávida. Até ter o bebê e pôr o corpo em forma outra vez, terá sido esquecida. E dou no máximo dois ou três anos para o casamento dela. Ela sairá do divórcio com alguns milhões, mas não com a carreira que vislumbrava quando agarrou seu diretor. Não será como ela teria se tivesse mantido o curso. — Deu de ombros. — Pelo menos ela terá o suficiente para não precisar trabalhar como garçonete em um drive-in de novo.

— Essa história é verdade? — Abra e Penny tinham lido sobre Pamela Hudson em uma revista de cinema. — Você a conheceu mesmo em um drive-in?

O sorriso dele era cheio de cinismo.

— Ela se inclinou na janela do carro para anotar meu pedido. Digamos que eu dei uma boa olhada em seus talentos e perdi a cabeça. — Ele se levantou e pegou o copo vazio de Abra. — Parece que você está se sentindo melhor.

Talvez fosse aquele modo aberto e objetivo dele.

— Quer que eu toque agora, sr. Moss?

— Vá em frente. — Ele se serviu de mais um drinque. — Sou todo ouvidos.

Abra passou a mão pelas teclas, experimento-as e viu que o piano estava com afinação perfeita. Acomodando-se no banco, tocou escalas e acordes para aquecer. Fazia uma vida que não tocava. Sentia-se mais confortável agora do que em qualquer outro momento desde que saíra de Haven.

Ela relaxou. A música despejou-se em sua mente, e Abra tocou o que sabia melhor, uma coletânea de hinos. Cada nota a fazia se lembrar de Mitzi, do pastor Zeke, de Joshua, da igreja cheia de pessoas que ela conhecia desde pequena. Abra levantou as mãos abruptamente e as apertou.

— Algum problema com o piano?

— Não. — Ela fez uma pausa. — Acho que não estou tocando o que a maioria das pessoas quer ouvir. Só isso. — Ele estava sentado em uma banqueta no bar, observando-a com atenção. — O que você gostaria que eu tocasse?

Ele pareceu surpreso.

— Você está me dando a escolha? Toque o que quiser.

Ela começou com a *Tocata e fuga em ré menor*, de Bach. Depois "Clair de lune", de Debussy, derramou-se de suas mãos. Pensou em Dylan e tocou "Your Cheatin' Heart", de Hank Williams, e "Crying in the Chapel", dos Orioles. Afastando-o da mente, buscou alguma outra inspiração, e Mitzi lhe veio ao pensamento. Contendo as lágrimas, Abra iniciou uma interpretação apaixonada de "Maple Leaf Rag". Quando o sr. Moss começou a rir, Abra parou. Levantou as mãos do piano, com os dedos abertos, o coração apertado. O que havia de tão engraçado?

— Ora, você é uma surpresa! E acredite em mim quando digo que não me surpreendo com muita frequência. — Ele terminou o drinque e deixou o copo sobre o balcão antes de se aproximar do piano. — Dylan não tinha ideia de que você sabia tocar assim, não é?

— Ele sabia que eu tocava na igreja.

— Definitivamente não é o tipo de música dele. Você já me disse que sabe dançar. Também canta?

Ela o corrigiu.

— Eu dancei quando fiquei bêbada com alguma coisa e nem sabia o que estava fazendo. Acho que canto como qualquer pessoa. Provavelmente também poderia fazer canto tirolês, se alguém me ensinasse.

Ele ergueu a mão, como se para impedi-la de continuar falando.

— Não importa. Você se move como uma dançarina. Tem um bom tom de voz. Sabe o quê? Você é um achado. — Parecia entusiasmado, com os olhos brilhantes. — Podemos fazer isso.

— O quê?

— Transformá-la em uma estrela.

Ela o encarou com espanto. Estaria falando sério? Seu coração se acelerou.

— Vai ser preciso trabalho duro das duas partes. Eu estou disposto. Você está?

Ela controlou seu entusiasmo.

— Trabalhar duro não é problema para mim, sr. Moss. — Estava entusiasmada, porém nervosa. — Mas onde vou morar?

— Aqui. Comigo. E não me olhe desse jeito. Tenho dois quartos extras e as portas têm chave. Venha. — Ele indicou o caminho. — Dê uma olhada.

Ainda nervosa, Abra o seguiu por um corredor. Ele passou pela porta aberta de um quarto em tons masculinos de azuis e marrons, uma cama de casal e pôsteres emoldurados e autografados de Yogi Berra, Bob Grim e Joe DiMaggio na parede. Abriu outra porta, revelando um quarto mais feminino, belamente decorado em tons pastel de rosa, verde e amarelo, com mobília provençal francesa branca: uma cama queen-size, cômoda, mesinhas laterais e abajures. Tinha até um banheiro privativo com uma banheira com pés de ferro e chuveiro separado, todo de azulejos rosa e brancos, com espelhos de moldura dourada e toalhas e tapetes verde-claros. Penny ia adorar.

— Aqui é o meu escritório. — O sr. Moss abriu outra porta mais adiante no corredor, revelando uma sala maior com uma grande cadeira giratória de couro marrom, mesa de mogno com pilhas de arquivos, telefone. Ao lado havia um cofre de ferro. Quatro gabinetes de arquivos junto a uma parede, pôsteres de cinema e retratos brilhantes, com a notável ausência de Pamela Hudson. Em um dos lados da mesa, havia uma máquina de escrever e pilhas de material de escrita. Ele lhe deu alguns segundos para absorver o ambiente e então a conduziu até a porta, no fim do corredor. — Este é o meu quarto. — Ele abriu a porta para uma suíte muito maior que a sala de estar de Peter e Priscilla. Era cheia de madeira escura, tecidos sofisticados e uma identidade masculina. Quando ele entrou, Abra não o seguiu. Ele olhou para ela, para sua cama king-size e de volta para ela, com um sorriso irônico.

— Não?

Abra imaginou se tudo dependeria de ela dizer sim. Engoliu em seco. O sr. Moss não a pressionou nem pareceu decepcionado. Saiu do quarto e fechou a porta.

— Mais uma primeira vez para mim. — Ele sorriu. — Boa menina.

Ela o seguiu de volta para a sala.

— Hora da decisão, Abra. — Ele se acomodou em uma das pontas do sofá outra vez, relaxado, atento. — Você pode voltar a Tower Road e implorar a Dylan para recebê-la de volta, sabendo que isso não vai acontecer. Ou pode se mudar para cá esta noite, trabalhar comigo e se tornar uma estrela. Qual vai ser?

Será que aquilo era mesmo algo seguro? Ela se sentia à beira de um precipício, e tremia.

— Corra o risco. — Ele riu de leve. — Qualquer outra garota estaria mergulhando de cabeça na oportunidade que estou oferecendo. Mas você não é como as outras garotas, não é verdade? Eu soube desde a primeira vez em que a vi. Faz algum tempo que a estou observando.

Ela se lembrou de tê-lo visto parado perto da piscina.

— Dylan sabia disso?

— Provavelmente. — O sorriso dele não tinha nenhum humor. — O que você quer, Abra?

— Quero ser... — Um pequeno nó em sua garganta a impediu de dizer o resto.

— Rica e famosa?

— Alguém.

Ela não seria mais invisível. Não seria a filha descartável. Não seria a namorada rejeitada de Dylan. Dylan se arrependeria de tê-la jogado fora. Penny e sua turma de amigas a invejariam. Ela seria *alguém*.

— Vou fazer de você isso e muito mais. — Ele se levantou com um ar de satisfação, de "tudo decidido". — Vamos voltar ao escritório. — Caminhava com determinação. Abriu uma gaveta de arquivo, procurou entre as pastas e tirou dois documentos. Colocou-os sobre a base de couro preto na mesa, pegou uma caneta-tinteiro prateada e preta na gaveta superior, pousou-a sobre os papéis e afastou a cadeira. — Sente-se. Leia. Demore o tempo de que precisar. Pergunte o que quiser.

— Eu nem sei o que perguntar.

Ele pareceu inexplicavelmente triste.

— De onde você veio, garotinha?

— Nasci debaixo de uma ponte e fui abandonada ali para morrer. — Ela não tivera a intenção de dizer isso.

Ele inclinou a cabeça e a examinou.

— Bela história.

— Verdadeira.

— Obviamente, alguém a encontrou.

— E depois desistiu de mim. — E agora Dylan desistira dela também. O que aquele homem faria com ela? — Ninguém nunca quis ficar comigo por muito tempo.

Ele franziu ligeiramente a testa, estudando o rosto dela, depois descartou a ideia.

— Se você assinar esse contrato, estará se pondo em minhas mãos por um longo tempo. E eu farei de você alguém que o mundo inteiro vai querer.

Poderia ele de fato fazer isso? Ela o observou por um momento e viu que ele acreditava no que dizia. Abra queria acreditar também. Pegou a caneta, folheou as páginas e assinou na linha em branco.

— Juventude impetuosa. — O tom do sr. Moss era enigmático. Ele pegou a caneta dos dedos dela. Quando se inclinou sobre o papel, ela sentiu o calor que se irradiava de seu corpo, da respiração dele em seu cabelo. Ele assinou na linha abaixo da dela com um floreio. Virou as páginas da segunda cópia e apontou a linha. Ela assinou outra vez. Ele também, depois guardou a caneta de volta na gaveta, abriu o cofre de ferro e ali guardou uma cópia. Então apontou a outra cópia, ainda sobre a mesa. — Guarde-a em um lugar seguro.

— Onde você sugere? Na minha roupa de baixo?

Ele riu e estendeu a mão.

— Deixe comigo. — Ele a jogou no cofre com a sua cópia, fechou a porta e girou o fecho de segredo. Abriu uma caixa de fichas de arquivo, tirou uma, anotou um número de telefone em um bloco de notas e discou. Sorrindo com ar confiante, deu uma piscada para ela. — Dylan! Meu jovem amigo. Liguei para lhe agradecer. Quem? Franklin Moss. Quem mais?... Duas da manhã? Não tinha ideia de que você estaria dormindo tão cedo... Não, não estou bêbado. Bem o contrário. Estou me sentindo melhor do que não me sentia há muito tempo. — Ele escutou outra vez, depois riu. — Em resposta a essa pergunta, sim, ela me surpreendeu. Acabei de assinar um contrato com ela. — Apoiou o quadril na mesa, sorrindo para ela. — Ainda está aí, Dylan?... Sim. Foi exatamente isso que eu disse. — Ele arrancou a folha com o número de telefone do bloco de notas, amassou-o e jogou na lata de lixo. — Sempre sei o que estou fazendo... Não. Não precisa se preocupar em enviar nada. Ela vai ter um novo começo. — Ele pousou o fone no gancho. — *Finis.* Esse, minha menina, foi o fim de uma era sombria. Uma nova manhã chegou.

Se ela tivesse algum desejo de voltar atrás, agora era tarde demais.

— O que Dylan disse?

— Quis saber se você se saiu bem.

— Ele não se referia ao piano.

— Eu sei. — Os olhos do sr. Moss assumiram um brilho duro. — Mas ele não sabe que isso foi tudo o que você fez.

Ele deu a Abra outro drinque, depois disse que era hora de ela ir dormir. Bateu na porta dela alguns minutos depois, e o coração de Abra deu um pulo de alarme.

— Minha esposa deixou algumas coisas. — Ele lhe entregou uma pilha de roupas. — Vão servir por enquanto. Amanhã saímos para fazer compras. — Tinha um sorriso divertido no rosto. — Tranque a porta se isso a fizer se sentir mais segura.

Abra mal dormiu. Ficava toda hora olhando para o relógio na mesinha de cabeceira. Alternava entre desespero por causa de Dylan e esperança de que os sonhos que Franklin Moss havia plantado se tornassem de fato realidade. Se trabalhasse com muito empenho, poderia encontrar a recompensa?

═══

— Terminei! — Gil gritou, vindo do outro lado do telhado inclinado. — E você?

— Mais duas. — Joshua fixou as últimas telhas, levantou-se e guardou o martelo no cinto. Tirou as proteções para os joelhos e jogou-as para baixo.

— Parece ótimo daqui de baixo! — Harold Carmichael anunciou da calçada, de onde observava, sentado na cadeira de rodas. — Vocês dois fizeram um excelente trabalho! Donna e eu agradecemos muito.

Sua esposa idosa, de pé a seu lado, segurava as alças da cadeira.

— Tem limonada e biscoitos na cozinha, quando vocês estiverem prontos.

Gil começou a descer a escada.

— Aceito com prazer, sra. Carmichael.

Joshua desceu atrás dele. Assim que seus pés tocaram o chão, ele soltou as travas da escada extensível, dobrou-a e carregou-a até a caminhonete. A casa de Harold e Donna tinha um telhado à prova d'água agora. Não haveria mais goteiras quando as chuvas de inverno chegassem.

O sr. Carmichael parecia preocupado.

— Devíamos lhe pagar alguma coisa, Joshua.

Ele segurou a mão do homem gentilmente, com cuidado para não machucar suas articulações deformadas pela artrite.

— É nossa maneira de agradecer a vocês dois por todos os anos de fidelidade à família da igreja.

— Eu já lhe agradeci pela rampa?

Joshua riu.

— Sim, já agradeceu. — Umas cem vezes.

— Adoro minha casa, mas ela estava começando a parecer uma cela de cadeia.

A sra. Carmichael começou a empurrar a cadeira de rodas.

— Vamos entrar para Joshua e Gil poderem comer alguma coisa?

Joshua assumiu o lugar dela.

— Pode deixar que eu levo.

Ela lhe dirigiu um olhar agradecido e seguiu na frente, enquanto Joshua empurrava a cadeira do sr. Carmichael pela rampa. Ela segurou a porta de tela aberta. Gil veio atrás.

O sr. Carmichael tinha outras coisas em mente.

— Vou ter que encomendar madeira para o fogo.

— Diga quanto quer — Gil logo se ofereceu. — Posso trazer na semana que vem. Tenho mesmo que tirar parte dela de lá, ou vai acabar apodrecendo. Sempre tem uma árvore caindo em algum lugar no bosque, e eu gosto de manter a área limpa para evitar riscos de incêndio. Você estaria me fazendo um favor se aceitasse.

— Mesmo assim eu quero lhe pagar alguma coisa.

— Está bem. Quero duas dúzias de biscoitos de canela e dois potes dessas geleias de romã e de marmelo que sua esposa faz.

Donna Carmichael sorriu de orelha a orelha.

— Posso lhe dar os potes de geleia hoje, mas você vai ter que esperar pelos biscoitos de canela. Fiz duas dúzias, mas Harold pegou primeiro. — Ela deu um tapinha no ombro do marido. — Ele adora doces.

Gil riu.

— Eu também. — Terminou de comer um biscoito e esvaziou seu copo de limonada. — Desculpem, pessoal, mas tenho que correr. Trago uma caminhonete cheia de madeira na quarta-feira. O que acha?

— Quando puder, Gil, e obrigado novamente. — O sr. Carmichael virou a cadeira de rodas e acompanhou-o até a porta.

Donna pegou o copo de Joshua e tornou a enchê-lo sem perguntar. Era evidente que queria dizer alguma coisa. Ele imaginava que fosse sobre a saúde do marido.

— Ando com Abra na cabeça há dias. Você teve alguma notícia dela?

Fazia quase dois anos, mas a menção ao nome dela ainda despertava sua emoção.

— Nem uma palavra. — Ninguém recebera um bilhete sequer de Abra em todo aquele tempo. Será que ela havia se esquecido de todos que sempre a amaram? Teria se esquecido dele?

Joshua esvaziou o copo de limonada, lavou-o e colocou-o no balcão.

— Abra voltará para casa quando estiver pronta. Só continue rezando. — Ele apertou-lhe o ombro. — Obrigado pela limonada e os biscoitos.

O sr. Carmichael reapareceu na cozinha.

— Está indo embora também? — Ele não procurou disfarçar o desapontamento.

— Harold — sua esposa interveio gentilmente. — O pobre rapaz trabalhou no telhado a manhã inteira. Hoje é sábado. Pode ser que ele tenha algum encontro.

Joshua só havia saído umas duas vezes desde que ele e Lacey Glover decidiram parar de se ver. Talvez devesse começar a sair mais. O tempo estava passando.

— Vejo vocês na igreja amanhã.

No caminho de volta pela cidade, ele avistou uma velha amiga caminhando pela calçada e parou para falar com ela. Inclinando-se sobre o banco da frente, abriu a janela do lado do passageiro.

— Sally Pruitt! Quando voltou para casa? — Ela havia emagrecido e mudado o cabelo castanho para um corte chanel que lhe caía muito bem.

Sally sorriu, alegremente surpresa.

— Que coincidência engraçada. Eu estava mesmo torcendo para encontrar com você, Joshua. — Ela se aproximou e apoiou os braços na porta da caminhonete. — Você é um colírio para olhos cansados.

— Você está muito bonita também. Quer uma carona?

— Adoraria. — Ela abriu a porta e entrou. — Sabe do que eu gostaria mais ainda? De um milk-shake de morango no Bessie's. Passei as duas últimas horas andando pela cidade e acho que preciso de algo para esfriar a cabeça.

— Do calor ou de problemas?

— Filhos não podem voltar para casa sem que os pais queiram se tornar pais de novo, e eu sou adulta agora. Saí de casa na semana depois da formatura no colégio, lembra?

Ele não lembrava, mas não precisava admitir. Pôs a caminhonete em movimento.

— Está aqui para o fim de semana, ou vai ficar mais tempo?

A expressão aberta de prazer que Sally trazia no rosto desapareceu.

— Estou aqui para... — ela deu de ombros — pensar.

— Posso perguntar em que precisa pensar?

— No que quero da vida.

— Tem alguma ideia?

Sally olhou para ele.

— Sempre tive uma ideia, mas nunca funcionou do jeito que eu sonhei.

Joshua estacionou virando a esquina, ao lado do Bessie's. Sally saiu antes que ele tivesse a chance de lhe abrir a porta. Caminharam lado a lado. Quando ela estendeu a mão para a porta, Joshua chegou antes dela.

— Me permita ser um cavalheiro.

Ela riu enquanto entrava antes dele, e comentou por sobre o ombro:

— Moro em uma cidade grande, onde a maioria dos homens deixa a porta bater na sua cara ou te acertar por trás.

— Nem sempre foi assim.

— Os tempos mudam, Joshua. Eu mudei com eles.

— Não demais, espero.

Susan e Bessie os cumprimentaram. Bessie abraçou Sally e disse que era muito bom vê-la. Tinha trazido alguma lição para fazer? As duas riram juntas. Susan disse a Joshua para cumprimentar seu pai em nome dela. Bessie os acomodou no canto dos fundos, junto à janela que dava para a rua lateral onde ele havia estacionado. Entregou um cardápio a Sally e deu um sorriso significativo para Joshua antes de lhe entregar um também. Ele meneou a cabeça. O que havia com as mulheres? Bessie estava sempre querendo arranjá-lo com alguém.

Sally largou o cardápio, cruzou os braços sobre a mesa e olhou para ele.

— Você está diferente, Joshua.

Ele pôs seu cardápio sobre o dela.

— Estou mais velho.

— Mais velho, mais sério, um pouco castigado pela vida.

— Estive em uma unidade médica na Coreia.

— É mais do que a guerra, Joshua.

Ele sabia aonde ela queria chegar. Tinha ouvido sobre Abra e, como tantos outros, procurava informações.

Bessie se aproximou.

— O que vão querer?

Sally pediu um milk-shake de morango; Joshua, o habitual café preto. Ela observou Bessie se afastando, depois olhou para ele outra vez.

— Bessie disse que seu pai vem muito aqui. Alguma razão específica?

— Claramente, já haviam enchido sua cabeça com aquela ideia.

— Meu pai gosta mais da comida do Oliver que da dele.

Sally arqueou as sobrancelhas.

— Está me dizendo que não tem nada a ver com Susan Wells?

— Estou dizendo que não se pode impedir as pessoas de especular. — Joshua sabia que Susan nunca havia feito nada que pudesse lançar qualquer dúvida sobre seu comportamento ou o de seu pai. Talvez por isso Zeke gostasse dela a ponto de querer vê-la com tanta frequência. Às vezes, Joshua se perguntava para onde essa amizade cada vez mais profunda poderia levar. A foto de sua mãe ainda estava na mesinha de cabeceira dele, e o retrato do casamento continuava pendurado sobre a lareira.

— E você, Joshua? Está saindo com alguém?

— Sim. — Ele riu. — Com você.

— Você sabe o que quero dizer. Soube que você e Lacey Glover namoraram por um tempo.

— Não estou saindo com ninguém no momento. — Ele a encarou com ar sério. — Lacey e eu ainda somos amigos.

— Tudo bem. — Ela suspirou e levantou ligeiramente os ombros. — Vamos jogar do seu jeito.

Algumas coisas precisavam ficar claras desde o início.

— Eu não jogo, Sally, especialmente quando tem a ver com os sentimentos de alguém. Nunca fiz isso e nunca farei.

Ela corou.

— Eu sempre gostei de você, Joshua. — O sorriso dela se mesclava à tristeza. — Nunca precisei ter o pé atrás com você.

Bessie trouxe os pedidos. Ela fez um gesto com a cabeça para Sally.

— Diga o que acha do milk-shake. — Encheu a caneca de Joshua com café preto fumegante e recém-coado. Sally enfiou uma colher de cabo longo no copo de alumínio gelado. Depois de experimentar, revirou os olhos com exagero e disse que estava "celestial, absolutamente celestial". Bessie arqueou uma das sobrancelhas. — Como você e sua mãe estão indo?

Sally deu de ombros.

— Estamos nos ajustando uma à outra. Ainda batemos de frente, e a cabeça dela ainda é mais dura que a minha. Talvez eu volte a aparecer aqui com regularidade.

— Venha na hora que quiser, querida. Você é sempre bem-vinda. — E foi atender os outros clientes.

Sally perguntou se Joshua se encontrava com Paul Davenport, Dave Upton ou Henry Grimm. Paul trabalhava no rancho de maçãs do pai e não vinha muito à cidade. Dave tinha ido para a USC com uma bolsa de estudos por causa do futebol. Pouco depois da formatura, ele se casara com uma das líderes de torcida. Joshua tinha ouvido dizer que o pai dela era executivo em um estúdio de cinema. Paul lhe contou que Dave e a esposa moravam em Santa Monica. Henry e Bee Bee Grimm tinham tido um começo difícil, mas estavam casados e felizes agora, esperando o terceiro filho. Ele não mencionou que o primeiro filho deles tinha chegado só seis meses depois do casamento. Brady Studebaker assumira a loja de letreiros do pai na Main Street. Sally mantinha contato com Janet Fulsom. Ela estava casada agora, morando no vale Central e com dois filhos. O marido tinha um posto de gasolina na Highway 99, em Bakersfield.

Sally mexeu seu milk-shake com o canudo.

— Cheguei perto de me casar uma vez. Você soube que eu fiquei noiva dois anos atrás?

— Lacey me disse. O nome dele era Darren, não é?

— Darren Michael Engersol. Terminamos dois meses antes do casamento. — Ela ergueu um dos ombros em um gesto de indiferença e tomou um gole de sua bebida. — Ele decidiu que não estava pronto para se comprometer pelo resto da vida com alguém, e se casou com outra pessoa quatro meses depois.

— Puxa. — Joshua fez uma careta. — Isso deve ter doído.

— Não tanto quanto se poderia imaginar. — A expressão dela era séria. — Melhor saber antes que depois. E, para dizer a verdade, Joshua, eu mesma estava em dúvida. Darren era uma boa pessoa, era mesmo, mas...

— Mas o quê?

— Eu ficava pensando em minha mãe e meu pai... e em toda a gritaria. Sempre achei que eles não se amavam. Brigas, brigas, brigas, era só o que eles faziam. Então meu pai morreu e eu vim para casa e vi como as coisas eram de fato. Minha mãe ficou totalmente perdida sem ele. Nunca vi alguém sofrer tanto. — Seus olhos ficaram úmidos. — Surpresa, surpresa. Ela o amava, afinal. — Arfou levemente e balançou a cabeça, como se estivesse afastando as emoções que cresciam dentro de si. — Foi uma revelação, posso lhe garantir.

Ela mexeu o milk-shake com o canudo.

— Darren e eu nunca brigamos. Não me lembro de nenhum de nós jamais ter levantado a voz para o outro. — Soltou uma breve risada. — Não havia fogo. Nem mesmo uma faísca. De modo geral, tínhamos um relacionamento bem tedioso.

— Então você está procurando um sparring como parceiro?

— Não! Bem, talvez. Ah, não sei. — Ela deu um sorriso autodepreciativo. — Essa é a parte triste. Não tenho ideia do tipo de homem que estou procurando.

— Talvez devesse parar de procurar e deixar Deus trazê-lo para você.

Ela o encarou com firmeza.

— Você deve saber que eu sempre tive uma queda enorme por você, desde o jardim de infância até o último ano do colégio.

Joshua sentiu o rosto esquentar.

— É mesmo?

Ela sorriu.

— Eu não sabia que homens também coravam.

— Obrigado, isso ajuda muito.

Sally riu.

— Você sabia. Seus amigos me provocavam impiedosamente até você os mandar parar.

— Eu me sentia lisonjeado, Sally.

— Você se sentia lisonjeado — ela gracejou. — Tão lisonjeado que nunca me convidou para sair. Nem uma única vez, Joshua. Eu ficava tão magoada...

— Ela falou como se estivesse brincando, mas ele ficou na dúvida. Sally inclinou a cabeça e sorriu brevemente. — Você não queria me dar falsas esperanças. Certo?

— Na época eu não estava interessado em meninas.

Ela riu.

— Ah, estava sim, mas só em Abra.

Bem quando ele achava que as coisas não poderiam ficar piores...

— Ela era só uma criança.

— Sim. Bom, eu soube que você teve uma grande briga com ela quando saíram do cinema uma noite, e não muito antes de ela desaparecer com um bad boy do sul da Califórnia. — Sally observava o rosto dele, procurando respostas. Parecia impaciente. — Você estava apaixonado por ela?

— Sim.

— Ainda está?

— Não sei. Faz muito tempo que ela foi embora.

— Isso não é resposta, Joshua.

Ele sabia que aquela não era uma conversa casual. Eles não eram mais crianças. Quase todos os seus amigos estavam casados e começando uma família. Ela queria pôr as cartas na mesa. Então, que fosse assim.

— Não estou mais esperando, se é isso que você quer saber.

Ela terminou o milk-shake e colocou o copo na borda da mesa.

Bessie se aproximou.

— Como estava?

Sally sorriu.

— Melhor do que nunca, Bessie!

— Você diz isso todas as vezes. — A mulher olhou de um para o outro. — É bom ver vocês dois sentados aqui, confortavelmente juntos, tendo uma boa conversa.

— Esqueça, Bessie. — Sally fez uma cara triste. — Eu me joguei em cima do Joshua e ele se desviou.

Joshua pegou a carteira.

— Bem quando eu ia te convidar para ir ao cinema.

Ela riu, surpreendida.

— Está falando sério?

— A menos que você prefira jogar boliche. Tem uma pista nova do outro lado da cidade. — Joshua saiu da mesa e estendeu a mão para ajudar Sally.

Assim que ela se levantou, soltou a mão dele e caminhou a seu lado enquanto seguiam para a porta. Não estendeu a mão para a maçaneta dessa vez, e sorriu para ele quando saiu. Ele sempre gostara de suas covinhas.

— Você ao menos sabe o que está passando no cinema?

— Claro. — Ele sorriu. — *A dama e o vagabundo.*

— Ohhhh. — Ela arregalou muito os olhos. — Parece picante!

Eles ficaram na fila, conversando por quase meia hora antes de chegar à bilheteria. Joshua entrou em outra fila para comprar cachorro-quente, pipoca, refrigerantes e balas, antes de entrarem na sala. Sally lhe deu o braço. O cinema estava enchendo depressa, e eles encontraram lugares do lado direito, no meio da sala. Joshua se lembrou da noite em que trouxera Abra ao cinema e ela ficara de olhos fixos e famintos em Dylan, que olhara de frente para ele, presunçoso e triunfante, desafiando-o a tentar segurá-la se pudesse.

Onde quer que Abra estivesse agora, o que quer que estivesse passando, ele não podia permitir que sua imaginação procurasse respostas. Ficaria louco se pensasse em todas as possibilidades sombrias.

Sally olhou para ele.

— Está tudo bem?

Joshua deixou o passado e Abra se afastarem. Havia um tempo para todas as coisas. Ele não tinha como resgatá-la. Apenas Deus poderia salvá-la.

— Faz algum tempo que não entro neste cinema. — Desde Abra. Desde um último encontro amistoso com Lacey, antes de ela se mudar de cidade. Ele se forçou a voltar ao presente.

— Eu também.

As luzes se apagaram e a música começou. Joshua relaxou, gostando da companhia de Sally.

═══

Abra acordou quando o sr. Moss bateu à porta na manhã seguinte.

— Abra a porta. — Ela vestiu um roupão e virou a chave na fechadura. Ele lhe entregou um saquinho de papel. — Escova e pasta de dentes, calcinhas de algodão. Espero que sejam do tamanho certo. Há uma escova de cabelos na gaveta do banheiro. Tome um banho. Não se preocupe em lavar os cabelos. Só se vista e venha para a cozinha.

Ela se lavou e secou rapidamente. As calcinhas brancas serviram com perfeição. O sutiã e a blusa branca da esposa dele eram muito pequenos; a calça capri preta ficou larga nos quadris; as sapatilhas saíam do pé. Ela escovou o cabelo e o prendeu em um rabo de cavalo, usando um dos elásticos que encontrara em uma gaveta no banheiro.

O sr. Moss deixou de lado o jornal que estava lendo e se levantou. Vestia calça bege e camisa branca. Puxou uma cadeira para ela.

— Sente-se. Não temos muito tempo. Você tem um horário marcado no Murray's Mane Event esta manhã. O próprio mago vai trabalhar com você, não um de seus asseclas. — Ele pôs uma caixa de cereal de trigo integral na frente dela. — Coma.

Ela despejou o cereal em uma tigela de porcelana azul e branca.

— Posso pôr leite e açúcar?

Ele lhe deu uma garrafa.

— Iogurte é melhor para você.

Ela franziu a testa.

— O que é isso?

— Ponha logo no cereal e coma. Não temos tempo para uma aula de ciências. — Ele já tinha terminado e posto sua tigela na pia. — Temos um grande dia à nossa frente. — Franklin pôs um cronograma diante dela e começou a falar tão depressa que ela se perguntou se deveria estar tomando notas. O cabeleireiro era apenas a primeira parada. — Já instruí Murray sobre o visual que desejo.

Loira, sem dúvida. Os homens pareciam ser loucos por loiras.

— Ele designará alguém para fazer sua maquiagem e suas unhas. — Ele a examinava como se ela fosse um inseto sob a lupa. — Depois faremos algumas compras e arrumaremos um traje adequado, antes de irmos almoçar em Toluca Lake, para observar o efeito. — Não lhe deu tempo para perguntar o que queria dizer com isso. O telefone tocou. Ele se levantou, atravessou o cômodo e atendeu. — Estamos descendo. — Desligou. — Vamos.

Um táxi amarelo esperava na frente do prédio. O sr. Moss deu instruções ao motorista e lhe pagou adiantado. Pousou a mão no ombro de Abra antes de ela entrar no carro.

— Quando chegar lá, pegue o elevador até o sexto andar e diga à recepcionista que eu a mandei. Murray vai fazer muitas perguntas. Não conte a ele a história de sua vida. Eu ainda não a inventei. Na verdade, quanto menos você falar, melhor. Lembre-se disso. É importante. — Dirigiu-lhe um meio sorriso, avaliando-a. Depois deu uma palmadinha em seu rosto, com jeito paternal. — Coragem, menina. Você está entrando em uma viagem com que outras apenas sonham.

O salão de Murray tinha uma área de espera com poltronas macias, pilhas de revistas e uma recepcionista atrás do balcão que era de cair o queixo. Abra disse que Franklin Moss a enviara.

— Vou avisar Murray que você chegou. — A jovem sorriu. — Fique à vontade.

Abra sentou-se e deu uma olhada nos exemplares de *Photoplay*, *Silver Screen* e *Movie Spotlight*.

— Você deve ser a nova protegida de Franklin — um homem à porta falou. Ele entrou na sala de espera e estendeu a mão. — Murray Youngman.

— Não era como ela esperara. Alfredo era afeminado e efusivamente amistoso, com cabelos loiros tingidos, alisados para trás como os de um advogado cheio de brilhantina. Murray tinha um metro e oitenta de altura, usava calça Levi's, camisa social branca e botas de caubói, e tinha um corte de cabelo curto muito parecido com o de Joshua. Seus dedos se fecharam sobre os dela com firmeza, e ele a examinou com atenção. — Franklin me disse o que quer, mas não sei se concordo. O que você acha?

Ela não sabia quais eram as ideias do sr. Moss e, de qualquer modo, não estava em posição de se rebelar.

— Franklin é quem manda.

— Você mal vai se reconhecer.

— Isso não é tão ruim em alguns casos.

Uma expressão estranha surgiu nos olhos castanhos de Murray.

— Tem certeza de que sabe o que está fazendo?

— Não, mas Franklin sabe. — Ela olhou ao redor quando ele a conduziu para dentro do salão. Não era uma única grande sala com cadeiras nas duas laterais. Eram vários cubículos privativos, com apenas algumas das portas abertas.

Murray respondeu à pergunta silenciosa dela.

— Nossos clientes gostam de privacidade até estarem prontos para as câmeras. — Ele a conduziu para uma das saletas. A primeira coisa que fez depois de acomodá-la na cadeira foi passar os dedos pelos cabelos de Abra. — Bons e cheios, ondulação natural, já parecem seda. — Seu sorriso foi sincero e simpático. — Vamos lavar. — Ele virou a cadeira e baixou o encosto, acionando uma alavanca com o pé enquanto enfiava os dedos entre seus cabelos na altura da nuca, levantando o volume e estendendo-os na pia. Inclinou-se sobre ela, abriu a torneira e testou a temperatura com as mãos, estudando-lhe o rosto. — Você e eu vamos nos tornar bons amigos.

Ela não tinha tanta certeza.

Ele fez muitas perguntas enquanto trabalhava. Ela deu respostas evasivas. Abra olhou para o relógio na parede. Ele notou.

— É difícil, não é? Guardar segredos. — Ele parou atrás dela, levantando seus cabelos e prendendo-os frouxamente. Depois, pousou as mãos sobre seus ombros. — Estará terminado assim que a maquiadora acabar. Aguente firme. — Ele passou um dedo sobre a testa dela e prendeu uma mecha solta. — Não vale espiar.

Ele lhe havia dito, antes de começar sua mágica, que queria uma reação sincera dela quando visse a obra acabada. Por isso, virara a cadeira de costas para o espelho. Murray saiu no corredor.

— Diga a Betty que ela está pronta.

Uma bela loira entrou com uma caixa que se abriu em várias camadas de maquiagem.

— Você tem uma pele perfeita. — Ela analisou Abra com ar profissional e começou a tirar tubos e pincéis da caixa. — Não se preocupe, não vou demorar tanto quanto Murray.

Ele voltou no momento em que a maquiadora começava a guardar os materiais. Ela não perguntou o que ele achava. Não era necessário. Ele deu uma ajeitada rápida nos cabelos de Abra.

— Franklin sabe o que quer. — Ele virou a cadeira. — Agora, veja se concorda.

Abra olhou espantada para a bela jovem de cabelos negros no espelho.

— Essa sou eu?

Murray sorriu.

— É a primeira coisa espontânea que você disse desde que se sentou nessa cadeira.

Ela nunca estivera tão linda na vida.

— Achei que ele ia me deixar loira.

— Eu teria deixado ruiva mesmo. — Murray pôs as mãos grandes e fortes sobre os ombros dela e apertou de leve enquanto encontrava seu olhar no espelho. — Franklin não queria que você fosse mais uma loira em um mar de loiras. Na minha opinião, um vermelho mais suave teria ficado lindo, mas o preto te deixa exótica, especialmente com esses seus olhos verdes tão claros. Parece uma sereia saindo do meio da espuma. — Ele enfiou os dedos na massa de mechas onduladas, levantando-a. — Os homens vão ver primeiro seus olhos, depois o resto. — Murray deixou os cabelos escorregarem das mãos sobre os ombros e seios de Abra, para que não restassem dúvidas do que dizia.

A recepcionista apareceu à porta.

— Franklin Moss está aqui.

— Seu criador te espera. — Murray virou a cadeira de frente para si. Segurou-a pelas duas mãos e a ajudou a se levantar. Parou na frente dela de modo a bloquear-lhe a passagem. A expressão dele ficou séria. — Tenha cuidado. — Ele a soltou. — Vejo você em duas semanas.

— Duas semanas?

O sorriso de Murray não lhe chegou aos olhos.

— Não queremos que as raízes ruivas apareçam, não é?

Os olhos do sr. Moss brilharam quando ele a viu.

— Exatamente o que eu queria. — Ele deu algo a Murray que fez o cabeleireiro levantar as sobrancelhas.

Abra estava ansiosa por elogios quando entraram no carro.

— Gostou?

— Já vi que você gostou.

— Nunca me senti tão linda na vida.

— Só estamos começando.

O sr. Moss a levou a uma butique onde a apresentou a Phyllis Klein. A mulher a examinou da mesma maneira como Dorothea Endicott havia feito em Haven.

— Vejo o brilho em seus olhos, Phyllis, mas eu não a trouxe aqui como modelo. Quero algo discreto, que faça as pessoas olharem para ela, não para as roupas que está usando.

— Como se alguém pudesse não olhar.

O sr. Moss consultou o relógio.

— E não temos muito tempo.

— Não vou precisar de mais do que alguns minutos. Sei exatamente o que você tem em mente. — Phyllis levou Abra a uma sala de vestir, tirou algumas medidas rápidas e saiu de novo. Voltou com um vestido cinza simples e sapatos de salto alto.

Abra começou a se despir. Phyllis deu uma olhada no sutiã e disse para ela esperar. Saiu e voltou com outro. Jogou a calça capri, as sapatilhas e a blusa branca em um canto, como trapos para a lata de lixo, e ajudou Abra a se vestir.

— Perfeito.

O vestido se ajustava a cada curva, e o cinto realçava a cintura estreita. Os saltos acrescentavam sete centímetros à sua altura e definiam os músculos da panturrilha. Phyllis abriu a porta.

— Vamos ver o que Franklin acha, está bem? Não que eu tenha alguma dúvida.

As sobrancelhas dele se levantaram ligeiramente e ele pediu que ela desse uma volta, para poder ver melhor. Como uma marionete de cordas, Abra estendeu os braços para os lados e girou lentamente. A risada de Phyllis tinha um toque de presunção.

— Nem preciso perguntar se você gostou.

— E os outros itens de que falamos esta manhã? — O tom de voz do sr. Moss soava totalmente profissional.

— Tirei as medidas dela. Farei algumas alterações. Podemos fazer uma prova na sexta-feira. Enviarei algumas peças esta tarde. Você quer a capri preta e...?

— Pode jogar fora. — Seus olhos não haviam se afastado de Abra. — O vestido de festa. Não falamos sobre cores.

— Confie em mim, Franklin. — Phyllis avaliou Abra outra vez. — Lavanda, eu acho.

O sr. Moss já estava conduzindo Abra para a porta.

O sol do sul da Califórnia a cegou. Ela sentiu a mão dele em seu cotovelo.

— Vamos ter que arrumar óculos escuros para você. — Ele a direcionou gentilmente.

— Para onde vamos agora?

— Dar uma voltinha.

— Não estou acostumada com saltos altos.

— Me dê o braço. Estou estacionado a dois quarteirões daqui. — Ele pôs a mão sobre a dela. — Acalme o passo. Não estamos com pressa.

— Não vamos nos atrasar?

— Não temos hora marcada. — O entusiasmo dele era perceptível. — Não olhe para os pés. Levante o queixo. Olhe para a frente.

— Posso tropeçar.

— Não vai. Estamos só dando um passeio. Eu estou te segurando. Respire fundo. Solte.

Ela deu um riso nervoso.

— Minha professora de piano dizia a mesma coisa.

Um homem de terno caminhava na direção deles. Diminuiu o passo quando se aproximou. Abra o ignorou. O sr. Moss olhou rapidamente para trás após vê-lo passar e riu baixinho. Dois outros homens passaram. Abra sentiu-se aliviada quando chegaram ao Cadillac preto. O sr. Moss abriu a porta do passageiro. Não disse nada até estarem ambos sentados dentro do carro.

— Você vai se acostumar com a atenção.

— Vou? — Ela sentia um misto excitante de orgulho e mal-estar.

O sr. Moss pôs o carro em movimento com gestos seguros.

— Quando chegarmos ao restaurante, caminhe do jeito que acabou de fazer. Queixo levantado, ombros para trás. Não olhe em volta. Não olhe para ninguém a não ser para mim. Entendido? Se alguém se aproximar de nós e lhe fizer alguma pergunta, deixe que eu respondo.

O restaurante era pequeno, com vidraças que davam uma sensação de ar livre à sala de refeições, o que combinava com as samambaias em vasos aqui e ali. O gerente reconheceu Franklin.

— Por aqui, sr. Moss.

Abra sentiu a mão dele em suas costas outra vez, quente, orientando-a delicadamente. Ele cumprimentou várias pessoas ao passar. Não fez nenhuma apresentação. Quando se sentaram, fez o pedido para ambos. Ela não gostava de peixe, mas não discutiu. Sentia o pescoço e os ombros doerem de tensão.

O sr. Moss não parava de lhe dizer o que fazer.

— Vire o corpo um pouco para a direita... Cruze as pernas. Devagar. Não estamos com pressa... Incline a cabeça um pouco para a esquerda. Assim... Sorria como se eu tivesse dito alguma coisa divertida... Incline-se para a frente. Olhe para mim... Respire, garotinha. Respire.

Abra gostaria que ele parasse de chamá-la assim.

— Vamos ter companhia. — Um sorriso conspiratório curvou seus lábios. — Albert Coen é um dos maiores produtores de Hollywood. Ele está com os olhos fixos em você desde que passamos pela porta. Não fale. Fique sentada. Quando eu te apresentar, faça um aceno simpático com a cabeça e sorria. E não pareça surpresa quando eu disser Lena Scott. Este é seu novo nome.

Ela emitiu um leve protesto.

— Por que mudou meu nome?

— Combina com a nova você. — Seus olhos tinham um brilho de advertência, embora ele parecesse calmo e controlado, totalmente profissional. — Acostume-se com ele. — Ergueu a taça flute de champanhe. — À parceria de Franklin Moss e Lena Scott. — Quando ela levantou sua taça de champanhe com suco de laranja, ele a tocou de leve.

Ouviram a voz grossa de um homem e Franklin ergueu os olhos, fingindo surpresa.

— Albert. Que bom vê-lo. — Levantou-se e apertou a mão de um homem quase calvo, com um bigode escuro e um belo terno. O homem olhou para a cadeira vaga, mas o sr. Moss não o convidou para sentar. Abra alisou a saia sobre os joelhos e cruzou as mãos frouxamente no colo. Respondeu à apresentação com um movimento suave de cabeça e um sorriso neutro. Cruzou as pernas. O sr. Moss foi agradável, mas não deu muitas informações. Quando Coen fez uma pergunta sobre ela, ele mudou habilmente de assunto.

Nas últimas vinte e quatro horas, a menina que tinha fugido de Haven com Dylan Stark havia desaparecido completamente. Ela parecia diferente. Sentia-se diferente. Tinha um novo nome. *Quem sou eu? Quem vou ser?* Qualquer que fosse a história que Franklin Moss inventara para ela, Abra duvidava de que tivesse qualquer parentesco com a verdade. Ele não demoraria a lhe contar. Teria de fazer isso se quisesse que ela desempenhasse o papel que faria dela a pessoa que ambos desejavam que fosse. Uma estrela de cinema. Alguém desejável. Alguém de quem as pessoas se lembrariam. Alguém de quem ninguém jamais se esqueceria. Ou pensaria em abandonar.

Norma Jeane Mortenson tornara-se Marilyn Monroe, não?

Ela respirou lenta e profundamente enquanto os homens conversavam em pé a seu lado e soltou o ar devagar. *Abra Matthews morreu. Vida longa a Lena Scott.*

# 9

*Um pedestal é uma prisão tanto quanto
qualquer espaço pequeno e confinado.*

GLORIA STEINEM

Abra juntou-se ao sr. Moss para o café da manhã, tentando não fazer careta quando viu a caixa de cereal integral e um recipiente de iogurte à sua espera. Ele lhe disse que as câmeras acrescentavam de dois a quatro quilos. Melhor estar abaixo do peso normal, desde que isso não prejudicasse seus outros atributos.

O sr. Moss fechou a *Daily Variety* e a jogou sobre a mesa.

— Temos um dia movimentado à nossa frente: fotos com Al Russell, almoço no Brown Derby, jantar no Ciro's. Coma depressa. — Ele deu uma olhada no relógio de pulso Vacheron Constantin. — Vamos sair em quinze minutos.

— Eu não sei o que vestir. E só escovei o cabelo.

— Seu cabelo está bom. Haverá um maquiador no estúdio, e Phyllis vai mandar o guarda-roupa. Agora, vamos rápido.

Ela terminou sua tigela de cereal. Ele guardou a caixa no armário e o iogurte na geladeira. Ela adivinhou que aquela comida seria tudo o que teria antes de enfrentar um dia cheio.

Al Russell não parecia muito mais velho que o sr. Moss e era igualmente esguio e em boa forma, com calça informal, camisa azul com o colarinho desabotoado e gravata despreocupadamente afrouxada. O sr. Moss fez as apresentações. Abra estendeu a mão e Al a segurou, com um sorriso de aprovação nos lábios. Manteve a mão dela na sua enquanto a observava da cabeça aos pés.

— Ela tem aquele quê especial, não é mesmo?

O sr. Moss pareceu evasivo.

— Vamos ver. Chegou tudo?

— Tudo nos cabides e pronto para usar na sala de vestir. Shelly está preparando seu arsenal de tintas e pincéis enquanto conversamos, mas não acho que esta menina vai precisar de muita coisa para ficar pronta para a câmera.

O sr. Moss a conduziu, passando pela recepcionista que os observava, depois por uma galeria de fotografias emolduradas de atores e atrizes famosos, até um grande estúdio com vários cenários, câmeras em tripés, refletores, sombrinhas difusoras, ventiladores e acessórios. Ele conhecia bem o lugar.

— Por aqui. — Abriu uma porta para uma pequena sala onde se encontrava uma moça morena de rosto perfeito, com um vestido vermelho de bolinhas, cinto branco e sapatos de salto alto. Havia uma maleta aberta, exibindo uma enorme coleção de artigos de beleza.

A mulher sorriu alegremente.

— Franklin! Que bom te ver outra vez.

— Digo o mesmo, Shelly. — Ele puxou Abra para a frente, colocando-a entre eles. — Esta é Lena Scott. Estamos trabalhando em um portfólio completo hoje. Quero um look de sereia.

A mulher examinou os traços de Abra com ar profissional.

— Boas maçãs, nariz clássico, pele perfeita, boca um pouco cheia e olhos deslumbrantes.

— Faça-a sensacional. — Ele saiu e fechou a porta.

Shelly sacudiu a cabeça.

— Eu teria sugerido um look ingênuo. Neste momento, você tem aquela aparência de olhos arregalados. Quando assinou com Franklin?

— Há poucos dias. — Desde então, ele havia mudado a cor dos cabelos e o nome.

— Bem, Franklin parece decidido sobre o que quer fazer com você. — Ela indicou a Abra uma cadeira elevada e cobriu-a com uma capa preta brilhante. — Onde ele te encontrou? Servindo mesas em um restaurante? Servindo carros sobre patins?

— Nós nos conhecemos em uma das festas de Lilith Stark, em Beverly Hills.

Shelly pareceu surpresa.

— Então você já estava no ramo e tinha altas conexões. Não é o *modus operandi* habitual dele. — Shelly a encarou atentamente no espelho, esperando mais informações.

Que história o sr. Moss queria que Abra contasse sobre Lena Scott? Provavelmente não desejava que ela admitisse que estava morando com Dylan e este envolvera Franklin em uma aposta irrecusável. Podia dizer que era uma das funcionárias contratadas para a festa. Isso era parcialmente verdade. Tinha casa e comida desde que mantivesse Dylan feliz e bisbilhotasse para Lilith, até que sua consciência entrou no caminho. Abra sentiu o silêncio de Shelly e soube que teria de dizer alguma coisa.

— Eu só estava de visita.

Shelly começou a remover a maquiagem que Abra havia aplicado.

— Bem, onde quer que Franklin a tenha descoberto, ele saberá exatamente como comercializar seu talento.

— Não sei se tenho algum talento.

— Ah, minha querida, você tem muito. — Shelly riu antes de se virar para examinar os vários tons de base. — Veja o que Franklin fez com Pamela Hudson, ainda que ela não tenha valorizado os esforços dele.

— Você a conheceu?

— Ainda conheço. Ela é linda e ambiciosa, e achei que fosse inteligente, até ela deixar Franklin e se casar com Terrence Irving, um dos principais diretores de Hollywood. Eu apostaria um milhão de dólares que ela nunca mais vai estrelar um filme dele.

— Por que não?

— Porque ele só escala as melhores, e ela não passa de medíocre.

Mas ela não acabara de dizer que o sr. Moss conseguia detectar talentos de longe?

Shelly aplicou a base, com a expressão séria enquanto trabalhava.

— Tenho que dizer que sua pele é ótima. Não imagina as manchas e imperfeições que algumas estrelas têm. — Ela mencionou algumas e voltou para seus pincéis, tubos, pós e lápis.

O tempo passou rapidamente enquanto Shelly regalava Abra com histórias da vida privada de jovens atrizes famosas que conhecia. Abra decidiu jamais contar a ela nada que não quisesse ver espalhado aos quatro ventos.

— Você tem sorte de ter um agente como Franklin Moss — disse Shelly. — Não acabará como uma garota das cinco horas.

— Garota das cinco horas?

— Sob contrato com um estúdio e sob um executivo ou produtor às cinco da tarde, se entende o que quero dizer. Garotas bonitas dão às pencas em Hollywood, querida. Centenas chegam, de olhos brilhantes e cheias de esperança de pegar qualquer papel em um filme. Elas vêm esperando ser descobertas. Algumas ficam espertas e voltam para casa. Outras acabam assinando um contrato, mas não vão mais longe do que o sofá do executivo. Muito poucas encontram um agente que sabe o que está fazendo. Triste fato da vida hollywoodiana. — Shelly recuou para examinar seu trabalho. — Você está maravilhosa. Posso definitivamente ver seu rosto na tela e seu nome em um letreiro.

— Se o sr. Moss souber o que está fazendo.

— Aceite um pequeno conselho de alguém que está neste meio e já viu muita coisa. Dê liberdade de ação a Franklin, e ele a levará aonde você quer ir. — Ela piscou. — Ele é o melhor *sugar daddy* que qualquer uma poderia ter. — Shelly deu risada. — Não vai me perguntar o que é isso também, né? — Removeu a capa dos ombros de Abra e fez um sinal para o espelho. — E então? O que acha?

Abra olhou com espanto para a garota deslumbrante no espelho.

— Sou eu?

Shelly riu.

— É todinha você, só que com uma pitada da minha mágica.

O sr. Moss estava envolvido em uma conversa com Al Russell quando Abra saiu da sala de maquiagem. Os dois homens voltaram-se para ela e arregalaram os olhos, o sr. Moss com orgulho paternal, Al com um sorriso satisfeito.

— Mal posso esperar para começar a trabalhar com esse rosto!

Shelly tocou o braço de Abra e a conduziu a uma sala de vestir mobiliada com um espelho de corpo inteiro e cabides com vestidos de noite, trajes de banho e lingerie vaporosa, ao lado de várias caixas de sapatos. No alto, havia uma caixa dourada amarrada com uma fita vermelha. O sr. Moss a havia seguido até ali. Ele entrou, mexeu nos cabides e puxou um vestido de cetim preto.

— Este primeiro. — Ele prendeu o cabide na borda do espelho. Depois pegou a caixa embrulhada para presente e entregou a ela. — A primeira sessão de fotos pode ser estressante. Isto é uma lembrancinha de Paris para ajudá-la a ficar no estado de espírito certo.

Abra desamarrou a fita, abriu a caixa e levantou com o dedo um espartilho vermelho, sentindo o rosto esquentar.

— Você quer que eu vista isto? Na frente de Al Russell?

O sorriso dele foi quase terno.

— Ele não vai ver, mas o que uma mulher veste sob a roupa aparece em seus olhos. — Levantou o queixo de Abra. — Será nosso segredinho.

— Mas...

Ele pousou dois dedos sobre os lábios dela.

— Você prometeu confiar em mim. Então confie. Vista-se. — Saiu e fechou a porta.

O murmúrio de vozes masculinas do lado de fora se calou quando ela apareceu. O vestido de cetim preto se ajustava a cada curva de seu corpo. Trêmula de nervoso, Abra sentiu os olhos de Al e de seu assistente, Matt, fixos nela. Lembrou-se do treinamento de Mitzi e inspirou pelo nariz, expirando lentamente pelos lábios entreabertos. Tentou não encolher os ombros.

O sr. Moss serviu-lhe uma taça de champanhe.

— Sei que é cedo, mas vai te ajudar a relaxar. — Ele se aproximou. — Ponha os ombros para trás. Queixo levantado. Um pouco mais. Assim. Tente se lembrar disso daqui por diante. — A champanhe lhe fez cócegas no nariz e aqueceu o estômago. — Beba tudo. — Ele indicou com a cabeça. — Al está pronto.

Abra virou o champanhe como se fosse refrigerante e devolveu-lhe a taça.

— Espere. — O sr. Moss a fez virar. — Você parece que acabou de sair de um salão de beleza. — Enfiou os dedos por dentro dos cabelos dela. — Quero-os despenteados, um pouco rebeldes. — Levantou os fios e sacudiu-os de leve. — Assim que eu gosto.

Al conversava com Matt, que perdeu a concentração quando Abra se aproximou. O fotógrafo notou e virou para vê-la.

— Você parece pronta para o bote.

Abra levantou uma sobrancelha.

— Onde você me quer?

Matt ficou vermelho. Al deu uma risada rouca.

— Essa é uma pergunta perigosa para uma garota com a sua aparência. — Os olhos dele a percorreram de cima a baixo. — E vestida assim. — Ele apontou para um colchão coberto de ondas de cetim branco. — Quero você deitada de costas no meio daquilo.

Ela tentou não demonstrar pânico quando olhou em volta.

— Onde está o sr. Moss?

— Estou aqui, Lena. Está tudo bem. Faça o que Al diz.

Al riu.

— Melhor dar a ela outra taça de champanhe, Franklin.

— Melhor me dar a garrafa inteira — Abra murmurou, suscitando gargalhadas de ambos.

— É isso aí, menina! — Al deu uma piscadinha. — Ela vai se sair bem, Franklin. Você pode ir agora.

Do escuro, ouviu-se a voz do sr. Moss:

— Vou ficar para ver a sessão.

Abra suspirou de alívio enquanto Al subia uma escada até a plataforma elevada. Juntando toda sua coragem, ela ergueu a barra do vestido longo de cetim até os tornozelos e subiu no colchão. Deitou-se de costas, de pernas cruzadas e braços estendidos. Olhou para Al.

— Assim?

— Desse jeito você parece que vai ser crucificada. — Al deu instruções rápidas e profissionais. — Curve um braço; vire a cabeça para a direita, o corpo para a esquerda; estique a perna esquerda, a perna direita dobrada sobre a esquerda. Relaxe. Estenda os dedos dos pés. Olhe para mim. Agora, sorria como se estivesse desejando que eu descesse daqui para me juntar a você nesse colchão.

— Eu me sinto como um pretzel.

— Acredite em mim, você não parece um. Suas mãos estão fechadas. Relaxe os dedos. Isso. — Ele fazia elogios exagerados enquanto batia as fotos.

O champanhe fez efeito, e ela começou a se divertir. Imitou várias atrizes que sempre admirara, mal ousando acreditar que talvez logo viesse a ser uma delas. Al desceu da escada e se aproximou.

— Feche um pouquinho os olhos. Quero um ar sonolento, como Vênus despertando. Isso. Linda!

O sr. Moss chegou mais perto e deu instruções.

— Arqueie o corpo como se fosse se sentar, Lena. Pegou essa, Al? Estique-se de lado, Lena. Levante um pouco o corpo, com as mãos abertas apoiadas no colchão. Incline a cabeça. É isso que eu quero.

Al se aproximou para outro close-up.

O sr. Moss comandou de novo, das sombras:

— Sacuda os cabelos, Lena. Incline-se para trás apoiada nos cotovelos. Deixe o cabelo cair como uma cachoeira. Assim.

Al interrompeu.

— Dobre uma perna.

Abra sentiu o cetim deslizar e ouviu o suspiro de Al.

— Betty Grable tem alguma concorrência aqui — ele falou em um tom de voz baixo, rouco.

O medo e a timidez tinham ido embora. Ela era desejável, poderosa, estava no controle. A sala parecia cheia de vapor. Abra se moveu sedutoramente e olhou para a lente.

— Está ficando quente aqui dentro?

Al riu baixinho.

— Mais quente a cada minuto. Ei, Matt! Acorde. Ligue os ventiladores.

Eles começaram a funcionar de repente, soprando ar frio. A pele de Abra se arrepiou. Al continuava clicando. Ela se esqueceu de suas inibições e deleitou-se com a atenção masculina, com a chuva de elogios, a sensação de que seu corpo mantinha Al e Matt cativos. Movia-se languidamente em todas as poses que eles queriam, imaginando-se como Marilyn Monroe, Elizabeth Taylor, Rita Hayworth. Sorria, fazia beicinho, parecia ofegante, em expectativa.

— Chega — o sr. Moss falou, decidido, atrás das luzes. Ele avançou, pegou-a pela mão e a ajudou a sair do colchão. — Ponha o vestido de balé tomara que caia. — Inclinando-se, ele sussurrou: — Sem espartilho vermelho. Sem nada.

O coração dela se acelerou.

Shelly arrumou a maquiagem de Abra.

— Matt está apaixonado por você.

— Nós nem fomos apresentados!

— Como se isso importasse. Você vai ter hordas de homens apaixonados por você quando chegar às telas.

A excitação de Abra cresceu. Seria realmente uma estrela amada por milhares? As pessoas iam querer seu autógrafo? Ela riu de si mesma. Precisava estar em um filme primeiro.

Penteou o cabelo, prendeu-o em um rabo de cavalo e enrolou-o em um coque comportado no alto da cabeça.

O sr. Moss fez uma careta.

— O que é isso que você fez no cabelo?

— Estou com roupa de balé. Meu cabelo tem que estar preso em um coque, não é?

Ele removeu os grampos e o elástico.

— Sacuda-o. — Franklin a guiou até um banco baixo. — Sente-se com os joelhos separados alguns centímetros, os dedos dos pés para dentro e se tocando. — Ele deu um puxão para cima na saia de tule, fazendo-a ondular em torno dela como uma nuvem branca. — Incline-se para a frente. Um pouco mais. — Ele foi para trás das luzes. Disse algo em voz baixa para Al, depois deu mais instruções a Abra. — Cotovelos pressionados contra as laterais do corpo. Abaixe um pouco os ombros.

Abra puxou o ar, com medo de que o corpete do vestido descesse. *Click. Click.* Al disse algo para Franklin.

— Incline a cabeça, Lena. — Franklin se moveu para o lado, onde ela conseguia vê-lo. — Queixo para baixo. Olhe para a câmera, não para mim. Umedeça os lábios.

Shelly riu de algum lugar no estúdio.

— O Matt precisa de um banho frio.

Abra sentia-se cada vez mais poderosa à medida que a manhã passava. Representava qualquer papel que o sr. Moss quisesse, sabendo que estaria segura enquanto ele se mantivesse de guarda.

Quando decidiram que era hora de um intervalo, o sr. Moss a fez usar um vestido novo que Phyllis tinha incluído entre as roupas da sessão de fotos. Levou-a ao Brown Derby. Abra não teve muita certeza se ele falava sério quando lhe disse que havia outro restaurante Brown Derby que tinha de fato o formato do chapéu-coco que o nome sugeria.

O proprietário reconheceu o sr. Moss, sorriu com admiração para Abra e os encaminhou a uma mesa, onde uma garçonete ofereceu um cardápio a ela. O sr. Moss o pegou e disse que ia pedir para os dois: vinho tinto francês para ele e água com limão para ela.

Ele a olhou sobre o cardápio.

— Você está se divertindo, não é? — A possibilidade parecia agradá-lo.

— Estou. — Ela se sentiu ousada por admitir. — Eu estava um pouco tímida. Acho que o champanhe ajudou.

Ele a fitou com ar divertido.

— E a lingerie francesa?

— Até você me dizer para tirá-la.

— Você ficou com a aparência exata que eu queria: medo virginal e calor efervescente. — Ele deixou o cardápio de lado.

Fazia cinco horas que ela havia comido a pequena tigela de cereal com iogurte. Seu estômago roncou e ela o pressionou com a mão, constrangida.

— Estou morrendo de fome.

— Vou alimentá-la. — Ele se recostou na cadeira. — Conheço Al Russell há dez anos e nunca o vi suar como nas duas últimas horas. Se você pode fazer isso com um fotógrafo experiente de Hollywood, vamos nos sair muito bem com alguns diretores que conheço.

— Sério?

Ele sorriu.

— Sério.

— Não sei como vou lhe agradecer por tudo o que está fazendo por mim, sr. Moss.

— Pode começar me chamando de Franklin.

Ela sentiu um estranho arrepio de apreensão, mas descartou-o.

— Franklin. Eu não teria tido coragem de posar como fiz se você não estivesse bem ali a cada minuto, para garantir que ninguém tomasse liberdades comigo.

A tensão se aliviou dentro dela. O vinho e a água chegaram. Abra espremeu o limão.

— Shelly disse que tenho sorte de ter você como agente.

Os olhos dele se apertaram ligeiramente enquanto ele tomava um gole de vinho.

— Preciso me lembrar de agradecer a ela.

Abra olhou em volta e soltou uma exclamação de susto.

— É Cary Grant ali?

— É, e não fique olhando.

Ela tentou ser discreta. Dando outras olhadas em volta, avistou Mickey Rooney rindo e conversando com um amigo. John Agar, ex-marido de Shirley Temple, estava a algumas mesas de distância com a segunda esposa, a modelo Loretta Barnett Combs. Abra sentia borbulhas de excitação. Estava sentada entre astros!

A garçonete retornou para anotar o pedido. O sr. Moss — Franklin — pediu duas saladas, um filé ao ponto para ele e garoupa para ela.

Abra fez careta e disse baixinho:

— Eu não gosto de peixe.

Franklin não alterou o pedido, e a garçonete se afastou. Ele a encarou.

— Peixe é bom para você. Tem menos calorias. Aprenda a gostar.

Como cereal e iogurte. Ela reprimiu a frustração, repreendendo a si própria. Deveria estar agradecida. Ele estava pagando, tinha o direito de decidir. Além disso, era ele quem sabia como ela deveria ser e agir para se tornar uma estrela. Se tivesse que perder três ou quatro quilos, que fosse. Não lhe custaria nada. Ou custaria?

— Quanto as fotografias vão custar?

— Nada com que você precise se preocupar. Todas as contas são minhas até que você esteja adequadamente empregada. Depois decidiremos como acertar isso.

Como ela poderia não se preocupar?

— E se eu não der certo?

— Vai dar. — Ele se inclinou para a frente, de um jeito autoconfiante e paternal. — Seu trabalho é aprender. Posso ajudá-la com muitas coisas e, no que eu não puder, garantirei que você tenha as pessoas certas para treiná-la. Estamos nisso juntos. Nosso relacionamento será mutuamente benéfico.

— Você está passando o dia inteiro comigo. E seus outros clientes?

— Deixe que eu me preocupe com isso. — Ele mudou de assunto. Havia conseguido um convite para a estreia de um filme importante. Phyllis enviaria um vestido apropriado, sapatos, joias. Quanto mais ele falava, mais entusiasmada e esperançosa Abra ficava. Talvez tudo fosse acontecer simplesmente porque Franklin Moss queria.

As refeições foram servidas, e Abra tentou não olhar com ar de inveja para o filé suculento de Franklin. A garoupa não estava ruim, mas a verdade é que até uma fatia de papelão com sal a teria satisfeito depois de tantas horas com tão pouca comida.

— Quanto peso eu tenho que perder?

— Poucos quilos.

As pessoas paravam junto à mesa deles para cumprimentar Franklin e ser apresentadas a ela. Uma mencionou as longas férias de Franklin. Outro homem comentou que não via Pamela Hudson havia um bom tempo. Franklin deu de ombros e disse que estava nas mãos de Irving o que ela faria no futuro.

— Não muita coisa — foi a resposta.

Cada visitante olhava para Abra com indisfarçada curiosidade. Um diretor sorriu para Franklin e disse que ele ainda tinha um bom olho para o que os estúdios queriam.

Ele sorriu de volta.

— Você sabe o meu número. Dê uma ligada. — O homem ainda virou para trás e olhou para Abra antes de sair do restaurante.

Franklin pôs o guardanapo sobre a mesa e pagou a conta.

— Hora de voltar ao trabalho com Al. — Ele a ajudou a se levantar e manteve uma proximidade protetora enquanto caminhavam para fora do restaurante.

O maiô preto que Franklin escolheu era mais sexy que o biquíni que Dylan havia comprado em Santa Cruz. Al a posicionou na frente de um leme de madeira enquanto Matt desenrolava um painel de céu azul com nuvens. Al pôs as mãos nos quadris de Abra e a moveu para trás, de encontro à roda. Ela não tinha mais para onde ir e sentiu o calor do hálito com perfume de menta do homem em seu rosto.

— Quero você bem aqui.

— Para com isso, Al.

Um brilho malicioso apareceu nos olhos dele.

— Ele é bem protetor com você, hein? Melhor ficar esperta.

E recuou. Abra franziu ligeiramente a testa, lembrando-se de um comentário semelhante de Murray. O que eles estavam tentando lhe dizer? Franklin Moss se comportava como um perfeito cavalheiro. Estritamente profissional, ele havia dito. E ela não tinha notado nada que pudesse indicar alguma intenção de mudar esse acordo.

— Segure nos pinos do leme atrás de você, Lena — Franklin a instruiu.

Al franziu a testa.

— Não com tanta força. Afrouxe esses dedos elegantes. — Ele moveu as mãos dela para os eixos da roda que queria, antes de recuar de novo. — Ponha um pé na roda. Agora se estique sobre esses lindos dedinhos do pé.

Franklin falou de novo:

— Ombro esquerdo para cima, queixo para baixo. Um pouco mais. Tire a foto, Al.

— O homem sabe exatamente o que quer de você.

Trabalharam a tarde inteira. No caminho de volta para o apartamento, Franklin disse a ela que tinham tempo para um banho e uma troca de roupa rápida antes de irem jantar no Ciro's. Abra esperava que ele a deixasse comer mais do que salada e peixe.

— Você verá muitos rostos conhecidos lá. Tente não parecer uma fã ansiosa. Quando chegarmos ao apartamento, tome uma chuveirada de cinco minutos. Não molhe o rosto nem o cabelo.

— Devo prender o cabelo?

Ele a avaliou com o olhar.

— Escove e deixe solto.

Ela fez exatamente como ele mandou. O vestido preto na altura dos joelhos que ele escolhera servia perfeitamente. Abra escovou depressa os cabelos e foi para a sala de estar. Franklin estava em pé junto à janela. Tinha uma aparência distinta, com calça preta e camisa branca impecável. Seus cabelos ainda estavam úmidos e penteados para trás.

— Eu passo na inspeção? — Abra deu uma voltinha.

Franklin atravessou a sala lentamente, com uma expressão enigmática. Ela notou as abotoaduras de ouro em formato de cabeça de leão quando ele estendeu o braço para arrumar uma mecha de cabelos sobre seus ombros. Um prendedor combinando segurava a gravata preta. Ele recuou e sorriu.

— Clássica e elegante. — Fez um gesto rápido de aprovação com a cabeça.

Abra tocou os cabelos.

— Está bom assim? — As ondas pretas brilhantes lhe desciam até o meio das costas.

— Perfeito.

Franklin falou sobre a indústria do cinema, diretores que eles talvez vissem, o diretor que eles tinham encontrado no Brown Derby e como queria que ela agisse quando entrassem no Ciro's. Abra absorvia cada palavra, ansiosa por ser parte daquele mundo excitante que ele conhecia tão bem. Dylan a havia escondido. Franklin Moss queria exibi-la.

O exterior simples do Ciro's não dava ideia do interior barroco e dos clientes glamorosos. O coração de Abra se acelerou de emoção quando viu Humphrey Bogart e Lauren Bacall. Não era Frank Sinatra ali, com Ava Gardner? Para todo lado que olhava, reconhecia rostos dos ricos e famosos.

Franklin a conduzia como se estivesse em casa. Enquanto permanecesse a seu lado, ela também não estaria deslocada. Quando homens e mulheres o cumprimentavam, ele parava e a apresentava como Lena Scott. Ao seguirem adiante, Abra abafou um suspiro de surpresa e olhou por sobre o ombro para Lucille Ball e Desi Arnaz. A mão de Franklin se apertou e ela quase tropeçou nos próprios pés. Ele a apoiou enquanto Abra se via diante de uma loira platinada em um vestido branco muito justo e uma estola de pele. Levou apenas um segundo para reconhecer Lana Turner.

— Ah! Oi. — Ela era ainda mais linda pessoalmente do que na tela de cinema.

— Oi para você também. — A atriz riu com delicadeza e sorriu para Franklin. — Mais uma doce jovenzinha. — Eles trocaram beijos rápidos em cada face. — É bom vê-lo outra vez, Franklin.

— E você, arrasadora como sempre, Lana.

— Pamela foi uma tola em deixá-lo, querido. Mas vejo agora como ela foi facilmente substituída por algo ainda mais adorável. — Sorrindo, ela admirou Abra. — Mais curvas do que Pamela, cabelos negros em vez de loiros e esses olhos verdes cheios de mistério. — Riu e lançou um sorriso a Franklin, que insinuava uma conspiração. — Estamos prontos? Escolhi este lugar porque Hedda está a menos de cinco metros daqui. O fotógrafo dela está se aproximando.

— Eu lhe devo uma.

Abra olhou para Franklin.

— Quem é Hedda?

A risada de Lana Turner soou real dessa vez.

— Onde você encontrou esta inocente? Na rodoviária?

— Eu a tirei de baixo do teto de Lilith Stark.

Lana fez uma careta.

— Lilith é detestável.

— Lana! — um homem falou atrás de Abra. — Que tal uma foto?

— Claro. — Lana pôs o braço em torno da cintura de Abra. — Dê um sorriso bonito. — Ela virou a garota para a câmera e se inclinou para mais perto dela, como se fossem melhores amigas. Um flash quase cegou Abra. Lana afastou o braço imediatamente e ergueu a mão em uma despedida amistosa. — Divirtam-se, vocês dois.

Franklin segurou Abra outra vez, guiando-a até a mesa, onde um garçom esperava para anotar seus pedidos de bebidas, uísque puro para ele, chá gelado para ela. Abra deu uma risada ofegante, com o coração batendo forte.

— Não posso acreditar que tirei uma foto com uma das maiores estrelas de Hollywood!

Rindo, Franklin deu uma batidinha na mão dela.

— Estamos só começando. — Ele fez o pedido para ela, salmão dessa vez. Ela não se importou. Sentia-se feliz e entusiasmada demais por estar no Ciro's entre os famosos para se preocupar com comida. Assistiram a uma pequena apresentação musical enquanto terminavam o jantar. O garçom limpou a mesa, e uma orquestra começou a tocar. Franklin pegou a mão dela. — Vamos dançar.

Ela olhou nervosa para os casais dançando rumba.

Ele a ajudou a se levantar.

— Apenas relaxe e me deixe conduzir.

Então a levou para a pista e a tomou nos braços. Mantinha os olhos no rosto dela, mas Abra tinha a sensação de que ele sabia exatamente o que estava acontecendo em todos os cantos do salão. Ele a puxou para mais perto.

— Está mais feliz agora? Mesmo morando em um apartamento de cento e quarenta metros quadrados com um homem com idade para ser seu pai, e não em um belo chalé em Beverly Hills com Dylan?

— Está brincando? — Ela sacudiu a cabeça. — Nunca estive mais feliz na vida! Ainda estou tentando entender como tive tanta sorte.

Ele sorriu afetuosamente.

— Fico contente por você se sentir assim.

Ela imaginou os dias e meses à frente, com Franklin como seu mentor e amigo. Dali em diante, acordaria com a expectativa de que algo bom acontecesse, em vez de estar constantemente tensa, imaginando com que humor Dylan entraria pela porta. Tinha uma chance de fazer algo bom consigo mesma.

— Acho que nunca vou ser capaz de agradecer o suficiente pelo que você está fazendo por mim.

Franklin lhe deu um sorriso cético.

— Todas dizem isso no começo.

— Eu falo sério.

— Venho esperando uma garota como você há muito tempo. Achei que seria assim com Pamela, mas ela era fraca e se dispersava com muita facilidade. Preciso de alguém inteligente, ambiciosa, disposta a ser treinada. Preciso de uma garota que não reclame quando tiver que trabalhar duro. Não há limite para o que eu posso fazer com uma garota assim.

— Eu sou essa garota.

Franklin a encarou com os olhos brilhando.

— Sim, eu acho que é.

=====

Joshua estava sentado ao lado de Sally em uma fileira no meio do cinema. As lágrimas dela o perturbavam. No mês anterior, havia chegado aos jornais a notícia de que James Dean morrera em um acidente em alta velocidade com seu Porsche 550 Spyder. Agora, todos faziam fila para ver *Juventude transviada*. A julgar pelas fungadas ouvidas no cinema inteiro, Sally não era a única que não conseguia parar de chorar. Joshua mal podia esperar que o filme acabasse. Notando o lenço molhado dela, ele pegou o seu e lhe ofereceu.

— Tudo bem com você?

Ela assoou o nariz.

— Eu estou bem.

Quando o filme terminou, eles foram ao café para um jantar leve. Bessie viu os olhos vermelhos de Sally e sorriu.

— Eu vi o filme também.

Sally fez uma careta.

— Estou péssima! Isso é ridículo. Eu nunca choro em filmes.

— Eu chorei baldes quando fui ver, dois dias atrás. — Bessie pousou as mãos nos amplos quadris e levantou a voz, para ter certeza de que passasse pela porta aberta da cozinha. — Eu tive que ir *sozinha*, porque Oliver não vai ao cinema se não for um faroeste cheio de tiros!

Brady Studebaker entrou. Por sua expressão, Joshua adivinhou que ele gostaria de ser a pessoa sentada à mesa com Sally. Quando Bessie o cumprimentou pelo nome, Sally virou só o suficiente para dar uma espiada, antes de lhe dar as costas outra vez. A expressão dela era difícil de interpretar, mas Joshua sentiu que havia alguma coisa.

— Brady — Joshua acenou, chamando o amigo. — Por que não se senta conosco?

Ele se sentou de frente para Sally.

— Você estava chorando? — Ele fuzilou Joshua com um olhar ameaçador.

Joshua levantou as sobrancelhas.

— Acabamos de passar por duas horas de James Dean.

Sally enrubesceu. Disse que homens não entendiam romances.

Brady murmurou dois palavrões e desviou o olhar.

Sally olhou furiosa para ele.

— O que você entende sobre isso? — Ela parecia prestes a dizer algo mais, mas apertou os lábios e ficou quieta.

Brady retornou o olhar zangado e levantou.

— Vocês ficam bem juntos. Sejam felizes. — Soou como uma condenação, não uma bênção. — Vejo vocês por aí. — Ele não se sentou no balcão, saiu direto pela porta da frente.

— Ele me deixa louca! — exclamou Sally entre dentes.

Bessie olhou para a porta e para Joshua.

— Você disse alguma coisa que espantou um cliente?

— Eu não. — Joshua sacudiu a cabeça. — Acho que ele tinha que ir a outro lugar. — Sally parecia a ponto de chorar outra vez, e ele teve a sensação de que suas emoções não tinham nada a ver com a morte trágica de James Dean. Cruzou os braços sobre a mesa e inclinou-se para a frente. — O que está acontecendo, Sally?

— Nada. — Ela se encolheu sob o olhar questionador dele. — Podemos falar sobre isso depois. — Parecia determinada a esquecer que Brady havia entrado no café.

Sally se manteve em silêncio no caminho de volta para casa. Joshua olhou para ela.

— Está pronta para falar agora?

— Não é nada. — Ela suspirou. — Brady e eu nos encontramos por acaso no Eddie's, na sexta-feira passada.

— No Eddie's? — Ele riu.

— Eu sei que é o ponto de encontro da garotada do colégio, mas eu estava me sentindo nostálgica. Brady me viu e veio sentar comigo. Nós conversamos. Ele me levou para dar uma volta. — Sally lançou um olhar culpado para Joshua. — Eu não saía com ele desde o colégio, Joshua. Ele foi meu par no baile de formatura, lembra? — Ela deu uma risada triste. — Não. Por que você se lembraria? Estava todo entusiasmado com a Lacey.

— Eu estava?

Ela o fitou.

— Não estava?

Ele riu.

— Estamos fugindo do assunto. Estávamos falando de você e Brady.

— Ele me beijou. Disse que me amava.

— No colégio ou na sexta-feira passada? — Ele quase podia sentir o calor das faces vermelhas de Sally.

— Nos dois — ela respondeu baixinho e ficou brava outra vez. — Que ousadia a dele! — Endireitou-se no banco. — Eu disse que estava saindo com você. Ele me perguntou por que eu deixei ele me beijar. Como se tivesse sido minha culpa! Eu disse que não tinha deixado. Ele disse... Ah, não importa o que ele disse. Ele é um idiota! — Ela passou os cinco minutos seguintes resmungando sobre Brady e como ele era egoísta e não entendia nada de amor. E que tipo de cara beija uma garota quando ela nem está esperando e quando sabe que ela está saindo com outra pessoa?

Joshua tentou não sorrir. Pobre Brady. Joshua estava saindo com Sally havia quase seis meses e não tinha a menor ideia dos sentimentos de Brady até aquela noite, quando ele entrara no café. Suspirou. Ele e Sally tinham dado uns amassos em sua caminhonete algumas vezes. Houve uma vez em que até poderiam ter ido mais longe, se Abra não tivesse vindo à sua mente. Que tipo de homem beija e acaricia uma mulher enquanto pensa em outra? Ele ficara envergonhado. Quando a soltara, ela perguntou o que tinha acontecido. Ele não lhe disse que tinha medo de a estar usando para esquecer outra mulher.

Lembrou-se do dia em que chegou da guerra na Coreia e viu Abra nos degraus na frente da casa. Foi só olhar para ela e seu pulso se acelerou. Sally nunca produzira esse tipo de reação nele. Naquela noite, ele percebeu que também não estava fazendo o coração de Sally bater mais depressa. Mas Brady estava.

Era hora de mudar aquele relacionamento. Eles precisavam voltar a ser amigos e parar de fingir que aquilo poderia levar a algo maior.

— Você corou quando viu o Brady.

— De jeito nenhum!

— Sua cabeça virou depressa quando Bessie falou o nome dele. Eu vi seu rosto, Sally.

— Você não precisa ter ciúme do Brady.

Este era exatamente o problema: Joshua não estava com ciúme. Ele se sentia aliviado.

— Talvez seja hora de conversarmos sobre o que está e o que não está acontecendo entre nós.

— Não sei do que você está falando.

Ela parecia perturbada, não triste. Joshua deu um leve sorriso.

— Sabe, sim. Já fomos tão longe quanto podemos ir.

Ela se irritou outra vez.

— Está dizendo isso porque Brady Studebaker entrou no Bessie's esta noite e fez uma cena?

*Uma cena?*

— Estou dizendo isso porque você está toda nervosa, e não é por minha causa.

— Eu fui apaixonada por você desde a escola fundamental, Joshua Freeman. Eu dormia com a sua foto embaixo do travesseiro e sonhava que ia casar com você um dia. — Ela parecia mais brava que magoada.

Ele também sabia ser direto.

— E agora você sabe, como eu sei, que não estamos apaixonados um pelo outro. Queríamos estar. Tentamos. O problema é que estamos, os dois, com a cabeça em outra pessoa.

Ela se recostou no banco, inconformada.

— O Brady me deixa toda agitada por dentro. Com você eu me sinto confortável.

— É conforto que você quer? — Ele parou o carro na frente da casa dela. — Ou está com receio de ter um relacionamento como o dos seus pais? — Joshua saiu e deu a volta até a porta dela. — Um amigo oferece conforto, Sally. E apoio. — Ele se inclinou e a beijou no rosto. — Ligue para ele.

Ela sacudiu a cabeça.

— Não posso.

Joshua foi até a Studebaker Sign Company no dia seguinte. Brady já estava discando o número de Sally antes mesmo de ele ir embora. No outro dia, no caminho do trabalho para casa, ele viu Brady e Sally sentados juntos na praça da cidade. Joshua riu, feliz por eles não terem esperado muito.

=====

# 1956

Abra tentou ignorar o latejamento nas têmporas enquanto Murray dividia seus cabelos e aplicava a tintura. Fechou os olhos para a dor, sabendo que vinha da interminável tensão e estresse de desempenhar o papel de Lena Scott para Franklin. Ele a levara a mais uma festa na noite anterior. Tinham ido a festas todas as noites naquela semana. Tudo se relacionava a ser vista, nunca a relaxar com amigos — não que ela tivesse algum. Franklin usava as festas da mesma maneira que Lilith Stark, só que não estava à procura de sujeiras. Estava à caça de novas oportunidades.

Diretores e produtores tratavam Franklin com respeito. Ele talvez tivesse sido feito de bobo por Pamela Hudson, mas sabia reconhecer um talento. Os boatos de que ele tinha uma nova protegida se espalharam. As pessoas queriam conhecê-la. Franklin apresentava Lena e recebia algumas ofertas. Disse-lhe que ela ainda não estava pronta para trabalhar. Ainda tinha muito a aprender. Colocou-a em aulas de atuação que duravam dias inteiros e contratou um tutor para trabalhar sua dicção. Arrumou-lhe um personal trainer que a massacrava até ela pedir clemência. Tinha provas de roupas, sessões de fotos, um médico que prescreveu vitaminas, além de estimulantes e sedativos, que Franklin dosava criteriosamente.

Ao longo do último ano, o fascínio de encontrar artistas de cinema e chefões de estúdios tinha começado a arrefecer. Abra não demorara a perceber que todos estavam procurando uma maneira de subir mais alto, obter mais publicidade, um papel melhor, um novo contrato, às vezes um novo agente. Uma mulher havia oferecido a Franklin "qualquer coisa" se ele a aceitasse como cliente. Ele lhe recomendou outra pessoa, mas não antes que Abra se sentisse um pouco menos segura, um pouco mais facilmente substituível.

Ela fazia tudo que Franklin mandava, mas até onde isso teria de chegar? Não havia contado com o custo de pôr sua vida nas mãos de alguém. Às vezes, a crueldade de Dylan parecia menos assustadora que as crescentes exigências de perfeição de Franklin.

Murray largou a tigela de tintura preta.

— Você está muito tensa hoje. — Retirou as luvas. — Algo não vai indo bem?

— Pelo contrário. Já fiz um papel de figurante e Franklin está recebendo ofertas. Tenho uma audição amanhã, para o papel principal em um novo filme. — Ela não disse que seria um zumbi se ganhasse o papel.

— São boas notícias. — Mas o tom de voz de Murray não revelava animação.

Abra curvou os ombros. Estava cansada demais para sentar-se ereta, cansada demais para se preocupar se sua postura não estava exatamente como

Franklin queria. Quando Murray lhe tocou os ombros com as mãos, ela se assustou.

— Lena, você precisa relaxar. — Ele prendeu os cabelos dela para cima, a fim de deixar a tintura fazer efeito. — E uma massagem cairia bem.

— Eu não tenho tempo.

— Diga a Franklin para acrescentar isso na sua agenda. — Ele parecia preocupado.

Tudo estava indo tão bem. Era o que Franklin dizia. Seus instintos e conhecimento haviam funcionado com Pamela Hudson. Abra podia confiar nele. Ela gostava de usar os belos vestidos e que lhe arrumassem os cabelos e fizessem a maquiagem. Gostava de estar na mesma sala com artistas famosos, como Susan Hayward e Victor Mature, e de conhecer diretores como Billy Wilder e Stanley Donen. Gostava até mesmo das aulas de atuação. Franklin a orientava. Tudo o que ele lhe dizia para fazer, ela fazia. Sempre cooperava, lembrando-se do acordo que assinara e da promessa que lhe fizera de trabalhar duro.

E se ela não tivesse entendido quanto seria duro... e quanto de sua vida Franklin queria controlar?

Ele controlava sua agenda diária. Ou estava com ela, ou esperando por ela, ou tinha alguém pronto para levá-la para onde ele quisesse. Dizia-lhe como agir quando chegassem a qualquer compromisso que houvesse marcado. Festas serviam como um lugar para fazer contatos com pessoas que poderiam ajudar a impulsionar sua carreira. Não perdiam tempo com pessoas que não importavam. Antes de cada apresentação, Franklin a instruía sobre o que dizer, que assuntos evitar. Ele a manobrava para perto de onde fotografias estavam sendo tiradas. "É tudo uma questão de estar no lugar certo, na hora certa, com as pessoas certas." E se assegurava de que ela estivesse. Havia fotos nas revistas de cinema para comprovar isso. Talvez Penny visse uma. Mas será que Penny sequer a reconheceria?

Era uma sensação inebriante estar entre tantas pessoas ricas e famosas, uma atmosfera rarefeita, um ambiente de competição e cautela, esperança e decepção. Todos pareciam estar se divertindo imensamente, mas sempre havia uma tensão por baixo das conversas superficiais e risos leves, apertos de mãos e drinques.

Se não houvesse alguma festa que valesse a pena, Franklin a levava a uma casa noturna frequentada por famosos, grandes astros que poderiam gostar dela e mencionar seu nome ao pé do ouvido certo. Ele a introduzia nos lugares do mesmo modo que Dylan. Homens se aproximavam, mas Franklin estava sempre por perto, vigilante, protetor. Ela bebia refrigerante; ele bebia uísque puro. Se alguém lhe pedisse o número de seu telefone, ele dava seu próprio cartão de visitas. "Você não está aqui para romance. Está aqui a trabalho."

Às vezes, Franklin a fazia lembrar Lilith e Dylan Stark. Ele sabia como trabalhar um salão.

Murray massageou os ombros de Abra. Não falou muito, mas como ela poderia ter certeza disso? Não estava prestando atenção enquanto ele primeiro enxaguara, depois lavara seus cabelos. Agora, sentia seu olhar concentrado, mas evitava encará-lo no espelho.

— Você parece deprimida. — Murray examinou-lhe o rosto. — O que está te perturbando?

Ela deu de ombros e pôs nos lábios um sorriso treinado.

— Bem que eu gostaria de saber.

Ele conferiu as raízes do cabelo.

— Pensando em sua vida passada?

Franklin inventara uma história para ela e a mantivera incomodamente próxima da verdade, porque "repórteres sempre escavam seu passado quando você é famosa". Ele a transformara em Cinderela: uma criança sem pais, passada de uma família a outra, ela cresceu sem que sua beleza e talento fossem notados, em uma pequena comunidade agrícola no norte da Califórnia. Um amigo lhe ofereceu uma carona para o sul da Califórnia. Franklin a notara em uma multidão. Laivos da verdade. Ele riu e disse que uma história como a dela atrairia milhares de garotas para Hollywood, na esperança de ser notadas por um agente ou diretor que soubesse como fazê-las famosas. Acreditariam que não importava que nunca tivessem saído de uma fazenda ou de Dakota do Norte. Poderiam ser descobertas em uma lanchonete, ou em uma rodoviária, ou caminhando por uma calçada.

Murray pousou as mãos nos ombros dela outra vez.

— Lena, você pode falar comigo. Não sei o que Franklin lhe disse, mas eu sei guardar segredos.

— "Para aquele a quem contas teu segredo, vendes tua liberdade."

— Benjamin Franklin, certo? Moss a fez memorizar isso?

— Tenho horário marcado para fazer as unhas.

— Tudo bem. — Ele ergueu as mãos. — Faça como quiser. — Murray removeu o avental acetinado que protegia as roupas dela. — Mas é melhor encontrar uma maneira de relaxar, ou vai acabar explodindo.

Abra se levantou, alisando o vestido de grife que se ajustava ao corpo como uma segunda pele.

— Talvez eu devesse correr mais uns cinco quilômetros.

— Acho que você já correu até demais. — Ele embolou o avental e o jogou em um cesto no canto. — Te vejo em duas semanas.

# 10

*Deus sussurra em nossos prazeres, fala em nossa consciência, mas grita em nossas dores: é o seu megafone para despertar um mundo de surdos.*

C. S. LEWIS

## 1957

Zeke estava sentado no escritório da igreja, com a Bíblia aberta enquanto examinava suas anotações para o sermão de domingo. As teclas da máquina de escrever pipocavam na sala ao lado, indicando que Irene Farley estava preparando o folheto semanal. Ela precisaria de um título para o sermão. Era um jogo que jogavam todas as semanas. Ela queria mais do que apenas as referências das Escrituras, e às vezes ele precisava estabelecer limites. "Nascido para arrasar o inferno" não lhe parecera um título apropriado para um sermão de Natal, embora tivesse de concordar que havia verdade nele.

A máquina de escrever parou. Irene espiou pela porta.

— Já está pronto?

— João, capítulo 11.

— Ah, Lázaro, não é? Que tal "Rude despertar"?

— Rude? — Zeke levantou as sobrancelhas.

— Pense bem. Você ia querer ser chamado de volta do paraíso para servir mais tempo na terra? Eu não. Eu teria protestado. "Ah, Senhor, por favor, me deixe ficar aqui." Jesus chama, e lá vai Lázaro saindo do túmulo. — Ela franziu a testa. Zeke quase podia ver as engrenagens de seu cérebro girando sem parar. — Ele estava embrulhado como uma múmia. Ia ter de sair pulando. — Ela apertou os lábios. — Pode imaginar? Seria difícil não rir se você não estivesse gritando de puro terror. Não é mesmo? Quem diz que Deus não tem senso de humor?

— Você não para de me surpreender. Mas é não para "Rude despertar".
— Que tal "Amor de múmia"? — Ela deu uma risadinha.
Ele riu.
— Eu devia ter demitido você anos atrás.
— "Jesus chamou, Lázaro respondeu"?
— Está melhorando.
— Vou pensar em algo e consultar você antes de imprimir.
— É bom que faça isso.

Ele passara semanas no Evangelho de João e mal raspara a superfície do que Deus tinha a ensinar a seu crescente rebanho. Susan Wells fazia mais perguntas do que ele podia responder, quando ele parava no Bessie's para comprar o jantar. Ela obviamente andava estudando a Bíblia que ele lhe dera e estava ansiosa para aprender. Comparecia aos cultos toda as semanas agora, e juntara-se às mulheres que ajudavam com o lanche depois. Não se sentava mais no último banco. Fora necessária apenas uma pequena tontura encenada por Mitzi para tirar Susan de lá. Mitzi dissera que não queria ir embora, mas precisava de um braço de apoio. Susan a atendeu e acabou bem no meio do santuário com os Martin. Depois que Mitzi conseguiu levá-la até lá, não a deixou mais sair. Hodge e Carla receberam Susan como uma irmã há muito perdida, provavelmente imaginando que um adulto a mais poderia ser necessário para ajudar a ficar de olho em Mitzi. Susan começou a se sentar com eles desde então.

Zeke conseguia ver todos, de sua posição no púlpito elevado — os distraídos, impacientes para que o culto terminasse e pudessem ir pescar, os que sussurravam novas histórias que lembravam de contar, os artistas rabiscando nas cadernetas de solicitação de orações, os aparentemente atentos, que o fixavam com olhos vidrados enquanto sua mente vagueava para cá e para lá, e muitos famintos e sedentos banqueteando-se com a palavra de Deus. Que Deus o perdoasse, mas tinha seus favoritos: Mitzi; Peter e Priscilla; Dutch, com a testa franzida em concentração enquanto Marjorie o ajudava a encontrar os textos na Bíblia; Fern Daniels, a mais velha santa da congregação. Ela se sentava sempre na frente, alerta e sorrindo para ele da mesma maneira que fizera no primeiro dia em que ele pregara na Igreja Comunitária de Haven. Na saída, ela sempre tinha uma palavra para lhe mostrar gratidão pelo tempo e pelo esforço que ele dedicara ao sermão.

— E aí, pai. — Joshua bateu e entrou no escritório. — Você parece sério.

— Só estou pensando.

— Vou levar uns adolescentes à pista de patinação hoje à noite. Sally e Brady também vão. Provavelmente vamos sair depois. Não me espere em casa cedo hoje.

— Obrigado por me avisar. — Ele se recostou na cadeira depois que Joshua saiu. Será que o amor dele por Abra começara a arrefecer com o tempo e a distância? Poderia ser por obra da misericórdia de Deus, se isso acontecesse. Zeke ainda sentia a dor da perda, mas não era a pontada aguda que sentira quando a deixara com Peter e Priscilla. Agora, era uma dor surda no peito. Aprendera a confiar em Deus em todas as circunstâncias. Ele tinha um plano que envolvia tudo. O pastor se agarrava a essa promessa como trepadeiras a um muro de pedra.

Irene entrou e lhe disse que o folheto estava pronto. Ela iria para casa. Ele agradeceu e disse que a veria de manhã. Deu uma olhada para o relógio. Estava com fome. Talvez fosse ao Bessie's outra vez, pedir mais um especial. Era mais fácil conversar com Susan lá. O que ela perguntaria dessa vez? Ela o fazia pensar e procurar. Ele gostava do desafio. Só queria que ela tomasse uma decisão.

Susan estava hesitante. Ele daria um empurrãozinho se isso pudesse fazer alguma diferença, mas, com muita frequência, a pressão fazia as pessoas fugirem em vez de receberem o presente oferecido. Na mente dele, a escolha era simples: você quer se entregar às garras de Satanás, ou às mãos feridas de Jesus?

O que Marianne pensaria de Susan? Será que conseguiria abençoar seu crescente afeto?

Alguém bateu à porta, despertando-o com um susto de seus devaneios.

— Priscilla. — Ele se levantou e deu a volta na mesa para recebê-la com um abraço paternal, depois fez um gesto para que ela se acomodasse em uma das cadeiras confortáveis. — Como Penny está indo em Mills?

— Está indo bem. Mal posso acreditar que ela já está na faculdade. Ela mudou sua opção de curso. — Ela riu. — Foi para pedagogia.

Zeke sorriu com satisfação.

— Então será professora, como Peter.

— Apesar de todas as suas afirmações em contrário. Ela quer trabalhar aqui em Haven.

— Até onde eu sabia, ela pretendia ficar na área de San Francisco.

— Ela e Robbie Austin estão noivos. — Priscilla sorriu e fez uma careta em seguida. — Não, Penny sempre me lembra de que ele é Robert agora, já é adulto.

— Eles não deixam passar essas coisas, não é? — Zeke via o jovem casal na igreja sempre que Penny vinha da faculdade para casa. Via-os dançando ao som da banda na praça, em noites quentes de verão. Pareciam muito apaixonados.

— Ele não terminou a faculdade, mas tem um bom emprego em uma companhia de seguros. Poupou o suficiente para comprar um daqueles bonitos chalés que Joshua ajudou a construir na Vineyard Avenue.

— Robert é um jovem com planos. — Todos os Austin eram muito trabalhadores.

— Nem preciso dizer que Peter e eu estamos muito felizes por Penny querer ficar em Haven. — Os olhos dela se turvaram, revelando uma dor que ele compreendia. Ambos pensavam em Abra. Priscilla continuou depressa. — Tantos jovens estão se mudando para longe hoje em dia, não é? Estou começando a entender como meus pais se sentiram quando Peter e eu nos mudamos para a Califórnia. Eu só os vejo uma vez por ano agora. Estamos sempre tentando convencê-los a vender a casa e se mudar para perto de nós, mas eles amam o Colorado. Se Robert e Penny se casarem mesmo, poderemos vê-los sempre que quisermos. E, quando os netos vierem... — Ela sacudiu a cabeça. — Estou pondo a carroça na frente dos bois.

Priscilla não costumava falar tanto, a menos que algo a estivesse preocupando. Zeke suspeitou que tivesse a ver com Abra.

Ela soltou um suspiro profundo e abriu a bolsa.

— Eu queria lhe mostrar algo. — E retirou uma revista de cinema. — Não costumo ler essas coisas. — Enrubesceu enquanto virava as páginas. — Estava na fila da mercearia e peguei para passar o tempo. — Priscilla passou a revista para ele e apontou uma foto. — Esta é Abra? — A voz dela falhou.

Zeke pegou a revista. Reconheceu-a de imediato, apesar dos cabelos pretos e soltos sobre os ombros. Um vestido azul-marinho tomara que caia, até os tornozelos, com flores brancas de contas e bordados, acentuava cada curva de seu corpo. Ela estava em pé ao lado de um homem alto, jovem e bonito, de smoking, com o braço em volta de sua cintura. O sorriso dele parecia genuíno; o dela, sensual e enigmático.

— Sim. É Abra. — Ele mal podia acreditar na diferença que via nela. A adolescente ruiva e esguia se transformara em uma mulher chocantemente exótica e provocante. Era isso que Dylan tinha feito com ela?

— Ela mudou de nome. — Priscilla piscou para afastar as lágrimas. — Não é mais Abra Matthews. Ela agora é Lena Scott e está saindo com artistas de cinema. — Procurou um lenço dentro da bolsa. — Desculpe, Zeke. Eu não queria começar a chorar de novo.

O pastor aproximou dela a caixa de lenços de papel.

Priscilla assoou o nariz.

— Você acha que ela parece feliz?

Ele estudou os olhos de Abra. Ambos conheciam aquele sorriso.

— Ela está se esforçando.

Priscilla pegou outro lenço de papel.

— Eu ainda a vejo como uma menininha de rabo de cavalo ruivo. Ela e Penny se davam tão bem. As duas menininhas. Eu achei que elas seriam unidas para sempre. — A voz dela inundou-se de lágrimas. — Nós a amávamos, Zeke. Queríamos tanto que ela nos amasse também. — Assoou o nariz de novo. — Penny vai ficar com inveja quando descobrir que Abra conhece Elvis Presley.

— Elvis Presley? — Ele não havia se preocupado em ler a legenda. O cara de "Hound Dog"? Aquele que mexia os quadris e tinha centenas de garotas gritando por ele?

— Ele é a grande sensação do momento. Isso é alguma coisa, não é? Nossa pequena Abra está entre as estrelas. — Apertando o lenço de papel molhado, ela apontou com desgosto para a revista de cinema. — E parece que ela esteve em um filme. "Uma figurante notável", seja lá o que isso quer dizer. — Ela baixou a mão fechada sobre o colo. — Tenho que mostrar para Peter e Penny. Alguém pode ver a fotografia e saber que é ela. Não quero que eles sejam pegos desprevenidos.

Zeke pensou em Joshua.

As lágrimas desciam pelo rosto de Priscilla.

— Eu só queria poder dizer a ela que sinto muito pelo que possamos ter feito de errado.

— Não foram vocês.

— Peter e eu teríamos entrado no carro e ido a qualquer lugar para trazê-la de volta para casa.

— Ela sabia disso.

— Eu não acho que ela sabia, Zeke. Ela levou tão pouca coisa, e aquele bilhete horrível que ela lhe deixou... É como se quisesse apunhalar todos nós no coração. — Ela puxou meia dúzia de lenços de papel da caixa. — Meu peito ainda dói toda vez que penso nela. É o mesmo com Peter. E Penny... ela fica furiosa. — Priscilla levantou os olhos molhados e esperançosos. — Joshua nunca teve nenhuma notícia?

— Ele teria nos contado, Priscilla.

— Achei que ela escreveria pelo menos para ele. Eram tão próximos. Ela ficava esperando as cartas dele quando ele estava na Coreia. Peter e eu sempre achamos que eles acabariam se casando um dia. — Priscilla apertou os lenços molhados na mão. — Aquele menino, Dylan! Eu sabia que ele traria problemas no minuto em que o vi. Por que ela teve que se apaixonar por alguém assim? Ele se sentava bem ali, em nossa mesa de jantar, aceitando nossa hospitalidade e jogando nossas meninas uma contra a outra. Todo aquele charme, e ele era tão bonito, como um... — ela indicou a revista com um gesto — ... um artista de cinema. Ele sabia exatamente o que estava fazendo. Devíamos ter feito mais alguma coisa para protegê-la.

— Ela estava com quase dezessete anos, Priscilla. Tinha ideias próprias. — A mãe de Zeke havia se casado com essa idade.

A raiva de Priscilla cedeu. Seus ombros se curvaram.

— Ele não está nessa foto. Não sei se isso é bom ou ruim. — Ela estendeu a mão e Zeke devolveu-lhe a revista. Priscilla tornou a colocá-la na bolsa, como uma fralda suja que precisasse ser descartada em uma lata de lixo fora de casa. — Pelo menos sabemos que ela está viva e bem. Peter talvez não tenha mais aqueles pesadelos horríveis.

Peter tinha sonhado que Dylan havia estuprado e assassinado Abra. Depois de ouvir a história de Kent Fullerton, passara a ter pesadelos recorrentes com Dylan empurrando Abra do alto de um rochedo para o mar.

Priscilla levantou-se.

— Acho que você tem que contar ao Joshua.

Zeke levantou-se também.

— Eu sei. — Ele a acompanhou até o escritório externo. Será que deveria ir à cidade e comprar a revista? Sentiu-se desanimado. O vendedor ia estranhar e fazer algum comentário. O que ele diria?

— Há alguma coisa que possamos fazer, Zeke? — A voz de Priscilla estava cheia de esperança e desespero.

— Podemos rezar.

Isso a deixou impaciente.

— Eu rezei. Rezei até meus joelhos doerem.

— A oração nos leva para a sala do trono de Deus, Priscilla. E põe Abra ali conosco, quer ela saiba disso ou não. Não se esqueça do que você sabe que é verdade. Abra nunca está fora do alcance dele. Nunca.

Ela o abraçou.

— Acho que era isso que eu precisava ouvir. — Priscilla sentiu o abraço firme, como o de um pai. Descansou a cabeça no peito dele por um momento, antes de se afastar. — Obrigada, Zeke. — Dirigiu-lhe um sorriso trêmulo e partiu.

Zeke notou um bilhete sobre os folhetos de domingo. "Vi Priscilla chegando. Espero que não se incomode por eu ter escolhido um título. É a mensagem de que sempre precisamos." Ele pegou um dos folhetos e o abriu. "Fé na ressurreição."

═══════

Abra tentou relaxar enquanto Murray lavava e enxaguava seus cabelos, mas seu pescoço doía de tensão. Ela fechou os olhos, esperando que isso ajudasse. Não adiantou. Tinha apenas mais um compromisso naquele dia, com uma nova manicure, e então iria para casa e se encontraria com Franklin. Talvez ele lhe desse algo para dor de cabeça antes de saírem. Para onde iriam aquela noite? Ela não se lembrava.

Na noite seguinte, compareceriam à estreia de *Amanhecer dos zumbis*. Será que a crítica ia gostar? Ou detestar? Diriam coisas horríveis sobre sua atuação? Franklin trabalhara com ela durante a filmagem inteira, treinando-a nas falas, dizendo-lhe como parecer, o que fazer. Ela sempre sentia o estômago enjoado antes de entrar no set de filmagem. Todas aquelas câmeras, como olhos que a encarassem, e o diretor e a equipe. Franklin dizia para tirá-los da mente. Quando ela não conseguia, ele dizia que ela ia se acostumar. Ela não se acostumava. Franklin perguntou como ela conseguia tocar piano na frente de toda a igreja e ela lhe respondera que nunca precisara se preocupar com Mitzi levantando, gritando "Corta!" e lhe dizendo para começar tudo outra vez.

Murray pôs a mão firme atrás de seu pescoço para ajudá-la a se levantar da pia.

— Pela sua cara, você parece estar com uma dor de cabeça violenta. — Ele apoiou as mãos nos ombros dela, enquanto a observava no espelho. — É um trabalho duro dar início a uma carreira. Este deveria ser um lugar para você relaxar e se soltar. Ninguém está observando você aqui, Lena.

— Você está.

O sorriso dele foi suave.

— Não com intenção de crítica. Não tenho nenhuma outra função aqui a não ser fazer você se sentir e parecer melhor. — Ele começou a massagear os músculos tensos do pescoço e ombros de Abra. — Respire fundo e se solte.

Lágrimas começaram subitamente a lhe queimar as pálpebras. Mitzi dizia a mesma coisa. Abra baixou a cabeça e fechou os olhos. Alguém que a olhasse poderia imaginar que estivesse rezando, mas ela não fazia isso desde a noite em que vira o pastor Zeke ir embora pelo portão da frente de Peter e Priscilla.

Dezoito meses de muito trabalho haviam produzido um papel de figurante, um portfólio de fotografias brilhantes e um papel principal em um filme que ainda não fora lançado. Franklin afirmava que esse filme colocaria seu nome em órbita. Ela não via como. Tudo dependia da reação dos críticos ao que seria mostrado na próxima noite, apesar do burburinho pela cidade — burburinho esse que Franklin havia gerado. Abra sentia o entusiasmo crescente dele como um trem correndo pelos trilhos. Para onde exatamente ele a estaria levando? Às vezes via algo em seu rosto que a deixava nervosa. Tentava não pensar nisso, mas a preocupação a vinha perturbando nas últimas semanas.

Às vezes, ela só queria estar sozinha. Queria encontrar um lugar onde pudesse se esconder da ambição enérgica de Franklin, de sua determinação, de sua pressão, pressão, pressão, porque ela não seria jovem para sempre e eles não tinham muito tempo para levar seu nome aos letreiros luminosos. Ela queria ficar sossegada. Queria estar em algum lugar silencioso. Como no alto das colinas, para onde caminhava com Joshua.

Joshua.

Ela afastou a mente do passado.

Às vezes, só queria ficar sozinha no apartamento. Abrir o piano e tocar o dia inteiro.

As mãos de Murray eram fortes. Ela gemeu, embora ele não a estivesse machucando. Ele falava baixinho enquanto continuava a massageá-la.

— O mundo acha que é só glamour, mas o trabalho é difícil.

— Mais difícil para uns que para outros. — Ela não se encaixava. Mesmo estando dentro, ainda se sentia alguém de fora.

— Está se sentindo melhor?

Sua cabeça ainda latejava.

— Acho que só estou com fome.

— Podemos dar um jeito nisso. O que quer comer?

Ela deu um sorriso triste.

— Um hambúrguer bem grande e suculento!

Ele sorriu.

— Isso é fácil. É só mandar alguém atravessar a rua e...

— Não. Eu não posso. — Franklin teria um ataque. — Preciso perder mais um quilo.

Ele franziu a testa.

— Todas as mulheres que já conheci estão de dieta, especialmente as que não precisam estar.

— Diga isso ao Franklin. As câmeras fazem parecer que tenho dois quilos a mais.

— E daí? — As mãos dele pararam de trabalhar nos músculos de Abra e descansaram suavemente sobre seus ombros. — A maioria dos homens gosta de mulheres com um pouco de carne nos ossos.

— O problema é que a câmera não gosta.

— Você estava ótima para mim no dia em que entrou aqui.

Ela percebeu a expressão não disfarçada nos olhos de Murray antes que ele se afastasse. Ele se sentou em um banquinho junto à parede. Abra virou a cadeira de frente para ele. Já estivera por perto de homens suficientes no último ano e meio para saber quando um deles se sentia atraído. Em vez de flertar com ela, Murray recuara. Os olhos dele às vezes percorriam seu corpo, mas ele sempre os desviava rapidamente. Sempre a tratara com respeito, jamais fazendo qualquer esforço para aprofundar o relacionamento em nenhum sentido. Ela sabia que era sua culpa. Franklin a instruíra sobre como agir com Murray naquele primeiro dia, e ela o obedecera com precisão. Murray respeitava a linha que ela havia traçado e mantinha a conversa leve, sobre temas genéricos. Às vezes ele não falava nada, e Abra se perguntava se ele estaria esperando que ela saísse do personagem.

— Não tenho sido muito legal com você, não é? — Franklin a havia alertado para não confiar em ninguém, mas ela queria confiar em Murray. — Desculpe pelo jeito como tenho agido. Não foi ideia minha.

Ele não fingiu não entender.

— Franklin não quer que você fale nada pessoal. — Ele parecia triste ao examiná-la. Parecia em dúvida sobre se deveria ou não quebrar as regras. — Lembro do primeiro dia em que te vi. — Ele sacudiu a cabeça. — Todo aquele lindo cabelo ruivo. Achei que Franklin estivesse maluco por querer mudá-lo.

Ela não sorriu nem fez os joguinhos de flerte que Franklin a instruíra a jogar com os outros homens.

— O que acha agora?

— Difícil dizer. Ruivo parecia combinar com você, mas como vou saber? Eu não te conheço de fato, não é?

Ela sentiu as pontadas de lágrimas quentes outra vez e engoliu. Ninguém conhecia de fato a pessoa que ela fora, Abra Matthews. Sempre mantivera os muros erguidos, como Franklin mandara. Estava tão cansada de ser Lena Scott o tempo todo. Por que não podia ser Abra por uma ou duas horas de vez em quando?

Murray ficou em silêncio. Ela sabia que o curso do relacionamento deles estava em suas mãos. Com uma inspiração trêmula, ela cruzou a linha.

— Não há muito para saber. Conheci um bad boy e me apaixonei. Ele me trouxe para o sul e me instalou em um chalé em Beverly Hills. Fazia o que queria comigo, ou sem mim. Acho que se poderia dizer que eu estava à disposição dele. Quando ele enjoou de mim, fez um desafio que Franklin não pôde recusar.

— Como foi isso?

— Franklin disse que poderia transformar qualquer pessoa em uma estrela. Meu namorado disse: "Tente com ela". Essa é minha vida, em poucas palavras.

Murray não pareceu chocado ou enojado. Talvez um cabeleireiro fosse como um padre. Já tinha ouvido tudo aquilo antes.

— Ele fará de você uma estrela, se é isso que você quer ser.

— Nunca havia me ocorrido isso, até Franklin pôr a ideia em minha cabeça. — Ela deu de ombros. — Seria bom ser alguém.

— Você é alguém, Lena.

Ela meneou a cabeça e desviou os olhos.

— Bem, então você está no caminho, não está? — ele disse.

— Lena Scott está no caminho. — Ela se arrependeu no momento em que disse isso. Estava contando muito de si. Levou os dedos às têmporas e fechou os olhos. Franklin não ia gostar se soubesse que ela estava conversando com Murray daquela maneira. Esperou que ele fizesse alguma pergunta. Quando não fez, ela se sentiu estranhamente desprezada. Talvez ele não estivesse interessado. Abriu os olhos e viu que ele estava. Com a visão obscurecida pelas lágrimas, ela lhe contou o que tinha vontade de dizer havia muito tempo. — Meu nome verdadeiro é Abra.

— Abra. — Murray experimentou o nome. — Eu gosto. — Sua boca se curvou em um sorriso. — Obrigado.

— Por quê?

— Por confiar em mim o bastante para me contar.

— Desculpe por não ter contado antes.

— Está me contando agora.

O coração dela começou a bater mais forte.

— Não diga ao Franklin...

— Você não precisa me pedir isso, Abra. O que você me conta permanece comigo.

A cautela habitual ainda exercia um forte controle sobre ela. Esperava não ter cometido um erro ao confiar nele. Mudou de assunto.

— Como você veio parar em Hollywood?

— Eu nasci em Burbank. Minha mãe era cabeleireira. Meu pai nos deixou quando eu tinha dois anos. Passei a maior parte da vida no salão onde ela trabalhava. — Ele sorriu. — No começo, as mulheres me levantavam do cercadinho ou me punham no colo, enquanto mamãe cuidava dos cabelos delas. Quando fiquei mais velho, elas jogavam jogos de tabuleiro comigo ou liam histórias enquanto estavam sentadas sob o secador. Eu tinha duas dúzias de tias, irmãs mais velhas e avós.

— Parece legal.

— E era. Minha mãe tinha grandes sonhos para mim. Queria que eu fosse para a faculdade e me tornasse médico ou advogado. Como a maioria das mães, imagino. Eu ia bem na escola, mas o que realmente me dava prazer era ver minha mãe trabalhando e observar a diferença que algumas horas em um salão podiam fazer para uma mulher. — Ele deu de ombros. — Minha vida era escola, salão e igreja no domingo de manhã. Até chegar ao colégio. Então, passou a ser beisebol e garotas. Minhas notas continuavam altas. Minha mãe era exigente e cuidava disso. Eu saía com amigos, ia a festas, namorava, mas nunca me excedi.

Quando Murray ficou em silêncio, com a emoção tensionando seu maxilar, Abra esperou, sem pressioná-lo.

— Eu estava no segundo ano do colégio quando minha mãe teve que fazer uma mastectomia dupla e radioterapia, por causa de um câncer. Ela não tinha energia suficiente nem para arrumar o cabelo. — Ele parecia triste e zangado. — Ela chorava e dizia que nem se sentia mais uma mulher, como se peitos e um cabelo perfeito fossem tudo que importava.

*E não são?*, Abra quase perguntou. Ela sentia a dor e a raiva dele e emocionou-se com suas palavras. Será que Franklin, ou qualquer outra pessoa no mundo, ligaria para ela se não tivesse mais seios grandes e cabelos negros?

— Comprei uma peruca para minha mãe e a arrumei para ela. Ela ficou com uma aparência melhor e se sentiu melhor. Uma de suas clientes veio visitá-la e comentou como ela estava bem. Minha mãe me mandou comprar mais perucas. Me treinar dava a ela algo para pensar que não fosse o câncer. Ficava loira um dia, ruiva no outro, com cabelos castanhos descendo pelas costas no seguinte e loira platinada de cabelos curtos depois. — Ele riu com as lembranças. — Nós nos divertimos muito juntos, antes de ela morrer.

— Quantos anos você tinha quando ela morreu?

— Dezessete. Ainda no colégio. Uma das clientes mais antigas de minha mãe assumiu a responsabilidade por mim, para que eu pudesse concluir os estudos. Larguei o beisebol e arrumei um emprego depois da escola, em uma lanchonete. Poupei dinheiro para o curso de estética e beleza. Não que eu tivesse contado a alguém sobre meus planos. — Ele riu. — A maioria dos meus amigos achava que cabeleireiros homens gostavam de homens mais que de mulheres, se você me entende. Eles estavam se candidatando a faculdades ou a cursos de comércio, ou se alistando no exército ou na marinha.

Sorrindo, ele sacudiu a cabeça com uma expressão irônica.

— Eu era um dos quatro homens no curso de estética e beleza e o único que gostava de mulheres, o que me fazia bastante popular. Eu poderia ter cedido à tentação. Felizmente, minha futura esposa era uma das minhas colegas.

Ela o encarou, surpresa.

— Você é casado? — Ele não usava aliança, e ela sempre sentira que ele estava disponível.

— Viúvo. Perdi minha esposa do mesmo modo como perdi minha mãe.

Abra emitiu um som de espanto.

— Isso não é justo.

— A vida nunca é.

— Sinto muito, Murray.

— É, eu também. Janey era... — Ele ficou em silêncio por um momento. — Nenhuma palavra é boa o bastante para o que ela era. Culpei Deus por um tempo, achei que ele estava rindo às minhas custas. — Ele se levantou e virou a cadeira de Abra, encontrando o olhar dela no espelho. — E então lembrei que tivemos cinco anos maravilhosos juntos. Agradeço pelo tempo que tive com ela.

— Você tem filhos?

— Não. Tínhamos aberto o salão havia apenas dois anos. Queríamos garantir que os negócios estivessem sólidos antes de aumentar a família. Uma escolha lógica, quando pensávamos que tínhamos muitos anos à frente, mas que lamentamos mais tarde, quando o tempo ficou curto. — Ele passou condicionador no cabelo de Abra. — Você me lembrou Janey quando te vi pela primeira vez.

— Por quê?

— Cabelos ruivos. — Murray sorriu com melancolia. Suas mãos nos cabelos de Abra eram fortes, mas gentis. — As defesas erguidas, como se eu fosse Casanova batendo à porta dela. Mal sabia que foi só olhar para ela e me tornei um homem de uma mulher só. Ainda sou. — Ele passou os dedos pelos cabelos de Abra e olhou em seus olhos. — Não deixe Franklin refazê--la completamente, Abra. E tente lembrar que você é mais do que um rosto e um corpo. Você é uma alma.

— Hollywood não pensa assim.

— Hollywood e Franklin Moss não são o mundo inteiro. Não têm razão sobre tudo. — Ele abriu a torneira outra vez e testou a temperatura. — Você é quem você é, minha jovem amiga. E já era bonita antes.

— Mas sou mais agora, não acha?

— Você é bonita no estilo Lena Scott. É Lena Scott quem você quer ser?

— É Lena Scott quem vai se tornar uma estrela.

Murray parecia querer dizer mais alguma coisa, mas não disse. Enxaguou os cabelos dela, levantou o encosto da cadeira e enrolou sua cabeça em uma toalha morna. Enxugou suavemente, antes de remover a toalha e deixar os cabelos longos, espessos e úmidos descerem pela capa que cobria as costas de Abra. Enfiou os dedos entre os fios, erguendo mechas, sacudindo para soltá-las. Depois pegou o secador de cabelos.

Abra olhou para ele pelo espelho.

— Há quanto tempo você conhece Franklin?

— Há dez anos. — Ele levantou o secador, mas não o ligou. — Ele conhece o ramo. É dedicado. Tenho que reconhecer isso.

— Mas você não gosta dele, não é?

— Nem desgosto. Só não concordamos em algumas coisas.

— Como o quê?

— Minha visão sempre foi melhorar quem a mulher já é. Franklin... — Ele apertou os lábios e levantou os ombros.

Ela terminou o que ele pareceu não querer dizer:

— Franklin as transforma em outra pessoa.

Murray ligou o secador e voltou a trabalhar nos cabelos dela. Abra não podia falar enquanto o aparelho estivesse ligado. Ficou em silêncio, de olhos baixos, imaginando se ele queria encerrar a conversa. Talvez nem a devessem ter começado. Olhou para ele no espelho. Dessa vez, ele não retribuiu o olhar. Parecia sério e concentrado, preocupado. Sempre demorava muito tempo para secar seu cabelo. Quando, por fim, desligou o secador, jogou-o descuidadamente sobre o balcão.

— Murray? — Ela esperou até ele a olhar pelo espelho. — Uma vez você me disse para ter cuidado. O que queria dizer com isso?

— Não se perca.

— E você acha que eu me perdi?

— Não importa o que eu acho. Você tem que decidir quem é e quem quer ser.

— E se eu não souber?

Ele pôs as mãos sobre os ombros dela e os apertou levemente.

— Experimente rezar.

Abra lhe dirigiu um sorriso triste.

— Deus não quer nada comigo. Nunca quis.

— Por que pensa assim?

— Eu rezei uma vez. Com todo meu coração e toda minha alma. — Ela deu de ombros. — Ele fez o oposto do que eu pedi.

Murray afastou as mãos, abriu a capa que protegia a roupa de Abra e a removeu.

— Talvez ele tenha um plano melhor.

Ela se levantou sem olhar para o resultado final no espelho. Franklin dizia que Murray era o melhor no ramo, e ela não queria ver Lena Scott.

— Vejo você em duas semanas... Abra.

Ela se deteve à porta e se virou.

— Você conheceu Pamela Hudson?

— Eu ainda conheço.

Franklin disse que Pamela Hudson era uma estrela cadente que passara e estava quase esquecida.

— Ela se arrepende por ter deixado Franklin?

Murray olhou para ela, mas não respondeu. Abra demorou um momento para entender, e então sorriu.

— O que uma pessoa lhe diz permanece com você, certo?

— Me ligue se precisar de um amigo para conversar.

═══

Abra foi até a manicure. A moça que costumava atendê-la não estava lá, e a recepcionista se desculpou e a levou até uma morena bonita com o uniforme do salão.

— Srta. Scott, esta é Mary Ellen. Mary Ellen, srta. Scott. — Abra não sabia se conseguiria relaxar com mais uma pessoa nova em sua vida. Já estava acostumada com a inofensiva Ellie, que era apaixonada demais pela própria vida para fazer perguntas sobre a de Abra.

Mary Ellen olhou-a diretamente nos olhos e apertou sua mão. Quase todas as manicures ali aparentavam ser modelos, mas Mary Ellen era normal, com cabelos castanhos curtos. Abra notou suas unhas curtas e retas, em vez de arredondadas, do jeito como ela mesma costumava usar quando tocava piano. Franklin dizia que unhas longas eram mais sexy, especialmente quando pintadas de vermelho.

Mary Ellen sorriu e estendeu as mãos para pegar as de Abra. Ellie geralmente tinha uma vasilha de água com sabão preparada e conversava enquanto Abra molhava a ponta dos dedos. Mary Ellen analisou as mãos de Abra, virando as palmas para cima, depois para baixo outra vez. Massageou uma mão, depois a outra.

— Pode-se dizer muito sobre uma pessoa pelas mãos. As suas são frias.

Abra sentia-se cada vez mais incomodada.

— Quer dizer que eu tenho o coração quente.

— Ou circulação ruim. Ou está nervosa. — Ela dirigiu um sorriso breve para Abra. — Ou são as minhas mãos que estão frias porque é o meu primeiro dia. Elas estão?

Abra não respondeu. Mary Ellen arrumou a vasilha de água morna com espuma. Abra pôs uma das mãos dentro, enquanto Mary Ellen removia o esmalte da outra. Ela usava uma aliança dourada simples.

— Suas mãos são muito bonitas, srta. Scott. Se tocasse piano, poderia alcançar uma oitava inteira sem problemas.

— Eu tocava.

Mary Ellen levantou os olhos.

— Eu também. — Sorriu com um ar autodepreciativo. — Não muito bem, acho. — Terminou a mão direita de Abra e começou a esquerda. — Música é bom para a alma. — Mary Ellen olhou para ela outra vez. — Tocava músicas clássicas ou populares?

— Um pouco de tudo. Principalmente hinos. — Ela não queria ter dito isso.

— Na igreja?

— Muito tempo atrás.

Os olhos castanhos de Mary Ellen aqueceram-se, demonstrando bom humor.

— Não é tão velha assim, srta. Scott. Na verdade, acho até que eu sou um pouco mais velha.

Abra queria mudar de assunto.

— Então, é o seu primeiro dia...

— É por acaso que estou aqui. Na verdade, foi ir à igreja que me trouxe este emprego. Ou voltar da igreja para casa, melhor dizendo. Vimos um carro parado na Arroyo Seco Parkway e um homem tentando trocar um pneu. Charles parou. — Ela deu uma risada suave e constrangida. — Admito que tentei convencê-lo a não parar. Ele estava de terno e eu só pensei em quanto custaria para mandar lavar. — Olhou para Abra com um sorriso. — Você teria que conhecer Charles para entender. Se ele vê alguém com problemas, sempre quer ajudar. Enfim, era Murray. Os dois ficaram conversando, e Charles lhe contou que éramos novos na cidade. Viemos porque Charles recebeu uma oferta de um emprego melhor, mas não conhecíamos ninguém aqui. Eu tinha uma lista de clientes em San Diego. Agora, estou começando tudo outra vez. Murray me disse para vir, porque ele estava precisando de uma manicure. Então, aqui estou. — Ela terminou de limpar e lixar as unhas de Abra. — Brilho ou cor?

— Vermelho. — Abra apontou para o esmalte de que Franklin gostava.

Mary Ellen pegou o frasco e o sacudiu.

— É um tom bonito.

— Como sangue. — Abra estendeu os dedos sobre a toalha enrolada.

— Ou rubis.

Mary Ellen cantarolava enquanto trabalhava. Abra reconheceu a melodia e se lembrou de todos os versos. "Fairest Lord Jesus" era um dos favoritos de Mitzi. Pensar em Mitzi lhe trouxe o pastor Zeke à mente, depois Joshua. Foi invadida por uma onda de saudades. Mary Ellen levantou os olhos e pediu desculpas.

— É um hábito ficar cantarolando o tempo todo. Esse hino está na minha cabeça desde domingo. Eu costumava assobiar, mas Charles vivia fazendo gozação comigo por causa disso. "Mulher que assobia e galinha que canta, faca na garganta."

— Tudo bem, não tem problema para mim.

Mary Ellen baixou a cabeça e voltou ao trabalho.

— A que igreja você vai?

— Eu não vou mais.

— Perdeu a fé? — Mary Ellen pareceu surpresa.

Abra sorriu com alguma tristeza.

— Não sei se um dia eu tive alguma. — Com receio de que Mary Ellen pudesse começar algum discurso evangelizador, ela acrescentou: — E, por favor, não comece a citar versículos da Bíblia. — Abra tentou manter o tom ameno. — Eu cresci com eles.

A manicure tinha olhos castanhos e claros, como leite com chocolate.

— Vou tentar não cantarolar.

— Cantarole quanto quiser. Não me incomoda.

Mas incomodava. Ouvir aquele hino específico lhe trouxe uma série de outros à mente... e, com eles, lembranças, uma atrás da outra. Joshua levando-a para passear em sua caminhonete enferrujada, o pastor Zeke no púlpito, Priscilla na porta da sala de estar, chamando-a para se juntar a eles e irem assistir a *Life with Elizabeth*, Joshua comprando-lhe milk-shake de chocolate e batatas fritas, Peter vendo *Victory at Sea* na tevê, Joshua levando-a para caminhar nas colinas, Mitzi preparando leite com chocolate em sua cozinha, Penny esparramada na cama, entretida com as revistas de cinema mais recentes, e Joshua...

Joshua.

Ela fechou os olhos. Nas duas últimas vezes em que o vira, acabaram brigando por causa de Dylan. Às vezes, tinha vontade de lhe escrever e pedir desculpas pelas coisas que havia dito em um momento de raiva. Tinha batido a porta na cara dele na última vez em que o vira. Ele provavelmente estava casado com Lacey Glover agora, ou com alguma outra garota. Por que isso lhe causava uma dor aguda no coração? Talvez escrevesse para ele. Podia engolir o orgulho e dizer que ele estava certo sobre Dylan. Ele tinha todo o direito de dizer: "Eu avisei". Também poderia lhe contar que havia conhecido outro homem muito melhor, que acreditava nela e a tornaria alguém importante, que as pessoas reconheceriam e invejariam, alguém que as pessoas poderiam amar.

Mas sabia que não ia escrever.

E se ele escrevesse de volta?

A recepcionista se aproximou delas.

— O sr. Moss ligou. Ele vai se atrasar. Há um motorista a sua espera lá embaixo.

Abra agradeceu.

Mary Ellen terminou a camada final.

— Posso marcar seu próximo horário? — Ela parecia tão esperançosa que Abra não teve coragem de recusar. Agendou para o mesmo horário na semana seguinte. Mary Ellen anotou na agenda. Ela se levantou ao mesmo tempo em que Abra e sorriu calorosamente. — Será um prazer voltar a vê-la, srta. Scott.

— Pode me chamar de Ab... — Ela corou com o erro que quase cometeu. — Lena.

Em algum momento no caminho para os elevadores, Abra cedeu a um impulso. Em vez de se encontrar com o motorista na porta da frente, parou no segundo andar, encontrou as escadas e deixou o prédio pela saída de emergência. O alarme tocou, e ela correu e esperou, depois caminhou rapidamente até o fim do quarteirão e dobrou a esquina. Sabia que se arrependeria disso, mas precisava ficar um pouco sozinha. Se voltasse para o apartamento, Franklin estaria lá.

Ela reduziu o passo e começou a caminhar à toa. Tudo o que trazia consigo era uma bolsinha com um lenço, batom e uma chave do apartamento de Franklin. Não tinha nem sequer uma moeda para fazer uma ligação telefônica, quanto mais para pegar um táxi. Franklin dizia que não era necessário que andasse com dinheiro.

O sol estava forte, e ela colocou os óculos escuros. Não precisava se preocupar que alguém a reconhecesse na rua. Duvidava disso, mesmo depois da estreia na noite seguinte. Era um filme ridículo. Mais um melodrama em preto e branco.

Depois de seis quarteirões, seus pés começaram a doer por causa dos saltos. Sentia o suor escorrer pelas costas e pensou se estaria molhando a jaqueta de linho branco. Desesperada para se sentar por alguns minutos, entrou em uma loja de departamentos e procurou o banheiro feminino. Descansou um pouco no divã, depois lavou as mãos e deu tapinhas no rosto com a água fria. Mary Ellen tinha feito um belo trabalho. Suas unhas pareciam mergulhadas em sangue. *Franklin vai me matar quando eu chegar em casa.*

Era fim de tarde quando Abra chegou ao apartamento. Howard parecia preocupado.

— Está tudo bem, srta. Scott?

Sua cabeça latejava, e ela queria tirar os sapatos.

— Franklin está em casa? — Howard não sabia. Tinha acabado de chegar de seu intervalo. Segurou a porta do elevador para ela.

Assim que as portas se fecharam, Abra tirou os sapatos de salto alto e suspirou de alívio. Abriu a porta do apartamento, sentindo-se como se tivesse passado dias andando. Talvez um banho quente afastasse a dor de cabeça.

— Lena! — Os passos de Franklin aproximaram-se pelo corredor. — Onde você estava? Ficou sumida por horas! — A expressão dele mudou de preocupação para desconfiança.

Ela tentou se lembrar do que havia aprendido nas aulas de dicção e manteve a voz calma e estável.

— Desculpe. Eu devia ter avisado ao motorista que queria caminhar um pouco.

— Caminhar?

— Sim. — Sua coragem se encolhia a cada passo que ele dava em sua direção. — Fui dar uma volta. — Ele tinha bebido. Não muito, mas o suficiente para inflamar emoções que ela havia pressentido nas últimas semanas. Os olhos azuis dele estavam duros como aço.

— Quem foi com você?

Ela piscou, surpresa.

— Ninguém. — Foi então que ela entendeu o que ele estava pensando. — Eu estava sozinha, Franklin. Não tinha dinheiro comigo, ou teria chamado um táxi para me trazer para casa. — Aquilo soou como uma acusação. Ela amenizou o tom. — Desculpe se o deixei preocupado.

Abra passou por ele. Um suor frio lhe escorria pelas costas.

— Onde está indo?

— Para a cozinha. Tomar água. Estou com sede. — Tinha andado ao sol por duas horas, com frequentes, mas breves, paradas em lojas. Agora, sua cabeça parecia querer explodir.

Franklin a seguiu. Ela podia sentir o olhar dele perfurando-lhe as costas.

— Você realmente espera que eu acredite que esteve sozinha todo esse tempo?

Com as mãos trêmulas, ela abriu a torneira.

— Eu nunca menti para você, Franklin. — Ela engoliu a água e sentiu-se tonta. Pousou o copo na pia e virou-se para ele. — Nunca estou com ninguém, a menos que tenha sido organizado por você. — Sua cabeça girava. Ela se encostou no balcão, com receio de desmaiar.

— Você estava com Dylan, não estava?

— Nunca mais quero ver Dylan. Você, entre todas as pessoas, deveria saber disso.

Havia sido ótimo Dylan comparecer a uma festa em Hollywood na qual eles estavam. Franklin o vira primeiro e a alertara. Quando ela se virou, lá estava ele, sorridente, dizendo que era muito bom vê-los tão bem. De certa maneira, ela se sentira aliviada. Percebera que desprezava Dylan muito mais do que jamais o havia amado.

— Nunca minta para mim, Lena.

Ela havia assinado o contrato com Franklin. Ele deveria confiar nela. Mas ela sabia por que ele não confiava. Nos últimos dois meses, ele havia parado de olhar para ela como uma cliente. O trem estava se aproximando e ela não sabia se conseguiria sair dos trilhos.

*Lena.* Abra pressionou as palmas úmidas contra as têmporas latejantes. Era assim que ele a via agora. Como Lena. Ela não era mais Abra. Para

Franklin, Abra havia desaparecido da face da Terra, e era o que ele queria. O fabricante de estrelas achava que havia removido a martelo os pedaços de Abra. Trabalhara nela com cinzel e marreta. Por que ela não podia ser Abra na privacidade daquele apartamento? Por que ele insistia que ela desempenhasse o papel de Lena em toda parte?

Ela lhe perguntara isso uma vez, e ele dera risada. Roy Scherer soava sexy? E Archibald Leach? Rock Hudson e Cary Grant soavam muito melhor. Lena Scott era o nome de uma estrela. Era o seu nome agora. Era melhor que ela se acostumasse com isso.

Algo dentro dela protestava. Queria ser conhecida por si mesma. Abra era de carne e osso. Lena Scott fazia parte do imaginário de Franklin. Ou, pelo menos, começara assim. Ela não ia discutir com ele. Franklin estava decidido. Lena Scott, não Abra Matthews, era a mulher que ele poderia transformar em uma estrela.

Mas a ideia de Franklin sobre o que ela seria tinha crescido nas últimas semanas. Abra percebeu a mudança sutil. Lena estava se tornando mais real para ele do que Abra. E ele queria Lena.

Ele a estava observando.

— Conte aonde você foi.

Ela o sentia irradiando calor. Seria irritação ou outra coisa?

— Eu nem sei, Franklin. Só queria andar e ficar sozinha um pouco.

— Você fica sozinha todas as noites, na cama.

Havia algo no modo como ele disse isso que deixou os nervos de Abra à flor da pele.

— Talvez eu quisesse desafiar você, só uma vez. — Ela sentira vontade de quebrar suas restrições alimentares rígidas e comprar um hambúrguer, batatas fritas e milk-shake, mas não tinha dinheiro. Então, só caminhou. Foi até um parque e sentou-se em um balanço. Saiu pelas ruas e voltou para casa. — Às vezes este apartamento parece uma prisão. — Ela não disse que ele agia como um carcereiro. — Sou grata. Sou mesmo. Mas às vezes... — Ela sacudiu a cabeça. — É tão difícil.

Lágrimas de exaustão embaçaram a visão de Abra. Ela não tivera nenhum dia livre em um ano e meio. Mas ele também não.

— Você nunca se cansa, Franklin?

— Teremos tempo para descansar algum dia.

*Algum dia.*

— Eu faço tudo o que você pede. Tudo. Estou tão cansada, não consigo dormir. — Ela andava tensa havia semanas, acordando com qualquer som no apartamento.

— Tão cansada que, supostamente, ficou andando quilômetros quando deveria ter voltado para casa.

Uma fissura se rompeu e ela explodiu.

— Cansada de me dizerem o que fazer a cada segundo, todos os dias! Cansada de ter cada minuto da minha existência sob o seu controle!

— Acalme-se. — Ele se aproximou.

— Fiz tudo o que você queria, e você continua me pressionando! — A voz dela se elevou, e ela percebeu que estava gritando. Lena não falaria assim. Interrompeu-se. Estava trêmula outra vez, pequenas agitações dos nervos. *Por que eu nunca sou suficiente?*

Franklin a segurou gentilmente pelos braços.

— Eu sei qual é o seu problema. O problema é de nós dois. Não podemos continuar assim, Lena. Vamos enlouquecer se continuarmos.

Abra olhou para ele e prendeu levemente a respiração.

Ela conhecera Pamela Hudson na última festa, um mês antes. Franklin fora cordial com ela e o marido, o que era um sinal seguro de que não a amava mais. Quando alguém solicitou a atenção dele, Pamela falou com ela, baixinho e apressada. "Você precisa ter cuidado com Franklin." Abra perguntou o que ela queria dizer. Pamela franziu a testa. "Você não percebe o jeito como ela a olha? Todos achavam que ele estava apaixonado por mim. A verdade é que ele amava a pessoa em que ele me transformou. Ouça o conselho de alguém que conhece Franklin melhor do que ele mesmo. Ele está à beira da insanidade. Há muito tempo." Pamela tocou-lhe o braço suavemente. "Tenha cuidado para que ele não a puxe junto."

Menos de cinco minutos depois, o ex-amante de Abra apareceu. Franklin não se incomodara com a presença de Pamela e do marido, mas ver Dylan o inflamou. Ela percebera isso nos olhos dele, sentira na mão firme que ele mantinha sob seu cotovelo. Era como se estivesse dizendo a Dylan: *Ela é minha. Fique longe dela se sabe o que é bom para você.*

Dylan divertiu-se, despejando charme e adulação. Ele já tinha visto o novo filme. Como? Tinha boas relações nos estúdios, ela não sabia? "Bravo, *Lena.*" Seus olhos escuros pronunciaram seu novo nome com zombaria. "Você vai ser um grande negócio agora, gata. Muito bem, Franklin. Ainda é o maravilhoso mágico de Oz."

Abra tinha ficado em silêncio. Seu papel em *Amanhecer dos zumbis* não requeria nenhum talento de interpretação. Na audição, o diretor apenas lhe pedira para vestir um traje de época e, depois, uma camisola. E quis ouvi-la gritar.

Depois do surgimento de Dylan, Franklin quis ir embora da festa.

A tensão no apartamento vinha crescendo desde aquela noite. Ambos sabiam por quê. Os olhos azuis de Franklin perderam a intensidade fria.

— Eu quero você — ele disse simplesmente, quase como um pedido de desculpas. — Há muito tempo.

Naquele dia, sob o sol brilhante do sul da Califórnia, ela soube o que enfrentaria se voltasse. Franklin a vinha preparando para o papel que queria que ela desempenhasse no filme que rodava dentro de sua cabeça.

Dividida entre gratidão e frustração, familiaridade e medo, ela meneou a cabeça. Devia tudo a ele. Onde estaria agora se não fosse por Franklin? Estaria nas ruas, vendendo o corpo, como dezenas de meninas que vira na longa caminhada para casa. Estava agradecida, sem dúvida. Mas por que ele tinha de continuar pressionando tanto o tempo todo?

Ela apertou com os dedos as têmporas latejantes.

— Estou com dor de cabeça, Franklin. — Afastou-se dele, querendo distância e tempo.

— E acha que eu não estou com dor de cabeça, pela preocupação com você a tarde toda? Acha que eu não me preocupo por não saber com quem você está ou o que anda fazendo? — Ele se aproximou de novo. Ela se sentiu encurralada. — Olhe para mim. — Quando ela obedeceu, os olhos dele a fixaram ternamente. — Você é Lena Scott. Não pode simplesmente sair para caminhar. Não é seguro.

— Ninguém sabe quem eu sou. — Ela viu uma veia pulsando na garganta dele, e sua própria pulsação se acelerou, mas não de desejo.

— A estreia é amanhã à noite. Espere uma semana e terá fãs enlouquecidos tentando encontrá-la. Receberá cartas de amor pelo correio. — Ele continuava segurando o braço dela com uma das mãos e, com a outra, afastou-lhe os cabelos da testa úmida. O toque não foi platônico. — Eu quero protegê-la. — Ele roçou a face de Abra com os nós dos dedos. — Prometi a você uma vida nova, não foi? Estou mantendo minha promessa. Notou como as pessoas já te olham? Você entra em uma sala e todos os homens reparam. Até Dylan pareceu fascinado. E isso lhe deu prazer, não deu?

Era verdade. A vingança tinha sido doce... por uns dois segundos, até que aquela expressão de zombaria viesse aos olhos dele. Ele nunca a amara. Nunca amaria. Era incapaz de amar. Fora naquele momento que ela sentira alívio, percebendo que também não o amava. Ele ainda fazia seu coração bater mais depressa, mas não por amor. Sentia instintivamente que Dylan era perigoso, que se divertira em machucá-la e adoraria machucá-la outra vez. Mas nunca lhe daria essa chance, nunca mais.

Os primeiros sinais de ciúme de Franklin surgiram na noite em que ela conhecera Elvis Presley. Claro que ela ficara encantada, mas bastaram dez minutos em sua companhia para saber que ele era apenas um cara legal que gostava de garotas e de atenção. Não estava mais feliz do que ela por ter outros lhe dizendo o que fazer o tempo todo. Ela gostara de seu sotaque sulino sensual, mas notara como o olhar dele se desviava rapidamente de uma garota bonita para outra. Ele era como um garotinho em uma loja de doces. Um fotógrafo aparecera, e ele envolvera sua cintura com um dos braços. Abra observara a expressão rígida de Franklin e achara que ele queria que ela sorrisse. Então ela sorriu. Não se passaram dois segundos até que outra aspirante a estrela acompanhada de um agente determinado viesse ocupar seu lugar. Franklin fizera uma piada sobre ela estar se derretendo toda, e ela teve de lembrá-lo que fora ele quem a fizera chegar até Elvis para manter uma conversa pessoal com ele.

E, agora, Franklin a estava tocando. Ele pôs a mão sob seu queixo.

— Eu me apaixonei por você.

Ela segurou os pulsos dele com firmeza.

— Você está apaixonado por Lena, Franklin.

— Você é Lena. — As mãos dele tremeram um pouco enquanto alisavam suavemente os cabelos dela. — Sabia que eu não estive com nenhuma mulher desde que você se mudou para cá?

Será que ele confiaria mais nela se ela cedesse? Será que relaxaria seu controle férreo e afrouxaria as rédeas? Ela tentou ganhar tempo.

— Às vezes eu tenho medo de você.

— Por quê? Eu nunca te machucaria.

Ela baixou a cabeça.

— Eu sei, mas...

Ele levantou-lhe o queixo.

— Todos neste prédio pensam que já estamos dormindo juntos.

— E isso é razão para fazermos isso?

— Sou um homem, Lena, não um eunuco.

Abra sentiu a onda de desejo subindo nele, a necessidade. Um sussurro em seu coração dizia: *Fuja*. Uma voz mais alta a aconselhava a avaliar o custo de sair por aquela porta. Queria ficar desamparada e vagando pela Hollywood Boulevard, como tantas outras garotas que tinham vindo àquela cidade devoradora de humanidade para realizar um sonho? Franklin lhe oferecera tudo, se ela desempenhasse seu papel.

Ela sentiu que deveria ser honesta.

— Eu não estou apaixonada por você, Franklin.

— Ainda não. — Ele falava com tanta autoconfiança.

Talvez ela se apaixonasse por ele. Ela o respeitava. Gostava dele, na maior parte do tempo. Gemeu, sentindo uma pontada latejante na cabeça. Ele disse que lhe daria algo para aliviar a dor. Guiou-a pelo corredor, até o quarto dela.

— Descanse. Eu volto logo. — Ele retornou com um comprimido e um copo de água e sentou-se na beira da cama. — Não vamos sair esta noite — disse, passando os dedos pela testa dela. — Não fique doente. Temos a estreia amanhã. — Ele se demorou por um momento, e ela teve medo de que fosse se inclinar e beijá-la. — Vou deixá-la dormir. — Ele se levantou e saiu em silêncio do quarto.

# 11

*Mesmo que ninguém vá comigo,*
*ainda assim eu vou seguir;*
*Não há volta, não há volta.*

S. SUNDAR SINGH

Apesar dos receios de Abra, havia uma multidão esperando para ver a estreia no Cinema Fox Village. Ela e Franklin chegaram em uma limusine preta e saíram do carro para os flashes e microfones. Ela posou em seu vestido de cetim verde-floresta, enquanto Franklin segurava sua estola de mink; em seguida, posou de novo com Tom Morgan, o ator principal. Franklin se aproximou e disse que era hora de entrar.

O filme não era nenhuma obra de arte, mas a maioria dos convidados parecia estar gostando. Um crítico virou para trás e falou com Franklin.

— O filme é um lixo.

— Mas...? — Franklin sorriu, sem se abalar.

O homem riu.

— Você conseguiu de novo, Franklin. Ela é material de primeira. — Ele piscou para ela e virou-se para assistir ao restante do filme.

Franklin estava entusiasmado com o sucesso de Lena. Foram à festa dos produtores para comemorar. Ele a brindou com uma taça de champanhe.

— Parabéns, Lena.

Abra tinha passado o dia inteiro nervosa demais para comer qualquer coisa, então Franklin foi até o bufê e preparou um pequeno prato de comida para ela. Ela comeu e tomou mais uma taça de champanhe. Havia uma orquestra tocando, e ela quis dançar. Teria ficado lá muito mais tempo, mas ele disse que era tarde e tinham compromissos de manhã. Ambos ainda estavam entusiasmados ao voltar para o apartamento.

Quando Franklin abriu a porta, Abra ergueu os braços e entrou valsando e cantando.

— "Abril em Paris..."

Ele fechou a porta rindo.

— Temos que melhorar seu canto.

Ela se virou para ele e segurou-se nas lapelas de seu paletó para não se desequilibrar.

— Eu fui um sucesso, não fui?

— Foi. — Ele se inclinou e a beijou. Ela emitiu um som de surpresa e oscilou para o lado. Ele a segurou. — Lena. — Ele a apertou inteira nos braços dessa vez e pressionou a boca sobre a dela. Parou depois de um momento, segurou-lhe a mão e a conduziu pelo corredor. Ela parou diante da porta de seu quarto, mas sentiu que ele continuava a puxá-la.

— Franklin.

— Shhh. — Ele a beijou outra vez, removendo a estola de mink e jogando-a no chão. Soltou-a só o tempo suficiente para tirar o paletó. — Lena. — Talvez tenha notado algo nos olhos dela, porque parou de se despir para acariciar-lhe o rosto, os ombros. — Não vou machucá-la. Eu juro.

Ele manteve a palavra. Não a machucou. Também não a fez sentir nada. Depois de terminar, ele a abraçou.

— Eu queria esperar. Queria que levasse mais tempo. — Suspirou, relaxado. — Na próxima vez será melhor.

*Próxima vez.* Abra sabia que não haveria volta.

Dylan sempre se afastava dela depois de acabar. Franklin a abraçou. Quando ele dormiu, ela tentou se levantar. Ele acordou e a puxou para junto de si.

— Aonde vai?

— Para o meu quarto.

— Este é seu quarto agora. — Ele deslizou o braço sob o pescoço de Abra e pôs uma das pernas sobre as dela. — Eu te amo. — Esfregou o nariz no pescoço dela. — Humm, você cheira tão bem. — Franklin suspirou. — Durma, Lena.

Ela controlou a vontade de se soltar do abraço dele e se forçou a relaxar. Ele afrouxou os braços para que ela pudesse virar de lado e usar o braço dele como travesseiro, então o outro braço veio sobre ela, possessivo.

Abra ficou deitada, totalmente desperta, no escuro, ouvindo a respiração dele, sentindo o calor de seu corpo nas costas.

A vida seria perfeita se conseguisse se apaixonar por ele.
Ia tentar.
Primeiro, teria de esquecer que Abra Matthews existira um dia.

═══

Para Joshua, a vida se acomodara à velha rotina — trabalho, tempo com os amigos, leitura da Bíblia, caminhada pelas colinas nos dias de folga —, mas ele sentia uma inquietude crescendo em si, uma sensação de que havia mais na vida e mais no plano de Deus para ele do que aquilo.

Seu pai deixou um bilhete avisando que tinha uma reunião e chegaria em casa tarde. Joshua esquentou as sobras para o jantar. Irrequieto, decidiu ir ao cinema. Não sabia o que estava passando, mas pegou o carro e foi até o centro da cidade mesmo assim. Não havia mais onde estacionar perto do cinema, e ele teve de parar em outra rua. O letreiro anunciava *Amanhecer dos zumbis* em grandes letras vermelhas. Ele fez uma careta e seguiu em direção ao Bessie's, dando uma olhada rápida no cartaz dentro da moldura de vidro ao passar. Sentiu calor, depois frio. Deu um passo para trás e olhou de novo.

Joshua nunca esperara ver Abra estrelando um filme de terror. Tinha longos cabelos negros agora, não as abundantes ondas ruivas. O cartaz a mostrava gritando e fugindo, aterrorizada, de um zumbi com braços estendidos.

Ele leu os créditos. *Lena Scott*. O pai tinha dito que ela havia mudado de nome. Contara a ele sobre a revista de cinema que Priscilla lhe mostrara. Joshua foi até a bilheteria e reconheceu um dos adolescentes da igreja trabalhando ali.

— A que horas começa *Amanhecer dos zumbis*?

O garoto pareceu surpreso.

— Começou há dez minutos.

— Um ingresso, por favor.

— Tem certeza? Não é seu tipo de filme.

— Você já viu?

— Já... — Ele corou. — Três vezes, na verdade.

Era sexta-feira à noite e o cinema estava lotado. Ele encontrou um lugar na última fila, entre dois casais que não pareceram felizes por vê-lo sentar ali. Joshua os ignorou e fixou os olhos na tela. Era Abra, sem dúvida, vestida com uma anágua de crinolina de cintura apertada e com um decote profundo que revelava demais.

A história, ambientada em New Orleans antes da guerra civil, movia--se lentamente. O noivo dela tinha uma fazenda e escravos que praticavam vodu. Houve um casamento, em que Abra dançou alegremente com o noivo fogoso, o qual teve uma morte trágica quando caiu de um cavalo, poucos dias depois. Enquanto ela chorava, sua sogra procurou os escravos, que fizeram um ritual que garantia que o filho se ergueria do túmulo. E ele de fato se ergueu, como um zumbi que estrangulou um possível pretendente de sua jovem viúva de seios volumosos, antes de desaparecer no pântano. Mais tarde, ele voltou em fúria, lançando-se da escuridão para atacar uma vítima após outra. Felizmente, os produtores deixaram os banquetes do zumbi para a imaginação, mas, a cada vez que alguém gritava na tela, uma dúzia de meninas no público gritava junto.

A música mudou, avisando ao público que a bela noiva do herdeiro morto, em uma camisola vaporosa e ondulante de chiffon e renda, adormecida na cama de dossel, estava em perigo. Duas vezes o zumbi já estivera no gramado, olhando tragicamente para a janela dela. Dessa vez, ele abriu o portão rangente do mausoléu e começou sua lenta, desajeitada e laboriosa caminhada até a mansão. A garota agitou-se na cama e se sentou, com a camisola mal cobrindo os seios fartos.

Joshua sentiu um choque ao vê-la tão despida. O calor se espalhou e se centralizou quando ela afastou os lençóis, revelando pernas esguias e bonitas. Quantos garotos naquele cinema estariam sentindo o mesmo que ele?

A jovem chamou a criada, que estava, naquele momento, sendo atacada no andar inferior. Ela vestiu um roupão esvoaçante, correu para a janela e olhou para a noite iluminada pelo luar. Um lobo uivou.

Joshua revirou os olhos, imaginando se um lobisomem surgiria do meio da mata para salvar a situação.

O zumbi subiu as escadas. Abriu a porta e moveu-se pesadamente sob a luz da lamparina. A jovem teria de ser surda como um poste para não ouvir o bater e arrastar daqueles pés atravessando o piso de madeira de seu quarto, mas permanecia ali, recostada à janela aberta, sonhando com alguma coisa ou alguém, os cabelos negros descendo em ondas pelas costas. Ela se virou. Claro que era tarde demais.

O grito de Abra penetrou o peito de Joshua. Soava tão autêntico que lhe arrepiou todo o corpo.

A cena do funeral foi feita em um cemitério antigo. O caixão estava aberto, com Abra fingindo-se de morta em um vestido e véu de casamento brancos, buganvílias espalhadas sobre os seios como gotas escuras de sangue. Seus irmãos choravam enquanto deslizavam o caixão para dentro da gaveta do mausoléu da família e trancavam a porta. Anoiteceu. Musgos pendiam de árvores. A neblina se elevava enquanto a lua subia no céu. O zumbi apareceu à porta do mausoléu. Quebrou o cadeado com as mãos nuas e entrou. Na cena seguinte, ele havia, de alguma maneira, conseguido tirar a noiva do caixão. Ela se transformara em um zumbi também, claro, mas, ao contrário do macabro marido da tela, ela era linda, embora sua expressão facial e os olhos fossem destituídos de vida, e o rosto, ao luar, pálido como a morte. Quando o zumbi a tomou em seus braços em decomposição, ela gemeu em êxtase. Na última cena, o casal caminhava de mãos dadas através da neblina do pântano. Juntos. Para sempre.

Joshua agradeceu a Deus quando o filme acabou.

Um garoto sentado duas filas à frente bufou alto.

— Cara, que filme idiota!

— Aposto que vai ter uma sequência.

— O filme é ridículo, mas o que é aquela garota? Uau!

— Nem me fale. Ela vale o preço de outro ingresso.

— Quando ela se inclinou na janela, eu achei que ia cair de dentro do vestido.

O garoto riu.

— Vamos ver de novo.

Sentindo-se enjoado, Joshua saiu para tomar ar. O sol tinha se posto enquanto ele estava dentro do cinema. Entrou na caminhonete e saiu da cidade. Estacionou onde sempre parava e subiu em direção às colinas. Sentou-se com as costas apoiadas em uma pedra e levantou os olhos para as estrelas. Tinha vontade de dirigir até Hollywood e encontrá-la. Queria fazê-la voltar para casa. Mas e depois? Amarrá-la?

Os batimentos de seu coração se acalmaram, mas os pensamentos continuavam agitados. Abra parecia tão diferente. Só alguém que a amava e a conhecia bem a reconheceria. Outros poderiam pensar que Lena Scott tinha uma grande semelhança com Abra Matthews, mas descartariam a ideia de que uma garota de Haven pudesse se tornar atriz de cinema, quanto mais uma que exalava sexo, como uma cortesã experiente.

Talvez Lena Scott fosse sósia de Abra.

Joshua passou os dedos pelos cabelos e apoiou a cabeça nas mãos. Ele era homem e não era cego. Ela havia crescido e encorpado nos últimos três anos. Não era mais uma adolescente ruiva de faces frescas, mas uma mulher sensual de cabelos negros que afetava inocência com olhos mundanos. Não seriam apenas adolescentes a desejá-la. E aqueles dois garotos não eram os únicos que queriam vê-la outra vez.

Abra era uma estrela de filmes B.

Mas aquele grito... A expressão nos olhos dela. Seria tudo encenação?

Joshua pegou uma pedra e lançou-a nas sombras escuras da colina lá embaixo. Soltando o ar, olhou para o céu noturno, as estrelas espalhadas como partículas de poeira cintilantes. Ele ia esperar. Continuaria esperando até sentir o empurrão para fazer algo mais além de esperar. Mesmo que isso jamais acontecesse.

Joshua estacionou na travessa ao lado de casa. Seu pai ainda estava acordado. A luz da cozinha estava acesa. Joshua entrou pela porta dos fundos e o encontrou sentado à mesa.

— Desculpe por ter chegado tão tarde.

— Eu não estava preocupado.

— Você comeu? — Joshua tirou da geladeira ingredientes para um sanduíche. — Posso preparar algo.

— Eu jantei no Bessie's.

O tom desanimado da voz do pai fez Joshua olhar para ele.

— Você viu o cartaz no cinema.

— Vi.

— Eu fui ver o filme. — Ele pegou uma faca, abriu um pote de mostarda e espalhou um pouco em uma fatia de pão.

— E...?

— Ela é uma boa atriz.

— Sempre foi.

═══

Franklin serviu-se uma dose de uísque e sentou no sofá, com um roteiro entre as mãos.

— Toque alguma coisa. — Abra foi para o banquinho do piano. — Não escalas. — Ele parecia irritado. Estava lendo roteiros havia dias, procurando o veículo certo para a próxima passagem de Lena Scott pelo mundo de faz de conta em celuloide. — Algo suave.

Ela tocou com delicadeza, cantarolando como Mary Ellen. "Estou seguindo no caminho para cima, novas alturas eu ganho a cada dia; ainda rezando enquanto avanço: 'Senhor, planta meus pés em solo mais alto'."

Ela nem percebeu que havia começado a cantar até Franklin falar.

— As lições de voz estão ajudando. Gosto disso que você está cantando. — Ele deixou o roteiro de lado. — Resume a nossa busca, não é? Tentando alcançar solo mais alto.

Abra ergueu as mãos do piano, percebendo que estava tocando um pot-pourri de hinos que Mitzi montara como um prelúdio. Levantou-se e parou junto à janela, olhando para a rua movimentada lá embaixo. Franklin odiava ragtime, e ela odiava blues. Não pretendera tocar hinos, mas eles pareceram ter vindo do nada. Será que Deus estava fazendo algum tipo de piada cruel com ela?

— Podemos ir a uma loja de instrumentos musicais para eu escolher algumas partituras?

— Você não tem tempo para isso. Estamos tentando transformá-la em atriz, não em pianista de concerto. — Franklin pegou de novo o roteiro que tinha deixado de lado, jogou-o sobre a mesinha de centro e bateu no assento do sofá a lado. — Venha aqui. — O tom dele a arrepiou, mas ela foi como um cachorro chamado pelo dono. Franklin pôs o braço em volta dela. — Você parece distante hoje. Em que está pensando?

Ele já controlava demais a vida dela. Não o queria dentro de sua cabeça também.

— O roteiro é bom ou ruim?

— Esqueça o roteiro. — Ele levantou o queixo de Abra e a beijou. Ela lutou contra a vontade de se afastar, levantar e sair. Ele ficaria magoado ou bravo; uma coisa sempre levava à outra. Diria coisas que a fariam se sentir ainda mais culpada. — Humm, você cheira tão bem.

— Murray está experimentando alguns novos produtos em mim.

— Diga a ele que eu aprovo.

Ela não estava no estado de espírito para o que ele tinha em mente e tentou distraí-lo com trabalho.

— Me conte sobre o roteiro.

— Um faroeste bem bonzinho.

— Você consegue me ver montando um cavalo ou atirando com uma arma? — Provavelmente, Franklin arrumaria mais aulas para garantir que ela conseguisse fazer ambas as coisas, se achasse que o roteiro valia a pena.

— Você faria o papel de uma prostituta com um coração de ouro, como Kitty Russell em *Gunsmoke*.

Perfeito. Bem adequado para ela.

— Kitty é proprietária do saloon, não uma prostituta.

— Dois anos com Dylan e Lilith, e você ainda é ingênua.

Ele se levantou e foi até o bar. Ela o seguiu e o viu encher novamente o copo com Chivas Regal. Franklin misturou rum e Coca-Cola e deslizou o copo sobre o balcão, em direção a ela. Ele sempre lhe dava uma bebida antes de abordar assuntos desagradáveis. Como ser atriz. Começava a perceber que ela talvez nunca se sentisse à vontade na frente das câmeras. Levaram dois meses para filmar *Amanhecer dos zumbis*, e ela sentira o estômago enjoado todos os dias. Nunca se acostumara às pessoas observando-a através das lentes. Sentia-se um germe sob um microscópio. Tudo era estudado, criticado.

— Você já viu *No tempo das diligências?* — Franklin bateu o copo no dela em um brinde. — Este segue pela mesma estrada poeirenta.

Ela tomou um gole. Ele fizera o drinque forte.

— Eu detesto atuar, Franklin.

— Todo mundo é ator, Lena, e você tem um talento natural.

Será que ele a havia escutado?

— Fico enjoada toda vez que entramos no set.

— Medo de palco acompanha o pacote. Muitos atores têm isso. Às vezes dá um toque especial à atuação.

Não adiantava discutir. Ele não a deixaria dizer não. Ela parou de beber. Só pensar em fazer outro filme já a deixava tensa. Todas aquelas pessoas atrás das luzes, observando cada movimento que ela fizesse. Foi especialmente constrangedor quando ela teve de usar uma camisola quase transparente.

Franklin sentou-se, com uma perna de cada lado na banqueta ao lado dela, e falou sobre o roteiro. Abra terminou o drinque e se levantou. Ele preparou mais um, enquanto ela andava de um lado para outro. E ele continuava falando.

— Podemos sair para andar um pouco, Franklin? Me sinto engaiolada aqui.

Ele pôs outro rum com Coca-Cola sobre o balcão e disse para ela se sentar e beber, porque isso a ajudaria a relaxar e pensar melhor.

Ela pegou o copo, esvaziou-o de uma vez e pousou-o de novo.

— Está feliz agora? — Abra se estendeu no sofá. Seus músculos de fato relaxaram. Sentia-se quente e ligeiramente embriagada. Ele falava sobre negócios, críticas de cinema, concorrentes, audições se aproximando. Ela odiava audições.

Franklin se sentou na beira do sofá e afastou seus cabelos da testa.

— Você nem está ouvindo, está?

— Eu odeio atuar, Franklin.

— Eu sei. — A mão dele moveu-se pelo corpo de Abra. — Mas você é muito boa nisso.

Ela não gostou do modo como ele disse aquilo.

— Eu sou boa em gritar. — Os críticos elogiaram essa parte de sua atuação, embora não tanto quanto sua aparência na camisola esvoaçante. — Nunca serei Susan Hayward ou Katharine Hepburn. — Por que não dizer em voz alta? — Ou Pamela Hudson.

Ele afastou as mãos.

— Você não leu os jornais? O último filme dela foi uma bomba. A carreira dela acabou.

— Eu não acho que ela se importe, Franklin.

— Ah, ela se importa. Acredite em mim. Eu a conheço. Você esquece que eu dormi com ela por um ano, antes de ela decolar como uma bruxa em uma vassoura. Ela se casou para impulsionar a carreira.

Abra sentia-se mole.

— Ela está esperando outro bebê.

— É. Ela não sabia que seu Romeu de meia-idade queria uma família.

O marido de Pamela não era muito mais velho que Franklin, mas Abra achou melhor não mencionar esse fato.

— Neste meio, bebês são o beijo da morte para uma carreira. — A risada dele era maldosa. — Posso imaginar o que ela pensou quando o marido sugeriu você como estrela do próximo filme.

Ela o fitou, boquiaberta.

— Isso é verdade? — Abra não pôde deixar de se sentir lisonjeada.

— Ah. — Ele sorriu. — Vejo uma pequena faísca de desejo de atuar em seus olhos. — Ele se levantou. — Eu disse que não, claro. Você está subindo, não descendo.

— Achei que ele era um dos melhores diretores em atividade.

— Um diretor é tão bom quanto seu último filme. O erro dele foi pôr Pam no papel principal. Ela sempre achou que a aparência seria suficiente para segurar a onda.

— Você antes acreditava nela.

— Enquanto ela ouvia e aprendia, tinha potencial. Agora, não tem nada.

— Tem um marido. Tem filhos. Ela tem uma vida.

— Uma vida? Você chama trocar fraldas sujas e correr atrás de crianças de uma vida? A sua vida é empolgante. Você vai ser maior do que jamais sonhou. — Ele preparou mais um drinque para Abra.

Ela se sentou e o pegou. Coragem líquida.

— Todo esse seu empenho não é realmente por causa de Lena Scott, certo, Franklin? É para se vingar de Pamela Hudson.

Os olhos dele ficaram glaciais enquanto a examinavam, mas se aqueceram rapidamente.

— Talvez seja, um pouco. Você não gostaria de se vingar de Dylan, fazê-lo se arrepender por tê-la dispensado? — Ele riu e virou o uísque. — Somos um bom par, não?

"Vaidade das vaidades; tudo é vaidade." O velho rei Salomão sabia bem do que estava falando.

Ele mudou de assunto. O novo professor de atuação havia lhe dito que ela aprendia rápido. Franklin sabia que ela era boa, mas queria fazê-la ainda melhor. Ela sabia que ele tinha metas altas. Ele faria de tudo até que Lena Scott fosse número um nas bilheterias, e então miraria mais alto ainda. Por que não um prêmio da Academia? Que tal uma peça na Broadway, e um Tony? Ele nunca estaria satisfeito.

— Tenho vinte anos e nem sei dirigir.

Ele lhe lançou um olhar surpreso.

— Para onde você iria?

— Qualquer lugar. Nenhum lugar. Algum lugar longe deste apartamento! — *E de você*, ela queria acrescentar. Queria fugir de suas exigências constantes, suas ambições insaciáveis e sua fome física.

Ele se aproximou dela.

— Você está toda tensa outra vez. — Tocou seu corpo como o escultor tocaria a própria obra, admirando seu trabalho.

Ela se levantou e e se acomodou em uma banqueta do bar.

Franklin levantou também, parecendo irritado.

— Eu lhe disse que não seria fácil. Você falou que poderia fazer o trabalho. Eu avisei como seria. Você assinou o contrato. Só estou cumprindo minha parte no trato. — Ele se aproximou e parou na frente dela, cercando-a outra vez.

— Eu sei, Franklin. — Às vezes se sentia tão cansada. Estava em uma corrida que não poderia vencer.

— Então é isso. Estamos de acordo. É preciso tempo e dedicação de ambas as partes. Fizemos um pacto. Dediquei minha vida a você.

— Você tem outros clientes, não tem?

— Ninguém como você. São todos atores secundários, coadjuvantes que fazem tipos característicos, e todos estão indo bem, devo acrescentar. — Ele segurou o rosto dela. — Você é especial, Lena. Eu amo você. Estou fazendo tudo isso por você. — Parecia tão sério, tão sincero; ela sabia que ele acreditava em tudo o que dizia.

Ela levou um susto quando o telefone tocou. Franklin a beijou levemente.

— É a oferta que eu estava esperando. — Ele parou ao lado do telefone e deu uma piscada para ela. Deixou tocar mais três vezes antes de atender. — Tom! Que bom ouvi-lo.

Abra voltou para o piano. Era o único lugar naquele mundo em preto e branco em que se sentia em casa. Tocou algumas notas. Franklin estalou o dedo e meneou a cabeça em sua direção. Abra teve vontade de martelar "Maple Leaf Rag", mas fechou o piano como uma boa menina e tomou a direção do quarto. Franklin tampou o bocal do telefone.

— Sente-se no sofá.

Ela desabou no sofá, enticando-se. Fechou os olhos, desejando poder fechar os ouvidos também. Assim não teria de ouvi-lo, vendendo-a como um carro usado. *Lena sabe fazer isso; Lena sabe fazer aquilo; Lena pode fazer qualquer coisa que você quiser.* Se não pudesse, Franklin daria um jeito para que ela aprendesse.

— Se ela sabe nadar? — Ele nem olhou para ela. — Como um peixe. — Ficou ouvindo por um minuto e então riu. — Uma sereia? Parece interessante. Mande o roteiro. Esta semana não dá, Tom. Impossível. A agenda dela está lotada. É melhor você enviar o roteiro por um mensageiro, se quiser que ela leia nos próximos dias. Estão chovendo propostas.

Um pequeno exagero. Havia apenas sete roteiros sobre a mesa. Uma sereia? Quanto tempo o diretor ia querer que ela ficasse embaixo d'água? Já se sentia afogar.

— Está falando sério? — A risada de Franklin foi sincera dessa vez. Ele ouviu e deu um riso cínico. — Essa eu não previa. Parece bem o estilo dele. Imagino que a mamãe pode dar um jeito para que aconteça. — Ele desligou, torcendo os lábios. — Dylan apresentou uma proposta para um programa de jogos na tevê. Ele está tentando arrumar patrocinadores.

Franklin começou a falar do enredo, sobre uma sereia que salva um pescador que caiu de um barco em uma tempestade.

Abra suspirou.

— Então agora vou ser uma sereia, em vez de uma prostituta com um coração de ouro?

Franklin remexeu nos roteiros e jogou um sobre a barriga dela.

— Sente-se e leia. Este vai mostrar outro lado do seu talento.

Abra reconheceu o título e largou-o no chão.

— Não sei cantar nem sapatear.

— Você está aprendendo.

— Franklin! — Ela sentiu um borbulhar de pânico. — Você acabou de dizer a esse Tom Qualquer-Coisa para enviar o roteiro por um mensageiro!

Ele recolheu o roteiro que ela havia largado como uma batata quente e sacudiu-o diante dela.

— Este é melhor para sua carreira, e a produção do Tom só vai ficar pronta para começar daqui a quatro meses. Você terá tempo de fazer os dois filmes, desde que o roteiro do Tom seja tão bom como ele diz que é.

O coração de Abra agitou-se como um passarinho preso nas mãos dele. Quanto mais ela se debatia, mais os dedos dele se fechavam a sua volta.

— Eu não sou Debbie Reynolds.

— Ela também não sabia dançar quando assinou o contrato para *Cantando na chuva*. Aprendeu no set, quando Fred Astaire a encontrou soluçando embaixo de um piano, depois de uma cena de dança com Gene Kelly.

— Eu também não sou Esther Williams!

— Pare de se preocupar o tempo todo! Você consegue fazer.

— Não consigo!

Ele perdeu a paciência.

— Você consegue e vai fazer. Eu arrumo os papéis, e você aprende o que tiver que aprender para fazê-los. Essa é a sua parte em nosso plano. Lembra? — Ele jogou o roteiro no sofá. — Leia! É um bom filme, bom dinheiro, e nós não vamos recusar!

Bom dinheiro? Ela tremeu por dentro, cheia de medo e raiva.

— Eu ainda não vi um dólar depois de todo o meu trabalho naquele filme dos zumbis.

Ele se virou e apertou os olhos.

— Você está sugerindo que eu estou te enganando?

— Eu não disse isso!

— É melhor mesmo. Apenas para que fique claro: já investi muito de meu próprio dinheiro em você. O pouco que você ganhou está sob custódia. Você terá um belo pé de meia algum dia.

— Bem que eu gostaria de aproveitar uma meiazinha dessas agora mesmo.

Ele deu um sorriso breve.

— E em que você gastaria? Sapatos?

— Aulas de direção!

Ele riu como se ela estivesse brincando.

— Tenho mais algumas ligações para fazer. — E se dirigiu ao escritório. — Leia o roteiro! Quem sabe? Você pode descobrir que adora sapateado.

Era como se ele já tivesse fechado o contrato. Ela sentiu o peso de correntes pesadas. Não podia jogar fora o roteiro, mesmo que quisesse. Havia vendido a própria vida. Franklin era seu proprietário.

Pelo menos ele a amava. Ou ela achava que sim. Pelo menos ele não a deixava sozinha e saía com outras mulheres, como Dylan fazia. Não tinha intenção de partir seu coração e arruinar sua vida. Ao contrário. Frustrada, ela disse a si mesma para parar de choramingar e reclamar. Passou os dedos pelos cabelos, puxando-os para cima e fazendo um rabo de cavalo. Levantou-se e remexeu uma gaveta da cozinha à procura de um dos elásticos do jornal da manhã. Depois, sentou-se com as pernas cruzadas no sofá e abriu o roteiro.

Franklin voltou para a sala.

— Mas o quê...? — Ele atravessou a sala e estendeu a mão na direção dela. Assustada, Abra recuou. Ele enfiou um dedo dentro do elástico e o puxou, levando uma dúzia de fios de cabelo junto. Ela soltou um gemido de dor enquanto os cabelos caíam sobre os ombros. — Quem você está achando que é? — Ele a olhou com irritação.

Ela o olhou de volta, chocada com a intensidade de sua fúria.

— Não estou achando nada. — Fora a primeira vez em um longo tempo que ela havia sido simplesmente Abra.

═══

Os alunos da turma de 1950 do Colégio Thomas Jefferson lotavam o Hotel Haven. Setenta e oito haviam comparecido para a reunião, organizada por Brady e Sally Studebaker, Henry e Bee Bee Grimm e Joshua, que haviam passado semanas brincando de detetives para localizar os colegas de classe. Apenas sete anos haviam se passado desde a formatura, mas eles acharam que já era hora de reunir os amigos. Sally e Bee Bee queriam um jantar dançante formal. Brady, Henry e Joshua queriam um piquenique despretensioso no Riverfront Park. Chegaram a um meio-termo, concordando com um bufê e dança no hotel, com um DJ local que manteria a música rolando.

A maioria dos que moravam fora da cidade chegou com alguns dias de antecedência; alguns ficaram no hotel, outros com os pais que ainda moravam em Haven. Janet Fulsom e o marido, Dean, vieram do vale Central. Steve Mitchell trouxe a família de Seattle. Ele e a esposa disseram que não conseguiam sair à noite desde que haviam nascido os gêmeos e, agora, agradeciam aos pais de Steve por terem ficado com os pequenos naquele dia. Lacey Glover tinha se casado com um agente imobiliário de Santa Rosa e estava grávida de sete meses.

Joshua viu Dave Upton chegar com a esposa. Ele não havia confirmado presença, e a festa já estava animada quando entraram. Dave tinha toda a pinta de um empresário de sucesso, de terno escuro, camisa branca e gravata. Só faltava a pasta de couro preta. Vinha com o braço na cintura da esposa, uma loira esguia em um vestido preto básico. Dave olhou em volta, como se estivesse procurando alguém. Quando seus olhares se encontraram, Joshua sorriu e levantou a mão em um cumprimento. Dave se inclinou para falar com a esposa e a conduziu na direção oposta.

Antigos ressentimentos não se desfazem com facilidade, Joshua imaginou. Esperava que eles tivessem uma oportunidade de conversar. Ele falou com Lacey e o marido, enquanto Sally e Brady dançavam como um casal de adolescentes.

A risada de Sally fez Joshua sorrir. Ela começara a se dar melhor com a mãe depois que ela e Brady ficaram juntos. Brady e Sally levavam Laverne à igreja e depois voltavam à casa dela para o jantar de domingo. Sally dizia que estava vendo agora como duas pessoas podiam brigar e se amar mesmo assim. Mitzi tinha convidado Laverne para um almoço de mulheres, e Laverne acabou sendo chamada para o clube de confecção de colchas. Com todas essas ocupações, ela havia deixado a vida de Sally menos complicada.

Joshua estava sentado em uma mesa vaga quando ouviu uma voz grossa a seu lado.

— Eu soube que você e Sally ficaram juntos por um tempo. — Joshua olhou e viu Dave em pé, ao lado da esposa. Joshua se levantou, respeitoso. Dave ergueu o copo de cerveja. — Sinto muito que as coisas não tenham dado certo para você. — Ele parecia qualquer coisa, menos sentido. Sua esposa o fitou com ar surpreso, depois olhou para Joshua a fim de avaliar sua reação.

— Na verdade, eu diria que as coisas deram muito certo. — Joshua fez um sinal com a cabeça na direção de Sally e Brady, que agora se abraçavam para uma valsa e pareciam estar nas nuvens. Puxou uma cadeira. — Querem se sentar comigo? — Ele sorriu para a esposa de Dave. — A propósito, sou Joshua Freeman.

— Kathy. — A loira esbelta se apresentou e estendeu a mão. Seu sorriso se refletia nos olhos azuis. — David parece ter esquecido as boas maneiras. — Seu aperto de mão era firme.

Joshua gostou dela logo de cara.

— É um prazer conhecê-la, Kathy.

— David falou muito de você, todos estes anos. — Dave lhe dirigiu um olhar, mas ela não notou. Quando ele pôs a mão no cotovelo dela, Joshua percebeu que ele queria estar em qualquer lugar, menos ali. Kathy soltou o braço e sentou-se na cadeira que Joshua tinha oferecido.

Dave não escondeu a irritação.

— Eu achei que você queria dançar.

Ela o fitou.

— E você disse que não queria.

— Mudei de ideia.

— Então vá. Você tem muitas amigas aqui. Dance com uma delas. Eu quero conhecer Joshua. — Ela olhou para Joshua outra vez. — David disse que vocês foram escoteiros na mesma época.

Lívido, Dave deu uma risada curta e fria, puxou uma cadeira e sentou.

— O Joshua era fanático. Tinha que ganhar todas as insígnias. Não é verdade? Ele chegou à categoria Eagle antes de se formar no colégio. Construiu uma rampa na biblioteca, para os veteranos aleijados poderem olhar os livros. — Os olhos dele se apertaram. — Você não foi para a faculdade, foi?

— Não tinha como pagar.

— Que pena. Não se vai longe atualmente sem um diploma. — Dave não deu atenção ao evidente constrangimento de Kathy. Ela o encarou, mas ele continuou falando. — Você nunca saiu de Haven, não é?

— Estive três anos no exército.

— Ah, sim, eu me esqueci. Você se alistou, não foi?

— Fui convocado.

— Eu achei que talvez você tivesse se alistado para compensar pelo seu pai.

Joshua sentiu o calor subir por dentro, mas se controlou.

— David! — Kathy pôs a mão no joelho dele. — O que deu em você? Ele pôs a mão sobre a dela, mas encarou Joshua.

— Carpinteiro. Não é isso que você é?

— Sim, é isso.

Dave deu uma risada de menosprezo.

— Joshua foi votado na escola como o que tinha maior chance de sucesso. E agora constrói aqueles bangalôs cafonas que estão se espalhando como praga por toda parte. Você ainda mora com seu pai? Aposto que nem tem dinheiro para comprar a casa própria.

Kathy retirou a mão de baixo da dele e o olhou como se não o conhecesse nem o apreciasse. Uma expressão de desculpas passou brevemente pelo rosto de Dave.

— Venha. — Ele pousou o copo vazio na mesa e segurou a mão da esposa. — Vamos dançar.

Ela se soltou.

— Prefiro conversar com Joshua.

— Como quiser. — Ele se levantou e foi embora.

Kathy ficou olhando enquanto ele se afastava.

— Não sei o que o está incomodando. — Ela se virou para Joshua. — Desculpe a grosseria do David. Ele não costuma ser assim.

— Não precisa se desculpar. — Joshua notou que Dave havia se juntado a uma dupla de colegas do futebol no bar. Esperava que as coisas não engrossassem.

Kathy notou também.

— Só viemos a Haven umas duas vezes, para visitar os pais dele. — Ela sorriu para Joshua. — Conheci Paul Davenport e Henry Grimm. Eles falaram de você. Paul disse que vocês quatro eram melhores amigos quando estavam na escola. Disse que houve uma briga, mas não quis me contar o que foi. O que aconteceu?

— É melhor você perguntar ao Dave.

— Eu perguntei. Ele diz que não lembra. — Ela franziu a testa. — Mas é claro que lembra. O que ele quis dizer com aquela história de compensar pelo seu pai?

— Meu pai foi contra colocar os japoneses americanos em campos de prisioneiros. O tio do Dave estava no USS *Arizona*. — Joshua pôde perceber que Kathy estava tirando conclusões.

Ela ainda parecia incomodada, mas não o pressionou. Em vez disso, fez perguntas sobre Haven e o Riverfront Park. Quis saber das escapadas de bicicleta. Meia hora se passou até que Dave voltasse. Kathy sorriu e segurou a mão dele. Ele se sentou ao lado dela. Parecia um pouco mais amistoso.

— Joshua estava me contando sobre os velhos tempos em que você, ele, Paul e Henry subiam juntos as colinas. Ele disse que um touro correu atrás de você um dia.

Dave parecia querer dizer alguma coisa. Kathy lhe deu espaço, mas ele permaneceu em silêncio.

Joshua tentou facilitar as coisas.

— Seu pai deu seu endereço ao meu. Foi assim que eu soube para onde mandar o convite.

— Eles se conhecem?

— Eles são amigos já há algum tempo. Os dois gostam de pescar.

Seu pai tinha se encontrado com o pai de Dave à margem do rio Russo, pouco depois de Dave ter saído de casa para a faculdade. Michael Upton sabia que o filho tinha batido em Joshua. Não havia sido ideia dele. Falou sobre o irmão que tinha morrido no USS *Arizona*. Zeke comentou sobre as trabalhadoras famílias Nishimura e Tanaka, e sobre como Bin Tanaka havia servido de maneira honrosa na Europa. Enquanto eles ficaram em um campo de prisioneiros, sua propriedade acabou sendo tomada e vendida para Cole Thurman. Ambos conversaram muito naquele dia e marcaram de pescar juntos algumas semanas depois. Zeke e Michael Upton tornaram-se bons amigos.

Joshua deu a Dave alguns segundos para absorver a ideia, antes de acrescentar seus próprios sentimentos.

— Eu estava torcendo para você vir hoje, Dave. Faz muito tempo, amigo. — Quando ele não respondeu nada, Joshua se levantou. — Foi bom te ver. — Ele cumprimentou Kathy com um gesto de cabeça. — Foi um prazer, Kathy.

# 12

*Por que não deveria eu, se tivesse*
*coração para fazê-lo,*
*Como o ladrão egípcio à beira da morte,*
*Matar o objeto de meu amor?*
*Um ciúme selvagem*
*Que às vezes tem sabor nobre.*
WILLIAM SHAKESPEARE

Joshua adormeceu assim que sua cabeça tocou o travesseiro. Acordou no escuro. O telefone estava tocando, mas isso não era incomum. Chamadas no meio da noite eram parte do trabalho do pai como pastor. Joshua rolou e puxou o travesseiro sobre a cabeça. Tinha acabado de dormir de novo quando sentiu a mão de Zeke em seu ombro.

— É para você, filho.

— Quem é?

— Ele não disse.

Sonolento, Joshua se sentou e esfregou o rosto. Vestiu uma camiseta e foi para a sala atender.

— Alô?

— Sou eu.

Dave.

— Você está bem?

— Estou bêbado, mas quero falar com você. — O tom de voz dele não era beligerante.

Joshua tinha tentado conversar com Dave ao longo dos anos. Ele nunca se mostrara disposto. Agora queria conversar, bêbado e no meio da noite?

— Onde você está?

— Em uma cabine telefônica ao lado da estação ferroviária. Que tal amanhã? — Soltou um palavrão. — Já é amanhã, não é? Que tal hoje? Kathy e eu vamos embora de manhã. Tenho que estar de volta a Los Angeles na segunda-feira cedo. — Sua voz se arrastava. — Que horas são agora? Não consigo enxergar meu relógio. — Joshua lhe disse. Ele soltou outro palavrão. — Algum lugar aberto tão cedo assim?

— O Bessie's. — Ela já devia estar fazendo café. — Kathy sabe onde você está?

— Sabe. Ela me disse que não vai falar comigo enquanto eu não falar com você.

*Que ótimo.* Joshua teria gostado mais se aquela conversa tivesse sido ideia de Dave.

— Encontro você no Bessie's daqui a meia hora. — Isso daria tempo a Dave de caminhar desde a estação. O ar fresco da noite talvez lhe clareasse a mente.

O sininho da porta soou quando Joshua entrou no café. Viu Dave sentado a uma mesa, com os ombros curvados, as mãos segurando uma caneca de café fumegante como se ela contivesse o elixir da vida. Ainda estava com o terno elegante, mas sem a gravata italiana e com os dois botões superiores da camisa abertos. Joshua sentou-se diante dele. Susan colocou uma caneca na mesa e a encheu de café quente, recém-coado. Completou a caneca de Dave sem perguntar. Ele murmurou um agradecimento frouxo, mas não levantou a cabeça até que Susan voltasse para trás do balcão, de onde não poderia ouvir.

— O que aconteceu com a gente, Josh?
— Você que tem que me dizer, Dave.

Dave sacudiu a cabeça, com os olhos vermelhos e turvos.

— Você era meu melhor amigo.
— Ainda sou seu amigo.
— Não, não é. — Ele não parecia contente com a ideia.
— Por que acha isso? — Joshua observou os olhos de Dave fixos na cicatriz que ele lhe havia produzido na face esquerda. Ela esmaecera com os anos.
— Chamei seu pai de traidor. Bati em você. Na frente de todo mundo. Você não revidou. Eu queria te esmagar no chão, mas, depois dos dois primeiros golpes, você só se esquivou e se defendeu. Eu te chamei de covarde. Você não reagiu. *Por quê?*

Dave parecia bravo e frustrado, mas Joshua sabia que era a vergonha que o incomodava mais. Não tinha sido uma briga justa. Todos que estavam olhando perceberam, e ele pagara o preço.

— Eu sabia que meu pai não era um traidor. E não queria brigar com meu melhor amigo, especialmente porque você ainda estava sofrendo com a morte do seu tio.

Dave não gostou da resposta.

— Você sempre foi mais rápido que eu. Podia ter terminado tudo com um soco bem dado.

— Será que um soco mudaria a sua cabeça?

Dave esfregou a mão na nuca.

— Não. Talvez. — Ele murmurou um palavrão. — Não sei. — Desviou os olhos.

— Faz muito tempo.

Dave passou os dedos pelos cabelos.

— Não sei o que dizer.

— Você sabe. — Joshua tomou um gole do café. — Só não tem coragem de dizer. — Quando Dave levantou a cabeça, Joshua sorriu. — Fale de uma vez e vamos acabar com isso. — O orgulho sempre tinha atrapalhado seu amigo. — Não vai matar.

Dave o xingou, mas não com agressividade.

— Está bem. Desculpa. — Ele parecia e soava sincero.

— Desculpas aceitas. — Joshua afastou a caneca e apoiou o cotovelo sobre a mesa, com a mão levantada e aberta. Eles jogavam braço de ferro quando meninos. — Eu costumava ganhar. Lembra? Acho que ainda venço você.

— Será mesmo? — Dave aceitou o desafio.

A disputa acabou depressa, e Dave riu.

— Acho que carpintaria desenvolve músculos.

— Você vive sentado, vai ficando mole.

Eles lembraram o passado, rindo das brincadeiras que faziam um com o outro, os lugares para onde iam com Paul e Henry. Tomaram café até Dave ficar sóbrio e esfomeado, então pediram o café da manhã completo.

Dave começou a cortar o bife.

— Você já pensou em sair de Haven, Joshua?

— Uma ou duas vezes. — Nos meses depois que Abra fugira com Dylan, ele queria ir atrás dela.

Dave espetou com o garfo um pedaço da carne.

— Meu sogro está no negócio do cinema. Figurão. Conhece todo mundo. Os estúdios contratam carpinteiros para construir cenários. Se estiver interessado em morar em Hollywood, é só me avisar. — Mergulhou a carne no molho — Talvez eu possa lhe arrumar um emprego.

Joshua sentiu algo se agitar dentro dele. Será que Deus estaria abrindo uma porta?

— Vou pensar.

— Desculpe o que eu disse sobre esses bangalôs que você constrói. Qualquer coisa que você já construiu sempre foi de primeira classe. Até aquela rampa. — Ele mergulhou outro pedaço de carne. — Eu não sei nem bater um prego direito. Pergunte para a Kathy.

— Você sabia jogar futebol. — Esse talento rendera uma bolsa de estudos integral para Dave.

Ele franziu ligeiramente a testa.

— Você podia ter ido para a faculdade depois de servir na Coreia. Por que não foi?

— Acho que Deus me queria aqui.

— Tem certeza? Você não está exatamente fazendo fortuna.

Joshua riu.

— Sou mais rico que Midas, Dave. — Ele percebeu que o amigo não tinha entendido.

Naquela noite, Joshua contou a seu pai sobre a manhã que tinha passado com Dave antes de ele ir para casa pegar a família. Kathy dirigiria a maior parte do caminho até que Dave tivesse dormido o suficiente para poder assumir o volante.

O pai tirou os óculos de leitura.

— Vocês dois se acertaram?

— Já estava demorando até demais.

— Há mais alguma coisa em sua cabeça?

Joshua não contou ao pastor sobre a oferta de Dave de lhe encontrar um emprego em Hollywood. Precisava meditar sobre isso. Talvez não fosse uma boa ideia começar a procurar Abra. Mas será que algum dia ele teria paz, se não fizesse isso?

═══

Abra passara a semana inteira com medo da cena de amor, bem ciente de que Alec Hunting, o ator principal, tinha uma queda por ela.

Franklin fizera piadas a respeito, mas ela sabia que ele não estava gostando. Segundo o roteiro, Alec estaria apaixonado por Helena, a atriz principal, enquanto Abra seria a amiga secretamente apaixonada por ele. O beijo deveria ser puramente platônico, com a intenção de levar às lágrimas as mulheres nos cinemas. Franklin havia dito a ela, uma centena de vezes, que essa cena específica poderia fazer sua carreira decolar. Se ela conseguisse fazer direito, claro. Franklin ensaiara com ela durante horas, antes de ficar satisfeito com sua atuação.

O momento havia chegado. Ela dissera todas as suas falas. Só faltava o beijo, depois o olhar longo e cheio de emoção à medida que Alec se afastasse. Ela prendeu o ar no instante em que Alec a tomou nos braços, sentindo que teria problemas. O diretor gritou "Corta!", mas Alec não parou de beijá-la.

— Corta!

As risadas já foram suficientemente ruins, mas então Abra ouviu Franklin falando um palavrão. Algo se quebrou. Vozes se elevaram em surpresa. Ela quase caiu quando Alec foi puxado para trás. Equilibrou-se, ofegante. O diretor estava gritando outra vez. Dois homens seguraram Franklin antes que ele pudesse bater em Alec, que xingou também. Homens estendiam os braços, afastando-os um do outro.

Exasperado, o diretor gritou:

— Tirem-no daqui! — Os dois homens arrastaram Franklin para a saída enquanto ele gritava que ia arrancar os dentes de Hunting se ele tocasse Lena outra vez.

Alec se soltou das mãos que o seguravam e riu.

— Esse cara é maluco!

— Você não devia ter me beijado daquele jeito!

— Ele acha que é seu dono. Você devia dispensá-lo e procurar alguém com a cabeça mais fria. — Uma maquiadora veio enxugar a transpiração da testa dele. — Sorte dele não ter me acertado, ou levaria um processo.

O diretor sentou-se em sua cadeira e ordenou que eles voltassem a suas marcas, a fim de repetir a cena.

— Seja doce e casto agora, Hunting, ou eu mesmo vou socá-lo por me fazer desperdiçar filme!

Dessa vez, foi Abra quem errou a cena. Alec, obviamente, achou que o beijo dele a havia abalado. Deu-lhe o famoso sorriso que fazia as mulheres desmaiarem e lhe escreverem cartas de amor aos milhares.

— Não se preocupe. Vai ser um beijo de amigos.

Ela estava perturbada demais para revidar, preocupada com Franklin lá fora, andando de um lado para o outro, soltando fumaça. Foram necessárias cinco tomadas para que a cena ficasse boa. Quando Alec voltou, ela passou reto por ele. Ele a segurou pelo pulso. Ela se soltou. O diretor chamou o ator e eles trocaram algumas palavras. Alec saiu irritado do set.

Helena soltou um suspiro dramático.

— Homens! Não se pode viver com eles e não se pode viver sem eles. — Piscou. — Não se preocupe, Lena. Já virou um clichê o ator principal se apaixonar pela atriz principal.

— Você está apaixonada por ele?

— Eu? Está brincando? Eu me referi a você.

— Pode ficar com ele.

Helena riu.

— Não, obrigada. Sou casada e feliz.

— Casada?

— Shhhh. O estúdio quer manter isso em segredo. Arruína a fantasia dos fãs, mas me mantém protegida de idiotas como Alec Hunting.

Franklin a esperava no camarim, tenso como um tigre prestes a dar o bote.

— Eles fizeram você repetir a cena?

— Fizeram. — Ela não lhe contou quantas vezes. A expressão dele revelava que ele já sabia. — Ele trata Helena com respeito.

— Ele não está apaixonado por ela.

— Ele não está apaixonado por mim também, Franklin, e Helena é casada. Essa é a diferença. Talvez, se nós disséssemos que somos casados, ele não acharia que pode tomar essas liberdades.

A expressão de Franklin se alterou.

— Você quer se casar?

Ela se sentou. Será que queria? Olhou-se no espelho e mexeu nos cabelos. Franklin pousou as mãos em seus ombros.

— Você está trêmula.

— Você quase bateu nele!

Os dedos dele a apertaram mais.

— Eu teria batido se não me impedissem. — Ele suavizou o toque e começou a massagear os músculos tensos do pescoço de Abra. — Talvez você tenha razão. Talvez devêssemos nos casar. Então ninguém acharia que pode ultrapassar a linha.

— Está falando sério? — Ela encontrou o olhar dele no espelho e viu uma confirmação. Ele já havia decidido.

— Você só está agendada para sexta-feira agora. — Ele estava de volta aos negócios. — Isso nos dá três dias. Podemos ir a Vegas, fazer uma cerimônia privada em uma capela e voltar a tempo para a filmagem na sexta-feira.

— Que romântico. — Ela afastou as mãos dele dos ombros e se levantou. Queria gritar. Queria chorar. Mas Lena Scott não faria nada disso.

— Foi ideia sua, Lena. Há quanto tempo estamos vivendo juntos? Mais de dois anos. Por que não legalizar?

— Que belo pedido de casamento... — Ela deu as costas para ele.

Franklin a fez virar, envolvendo com mãos firmes sua cintura.

— Você sabe que eu te amo. — Não perguntou se ela o amava. Se eles se casassem, ele ficaria menos ciumento, menos desconfiado, menos possessivo? Abra perguntou se ele tinha certeza. Ele disse que sim e a beijou.

Eles voltaram ao apartamento. Franklin fez a mala para ela: duas trocas de roupa, nada adequado para um casamento. Ela ainda esperava que ele mudasse de ideia. Ele notou seu silêncio.

— Teremos uma lua de mel depois.

Na viagem de carro para Las Vegas, Franklin disse que as coisas ficariam ainda melhores entre eles depois de casados. Talvez ele de fato quisesse construir uma vida, não só uma carreira com ela.

Letreiros em neon anunciavam as capelas de casamento. Franklin escolheu uma que, a Abra, pareceu uma Igreja Comunitária de Haven em miniatura, exceto pelas luzes brilhantes do lugar da cruz na torre. O proprietário tinha uma coleção de smokings pretos e vestidos de casamento brancos para escolher: alguns simples, alguns com rendas e pérolas, alguns em camadas. Abra tinha vontade de usar preto, mas escolheu um de cetim branco. A esposa do proprietário insistiu que ela usasse um véu e lhe entregou um pequeno buquê de flores de seda, provavelmente usado uma centena de vezes antes, por uma centena de outras noivas que tinham vindo para um casamento rápido. Franklin ficou em pé no altar, bonito em um smoking alugado. Seus olhos brilhavam quando ela se aproximou dele. Talvez tudo ficasse bem. Quando ele sorriu, ela lhe deu a mão e correspondeu ao sorriso.

— Você é tão linda. Já devíamos ter feito isso há muito tempo.

A cerimônia durou apenas alguns minutos. Franklin colocou uma aliança de ouro simples no dedo de Abra. Será que a capela tinha uma bandeja daquelas para vender também? Assinaram os papéis e receberam a certidão de casamento. Entusiasmado, Franklin a levou a um cassino para o jantar de comemoração. Ele pediu champanhe. O som das máquinas caça-níqueis e de sinos anunciando os ganhadores agredia os sentidos de Abra. Ela disse a Franklin que queria subir para o quarto. Queria silêncio. Franklin achou que ela quisesse sexo. Ela desempenhou seu papel como Lena Scott. Talvez bem demais.

— Você não sabe quanto eu te amo, Lena. Diga que me ama.

— Eu te amo, Franklin. — Na verdade, ela disse aquilo para tranquilizá-lo. Fez parecer que falava a sério. Ela queria que fosse assim. Disse de novo, porque ele não acreditou. E continuou dizendo, porque queria tão desesperadamente que fosse verdade.

═══

Joshua levantou cedo e fez café. Não tinha dormido muito. Começara a sonhar com Abra outra vez, sonhos vívidos que o assombravam.

O pai entrou pela porta dos fundos, vindo de sua caminhada matinal.

— Você acordou cedo.

— Foi uma noite difícil. — Ele esfregou o rosto.

Zeke serviu-se de uma xícara de café e sentou-se à mesa. Joshua levantou.

— Que acha de eu cozinhar um pouco de bacon, uns ovos mexidos?

— Sente-se, filho.

Joshua voltou à cadeira.

— Algum problema?

Seu pai o fitou sobre a borda da xícara.

— Michael me contou que Dave se ofereceu para lhe encontrar um trabalho no verão passado.

— É. Tenho meditado sobre isso.

— Não custa telefonar para ele. Se um trabalho aparecer, você terá uma resposta.

═══

Quando Franklin finalmente dormiu, Abra se soltou de seu abraço e se trancou no banheiro. Entrou sob o chuveiro quente e se esfregou. Entorpecida, apoiou a palma das mãos nos azulejos e deixou que a água batesse contra a pele. As palavras iam surgindo, espontâneas, nítidas e claras. *Ó, precioso é o fluxo que me faz branca como neve...* Ela podia ouvir Mitzi. *Tudo isso voltará a você um dia. Acredite no que estou dizendo.*

Todos aqueles velhos hinos a assombravam.

Lágrimas lhe vieram aos olhos. Ela sabia que, se não se controlasse e começasse a soluçar, Franklin ia ouvir. Ele viria, querendo saber qual era o problema. O que ela diria? Que havia se casado com ele porque não tivera coragem de dizer não?

As letras dos hinos grudavam como farpas em sua mente. Ela não conseguia afastá-las. *Nada além do sangue de Jesus...* Pressionou os ouvidos com as mãos e implorou: "Me deixe em paz". Mas não conseguia arrancar o que estava dentro da cabeça.

Às vezes, tinha vontade de voltar. Mas era tarde demais. Dylan tinha chamado Haven de cidade sem saída, que não tinha nada a oferecer. Ela precisava pensar por essa perspectiva também, ou passaria o resto da vida arrependida.

Abra desligou o chuveiro e se enxugou.

Lena voltou para a cama com Franklin.

---

# 1958

Quando Dave ligou com uma indicação para um emprego, Joshua já quase havia se esquecido da possibilidade.

— Desculpe por ter demorado tanto. Essas coisas podem ser imprevisíveis. Mas, se ainda estiver interessado, tenho um trabalho engatilhado para você em uma produtora. Pode ser que não dure mais que uns dois meses, mas já lhe dará uma porta de entrada.

Joshua não sabia se ia querer ficar longe de Haven por mais tempo que isso. A perspectiva de morar em uma cidade grande não o atraía. Dois meses lhe dariam tempo suficiente para encontrar Abra. Não sabia bem o que faria quando a encontrasse. Mas essa era a porta aberta pela qual ele vinha rezando, e estava pronto para entrar por ela. Felizmente, a equipe de Jack Wooding tinha acabado de terminar um serviço, e haveria um período de folga antes de começar o próximo. Não seria um problema ficar longe por um tempo.

— Não se preocupe em encontrar um lugar para morar de imediato. Temos muito espaço. Pode ficar conosco. Em quanto tempo acha que consegue chegar aqui?

— O tempo de fazer a mala e dirigir até Los Angeles.

Exausto e faminto, Joshua chegou à casa de Dave e Kathy no fim da tarde do dia seguinte. Conheceu os dois filhos deles: David Junior, que era chamado de D.J., e Cassie, abreviatura de Cassandra, o nome da mãe de Kathy. Dave desceu as escadas com o amigo para lhe mostrar a suíte de hóspedes, com banheiro privativo. Só de olhar, Joshua notou que tinha uma área maior que a casa inteira de seu pai.

Dave parecia satisfeito.

— O que você acha?

— Pode ser que vocês tenham que me chutar para fora daqui.

Ele riu.

— Vou acender a churrasqueira e pôr as carnes para assar.

Joshua tomou um banho rápido e vestiu uma camisa de algodão limpa, de mangas curtas, antes de subir as escadas e sair pelas portas duplas para o deque com vista para o vale San Fernando. Em menos de vinte e quatro horas, ele decidira vir para o sul, arrumara a mala e fizera a viagem de oitocentos quilômetros. Sua caminhonete superaquecera enquanto passava por Grapevine, e ele tivera de parar um pouco. Fora isso, havia parado poucas vezes para gasolina e comida. O cheiro do churrasco fez seu estômago roncar.

Kathy havia arrumado louças finas, copos de cristal e talheres de prata sobre uma mesa de tampo de vidro com um guarda-sol. Os guardanapos sobre cada prato estavam dobrados como tulipas. Kathy perguntou a Joshua o que ele gostaria de beber: bourbon, scotch, gim-tônica? Ou limonada. Joshua escolheu a limonada. Dave pediu mais um scotch com gelo. A expressão de Kathy deixou claro para Joshua que ela achava que Dave já havia bebido o suficiente.

Joshua observou o amigo, que estava perto da grelha.

— Que cheiro bom.

Dave deu uma risada de gozação.

— Nunca pensou que me veria cozinhando um dia, não é?

— Ah, não sei. Você sabia fazer cachorro-quente e marshmallow em uma fogueira de acampamento. O que tem aí? Meio novilho?

— Eu achei que você ia estar com fome, e T-bones são os melhores. Como quer a sua carne? Minha esposa gosta da dela ainda mugindo. — Joshua pediu ao ponto. Os bifes chiavam sobre a grelha à medida que Dave os espetava com um garfo longo e os virava. — Tenho más notícias para você. — Ele tirou o bife de Kathy do calor. — Sobre o trabalho.

— Fui demitido antes de ser contratado?

— A filmagem foi adiada. Eu lhe disse que esse negócio é imprevisível. — Um músculo se contraiu em seu rosto. — Pode haver alguma outra coisa. O pai de Kathy quer fazer umas reformas.

Joshua notou que a testa de Dave se crispava.

— E?

— Ele é difícil de agradar. Perfeccionista. Provavelmente é perda de tempo falar com ele.

— Perda de tempo?

Dave parecia incomodado.

— Não estou dizendo que você não é um bom carpinteiro. — Murmurou um palavrão curto antes de prosseguir. — Você vai entender quando vir a casa. Não é parecida com nada que você já viu em Haven.

— Você está preocupado que ele possa ferir meus sentimentos, ou que eu vá fazer um trabalho porco para seu sogro? — Joshua riu. — Não se preocupe. Se o trabalho estiver além da minha capacidade, eu direi a ele.

Kathy voltou depois de apartar uma briga entre os filhos. Joshua lhe disse que a limonada era a melhor que ele já havia experimentado.

— David plantou as árvores logo depois que compramos a casa. — Ela apontou para as laranjeiras, limeiras e limoeiros junto à cerca depois da piscina, onde as duas crianças agora brincavam e esparramavam água.

Dave ainda parecia preocupado.

— Você já fez móveis planejados e acabamento?

— Construí o púlpito e o altar para meu pai, reformei a área do coro e fiz as portas da frente da igreja. — Ele deu um sorriso divertido para Dave. — Não que você os conheça. Acho que nunca te vi na igreja.

— E não vai ver. É um desperdício de domingos. Kathy vem falando nisso desde a nossa visita a Haven. — Ele bufou. — Você enfiou essa ideia na cabeça dela?

— Não que eu saiba. — Joshua levantou o copo de limonada. — Talvez Deus esteja trabalhando nela na esperança de chegar até você.

— É. Sem chance... — O sorriso dele tornou-se irônico. — O que Deus ia querer comigo?

— Não pergunte a mim. Pergunte a ele.

— Sempre o evangelizador. — Desta vez não havia crítica no tom de voz de Dave. — Eu sou uma causa perdida.

Dave sempre tinha sido teimoso e cabeça-dura. Agora, além disso, era determinado e ambicioso. Joshua sabia que Deus podia usar essas características para um bom propósito, do mesmo modo como fizera com que Saulo de Tarso se transformasse de perseguidor e assassino de cristãos em um homem que espalhou a boa nova por todo o mundo romano.

Agora, com televisão e aviões, aquele novo pregador, Billy Graham, poderia chegar ainda mais longe, a todos os cantos do planeta.

— D.J.! Cassie! — Kathy chamou. — Hora do jantar. — As crianças saíram da piscina, pegaram toalhas e correram em direção à mesa. Dave pareceu exasperado com o bate-boca dos dois. Kathy notou e os repreendeu, para que se acalmassem. — Temos companhia. Comportem-se!

Joshua perguntou se podia fazer a oração. Dave fez uma expressão irritada, as crianças ficaram curiosas, mas Kathy foi rápida.

— Sim, fique à vontade.

Joshua contou uma história curta sobre uma das aventuras de Dave quando eles eram pequenos. As crianças quiseram ouvir mais. Dave lhes disse para ficarem quietos e comerem. Podiam voltar à piscina quando terminassem. Kathy disse que, se entrassem na água logo em seguida, poderiam ter uma indigestão e se afogar.

— Conosco aqui do lado? — Dave revidou, aborrecido. D.J. e Cassie puseram-se a bater boca outra vez. — Parem com isso! — ele explodiu. A menina começou a chorar. Dave resmungou alguma coisa e se levantou. Pegou o copo vazio e entrou na casa.

Kathy parecia constrangida e preocupada.

— Ele não é sempre assim. — Ela mandou as crianças para o gramado, depois entrou em casa. D.J. mergulhou na piscina, enquanto Cassie ficou em pé sobre a toalha, gritando.

— Mamãe, D.J. está na piscina!

Dave voltou com outro drinque na mão e Kathy atrás. Irritada, ela foi falar com D.J. O menino resistiu, mas obedeceu.

Dave fechou a churrasqueira sem limpar a grelha. Queria falar de negócios. Kathy juntou-se a eles outra vez, e Dave parou de falar. Ela quis saber sobre Haven e o que eles faziam juntos quando meninos. Joshua lhe contou sobre as jogadas mais espetaculares do marido dela nos campos de futebol.

O silêncio de Dave foi ficando tenso. Kathy o fitava com ar preocupado.

— Vou deixar vocês dois conversarem. — Ela se levantou e chamou as crianças para que entrassem.

Assim que se foram, Dave se abriu outra vez.

— Nesta cidade, nunca se sabe de fato quem são seus amigos. Nunca se sabe o que os outros estão realmente pensando. Neste negócio, amigos podem se transformar em inimigos da noite para o dia. — O sol se pôs, e ele ia ficando cada vez mais inflamado.

Joshua o deixou falar por um longo tempo antes de perguntar:

— Tem certeza de que este é o lugar onde você quer estar?

— Estou preso, Josh. É um pouco tarde para mudar de ideia.

— Mude de rumo.

— É fácil para você falar. Você é solteiro. Não tem uma esposa que cresceu em berço de ouro. Foi o pai dela quem me abriu as portas. Foi ele que nos emprestou o dinheiro para dar entrada nesta casa. Ele ia querer me enforcar se eu desistisse.

Kathy abriu as portas duplas.

— D.J. e Cassie querem uma história, David.

— Leia você para eles! Ainda tenho que raspar a grelha e limpar aqui fora. — Ele se levantou e foi até a churrasqueira, como para comprovar o que dissera.

— A churrasqueira pode esperar, David. — Kathy parecia irritada.

— Não, não pode. Logo vai escurecer.

— Já está escuro. E as crianças precisam ir dormir para estar dispostas amanhã para...

— Quem a está impedindo? Você é a mãe. Cuide disso!

Joshua se levantou.

— Você se importa se eu contar uma história para eles?

— Boa sorte — Dave murmurou enquanto raspava a grelha. — Tudo o que fazem é brigar sobre qual livro vão querer. Estou cansado demais para lidar com isso.

Kathy alertou Joshua de que as crianças estavam acesas e talvez não se acalmassem para ouvi-lo. Ordenou que os dois se sentassem e se comportassem para que o amigo do papai pudesse lhes contar uma história. D.J. pulou na beirada do sofá. Cassie o empurrou. Ele a empurrou de volta. Kathy os fez sentar em cadeiras de balanço giratórias. D.J. balançou; Cassie girou em círculos. Joshua aceitou o desafio. Sentou-se no sofá e começou a falar. Levou dois minutos para que a agitação parasse e mais cinco para que as crianças fossem se sentar no sofá com ele. Joshua se recostou, com um braço nos ombros de cada um, ainda falando.

Quando Dave entrou pelas portas duplas, pareceu surpreso. Kathy estava sentada em uma das cadeiras giratórias, escutando. Cassie dormia, encolhida ao lado de Joshua, com o polegar na boca, mas D.J. continuava bem acordado, ouvindo. O pai sentou-se, parecendo mais perplexo que aliviado. Quando Joshua terminou, Kathy levantou, pegou Cassie nos braços e mandou D.J. ir para a cama. O menino a seguiu, mas parou à porta.

— Você vai estar aqui amanhã de manhã?

— Vou. — Joshua sorriu. — A mamãe e o papai disseram que eu posso ficar até arrumar uma casa para mim.

— Acho que eu não ia gostar de passar três dias dentro de uma baleia. Joshua sorriu.

— Nem eu.

— Você disse que era verdade.

— E é. Tenho outra história de verdade para contar a você, sobre um menino que matou um gigante com um estilingue e uma pedra.

Ao mesmo tempo em que achava graça na situação, Dave parecia um pouco incomodado, enquanto D.J. se arrastava em direção à cama.

— Histórias da Bíblia. Eu devia ter imaginado.

Joshua riu.

— Quer ouvir uma? Eu poderia lhe contar sobre Gideão e os midianitas. Ele também se sentia perseguido e em desvantagem numérica. Pensando bem, isso era mesmo verdade, mas...

— Me poupe.

Kathy voltou do quarto das crianças.

— Você seria um pai maravilhoso, Joshua.

Dave apertou os olhos.

— Cuidado, Josh. Sempre que uma mulher encontra um solteirão, por mais que ele esteja satisfeito com sua vida, ela não fica feliz enquanto não o vir amarrado e etiquetado. — O tom dele não era de brincadeira.

Kathy enrijeceu o corpo.

— Eu soube que homens casados vivem mais que os solteiros.

— A menos que trabalhem para o sogro.

Ela abriu a boca, surpresa e magoada.

A expressão de Dave já indicava arrependimento antes mesmo de ele silenciar. Ele se levantou.

— Vou dormir. — Joshua levantou-se também e agradeceu a ambos pelo jantar e pelo quarto de hóspedes. Dave fez um gesto com a mão, para indicar que ele nem precisava agradecer, e virou-se para a esposa, que continuava sentada, de cabeça baixa. — Tenho que chegar cedo ao escritório amanhã. — O tom de sua voz era baixo, suave. — Explique ao Joshua como chegar à casa do seu pai.

— Eu darei um mapa a ele. Assim você vai saber que não passei orientações erradas.

O marido não respondeu nada enquanto saía para o corredor. Ele parou e tornou a olhar para Joshua.

— Esteja lá um pouco antes das dez. Se chegar um minuto atrasado que seja, pode fazer meia-volta e voltar para casa.

— Isso não é justo, Dave. — Kathy parecia a ponto de chorar. — Você fala como se meu pai fosse intratável.

— Experimente trabalhar para ele.

— Talvez se você tivesse tentado entender o que ele está passando...

— Boa noite. — Dave desapareceu pelo corredor.

Kathy olhou para Joshua.

— Ele estava esperando sua chegada. Disse que você é o único amigo em quem ele confia. — Ela parecia arrasada. — E ele está errado sobre meu pai. Minha mãe morreu dois anos atrás e... — A expressão dela era suplicante. — Espero que você possa formar sua própria opinião quando o conhecer amanhã.

— Estou ansioso para conhecê-lo.

Joshua sentou-se na beirada da cama de casal no quarto de hóspedes, com a cabeça baixa. Sempre soubera que o trabalho era uma razão secundária para ter vindo para o sul. Na verdade, viera para encontrar Abra. Agora, parecia que tinha mais quatro razões para estar ali.

Abra não era a única ovelha perdida no deserto.

=====

Abra saiu ao sol, com Franklin ao lado, falando. Ela estava cansada demais para prestar atenção. O dia correra bem, as sequências de dança estavam todas terminadas. Ben Hastings, o astro de *Damas e cavalheiros*, era dançarino profissional e um perfeccionista. Ele a ensinara a sapatear no próprio set, ensaiando-a com mais rigor do que Franklin em qualquer atuação. Ela conhecia os passos tão bem que os executava em sonhos. A dança daquele dia tinha sido a última, e a mais difícil e evocativa que ele coreografara, e ela conseguira acompanhá-lo até o último passo.

O diretor gritou "Corta!" e saltou da cadeira, totalmente entusiasmado.

— Isso foi melhor que Fred Astaire e Ginger Rogers!

Ben a puxou para um forte abraço e disse que ela se revelara um par sensacional. Abra deveria se sentir triunfante. Em vez disso, só sentia alívio por ter terminado, por ter finalmente terminado. Lutou contra as lágrimas, desesperada para escapar. Queria sair do estúdio e respirar ar fresco. Queria estar longe das luzes e das câmeras que a seguiam a cada movimento. Quantos pequenos erros apareceriam na tela grande? O que os críticos diriam? O que o público acharia? Sentia-se uma fraude, sempre desempenhando um papel, sempre sendo alguém que não era ela mesma. O problema era que não se conhecia mais, não sabia o que queria, qual era seu lugar. Havia se tornado a persona criada por Franklin, aquilo que o roteiro e o diretor exigiam.

O que havia sido feito de Abra?

A mão de Franklin comprimiu seu cotovelo. Talvez ele tivesse percebido que ela não estava escutando de fato. Ele sempre exigia sua atenção exclusiva.

— Vou mandá-la ao salão para uma pedicure. — Ele nunca perguntava, e ela não teve força ou coragem para lhe dizer que queria voltar ao apartamento e dormir por uma semana. — Vamos a uma festa hoje à noite. Billy Wilder estará lá. Há boatos de que ele vai fazer um filme de tribunal. Quero você linda e pronta. — Ela se perguntou se conseguiria ficar em pé com sapatos de salto alto, quanto mais andar com eles, depois do dia que acabara de ter. Franklin a beijou no rosto e abriu a porta de trás da limusine. — Foi muito bem hoje. Estou orgulhoso de você.

— Orgulhoso o suficiente para me dar uma noite de folga?

— Não faça gracinhas.

O motorista entrou no banco da frente e lhe dirigiu um sorriso rápido e um cumprimento antes de ligar o Cadillac. Quando lhe fez uma pergunta, ela respondeu educadamente, depois lhe pediu para ligar o rádio. Ele entendeu a deixa. Ela não queria conversar. Infelizmente, a estação que ele escolheu estava tocando "The Great Pretender", o grande fingidor, com The Platters. Suspirando, ela fechou os olhos e apoiou a cabeça no encosto. Chegaria o dia em que não teria de fingir? Haveria alguma coisa real em sua vida naquele momento?

Ela ainda sentia o estômago enjoado toda vez que a câmera começava a funcionar, sabendo que o diretor estava observando cada movimento seu, cada expressão facial, ouvindo cada palavra e cada nuance com que era dita, sempre à procura de uma falha, um erro, que significaria mais ensaio e mais uma tomada, seguida de outra.

Franklin estava mantendo sua palavra. Conseguia para ela papéis cada vez maiores e melhores. Ele a avisara, desde o começo, que seria trabalho duro. Ela aprendia as falas. Sabia as marcações. Ouvia e fazia exatamente o que o diretor lhe dizia para fazer. Achava mais fácil interpretar os papéis em filmes do que ser Lena Scott. Este papel, ela precisava lembrar a si mesma de interpretar onde quer que estivesse, principalmente no apartamento, onde apenas os olhos de Franklin estavam sobre ela. Sempre que Abra escapava por descuido, ele lhe dirigia aquele olhar. *Você não é mais aquela menina. Você é Lena Scott agora. Não se esqueça.* Quanto tempo demoraria até que o papel se tornasse natural e ela, Abra, deixasse de existir? E alguém se importaria se ela desaparecesse?

Abra relaxou assim que entrou no salão de Murray. Era o único lugar a que Franklin a deixava ir sozinha. E havia algo sereno naquelas salas, algo além das tinturas de cabelo, das manicures, das pedicures.

— Está linda, srta. Scott. — A recepcionista lhe dirigiu um largo sorriso. — Vou avisar Mary Ellen.

Com medo de não conseguir mais levantar se sentasse, Abra ficou em pé até Mary Ellen aparecer. Os olhos castanhos da jovem eram amistosos e brilhantes como os de um cachorrinho. Ela conduziu Abra a uma saleta privativa e sossegada. As luzes eram fracas e havia música clássica tocando baixinho. Abra gemeu quando se acomodou na cadeira confortável. Os músculos de suas coxas e panturrilhas doíam. Quanto tempo levaria para ter cãibras? Ela se inclinou e mordeu o lábio enquanto tentava tirar um dos sapatos.

— Recoste-se, srta. Scott. Deixe que eu faço isso. — Mary Ellen se ajoelhou e tirou o sapato do pé de Abra. — Oh! — Ela soltou uma exclamação diante do que viu. — O que andou fazendo? — O tom de sua voz era cheio de solidariedade.

— Sapateado. — Abra puxou a respiração quando Mary Ellen removeu com cuidado o outro sapato. Seus calcanhares ardiam e latejavam. A faixa que Franklin havia enrolado em seus dedos naquela manhã tinha se amarfanhado e estava rosada de sangue.

Mary Ellen cortou a faixa cuidadosamente, murmurando palavras carinhosas enquanto a retirava e expunha a pele em carne viva, onde bolhas tinham estourado.

— Uma boa e longa imersão para começar. — Ela preparou uma bacia com alguns sais. — Vai doer um pouco no começo, mas desinfetará e aliviará também. — Abra gemeu quando ela mergulhou cada um de seus pés na água. — Desculpe, Lena. — Mary Ellen parecia aflita.

— Tudo bem. — Depois de um momento, a dor cedeu e Abra relaxou com um suspiro.

Mary Ellen sentou-se diante dela, com as mãos cruzadas, parecendo preocupada.

— Ainda vai ter que dançar mais?

— Não para esse filme, e não se Franklin conseguir um papel para mim em um filme de tribunal. — Billy Wilder não era bobo. Daria uma olhada nela e saberia que ela não era do calibre das atrizes que ele queria em seus filmes. Mas não custava ter esperança. *Damas e cavalheiros* não era nenhum *Cantando na chuva*. Abra tinha suas dúvidas se seria um sucesso, mas Franklin dissera que nada obtinha tanto êxito em Hollywood quanto a repetição.

— Meu marido e eu não vamos ao cinema faz algum tempo. — Mary Ellen ajoelhou-se em uma almofada e começou a massagear gentilmente as panturrilhas doloridas de Abra. — Nossos vizinhos nos venderam a televisão deles, antes de se mudarem. Ficaram preocupados que ela quebrasse na mudança e fosse uma perda completa. Nós vemos *The Ed Sullivan Show* e *Cheyenne*. Adoro o programa do Perry Como. Meu marido fica acordado para ver *Gunsmoke*, mas eu geralmente estou muito cansada a essa hora. E nós vemos os noticiários todas as noites depois do jantar.

— Já me disseram que a televisão é o futuro. — Não o futuro que Franklin imaginava para Lena Scott.

— Eu adoro cinema, mas é tão fácil ligar a televisão, e é um fluxo tão constante de coisas para ver. As propagandas são chatas, mas imagino que precisem delas para pagar os programas.

Franklin dissera que cada casa nos Estados Unidos logo teria uma televisão na sala de estar. As redes tinham de produzir programas em massa. Elas apareciam com novos materiais semana após semana. Trabalhar em um set de cinema já era bem duro. Ela conhecera atores de televisão que trabalhavam seis dias por semana, começando às seis horas da manhã e, às vezes, sem sair do estúdio até as dez horas da noite. Tinham contratos com os estúdios e passavam até sete anos vivendo como servos contratados. Podiam se tornar ricos e famosos, mas era mais provável ter seus shows cancelados e ser liberados, ou ficar presos, esperando até ser chamados para o elenco de uma comédia de costumes ou para fazer algum papel no *Zane Grey Theater* de Dick Powell.

A indústria do cinema era efervescente. Alguns estúdios criavam cartazes antes de escrever um roteiro. Tudo o que precisavam ter era uma boa ideia para conseguir financiamento. Nos últimos meses, ela havia conhecido uma dúzia de garotas que cantavam e dançavam mil vezes melhor que ela e, no entanto, acabavam fazendo sessões privativas de meia hora de lap dance no escritório de algum executivo de estúdio. Pelo menos Franklin a havia salvado disso. Mas as coisas poderiam mudar rapidamente se ela não continuasse cumprindo sua parte no acordo e fizesse o seu papel. Toda vez que acordava à noite e ficava olhando pelas grandes vidraças da sala de estar silenciosa, concluía que Hollywood era um longo boulevard de sonhos desfeitos.

Mary Ellen levantou com cuidado o pé de Abra da água. Usou tesouras pequenas e afiadas para cortar a pele levantada.

— Espero não estar machucando você.
— Estou bem.
— Você diz muito isso.
— Eu digo?

Com as mãos paradas, Mary Ellen ergueu a cabeça.

— Está mesmo?

Abra olhou nos olhos dela e soube que podia ser sincera.

— Não sei mais quem eu sou.

A expressão de Mary Ellen tonou-se terna.

— Bem, o Senhor sabe quem você é e o que ele pretende que seja.

Abra já se acostumara com o modo como Mary Ellen sempre arrumava um jeito de trazer Deus para cada conversa, como se ele fosse outra pessoa, presente na sala, que ela quisesse incluir. Como Mitzi, Mary Ellen centrava sua vida em Jesus. Falava a seu respeito como falaria de um pai amado, de um bom amigo em quem confiasse, alguém que queria compartilhar. Ouvir falar de Deus deixava Abra incomodada. Ouvir falar de Jesus a fazia se lembrar de Joshua e do pastor Zeke, de Peter e Priscilla, de Mitzi, e isso a enchia de saudades de casa.

Ela podia ser uma estrela de cinema em ascensão, mas se sentia sozinha. A dor nos pés era minúscula, se comparada à dor no coração. Não achava que conseguiria suportar mais nada aquele dia, então se envolveu em uma armadura protetora de desdém.

— Do jeito que ele quis que você fosse manicure, suponho. — Ela percebeu o tom de menosprezo em sua voz e sentiu-se envergonhada.

Mary Ellen olhou para ela com um sorriso.

— Por enquanto.

As palavras saíram sem controle.

— Eu gostaria de saber o que ele quer de mim.

— Ah, isso é fácil. Ele quer que você o ame.

— Bem, então eu não sei o que ele quer que eu faça.

— Pergunte a ele.

Abra soltou uma risada baixa e zombeteira.

— É capaz de ele me mandar para a África.

— Pode ser, mas, se ele fizesse isso, você acabaria se sentindo feliz por ter ido. — Ela passou um creme calmante no pé de Abra. — Uma missionária nos visitou domingo passado. Gostaria que você estivesse lá para ouvi-la. — Mary Ellen já havia convidado Abra para ir a sua igreja pelo menos uma dúzia de vezes, sem nunca perder a esperança. — Ela cresceu em nossa igreja. Disse que a mãe a arrastou para um culto de domingo à noite, para ouvir uma missionária da África. No caminho de volta para casa, ela disse para a mãe que havia duas coisas que ela nunca, jamais seria: enfermeira ou missionária na África. Adivinhe o que Deus fez? — Ela riu. — Fez dela uma enfermeira e a enviou para a África. E ela falou que nunca havia se sentido tão feliz e tão realizada. Há vinte e cinco anos, administra um hospital na savana, e pretende ficar até que Deus a traga de volta.

— Então eu imagino que ele nunca pretendeu que eu fosse atriz.

— Por que acha isso?

— Porque eu odeio ser outra pessoa o tempo todo. Odeio fingir que tudo é maravilhoso e que estou feliz. Odeio... — Sua voz falhou. Ela mordeu o lábio e sacudiu a cabeça. Quando conseguiu respirar outra vez, voltou a falar. — Não ligue para o que digo. Só estou tendo um dia ruim.

— É só isso mesmo? — Mary Ellen esperou.

Abra se recostou na poltrona e fechou os olhos, esperando pôr um fim à conversa. Mary Ellen terminou de passar o creme e enrolou uma toalha morna no pé direito de Abra, antes de levantar, secar e começar a trabalhar com cuidado no pé esquerdo. Elas não falaram mais. Pés tratados e enrolados em toalhas mornas, Mary Ellen massageou as panturrilhas doloridas de Abra outra vez. Cantarolava outro hino conhecido, que fez com que lágrimas viessem se juntar sob as pálpebras de Abra. Seria capaz de se sentar ao piano e tocar o hino de Fanny Crosby, do começo ao fim, sem nenhum erro. Era um dos favoritos de Mitzi, ao lado de dezenas de outros, acrescentados aos de Isaac Watts e Charles Wesley. As melodias e palavras fluíam por sua cabeça.

"Jesus está ternamente chamando-a para casa..."

Abra tentou afastar as lembranças fazendo uma lista mental de seus pecados. Não havia como voltar e desfazer o passado. Teria de carregar a culpa para sempre. E esse peso a fazia afundar ainda mais nas sombras em que vivia. Queria se encolher em um canto escuro, onde Deus não pudesse vê-la. Só precisava olhar para onde sua vida tinha começado para saber que Deus nunca a amara. Ela sempre fora uma enjeitada, uma intrusa. Lembrou-se do pastor Zeke, em pé no portão na noite escura, e sentiu a mesma dor dilacerante que havia sentido quando o viu ir embora.

Levantou a mão e pressionou-a contra o peito.

As mãos de Mary Ellen se detiveram.

— Eu não quis machucá-la.

— Eu estou bem. — Abra fez uma careta. Lá estava a mentira outra vez, tão rápida em seus lábios. Ela resistiu às lágrimas. *Estou bem?* — Não é nada que você tenha feito ou dito, Mary Ellen.

— O que é então, Lena? Como posso ajudá-la? Por favor, me deixe ajudá-la.

Abra sacudiu a cabeça e desviou o olhar.

A verdade era que ela odiava ser Lena Scott. Mas não sabia mais onde encontrar Abra.

# 13

*A serpente me enganou.*
A DESCULPA DE EVA

Zeke parou para cortar o cabelo no salão no canto da praça. A barbearia de Javier Estrada tinha pouco movimento na segunda-feira de manhã, e o pastor teria a oportunidade de ser atendido logo e muito tempo para conversar sobre beisebol. Javier acompanhava os jogadores e as estatísticas. Em seguida, Zeke entrou na Padaria Vassa para um pão de centeio sueco e uma visita rápida a Klaus e Anna Johnson. Eles tinham um punhado de filhos, e todos trabalharam na padaria em um momento ou outro, mas agora estavam espalhados de norte a sul, estabelecendo os próprios negócios familiares.

Era uma bela manhã para se sentar na praça. As pessoas sempre paravam para bater um papo ou apenas cumprimentar de passagem. Zeke gostava de estar entre as pessoas. Comeu um pedaço do pão de centeio fresco, aproveitando o sol que, brilhando por entre as sequoias e bordos, criava pontos de luz que se moviam como dançarinas pela calçada. A semana tinha sido movimentada. Mitzi pedira uma carona, e ele a levara consigo para visitar várias famílias fora da cidade. Ela sabia como fazer as pessoas rirem, mesmo quando estavam determinadas a não conceder mais que um sorriso. Zeke tivera um culto memorial na sexta-feira e um casamento no sábado. No domingo, fora para casa logo depois da igreja e vestira uma roupa mais informal, antes de ir jantar nos MacPherson. Naquela manhã, estivera no Bessie's às seis e meia. Susan servira-o no balcão, mas quase não falou. Daria uma passada por lá mais tarde, para ver se ela se sentia mais disposta a conversar.

Como se seus pensamentos a tivessem cutucado, ele ouviu o tilintar distante do velho sino sobre a porta da frente do Bessie's. Susan saiu e atravessou a rua. Ela havia cortado o cabelo. O novo penteado curto lhe caía bem. Caminhou diretamente para ele, como um pombo para o poleiro, e parecia muito séria.

— Estou no intervalo, Zeke, então só tenho alguns minutos para falar com você.

— Sente-se, por favor. — Ele vinha fazendo uma série de pregações sobre o livro dos Romanos. Com certeza ela faria alguma pergunta que o desafiaria. Franziu a testa quando ela continuou em pé, olhando em volta com nervosismo. — Acho que a Bessie não vai demiti-la se você ficar aqui fora alguns minutos.

— Bessie adoraria que eu ficasse aqui fora com você o dia inteiro. — Ela se sentou, deixando bastante espaço entre eles no banco.

Susan olhou ao redor outra vez. A praça estava vazia. Todos estavam trabalhando.

— Bessie disse que Joshua saiu da cidade. — Por que aquela expressão preocupada? — Vocês dois brigaram ou algo assim? Quer dizer, sei que não é da minha conta, mas...

*Ah.*

— Joshua recebeu uma oferta de trabalho no sul da Califórnia.

— É bem longe de casa, Zeke.

— Era uma oportunidade que ele não podia recusar.

Susan alisou a saia sobre os joelhos. Parecia perturbada com alguma coisa, e Zeke sabia que tinha pouco a ver com a partida de Joshua.

— O que foi, Susan?

Ela expirou como se estivesse retendo o ar havia um longo tempo.

— As pessoas andaram perguntando se eu sabia de alguma coisa, como se eu devesse saber o que acontece na sua casa. Eu vivo lhes dizendo que sei tanto quanto elas, mas elas... — Apertou os lábios. Zeke podia ver as emoções passando por seu rosto.

— Insistem.

— É. — Ela franziu a testa e voltou à primeira pergunta. — Vocês dois são tão próximos. Por que Joshua ia querer partir para o sul da Califórnia? É uma longa distância de Haven.

— Há um tempo para todas as coisas, Susan. Só porque ele foi, não significa que não vá voltar mais.

— Não incomoda você que ele esteja tão longe?

— Estamos sempre em contato. — Joshua tinha ligado para avisar que chegara em segurança e para pedir orações por Dave e Kathy. Não deu nenhum detalhe, mas Deus saberia do que eles precisavam.

Susan relaxou um pouco.

— Está bom aqui fora, no ar fresco. — Cruzou as mãos sobre o colo, mas não apoiou as costas. Ficou sentada na borda do banco. Zeke sabia que havia mais alguma coisa a incomodando. Ela suspirou, com os olhos fixos nas mãos. — Já estou aqui há muito tempo. Acho que é hora de ir.

Zeke teve a sensação de que ela não se referia a voltar para o café.

— O que está perturbando você, Susan?

Ela pigarreou.

— As pessoas estão especulando. — Apertou as mãos. — Sobre nós.

Só agora ela havia começado a perceber?

— E isso a incomoda?

Susan corou.

— É. Incomoda.

Ele sentiu um golpe no peito. Não sabia bem como se desculpar. Sentira-se atraído para ela desde o começo, queria ser seu amigo.

Ela mordeu o lábio e ficou passando o dente sobre ele por um momento, antes de falar.

— Cole Thurman disse que as pessoas veem você entrar no café quase todos os dias e sabem que está vindo para me ver.

A implicação daquilo tinha um gosto desagradável. Compreensível, considerando a fonte.

— Eu não sabia que você conhecia Cole Thurman.

— Ele vem de vez em quando e me convida para sair. Eu sempre digo não. Ele acha que vou mudar de ideia. Isso só vai acontecer no dia de são nunca. — Ela fez uma careta. — Conheci homens assim a vida inteira e não quero nada com ele. — Olhou para Zeke. — Não ligo a mínima para ele, mas estou preocupada com você.

— Comigo? — Zeke levantou as sobrancelhas, surpreso.

— As pessoas acham que há alguma coisa entre nós. — Ela corou ao dizer isso, claramente chocada com a ideia.

— Eu gosto da sua companhia. Você me faz pensar.

— E a sua reputação? Afinal, você é um pastor.

— Nós somos comportadinhos, Susan.

— Isto não é uma piada, Zeke.

Ele viu os olhos dela se encherem de lágrimas e percebeu que não era hora de brincar.

— Não se preocupe com isso.

— Você não pode deixar as pessoas pensarem que se interessaria por alguém como eu.

— Alguém como você? — Ele ficou triste ao ouvi-la dizer isso. — Por que eu não poderia estar interessado? — Mais que interessado, na verdade.

Ela meneou a cabeça.

— Você sabe o que quero dizer.

— Sei exatamente o que você quer dizer e fico triste por você se menosprezar tanto, enquanto eu a valorizo muito.

Susan examinou o rosto dele por um momento.

— Essa não é a questão, e você sabe disso. — Ela fez menção de se levantar.

Ele pôs a mão sobre a dela para impedi-la.

— Essa é precisamente a questão. Escute-me, Susan. — A mão dele apertou a dela enquanto ele se inclinava em sua direção. — Você e eu somos bons amigos. Eu sou quem sou. As pessoas me conhecem ou não. E conhecem você também.

Ela suspirou.

— Como você pode ser tão ingênuo?

— Podemos viver para agradar as pessoas ou para agradar a Deus. — Ele deu a ela um sorriso de reprovação. — Bessie não ficaria muito feliz se soubesse que você está aqui fora tentando me convencer a não vir mais com tanta frequência. Sou um dos melhores clientes dela.

Susan deu uma risadinha.

— Ela me esfolaria viva, mas não pelas razões que você imagina. Ia achar que estou partindo o seu coração.

Zeke apertou suavemente sua mão e a soltou em seguida.

A expressão dela se suavizou.

— Você é o único amigo de verdade que eu já tive, Zeke.

Ele pensou em Marianne e imaginou o que ela acharia daquele relacionamento.

— Você diz isso como se estivesse se despedindo.

— Tenho pensado em ir embora.

Zeke sentiu uma pontada de decepção.

— Algum lugar em especial?

— Já fiquei aqui mais tempo do que em qualquer outro lugar. — Susan deu de ombros, com ar de indiferença.

Ela desviou o olhar, mas não antes de ele notar o brilho úmido em seus olhos verdes. Zeke não queria que ela sacrificasse as bênçãos de Deus por causa dele.

— Acho melhor você ficar. Se você sair da cidade, as pessoas vão começar a especular sobre Mitzi e eu.

Ela franziu a testa.

— Mitzi?

— É, eu passo muito tempo com ela também. Ela até me deu um carro. Por que faria isso se não houvesse alguma coisa estranha acontecendo? E para onde nós dois vamos naquelas longas viagens?

Susan riu.

— Não seja ridículo!

Ele percebeu que nunca a tinha ouvido rir antes. Queria ouvir de novo.

— Ah, não sei. Até Hodge poderia começar a se preocupar. Um homem mais novo atrás da mãe dele. — Zeke pôs o braço no encosto do banco e ficou sério. — Não me use como desculpa para deixar Haven. Você pode fugir, Susan, mas não pode se esconder de Deus.

Ela pareceu surpresa, depois pensativa.

— Vim para Haven encontrar paz, Zeke. — Ela sacudiu a cabeça. — Considerando tudo o que fiz, não acho que isso seja possível.

Ele sabia o que ela queria dizer, de fato. Susan ainda não se sentia capaz de receber a graça de Deus. Ainda achava que precisava merecê-la.

— Dê tempo para Deus trabalhar, Susan. O amor dele nunca falha.

Ela soltou um suspiro trêmulo e se levantou.

— É melhor eu voltar ao trabalho. — Riu e olhou em volta, pouco à vontade. Outras pessoas haviam chegado à praça enquanto eles conversavam. Nenhum dos dois havia notado. — Saí para avisá-lo do que as pessoas pensam que está acontecendo entre nós, e provavelmente dei ainda mais motivo para as fofocas. — Susan deu alguns passos e se virou outra vez. — Ah. — Ela sorriu com tristeza e uma expressão compreensiva no rosto. — Joshua foi procurar Abra, não foi?

— Se Deus permitir, ele vai trazê-la para casa.

═══

Joshua encontrou o caminho até a casa de Harold Cushing, em Mulholland Drive, e chegou alguns minutos antes da hora marcada. A mansão se apoiava sobre grossos pilares de concreto suspensos na encosta, com vistas panorâmicas do vale de San Fernando. Se o dia estivesse claro, Joshua sabia que teria podido ver toda a extensão até a costa do Pacífico.

Uma empregada de uniforme o conduziu até a sala de estar. Quando ela se afastou para avisar o sr. Cushing de sua chegada, ele aproveitou o tempo para observar a mobília, enfeites, estilos e cores, bem como a vista espetacular. Teve uma impressão de como seria Harold Cushing muito antes de o homem finalmente entrar na sala, e não concordava com a avaliação de Dave.

— Freeman? — A voz de Cushing era grave e profunda, como a de um locutor de rádio. Ele não se desculpou por fazê-lo esperar. Será que queria que Joshua ficasse impaciente e fosse embora? Apresentou-se rapidamente, apertou a mão de Joshua e disse: — Por aqui — antes de conduzi-lo por um corredor largo, falando enquanto andava e determinando tudo o que queria: móveis de arquivo nas laterais, uma parede coberta de estantes, uma mesa com gavetas, alguns armários de armazenamento e outros com porta de vidro para exibição de objetos. — Quero organização e acesso fácil. — O tom dele era decidido, de quem não tem tempo a perder.

Joshua foi olhando à esquerda e à direita e absorvendo tanto quanto podia. Havia admirado as pinturas a óleo de veleiros, brigues e escunas na sala de estar. Notara o livro *Capitão cauteloso*, de Kenneth Roberts, aberto de face para baixo sobre uma mesinha lateral.

— O senhor veleja, sr. Cushing?

Ele deu uma risada curta.

— Era um sonho. Mas nunca tive tempo. Se eu tivesse nascido alguns séculos atrás, talvez. Hoje vivemos em uma era de aviões.

Para alguns. A maioria das pessoas andava de ônibus.

Cushing abriu uma porta no extremo oeste da casa.

— É aqui. Dê uma olhada. Eu lhe darei até o fim da semana para me apresentar um projeto. Tenho outro empreiteiro em mente, mas Dave acha que você pode ser o homem certo para o trabalho. — Ele não se incomodou em esconder sua opinião. — Você vai ter que me convencer.

Joshua gostou da sinceridade.

— Eu agradeço a oportunidade.

Cushing saiu para o corredor outra vez.

— Fique o tempo que precisar. Maria o acompanhará até a saída. Sexta-feira de manhã, às dez horas. — E se foi.

Joshua olhou em volta, tirou medidas e sorriu. Parou em uma loja de materiais de arte no caminho de volta para a casa de Dave e Kathy. Teve de tocar a campainha do casal.

Kathy atendeu, usando um sarongue sobre o maiô.

— Esqueci de lhe dar uma chave, não foi? — Ela fechou a porta depois que ele entrou. — David acabou de chegar. Ponha uma roupa de banho e junte-se a nós na piscina.

Joshua reapareceu com uma toalha de praia no ombro.

— Como foi a reunião?

— Melhor do que eu esperava. — Dave estava sentado em uma espreguiçadeira, com um drinque na mão. — E como foi com o pai de Kathy?

— Vou saber alguns minutos depois das dez, na sexta-feira. — Joshua jogou a toalha sobre uma espreguiçadeira vazia e mergulhou na piscina. A água fria foi um choque refrescante depois do longo e quente percurso de volta para casa. D.J. queria jogar bola. Joshua chamou Cassie para jogarem os três juntos. Ele os ensinou a brincar de Marco Polo e foi o pegador na primeira rodada. Depois que eles entenderam o jogo, Joshua voltou à espreguiçadeira e à limonada que Kathy havia lhe trazido. Tomou metade do copo enquanto enxugava o peito. — Isso é bom demais.

Dave começou a falar de política empresarial, contratos e personalidades. D.J. continuava olhando para ele da piscina, querendo que o pai fosse brincar. Concentrado em suas preocupações, Dave nem o notava. Joshua terminou a limonada e se levantou.

— Que tal brincar de bobinho? Você faz dupla com D.J. Cassie, você é minha dupla. — Ele não quis ouvir as desculpas de Dave, apenas deu uma risada de gozação por sobre o ombro. — Amarelão! — Joshua mergulhou na piscina, sabendo que o amigo não deixaria aquele desafio passar. Havia funcionado uma centena de vezes quando eles eram meninos.

Levou menos de dez segundos para que Dave se juntasse ao grupo. Ele e D.J. ganharam a primeira rodada; Joshua e Cassie ganharam a segunda. Joshua sugeriu uma troca de parceiros. As crianças eram só sorrisos e pulos de alegria. Kathy sentou-se na espreguiçadeira e observou por um tempo, depois entrou em casa para preparar o jantar.

Comeram do lado de fora outra vez. Dave parecia cansado; Kathy, relaxada e feliz. As crianças jantaram depressa e quiseram nadar de novo.

— Como vocês se conheceram? — Joshua perguntou.

— Na faculdade — Kathy respondeu, com um olhar sorridente para Dave. — Eu estava na equipe de líderes de torcida. Estávamos treinando a formação em pirâmide, e eu perdi o equilíbrio e caí, levando meia equipe comigo. Fiquei por um momento sem conseguir respirar por causa da queda. Dave foi o primeiro que chegou até mim. Ele se abaixou e perguntou se eu estava bem. Eu tinha passado a temporada inteira a fim dele, e agora ali estava eu, ofegante como um peixe fora d'água, incapaz de respirar, quanto mais de dizer alguma coisa inteligente. — Ela riu. — E, naquele momento, ele decidiu me convidar para sair.

— As palavras saíram da minha boca sem pensar. Eu me senti um completo idiota.

— E eu consegui gaguejar um sim antes que ele mudasse de ideia. — Ela sorriu para Dave. — Acho que duas costelas quebradas valeram a pena.

— A ambulância chegou. Eu achei que ela estava em choque e nem lembraria mais daquilo.

— Quando ele não me telefonou, eu me arrastei para o treino seguinte e sentei na arquibancada. Fiquei olhando fixo para ele durante todos os exercícios de campo.

— O técnico me perguntou por que eu não conseguia fazer nenhum passe decente. E me mandou ir dar uma volta.

Kathy sorriu, satisfeita.

— Então ele veio e sentou ao meu lado. Tirou o capacete e só ficou sentado ali, revirando-o nas mãos. Eu tive que lhe perguntar se era seu hábito convidar uma garota para sair e depois desaparecer.

— Ela sabe ser direta. — Dave sorriu.

Kathy não se intimidou.

— Eu estava cansada de esperar e sabia o que queria.

— Um jogador de futebol. — Ele disse isso com algum desdém, o que a deixou zangada.

— Você é um idiota às vezes.

— Não sou nenhum Rhodes Scholar.

— Eu não queria um Rhodes Scholar. Queria uma pessoa em particular que, por acaso, jogava futebol. — Quando ele não respondeu nada, ela arrastou a cadeira para trás e se levantou. Pegou o prato vazio dele, colocou-o sobre o seu e estendeu a mão para o de Joshua. — Sabe de uma coisa, David? Talvez você tenha mesmo mais músculo que cérebro! — E se retirou para dentro da casa.

Dave a observou enquanto se afastava. Joshua esperou alguns segundos.

— Você só vai ficar sentado aí?

Dave fez exatamente isso. Alguns minutos mais tarde, sugeriu arremessarem a bola de futebol americano no gramado. Joshua notou D.J. observando e lançou-a suavemente para ele. O menino se atrapalhou um pouco, mas conseguiu pegar. Dave pareceu surpreso e mandou o filho lançá-la para ele. A bola veio de ponta, não de lado. Joshua ergueu as mãos.

— Jogue com D.J. Parece que você tem outro jogador de futebol na família.

Joshua fez uma caminhada naquela noite. Rezou enquanto subia a encosta da Amanda Drive, contornava a Laurelcrest e voltava. A luz da varanda estava acesa, e ele entrou com a chave que Kathy lhe dera.

Quando subiu, na manhã seguinte, surpreendeu-se ao encontrar Kathy já na cozinha, vestida para o dia e fazendo café.

— Uau. Você acordou cedo.

— Eu sempre acordo antes das cinco — ela contou. — É o único horário que David e eu temos só para nós.

As coisas pareciam ter ido bem naquela manhã.

— Você se importa se eu lhe fizer algumas perguntas sobre seu pai?

— O que quer saber? — Kathy lhe serviu uma xícara de café.

— Você disse que ele está passando por um momento difícil. Importa-se de falar sobre isso?

Eles se sentaram à mesa de madeira da cozinha, com vista para o pátio, enquanto ela lhe contava sobre o diagnóstico de câncer pancreático de sua mãe. A doença avançara como fogo no mato por seu corpo, deixando Kathy e o pai em choque quando ela morreu.

— Eu estou começando a aceitar, mas ele só trabalha, cada vez mais. Não me surpreenderia se, um dia, eu recebesse um telefonema avisando que meu pai morreu de um ataque cardíaco. Ele amou minha mãe a vida inteira. Eles cresceram juntos. Foram namorados de colégio.

Parecia a história de seus próprios pais. Joshua se lembrou dos longos meses em que nem ele nem seu pai dormiram. Perder a mãe tinha sido horrível, mas, ao mesmo tempo, o pai tomara a decisão mais difícil de sua vida. Ele desistira de Abra. Joshua se perguntava o que teria acontecido se ele não tivesse feito isso.

— Minha mãe ajudou meu pai a terminar a faculdade — Kathy prosseguiu, com as mãos em volta da caneca de café. — Eles perderam o primeiro filho, meu irmão mais velho. Ele morreu de uma má-formação cardíaca aos dezoito meses. Eu não o conheci. Cheguei sete anos depois. Meu pai estava no ramo imobiliário. Moramos no Vale até minha adolescência. Quando eles compraram a casa na Mulholland, eu já estava fora, em uma faculdade particular, então não fez diferença para mim. Minha mãe a queria, por isso ele a comprou.

— É uma casa grande.

— Pequena quando comparada à maioria ali, mas minha mãe se divertiu transformando-a em um castelo na colina para meu pai. Quando comecei a faculdade, eles foram para a Europa. Ela voltou com todo tipo de ideias. Você viu os resultados. Terminou todos os aposentos da casa, menos o da extremidade oeste. Aquele ia ser o escritório do meu pai. É um bom sinal que ele finalmente queira mexer ali. Minha mãe provavelmente teria algo criativo em mente, algo que fosse adequado para ele. Ela o conhecia muito bem. — Kathy pareceu pensativa. — Mas ele só pensa em gestão do tempo. Tenho certeza que ele quer algo "simples e funcional".

— Você falou em imóveis. Como ele entrou no setor do cinema?

— Meus pais adoravam cinema. Íamos sempre. Trabalhando para um estúdio, ele conhece muitas pessoas e às vezes investe em produções. Outro dia ele me contou que está investindo em um filme baseado numa peça de Tennessee Williams, que está dependendo de conseguirem acertar todos os detalhes e contratar a atriz que desejam. — Dave entrou na cozinha. Ela se levantou e lhe serviu café.

Joshua passou o dia fazendo esboços. Depois que conseguiu o que queria, passou os dois dias seguintes desenhando em escala. Também começou a procurar nos jornais um apartamento para alugar. Dave viu que ele estava marcando endereços.

— Não precisa ter pressa. Conheça a área antes de começar a procurar apartamentos. Localização é tudo.

Na sexta-feira de manhã, ele colocou os projetos preliminares em uma pasta e seguiu para Mulholland Drive. Chegou cedo, mas já havia outra caminhonete parada na frente da casa: um Ford branco totalmente equipado e com um logotipo dizendo "Matias Construções". Maria conduziu Joshua pelo corredor. Cushing pareceu surpreso ao vê-lo.

— Não achei que você fosse voltar. Não foi muito eloquente em defesa de seu trabalho, quando nos conhecemos.

— Eu estava ouvindo. — Joshua olhou para o relógio. — São dez para as dez. — Estendeu a mão para a pessoa que estava com Cushing, que sorriu e se apresentou como Charlie Jessup. Tinha um aperto de mão firme e olhou Joshua nos olhos, com simpatia e autoconfiança. Joshua deu um passo para trás. — Vou esperar minha vez.

Cushing pareceu constrangido e irritado com isso.

— Charlie já trabalhou para mim antes.

Jessup riu.

— Não tenho medo de concorrência, Harold. Deixe-o mostrar seus planos antes de dispensá-lo.

Joshua apontou para os projetos de Jessup.

— Importa-se se eu der uma olhada? — Jessup os entregou a ele. Os desenhos eram excelentes; o plano, funcional e organizado, exatamente como Harold Cushing tinha dito que queria. — Belo trabalho.

— Obrigado. Agora vamos ver o seu.

— Tudo bem! — Parecendo aborrecido, Cushing interceptou os projetos antes que Jessup os pegasse. — Vou dar uma olhada. — O tom dele sugeria que qualquer coisa que Joshua tivesse produzido seria inferior à proposta de Charlie Jessup. Sua expressão mudou quando viu os desenhos. — Você não me ouviu. — Ele parecia hesitante.

— Mude as janelas, corte aqueles arbustos, faça um gramado e terá a vista para combinar com o projeto.

Charlie Jessup parou ao lado de Cushing, inclinando a cabeça para olhar.

— Uma cabine de capitão! — Ele riu. — Uau! Deixe-me ver isso!

Cushing passou os desenhos para as mãos de Jessup e olhou para Joshua com ar zangado.

— Não é o que eu pedi.

— Não. Eu segui uma intuição.

Cushing talvez não tivesse se interessado, mas Jessup pegou o papel e examinou os desenhos.

— Você pode fazer isso?

— Se tiver seis meses.

Jessup inclinou a cabeça e examinou Harold Cushing.

— Você está muito quieto.

O homem parecia perturbado.

— É o tipo de maluquice que Cassandra ia querer.

— Você falou bem das ideias dela.

Cushing o ignorou, olhando com irritação para Joshua.

— Eu lhe dei instruções claras. Por que apareceu aqui com este projeto? Foi ideia de Kathy?

*Kathy?*

— Não. Na verdade, seus quadros de barcos e o livro de Kenneth Roberts na sala de estar me deram a ideia. E a sala dá vista para o oceano e para o sol poente.

Charlie Jessup parecia fascinado.

— Qual é sua estimativa de orçamento? — Ele se mostrava interessado, mesmo que Harold Cushing não estivesse.

— Não fiz um.

— Está vendo? — Cushing deu uma risada de desdém.

Jessup devolveu os desenhos para Joshua.

— É uma ideia melhor que a minha. — Quando Cushing o olhou, surpreso, ele sorriu. — E você gostou.

— Eu não sou feito de dinheiro.

— Para que está poupando? O homem é um artista e precisa de um trabalho. — Ele se dirigiu a Joshua. — Faça uma estimativa.

— Depende do material, do prazo, do custo da parte elétrica. — Ele falou um valor. — Pode ser menos.

— Ou mais — Cushing disse.

— Eu posso pesquisar alguns números. — Joshua ergueu os ombros e olhou para Charlie Jessup. — Um empreiteiro saberia melhor que um carpinteiro sobre esse tipo de detalhes.

Jessup abriu um largo sorriso.

— Sim, saberia.

Cushing olhou de um para o outro.

— E, se vocês trabalhassem juntos, em quanto tempo poderiam terminar?

Joshua ficou mais surpreso do que esperava por conseguir o trabalho. Com dois homens trabalhando, ele e Charlie calcularam que levariam de oito a dez semanas. Parecia um milagre que um homem que não conhecia nada de Joshua tivesse acabado de fazê-lo seu sócio em um trabalho importante.

Jessup se ofereceu para preparar um contrato para Joshua, mas ele seguiu seus instintos.

— Não precisa. Eu confio em você.

Cushing franziu as sobrancelhas.

— Você não é um homem de negócios, é? Nunca faça nada sem registrar por escrito primeiro.

— Um homem vale a sua palavra, sr. Cushing.

— Não funciona assim para mim.

— Para mim, o sim de um homem significa sim, e o não significa não.

— Joshua tinha reparado na cruz dourada simples que Jessup usava no pescoço. Pensou no nome Matias Construções. Matias seria um parente? Ou teria a ver com o sorteio depois da crucificação e da ressurreição de Jesus? Eles precisavam de um homem para substituir Judas como décimo segundo discípulo. Deus escolheu Matias.

═══

Abra ficou em pé diante do espelho de corpo inteiro, olhando para si, pensando. Na primeira noite com Dylan, e na longa semana na estrada com ele, não tivera a presença de espírito de se preocupar com gravidez. Depois, Lilith, Dylan e o médico deles haviam se encarregado do que ela precisava para se proteger.

Franklin nunca deixara a questão apenas sob a responsabilidade dela. Isso sempre parecera a Abra um ato de consideração, até o momento em que ela tocou no assunto de filhos, logo depois de eles se casarem em Las Vegas.

Ele deu uma risada sombria.

— Dois já é sofrimento suficiente para uma vida inteira.

Era como se ele tivesse batido uma porta na cara dela e trancado.

— Por quê? Porque você não vê seus filhos com a frequência que gostaria?

— Porque minha esposa usa os dois como arma contra mim.

*Sua esposa?*

— Eu sou sua esposa agora, Franklin. Vamos ser uma família.

Ele se afastou e franziu a testa.

— Por que está falando de filhos agora? — Ele tinha demonstrado vontade de fazer amor. Claramente, o assunto o incomodara o suficiente para tirar essa ideia da cabeça.

— Eu só estava pensando. Só isso. — Ela apoiou o rosto na mão e olhou para ele. — Estamos casados, Franklin. É uma coisa de que devíamos falar. Não é?

Os olhos dele escureceram.

— Você acabou de fazer vinte e um anos, Lena. Tem muito tempo a sua frente. — Afastou o lençol e se levantou.

Abra sentiu o ar frio.

— Você não devia dizer que *nós* temos muito tempo à *nossa* frente?

— Tanto faz.

Ela cruzou os braços atrás da cabeça.

— Eu gostaria de ter filhos um dia.

Ele lhe dirigiu um sorriso frio.

— Isso não é assunto para brincadeira, Lena.

*Lena.* O nome a irritava. Ela se sentou.

— Não estou brincando.

— Está bem, então vamos falar sobre isso. Um dia. Não agora. Não esta semana, nem no próximo mês, nem este ano.

Ela se levantou e pegou o robe.

— Isso soa mais como *nunca*.

— Eu não disse *nunca*. — Ele parecia irritado. — Mas vamos nos dar um ano, pelo menos, de preferência dois, para aproveitar a companhia um do outro. Quero você toda para mim por um tempo. — Ele foi ao banheiro. Ela escutou o som da água jorrando do chuveiro.

Abra lhe deu mais seis meses antes de decidir que nunca ia acontecer a não ser que Lena Scott o fizesse perder a cabeça no período certo do mês. Ela aprendera a perceber os momentos em que ele estava mais suscetível aos charmes de Lena e servia uma dose extra de scotch em seus drinques nessas tardes.

Ele mudaria de ideia quando ela estivesse grávida. Ele amava os filhos. Ela podia perceber isso pelo tom de sua voz quando tentava conversar com eles, pela dor que deixava transparecer quando eles cortavam logo a conversa. Este filho retribuiria o amor dele. Eles poderiam ser uma família. Poderiam ter um lar de verdade, em vez daquele apartamento sem cor.

Abra passou a mão amorosamente sobre a barriga. Fazia dois meses que não menstruava. Havia desejado que aquilo acontecesse, mas mesmo assim se surpreendera com a rapidez com que engravidara. Ganhara um quilo no último mês. Seus seios estavam sensíveis. Às vezes ficava muito cansada e só queria dormir. Esses não eram sinais positivos?

Tudo mudaria agora. Franklin ficaria feliz também, ao ver como ela estava feliz. Só precisava contar a ele e pedir-lhe que marcasse uma consulta em um médico, para confirmar o que ela já sabia. Seu coração deu um pulo quando a porta do apartamento se abriu e ela ouviu a voz de Franklin.

— Lena! Onde você está?

Abra vestiu o robe e calçou os chinelos. Os dois últimos meses tinham sido agitados. Eles haviam ido a jantares no LaRue, na Sunset Strip, e no Ciro's, encontrado celebridades no Trocadero, comparecido a estreias no Grauman's Chinese, no Egyptian e no Carthay Circle, com holofotes gigantes riscando o céu, mulheres envoltas em cetim e lantejoulas cintilantes, homens de smoking, limusines pretas faiscantes, tapetes vermelhos e cartazes no saguão. Ela conheceu Gail Russell e Guy Madison, trocou amabilidades com Lana Turner e Ronald Reagan. Haviam ficado fora até tarde na noite anterior, em mais uma festa de Hollywood na qual ele a exibira e a apresentara a mais um produtor. Abra esperava que chegasse um tempo em que ela não tivesse mais de ouvir Franklin desfiando suas qualidades para homens que a examinavam como uma bela peça de carne.

— Tenho boas notícias. — Ele entrou no quarto. — Você conseguiu o papel! — Ele a levantou no ar e a girou. — Estou com vontade de comemorar. — Pousou-a no chão e começou a abrir seu robe.

Uma rápida pontada de medo a paralisou. Ela virou de costas e se afastou.

— Que papel?

— *O* papel. — Ele veio por trás e a abraçou pela cintura. O coração dela batia como uma britadeira. — Aquele de que temos falado há semanas. Você termina esse filme e estamos feitos. — Ele continuava falando enquanto deslizava as mãos por dentro do robe dela. Aquela era a grande chance deles. Um papel dramático dessa vez, em um filme baseado em uma peça de Tennessee Williams.

Ela sentiu um frio por dentro. Franklin não a havia escutado? Ela dissera que não poderia fazer esse papel. Não tinha o talento necessário. Ele retrucara que ela tinha a ele, e isso bastava. Ele lhe ensinaria como interpretar o papel. Abra sabia o que aquilo significava. Ele a moldaria à força para o papel.

Franklin a soltou e tirou o paletó. Soltou a gravata. O medo de Abra foi aumentando enquanto ele desabotoava a camisa.

— Por que está aí parada? — Ele riu. — Você deveria estar dançando!

— Eu não posso fazer, Franklin.

— Você *vai* fazer! — Ele a segurou pelos ombros, com os olhos brilhando. — E vai fazer melhor que qualquer outra pessoa! — Pôs a mão sob o queixo dela. — Você não sabe do que é capaz, Lena. Ainda não. O mundo inteiro vai conhecê-la antes mesmo de eu ter acabado meu trabalho. — Ele a beijou na testa, no nariz, na boca. — O dinheiro está garantido, a equipe de produção está pronta, tudo certo! Isso porá você na lista dos filmes A. Tudo de que eles precisam é sua linda assinatura no contrato. — As mãos dele desceram pelas costas de Abra. — Era isso que eu estava esperando. Tudo está vindo mais depressa do que eu sonhava. É como se a mão da Providência estivesse do nosso lado.

Ela estremeceu, duvidando de que Deus tivesse alguma coisa a ver com aquilo. Franklin franziu a testa.

— Qual é o problema? — Ele a examinou. — Você engordou um pouco.

Abra sentiu um choque gelado percorrer seu corpo.

— Franklin... — Precisava contar a ele.

— Não se preocupe com isso. Pode começar uma dieta amanhã. — Ele nem lhe deu tempo para respirar. — Eu te amo tanto. — Ele a beijou de novo, depois passou os dedos pelos cabelos dela e se afastou para olhá-la. — Não me canso nunca de você. — Ele não estava vendo Abra, mas Lena Scott, sua criação.

Ela queria chorar. Ele nem sabia mais que Abra existia.

Como Galateia, ela permaneceu em silêncio enquanto Pigmalião a venerava.

═════

Abra deu a notícia a Franklin na manhã depois da festa de pós-produção de *Lorelei*. O rosto dele ficou pálido. Manteve o copo de scotch suspenso no ar, entre o balcão e a boca, enquanto se virava para encará-la, como se não tivesse entendido.

— Como assim, grávida?

Ele repetiu a palavra como se ela lhe tivesse contado que estava com câncer terminal. Abra engoliu em seco, com o coração acelerado. Não esperara que ele ficasse tão arrasado.

— Preciso ir a um médico para confirmar, mas faz mais de dois meses que...

A notícia estava assentando depressa, como uma substância tóxica em uma praia de areia branca.

— Isso não está acontecendo.

— Está, Franklin.

— Não, não pode ser. Temos tomado tanto cuidado... — Ele virou o scotch em um só gole.

— Nem sempre. — Ela viu os olhos dele se apertando, frios, e prosseguiu rapidamente: — Houve vezes em que você estava com muita pressa. — Ela percebeu quando ele lembrou.

Franklin disse um palavrão e jogou o copo na parede.

— Não depois de todo o meu trabalho!

Ela franziu a testa e sua raiva também cresceu. Todo o trabalho *dele*? Que bom que ele havia esquecido os formões, martelos e cinzéis que ela enfrentara em sua moldagem: os pés com bolhas e sangue enquanto aprendia a dançar, as horas exaustivas ensaiando as falas com ele, sentindo-se exposta como uma fraude toda vez que as câmeras começavam a rodar.

Três anos de sua vida haviam se passado na tarefa de se tornar a mulher dos sonhos dele. Três anos de trabalho duro naquela maldita prisão. Cada minuto de cada hora planejado por seu mestre.

Os olhos dele escureceram.

— Você planejou isso, não foi, Abra?

Era a primeira vez que ela ouvia seu nome nos lábios dele desde que ele a trouxera para aquele apartamento. Soou como um soco no estômago. Seu tom era glacial, cheio de desconfiança e acusação. Ela sabia exatamente o que ele estava pensando. Lena nunca o trairia. Mas Abra fizera isso.

— Fiz tudo que você me pediu desde a noite em que me trouxe para cá, Franklin. Trabalhei duro para ser o que você quer. Entreguei minha vida a você. — Lágrimas nublaram sua visão. — Se você me ama tanto, por que vê isso como um problema?

Ele a examinou, com a expressão fechada.

— Você devia ter me avisado antes.

— Eu quis esperar até ter certeza. — Ela deu um passo para a frente, estendendo a mão. — Eu...

— Fique quieta e me deixe pensar. — Ele se levantou abruptamente e se afastou.

— Em que você tem que pensar? — Era questão encerrada. Não havia volta. Ou assim ela pensava, até ver a expressão nos olhos dele.

— Você ainda tem um filme para fazer. Não pode ter um bebê.

Ela piscou.

— Eu vou ter um bebê.

— Não, não vai. Você tem um contrato assinado.

A que contrato ele se referia?

Ele andou de um lado para outro, com uma das mãos na nuca.

— Não é a primeira vez que isso acontece. Vou dar uns telefonemas. Encontrar um bom médico.

— Nós temos um médico.

— Não do tipo que precisamos.

Ela sentiu um arrepio diante do modo como ele disse aquilo. O que lhe estaria passando pela cabeça?

— O cronograma pode ser alterado.

— E custar dezenas de milhares de dólares para o estúdio? Você acha que é uma prima-dona? O outro contrato em que estou trabalhando ia escoar pelo ralo.

— Não seria uma mudança tão grande. Eles podem filmar todas as minhas cenas em algumas semanas, e depois eu poderia tirar um tempo de folga para ter o bebê.

— Você não vai ter um bebê, Lena.

Por que ele não ouvia a voz da razão?

— Você não pode desfazer o que está feito. É o nosso bebê, Franklin. — Ela sentiu um frio no estômago. — Seu e meu.

Ele explodiu, com o rosto se avermelhando enquanto gritava com ela.

— Eu lhe disse que não queria mais filhos! Eu contei a você como...

— *Eu* sou sua esposa agora. Não vai ser assim comigo!

Ele não estava ouvindo. Continuava a andar pela sala, murmurando baixinho:

— Por que as mulheres sempre traem quem as ama?

O tremor começou de novo, profundo.

— Eu não traí você, Franklin. Você disse que íamos conversar sobre ter filhos.

— *Você* falou sobre isso. — Ele voltou a olhar para ela, furioso. — Eu disse para *esperarmos*! — Aproximou-se dela com os dentes trincados, os olhos ferozes. — Você não vai arruinar tudo que eu trabalhei tanto para conseguir.

Ela recuou e derrubou um banquinho. Ele se deteve. Abria e fechava os punhos enquanto ia até a janela, onde ficou olhando para a Hollywood Boulevard.

— Se não fosse por mim, você estaria por aí trabalhando na rua, como uma centena de outras garotas. E você sabe disso! Você deve a mim!

Ela vestiu o personagem de Lena, agarrando-se firmemente ao papel enquanto caminhava em sua direção. Apoiou as mãos abertas nas costas dele e as massageou suavemente, tentando acalmá-lo.

— Tudo vai ficar bem, você vai ver. Só que seremos três, em vez de dois.

Ele se afastou dela e voltou para o bar, onde se serviu de outra dose de scotch.

— Você quer acabar como Pamela Hudson? Três filmes, uma carreira promissora, depois cair do pedestal para se casar e ter um bebê? Quem se lembra dela agora? Você está no caminho de subida, Lena. Temos que manter o impulso. Públicos são volúveis! Um ano fora e você será esquecida.

Sua determinação vacilou um pouco.

— Não me importo. — Ela se virou para a janela e ficou olhando para fora, sem de fato ver nada.

Franklin foi até ela e a fez virar para encará-lo. Tocou-lhe a testa com dedos gentis.

— Eu me importo, Lena. Me importo o suficiente por nós dois. Preciso dar uns telefonemas. Organizar as coisas. — Ele levantou o queixo dela, mas não a beijou. — Você parece cansada. Por que não vai se deitar?

Ela acordou algum tempo depois e ouviu Franklin falando no escritório. Levantou-se e desceu pelo corredor. Ele segurava o fone no ouvido enquanto se inclinava para tomar notas em um bloco. Disse um agradecimento rápido e desligou.

Bom. Franklin devia ter ligado para o diretor. Quanto antes ele soubesse da situação, mais depressa poderia organizar um novo cronograma e redistribuir a filmagem das cenas.

— Está tudo bem?

— Já cuidei de tudo. Você não precisa se preocupar com nada. Vai fazer a cena mais importante na quinta-feira. Iremos ao médico na sexta.

Aliviada, Abra entrou no escritório e o abraçou pela cintura, apertando-se contra ele.

— Obrigada. — A voz dela saiu abafada e rouca de alívio. — Eu estava com tanto medo, Franklin. Tudo vai ser muito melhor agora. Eu sei disso.

Ele massageou as costas dela.

— Tudo vai ficar bem. Confie em mim. — O polegar dele acariciou seu rosto. — Depois de quinta, você só terá que voltar ao set na terça-feira da semana que vem.

No caminho para o set, na manhã seguinte, Franklin lhe disse que não mencionasse a gravidez para ninguém. Ela não entendeu por quê. Ele havia contado ao diretor. Por que precisavam guardar segredo? Franklin manteve os olhos fixos na pista.

— Nenhum diretor quer distrações desnecessárias no set. Não fale nisso. — Ele a olhou com firmeza. — Mantenha o foco.

A maquiadora passou a base.

— Você está parecendo muito melhor hoje, Lena.

— Estou me sentindo melhor também. — Ela queria contar a novidade, mas sempre havia espiões que queriam lucrar com informações. Um telefonema e a imprensa estaria na porta querendo uma reportagem sobre a gravidez de Lena Scott. A produção seria prejudicada.

Franklin esperava do lado de fora. Parecia ainda mais protetor do que de hábito.

— Faça a cena do jeito que fizemos esta manhã e ficará ótima.

Tensa, ela se posicionou em sua marca, com as falas ecoando na mente. Cada cena era uma a menos que ela teria de fazer, uma mais perto do fim do mais novo filme de Lena Scott.

Os dias seguintes passaram depressa. Franklin assistia às filmagens diárias com o diretor. Ela odiava se ver na tela e passava esse tempo descansando no camarim. Na sexta-feira de manhã, Franklin estava nervoso e preocupado. Dirigiu em silêncio, com as mãos apertando o volante. Havia gotas de suor em sua testa. Ela dormiu. Acordou quando ele saiu da autopista. Há quanto tempo estavam viajando?

— Estamos chegando. — Ele estendeu o braço e acariciou-lhe o rosto com os nós dos dedos. — Disseram que não vai ser muito ruim. Você vai sentir cólicas por umas duas horas. E então estará tudo acabado.

*Estará tudo acabado?* Ela congelou, sentindo uma onda de pânico.

— Do que está falando?

— Do aborto.

Quando ele disse que havia cuidado de tudo, ela imaginou que se tratasse da conversa difícil com o diretor, não de matar seu filho.

— Não. — A voz dela tremeu. — Isso é errado.

— Quem decide o que é certo e errado? Neste momento, é o certo para você. É o melhor que podemos fazer nas circunstâncias.

— Eu não quero um aborto!

— Acha que não sei por que você planejou isso? Sei que tenho te pressionado muito, Lena. Talvez demais. Vamos ter mais tempo livre entre os filmes, depois que este acabar.

— É contra a lei!

— Fazem o tempo todo! — Ele soltou o ar com força. — Não vou nem lhe contar quanto esse pequeno erro está me custando. — Parecia bravo agora, determinado. — Eu não queria que qualquer pessoa fizesse isso. Quis o melhor.

— O melhor?

— Um médico, não um açougueiro de fundo de quintal.

Abra começou a chorar.

— Eu não vou fazer! Não vou!

— Estive pensando. Assim que sua carreira estiver estabilizada, você pode tirar um tempo livre para ter um bebê. Podemos contratar uma babá. Você teria que trabalhar com um personal trainer por alguns meses para ficar em forma outra vez, mas isso pode ser feito.

— Você está me ouvindo?

— Ouça você! — Os dedos dele empalideceram com a força com que apertou o volante. Será que ele desejava que fosse o pescoço dela? — Você ainda não está nem perto de pronta para ser mãe. Não sabe nada de crianças. — Ele entrou em uma estrada secundária em direção às montanhas. Deu uma olhada em algumas anotações e virou em uma longa entrada de carros.

Estacionou diante de uma casa pequena. Abriu a porta rapidamente e deu a volta para o lado do passageiro. Sem ver saída, Abra parou de resistir. Franklin não largou o braço dela.

— Ficarei com você o tempo todo. Prometo.

Uma mulher abriu a porta. Abra não levantou os olhos. Franklin disse algo sobre os tremoços estarem particularmente bonitos naquele ano, e eles foram convidados a entrar.

— Preciso ter cuidado — a mulher falou com ar contrariado, não como se lamentasse. — Os católicos adorariam me pôr na cadeia.

— Não somos católicos.

— Trouxe o dinheiro?

Franklin tirou a carteira do bolso e puxou duas notas novinhas de cem dólares.

A mulher pegou as notas, dobrou-as no bolso e abriu espaço para lhes dar passagem.

— Está tudo pronto. Por aqui.

Franklin segurou o braço de Abra outra vez.

— Você vai ficar bem. Eu prometo.

Abra manteve a cabeça baixa enquanto seguiam a mulher pela casa, por um corredor e até uma sala dos fundos com paredes brancas, uma mesa ginecológica e cortinas fechadas.

— Isto não é como eu estava esperando. — Franklin pareceu preocupado.

— Tenho tudo de que preciso.

— Vai ser muito dolorido?

— Não tanto quanto um parto, e acabará logo. Faça-a tirar toda a roupa da cintura para baixo e deitar na mesa.

Abra ficou paralisada enquanto Franklin a despia. Ele continuava falando, com a voz tensa.

— Você vai ficar bem. Tudo vai acabar em poucos minutos. Depois esqueceremos que isso aconteceu. — Ele a levantou nos braços e a colocou delicadamente sobre a mesa. Ajudou-a a erguer os pés até os suportes. As pernas dela tremiam. — Calma. — Ele se inclinou e apoiou a testa na curva do ombro dela. — Desculpe — sussurrou. — Gostaria que houvesse uma maneira mais fácil.

Apertando os dentes, ela chorou baixinho.

Franklin lhe acariciou a testa com dedos gelados.

— Vai ser rápido.

E foi.

A mulher esticou as costas e tirou as luvas de borracha, depois lavou as mãos na bacia.

— Deve estar terminado amanhã de manhã.

Franklin endireitou o corpo, e seu rosto empalideceu.

— Como assim, *amanhã*? Você disse que terminaria logo.

— A minha parte. A solução salina demora algum tempo para agir no feto. — A mulher abriu a porta.

— Aonde você vai? — Franklin pareceu alarmado e foi atrás dela.

— Franklin! — Abra tentou segurar seu braço. Ele disse que não a deixaria. Podia ouvi-los discutindo. Ele disse um palavrão. Uma porta se abriu e fechou. Abra conseguiu se sentar e sair da mesa. Seu corpo tremia tanto que ela teve dificuldade para vestir a roupa.

Franklin voltou à sala com o rosto lívido, até vê-la em pé. Envolveu rapidamente sua cintura e a apoiou enquanto andavam em direção ao carro.

— Não podemos ficar aqui. Vamos para um hotel na praia. Tudo vai dar certo. Você vai ficar bem.

Durante a noite inteira, Franklin ficou sentado ao lado dela, segurando sua mão. Quando a dor começou a aumentar, ele tampou sua boca.

— Shhh. Não grite. Por favor, Lena. Alguém vai ouvir e chamar a polícia. — Ele a deixou por tempo suficiente apenas para enrolar uma toalha de rosto, para que ela tivesse algo para morder que não a mão dele. — Desculpe, Lena. — Ele chorava. — Desculpe. Eu te amo, Lena. Eu te amo tanto. Vou consertar as coisas. Prometo.

— Como você vai fazer isso, Franklin? — Gemendo, Abra apertou o cobertor, torcendo-o nas mãos quando a dor se tornou implacável, enquanto ele a olhava com uma expressão impotente.

Estava acabado quando o sol apareceu. Franklin enrolou tudo em uma toalha e saiu para a praia. Um longo tempo se passou antes que ele voltasse, o rosto pálido, as unhas cheias de areia.

Embrulhou Abra em um dos cobertores do hotel e a carregou para o carro, antes de fechar a conta. Quando procurou sua mão, ela o repeliu e ficou olhando pela janela, fitando o vazio.

Nenhum deles falou uma palavra durante a longa viagem de volta a Los Angeles.

# 14

*"Que louco fui", disse ele, "de não ter arrancado
meu coração no dia em que jurei me vingar!"*

ALEXANDRE DUMAS

Joshua fechou a porta da cabine telefônica e abriu um pacotinho de moedas sobre o balcão. Discou o número de seu pai. Entre o trabalho, a companhia da família de Dave e as caminhadas noturnas de oração, tivera pouco tempo de escrever para casa. O pai ia querer saber como tudo estava indo. Joshua se recostou na parede de vidro e olhou para a Hollywood Boulevard enquanto esperava que ele atendesse.

Observou as pessoas passando, algumas parecendo alegres e bem-sucedidas, outras com olhos famintos, algumas poucas derrotadas. Uma garota atraente de saia curta e blusa justa parou do outro lado da rua, com uma bolsa grande jogada sobre o ombro. Ela flertava com os homens que passavam. Joshua pensou em Abra, agradecido por ela ter obtido algum sucesso e não estar nas ruas tentando ganhar a vida.

A voz de seu pai surgiu na linha.

— Oi, pai. Como vão as coisas em Haven?

— Foi uma semana agitada. Jantar com Gil e Sadie. Mitzi está no hospital e deixando as enfermeiras malucas.

— Algo sério?

— Um problema nos pulmões. Ela prometeu a Hodge que ia parar de fumar. Ele achava que ela já tinha parado.

— E como está a Susan? — A pergunta teve a intenção de uma sondagem.

— Susan e Bessie estão bem — o pai respondeu em um tom inexpressivo, depois riu. — As duas pediram para eu lhe dar um oi. Como vai o projeto?

— Vamos terminar no fim da semana. Harold pediu a Kathy para ajudá-lo a organizar uma festa de comemoração. Charlie quer que eu entre para a equipe dele. Ele tem alguns projetos na agenda. Quer que eu lidere uma reforma em Pacific Palisades.

— Você gosta de trabalhar com ele, não é?

— Gosto. — A voz da telefonista lhe pediu para inserir mais moedas. — Espere aí... Sim, Charlie é honesto, trabalha tanto quanto as pessoas que ele contrata, quer tudo tão perfeito quanto possível. É um bom homem, e cristão. Tivemos algumas conversas profundas. — Ele hesitou, à espera de algum comentário do pai. Silêncio. — Ainda está aí?

— Estou ouvindo. Você já tomou uma decisão?

— Não sei se quero ficar mais seis meses, e é isso que vai levar para concluir o projeto em que ele me quer. — Ele observou a moça do outro lado da rua negociando com um empresário. — Almocei hoje com Dave, no Chuck's Hofbrau, na Hollywood Boulevard. Boa comida, mas não tem o toque caseiro do Bessie's.

— O que está pensando, filho?

— Tem muitas garotas bonitas aqui, pai.

— Todas com grandes sonhos de se tornarem estrelas de cinema, imagino. — O pai parecia cansado.

Ambos ficaram em silêncio. O homem de terno chamou um táxi. A moça entrou com ele.

— Ainda estou procurando por ela. Liguei para um estúdio associado ao filme mais recente dela e não consegui nada. Fui até lá, mas não me deram nem bom dia, quanto mais me dizer como entrar em contato com ela. Uma centena de outros caras devem chegar dizendo que a conhecem faz tempo.

— Você falou com Dave sobre isso?

— Não. Toda vez que vou falar, alguma coisa atrapalha. Dave tem a cabeça cheia. Escrevi para as produtoras dos filmes de que ela participou. Esperava que pelo menos uma encaminhasse a carta. Então ela saberia como falar comigo. Já faz uns dois meses e nenhuma resposta.

— Pode ser que ela receba muita correspondência de fãs.

— E pode não ser ela quem lê a correspondência. Fico esperando que quem abrir uma daquelas cartas a passe para ela. Charlie disse que a maneira mais rápida de encontrar uma atriz é por meio do agente, mas os estúdios não quiseram me dar essa informação. — Ele deu uma risada triste. — Devo parecer um fã enlouquecido.

— O que você pretende fazer?

— Não sei, pai. Ainda estou meditando sobre isso.

Joshua olhou para o rosto das moças que passavam, sabendo que Abra não estaria caminhando à toa por uma rua onde poderia ser reconhecida. Havia feito apenas alguns papéis, mas conseguira transformar Lena Scott em uma estrela em ascensão. Talvez essa fosse a vida que ela queria. Talvez Lena Scott não quisesse ser lembrada de Haven e das pessoas que amavam Abra Matthews.

Talvez fosse hora de parar de procurar.

— Acho que você sabe o que Deus quer, filho.

A resposta que Deus tinha dado a Joshua não era a que ele queria ouvir. *Desista.*

———

A ponte para Haven estava diante de Abra. Começou a atravessá-la e parou depois de alguns passos. Inclinou-se sobre a grade e olhou para a escuridão. Alguém a chamou do outro lado.

— Atravesse. Agora. Enquanto você pode.

Seria Joshua? Ela deu alguns passos em direção a ele e parou, ouvindo o som das corredeiras. Uma névoa subiu e a cercou em uma neblina tão densa que ela não conseguia enxergar o fim da ponte.

Chamou:

— Ainda está aí? — Sua própria voz retornou, em um eco.

— Estou aqui. — Não era a voz de Joshua, mas a do pastor Zeke.

Ela voltou, porque não queria encará-lo, e ouviu passos em sua direção. As batidas frenéticas de seu coração se acalmaram quando ouviu um homem cantando, mas aceleraram-se outra vez, com medo, quando o som se transformou de uma doce melodia para uma zombaria dissonante.

Dylan saiu da neblina. Ela ficou paralisada enquanto ele se aproximava lentamente. Seu coração batia mais rápido quanto mais perto ele chegava, até que parou bem a sua frente. Os olhos escuros tinham um brilho quente enquanto ele lhe dirigia seu sorriso branco e cintilante.

— Para onde vai fugir agora, garotinha?

Abra acordou abruptamente, com o coração aos pulos, o corpo encharcado de suor. Sentou-se na cama, trêmula. Levou alguns momentos para que seu corpo relaxasse e o ritmo cardíaco se acalmasse.

O apartamento estava tão quieto. Será que Franklin finalmente a havia deixado sozinha? Há dias ele não saía, sempre por perto, vigiando-a como um falcão. O que ele achava que ela ia fazer? Cometer suicídio? Não que ela não tivesse pensado nisso. Mas era muito covarde para tirar a própria vida. Melhor essa prisão cujas chaves eram guardadas por Franklin. Melhor esse inferno do que o do outro mundo, em que ela queimaria pela eternidade.

Ela não estava facilitando as coisas para ele. Queria que Franklin sofresse também. Queria que ele soubesse o que seu sonho tinha lhe custado.

*Perdão.* A palavra afagou-lhe a mente como um roçar indesejável de dedos gentis e curadores na testa. Ela passou a mão pelos cabelos, segurando a cabeça, querendo arrancar aquela ideia de lá. Perdão? Nenhum deles merecia.

Talvez ela pudesse ter perdoado Franklin se ele a tivesse chamado de Abra, em vez de Lena, quando chorara e implorara perdão. Depois daquele horror, quando chegaram em casa, ele ligara para um dos restaurantes mais caros de Hollywood e pedira a entrega de uma refeição com champanhe, sem economizar despesas. Estourara a rolha e dissera que eles iam recomeçar do zero. Como se fosse possível para ela esquecer.

Ela estava muito enjoada para comer ou beber. Enquanto ficava sentada em silêncio, Franklin falava como se estivesse tudo normal, como se tivessem lidado com um pequeno problema e agora pudessem seguir em frente. Ela se perguntava se ele teria perdido o juízo em algum ponto da viagem de volta.

Abra empurrara Lena de lado, naquela noite, e assumira o centro do palco.

— Se você acha que *qualquer coisa* pode voltar a ser como antes, está louco!

Ele a tinha encarado como se ela fosse uma alienígena que tivesse se apossado de sua esposa. Abra fora para o quarto em tons pastel e trancara a porta.

Nos dias seguintes, Franklin encomendou tantas flores que o apartamento parecia uma casa funerária.

Agora, faminta, Abra vestiu um robe e abriu silenciosamente a porta. Sentia-se tonta pelos dias sem comer. Apoiou-se na parede até que os pontos pretos e amarelos diante de seus olhos diminuíssem. Encheu-se de medo quando viu Franklin estendido no sofá, pálido e com a barba por fazer.

Surpreso, ele se sentou. Os olhos azuis se iluminaram de esperança.

— Você levantou. — Ele parecia malcuidado, mas alerta, atento, cauteloso. Talvez tivesse receio de que ela ficasse louca como ele. Tentando ignorá-lo, Abra foi para a cozinha e abriu a geladeira. Garrafas de vinho tinto e branco e caixas de comida para viagem enchiam as prateleiras. — Mexicana, chinesa, italiana, escolha o que quiser. — Franklin a havia seguido. Estava parado com as mãos nos bolsos, observando-a, avaliando-a.

Ela abriu uma caixa de macarrão chinês congelado e perdeu o apetite. Abriu a porta do armário sob a pia e jogou-a no lixo.

— Você tem que comer alguma coisa, Lena. — Franklin parecia pior do que ela. — Perdeu peso.

— Não era isso que você queria? — Ela sentiu uma pontada de culpa ao ver como seu golpe o havia atingido com força e profundidade. Franklin tinha olheiras escuras. Há quanto tempo não dormia? Quanto andava bebendo desde que ela se trancara? Abra não se importava. Ambos mereciam sofrer. Ela foi até o bar e serviu-se de uma dose de scotch.

— Você se lembra do que aconteceu na última vez em que bebeu com o estômago vazio? — O tom dele era calmo, seco, testando o terreno.

— Lembro. Mas o que importa? — Ela engoliu o uísque em um só gole. Sorrindo para ele, serviu-se de mais uma dose. — Sempre me perguntei como você aguentava beber essa coisa. — E virou o copo de novo.

— Isso me relaxa.

O uísque se empoçou como lava quente em seu estômago vazio.

— Não quero relaxar. Quero esquecer. — Ela levantou a garrafa até os lábios.

Franklin atravessou a sala em três passos e tirou a garrafa da mão dela.

— Chega!

Abra fez uma careta de desdém.

— Está preocupado que não sobre para você? — Teria voltado para o quarto se ele não estivesse bloqueando a passagem. Passou os dedos trêmulos pelos cabelos embaraçados. Sua cabeça latejava como um tambor. Falta de comida? Pesadelos repetindo-se e fazendo-a acordar suando frio?

O piano estava silencioso no canto da sala, chamando-a. Sempre conseguira perder-se na música. Podia fechar os olhos e tocar e fingir que estava de volta à sala de estar de Mitzi. O que Mitzi pensaria dela agora? Abra foi até a vidraça e olhou para a rua lá embaixo. Carros passavam em ambas as direções, pessoas caminhavam. O mundo continuava a se mover.

Ela se sentia estilhaçada por dentro, quebrada, sem chance de conserto.

Franklin se aproximou e parou atrás dela. Abra podia sentir a dor dele, sua tristeza. Ele tinha pedido desculpas. E ela sabia que havia sido sincero.

Ele estava sofrendo profundamente por Lena não agir mais do jeito que ele queria. Ela entendera naquela noite que ele nunca ia querer que Lena Scott tivesse um filho. Isso estragaria, em sua mente, a imagem da amante perfeita.

Ele a segurou pela cintura.

— Lena. — Parecia tão triste.

Incapaz de suportar seu toque, ela sacudiu o corpo e pôs alguma distância entre eles. Viviam juntos no mesmo apartamento, mas um enorme abismo os separava.

— Não diga nada, Franklin. Nada que você possa dizer vai fazer diferença. — Era muito tarde para qualquer um dos dois se arrepender, tarde demais para desfazer o que tinha sido feito.

— Você só precisa de algum tempo para esquecer.

Esquecer? A culpa dela ficava mais pesada a cada dia. Ela era pior que sua mãe. Abra cobriu o rosto. Pelo menos sua mãe lhe dera uma chance de sobrevivência.

— Lena...

*Por que deixei Franklin me levar para dentro daquele lugar? Por que não corri ou lutei? Eu apenas o segui, como um carneiro indo para o matadouro.*

Franklin a segurou pelo pulso e a virou. Por um momento, ela imaginou que ele pretendia puxá-la para um abraço e consolá-la. Em vez disso, ele apertou seus pulsos e olhou com desgosto para suas mãos.

— Você roeu as unhas até o fim.

Claro, Lena jamais faria algo assim. Abra se soltou. Se ainda lhe restassem unhas, teria arranhado o rosto dele.

A expressão de Franklin mudou.

— Desculpe. Fui muito duro.

Abra fechou os olhos com força. Não queria ver a dor dele. Tinha sido decisão dele, não tinha? Para que Lena pudesse continuar dançando sob sua batuta. *O que eu fiz? Ah, o que eu fiz?* Ela se abraçou, respirando superficialmente em meio à dor. O que o pastor Zeke ia pensar? E Joshua? *Ah, Joshua, se você pudesse me ver agora.* Uma melodia zombeteira tocou em sua cabeça. Ela queimara a ponte para Haven havia muito tempo.

O que isso importava? Joshua provavelmente estava casado agora, com alguma boa moça que havia se guardado para seu marido. E o pastor Zeke tinha uma igreja cheia de frequentadores, a maior parte da cidade o amava e o chamava de amigo. Nenhum deles sentiria falta dela. Será que ao menos saberiam que Abra Matthews tinha se tornado Lena Scott? Não imaginava nenhum dos dois perdendo tempo com os cinco filmes horríveis que ela havia feito.

A antiga vida em Haven parecia um sonho agora. Tinha sido tão tola. Virara as costas para todos, só para ficar com Dylan. Acordara daquele sonho cor-de-rosa já em San Francisco, mas ainda se agarrara a ele, esperando que pudesse melhorar. Quando se mudara para o apartamento de Franklin, ela assinara um contrato em que vendera sua vida. Não se dera conta de que ele a via como argila em suas mãos. Ele a pusera em um pedestal e começara a remodelá-la. Ele achou que era Deus.

Seu estômago doía. Não tinha força de vontade para morrer de fome. Encontrou uma caixa de cereal e um iogurte de uma semana atrás. Tinha gosto de serragem com leite azedo. Engoliu tudo com amargura e culpa.

Franklin serviu-se de um drinque. Então outro. Depois do terceiro, parou de parecer triste.

— Eu fiz o que achei que fosse melhor para você.

— Melhor? Você enterrou nosso bebê na areia.

Ele bateu a garrafa no balcão.

— Não era um bebê!

— Só porque você não o queria. — Do mesmo modo como a mãe de Abra não a quis.

Exasperado, Franklin foi até a mesa. Puxou a cadeira dela e ajoelhou-se diante dela.

— Não era *ele*. Não era *ela*. Não era *nada*.

Ela se inclinou para a frente, com o rosto perto do dele.

— Assim como *eu* não sou nada! E *você* não é nada! *Nós dois* somos menos que nada agora, não somos? E ainda condenados! — Franklin levantou e se afastou, com a mão fechada em punho. — Vá em frente. Faça o que quer fazer comigo. — Ela levantou o queixo, esperando, quase torcendo pelo golpe. — Bata em mim se acha que isso vai mudar a verdade. Bata até arrancá-la de mim.

A mão dele se abriu e pendeu ao lado do corpo.

— Sei que você está me punindo. Sei que eu disse que não haveria dor, Lena. Eu vi como você sofreu. — Os olhos dele se encheram de lágrimas. — Eu não sabia que seria assim. — Ele parecia enlouquecido pela dor. — Juro que eu não sabia!

Abra cobriu o rosto com as mãos.

— Só me deixe sozinha, Franklin. Por favor. Só me deixe sozinha. — Ela reprimiu os soluços, engoliu a agonia, até parecer que havia uma bola dura de veneno na boca de seu estômago. Ouviu-o sair da sala. Pensou que ficaria em paz, mas ele voltou.

— Tenho algo para você. — Franklin tirou dois comprimidos de um frasco de remédio. Foi até o bar para encher um copo de água. Voltou e lhe apresentou a água e os comprimidos como uma oferenda. — O médico disse que isso fará você se sentir melhor. É só um barbitúrico suave.

Ela o fitou. Até que ponto ele chegaria para ter Lena de volta? Não confiava nele nem em seu médico.

— Não me importa o que é. Não vou tomar.

Ele apertou os olhos.

— Isso tem que parar, Lena. — Era a voz de seu agente, o gerente tentando recuperar o controle. — Estou tentando ajudá-la.

Ela entendia bem. Olhou deliberadamente para o outro lado da sala.

— E sua preocupação não tem nada a ver com aquele roteiro sobre a mesa de centro. — O tom de sua voz era cheio de sarcasmo. Ela foi até lá, pegou *A cigana e o general* e o jogou sobre ele. — Está aqui o que eu acho disso. — Será que ele realmente esperava que ela se interessasse? Tinha vontade de rasgar as páginas em pedacinhos e lançá-los no rosto dele. — Já representei o suficiente para uma vida inteira, Franklin. Para mim chega. — Ela esticou a mão. — Se quer que eu tome comprimidos, me dê o frasco inteiro.

Ele desabou sobre uma das banquetas do bar, olhando fixamente para ela.

— Você não é a mulher que eu pensei que fosse.

— Surpresa, surpresa. — Talvez ele estivesse finalmente começando a entender.

— Não podemos continuar assim. Você precisa superar isso.

Ela viu o olhar intenso dele, a confusão. Ele sempre fora o escultor, o artesão em argila, o mestre em marionetes, manejando os fios. Agora a estátua de mármore tinha rachado, a argila secara e se esfarelara. A marionete ganhara vida e o detestava, porque ele não lamentava o que haviam feito. Ele sofria pela perda de seu grande amor, Lena Scott.

— Como posso superar isso, Franklin? — Cada decisão que ela havia tomado nos últimos cinco anos trouxera desastres, cada um pior que o anterior. Tudo o que ela pensara querer tinha gosto de cinzas em sua boca.

— Você não entende como é amada? Chegou a ler alguma das cartas que eu lhe trouxe?

Ele enfiara dezenas sob a porta do quarto.

— Por que eu deveria ler cartas de estranhos que nem sequer conhecem Lena Scott? Ou nem sabem que Lena Scott é Abra Matthews! Eles só amam aquela imagem falsa em uma tela. Como você! Todos estão apaixonados por uma obra da sua imaginação!

Ele se levantou, lívido.

— Pare de dizer isso! — Segurou a cabeça entre as mãos, como se sentisse mais dor do que ela.

— É verdade. — Ela havia feito cinco filmes e interpretado cinco papéis: uma caminhada de um minuto, indo embora, que fez os homens desejarem ver todo o corpo sob a blusa branca e a saia justa, a esposa apaixonada de um amante zumbi, uma mocinha ingênua apaixonada pelo noivo da melhor amiga, um papel de dançarina que a deixara incapaz de andar por semanas e uma sereia que acabou puxando o homem que ela amava para as profundezas.

Franklin fizera isso com ela. Puxou-a mais fundo, mais fundo, mais fundo, para o mundo sombrio do faz de conta.

Uma onda de tristeza a envolveu, e ela se sentiu afogando.

— Sinto muito, Franklin. Sinto muito. Não consigo mais fingir. — Quanto de sua vida ela havia passado fazendo exatamente isso? Nem sabia mais quem era.

Franklin a segurou pelos ombros, com olhar de adoração.

— Você nunca fingiu comigo. Eu a conheço melhor do que você mesma. — Os dedos dele enterravam-se na pele dela. — Despejei meu coração e minha alma em você!

O corpo de Abra ficou frio ao toque dele.

As mãos dele seguraram seu rosto, os olhos venerando-a.

— Mil homens te querem, mas você se entregou a mim. Você me ama. Cumpri todas as promessas que já lhe fiz. Não cumpri?

Aquela era a terrível verdade. Ele tinha cumprido.

Só que ela nunca parara para computar o custo.

═══

A festa de Harold Cushing já estava acontecendo havia uma hora quando Dave deu uma cutucada em Joshua.

— É melhor você saber que Kathy está fazendo papel de cupido de novo.

Não era a primeira vez que Kathy tentava juntá-lo com alguma amiga. Joshua pensou que ela tivesse entendido quando ele lhe dissera que não estava procurando uma namorada.

Dave fez um sinal de cabeça na direção de Kathy, que saía da casa com uma morena esguia, miúda e muito atraente.

— Essa é Merit Hayes, uma das amigas de faculdade de Kathy. Ela é advogada de um estúdio. Não deixe o tamanho dela enganá-lo. Ela pode parecer um peixinho pequeno, mas é um tubarão.

As pessoas formavam grupos, conversando e rindo, enquanto os garçons serviam canapés e completavam copos. Merit parecia ter vindo direto do escritório, em sua blusa de seda branca, saia lápis preta e sapatos pretos de couro reluzentes. Tinha uma expressão aborrecida enquanto Kathy falava e apontava Dave e Joshua com um gesto de cabeça.

Felizmente, Harold Cushing chamou Joshua. Ele o apresentou a um casal de meia-idade.

— Chet trabalha para Walt Disney. Ele ficou impressionado com o que você fez em meu escritório.

— Walt está sempre procurando homens com imaginação. — Chet continuou se gabando de como a Disneylândia trazia dinheiro mais depressa que uma colheitadeira. Mas a mente por trás do parque de diversões não estava apenas deitada sobre os louros, mas repleta de ideias de expansão. Chet riu. — A ironia é que Walt foi demitido uma vez porque seu chefe disse que ele não tinha imaginação. As famílias estão afluindo em massa para a Disneylândia, e não parece que essas multidões vão se diluir em um futuro próximo.

Alguém deu uma batidinha no ombro de Joshua e ele se virou, encontrando Kathy parada atrás dele, com Merit Hayes a reboque.

— Desculpe interromper, pai, mas eu queria que Joshua conhecesse uma velha amiga minha. Merit Hayes, este é o melhor amigo de David, Joshua Freeman.

Joshua deu o sorriso apropriado e a resposta adequada enquanto estendia a mão. Merit tinha as mãos pequenas e delicadas, com longas unhas vermelhas e um aperto firme. Os olhos eram frios, cheios de humor irônico.

— Devo avisá-lo que Kathy está tentando nos juntar.

Joshua riu.

— Eu sei.

Merit levantou as sobrancelhas.

— Você é cúmplice na conspiração?

— Desculpe, mas não. Não que não seja um prazer conhecê-la, srta. Hayes.

Kathy enrubesceu.

— Está bem. — Levantou as mãos em um reconhecimento de derrota. — Está bem. Fiz o meu melhor. Divirtam-se.

Merit fez uma careta.

— Embaraçoso, eu diria.

— Kathy tem as melhores intenções.

Ela deu uma olhada para a latinha de Coca-Cola dele e pegou um martíni em uma bandeja que passava, assustando o garçom, que pareceu não gostar do gesto inesperado.

— Ela é ingênua. — Merit tirou a azeitona do copo e a comeu. — Se eu quisesse um homem, eu mesma o encontraria.

— Dave disse que você é advogada de um estúdio.

— Reconheço minha culpa. Ele já teve que lidar comigo antes. — Ela riu. — Ele jamais consegue o que quer. — Um garçom ofereceu sanduichinhos. Ela pegou dois. — Não, retiro o que disse. Ele conseguiu Kathy. — Deu de ombros e lançou um olhar sagaz para Joshua, enquanto mastigava. Ele sabia que ela esperava algum comentário. Como ele não disse nada, Merit fez um gesto na direção da casa. — Vi o escritório novo de Harold. Uma obra impressionante.

— Eu não fiz sozinho.

— Você criou o conceito e fez metade do trabalho. A metade de acabamento, pelo que me disseram. Tudo isso foi parte da entusiasmada recomendação de Kathy. Mas eu tenho que perguntar: Por que um homem com seu evidente talento está fazendo trabalhos temporários nos bastidores de um estúdio?

Ele sorriu e tomou um gole do refrigerante.

— Talvez eu tenha vindo aqui para ser descoberto.

— O que quer dizer que não é da minha conta. — Ela pegou um canapé de outra bandeja. — Você conseguiu se introduzir na indústria sem entrar para o sindicato. É bacana ter conexões tão boas. — Levantou o copo para Dave e Kathy, que os observavam. — Olhe só para eles ali, Kathy com tanta esperança, Dave desejando que eu decole em minha vassoura. — Ela riu, divertindo-se consigo mesma.

Então olhou para Joshua.

— Kathy me contou que você frequenta a igreja. — Ela fungou. — E acabou fazendo com que fossem lá também. Ela diz que você é o cara, sabia disso? — Merit fez uma careta. — Estranho, mas acho que gosto de você. — Enfiou o canapé na boca e agitou o dedo enquanto mastigava e engolia. — Não que eu queira lhe dar a ideia errada. Não estou dizendo que quero sair com você.

Ele sorriu.

— Eu convidei?

Ela pareceu surpresa.

— Eu deveria estar me sentindo insultada.

— Mas não está.

Ela se inclinou para mais perto e sussurrou:

— Talvez possamos fingir que estamos atraídos um pelo outro. Poderia servir para distrair minha querida amiga de seus esforços de bancar a cupido para mim. Ela não tem ideia de como este é um caso perdido. — Segurou o braço de Joshua e piscou seguidamente. — Vou ser boazinha, prometo. Vamos andar por aí.

Merit Hayes conhecia todo mundo e, como Dave, adorava falar de negócios. As pessoas continuavam chegando, e ela mirava convidados específicos. Joshua escutava, respondendo quando alguém lhe fazia alguma pergunta. Ela deu uma batidinha em seu braço.

— Gosto de homens que não falam mais que o necessário. — E o conduziu até um casal que havia chegado tarde: um homem mais velho e forte, com olhos astutos, e uma mulher bonita e muito mais nova, que parecia vagamente conhecida. Merit os cumprimentou calorosamente, e as duas mulheres trocaram beijos em ambas as faces, antes de Merit apresentar Joshua a Terrence Irving e sua esposa, Pamela.

Ele lhes disse que era um prazer. Pamela ficou olhando para ele e, quando o viu franzir a testa, suspirou.

— Minha estrela já se apagou.

O marido pousou a mão em sua cintura e a puxou para mais perto.

— Você brilha com mais beleza e luz do que nunca.

Merit deu uma tossidinha leve, e Joshua notou o riso em seus olhos. Não entendeu a razão até que ela se desculpou com Pamela e o marido.

— Vocês vão ter que desculpar meu amigo aqui. Ele vem de uma cidadezinha no norte da Califórnia que provavelmente nem tem cinema. Joshua, esta é Pamela Hudson.

Joshua então se lembrou, embora só tivesse visto um filme estrelado por ela. Talvez conseguisse até recordar o enredo, se tivesse mais tempo.

— Pamela largou a carreira para se casar comigo. — Terrence Irving sorriu para a linda esposa. — E depois me deu a bênção adicional de duas belas filhas.

Merit aproveitou a deixa e perguntou sobre as crianças e se o casal pretendia ter mais filhos. Pamela pareceu incomodada com a pergunta, mas Terrence disse que ambos queriam mais. Outros se juntaram ao grupo. Merit deu o braço para Joshua e afastou-se com ele.

— Isso foi um desastre total! Você viu a cara dela? — Ela olhou para ele, rindo. — Como alguém pode não reconhecer Pamela Hudson?

— Nós não frequentamos os mesmos círculos.

— De onde você vem? Da lua? — Ela sacudiu a cabeça. — Estou sendo uma bruxa, eu sei. O álcool está me subindo à cabeça. Tive uma semana longa e difícil.

— Então sugiro comermos alguma coisa. — Ele a conduziu para o bufê requintado.

Ela pegou um prato, passou-o para ele e avançou com outro na mão.

— Pamela esteve nas colunas de todos os jornais de Hollywood.

— Eu recebo minhas notícias de outras fontes.

— Bom, então eu vou lhe contar a história. Ela chegou do nada e explodiu na cena de Hollywood como uma supernova. — Ela se serviu nas bandejas de saladas e legumes. — Tinha um agente poderoso e brilhante que, literalmente, construiu sua carreira. Franklin Moss. Já ouviu falar dele? É um pouco intenso demais, às vezes, mas reconhece talento quando o vê, mesmo que seja em um restaurantezinho da Sunset Boulevard. Ou, pelo menos, isso é o que se diz. Esse é o sonho de Hollywood. — O tom dela era irônico. — Atuei como advogada na produção de um dos filmes de Pamela e posso lhe dizer que o homem sabia como brigar por sua cliente. Franklin Moss é esperto, ambicioso e um negociador duro. Infelizmente, ele perdeu a cabeça e teve um caso com Pamela, o que é sempre má ideia entre parceiros de negócios. Ela é uma mocinha ambiciosa. Deixou o pequeno ninho de amor de Moss e pulou para a cama de Terrence. Por sorte dela, Terrence tem advogados que conseguem encontrar furos em qualquer contrato. Todos os jornais do país noticiaram o escândalo. Todos esperavam ver a estrela dela brilhando no próximo filme de Terrence. Acho que Pamela apostou nisso. Em vez disso, sua carreira deu uma freada brusca. — Soltou uma risada de bruxa má. — Pelo jeito que Terrence falou, ele vai manter Pamela grávida e cuidando dos bebês em casa.

— Talvez seja isso que ela quer.

Merit pareceu cética.

— Mesmo que quisesse, ela vai ter um caminho difícil pela frente. Terrence Irving sempre gostou de mulheres bonitas. Ele pode querer um herdeiro, mas pau que nasce torto morre torto. E aí está. Um casamento perfeito de Hollywood.

— As coisas nem sempre são o que parecem.

— Dito por um romântico ingênuo... Desculpe desiludi-lo, mas Pamelas Hudsons existem aos milhares por aqui, coleguinha. Franklin Moss perdeu a cabeça e o emprego na agência quando a perdeu. Sua esposa o deixou, obteve custódia total dos filhos e mudou para a casa grande em Malibu. Ele desapareceu por mais de um ano. Acho que deu um tempo lambendo as feridas, ou o que quer que homens façam quando recuperam o juízo. — Merit disse ao chef que queria um pedaço bem grosso de costela malpassada. — Ele está de volta agora. Franklin, quero dizer. E me dando mais uma enorme dor de cabeça. — Ela estendeu o prato para receber a carne suculenta. — Ele criou outra Vênus e quer um preço olímpico por ela. — Pegou um pãozinho e três quadradinhos de manteiga. — Odeio negociar com esse homem. Ao contrário da Pamela ali, essa garota de fato tem talento e segue instruções. É pouco comum encontrar uma aposta tripla que não tenha um ego do tamanho do Texas.

— Aposta tripla?

Merit explicou que a garota sabia atuar, dançar e cantar.

— Ela roubou todas as cenas em seu último filme. Uma bobagem qualquer sobre amor não correspondido. — Seu tom de desdém mudou para vivacidade. — Foram avanços gigantescos desde seu primeiro papel com fala como uma zumbi. A menina tem potencial para se tornar uma estrela de verdade, duradoura.

O pulso de Joshua se acelerou.

— Uma zumbi?

Merit riu.

— Exatamente. Você não reconheceu Pamela Hudson, então certamente nunca ouviu falar de Lena Scott. Mas ouça o que eu lhe digo. Se nossa produtora conseguir um contrato com ela, você a verá por toda parte.

———

Joshua encontrou o número de telefone, mas não o endereço da agência de talentos de Franklin Moss no guia telefônico. Tentou ligar na hora do almoço. Uma mulher com voz desanimada atendeu e disse a ele para deixar uma mensagem. Desligou antes que ele terminasse de falar. Joshua ligou de novo. A mulher suspirou.

— Ligou para a agência errada, senhor. Franklin Moss não tem nenhuma cliente chamada Abra Matthews.

Joshua se deu conta da besteira que tinha feito.

— Abra Matthews é Lena Scott, e eu sou um velho amigo dela.

— Ah, sim. Dê-me suas informações de contato e eu as passarei ao sr. Moss. Não prometo que ele ligará de volta.

— Pode me dar o endereço da agência?

— Desculpe, eu não tenho essa informação. No departamento de cobrança eles têm, mas não podem falar com o senhor. Mais alguma coisa?

Joshua ligou para Kathy e pediu o telefone de Merit Hayes. Kathy pareceu indevidamente feliz. Merit não.

— Achei que você e eu estávamos entendidos.

— Estou ligando para pedir uma informação, não para marcar um encontro. Pode me dar o número de telefone e o endereço de Franklin Moss?

— Deixe-me adivinhar. — Ela riu com ironia. — Você não conhece Pamela Hudson, mas gostaria de conhecer Lena Scott. — Ela perguntou se ele tinha lápis e papel. — Se ele não deixa nem executivos de estúdios chegarem muito perto, duvido que vá sequer lhe dar bom-dia. — Informou-lhe o mesmo número que estava no guia telefônico. Joshua disse que já havia tentado este, mas não conseguira nada. — É só o que eu tenho. Não é surpresa que eu consiga falar, mas um fã não.

— Como é o nome da esposa dele? Você disse que ela estava em Malibu, não é?

— Você é um homem determinado, hein? Shirley, acho. Ou Cheryl. Talvez Charlene. Algo com som de *shhhh*.

Ele encontrou um número para Cheryl Moss e discou. Um menino atendeu e disse que sua mãe não estava em casa. Quando Joshua perguntou a que horas estaria, ele riu e disse que ela tinha ido fazer compras com a irmã, então devia demorar. Joshua falou que voltaria a ligar no dia seguinte. Já tinha usado todo o seu intervalo de almoço e voltou ao trabalho. Foi difícil se concentrar.

Dave sorriu quando Joshua subiu do quarto depois de tomar banho e trocar de roupa após o trabalho. Entregou-lhe uma carta carimbada com "DEVOLVER AO REMETENTE" em grandes letras de forma.

— Eu não sabia que você era um fã.

O endereço da produtora havia sido riscado, e a carta encaminhada a Franklin Moss, com um endereço da Hollywood Boulevard também riscado. A carta tinha sido aberta e fechada outra vez.

*Desista, Joshua. Ela não pertence a você.*

Era hora de escutar. Joshua amassou a carta e jogou no cesto de lixo.

Dave e Kathy observavam. Ela estava séria.

— Você está com cara de quem perdeu a melhor amiga.

— Eu a perdi muito tempo atrás. — Ele lhes contou quem era Lena Scott.

Dave assobiou baixinho e disse que nunca adivinharia. Depois contou a Joshua a última coisa que ele gostaria de ouvir.

— Estão dizendo que ela se casou com o agente.

Joshua soltou a respiração devagar.

Kathy voltou a descascar batatas.

— Você recebeu uns telefonemas hoje. — Ela fez um sinal com a cabeça para o balcão. — Charlie Jessup quer falar com você.

Joshua deu uma olhada nas mensagens. Três ofertas de trabalho. Ele queria voltar para casa.

— Posso usar o telefone? — Ligou para Jack Wooding, que disse que estava com a equipe completa. Gostaria de ter sabido antes que Joshua estava planejando voltar. Avisaria com prazer assim que tivesse uma vaga.

Joshua esfregou a nuca e inclinou a cabeça. *Senhor, está me dizendo para ficar no sul da Califórnia?*

Deus parecia estar lhe mandando mensagens desencontradas.

Abra acordou, um pouco tonta por ter bebido demais. Franklin estava falando. Havia alguém no apartamento?

A porta do escritório estava aberta. Ele devia estar ao telefone. Pelo tom de voz, podia imaginar que falava com o filho. Algo sobre um Impala e por que ele não pedia para a mãe? Ouviu-o abrir uma gaveta e espiou para dentro da sala. Franklin prendeu o fone entre o ouvido e o ombro, enquanto lia a combinação e mexia na fechadura do cofre. Moveu a alavanca e abriu a porta de ferro, moveu a cadeira para trás e tornou a guardar o papel na gaveta. Antes de ele afastar a cadeira, ela viu dinheiro empilhado em uma prateleira dentro do cofre, e pastas de arquivo embaixo. Abra voltou para o quarto em silêncio.

Tudo de que ela precisava para deixá-lo estava a seu alcance, mas não tinha como conseguir enquanto Franklin não se afastasse um pouco de casa. Ele nunca saía por mais de meia hora, e era apenas para comprar alguma comida e voltar direto.

A única maneira de se livrar dele era representar Lena Scott por mais um dia.

———

Abra levantou cedo, tomou banho e demorou-se lavando e secando os cabelos. Vestiu calça capri preta justa e um blusão verde, que acentuava a cor de seus olhos. Havia perdido peso e as roupas estavam um pouco folgadas, mas não podia se preocupar com isso naquele momento. Tomou um cuidado especial com a maquiagem. Lena sempre usava mais do que Abra gostava. Escovou os cabelos e deixou-os soltos, caindo sobre os ombros.

A porta do quarto principal estava aberta. Franklin ainda dormia; a cama era uma bagunça, com os cobertores jogados para o lado, metade na cama, metade no chão. Ele nunca dormia bem depois de falar com os filhos ou com a ex-esposa. Ele se mexeu.

Abra saiu em silêncio para a sala de estar. Tinha um papel a desempenhar e era melhor ser digna de um Oscar. O que Lena faria quando Franklin entrasse na sala? O que Lena diria? Não o confrontaria por estar retendo o dinheiro dela. Não o ameaçaria de divórcio ou quebra de contrato. Lena o seduziria com esperanças. Seria astuta, esperta o suficiente para não levantar suspeitas.

Abra percebeu que estava roendo as unhas e parou.

Ela sempre pudera acertar o relógio pela rotina de Franklin. Ele se levantava às cinco, usava o banheiro e fazia cem abdominais e cinquenta flexões. Barbeava-se e tomava uma ducha de dez minutos. Sempre deixava a roupa separada na noite anterior: terno escuro, camisa branca, uma gravata colorida de seda italiana... o uniforme de um homem de negócios de sucesso. Mantinha a carteira, as abotoaduras douradas e o relógio em uma bandeja de estanho sobre a cômoda. Às sete e meia em ponto, ele vinha pelo corredor, colocava a pasta de couro no saguão de entrada, pegava a *Daily Variety* e dois jornais do lado de fora da porta do apartamento e ia para a cozinha, a fim de preparar seu café da manhã: três ovos cozidos, duas torradas. Se a balança do banheiro tivesse marcado algo mais que oitenta e quatro quilos, ele comia iogurte e cereal integral. Lia depressa e examinava tudo, com a vista ágil para notar qualquer menção a Lena Scott.

As coisas tinham mudado nas duas últimas semanas.

Ela o ouviu no corredor.

— Lena? — Ele devia ter visto a porta aberta. — Lena!

— Estou na sala, Franklin. — Ela pegou o roteiro de *A cigana e o general*, sentou no sofá com as costas no descanso de braço, as pernas estendidas. Dobrou algumas páginas para trás, fingindo ler.

Ele veio para a sala, descabelado e trêmulo, com uma expressão de pânico no rosto. Soltou uma respiração de alívio e se esforçou para recuperar o controle.

— Eu pensei... — Sacudiu a cabeça, como se quisesse remover o medo de sua mente perturbada. — Está se sentindo melhor?

— Sinto-me descansada. — A mentira saiu fácil, sem nenhuma culpa. Em poucas horas, ela estaria fora daquela prisão e longe dele.

— Que bom. — As calças de pijama pendiam sobre os quadris. Havia emagrecido também. — Está lendo o roteiro?

Ela ergueu um ombro. Lena não pareceria muito ansiosa.

— Já li tudo que havia neste apartamento. Só restava isto para ler. — Lena faria o quê? Sua mente estava vazia.

Franklin abriu a porta da frente e pegou os jornais. Tirou o elástico que prendia um deles, enquanto olhava para ela.

— O que está achando?

Ela levou um segundo para entender que ele estava pedindo sua opinião sobre o roteiro.

— Mais ou menos.

— Mais ou menos? — Ele pareceu irritado. — Foi escrito por um dos melhores roteiristas de Hollywood. Um ganhador do Oscar.

— Eu não disse que não gostei, Franklin. Só li dez páginas. Vou lhe dizer o que acho esta noite.

A expressão dele mudou.

— Você vai adorar. — O estresse das últimas semanas era evidente em torno de seus olhos.

— Vou levar o dia inteiro para ler tudo isto e pensar no papel que querem que eu interprete.

Ele foi para a cozinha, pôs três ovos em uma panela e abriu a torneira. Pegou pão e manteiga na geladeira.

— Estou vendo que você já tomou seu café da manhã.

Ela havia posto água em uma tigela e a deixado com uma colher dentro da pia, para ele pensar assim.

— Eu lavo depois, Franklin.

Ele gostava de tudo limpo e arrumado. Sempre se aborrecia quando ela deixava pratos na pia. Sua irritação com uma coisa pequena o deixaria menos desconfiado das possíveis grandes coisas que ela poderia fazer para contrariá-lo. Ela dobrou outra página do roteiro, embora não tivesse lido nem uma única linha do diálogo e nunca fosse ler.

Páginas de jornal viravam enquanto os ovos se agitavam dentro da água fervente. A torradeira soltou o pão. Ela ouviu o ruído da faca passando na torrada. Podia sentir que ele a observava enquanto comia.

— Quer sair para almoçar?

Ela o fitou por sobre o encosto do sofá.

— Quer que eu leia o roteiro ou não? — Lena perguntaria se, em vez disso, ele gostaria de brincar de casinha. Abra não o fez. Ele a surpreendeu com um sorriso. Ela só lhe oferecera uma pequena esperança, mas ele a agarrara.

Franklin limpou a cozinha e lavou os pratos.

— Vou tomar uma ducha e me vestir. — Ela fingiu estar atenta demais ao roteiro para escutar. — Acho que vou dar uma ligada para Merit Hayes. Ver se consigo marcar um almoço para amanhã. Ou acha que ainda é muito cedo?

Ela suspirou e pousou o roteiro no colo.

— Sei lá, Franklin. Talvez você esteja certo. Quanto mais depressa eu voltar ao trabalho, mais depressa... — Não conseguiu dizer o resto.

— Eu te amo, você sabe disso. — Franklin olhou para ela, mas não se aproximou. — Desde o primeiro momento em que te vi.

Como Pamela Hudson. Ele não conhecia de fato nenhuma das duas. Uma raiva quente como lava começou a vazar entre as fendas do disfarce. Ela manteve os olhos fixos no roteiro, afastando as lágrimas de rancor, esperando que ele pensasse que eram lágrimas de arrependimento pelo tempo perdido.

— Passamos por momentos difíceis, Lena.

Ela sabia o que ele queria que Lena dissesse.

— Você foi muito paciente comigo, Franklin. Não sei como me aguentou. — Manteve o tom suave, como um pedido de desculpas. Quando se sentiu no controle de seu turbilhão interior, ela levantou a cabeça. Ele a queria. Se a tocasse agora, Lena ia escapar e Abra ficaria exposta. Ela baixou os olhos. — Talvez possamos conversar à noite. Depois que eu terminar isto. — Ela ergueu um pouco o roteiro e não tornou a levantar a cabeça.

Ouviu-o dar um telefonema no escritório. Marcar um compromisso. Ótimo.

Meia hora mais tarde, Franklin voltou à sala vestido em um terno escuro. Segurava sua pasta de couro.

— Você vai ficar bem se eu sair por algumas horas?

Ela lhe deu um sorriso irônico e falou com a voz sensual de que ele gostava.

— Acho que sobrevivo.

Ele retribuiu o sorriso.

— Quer que eu lhe traga algo?

— Seria bom alguma coisa para comer além das sobras de comida para viagem.

— Vamos sair para jantar. — Ele se aproximou e se inclinou. Ela lhe ofereceu o rosto. Ele afagou sua bochecha com o dedo e levantou-lhe o queixo. Sua boca era firme e fria. Olhou-a nos olhos. — Vou cuidar bem de você.

Dylan tinha dito a mesma coisa.

— Volto logo. — Ele pegou a pasta e saiu do apartamento.

Abra esperava não ver o rosto dele nunca mais.

Ela esperou um minuto completo antes de correr para a janela. Esperou de novo até vê-lo entrar no carro que Howard tinha trazido até a porta do prédio. Assim que Franklin saiu com o carro, Abra foi para o escritório. A agenda de Franklin estava aberta sobre a mesa. Ele havia faltado a um compromisso na véspera, com Michael Dawson, o advogado de sua ex-mulher. Fizera uma anotação para se encontrar com Merit Hayes às nove e meia, naquela manhã. Ela abriu a gaveta pequena e encontrou o pedaço de papel gasto com a combinação do cofre. Girou a fechadura para a direita, esquerda, direita e esquerda outra vez. O cofre destravou na primeira tentativa. Exultante, ela baixou a alavanca e a porta pesada se abriu.

Com o coração aos pulos, fez uma inspeção visual do conteúdo. Não sabia que ele tinha uma arma. Estava na prateleira superior, ao lado do dinheiro. Ela colocou a arma sobre a mesa e tirou dezesseis maços perfeitamente organizados de notas de cem dólares, mil dólares em cada um. Dezesseis mil dólares! Se ele tinha tudo isso no apartamento, quanto teria posto no banco?

Quanto tempo fazia que ela não tinha seu próprio dinheiro? Nunca vira um contracheque. Quando pedia, Franklin lhe dava tudo de que ela precisava. Quanto ao restante, ele dizia que havia investido para que ela tivesse um bom retorno. Ele sempre controlara o dinheiro. Agitada, ela empilhou as notas sobre a agenda na mesa de Franklin. Pensou em levar tudo, mas a consciência a deteve. Franklin havia pagado seus tratamentos de beleza, manicures, pedicures, horários semanais no cabeleireiro e roupas. Havia pagado o portfólio de fotos profissionais. Pagara todas as contas de táxis, limusines e jantares em vários restaurantes caros. Durante todo o tempo em que vivera com ele, ela nunca pagara nada.

De quanto precisaria para começar uma nova vida?

Abra devolveu oito mil dólares ao cofre e ficou com o resto. Haviam se casado com comunhão de bens, não? Tirou as pastas do arquivo e as espalhou até encontrar as duas cópias do contrato que Franklin lhe dera para assinar na noite em que a trouxera para sua casa.

Ele mantivera sua promessa.

A ideia da traição enfraqueceu sua determinação. Ela lembrou a si mesma que ele não havia feito aquilo por ela. Fizera todo o possível para eliminar a existência de Abra Matthews, a fim de poder criar Lena Scott, a mulher de seus sonhos. Rasgou sua cópia do contrato. Rasgou a cópia de Franklin ao meio. Depois continuou rasgando, até que pedaços de papel do tamanho de selos de postagem se espalhassem pelo chão. Encontrou a certidão de casamento de Las Vegas e a partiu ao meio, remexendo em seguida no cofre, à procura da aliança. Quando não conseguiu encontrar, levantou-se e correu para o quarto, encontrando-a sobre a bandeja de estanho onde ele deixava a carteira. Colocou a aliança sobre os pedaços da certidão de casamento.

Franklin tinha um conjunto de malas Hermès. Ela pegou uma que pudesse carregar com facilidade. Ele poderia comprar outra com o dinheiro que ganhara com ela. Levaria poucas roupas. Com oito mil dólares no bolso, poderia escolher suas próprias peças. Pôs a mala sobre a cama e abriu o armário, de onde tirou alguns vestidos favoritos, calças no estilo Hepburn, algumas blusas e roupas de baixo. Colocou o dinheiro em uma bolsa de alça, pegou a mala e foi para a sala. Já estava na porta da frente quando um desejo de vingança se apossou dela. Largando a mala, Abra voltou ao escritório e pegou um bloco de notas.

Em sua mente, uma voz baixa, sussurrante, lhe dizia para não fazer isso. A raiva falou mais alto. Por que não deveria, afinal, depois de tudo que Franklin a fizera passar? Ela abriu a gaveta superior e pegou uma das belas canetas Montblanc dele.

*Eu odeio você! Nunca o amei, só fingi. Não se preocupe em procurar Lena Scott. Ela morreu!*

Arrancou a folha do bloco, colocou-a sobre a mesa e jogou a caneta sobre ela. Voltou furiosa para o saguão de entrada, pegou a mala e saiu.

O porteiro ficou surpreso ao vê-la saindo do elevador.

— Srta. Scott! Vejo que está se sentindo melhor.

— Como não me sentia há muito tempo, Howard. — Talvez Franklin tivesse dito a todos que ela estava com pneumonia, ou uma gripe persistente, ou amigdalite.

Ele notou a mala em sua mão e franziu a testa.

— O sr. Moss não me deixou nenhuma instrução sobre viagem. — Pareceu indeciso. — Precisa de um táxi?

— Não, obrigada. — Ela ainda não tinha um destino. Ia caminhar um pouco e decidir.

Howard parecia preocupado agora.

— Tem certeza, srta. Scott?

Como ele não fez nenhum movimento para abrir a porta, ela mesma a abriu. Não saía havia duas semanas. Ou seriam três? Não se lembrava. Encheu os pulmões de ar. Tinha cheiro de escapamento de automóveis. Howard a seguiu até a calçada.

— Por que não entra outra vez e espera no saguão, srta. Scott? Só vou levar um minuto para conseguir um táxi. Não deveria sair andando por aí sozinha.

Howard teria o nome da empresa de táxi e do motorista, e Franklin estaria ao telefone mais rápido do que o Super-Homem conseguia trocar de roupa.

— Obrigada, mas eu preciso caminhar.

O sol brilhava, mas estava uma temperatura fresca de outono. Uma faísca de tensão nervosa a percorreu quando a porta se fechou de repente. Ela olhou para trás. Howard já estava ao telefone. O serviço de mensagens eletrônicas de Franklin sempre sabia como encontrá-lo. Howard ia querer que o sr. Moss soubesse que Lena havia acabado de sair do prédio carregando uma mala, e o que ele deveria fazer?

Ela atravessou a rua sem olhar. Um carro buzinou e freou, rangendo os pneus. Ela piscou, surpresa, e olhou para os dois lados antes de continuar até a outra calçada.

— Srta. Scott! — Howard havia saído do prédio. — O sr. Moss quer que a senhorita espere aqui. Ele já está a caminho. — Quando ele começou a atravessar a rua, Abra correu. — Srta. Scott! Espere!

Como a mala a estava atrapalhando, ela a largou e disparou pela Highland, segurando firme, sob o braço, a bolsa de alça que continha o dinheiro de Franklin. Virou a esquina para a Sunset Boulevard, quase colidindo com dois homens de terno em intensa conversação, que caminhavam para o cruzamento. Os dois olharam para trás quando ela passou. Reduzindo o passo para uma caminhada rápida, ela foi se movendo entre os pedestres. Alguns paravam para olhar. Quando alguém disse seu nome, ela correu entre dois carros estacionados e fez sinal para um táxi. O carro parou na frente dela. Abriu a porta e se lançou no banco de trás.

— Ande. — Ela estava ofegante. — Ande! Ande!

O motorista pisou no acelerador. Seguiu por dois quarteirões antes de olhar pelo espelho retrovisor.

— Para onde quer ir?

Ela não tinha ideia.

— Só vá. Não importa. — Virou-se e olhou pela janela traseira. Não viu Howard. Sentiu uma risada histérica subir pela garganta quando imaginou o porteiro, imponente e digno, tentando correr atrás de um táxi. Deu um suspiro trêmulo e apertou a borda do assento.

— Não sabe para onde está indo?

Abra olhou para o motorista pelo espelho retrovisor. Todo seu corpo tremia, e a pele estava umedecida pela transpiração fria. Tentou se acalmar. Para onde queria ir? *Para onde? Pense, Abra! Pense!*

— Para algum lugar onde eu possa descansar.

— Todos vão para a praia.

— Ótimo. Me leve para a praia.

— Há muitas praias no sul da Califórnia. Qual deseja?

Ela tinha dinheiro para torrar. Deu um sorriso radiante de Lena.

— A melhor.

# 15

*Para onde ir, longe do teu sopro?*
*Para onde fugir, longe da tua presença?*
*Se subo aos céus, tu lá estás;*
*se me deito no Xeol, aí te encontro.*
SALMOS 139,7-8

Joshua dirigiu sessenta e cinco quilômetros para noroeste, até o vale de Sierra Pelona, e chegou a Agua Dulce, onde as obras estavam agendadas para começar na rua principal de Soledad Ranch. Sem nenhum trabalho a sua espera em casa, ele decidira pegar mais um trabalho temporário antes de voltar.

Registrou-se em um hotel no extremo da cidade e comeu no pequeno restaurante ao lado, com um aviso de "Contrata-se ajudante" afixado na janela da frente. A comida era boa, farta e barata. Mais trabalhadores chegaram e ocuparam outros dos pequenos quartos do hotel de um só andar, em forma de L. Outros vieram em trailers e montaram acampamento perto do canteiro de obras.

Ninguém estranhou que a empresa de produção tivesse decidido não alugar o Melody Ranch, de Gene Autry, trinta quilômetros mais próximo de Los Angeles, no vale de Santa Clarita. O sucesso de televisão *Gunsmoke* era filmado lá. Além disso, alguém comentou, o filme deles não precisava de toda uma cidade de Meio-Oeste, com loja, mansão vitoriana e uma *hacienda* de barro espanhola; apenas um saloon, uma igreja e algumas casas, que seriam mais convenientes se construídas na proximidade do esconderijo do antigo bandido Tiburcio Vásquez, em Vasquez Rocks. Inúmeras cenas seriam filmadas ali, incluindo combates entre o herói caubói e seus companheiros e os índios furiosos, interpretados, na maioria, por extras hispânicos que sabiam cavalgar.

Estava quente e seco. A poeira entrava por baixo da porta e cobria as mesinhas laterais e a colcha da cama. Havia manchas no tapete. A luz do banheiro piscava, mas a água de Agua Dulce, fiel a seu nome, era clara e fresca.

Joshua se acomodou e levantou-se cedo para o trabalho. Levou uma maçã, pão, queijo e uma garrafa de água para o almoço. No fim do dia, retornou coberto de pó, molhado de suor e faminto, como todos os outros. A maioria dirigiu-se ao bar mais adiante na rua; Joshua preferiu parar no restaurante. Pediu o prato especial: carne e purê de batatas com vagens, e torta de maçã caseira de sobremesa.

Clarice Rumsfeld, a proprietária, fez com que ele se lembrasse de Bessie: bem nutrida, amistosa e conversadeira. Nunca estava parada; limpava o balcão de fórmica amarelo e polia a borda cromada enquanto ele comia. Ela completava com frequência o copo alto de chá gelado de Joshua.

Outros homens chegaram mais tarde, famintos depois de se refrescar com cerveja gelada. Clarice aumentou o ritmo, entregando cardápios plastificados nas mesas cobertas com encerado vermelho e branco e gritando pedidos para o marido, Rudy, no calor infernal da cozinha. Ela parecia cansada. Os Rumsfeld precisavam de uma boa ajudante, como Susan Wells.

Pensar em Bessie e Susan deixou Joshua com saudades de casa. Ficaria contente quando aquele trabalho acabasse e ele estivesse livre para voltar para Haven.

═════

Estava escuro quando Abra acordou. Ela ouviu sons estranhos e sentiu um momento de pânico, até lembrar que não estava mais no apartamento de Franklin, mas em um chalé diante do oceano Pacífico.

O taxista a deixara no Hotel Miramar, em Santa Monica, entretendo-a durante todo o caminho com histórias sobre como o senador John P. Jones havia construído a mansão original em Santa Monica para a esposa, Georgina, e como o magnata das lâminas de barbear, King Gillette, havia comprado a propriedade dele. Por um breve período, o prédio fora usado como academia militar para meninos e, por fim, o imóvel foi vendido para Gilbert Stevenson, que tinha planos grandiosos de transformá-lo em um hotel. Vinte anos antes, a mansão havia sido demolida, e em seu lugar foram erguidos o atual prédio de tijolos de seis andares e os chalés. Greta Garbo tinha ficado ali. Betty Grable foi descoberta por um executivo da MGM enquanto cantava no bar do hotel. O Miramar era um dos refúgios favoritos de Cary Grant. Abra imaginou que os turistas deviam amar aquele taxista. Ele era cheio de informações e ansioso por compartilhar tudo o que sabia.

O motorista a reconhecera, para seu desgosto, assim como o recepcionista do hotel. Mas Abra lhes pedira para não contar a ninguém onde ela estava. Pagou em dinheiro por três noites em um chalé, tempo suficiente para decidir para onde ir e o que fazer em seguida. Caminhou pelas lojas e montou um guarda-roupa de peças simples que Franklin odiaria. Escolheu um maiô preto e uma canga verde e turquesa que Dylan teria detestado. Comprou sandálias, óculos de sol, uma toalha de praia, bronzeador e quatro barras de chocolate. Havia quanto tempo não comia um doce? Franklin não permitia que ela comesse chocolate, por receio de que estragasse sua pele perfeita. Comprou uma mala e enfiou todas as peças dentro, antes de voltar para o chalé, que se revelou um miniparaíso. Então largou a mala e se jogou, exausta, sobre a cama king-size.

Aliviada por lembrar que estava segura, ela cochilou outra vez e foi perturbada por sonhos de Franklin chorando. Ele a acusava de traí-lo. Havia uma garrafa de uísque vazia sobre um tapete vermelho.

Abra ouviu vozes e percebeu que havia amanhecido. Assustada, levantou e espiou entre as cortinas. Era apenas um garçom entregando o café da manhã em outro chalé. Quanto tempo fazia que ela não comia? Juntando coragem, ligou para o serviço de quarto e pediu um bule de café, ovos mexidos, bacon e panquecas com uma porção extra de calda. Na última vez em que comera panquecas, elas tinham sido preparadas por Priscilla.

Uma onda de saudades a invadiu. Pensou em Peter na sala de estar, vendo o noticiário na televisão enquanto Priscilla fazia o jantar na cozinha. Imaginou se Penny acabara indo para a Faculdade Mills mesmo. Nesse caso, já devia estar formada. Abra se lembrou de estar sentada no escritório do pastor Zeke. Não recordava nada que ele tinha dito, mas lembrava-se de sua expressão. Triste, preocupado. Com ela, percebia agora. Será que Joshua continuava em Haven? Estaria casado, ou ainda morando com o pai? Em uma das últimas vezes em que o vira, eles haviam brigado na rua, diante do cinema. Lembrou-se de como costumava sentar na cozinha de Mitzi, tomando chocolate quente e acenando para Carla Martin, que ficava de olho na sogra, da casa ao lado.

Abra cobriu os olhos com um dos braços e engoliu as lágrimas. *Quero voltar para casa.* Empurrou a dor para o fundo outra vez. Ela não tinha uma casa. Especialmente em Haven.

Ela se levantou, abriu a mala nova e espalhou as compras sobre a cama. Examinou-as com as mãos nos quadris, satisfeita. Lena Scott não seria pega nem morta de jeans e camiseta. Jamais usaria um pijama ou roupas de baixo simples, de algodão.

Alguém bateu à porta. Lena ficaria horrorizada com a ideia de ser surpreendida nas roupas amarfanhadas em que havia dormido. Não permitiria que ninguém a visse até estar maquiada e com os cabelos penteados. Abra atendeu a porta.

O garçom foi amistoso e cortês e disse "Srta. Scott" como poderia ter dito "Srta. Smith".

Abra tomou café e comeu quanto aguentou de ovos, bacon e panquecas. Sentiu-se enjoada depois da refeição pesada. Franklin havia monitorado com cuidado sua dieta, introduzindo hortaliças e grãos, frango e peixe, água purificada e chá, e nada de café. Quando o estômago se assentou, ela vestiu o maiô novo e enfiou uma nota de cem dólares no sutiã. Água do mar e areia a fariam se sentir melhor. Enrolada na canga nova, saiu para caminhar pela praia. Estremeceu no ar frio da manhã. Em vez de voltar ao chalé, porém, correu pela areia molhada para se aquecer, apreciando aquele exercício muito mais do que a corrida habitual de oito quilômetros na esteira, sob o olhar atento do instrutor contratado por Franklin.

Homens e mulheres jovens chegaram para se divertir. Abra se sentiu solitária observando-os, quase desejando que alguém a reconhecesse e quisesse conversar, mas um pouco receosa de que isso acontecesse. Sentou-se em um banco e ficou olhando as adolescentes, em trajes de banho menores que o dela, estenderem toalhas de praia cor-de-rosa e amarelas antes de cobrirem o corpo de loção. O ar cheirava a Coppertone. Todas elas a faziam lembrar dolorosamente de Penny e Charlotte, Pamela e Michelle, e de se esticar às margens do rio no Riverfront Park.

Franklin a assombrava: *Temos que aproveitar seus dias ao sol, Lena.*

Ele não se referira à luz do sol, mas ao interesse da imprensa. Sempre ficava torcendo por uma manchete. Que ironia, considerando que ela havia começado sua vida como uma manchete no *Chronicle* de Haven, depois que o reverendo Ezekiel Freeman encontrara um bebê abandonado debaixo da ponte.

Cada vez mais pessoas chegavam à praia. A maioria se estendia sobre toalhas, aproveitando o sol. Abra adorava o calor sobre os ombros e as costas, a brisa salgada no rosto.

Viera para o lugar certo: Santa Monica, cujo nome era uma homenagem à mãe devota de santo Agostinho, que rezara durante anos por seu filho teimoso e irresponsável, até que ele finalmente se arrependeu e se tornou um santo. Abra pensou na própria vida e na confusão que fizera dela.

Será que sua mãe alguma vez se perguntava o que teria acontecido com ela?

E o pastor Zeke, ou Joshua, ou Peter e Priscilla?

Com fome, ela quebrou outra das regras básicas de Franklin e comprou um cachorro-quente, batatas fritas e refrigerante em uma barraquinha. Quase podia ouvi-lo gritando. Só de pensar nele, já ficava irritada. Pretendia perder tempo, criteriosamente, e quebrar todas as regras do manual de instruções dele. Comprou um sanduíche de sorvete no Santa Monica Pier e andou de carrossel quatro vezes. Foi esse o tempo que demorou para conseguir pegar o anel de bronze, mas já estava enjoada demais para usar o ingresso gratuito de brinde. Abra deu o anel para uma menininha ruiva de marias-chiquinhas. Será que ela já havia parecido tão inocente assim?

Livre e finalmente fora do controle de Franklin, ela não sabia o que fazer. Queria ir mais longe do que Santa Monica. Mas para onde? Gostaria de poder pegar um carro e sair dirigindo. Atravessaria todo o país até o oceano Atlântico, se soubesse dirigir. Ao pensar nisso, deu-se conta de que não tinha forma nenhuma de identificação. O único documento oficial no cofre, com um nome, era a certidão de casamento, e nela constava Lena Scott, não Abra Matthews. Será que aquele casamento tinha sido válido?

Lena Scott não existia mais. Nem Abra Matthews, ao que parecia.

Queria conversar com alguém, mas a única pessoa que lhe vinha à cabeça era sua manicure, Mary Ellen, e teria de ligar para Murray e pedir o número dela. Se ligasse para Murray, ele poderia avisar Franklin. Sua mente girava e girava.

*Ligue para casa.*

Que casa?

O pôr do sol espalhava tons vermelhos, alaranjados e amarelos no horizonte. No caminho de volta para o hotel, ela comprou um hambúrguer, batatas fritas e um milk-shake de chocolate, e não conseguiu parar de pensar em Joshua. Seus olhos ardiam, e a garganta fechou com tanta força que ela jogou fora a maior parte da refeição.

Passava o tempo caminhando pela praia, tentando decidir o que fazer e para onde ir. Tinha achado que seria bom estar sozinha. Ser Abra outra vez, invisível. Em vez disso, sentia-se vulnerável e assustada quando as pessoas olhavam para ela, com um lampejo de reconhecimento iluminando-lhes o rosto. Franklin dissera que os fãs rasgavam as roupas de Elvis Presley e tentavam arrancar mechas de seu cabelo. "Às vezes a devoção deles é perigosa. Eles querem um pedaço de você. É por isso que tenho que protegê-la."

Franklin não queria um pedaço dela; ele queria tudo. Queria que sua mente, corpo e alma pertencessem a ele. Fora seu maior fã, e mais perigoso do que todos os outros combinados. Compartilhava-a na tela do cinema, mas, na vida real, ela pertencia a ele, que não a dividia, nem mesmo com um bebê.

Seu sono foi agitado. Ouviu uma batida fraca e encontrou um jornal do lado de fora da porta do quarto. Parte de uma manchete lhe chamou a atenção. Com o coração na garganta, ela o trouxe para dentro e o abriu sobre a mesa de centro.

### AGENTE ENCONTRADO MORTO, ESTRELA DESAPARECIDA

Franklin Moss, famoso criador de estrelas, foi encontrado morto em seu apartamento... aparente suicídio... Sua companheira, a estrela em ascensão Lena Scott, está desaparecida... O porteiro do prédio disse que a srta. Scott deixou o local logo depois de Franklin Moss ter saído naquela manhã. "Ela estava carregando uma mala, mas a largou na calçada do outro lado da rua e correu quando eu a chamei."

Franklin Moss estava afastado da esposa desde seu caso amoroso com Pamela Hudson, hoje casada com o diretor Terrence Irving. Amigos próximos dizem que Moss era um perfeccionista, excelente em seu trabalho, mas com frequência sofria de depressão profunda. A sra. Moss pediu o divórcio quando a história do caso com Pamela Hudson chegou aos jornais e, depois, cancelou o processo, na esperança de uma reconciliação.

Os vizinhos de Moss dizem que ouviam discussões exaltadas entre ele e Lena Scott, que viviam juntos havia três anos. O porteiro não a via há várias semanas. "O sr. Moss disse que ela não estava se sentindo bem."

Abra largou o jornal, correu para o banheiro e vomitou.

"Tenha cuidado para que ele não a puxe junto", Pamela Hudson dissera.

Abra tinha escapado, mas será que o empurrara da borda do precipício? "Eu odeio você!", ela havia escrito. Lembrou-se da arma que deixara sobre a mesa. Ouviu um som horrível, semelhante ao de um animal em agonia, e percebeu que estava vindo de dentro dela.

═══

Joshua rodeou o balcão, pegou o bule de café recém-coado e passou as xícaras para os cinco novos clientes que se sentavam nos banquinhos.

— Mas que homem prestativo para se ter por perto! — Clarice sorriu, enquanto carregava nos braços pratos de carne com purê de batatas.

— Achei que você estava precisando de ajuda.

— Sou grata pela casa cheia, mas preciso de mais gente. Isso só acontece quando uma companhia de cinema vem filmar alguma coisa nas Rocks. — Ela passou por Joshua e entregou as refeições. Rudy tocou a campainha outra vez, e ela gritou: — Só um minuto, estou indo, estou indo! — Sacudindo a cabeça, esbarrou em Joshua ao passar de novo por ele. — Eu contrataria você se não soubesse que já tem um trabalho que paga melhor. Mas com certeza seria bom ter mais alguém por aqui. Não há muitas meninas locais interessadas. — O som de vozes masculinas enchia o lugar. Às sete horas da noite, o restaurante se esvaziava depressa. O trabalho começava muito cedo no dia seguinte, às quatro da manhã.

Joshua demorou-se um pouco, sem pressa de voltar para seu quarto quente e poeirento. Rudy saiu da cozinha e desabou sobre um banquinho no balcão, um pouco além de Joshua. Clarice serviu-lhe um copo alto de água. Ele o virou inteiro.

— Eu me sinto como um cavalo que trabalhou duro e chegou à baia molhado de suor. — Ele pegou um pano no bolso do avental e enxugou o rosto.

— Aproveite enquanto pode, velho reclamão, porque mais seis semanas e a equipe cai fora da cidade, e nós vamos ficar aqui de novo perguntando o que deu na nossa cabeça de achar que podíamos ganhar algum dinheiro neste lugar.

— Estou ficando velho demais para isso.

— Eu também não sou nenhuma franguinha. Devia dividir minhas gorjetas com este rapaz gentil. Ele serviu café e recolheu pratos das mesas.

— Fiz com prazer, Clarice. — Joshua sorriu para Rudy. — Vocês servem uma refeição boa e farta.

— Rudy aprendeu a cozinhar no exército — Clarice explicou. — Na Segunda Guerra Mundial.

O homem emitiu um som de pouco caso.

— Você não vai achar nada sofisticado aqui, mas vai encher a barriga.

— A única coisa que ele se recusa a cozinhar é carne enlatada, e eu adoro aquilo.

— Você não teve que viver daquilo por quatro anos.

Joshua riu e disse que tinha sentido a mesma coisa depois da Coreia. Os dois compartilharam experiências enquanto Clarice limpava o balcão e levava outro engradado plástico cheio de pratos sujos para a cozinha. Rudy olhou em volta.

— Onde está o jornal?

— Calma que já chega! — Ela o pegou embaixo do balcão. Rudy separou os cadernos, encontrou o de esportes e deixou a primeira página aberta sobre o balcão.

Uma manchete chamou a atenção de Joshua: "Agente encontrado morto, estrela desaparecida". Seu coração deu um pulo.

— Posso dar uma olhada?

— Fique à vontade. — Rudy dobrou no meio as duas páginas do jornal, fazendo barulho com o papel. — Pode pegar o de esportes quando eu terminar.

Joshua leu a matéria de capa e tirou a carteira do bolso.

— Pode trocar este dinheiro para eu dar um telefonema? — Puxou algumas notas da carteira.

Clarice deu-lhe as moedas.

— Algum problema, Joshua?

— Só preciso ligar para casa. — Ele saiu para a cabine telefônica e se fechou lá dentro. O calor era sufocante enquanto ele discava. O telefone tocou uma vez, duas, três, antes que seu pai atendesse. Joshua lhe deu a notícia.

— Você acha que ela pode voltar para Haven?

— Talvez. Fique de olho. Eu não sei, pai. — Joshua suspirou. — É agora ou nunca.

— O que você vai fazer?
Ele já tinha dado sua palavra.
— Ficar aqui e terminar o trabalho.

=====

Alguém bateu à porta.
— Polícia, srta. Scott. Abra, por favor.
Enquanto abria, ela imaginou que seria presa e levada de lá algemada. O policial olhou para ela e para o jornal aberto e disse que só queria fazer algumas perguntas. Pareceu um interrogatório, apesar das maneiras gentis do policial Brooks e da oferta de um copo de água feita pelo policial Gelderman.
A mão de Abra tremia tanto que a água derramou sobre seu pulso.
— Eu não sabia que ele ia se matar! Só queria fugir dele. Não conseguia mais respirar. Se ele tomava algum remédio? Ele tinha sedativos no bolso.
— Sedativos?
— Ele disse que eram barbitúricos. Que um médico havia receitado para mim.
— A senhora sabia que ele tinha uma arma?
Ela o encarou, assustada.
— Não. Não me diga que ele usou uma arma. Não me diga isso. — Cobriu os ouvidos e balançou para frente e para trás.
Os dois policiais esperaram, depois perguntaram se ela sabia alguma coisa sobre os papéis rasgados e espalhados pelo escritório. Ela lhes contou que era o contrato entre ela e Franklin e a certidão de casamento em uma capela, que provavelmente não valia nada, porque ela havia lido que ele, na verdade, não era divorciado da primeira esposa. Também deixara a aliança que ele nunca lhe permitira usar e um bilhete. Era evidente que eles o haviam lido.
Será que eles a culpavam pela morte? Mesmo que não o fizessem, ela sabia que era sua culpa. Nunca havia pensado no que Franklin poderia fazer se Lena Scott o deixasse. Tudo o que Abra queria era ir embora.
O policial Brooks falava em um tom calmo. O outro policial ligou para a recepção e perguntou baixinho se o hotel tinha um médico de plantão. Não queriam deixá-la sozinha. Ela deixou escapar uma risada antes de recuperar o controle. Talvez tivessem medo de que ela pudesse se matar também. Mais uma manchete nos jornais. Será que Franklin ficaria feliz? Não, não ficaria. Ele não sentiria nada, nunca mais. Por causa dela.

Mal escutou o que o policial Brooks estava dizendo sobre não haver nenhuma implicação de culpa.

— A senhora não é suspeita. Confirmamos o horário em que entrou no hotel. — Ele pôs a mão sobre a dela e a apertou. — Tente se acalmar. Não é sua culpa. Só precisávamos fazer algumas perguntas e registrar as informações. — Ele explicou o que havia acontecido. — O porteiro ouviu um tiro uma hora depois de Franklin Moss voltar para o apartamento. Chamou a polícia e abriu a porta quando os policiais chegaram. Encontraram Franklin na sala de estar, morto.

Será que seu sangue havia danificado os preciosos quadros de Pigmalião e Galateia? Ela apertou as mãos, com os dedos frios como gelo.

— Como me encontraram?

— Recebemos várias ligações de pessoas que a reconheceram.

Poderia ter sido o taxista que prometeu não falar, ou a menina adolescente procurando estrelas de cinema nas calçadas, ou um funcionário do hotel ansioso por proteger a reputação do Miramar. Se a polícia não tivesse vindo procurá-la, será que ela os teria chamado? Ou teria fugido, como sempre fazia?

Um médico chegou. O policial Brooks falou com ele em voz baixa antes de ir embora com o parceiro. O dr. Schaeffer sugeriu alguns dias no hospital. Quando ela se recusou, ele lhe deu um comprimido e pôs-se a falar banalidades consoladoras, até ela ter vontade de gritar para que ele calasse a boca; ele não sabia do que estava falando. Ela não era Lena Scott, não era ninguém. O tremor parou, e ele lhe tomou o pulso.

— Ainda está acelerado.

Abra lhe garantiu que estava bem agora. Fez uma representação digna de um Oscar. Quantas havia feito na vida? Ninguém jamais pudera adivinhar o que ela realmente pensava ou sentia.

*Eu vejo você. Eu sei.*

— Vou ficar bem. Obrigada por ter vindo. — Ela o acompanhou até a porta.

Ele hesitou.

— Volto para vê-la daqui a algumas horas.

A recepção ligou e perguntou se ela queria fazer uma declaração. Havia repórteres esperando no saguão. Ela perguntou quantos eram, e a moça informou que eram três, mas provavelmente chegariam mais. Abra respondeu que não estava pronta para falar sobre o assunto e desligou.

A culpa a consumia. Não importava mais o que Franklin lhe havia feito ou o motivo de ter fugido. Ela o empurrara da beira do precipício. Se ao menos tivesse deixado um bilhete simples, de gratidão, e um pedido de desculpas... Não conseguia mais ser Lena Scott. Não poderia ser sua Galateia. Talvez então ele ainda estivesse vivo.

Ela acordava a cada som. Sonhou com Haven, com o pastor Zeke e com Joshua. Estava em pé na frente da comunidade, na igreja. Todos que ela conhecera em Haven encontravam-se sentados nos bancos, olhando para ela, esperando sua confissão.

Franklin estava na primeira fila. "Teria sido melhor para todos se você tivesse morrido embaixo da ponte."

Ela acordou soluçando.

Outras palavras lhe vieram como um sussurro do passado. *Se você descer até o fundo do oceano ou escalar a mais alta montanha, não há lugar nenhum onde eu não a encontre.*

Alguém bateu de leve na porta.

— Sou eu, gata.

Dylan!

Ela abriu uma fresta. Ele lhe dirigiu seu sorriso cintilante e lhe disse para soltar a corrente; só viera para ajudá-la. Quando Abra obedeceu, ele entrou depressa, como se ela ainda pudesse mudar de ideia.

Dylan fechou a porta e a tomou nos braços, todo solidariedade e fingimento.

— Sinto muito, gata. — Ele deu um passo para trás, segurou seu rosto e a beijou. Ela não sentiu nada além da pressão dura dos lábios dele contra os seus. As mãos dele se moveram, apertando-lhe a pele. Ela havia esquecido como ele podia ser rude, mas não esquecera como a entregara a Franklin Moss.

Abra se afastou. Como ele a havia encontrado? Um de seus muitos espiões, provavelmente, ou de Lilith. Aquela bruxa com certeza já estava trabalhando em uma coluna sobre ela e Franklin. O que Dylan fazia ali?

— Ah. — Ele leu sua expressão com facilidade. — Você não me perdoou. — Aproximou-se dela outra vez. — Tentei tirar você da cabeça, gata, mas aqui estou.

Abra se livrou da mão que a tocava e deu distância entre ambos.

— Você me largou, lembra? Praticamente me enfiou dentro do carro de Franklin.

— Vá em frente, ponha a culpa em mim. Tenho ombros largos. — Ele não parecia sentir nem um pouco de remorso. Na verdade, parecia estar achando divertido. — A verdade é que eu arrumei tudo para você se acertar com Franklin. Eu estive acompanhando você, gata. E você se saiu muito bem, com a ajuda dele, claro. Uma estrela em ascensão. Exatamente como Pamela Hudson. — A risada suave dele mexeu com os nervos de Abra. — Eu devia ter te avisado que o cara era um louco varrido.

Ela notou o brilho maldoso nos olhos dele.

— Franklin era um homem bom, Dylan.

— É mesmo? — Seus olhos escuros chamejavam. — Não espere que eu lamente a morte dele. Ele desprezava minha mãe e eu, mas não deixava de consumir nosso champanhe e fazer papel de educado para pôr o nome de sua protegida na coluna dela. Não sei por que ele apareceu por lá naquela primeira vez, depois que Pamela foi embora, mas sabia por que continuava voltando. *Você*. Ele não conseguia tirar os olhos de você. — Ele riu friamente. — Eu sabia que ele tinha ficado obcecado. Também sabia que seria totalmente dedicado a você. — Sorriu. — Um passarinho me contou que Franklin te levou a Las Vegas e pôs uma aliança no seu dedo. Você caiu nessa do casamento falso, não foi?

— Que passarinho?

— Ah, gata. Tenho amigos por toda parte. Você sabe disso. Tenho um ou dois bem aqui neste hotel. Recebi um telefonema dois minutos depois que você pôs os pés no Miramar. E você pagou em dinheiro. — Ele levantou uma sobrancelha. — Ainda tem mais uma noite paga.

Ela corou.

— É dinheiro que eu ganhei, Dylan.

— Ah, claro. — O sorriso dele era cheio de provocação. — Foi por isso que você fugiu. Foi por isso que largou a mala na Hollywood Boulevard e saiu correndo como um gato escaldado com uma matilha de cães nos calcanhares. Quanto você tirou do cofre dele? — Inclinou a cabeça e examinou o rosto dela com um olhar firme. — Você parece pálida, gata. A consciência está te perturbando outra vez?

Ela sentia uma pontada de dor de cabeça. Ele sempre adorara atormentá-la.

— Por que está aqui, Dylan?

A expressão dele se suavizou. Ele se sentou no sofá e indicou o assento ao seu lado.

— Tenho uma proposta para lhe fazer. — Quando ela não se sentou, ele se recostou no sofá e a observou com aqueles olhos escuros e brilhantes. Ela imaginou quanto ele teria pago pelos sapatos italianos. — Quero ser seu empresário.

— O quê?

— Não fique tão surpresa. Tenho mais contatos do que Franklin jamais teve. E sei como conseguir o que quero deles.

Chantagem. Abra lembrava como ele e Lilith trabalhavam, coletando histórias e segredos, distorcendo fatos, fazendo insinuações. *Você coça as minhas costas e eu coço as suas.*

— Não precisa ficar com esse ar tão desanimado, gata. Podemos pegar esse escândalo todo e usá-lo a seu favor. Tem um roteiro rodando por aí sobre uma mulher com um segredo do passado que se casa com um homem rico, depois arruma um amante.

— Não estou interessada.

— Eles ainda estão procurando financiamento, mas, com você na jogada, o céu vai ser o limite. É o papel perfeito para você, gata.

— Não, Dylan. Eu não vou mais atuar.

Ele se levantou, todo beleza e graça masculina, os olhos como poços escuros. Nunca havia conseguido ficar sentado por muito tempo.

— Claro que vai. O que mais você pode fazer? Trabalhar como garçonete de drive-in? Você já foi descoberta. Escute. Vai haver repórteres por todo lado no minuto em que você mostrar sua carinha bonita no saguão. Chore. Gema. Acabe-se em lágrimas. Diga como está chocada por Franklin Moss ter estourado a cabeça por sua causa.

Ela lhe deu as costas.

— Você também não me ouve, como Franklin.

— Você se entregou a mim, lembra? E se vendeu para ele. — Ele se aproximou por trás dela e a virou para que o encarasse. — Quero você de volta. — Dylan subiu e desceu as mãos pelos braços de Abra. O toque dele lhe dava arrepios. Podia dizer, pela expressão em seus olhos, que ele achava que ela estava excitada. — Ah, gata, faz tanto tempo... — No momento em que ele se inclinou, ela passou sob o braço dele e fugiu para o banheiro. Quando trancou a porta, ele riu. — Vamos voltar a esse ponto?

Ela se sentou na borda da banheira, segurando a cabeça latejante.

— Vá embora, Dylan.

— Você não está falando sério, gata. — Ele continuou falando enquanto se movimentava pelo chalé. Estaria andando de um lado para outro como um leão, esperando para dar o bote?

Bateu na porta com os nós dos dedos.

— Vamos lá, gata. Nós seríamos um time e tanto.

Sua mente voltou para a primeira noite em San Francisco, e para a segunda, e para todos os meses de sofrimento que se seguiram. Mas achou que seria melhor fazê-lo pensar que havia alguma chance.

— Preciso de tempo para pensar, Dylan.

— Me deixe te abraçar. Vou te fazer esquecer de Franklin Moss. — Ele deu uma risada rouca. — Você sabe que eu posso. — Quando ela não respondeu, ele se afastou da porta. Ela o ouviu abrindo gavetas. O que estaria fazendo? Dylan voltou à porta. — Eu lhe darei um tempo, gata. Esta noite. Voltarei de manhã para pegá-la.

Ela ouviu a porta do quarto abrir e fechar. Será que ele tinha ido embora mesmo? Esperou mais cinco minutos antes de abrir a porta do banheiro e sair. Dylan estava sentado na beirada da cama. Havia tirado a jaqueta. Aquele sorriso sensual que, em certa época, derretia Abra por dentro agora lhe dava calafrios.

— Pensei que você tivesse ido embora. — Seu coração se acelerou quando ele se levantou e caminhou até ela.

— Eu vou quando você disser sim. — Ele tocou os cabelos de Abra, esticou uma mecha e a esfregou entre os dedos. Estaria pensando em fazê-la loira? — Você quis se livrar dele, e quem pode culpá-la? O cara era maluco. — Afastou as mãos e levantou-as, estendidas. — Se não quer que eu te toque, não vou tocar. Vamos manter as coisas estritamente profissionais entre nós. Quanto ao que aconteceu entre você e Moss, podemos contar à imprensa qualquer coisa que quisermos.

— Eu não vou mentir, Dylan.

— Ah, gata, você mente desde que te conheci. Agora começou a ter escrúpulos? Não me faça rir.

Ele sempre adorara enfiar a faca e girar.

— Você não percebe, Abra? Ninguém se importa com a verdade. As pessoas só querem uma boa história. Quanto mais saborosa, melhor. Franklin levou você bem longe, reconheço. Eu posso te levar ao topo.

Ela lhe daria qualquer resposta que ele quisesse ouvir para fazê-lo sair do chalé.

— Me dê esta noite para pensar. Sozinha. Podemos começar a conversar sobre nossos planos amanhã.

Ele pareceu surpreso com sua capitulação.

— Ótimo. Vou trazer o contrato de manhã. — Vestiu a jaqueta e inclinou a cabeça. — Oito horas é muito cedo para você?

Ela olhou para o relógio na mesinha de cabeceira.

— Já passa de meia-noite, Dylan. Vamos marcar para as nove.

Quando ele se aproximou, ela o afastou com uma das mãos.

— Estritamente profissional.

Ele ergueu as mãos, rendendo-se.

— Certo. — Dylan foi até a porta e a abriu. — Durma bem, gata. Vejo você de manhã. — O sorriso dele era presunçoso. — Não acho que você vá a lugar algum sem mim.

Assim que Dylan saiu, Abra fechou a corrente. Não lhe ocorrera, até ele ir embora, o que ele poderia estar procurando no chalé. Ela ficou de quatro e puxou a bolsa de baixo da cama. O dinheiro tinha sumido.

Ela desabou no chão. Por isso Dylan saíra com tanta autoconfiança, com uma expressão tão sarcástica. E agora? Ficar e deixar que ele assumisse o controle de onde Franklin havia parado? Ou seguir o exemplo de Franklin? Ela se levantou e foi para o banheiro. Procurando entre suas coisas, encontrou a embalagem de lâminas de barbear. Abriu uma e a segurou sobre as veias verde-azuladas do pulso. Sua mão tremia. Com que profundidade teria de cortar para garantir que sangrasse até a morte? As lágrimas lhe obscureciam a visão.

Tremendo violentamente, Abra se olhou no espelho e viu uma menina de grandes olhos verdes, faces pálidas e volumosos cabelos ondulados negros. Faltara a seu horário com Murray para arrumar o cabelo. Franklin não gostaria de ver as raízes ruivas aparecendo. Com um grito, Abra segurou um punhado de cabelos negros e passou a lâmina por eles. Choramingando, com o couro cabeludo doendo, continuou até deixar uma pilha de mechas pretas em volta dos pés descalços, sobre o piso branco de mármore.

Maldizendo Dylan, ela segurou a cabeça. *Pense, Abra. Pense!* Todas as vezes em que saíra do quarto, sempre levara uma nota de cem dólares consigo. Ela correu de volta para o quarto, colocou a mala em cima da cama e procurou em cada peça de roupa, vasculhando cada bolso. Encontrou o suficiente para comprar uma passagem de ônibus para algum lugar e fazer algumas refeições, se não pedisse carne.

*Fuja, Abra.*

Dessa vez ela ouviu a voz interior.

Jogou as coisas novamente dentro da mala nova e a fechou. Com o coração aos pulos, abriu a porta e espiou lá fora. Era suficientemente tarde para todos estarem dormindo. Contornou os chalés e se esgueirou pelas sombras da figueira gigante de Moreton Bay.

Poucos carros passavam pela avenida àquela hora da noite. As ondas quebravam na praia enquanto ela corria pela calçada. Um táxi parou no meio-fio, mas ela não queria usar o dinheiro que lhe restava para pagar uma corrida. Alguns rapazes bêbados saíram de uma casa noturna. Ela se escondeu atrás de uma barraca de cachorro-quente fechada. Eles vinham chegando mais perto quando Abra viu outro táxi se aproximar. Mudando de ideia, acenou para o carro e perguntou quanto custaria para ir à estação rodoviária. Não podia perder tempo. Entrou no carro e olhou pela janela de trás, imaginando se veria o Corvette de Dylan seguindo-a.

Na rodoviária, alguns poucos passageiros esperavam para embarcar. Ela perguntou para onde o próximo ônibus estava indo. "Bakersfield." Abra comprou uma passagem no momento em que o ônibus estacionava. Encontrou um assento na última fila e se encolheu para que ninguém a visse. Não olhou pela janela até o ônibus sair da estação. Nenhum carro a seguia.

———

Abra sentia dor no corpo depois de uma hora no ônibus, que já havia parado meia dúzia de vezes antes de subir uma ladeira e descer em direção a um vale. Sentindo-se enjoada, desceu do ônibus em Saugus e entrou em um café para usar o banheiro. Quando saiu, não viu o ônibus pela janela. Correu para fora e virou a esquina, mas ele já estava longe demais para que pudesse alcançá-lo.

— Moça?

Em desespero, Abra se virou. A garçonete do pequeno restaurante colocou a mala dela no chão.

— O motorista deixou para você.

— O que vou fazer agora?

— Pegar o próximo ônibus, acho. — A jovem deu de ombros e voltou para dentro do café.

Uma loira oxigenada, de saia curta e blusa decotada, saiu.

— Está indo para algum lugar em particular, querida?

Abra deu de ombros.

— Eu estava indo para Bakersfield.

— Bakersfield! Nunca estive lá. Que mala bonita. Deve ter custado uma nota.

Abra sentiu que a mulher a examinava e ficou olhando para o outro lado. Com o cabelo todo cortado, com certeza não se parecia mais com Lena Scott.

— Você parece uma menina rica fugindo de casa. — A mulher soou amigável e curiosa.

— Não sou rica. E não tenho casa.

— Ninguém em Bakersfield?

— Ninguém em lugar nenhum.

— Bom, então posso lhe dar uma carona, se não se importar em terminar em Las Vegas, com escala em Mojave.

Las Vegas seria bom como qualquer outro lugar, talvez melhor. Abra olhou para ela.

— Onde fica Mojave?

— Para lá. — A loira apontou a nordeste. — Passando por Palmdale e Lancaster. Vou visitar um namorado que está na Base Aérea de Edwards antes de continuar. Você é uma menina bonita, mesmo com esse cabelo espetado. Não teria dificuldade para conseguir uma carona com um caminhoneiro.

Abra agradeceu. Não podia ficar em Saugus. Não tinha dinheiro suficiente para pagar por uma noite, mesmo que em um hotelzinho barato. A mulher a levou até um carro velho, com bancos de couro rachados. Havia um travesseiro e cobertores enrolados e jogados no chão do assento traseiro.

— Desculpe a bagunça. — Ela entrou, amarrou um lenço vermelho nos cabelos e ligou o motor. Abra pôs a mala no banco traseiro e entrou na frente.

A mulher saiu com o carro e acelerou pela via, seguindo a mesma rota que o ônibus havia tomado, depois virou a leste. Falou sobre problemas com o carro e sobre cavalos. Trabalhava desde criança em uma fazenda no vale Central.

— Mal podia esperar para escapar daquele cheiro de esterco de vaca. — Ela não tivera muita sorte nos dois últimos anos, mas as coisas estavam melhorando agora. — Você não comeu, não é? — A mulher deu uma olhada para ela. — Devia ter deixado você comer alguma coisa antes de partirmos. Que tal pararmos para um lanchinho na próxima cidade?

Abra ainda se sentia enjoada da viagem de ônibus. Não comia nada desde que descobrira que Franklin havia se matado. Olhou para o relógio de pulso. Menos de vinte e quatro horas desde que sua vida fora, uma vez mais, virada de cabeça para baixo. Olhou para o deserto pela janela e sentiu-se árida por dentro.

A mulher estacionou na frente de um restaurante vizinho a um hotelzinho barato. A cidade parecia não ter mais do que alguns quarteirões de extensão.

— Alguns ovos, um café, e de volta à estrada. — Um sininho tocou sobre a porta quando elas entraram, fazendo Abra se lembrar do Bessie's Corner Café, em Haven, e das mesas com poltronas estofadas em vinil vermelho. Quantas vezes ela e Joshua haviam se sentado em uma delas? Ele lhe comprava um milk-shake de chocolate e fritas, e eles conversavam e conversavam. A lembrança fez sua garganta se fechar.

A mulher se sentou a uma mesa junto à janela da frente. Pegou um cardápio no recipiente que continha sal e pimenta, frascos plásticos de ketchup e mostarda e um açucareiro de vidro.

— Coma bem. Ainda temos muito caminho pela frente. — Ela passou o cardápio para Abra. — Peça uma rosquinha de maçã e um café para mim. Esqueci uma coisa no carro.

A garçonete parecia já ter uma idade razoavelmente avançada, mas seus olhos castanhos mantinham um brilho juvenil.

— O que vai querer, filha?

— Ovos mexidos, torrada e suco de laranja, e uma rosquinha de maçã e um café para minha amiga.

As sobrancelhas dela se ergueram ligeiramente.

— Você quer dizer a amiga que está indo embora?

— O quê? — Abra virou e viu a mulher dando ré no carro para sair do lugar onde estacionara, na frente do café. Levantou rapidamente da mesa e correu para fora. Com um ranger de pneus, a mulher mudou de marcha, e o carro disparou pela rua. — Espere! Você está com a minha mala! — A mulher buzinou duas vezes e acenou enquanto se afastava. Boquiaberta, Abra ficou olhando até o carro desaparecer. Então virou, subiu de novo os degraus e desabou no banco do lado de fora do café.

*Você pode fugir, mas não pode se esconder de mim.*

Abra se curvou, cobriu o rosto e chorou.

A garçonete saiu e se agachou ao lado dela.

— Parece que você está precisando de uma amiga de verdade.

Abra pegou o guardanapo que a garçonete lhe deu e agradeceu. Assoou o nariz e murmurou:

— Deus me odeia. — Ele a perseguiria e atormentaria até que ela morresse. E então a mandaria direto para o inferno.

— Por que não volta para dentro, onde não está tão quente, e come?

Abra sentiu uma pontada de pânico.

— Minha bolsa!

— Está na mesa, onde você a deixou.

Com os ombros curvados, Abra seguiu a mulher para dentro e sentou-se outra vez. Remexeu dentro da bolsa e perdeu a esperança.

— Desculpe. — Ela sacudiu a cabeça. — Não posso comer isso.

— Alguma coisa errada com a comida?

— Não, de jeito nenhum. Parece delicioso. — Seu estômago roncou alto, e ela sentiu o calor subir ao rosto já queimado de sol. — É que eu não tenho dinheiro suficiente para pagar.

— Pode comer, filha. É por conta da casa. — A garçonete dirigiu-se ao balcão, mas voltou do meio do caminho. — Se quiser um emprego, nós bem que estamos precisando de uma ajuda por aqui. Posso até lhe dar um uniforme e um avental.

— Eu não tenho onde ficar.

— Bea Taddish é dona do hotel ao lado, e é uma boa amiga nossa. Tem um quarto vago, e estava dizendo esta manhã mesmo como gostaria de mais uma pessoa para ajudar a limpar os quartos. Há uma equipe na cidade fazendo um trabalho de construção. Os homens saem cedinho de manhã, mas gostam das coisas em ordem e arrumadas quando voltam. Você pode trabalhar aqui na hora do movimento do café da manhã, arrumar os quartos para Bea e ter tempo para uma cochilada antes de voltar para ajudar com a multidão que vem jantar. — Ela olhou em volta, para o restaurante vazio. — Olhando para o lugar agora, você não imaginaria, mas ficamos lotados quando os trabalhadores chegam com fome. — Ela se virou para Abra. — O que acha?

— Sim! Por favor! Muito obrigada!

A senhora riu.

— Ótimo. Engraçado como as coisas se ajeitam. — Afastou-se uns passos e virou novamente. — A propósito, como é seu nome?

Abra quase disse Lena Scott, então se lembrou do bilhete que havia deixado para Franklin. Lena Scott estava morta e não valia a pena ressuscitá-la. Abra Matthews desaparecera há muito tempo. Quem ela seria agora?

— Abby Jones. — Era um bom nome, como qualquer outro, e ela se lembraria dele com facilidade.

— É um prazer conhecê-la, Abby. Eu sou Clarice. — Elas se cumprimentaram com um aperto de mãos.

— Posso lhe perguntar uma coisa? — A voz dela saiu pequena e infantil.

— Claro, querida. O que quer saber?

Abra olhou pela janela para a cidadezinha no meio do deserto.

— Onde eu estou?

— Você está em Agua Dulce.

# 16

*A esperança brota eterna no peito humano:*
*O homem nunca é, mas sempre*
*espera ser abençoado:*
*A alma, inquieta e afastada de casa,*
*Repousa e se expande em uma*
*vida ainda por vir.*
ALEXANDER POPE

Joshua enxugou o suor da testa antes de pregar mais uma telha de madeira no telhado do hotel da cidade cenográfica. Martelos ressoavam de cima a baixo pela rua fictícia, enquanto outros prédios simulados eram erguidos. Tudo pareceria autêntico olhando de fora, mas dentro era outra história. Ele fixou as telhas restantes e pediu que mandassem outro lote para cima.

O sol batia em suas costas. Havia prendido um pano úmido sob o boné de beisebol para evitar que o pescoço se queimasse. O ar estava parado e abafado. Joshua pegou um cantil de água no cinto de ferramentas e tomou metade do conteúdo. Derramou um pouco na mão, passou pelo rosto e voltou ao trabalho. Ninguém queria trabalhar mais tempo que o necessário naquele calor infernal. Tinham começado às quatro horas da manhã e parariam às duas.

— Ei, Freeman! Vá mais devagar aí. Está fazendo os outros passarem má impressão. — O homem em pé ao lado da escada de Joshua falou em tom jocoso.

— Só estou fazendo meu trabalho, McGillicuddy.

— Então faça mais devagar. Estamos adiantados no cronograma. Isto não é uma corrida.

— Só quero agradar o chefe.

— Não ouvi nenhuma reclamação de Herman. Você ouviu?

— Eu não estava falando de Herman.

— Ah, sei. Aquela história de Jesus outra vez. — McGillicuddy riu. — Deus paga a você?

— Sim. Herman só assina os cheques.

— Acho que Deus poderia ter lhe dado um trabalho melhor do que aqui neste inferno, martelando pregos em um telhado que será desmanchado assim que acabarem de filmar. — Sacudindo a cabeça, McGillicuddy atravessou a rua poeirenta e subiu a escada para o telhado do bordel cenográfico.

Joshua lhe gritou em resposta:

— Também tenho pensando nisso.

Uma hora depois, os operários desceram, guardaram as ferramentas e voltaram para a cidade. McGillicuddy parou a caminhonete GMC ao lado da de Joshua e gritou pela janela aberta.

— Que tal umas cervejas no Flanagan's?

— Obrigado pelo convite. Encontro você lá depois de tomar um banho frio e trocar de roupa.

Ele se juntou aos homens no bar e pediu um refrigerante. Os colegas fizeram piadas com ele, mas logo voltaram à conversa sobre trabalho, esportes, mulheres e política. Uma pequena televisão havia sido instalada em um canto do bar, para que eles assistissem às lutas livres. Eles escolhiam favoritos e gritavam como se estivessem ao lado do ringue e os adversários pudessem ouvi-los. Herman saiu de sua banqueta, sentou-se a uma mesa e acenou para que Joshua se aproximasse.

— Venha jantar comigo, a não ser que ainda não tenha enjoado desses caipiras.

Joshua se sentou.

— Eles são uma boa equipe.

— Estive observando você, Freeman. Bons marceneiros são difíceis de aparecer. — Tomou um gole de sua cerveja. — Por que está aqui e não trabalhando com Charlie Jessup?

— Não pensei que você o conhecesse.

A garçonete se aproximou e anotou os pedidos. Herman recostou-se na cadeira e olhou para Joshua.

— Charlie é meu amigo. Ele tem muito respeito por você, embora se conheçam há pouco tempo. Isso é significativo.

— Obrigado por me contar.

— Então responda minha pergunta. Por que aqui e não em projetos sofisticados em Beverly Hills?

— É só por pouco tempo, depois vou voltar para casa.
— Onde é sua casa?
— Haven.
— Nunca ouvi falar.
— Poderíamos dizer que Deus me jogou aqui.
— Quaisquer que sejam suas razões, você certamente se dedica por completo.
— Regra número um do meu livro. — Ele não mencionou que o livro era a Bíblia.
— Você faz meu trabalho ficar mais fácil. — Herman indicou com a cabeça os homens no bar. — Eles observam você. Alguns resmungam, mas a maioria acelerou o ritmo.

Joshua sorriu.
— Está me dizendo que vou ficar sem trabalho mais cedo do que esperava?
— Talvez, mas já tenho outro engatado. Se mudar de ideia sobre Haven, me avise. Você é o número um na minha longa lista. Preciso de um bom capataz. O que me diz disso?
— A não ser que Deus decida de outra maneira, eu vou mesmo voltar para casa.

Era cedo quando Joshua retornou ao hotel, mas, depois de um dia inteiro trabalhando no deserto, estava pronto para se deitar. Trocou de roupa, foi para a cama e dormiu antes mesmo que a cabeça se acomodasse no travesseiro. Sonhou com Abra sentada ao piano na frente da igreja, com o sol entrando pela janela lateral e fazendo seu cabelo vermelho brilhar como fogo. Ele estava sentado no espaço do coro, com os braços apoiados na grade, observando-a. Não reconheceu o hino pungente. Alguém bateu em seu joelho, assustando-o. Mitzi sorriu, parecendo animada, radiante e vaidosa. "Não falei que ela nunca ia esquecer?" Ela pegou a mão dele e a apertou. "Está na hora, Joshua."

Ele acordou no escuro e ouviu uma mulher chorando. Ainda estaria sonhando? Levou um momento para lembrar que estava em um hotel em Agua Dulce. Havia aberto as janelas antes de se deitar, mas o quarto continuava abafado. Grilos cantavam. Joshua foi ao banheiro e jogou água no rosto. Quando voltou para o quarto, a mulher ainda chorava no quarto vizinho. Os soluços eram de cortar o coração. Alguém bateu na parede no quarto do outro lado.

— Pare com esse barulho! Preciso dormir!

A ocupante do quarto treze silenciou.

Joshua franziu a testa, indeciso quanto a bater na porta do quarto da mulher e perguntar se ela precisava conversar. Não imaginava o que ela poderia pensar se um homem que nunca vira antes lhe fizesse essa oferta. Ela devia ter chegado tarde. Provavelmente estaria de volta à estrada de manhã, para onde quer que estivesse indo. Joshua pôs a mão na parede e enviou uma oração rápida. *Senhor, que sabe o que está errado e como consertar. Ajude-a a encontrar a sua paz.*

═══

Abra apertou o travesseiro, abafando os soluços, tentando não fazer mais nenhum som. A Bíblia de Gideão que ela estivera lendo estava aberta sobre a cama. Se precisasse de mais alguma confirmação de quanto Deus a odiava, e por quê, havia encontrado: "Olhos altivos, língua mentirosa, mãos que derramam o sangue inocente, coração que maquina planos malvados, pés que correm para a maldade, testemunha falsa que profere mentiras e o que semeia discórdia entre irmãos". As palavras penetraram as paredes que ela havia construído em torno de si e as fizeram desmoronar.

Ela tentou encontrar desculpas para as decisões que tinha tomado, mas não conseguiu justificar nada que havia feito, pelo menos de acordo com os padrões estabelecidos por Deus. Não poderia escapar da condenação. Era culpada. Sua consciência despertou, e a dor a imobilizou. Não conseguia mais fugir.

Quando sua queda havia começado? Quando ela começara a estrangular sua consciência? Achava que havia começado com Dylan. Tentara dizer a si mesma que não sabia quem ele era, mas sabia. E percebia agora, com profunda tristeza, que Dylan tinha razão: ele simplesmente atiçara a chama que já queimava dentro dela. Fugir com Dylan tinha sido o auge de sua rebelião, e ela vinha tentando a cada dia, desde então, por seu próprio cálculo e determinação, tirar algo bom de todo aquele mal.

Não estava tentando provar que valia alguma coisa quando foi embora com Franklin Moss? Queria se vingar de Dylan, fazê-lo se arrepender por tê-la jogado fora. Entrara em um relacionamento com um homem com o dobro de sua idade, pronta para tudo o que ele quisesse, a fim de conseguir o que queria. E o que ela queria? Ser *alguém*? Em vez disso, permitira que ele a transformassem em outra pessoa.

Queria tanto poder culpar Franklin por isso, mas a culpa era dela. Ela o havia ajudado a criar Lena Scott; seguira todas as suas ordens, permitira que ele a guiasse, até mesmo para a cama. Seus protestos tinham sido fracos e insignificantes, a maior parte deles feita em silêncio, enquanto a amargura e o ressentimento cresciam. Era ela quem tinha sido hipócrita, não Franklin, e isso a levara por aquele corredor escuro até a mulher que a esperava de luvas cirúrgicas. Poderia ter resistido. Poderia ter dito não. Em vez disso, foi em frente e culpou Franklin por tudo. Por quê? Porque, bem no fundo, ela ainda queria ser... O quê? O que ela queria ser?

*Amada.*

O sonho de Franklin fora seu sonho no começo. Depois tinha se tornado o pesadelo conjunto deles. Ela podia ver agora as incontáveis vezes em que as pessoas tentaram alertá-la: Pamela Hudson, Murray, até Lilith e Dylan. Ela havia agarrado o anel de bronze e agora estava girando no carrossel.

"Você pode falar comigo", Murray tinha dito, e ela não aceitara a oferta. Mary Ellen falara de Deus e ela fechara os ouvidos. Franklin sempre fora a desculpa.

Agora, sentia-se arrasada de vergonha por sua crueldade com ele. Quisera vingança pelo que achara que ele lhe havia feito. E sabia bem onde ele era mais vulnerável, onde suas palavras feririam mais profundamente. Lena, seu sonho, sua ruína.

"A mim pertence a vingança, eu é que retribuirei, diz o Senhor."

Agora ela entendia por quê. Nunca pretendera ferir Franklin tão fundo a ponto de fazê-lo desistir da vida. Só queria que ele a libertasse, que a deixasse ir.

Será? Sua consciência se contorcia. *Seja honesta, ao menos uma vez na vida, Abra. Ou você nem conhece mais a verdade?*

Ela suava; seu coração batia forte.

Lembrou-se de como Franklin andava abatido naquelas últimas semanas. Ele estava desmoronando. No último dia, ela lhe oferecera um pedacinho de esperança, e ele o agarrara. E, então, o que ela havia feito com o último momento que lhe restava naquela prisão que ele construíra para ambos?

Abra chorou até não ter mais lágrimas. *Desculpe, meu Deus. Desculpe pelo que fiz e pelas pessoas que magoei. Não quero mais ser assim. Tenha compaixão...*

Ela interrompeu a súplica. Como ousava agora rezar para Deus e lhe pedir compaixão? Nunca se dirigira a ele em louvor. Nunca lhe agradecera por nada, desde que o pastor Zeke a levara para Peter e Priscilla e a deixara lá. Na verdade, ela odiara Deus e o culpara por tudo que dera errado em sua vida.

Seu orgulho teimoso a trouxera até onde estava agora. Na noite em que se encontrara com Dylan na ponte e deixara que ele arrancasse o colar de Marianne e o jogasse fora, ela definira seu curso, dissera a si mesma que queria ser livre e, em vez disso, se tornara cativa.

Outro dos hinos de Mitzi lhe veio à cabeça. "Faça-me cativa, Senhor, e então eu serei livre." Não havia entendido na época. Não entendia agora. Tudo o que sabia era que tinha chegado o mais longe possível com suas próprias forças. Tentara de tudo para se sentir completa e agora se sentia como Humpty Dumpty, a quem "todos os homens e cavalos do rei não conseguiram juntar outra vez".

*Eu desisto, meu Deus. Estou tão cansada da luta. Faça o que quiser. Queime-me em cinzas. Transforme-me em uma coluna de sal. Arraste-me em uma enxurrada. Não quero sofrer mais. Não quero fazer mais ninguém sofrer. Só quero... Eu nem sei.* Exausta, Abra relaxou e apoiou a cabeça no travesseiro.

Dormiu profundamente, pela primeira vez em dias, e sonhou com água cristalina e brilhante e com a ponte para Haven.

===

Joshua acordou cedo e se espreguiçou. As paredes do quarto do hotel eram tão finas que ele ouviu o rangido do colchão no quarto treze. Pegou o relógio e acendeu a luz. Três horas da manhã. Desligou o alarme e se levantou. Sentou na cadeira gasta, diante da janela, e abriu sua Bíblia no lugar onde havia parado na manhã anterior.

Os canos fizeram ruído quando o chuveiro foi ligado no quarto ao lado. Joshua havia terminado sua leitura antes que eles soassem de novo, ao ser desligados. Quando a porta da frente abriu e fechou, Joshua puxou a cortina de lado só o suficiente para dar uma olhada na mulher que chorara como se o mundo estivesse desabando sobre ela na noite anterior. Ainda estava escuro lá fora, mas a luz fraca do letreiro do hotel revelou cabelos escuros que pareciam ter sido podados com aparadores de sebes. O vestido de gola branca e o avental mostravam que ela era magra, mas tinha curvas. Ele sentiu algo se mexer muito de leve dentro de si. Joshua se levantou da cadeira e observou a moça se afastar. Suas panturrilhas eram bem torneadas.

As luzes se acenderam dentro do restaurante. A moça abriu a porta e entrou. Joshua sorriu e soltou a cortina. Clarice tinha ajuda. Uma prece fora atendida. Pensou em Susan Wells e se perguntou como as coisas estariam indo para seu pai.

Hora de se mexer. Joshua fez a barba, tomou uma ducha e se vestiu para o trabalho. Vozes de homens subiam e desciam em ondas à medida que os colegas operários, esfomeados, passavam pela porta, indo para o restaurante. Joshua juntou-se a McGillicuddy, Chet Branson e Javier Hernandez. O sininho sobre a porta tocou e eles se sentaram a uma mesa junto à janela da frente, conversando sobre o trabalho do dia. A jovem não estava à vista. Provavelmente se encontrava do outro lado do salão, atendendo mesas na área maior de refeições.

— Ora, ora, ora. Temos uma garota nova na cidade. — McGillicuddy virou a cabeça. — Bonita, mas olha só aquele cabelo.

A moça estava pegando os pratos com café da manhã no balcão da cozinha. Quando ela se virou, Joshua sentiu o ar ser sugado dos pulmões. Abra!

Seu coração se acelerou, batendo mais rápido ainda quando ela passou bem a seu lado no caminho para entregar refeições aos homens em uma mesa mais adiante. Parecia pálida e plácida, até se virar e vê-lo. Ficou paralisada de choque por um instante, então baixou os olhos depressa, com o rosto em brasas, depois perdendo toda a cor à medida que passava novamente por ele. Joshua teve de apertar os punhos para resistir à vontade de segurá-la pelo braço. Virou a cabeça para trás, para ver se ela voltaria ao balcão da cozinha ou sairia correndo pela porta. Tinha o corpo tenso, pronto para ir atrás se ela corresse.

Alguém chamou da mesa onde ela havia entregado as refeições.

— Moça! Pode nos trazer mais café aqui?

Abra ficou sem reação, depois pareceu confusa. Enrubesceu outra vez.

— Desculpe. — Correu para pegar o bule.

McGillicuddy agitou o cardápio quando ela passou outra vez.

— Estamos prontos para fazer o pedido quando você tiver um minuto livre.

— Volto agora mesmo, senhor. — Ela se apressou pelo corredor.

McGillicuddy apoiou os braços na mesa e olhou para Joshua, franzindo a testa.

— Pare de encarar a moça, Freeman. Você a está deixando nervosa.

Joshua sabia que ele tinha razão. Seu pulso não desacelerara desde que a reconhecera. O que ela teria visto em seu rosto para ficar tão assustada?

Ele se forçou a olhar para o cardápio. Precisou de força de vontade para não levantar os olhos quando ela passou outra vez, a fim de colocar o bule de café de volta no suporte aquecido, do outro lado do balcão. Ela veio até a mesa deles. Joshua não achava que fosse possível seu coração bater mais depressa. Ela estava usando sandálias de couro marrons. Pareciam novas. Ele reconheceu aqueles dedos. Notou as pernas dela de novo. Ela estava a um passo de distância.

Depois de cinco anos imaginando onde ela estaria, poderia estender a mão e tocá-la naquele mesmo momento. E era isso que tinha vontade de fazer. Ele a teria abraçado, levantado e girado no ar, se não tivesse visto aquela expressão no rosto dela, que certamente havia sido causada por ele. *Controle-se, Joshua!*

— O que vão querer, senhores? — As palavras estavam certas, mas o tom era cheio de tensão nervosa. O que ela estaria fazendo ali em Agua Dulce? Não fazia sentido. Ele levantou a cabeça e olhou para ela. Ela evitou encará-lo, segurando um bloco de notas e um lápis para notar o pedido. — E para o... senhor? — Abra estava tremendo. Piscou, com os olhos embaçados, úmidos. Estaria com vontade de chorar outra vez?

— Ela está falando com você, Freeman. — McGillicuddy o chutou por baixo da mesa. — O que vai querer de café da manhã?

Joshua escolheu um número aleatório no cardápio no momento em que o cozinheiro tocava a campainha. Abra estremeceu e deixou cair o lápis. Ela se abaixou e o pegou rapidamente, quase batendo a cabeça na mesa ao se levantar. Anotou o número no bloco e saiu depressa.

— Qual é o problema com você? — McGillicuddy perguntou, intrigado.

— Nada.

— Devia ver sua cara.

— O que tem? — Joshua revidou com rispidez, rezando para que Abra não derrubasse pratos nem derramasse café quente em ninguém. Qualquer um que observasse veria sua tensão, seus movimentos rápidos e bruscos. Ela o conhecia tão bem. Por que estava com tanto medo?

Tentou refletir sobre a situação. Abra era a mulher do quarto treze. Era ela que estava chorando na noite passada, aos soluços e arrasada. Estaria sofrendo pela morte de Franklin Moss? Será que o amava tanto assim? Joshua sentiu uma pontada de dor no coração. Conhecia a sensação da perda. Sentira-a ao ver o modo como ela olhava para Dylan Stark. Sentira-a quando ela desaparecera. Sentira gradações dela ao longo dos últimos cinco anos. Achava que tinha as emoções sob controle. Que piada!

*Que brincadeira é essa comigo, Senhor? O Senhor me disse para desistir dela, e eu aceitei. E agora aqui está ela, bem no meio do nada, no último lugar onde eu esperaria encontrá-la. E, obviamente, sou a última pessoa que ela desejaria ver. Sabe como eu me sinto com isso?* Claro que ele sabia.

Joshua tentou relaxar e ouvir o que McGillicuddy e os outros diziam. Seus ouvidos pareciam sintonizados com os passos de Abra. Agiria normalmente quando ela voltasse. O problema era que ele não sabia mais como agir normalmente.

Ela veio, segurando quatro canecas pela alça, e as colocou na mesa, encheu todas de café e passou a cada um deles com cuidado. Ele agradeceu, mas ela já estava se afastando para servir café aos ocupantes da mesa seguinte, depois voltando ao balcão para pegar outro bule de café recém-coado. Não olhou nos olhos dele, nem quando lhe entregou o café da manhã. Quando ela se abaixou para servir os pratos, ele viu uma veia pulsando em seu pescoço. O coração dela estava tão acelerado quanto o seu.

*Diga alguma coisa, Joshua!* Ele não conseguia encontrar as palavras. Quando ela saiu, ele se sentiu vazio, até baixar os olhos para a tigela de aveia. Argh!

Javier sorriu de seu assento junto à janela.

— Não gosta de aveia, Freeman?

— É ótimo. Será que você me daria um pouco da sua calda de bordo?

McGillicuddy riu enquanto cortava um pedaço do bife suculento no prato.

— Nunca imaginei um bom rapaz cristão como você perdendo a cabeça por causa de uma garota como essa.

Uma garota como essa? O calor subiu pelo corpo de Joshua. Teve de apertar os dentes para não dizer algo estúpido.

Chet Branson espalhou geleia de morango sobre a torrada.

— Um pouco magra demais, mas tem curvas nos lugares certos. Ela parece nervosa. Primeiro dia no trabalho e dá de cara com um bando de marmanjos como nós.

Javier Hernandez havia ensopado as panquecas com calda de bordo enquanto observava Abra.

— Esse é o pior corte de cabelo que eu já vi. Por que uma menina bonita faria isso consigo mesma?

Joshua conferiu no cardápio o preço de sua refeição. Tirou a carteira e deixou o suficiente para cobrir o custo e mais uma boa gorjeta, depois juntou seus talheres, a tigela com a pasta de aveia e a caneca de café e se levantou.

— Nada pessoal, mas, se me dão licença, acho que vou me sentar no balcão.

McGillicuddy riu.

— Cuidado, Freeman. Ela pode derrubar café no seu colo.

Joshua se sentou ao lado da entrada do balcão, perto da cafeteira. Clarice serviu vários cafés da manhã e olhou para ele e para os três homens na mesa.

— Algum problema?

— Nenhum. — Ele observou Abra pegar mais dois pratos de café da manhã no balcão da cozinha.

Clarice deu uma olhada para Abra e novamente para ele.

— Ah, entendi. — Sorriu e se aproximou mais, baixando a voz. — O nome dela é Abby Jones. Uma ladra em um Cadillac lhe deu uma carona de Saugus até aqui, depois foi embora levando a mala dela no banco de trás, ontem à noite. — Abra passou sem olhar para eles. — A pobrezinha não tem um tostão. Mas é uma resposta às minhas preces. Está trabalhando aqui e no hotel para se manter. Não sei o que ela vai fazer quando vocês todos forem embora e nós não precisarmos mais dela.

Joshua tinha algumas ideias sobre isso, mas não queria se precipitar. Sua lista de perguntas sem resposta continuava crescendo. Abra voltou e pegou um bule. Clarice chegou perto dela, disse algo em voz baixa, pegou o segundo bule e saiu. Abra encolheu-se um pouco. Aproximou-se de Joshua como um cordeiro em direção a um leão faminto, pronto para devorá-la. Tornou a encher sua caneca. Ele se inclinou para frente, querendo que ela o olhasse.

— Oi, Abra.

— Oi, Joshua. — Sua mão tremia tanto que derramou café no balcão. Ela soltou um suspiro de angústia quando o fio de líquido marrom correu pela borda e pingou na calça de trabalho de Joshua. — Desculpe. Não sei por que sou tão desastrada... — Olhou em volta, pegou um pano, depois ficou sem saber o que fazer com ele.

Joshua o tirou da mão dela e o colocou sobre o café derramado.

— Está tudo bem. — Enxugou as gotas de café escaldante no jeans. — Problema resolvido.

Ela levantou a caneca dele e limpou o balcão.

— Como me encontrou? — Ela o encarou com olhos verdes pálidos e arregalados.

— Não estou aqui por isso. Estou aqui há uma semana trabalhando em um set de filmagem perto da cidade.

— Ah. — Ela enrubesceu, com uma expressão de desgosto. — Muita pretensão da minha parte, não é? Achar que você teria vindo até aqui para me procurar.

Ele franziu levemente a testa, desejando saber o que se passava pela cabeça dela.

— Eu teria vindo até aqui para te procurar, se soubesse que estava aqui. Fui atrás de você na noite em que fugiu com Dylan. Vim para o sul há três meses, pensando em fazer mais uma tentativa de te encontrar.

Ele não pretendia fazê-la chorar outra vez, mas ela parecia perigosamente perto disso.

— Estou morando na casa de Dave Upton. Lembra dele?

Ela engoliu convulsivamente.

— Vocês andavam de bicicleta juntos.

— Isso. — Ele empurrou a tigela de aveia para o lado e cruzou os braços sobre o balcão. — Ele se casou e tem dois filhos. — Alguém a chamou, pedindo mais café. Ele teve vontade de se virar e gritar: "Espere um pouco, pode ser?" Mas sabia que era o trabalho dela, e ele a estava atrapalhando. Abra se afastou. Clarice meneou a cabeça na direção dele. Franzindo a testa, Joshua tomou um gole de café.

Rudy bateu na campainha outra vez, e Abra veio pegar os pratos para servir os clientes. Voltou para pegar o bule. Os homens comiam depressa, pagavam a conta e saíam. Joshua conseguiu engolir a aveia. Precisava ter algo no estômago para enfrentar o dia à frente. O lugar estava esvaziando rapidamente. Não teve dúvidas de que ela o estava evitando. Ela não parava de se mover pelo restaurante, dando atenção excessiva aos poucos clientes que restavam. Por mais que quisesse ficar e confrontá-la, tinha responsabilidades.

Clarice recolheu os pratos do balcão, limpou-o e colocou toalhinhas de papel e talheres limpos.

— Quer mais café?

Ele disse que não e agradeceu, procurando a carteira, até Clarice lembrá-lo de que já havia deixado dinheiro para a refeição e a gorjeta sobre a mesa.

— Não me leve a mal, Joshua. — Ela deu uma olhada rápida para Abra, que limpava as mesas, e o encarou com seriedade. — Essa menina precisa de um amigo, não de um namorado, se entende o que quero dizer.

— Eu entendo. Não se preocupe.

— É melhor mesmo. — Clarice pôs o bule na cafeteira atrás dela e tornou a olhar para ele. — Muitos dos outros aqui, esta manhã, a olharam como se tivessem ideias sobre ela e, nas circunstâncias em que ela se encontra, isso poderia ser uma tentação e um problema ao mesmo tempo.

Ele não fingiu não entender. Tinha visto muitas mulheres na Coreia se voltarem para a prostituição para sobreviver. Clarice saiu para limpar uma mesa enquanto Abra voltava com uma bandeja de pratos e copos sujos. Joshua parou em um lugar onde ela não poderia evitá-lo. Ela levantou a cabeça.

— Estou trabalhando, Joshua.

— Eu sei. Vou ser rápido. Isso não pode ser uma coincidência, Abra. Deus planejou este encontro.

Ela deu uma risada irônica.

— Duvido que Deus queira alguma coisa comigo.

— Então como explica eu e você termos acabado na mesma cidadezinha no meio do nada, na mesma hora? Deus me pôs aqui uma semana antes de você chegar. Acho que ele está tentando lhe dizer algo. Ouvi você chorando ontem à noite.

Ela ergueu a cabeça, com os lábios separados, envergonhada. Talvez ele não devesse ter mencionado aquilo.

— Não precisa me olhar assim. Não fui eu que disse para você parar com o barulho. — Ele percebia a fragilidade dela em sua postura, no modo como seu olhar se desviava. Os pratos balançaram na bandeja. Hora de deixá-la em paz. — Ainda vai estar aqui quando eu sair do trabalho? — *Ah, Deus, por favor. Não deixe que ela fuja outra vez.*

Ela o encarou então, com os olhos embaçados de lágrimas.

— Para onde eu poderia ir que Deus não me encontrasse? — A voz dela falhou.

Joshua queria tirar a bandeja das mãos dela, puxá-la para si e abraçá-la com força, mas estavam em um restaurante. E Clarice lhes lançou um olhar preocupado. Não eram a hora nem o lugar certos.

— Ótimo.

Ela baixou a cabeça.

— Por favor, me dê licença.

Joshua se afastou para que ela passasse. Deu-lhe uma última olhada antes de sair. *Senhor, mostre-lhe quanto a ama.*

=====

Abra limpou as mesas restantes, voltou para o hotel e passou o resto da manhã arrumando camas, limpando banheiros e passando aspirador em tapetes gastos. Sua cabeça fervilhava com um coro de vozes. *Você sabe que não precisa escutar Joshua. Ele provavelmente vai querer lembrá-la de quantas pessoas você magoou em Haven. Provavelmente vai querer descobrir o que aconteceu com Dylan para poder dizer que ele avisou.* Meia dúzia de homens haviam insinuado que queriam "conhecê-la". Ela poderia escolher qualquer um deles e agarrar-se a ele por tempo suficiente para poder ir embora.

Como uma sanguessuga, uma parasita grudada em seu hospedeiro desavisado?

Outro Franklin?

O mero fato de ter considerado tal ideia a encheu de desgosto consigo mesma.

Joshua. O que ela diria quando ele voltasse?

Pensara nele tantas vezes desde que saíra de Haven. Não pôde acreditar quando o viu sentado ali naquela mesa, olhando para ela como se estivesse vendo um fantasma. Ou um zumbi. Ela riu com melancolia. Será que ele sabia sobre isso? Não era o tipo de filme que ele pagaria para ver.

Cinco anos e ela nunca telefonara para ninguém em casa. O que ele devia pensar dela? O que quer que ele tivesse a dizer, ela lhe devia a gentileza de escutar.

Enxugando o suor da testa, Abra continuou a esfregar o chão do banheiro. Não conseguia pensar em mais do que um dia de cada vez. Quando terminasse o turno da noite no restaurante, teria de lavar o uniforme e o avental na pia do hotel. Com o calor do deserto, as roupas estariam secas o suficiente para passá-las a ferro de manhã.

*Eu tenho um emprego, comida e um lugar para dormir. Isso é suficiente por enquanto. Obrigada, Deus, pelo teto sobre minha cabeça. É mais do que eu mereço.* Ela pegou as toalhas limpas que tinham vindo da lavanderia e empilhou-as nas prateleiras do depósito.

Terminou de arrumar os quartos do hotel às duas horas e foi a uma loja. Tinha ganhado o suficiente em gorjetas naquela manhã para comprar roupas de baixo baratas, uma escova de dentes, pasta de dentes e uma escova de cabelo. Tomou banho e tentou dormir um pouco antes do turno da noite no restaurante, mas sua mente não conseguia descansar.

Pegou a Bíblia de Gideão na mesinha de cabeceira e consultou o índice de assuntos no fim do livro. Passou as duas horas seguintes lendo as Escrituras. Lembrava-se de muitas passagens que ela e Penny haviam memorizado para as aulas de domingo, na igreja, quando eram pequenas. O pastor Zeke fizera pregações sobre algumas. Joshua e Mitzi muitas vezes pronunciavam palavras como aquelas.

Vivera no escuro por tanto tempo, mas agora, em algum lugar bem no fundo dela, uma luz piscava.

Clarice lhe disse que não haveria tantos clientes no turno do jantar.

— A maioria vai para o bar e a churrascaria. Nós também temos carne, mas não servimos álcool. Rudy não quer. Significa menos negócios, mas ele é inflexível quanto a isso. O prato do dia, hoje, é carne assada, purê de batatas e cenouras. Maçãs, pêssego e torta de cereja de sobremesa.

— Há alguma coisa que eu possa fazer agora?

— Case a mostarda. — Os olhos de Clarice brilharam, divertidos diante da expressão de Abra, e ela explicou. — Misture a mostarda nova com a que sobrou nos frascos.

Toda vez que o sininho soava sobre a porta, o coração de Abra dava um pulo. Ela voava até os clientes e lhes proporcionava um serviço rápido, para evitar ficar pensando em Joshua. Talvez ele tivesse mudado de ideia e não voltasse. Talvez tivesse ido para o bar e churrascaria. Será que ele bebia agora? Joshua nunca bebera antes. Ela pensou em Franklin despejando uísque no copo, ficando bêbado quase todas as noites, porque só assim conseguia dormir.

Os clientes já estavam começando a ir embora quando Joshua entrou pela porta. Tinha os cabelos molhados e vestia jeans limpo e camisa xadrez azul de mangas curtas e tecido leve.

Ele tinha mudado em cinco anos. Estava mais forte, mais musculoso, com os cabelos escuros bem curtos. Conversou um pouco com Clarice, depois sentou-se a uma mesa na área atendida por Abra.

Ela sabia que não poderia evitá-lo para sempre. Não sabia o que estava esperando, mas certamente não era aquele olhar que encontrou o seu quando ela lhe entregou o cardápio. Ele abriu o mesmo sorriso de sempre.

— Que bom que você ficou. — Joshua sempre fora autoconfiante. Desde menino, era seguro quanto a quem era. Não importava o que fizesse, desde que desse o seu melhor no que quer que Deus lhe pusesse à frente. Ele gostava das pessoas. Sempre fora acolhedor, amigável, interessado por todos e por tudo a sua volta.

— Não tinha nenhum lugar para ir. — Que chance haveria de poderem voltar sequer a ser amigos, quanto mais algo além disso? Ela precisava lembrar a si própria. — Eu queimei todas as minhas pontes.

— Você acha mesmo isso?

A esperança chegava a doer. Melhor não alimentá-la.

— Eu sei o que quero — disse ele, devolvendo o cardápio sem olhá-lo.

Com uma sensação estranha no estômago, ela pegou o bloco e o lápis no bolso do avental. Manteve o tom neutro.

— O que vai ser?

Joshua pediu o prato do dia. Ela lhe trouxe água e chá gelado, depois o deixou sozinho até que seu jantar estivesse pronto.

Abra colocou o prato na frente dele.

— Bom apetite.

Ela completou seu copo com chá gelado uma vez, mas manteve-se ocupada e à distância até ele terminar. Entregou-lhe a conta e retirou o prato. Ele pagou na caixa registradora e deu a ela uma nota dobrada como gorjeta. Um dólar era uma gorjeta muito alta. Ela guardou o dinheiro no bolso do avental sem olhar.

— Eu não vou embora, Abra.

Ele a olhou como se nada tivesse mudado entre eles. Mas tudo tinha mudado. Ela não era a mesma menina que ele conhecera em Haven. Naquela época, era ingênua, inocente, perturbada, cheia de angústias, tão ansiosa por se rebelar, por se libertar. Joshua cuidara dela quando bebê, brincara com ela quando criança, estivera a seu lado quando adolescente e tentara fazê-la ouvir a voz da razão quando tudo o que ela queria era se entregar a um demônio que acabaria usando-a, abusando dela e jogando-a fora.

Como Joshua podia ter aquela expressão terna nos olhos, como se ainda se importasse com ela como antes?

— É melhor você ir, Joshua.

Ele inclinou a cabeça para estudar o rosto dela.

— Por quê?

Abra endireitou os ombros e encontrou o olhar dele.

— Porque eu fiz coisas que você nem poderia imaginar desde que saí de Haven.

— Eu estive na guerra, Abra. Lembra? — Ele falava com suavidade. — Vi muita coisa. — Os dedos dele roçaram o braço de Abra, e ela sentiu a pele se arrepiar, mas não do jeito que acontecia quando Dylan a tocava. — Vamos conversar quando você terminar seu turno.

Ela engoliu em seco.

— Eu não saberia o que dizer.

— Então começaremos com silêncio.

Ela não queria começar a chorar outra vez. Se confessasse o que havia acontecido, ele a deixaria. Era isso que ela queria? Sabia a resposta, mas também sabia que a verdade era mais importante.

— Em que está pensando? — O tom dele continuava tão doce.

— No que devo lhe contar. — Ela passou a mão trêmula pelo cabelo curto. — Pelo menos uma vez na vida, quero ser honesta. — Ela viu a expressão intrigada dele e enfiou as mãos nos bolsos do avental. Foi preciso um esforço para se manter firme enquanto ele esperava. — Depois que eu lhe contar tudo, Joshua, você pode decidir se ainda quer ser meu amigo ou não.

— Nada que diga vai mudar meus sentimentos por você.

Claro que ele lhe diria algo assim, gentil.

— Não quero que me prometa nada. Tenho mais uma hora...

— Estarei no banco lá fora a sua espera.

Abra tinha a sensação de que ele achava que ela poderia sair pela porta dos fundos e desaparecer na noite. Na noite anterior, talvez pudesse ter feito exatamente isso. Lavou, secou e guardou os pratos. Limpou o chão e colocou as cadeiras viradas sobre as mesas, na área mais ampla do restaurante, enquanto Clarice limpava os bancos das mesas da frente.

Clarice pegou o balde de água ensaboada das mãos de Abra.

— Tudo está limpinho, Abby. — Ela fez um sinal com a cabeça para a janela da frente. — Joshua está esperando você, ou só vendo os carros passarem?

— Ele está me esperando.

— Ele é um bom rapaz. Deixe o avental no balcão. Vou lhe dar um novo de manhã. — Clarice sorriu. — Aproveite a noite.

Joshua se levantou quando Abra saiu. Ela olhou para o outro lado da rua.

— Podemos sentar naquele banco ali.
— Você já foi até as Vasquez Rocks?
— Não, mas...
— Minha caminhonete está no hotel. Ainda temos uma hora antes de escurecer. E é lua cheia.
— Não tenho sapato para caminhada nem...
— Não importa. Vamos.

Ela caminhou ao lado dele sem dizer nada. Reconheceu a caminhonete, embora tivesse uma nova pintura laranja reluzente. Parecia recém-lavada. Joshua abriu a porta para ela. Ela o viu dar a volta pela frente e se sentar no banco do motorista. Ele sorriu quando ligou o motor.

— Aposto que está surpresa em ver este calhambeque.
— Você dedica um bom tempo a mantê-lo em ordem. — Ela tocou o velho couro, bem conservado sob os cuidados de Joshua. Ele deu ré e se dirigiu para a rua. Ela sorriu, lembrando-se de todos os passeios que havia feito naquela lata-velha. — Você ia me ensinar a dirigir.
— Ainda não aprendeu?
— Nunca tive uma aula.

Ele saiu da estrada e desligou o motor.

— Nenhuma hora pode ser melhor do que esta.
— O quê? — Quando Joshua saiu do carro, ela o chamou. — Está brincando comigo?

Ele abriu a porta do lado dela.

— Não seja covarde.

Ele se acomodou no banco do passageiro enquanto ela dava a volta até o do motorista. Nervosa, tentava se concentrar enquanto ele lhe dava instruções passo a passo. Tudo parecia tão fácil quando ele falava.

— Lição número um. — A voz dele era bem-humorada. — Ligue o motor.

Ela seguiu suas orientações pacientes e engatou a marcha enquanto pressionava a embreagem. A caminhonete deu um pulo para a frente e morreu. Tentou de novo, com as mãos suando, o maxilar tenso, esforçando-se para se lembrar de tudo ao mesmo tempo.

— Relaxe, Abra. Você está apertando o volante como se estivesse no oceano se agarrando a uma boia.

Ela resmungou.

— Relaxar. Falar é fácil.

— Você está pegando o jeito. — Ele pôs o braço sobre o encosto do banco.

— Eu estou assassinando seu carro!

— Ele vai ressuscitar. Ligue de novo.

— Vamos acabar dentro de uma vala, Joshua.

— Tente acelerar mais.

— Acelerar *mais*?

— Se quiser chegar a Vasquez Rocks antes do Natal.

Ela riu e pressionou o pedal com mais força.

— Assim está melhor, mas tente ficar do lado *direito* da estrada.

— Estou à direita!

— Um pouco mais à direita. À direita das linhas brancas.

— Ah, meu Deus, me ajude — ela rezou em voz alta. — Tem um carro vindo!

— Você está indo bem. Ouve o barulho do cascalho? Isso quer dizer que você precisa ir um pouco mais para a esquerda.

Como ele conseguia falar com tanta calma?

Com um dos braços ainda no encosto do assento dela, ele estendeu o outro, apontando.

— A entrada para o parque é logo à frente. Está vendo?

— Estou. — Ela acelerou e fez a curva para a esquerda. O cascalho tamborilou no assoalho da caminhonete. Eles pularam com os solavancos violentos na estrada de terra. Ela pisou com força no freio, e os pneus deslizaram alguns metros. Joshua se apoiou com uma das mãos no painel antes que a caminhonete parasse de vez. Ela soltou o ar, aliviada.

Joshua lhe deu um tapinha no ombro.

— Muito bem. — Abriu a porta e saiu. Então, erguendo as mãos no ar, ele gritou: — *Estou vivo! Obrigado, Jesus!*

Ela riu outra vez.

— Cale a boca! O que esperava? Foi minha primeira aula!

Quanto tempo fazia que ela não ria, rir de fato, não só fingir? O alívio que aquilo representava a fez chorar. Ela abaixou a cabeça para que ele não visse as lágrimas, limpou o rosto depressa e saiu do carro. Quando deu a volta, ouviu um som estranho.

— Cuidado! — Joshua tinha a cabeça da cobra embaixo do salto da bota antes que ela entendesse o que estava acontecendo. O bicho se debateu e se enrolou no tornozelo dele. Joshua pressionou mais com a sola, e a cobra ficou imóvel. — Elas não costumam sair das pedras.

Abra recuou, trêmula.

— Ela está morta?

— Está. — Joshua a pegou com o bico da bota e a jogou em uma moita próxima. — É uma pena que tenha saído de seu lugar habitual. — Ele tomou a direção das formações rochosas.

Ela o seguiu, hesitante, olhando em volta.

— Talvez fosse melhor voltarmos para a cidade. Pode haver mais cobras.

Ele olhou para trás por sobre o ombro.

— Sempre haverá cobras neste mundo, Abra. Só temos que manter os olhos bem abertos. — E estendeu a mão.

Sua mão era quente e forte. Sempre tinha sido. Quando chegaram a uma pedra lisa, ele a levantou nos braços e a colocou sobre a rocha. Apoiando-se na pedra com as mãos, ele subiu enquanto ela ainda tentava recuperar o fôlego. Joshua segurou a mão de Abra outra vez enquanto subiam pelas camadas empilhadas e inclinadas da rocha. Ficaram em pé juntos no alto das pedras, não tão próximo da borda a ponto de ser perigoso, mas perto o bastante para deixá-la sem ar. Se ainda tivesse alguma ideia de suicídio na cabeça, aquele seria um bom lugar para executá-la.

— Uma beleza de vista, não é? — Joshua se sentou, apoiando os braços nos joelhos dobrados.

Enrolando a saia do uniforme em volta das pernas, Abra sentou-se com cuidado, perto o suficiente para conversar, mas nem tanto que não pudesse observar o rosto dele. Estendeu as pernas e cobriu os joelhos com a saia. A pedra embaixo dela estava quente.

A boca de Joshua se inclinou em um sorriso pensativo.

— Lembra como costumávamos subir nas colinas do outro lado da ponte, para ter uma vista de Haven?

— Lembro. — As memórias vieram em uma enxurrada. Ela podia contar a Joshua qualquer coisa naquela época. Conseguiria fazer o mesmo agora?

Ele não disse mais nada. Continuou olhando a paisagem, mas Abra sentiu que ele não estava tão relaxado quanto parecia. Ela esperou, para não arruinar o momento, mas cada segundo aumentava sua agitação interna. Deveria confessar? Ou não? Sua respiração saía trêmula. Tudo ou nada, e nada significava que não poderiam mais ser os amigos que haviam sido.

Ela abaixou a cabeça.

— Você estava certo sobre Dylan. — Abra sentia que ele olhava para ela, e começou devagar, parando e recomeçando quando se pegava arrumando uma desculpa. Contou-lhe sobre o encontro com Dylan na ponte, a viagem para San Francisco, aquela noite no hotel luxuoso, a noite seguinte em uma casa noturna.

Joshua desviou o olhar, e ela viu um músculo se contraindo em seu queixo. Hesitante, contou-lhe sobre a festa em Santa Cruz, Kent Fullerton, a viagem pela Califórnia, Dylan furtando lojas e bebendo.

Contou-lhe sobre Lilith Stark, sobre a vida no chalé, as festas, sobre se sentir importante entre todos aqueles astros do cinema, ouvir as fofocas, ver a competitividade constante.

Franklin, seu salvador. Franklin, o escultor. Pigmalião e Galateia. Ela o usara. Ele a usara. Ele se casara com ela, mas na verdade o casamento não tinha validade. O bebê deles se tornara o sacrifício no altar da estrela ascendente de Lena Scott. Ela odiara e culpara Franklin por isso, antes de perceber que era igualmente culpada. Ferira-o de milhares de maneiras e, no fim, roubara o que achava que pertencia a ela e deixara um bilhete que colocara uma arma na cabeça dele. Literalmente.

— Isso é tudo. Um resumo da minha vida.

Joshua ficou olhando para o deserto.

As mãos de Abra dobravam e desdobravam continuamente o uniforme azul que Clarice lhe dera.

— Sei que você deve me desprezar agora, Joshua. — E não o culpava. Ela mesma se odiava.

— Não. — Ele se virou e olhou para ela. — Eu não desprezo você.

Ela teve medo de esperar que isso fosse possível.

— Como pode?

— Eu sempre te amei, Abra. Você sabe disso. O que você não entende é que meu amor nunca foi dependente de você ser perfeita. — Ele riu com suavidade e tristeza. — Deus sabe que somos ambos humanos.

— O que você já fez que possa ser motivo para pedir desculpas?

— Pensei em uma centena de maneiras de caçar Dylan e matá-lo.

— Isso não é o mesmo que matar alguém. — Ela pensou em seu filho.

— Deus não vê as coisas do mesmo jeito que nós, Abra. O coração humano é traiçoeiro e cheio de todo tipo de maldade. Eu não sou exceção.

Ela se lembrou do que ele lhe havia dito na noite em que saíram do cinema: *Resguarde seu coração. Ele afeta tudo o que você faz nesta vida.*

Ou tinha sido Mitzi? Não lembrava mais.

— Não consigo me lembrar de nada bom que já tenha feito para alguém. — Até mesmo ser a "boa menina" para Peter e Priscilla tinha sido manchado por interesse próprio e orgulho.

— Todos nós somos uma confusão, Abra. Você não está sozinha.

Ela baixou a cabeça e não disse nada.

— Pronta para voltar?

O sol tinha baixado enquanto ela falava, e o céu estava perdendo a luz. Ela sabia que Joshua precisava acordar cedo.

— Acho que sim.

Ele levantou e estendeu a mão. Ela pôs sua mão na dele e deixou que a puxasse para cima. Quando tropeçou, ele a segurou pela cintura, dando-lhe apoio.

— Sente-se melhor agora que confessou?

Ela sabia que o havia magoado profundamente.

— Eu fui tão idiota, Joshua.

Ele não negou isso.

— Ninguém enxerga com os olhos meio fechados, Abra. Seus olhos estão abertos agora.

Assim como seu coração. Abra olhou para ele e percebeu que nunca o tinha visto de fato antes, não da maneira como o via agora. Algo passou pelos olhos de Joshua, depois desapareceu. Ele lhe deu a mão enquanto caminhavam pelas formações rochosas em declive. Soltou-a e pulou para o chão, estendendo os braços em seguida. Ela se inclinou para a frente, para que ele pudesse segurá-la pela cintura. Pôs as mãos nos ombros dele enquanto ele a baixava no solo. Os modos dele com ela não haviam mudado: irmão postiço, companheiro, melhor amigo. Mas, naquela noite, algo mudou dentro dela, como se as próprias rochas sob seus pés tivessem se movido.

Caminharam em silêncio até a caminhonete. Joshua balançou as chaves, chamando a atenção dela.

— Você precisa de mais treino. — Ele lhe jogou as chaves, e Abra precisou reagir depressa. Ele sorriu. — Bom reflexo.

Ela parou, indecisa.

— Tem certeza? Posso destruir sua caminhonete.

— Duvido. — Joshua foi até a porta do passageiro e entrou no carro

Entusiasmada, Abra se acomodou no assento do motorista e enfiou a chave na ignição. Franziu a testa ao olhar pelo para-brisa. A lua brilhava intensamente, mas ela se sentiu insegura.

— Está escuro, Joshua.

Ele se inclinou, com o ombro firme contra o dela enquanto estendia o braço sobre o volante, quase roçando os joelhos de Abra, e puxava o botão dos faróis. Quando ele se afastou, Abra olhou nos olhos castanhos de Joshua e sentiu o coração dar uma pequena cambalhota. Ele sorriu.

— Sempre há luz quando a gente precisa.

# 17

*Os olhos do Senhor percorrem toda a terra
para sustentar aqueles cujo coração
é totalmente voltado para ele.*
2 CRÔNICAS 16,9

Joshua não conseguiu dormir depois de acompanhar Abra até o quarto. Esperou que ela fechasse a porta antes de abrir a sua. Deu-lhe bastante tempo para se recolher antes de sair do hotel outra vez. Desceu a rua até o posto de gasolina que ficava aberto a noite inteira e entrou na cabine telefônica. Seu pai devia estar dormindo, mas Joshua não achava que ele fosse se importar por ter o sono interrompido.

— Ela está aqui, pai. Em Agua Dulce.

A voz sonolenta despertou de imediato.

— Você falou com ela?

— Dei-lhe uma aula de direção no caminho para Vasquez Rocks. Nós conversamos. Na verdade, ela falou. Eu ouvi.

— Acha que ela está pronta para voltar para casa?

— Não sei. Talvez não. Ainda não, pelo menos. — Joshua esfregou a nuca. — Comece a rezar, pai.

— Eu nunca parei. Vou ligar para Peter e Priscilla.

— Melhor esperar um pouco.

— Eles já estão esperando há muito tempo por alguma notícia, Joshua.

— Está bem. Mas não lhes dê muitas esperanças.

Abra tremia no ar frio da manhã até que Clarice destrancasse a porta do restaurante e a fizesse entrar.

— Você parece melhor esta manhã. — A mulher deu um largo sorriso. — Imagino que tenha sido bom com Joshua.

— Sim, foi. — Abra baixou as cadeiras e arrumou guardanapos e talheres enquanto Clarice punha o café na máquina para encher quatro bules. Rudy já estava com o bacon na chapa, e o cheiro invadia o restaurante. Ele e Clarice conversavam pela janela aberta entre o balcão e a cozinha. Os operários começariam a chegar logo. Abra tinha acabado de arrumar os últimos talheres quando o sininho da porta tocou e Joshua entrou. Ela sorriu para ele.

— Bom dia.

— Bom dia para você também. — Ele parecia descansado e de bom humor.

— Ora, ora, os dois parecem alegres! — Clarice riu enquanto olhava de um para o outro. — Para onde a levou, Joshua? Não há cinemas aqui por perto.

— Fomos às Vasquez Rocks. Costumávamos fazer caminhadas juntos em casa.

Os olhos de Clarice se arregalaram.

— Vocês já se conheciam!

Abra foi para trás do balcão.

— Nós crescemos juntos.

— Tínhamos perdido contato. — Joshua sentou-se em um banquinho. Abra pôs uma caneca na frente dele e a encheu de café recém-coado. Sentia-se estranhamente tímida em companhia de Joshua agora.

— Obrigada pela lição de direção ontem. E por escutar.

— Quer outra aula hoje à tarde? — Ele ergueu a caneca e olhou para ela por sobre a borda. — Você precisa de mais prática com a embreagem.

— E com o acelerador e o freio e o volante. — Abra manteve o tom descontraído, tentando ignorar o frio no estômago. Colocou o bule de volta no suporte.

— Você tem muito para aprender. E nós ainda temos muito para conversar.

Ela pensou em Haven e em todas as pessoas que havia conhecido lá. Alguns tinham significado mais para ela do que outros. Um, em particular, mas ela não ousava mencionar o pastor Zeke.

— Como estão Peter e Priscilla?

Joshua baixou a caneca.

— Ligue para eles e pergunte.

Ela fez uma careta.

— Duvido que eles queiram saber de mim.

— Você está enganada. Peter saiu à sua procura. Priscilla vive no escritório do meu pai desde que você foi embora. Eles te amam.

A culpa voltou como um rolo compressor. Ela piscou para afastar as lágrimas.

— Eu sei o endereço. Vou escrever.

Ele apertou os olhos.

— Você escreveu uma vez. Deixou bilhetes para todos. Lembra? Menos para mim. Por quê?

Abra não conseguiu falar por um momento.

— O que vai querer de café da manhã?

— Eu não estou atacando você. — Joshua pousou a caneca no balcão, segurando-a entre as mãos.

Será que não? Parecia.

— Quando você voltar para Haven, conte a todo mundo que me viu. Conte tudo que eu lhe contei. Isso deve deixar todos felizes de nunca mais me ver outra vez. — No instante em que a primeira palavra agressiva lhe escapou da boca, ela percebeu que se arrependeria de todas que se seguissem. Respirou com dificuldade, esperando que ele revidasse.

Joshua se inclinou para trás e olhou para ela, com os olhos escuros de irritação. Não disse nada.

Abra baixou os olhos, envergonhada.

— O que quer de café da manhã?

— Surpreenda-me

Ela se virou.

— Espere — ele a chamou de volta. — Não quero aveia. — Joshua pegou um cardápio e deu uma olhada rápida. — Bife, ao ponto, três ovos, bolinhos de batata, torrada, suco de laranja e a caneca sempre com café.

Pelo menos ela não o fizera perder o apetite.

O sininho sobre a porta tocou, anunciando a chegada de mais clientes. Abra ficou grata pela distração. Anotou pedidos e encheu copos de água e canecas de café. Quando Rudy tocou a campainha, ela pegou o prato de Joshua e o entregou, completou sua caneca de café e voltou ao trabalho.

Joshua comeu, pagou a conta e saiu sem olhar para ela. Abra tentou não se sentir abandonada. Afinal, queria que ele fosse embora, não queria?

Terminado o turno, ela voltou ao hotel e guarneceu o carrinho com lençóis e toalhas limpos, caixas de lenço de papel e pequenos frascos de xampu. Trabalhou depressa e com eficiência até chegar ao quarto doze.

Exceto pela Bíblia e o caderno na mesinha de cabeceira, o quarto de Joshua era igual a todos os outros. Tinha uma cama de casal com uma colcha estampada de bumerangues, duas mesinhas de madeira clara com abajures modernos, uma cadeira de madeira e tecido em um canto, com uma lâmpada suspensa para leitura. Sua bolsa de artigos de higiene estava aberta: creme e lâmina de barbear, uma escova de cabelo com cabo de madeira, desodorante. A escova e a pasta de dentes estavam dentro de um copo.

Abra desfez a cama e recolheu as toalhas usadas no saco da lavanderia. Estendeu os lençóis limpos e prendeu-os sob o colchão. Arrumou os travesseiros dentro de fronhas novas e alisou e prendeu a colcha. Esfregou o piso de linóleo azul do banheiro, limpou o vaso sanitário e o boxe do chuveiro, lustrou o espelho e as lâmpadas, antes de tirar o pó dos móveis e abajures e passar aspirador no tapete bege. Olhou em volta para se certificar de que estava tudo certo antes de sair e fechar a porta.

Já havia arrumado a própria cama, mas trocou a toalha molhada por uma limpa antes de prosseguir com a limpeza dos sete quartos restantes. Depois guardou o carrinho de trabalho e voltou a seu quarto, para descansar para o turno da noite no restaurante. Dormiu por uma hora e acordou sentindo-se suada e pegajosa. Tinha sonhado com Penny. Entrou no chuveiro e deixou a água refrescar a pele quente. Não parava de pensar em Priscilla, Peter, Mitzi e todos os outros que tinham sido bons para ela.

E no pastor Zeke.

Não se permitia pensar nele havia tanto tempo e, agora, sentia um desejo tão intenso de falar com ele. De todas as pessoas que conhecera, fora ele quem ela mais magoara. Marianne lhe contara como ele havia salvado sua vida. "Ele encontrou você e a colocou dentro da camisa para aquecê-la..." Ela se lembrava vagamente de Zeke cantando para ela e embalando-a no colo, à noite. Sempre se sentira aquecida e segura em sua companhia. Sentira-se amada. Até que ele resolveu dá-la.

Seu mundo desmoronou quando Marianne morreu e o pastor Zeke a abandonou. "Você precisa de uma família, Abra. Terá uma mamãe, um papai e uma irmã." Tudo mudou naquele último dia em que ele saiu pela porta. Nunca se sentira parte de nenhuma família depois daquilo.

Abra cobriu o rosto enquanto a água corria e a acalmava. Tudo a partir daí fora contaminado por dor e raiva? Durante algumas semanas, o pastor Zeke voltara para vê-la, e ela esperava que ele a levasse para casa. Então ele parou de aparecer. E Peter passou a levar a família para uma igreja diferente. Ela nunca entendera o motivo, só sabia que, de alguma maneira, era sua culpa.

O pastor Zeke não fora mais visitá-la depois disso, mas às vezes ela acordava e sentava-se à janela, esperando. Via-o aparecer, contornando a esquina de madrugada. Ele parava junto ao portão e baixava a cabeça.

"Nós a amamos, Abra." Quantas vezes Priscilla havia dito essas palavras? "Queremos que seja nossa filha também."

Mas Penny também dissera coisas que talvez estivessem mais próximas da verdade. "Eles só adotaram você porque eu disse que queria uma irmã. Posso dizer a eles, na hora que quiser, que mudei de ideia."

Abra ficara esperando que esse dia chegasse. Nunca os deixara se aproximar demais. Tinha medo de que, se deixasse, eles a dessem também. Achava que eles só diziam palavras amorosas, mas não as sentiam de fato. Via como eles amavam Penny. E entendia a diferença.

Agora ela refletia sobre isso. Teria sido culpa deles ou dela?

Ela não deixara que ninguém se aproximasse até Dylan, e que desastre tinha sido. Pensou no pobre Franklin e apoiou a cabeça na parede de azulejos. Talvez se tivesse sido honesta. Talvez se tivesse permanecido Abra, em vez de ficar tão ansiosa para ser outra pessoa.

Desligou o chuveiro, trêmula ainda. *Deus, eu não sei o que fazer ou para onde me voltar. Como seguir em frente com a vida se tudo o que consigo fazer é olhar para trás?*

———

Toda vez que Joshua estava com Abra, sentia a luta que acontecia dentro dela. Eles saíam juntos todos os dias, depois que ela terminava o turno. Abra devia ter mil perguntas sobre as pessoas em Haven, mas não perguntava nada. Falava cada vez menos. Dez dias já haviam se passado, e o trabalho na obra avançava mais depressa do que haviam imaginado. A cidade cenográfica logo estaria concluída, e ele ficaria sem trabalho. Abra também. E então? Será que ela entraria em um ônibus e desapareceria na noite outra vez? Joshua se obrigava a ficar lembrando que ela não pertencia a ele. Não era de sua conta o que ela decidisse fazer com sua vida.

*Deus, ela está em suas mãos. Sempre esteve em suas mãos.*

Iam muito a Vasquez Rocks. Agora Abra já tinha tênis, jeans e camiseta.

— Obrigada por me ensinar a dirigir. — Ela abraçou os joelhos e ficou olhando para o horizonte azul-claro, eivado de tons dourados.

Seria esse comentário um prelúdio para dizer adeus?

Ela manteve os olhos fixos no horizonte.

— Quanto tempo falta para você terminar o trabalho aqui?

Então ela também estava pensando nisso.

— Três semanas, talvez menos.

— E aí?

— Vou voltar para casa.

Ele viu o brilho de lágrimas, embora ela tenha aberto bem os olhos antes de lhe dar um sorriso triste.

— Eu achei mesmo que fosse. — Ela ficou em silêncio por um momento. — Clarice já me avisou. Bea também. Os negócios vão voltar ao normal, o que significa que elas não vão mais precisar de ajuda extra.

Eles não haviam falado sobre o futuro. Joshua não pusera nenhuma pressão nela quanto a voltar para casa, mas sentiu que aquele era o momento.

— O que você quer fazer, Abra?

— Guardei algum dinheiro. — Seus lábios se curvaram em um sorriso tristonho. — Os homens foram generosos com as gorjetas. Tenho o suficiente para comprar uma passagem de ônibus para Las Vegas e pagar algumas noites em um hotel. Posso encontrar um trabalho estável por lá.

— Que tipo de trabalho? — Ele queria morder a língua. A pergunta saíra toda errada.

— Não se preocupe. Não esse tipo de trabalho. Já me prostituí antes. Não vou fazer isso de novo.

Pessoas feridas faziam muitas promessas que não conseguiam cumprir. Joshua decidiu não deixar a pergunta ficar para trás.

— O que você quer fazer, Abra? — Ele falava devagar, deliberadamente, encarando-a abertamente.

Ela apoiou o queixo nos joelhos e fechou os olhos antes de falar.

— Eu sei o que deveria fazer, Joshua. Só não sei se tenho coragem.

— Pode ser preciso menos coragem do que você pensa.

— E doer mais do que eu posso suportar.

— Estarei a seu lado.

A boca de Abra tremeu, e ela apertou os lábios com força, sacudindo a cabeça.

Joshua sabia que ela queria que ele mudasse de assunto, mas ele não conseguia fazer isso.

— O que é, Abra? Medo ou orgulho?

— Acho que os dois. — Ela o encarou, com os olhos brilhando de lágrimas. — Sabe quem eu tenho mais medo de ver? Seu pai.

— Por quê?

— Ele vê as coisas em preto e branco.

Joshua entendia o que ela queria dizer. A vida não tinha áreas indistintas para Zeke. Certo e errado. Bom e ruim. Vida e morte. Servir a Deus ou servir a alguma outra coisa. Mas ela não percebia o que havia de mais importante nele.

— Ele vê pelos olhos da graça, Abra. — Não tinha falado com o pai desde que lhe avisara que Abra estava ali em Agua Dulce, mas sabia que ele estava rezando. Imaginou Peter e Priscilla rezando também, e Mitzi, e tantos outros esperando para pôr fim ao sofrimento. — Você nunca terá paz se não encará-los.

— Imagino que você se refira a todos eles: Peter e Priscilla, Penny, Mitzi. — Ela afastou o olhar, e ele a viu engolir em seco, antes de continuar em uma voz rouca. — O pastor Zeke.

Joshua virou-se para ela.

— Volte para casa comigo.

— Eu não posso. — Ela se levantou, com uma expressão dura que doeu nele. Deu um passo para trás e cruzou os braços contra o peito. — Vamos embora. Está ficando frio.

Joshua a deixou dirigir na volta para o hotel. Ao chegar, ela removeu as chaves da ignição e as entregou a ele. O leve roçar dos dedos de Abra aguçou-lhe os sentidos. Ela olhou para ele, com uma expressão que era um misto de tristeza e desesperança.

— Eu te amo, Joshua.

Ele acariciou o rosto de Abra com os nós dos dedos.

— Eu sei que sim. — Mas não do jeito que ele queria. — Eu também te amo. — Mais do que nunca. A pele dela era quente e aveludada. Ela se mexeu sob seu toque, como uma gatinha querendo ser afagada, e o coração de Joshua bateu em um ritmo mais rápido. O calor se espalhou. Ele afastou a mão. Abriu a porta da caminhonete e saiu, respirando fundo o ar frio da noite.

Abra saiu e fechou a porta do lado do motorista com cuidado. Ele a acompanhou no corredor, em direção aos quartos. Ela parou e olhou para ele, reflexiva, pensativa.

— Abra. — Ele a abraçou, quase esperando que ela se afastasse. Em vez disso, ela apoiou o rosto em seu ombro. Joshua sentiu o pulso acelerar quando ela chegou mais perto, pressionando todo o corpo contra o dele. Duvidava que ela soubesse como ele se sentia, como se sentira quando voltara para casa da Coreia e a vira em pé na varanda. Quando os braços dela envolveram sua cintura, ele se sentiu em brasas. Queria levantar a cabeça de Abra e beijá-la. Queria se perder nela. Como seria fácil. *Senhor, me ajude.*

Joshua pôs as mãos nos ombros dela e se afastou alguns centímetros, esperando que ela não notasse sua respiração agitada. Então pegou a chave do quarto da mão dela, destrancou a porta e a abriu. Afastou-se e forçou um sorriso natural.

— Vejo você no restaurante de manhã. — Surpreendeu-se um pouco com a expressão de derrota no rosto de Abra, antes de ela se virar e entrar.

Joshua foi para o próprio quarto e jogou as chaves do carro sobre a mesinha de cabeceira. Tirou a carteira do bolso e a colocou na mesa também, antes de se estender na cama. Las Vegas! Sua respiração ainda era curta, e o coração não parara de bater apressado. Gostaria que o hotel tivesse uma piscina para ele poder nadar um pouco e se acalmar. Correr também ajudaria, mas estava escuro.

Vozes de homens vieram do lado de fora. Ele ouviu McGillicuddy, Chet e Javier. Deviam estar voltando do bar, porque não parecia ser nenhum problema. Portas se abriram, fecharam. Silêncio. Minutos se passaram. Seu coração continuava apressado. Um caminhão passou, indo para o Mojave, uma viagem noturna.

Precisava levantar cedo no dia seguinte. Tinha de dormir um pouco. Desamarrou e tirou as botas de trabalho e as meias. Desabotoou e arrancou a camisa, jogando-a com desnecessária violência sobre uma cadeira.

Inquieto, foi para o banheiro e lavou o rosto com água fria. Escovou os dentes. Ficou andando pelo quarto enquanto soltava o cinto. O couro raspou pelo jeans quando o puxou das alças e jogou-o na cama.

Não sabia que estava esperando até ouvir uma batida na porta. Seu pulso disparou. Sabia quem estava lá e o que poderia acontecer. Abriu uma fresta. Abra estava parada sob a luz fraca, parecendo frágil e vulnerável.

— Você não devia estar aqui, Abra. As pessoas podem ver e ter uma ideia errada sobre nós.

Ela olhou para o peito nu e os pés descalços de Joshua e desviou o rosto, constrangida. Ainda assim, aquele breve olhar teve seu impacto.

— Eu não me importo, Joshua.

— Mas eu me importo. — Ela já o tinha visto sem camisa antes, mas ele sentiu o clima entre ambos. Aquilo o abalou. Sua mão apertou mais forte a borda da porta.

— Posso entrar? Só por alguns minutos.

A tentação o envolveu em seus braços e sussurrou em seu ouvido. Ele resistiu.

— Podemos conversar amanhã.

— Não quero conversar, Joshua. — Ela o fitou com olhos suplicantes. — Quero que você me abrace.

Ele soltou o ar com força e sentiu o corpo todo quente.

Os olhos dela se arregalaram.

— Eu não quis dizer *isso*. — Mordeu o lábio. — Quero dizer... do jeito que você costumava me abraçar. Quando eu era criança e...

Ele enxergou o véu de lágrimas nos olhos dela e conteve o instinto de puxá-la para dentro do quarto e tomá-la nos braços.

— Não somos mais crianças, Abra.

— Ninguém se importa com o que fazemos.

— Deus se importa. *Eu* me importo.

Ela suspirou levemente.

— Você tem sido como um irmão para mim.

Estava mentindo para si mesma, assim como para ele.

— Mas não sou seu irmão, certo?

Joshua percebeu os olhos dela vacilarem, se encherem de autorrecriminação e clarearem em seguida. A expressão de Abra se suavizou.

— Não seria bom se pudéssemos voltar ao jeito como tudo era antes?

— Em alguns sentidos. — Ele queria seguir em frente. Pelo menos a tensão entre eles havia se aliviado. Conseguia respirar com um pouco mais de facilidade. — Tente dormir.

Ela recuou com um sorriso, relaxada agora.

— É bom saber que você está do outro lado da parede.

Joshua não fechou a porta até ela ter voltado para o quarto. Esticando-se na cama outra vez, pôs os braços sob a cabeça e escutou o rangido tênue do colchão de Abra.

Algum dia, se Deus quisesse, não haveria mais paredes entre eles.

=====

Os prédios da rua principal da cidade cenográfica pareciam gastos pelo tempo, a rua empoeirada e sem pavimentação. Os operários tinham partido em busca do ouro em outras partes, deixando-a como uma cidade fantasma à beira da redescoberta. Abra caminhava à frente de Joshua. Pisou na entrada de madeira e empurrou as portas de vaivém do saloon.

O bar tinha um corrimão de bronze e um espelho ornamentado na parede. Ela começou a subir as escadas. Joshua entrou na sala.

— Cuidado. O corrimão mais acima é feito para quebrar.

Ela olhou e deu uma risada ofegante.

— Não será o astro que fará a queda. Será um dublê. — Experimentou uma porta, que não se abriu.

— É tudo aparência. Do outro lado, só tem vazio.

— Um trabalho impressionante. Uma cidade fantasma novinha em folha. — Ela desceu e olhou em volta. Só precisava dos acessórios e dos atores para parecer real. — Franklin queria que eu fizesse um teste para este filme. Eu representaria o papel de uma dançarina com um coração de ouro. Ele disse que seria o próximo passo para fazer de mim uma estrela. — Ela passou a mão pelo balcão e saiu empoeirada. — Ele tinha tantos sonhos para Lena.

— Imagino que você poderia voltar para Hollywood.

— Por quê?

— Parece que sente saudades.

Será? Ela havia gostado de usar as roupas bonitas, ver as cabeças se virando quando ela entrava em um restaurante ou ia a uma festa, mas o preço fora muito alto. Tivera de perder a si mesma. Sempre parecera um ambiente a que ela não pertencia e em que nunca ficaria à vontade. Cada vez que as câmeras começavam a filmar, ela se sentia uma fraude, só esperando que um diretor lhe perguntasse o que achava que estava fazendo no set. Tinha observado outras atrizes trabalhando, admirado seu talento e o amor que tinham pelo trabalho. Tentara se encaixar, mas odiava ficar diante das câmeras, com aquelas lentes como olhos que podiam ver sua própria alma.

— Eu tentei ser Lena Scott, mas Abra Matthews não parava de lutar para sair.

— Você fez amigos?

— Houve dois que poderiam ter se tornado amigos, mas eu não deixei que chegassem suficientemente perto. — Parecia ser um padrão em sua vida. Joshua não a pressionou. Eles saíram de novo e caminharam pela calçada cinematográfica de madeira.

Abra sentiu a tensão crescendo entre eles.

— Agora que a cidade está pronta, você vai embora logo.

— Paguei minha conta no hotel. Vou partir amanhã de manhã.

A notícia fez com que Abra perdesse o fôlego.

— Tão depressa?

Ele lhe lançou olhar de soslaio.

— Não tão depressa assim, Abra.

— Não. Não é. — Ele vinha avisando fazia dias que o trabalho estava terminando, assim como seu tempo com ela em Agua Dulce.

— Decidiu o que vai fazer? — O tom dele era gentil agora, interessado, mas sem pressionar. Ele também sabia ser um bom ator.

Duas caminhonetes puxando trailers tinham passado na frente do restaurante naquela manhã. A companhia cinematográfica chegaria logo, trazendo acessórios e roupas. Um serviço de bufê cuidaria das refeições. O hotel de Bea era bom para os carpinteiros, mas acomodações melhores teriam de ser arranjadas para os atores. Bea disse que ela poderia ficar no quarto até o fim da semana e, então, se quisesse continuar, teria de começar a pagar.

Se tivesse feito como Franklin queria, Abra poderia ser a estrela de *Rosa do deserto* e morar em um trailer sofisticado entre as filmagens, naquele saloon que Joshua havia construído. Em vez disso, só tinha três vestidos decentes e simples, um par de sandálias, um par de tênis brancos e uma bolsa de alça com zíper. Seu último pagamento e as gorjetas do restaurante seriam suficientes para uma passagem de ônibus, refeições e umas poucas noites em um hotel barato em Las Vegas.

— Vou dar um jeito, Joshua. — Ela tocou o braço dele. Devia-lhe tanto. — Não sou problema seu.

Ela havia fugido de casa para encontrar um lar. Viajara com um demônio que a levara para oásis secos e um deserto árido cheio de predadores. *Pare na encruzilhada e olhe em volta*, uma voz suave sussurrou. *Pergunte pelo caminho antigo e justo e siga por ele. Viaje por essa trilha e encontrará descanso para sua alma.*

Ela ouvira a mesma mensagem em Haven e dissera: "Não, essa não é a estrada que eu quero seguir". Agora sabia que a estrada que ela achara que levaria à liberdade só conduzira à desesperança.

Sua mente lhe dizia que o que fora feito errado não poderia ser consertado. O que ela perdera não poderia ser recuperado. Mas seu coração tinha esperança.

Poderia viver bem só. Tudo o que precisava fazer era ressuscitar Lena Scott e encontrar algum dono de casa noturna com espírito empreendedor, disposto a contratá-la para tocar piano em seu bar. Lilith Stark lhe ensinara como um escândalo pode ser bom para os negócios. Os repórteres viriam aos montes. Dylan bateria a sua porta.

*Lena Scott ou Abra Matthews? Qual delas você quer ser?*

Viver uma mentira ou viver na verdade. Tudo se resumia a isso.

Não podia mais fingir que Deus não estava interessado nela. Quem a não ser ele teria colocado Joshua em Agua Dulce e, depois, a trazido até ele? "Eu estava perdido, mas agora me encontrei. Estava cego, mas agora posso ver..." Os hinos iam e voltavam, estrofes soando dentro de sua cabeça. A quais orações Deus estaria atendendo? Às dela ou às de Joshua?

O pastor Zeke, Priscilla, Peter e Mitzi tinham, todos eles, falado da misericórdia de Deus. Ela nunca escutara de fato. Talvez fosse hora de começar a procurá-lo. Ela queria sair das sombras para o ar livre e deixar que Deus queimasse todo o mal que havia nela, o egoísmo, a presunção, o orgulho. Mas era uma ideia assustadora. Ele poderia mandá-la para mais algum lugar aonde ela não quisesse ir. *E se Deus me mandar para a África?* Ela não percebera que havia falado em voz alta até Joshua a olhar com espanto.

— África? Por que ele faria isso?

Ela deu de ombros, constrangida.

— Não é para onde Deus manda as pessoas que dão sua vida a ele?

Joshua se deteve, e seus olhos se encheram de um súbito brilho.

— É isso que você quer? Dar sua vida a Deus?

Abra não queria lhe dar falsas esperanças.

— Não sei, Joshua. — Ela continuou andando. — Ainda tenho... — tentou pensar na palavra certa — ... ressalvas.

— Mesmo pessoas com uma fé sólida como rocha têm dúvidas às vezes, Abra.

— Você nunca teve.

Ele deu uma risada breve.

— Está brincando? Tive uma batalha monumental com Deus por um bom tempo.

— Você?

— É, eu. Ele me deixou fazer as coisas do meu jeito, até eu perceber que não ia funcionar. Mas eu me esgotei tentando.

— Quando foi isso?

Ele a olhou com ar divertido.

— Quando eu saí procurando você na primeira vez. E na segunda. — Ergueu a cabeça, seu maxilar estava tenso. — E agora, quando vou deixar você aqui.

Outra vez, aquele golpe no coração. Abra lhe deu o braço e apoiou a cabeça em seu ombro.

— Desculpe. Eu fui uma provação para você. Vou voltar para Haven um dia. Só acho que não estou pronta neste momento. — Ela ia escrever primeiro, testar o terreno e ver se Peter e Priscilla queriam vê-la. Então, talvez...

*Eu não lhe dei um espírito de medo e timidez.*

Quase não se lembrava de um momento na vida em que não tivesse sentido medo.

Joshua reduziu o passo.

— Você nunca vai acertar sua vida até voltar para onde ela deu errado.

Ela tirou o braço do dele. Voltar. Aceitar a culpa. Enfrentar a vergonha. Teria de ser Abra Matthews, com todos os seus defeitos e fraquezas, todas as suas falhas, sua história a descoberto. Seria responsabilizada pelo sofrimento que causara a outros. Sempre se sentira exposta diante das câmeras. Em Haven, não teria onde se esconder. Todos conheciam sua história: o bebê indesejado abandonado sob a ponte, depois passado de uma família para outra.

*Eu a teci no útero materno. Você é minha.*

Sentiu algo se agitar dentro de si, e isso a assustou. Seria mais fácil e menos doloroso pegar um ônibus para Las Vegas. Poderia se tornar Lena Scott outra vez, uma pessoa que ninguém conhecia de fato, o pobre Franklin menos ainda que todos. *Construir uma nova vida conforme for acontecendo.* Um pensamento tentador.

*A que custo, Abra?*

Nunca pensara no custo antes. Joshua disse que Deus tinha um plano para a vida dela. Talvez devesse esperar por isso, em vez de fazer as coisas do seu jeito. Todos os planos que fizera para si própria até agora tinham levado à destruição.

As palavras se atropelavam em sua mente, palavras havia muito esquecidas, que ela havia escutado ou lido. "Não posso jamais escapar de teu Espírito! Não posso jamais escapar de tua presença!" O autor não queria escapar. Ele queria chegar mais perto. "Como a corça bramindo por águas correntes, assim minha alma está bramindo por ti, ó meu Deus."

Onde seria mais provável que ela o encontrasse? Em qualquer lugar. Em toda parte.

Outra melodia de hino veio, e a letra deslizou por sua cabeça. "Vem, tu que precisas de consolo, onde quer que definhes, vem ao propiciatório, ajoelha-te com fervor. Para cá traz teu coração ferido, aqui conta tua angústia: a Terra não tem sofrimento que o céu não possa curar."

Ela piscou e deu um suspiro suave. Por que todos aqueles velhos hinos que Mitzi lhe havia ensinado voltavam com tanta clareza agora? Eles a atormentavam com promessas que pareciam estar logo além do alcance da ponta dos dedos esticados.

— Pronta para voltar?

Abra ergueu a cabeça e viu os círculos escuros sob os olhos de Joshua. Ele também não vinha dormindo direito e precisaria de uma boa noite de sono antes da longa viagem para o norte, até Haven. Ele não perguntou se ela queria dirigir. Ela teria dito não, se ele perguntasse.

O ar tinha esfriado e a estrela polar aparecia no céu. Ele não segurou a mão dela enquanto andavam de volta para a caminhonete. Ela gostaria que pudesse ter havido mais companheirismo naquele silêncio.

— Não vou dizer adeus, Joshua.

Quando ele não respondeu, ela imaginou que talvez não a tivesse ouvido.

— Vou escrever para você. Eu prometo.

Ele dirigiu com o olhar fixo na estrada, sem falar. Não parecia bravo ou triste. Parecia determinado.

Algumas luzes ainda estavam acesas dentro do restaurante. Clarice e Rudy conversavam, sentados a uma das mesas. Abra sabia que eles tinham uma decisão a tomar também. Fechariam o lugar ou tentariam mantê-lo em funcionamento por mais um ano?

Joshua fez uma curva aberta e estacionou na vaga em frente ao quarto. Puxou o freio de mão, desligou o motor e tirou as chaves da ignição. Não se moveu, e o silêncio pesava sobre ela.

Abra sentiu o calor das lágrimas enchendo seus olhos, mas resistiu a elas. Será que ele tentaria uma última vez convencê-la a ir para casa? Será que ele a considerava uma idiota? Mas não era isso que ela sempre havia sido?

Não percebeu que ele estava com a respiração presa até ouvi-lo soltá-la bruscamente.

— Bom, acho que é isso.

*Isso* parecia o fim.

— Acho que é.

Ele se virou para ela.

— É a sua vida, Abra. — Joshua pegou sua mão e a pressionou contra o rosto, antes de virá-la e beijar-lhe a palma. — Só lhe desejo o melhor. — Ele a soltou e abriu a porta do carro.

Trêmula, Abra saiu depressa. Ficou parada, de braços cruzados para se proteger do frio, olhando para ele sobre o capô laranja, confusa pelas sensações que o beijo dele havia produzido. Ele continuou andando.

— Vou te ver de manhã, antes de você ir embora? — Ela se aproximou de Joshua. Mariposas esvoaçavam em volta da lâmpada.

Ele girou a chave na porta de seu quarto e a abriu.

— Depende da hora em que você levantar. — Entrou sem olhar para trás. A porta fez um estalo seco quando ele a fechou.

Abra ficou ali por um tempo, olhando para a porta fechada, sentindo um gosto de como seria a vida se ela não visse Joshua nunca mais.

———

Depois de algumas horas revirando na cama, Joshua desistiu de tentar dormir. Se esperasse até de manhã e visse Abra outra vez, era capaz que acabasse lhe dando uma carona até Las Vegas. E aí? Ficar? Mantê-la sob vigilância? Acabar com sua vida? Seria melhor começar de uma vez a longa viagem para casa, mesmo ainda faltando uma hora para amanhecer.

Tinha completado o tanque e verificado o óleo antes de levar Abra para ver a cidade cenográfica. Queria que ela entendesse que o trabalho estava terminado e que ele iria embora. Esperara — rezara por isso — que ela mudasse de ideia e decidisse ir para casa com ele. Se isso tivesse acontecido, estaria pronto para pegar a estrada. Bem, não tinha acontecido.

*Desista, Joshua.* Ele já tinha feito isso antes. Faria outra vez, por mais que doesse. Por mais tempo que levasse.

Joshua tomou um banho, vestiu-se, guardou as últimas coisas na sacola de viagem e fechou o zíper. Pôs a carteira no bolso e pegou as chaves. Colocou a sacola no banco de trás do carro e abriu a porta do lado do motorista.

— Joshua? — Abra estava na calçada, segurando as alças da sacola com ambas as mãos. — Pode me dar uma carona?

— Depende. Para onde quer ir?

— Para casa.

# 18

*Então partiu e foi ao encontro do pai.*
*Ele estava ainda ao longe,*
*quando seu pai o viu.*
A PARÁBOLA DO FILHO PRÓDIGO

Era tarde da noite quando deixaram a autoestrada e entraram nas vias secundárias, atravessando colinas suaves e pastos, passando por pântanos e montanhas, vinhedos e pomares de macieiras. Abra fechou os olhos.

— Tem cheiro de casa. — Solo fresco, plantações crescendo, grama e ar puro.

Tinham viajado o dia inteiro e a noite toda, com paradas ocasionais para refeições e café. Perderam algum tempo por causa de um acidente na estrada, mais ou menos na hora do jantar. Joshua estava exausto. Se estivesse sozinho, teria parado para cochilar por umas duas horas, mas, com Abra ao seu lado, continuou em frente. O medo dela crescia a cada hora. Não adiantava nada ele lhe dizer que ela não seria levada a um cadafalso.

Chegaram à entrada para Haven de madrugada, antes de amanhecer. A lua cheia refletia-se no rio, e a estrutura da ponte de Haven erguia-se à frente.

— Pare — Abra sussurrou, depois mais alto, em um tom de pânico: — Pare!

Com um fluxo brusco de adrenalina nas veias, Joshua pisou no freio e o carro patinou.

— O que foi?

— Ele está aqui.

Um homem estava parado junto à grade no meio da ponte. Joshua relaxou.

— É meu pai. Deve estar fazendo sua caminhada de oração matinal. — Seu pai saiu da calçada e caminhou para o meio da pista, sob o dossel de treliças da ponte. Fitou-os diretamente. Joshua tirou o pé do freio, e a caminhonete avançou lentamente.

— Espere.

— Ele já nos viu, Abra.

— Eu sei. — Ela abriu a porta e saiu devagar do carro.

Joshua também saiu e deu a volta, a fim de tomar sua mão.

— Vai ficar tudo bem. Confie em mim. — Não tinham andado mais do que alguns passos na ponte quando Zeke veio ao encontro deles. Joshua a soltou.

— Abra. — Com os olhos brilhando, o pastor pousou a mão no rosto dela. — Você está em casa. — Ele a beijou na testa antes de envolvê-la em seus braços. Joshua ouviu a voz abafada do pai. Toda a tensão de Abra se esvaiu, e ela chorou.

Sabendo que eles precisavam daquele tempo a sós, Joshua voltou para a caminhonete. Entrou no carro e apoiou os braços no volante, observando as duas pessoas que mais amava no mundo. Seu pai soltou Abra e os dois ficaram parados, próximos um do outro. Abra falava depressa, olhando para ele, depois para baixo. Ele se inclinava na direção dela, de modo que a testa deles quase se tocava. Zeke não fez nenhuma tentativa de interromper o fluxo de palavras que jorravam do orgulho ferido. Quando ela parou de falar, ele passou a mão pelos cabelos dela e lhe disse alguma coisa. Abra deu um passo à frente e o abraçou.

Joshua pôs a caminhonete em movimento e parou ao lado deles.

— Foi uma noite cansativa, pai.

O pastor pôs o braço sobre os ombros de Abra e manteve-a a seu lado.

— Obrigado por trazê-la para casa, filho. — Ele parecia vinte anos mais jovem.

O rosto de Abra estava molhado de lágrimas e alívio quando ela murmurou:

— Obrigada.

— Querem uma carona de volta?

— Nós vamos andar um pouco.

Joshua sabia para onde seu pai ia levá-la e que ele não podia interferir.

— Vejo vocês mais tarde, então. — Ele cruzou a ponte, olhando pelo espelho retrovisor antes de virar à direita. O pastor Zeke e Abra estavam caminhando de mãos dadas.

Abra se sentia fraca de alívio enquanto andava ao lado do pastor Zeke. Despejara sua confissão e não vira nenhuma condenação em seus olhos. Quando ele passou a mão por seus cabelos, lembrou-se de como ele fazia a mesma coisa quando ela era pequena. Sentia-se sobrecarregada de emoções, entre as quais estava a pergunta: Se ele a amara tanto por todo esse tempo, por que não pôde encontrar uma maneira de ficar com ela? Tinha medo de expor a dúvida real que a atormentara desde o dia em que Zeke a deixara aos cuidados de Peter e Priscilla.

Caminharam em silêncio amigável, a mão dela presa na dele, até Abra perceber para onde ele a estava levando. Maple Avenue. Ela puxou a mão e parou.

— Eles não vão querer me ver.

— Ah, vão, sim.

— É muito cedo. — E ela não se referia à hora.

Estavam na esquina e podiam enxergar a rua.

— A luz da cozinha está acesa. — Ele lhe estendeu a mão.

Abra cedeu. Seu coração pulava quando chegaram à cerca branca de madeira. O pastor Zeke abriu o portão e esperou que ela entrasse. Lutando contra lágrimas de pânico, ela respirou fundo e entrou. Ele subiu os degraus com ela, mas deixou que ela tocasse a campainha.

Priscilla, de roupão e chinelos, abriu a porta. Olhou do pastor Zeke para Abra.

— Abra? — A voz mal saiu, em choque. Então o rosto dela se inundou de alívio. — Abra! — Em um passo, ela estava na varanda, com os braços estendidos, que abaixou em seguida, contendo-se. Confusa, começou a chorar e correu de volta para dentro de casa. Parou ao pé da escada e gritou: — Peter! Venha depressa!

Abra ouviu o som dos passos apressados no andar de cima, e Peter desceu, de pijamas e com um roupão vestido às pressas. Parecia dez anos mais velho. As linhas de preocupação se suavizaram, e ele murmurou, em um tom de voz sufocado:

— Graças a Deus.

— Me desculpem pelas coisas que eu disse e não disse. Eu...

Peter avançou e a abraçou com tanta força que ela mal pôde respirar, quanto mais falar. Ele pressionou o queixo sobre a cabeça dela, depois se afastou, mas sem soltá-la. Segurou-a firmemente pelos braços, com a cabeça abaixada, o olhar fixo no dela.

— Já estava na hora. — Abra viu raiva e dor, alívio e amor. Ele a soltou e estendeu a mão para o pastor Zeke. — Obrigado por trazê-la para casa.

— Não fui eu.

— Entrem. Podemos conversar na sala.

— É melhor eu ir embora. — Zeke recuou, deixando-a mais uma vez. — Tenho um dia cheio de trabalho pela frente. — Ergueu a mão, saiu pela porta e a fechou.

Priscilla enxugou lágrimas de felicidade.

— Você parece tão cansada, Abra.

— Viemos direto, sem parar para descansar.

Priscilla levantou a mão para tocar o rosto de Abra e a baixou em seguida. Abra se lembrou de todas as vezes em que rejeitara os gestos de carinho de Priscilla e da dor que sempre via nos olhos dela. Deu um passo à frente, segurou sua mão, colocou-a na própria face e fechou os olhos.

A respiração de Priscilla falhou por um instante, e ela puxou Abra para si.

— Estou tão feliz em ver você — disse ela, com a voz rouca. Peter disse algo, e Priscilla interrompeu. — Mais tarde, Peter. Ela precisa descansar.

O quarto no andar de cima estava exatamente como ela o deixara. Priscilla puxou as cobertas. Suspirando, Abra se deitou, semiadormecida antes mesmo de sua cabeça tocar o travesseiro. Priscilla a cobriu.

— Estamos rezando sem parar desde que o pastor Zeke nos contou que você estava em Agua Dulce com Joshua.

— É mesmo?

Com um leve franzir de sobrancelhas, Priscilla alisou os cabelos de Abra.

— Estamos rezando desde a noite em que você se foi. — Segurou uma mecha dos cabelos negros entre os dedos.

— Eu sei que está horrível. Eu cortei com uma lâmina de barbear.

— Uma lâmina de barbear?

— Desculpe por tudo, Priscilla. Mãe. Eu...

Priscilla pousou dedos trêmulos sobre os lábios de Abra.

— Nós te amamos, Abra. Durma um pouco. Conversaremos mais tarde. — Inclinou-se e a beijou, do mesmo modo como sempre beijara Penny. — Você está em casa agora. Está segura.

Exausta, Abra relaxou. Nem sequer ouviu a porta se fechar quando Priscilla saiu do quarto.

=====

Passarinhos cantavam do lado de fora da janela aberta. Com os olhos ainda fechados, Abra ficou ouvindo. "As alegrias estão fluindo como um rio desde que o Confortador chegou..." Abra se espreguiçou e levantou, sentindo-se endurecida e grogue. Por quanto tempo havia dormido? O sol já estava alto. Foi até a janela e olhou para o jardim, com o gramado bem aparado cercado de rosas, delfínios e dedaleiras, erguendo-se de canteiros de pulmonárias e alissos.

Quando se afastou da janela, reparou em presentes empilhados sobre sua cômoda, alguns embrulhados em papel natalino, outros em vários tons pastel, com uma profusão de fitas. Havia envelopes com seu nome presos a cada um deles. Abriu um cartão de aniversário com um poema enternecedor sobre uma filha, assinado "Mamãe e Papai". Lágrimas lhe embaçaram a visão enquanto tocava os pacotes, um para cada Natal e cada aniversário que ela havia perdido.

Abriu uma gaveta e encontrou roupas de baixo. Ainda havia uniformes do colégio pendurados no armário. Ela só levara o que havia comprado com suas economias na loja de Dorothea Endicott.

A porta do quarto de Penny estava aberta, a cama de dossel e a mobília provençal francesa mantidas nos mesmos lugares, mas não havia mais os pôsteres de cinema nas paredes, que agora eram verde-claras em vez de cor-de-rosa. O quarto parecia arrumado e vazio. Onde estaria Penny agora? Casada? Trabalhando?

Abra foi para o banheiro e encontrou, prontos para ela, uma escova de dentes nova, um tubo de pasta de dentes e uma escova de cabelos sobre o balcão. Tomou um banho e lavou os cabelos. Depois de secá-los, os escovou. Olhou-se no espelho e viu uma menina de olhos verdes pálidos, com cabelos pretos espetados e emaranhados, que mostravam raízes ruivas. *Que confusão você está, Abra. Por dentro e por fora.*

Ao descer as escadas, ouviu vozes na sala. Sentiu uma pontada de preocupação quando reconheceu a voz de Penny. A sala de estar era exatamente igual. Abra se deteve à porta, hesitante, até Peter vê-la e levantar-se de sua poltrona.

— Abra. Venha se sentar conosco. — Priscilla e Penny estavam no sofá. Penny levantou a cabeça e seus olhos, azuis como flores, se arregalaram de choque.

— Você está horrível!

Abra a olhou com ar espantado e não menos chocado, enquanto Penny fazia um esforço para se levantar.

— Você está... grávida!

Penny riu.

— E como! — Alisou a barriga volumosa. — Rob e eu estamos esperando nosso primeiro bebê para daqui a três semanas.

— Rob?

— Robbie Austin. Lembra dele?

— Robbie Austin? — Abra não podia acreditar. Elas haviam crescido com ele. Robbie não era jogador de futebol nem o garoto mais bonito da escola. Era bem normal, e às vezes um chato. Teve de morder a língua para não fazer esse comentário. — Ele afundava você na água quando íamos nadar no rio.

— Ele diz que só queria chamar minha atenção.

— Você não o suportava.

Penny estava radiante.

— Ele cresceu. — Ela desabou no sofá e se recostou. Abra sentou-se na cadeira giratória mais perto dela. O sorriso de Penny desapareceu enquanto se ajeitava em uma posição mais confortável. — Eu achei que você não fosse voltar mais.

Peter enrijeceu a expressão.

— Penny. — O tom dele era de advertência.

— Bom, faz cinco anos, pai! E nem sequer uma carta! — Ela dirigiu a Abra aquele antigo olhar altivo. — Você é uma atriz agora, não é? De cinema. — O tom dela era ligeiramente desdenhoso.

— Lena Scott era.

— Você é Lena Scott.

— Não mais.

— Nós lemos os jornais. — Penny aceitou os delicados protestos de seus pais dessa vez. Seu olhar passou pelos cabelos de Abra.

Esta colou um sorriso no rosto e fingiu ajeitar os cabelos úmidos, tingidos de preto e porcamente cortados.

— É meu novo look.

Franzindo o cenho, Penny a olhou diretamente nos olhos.

— O que aconteceu com você?

— Elas parecem estar nos excluindo da conversa, Priss. — Peter levantou-se e fez um sinal em direção à cozinha. — Vamos dar às meninas uma oportunidade de conversar.

Abra não se sentiu mais relaxada quando eles saíram da sala. Imaginou se Penny ainda seria a investigadora da família, escolhida para fazer as perguntas difíceis. Penny deu vazão a sua raiva assim que Peter e Priscilla saíram do alcance da voz.

— É muita cara de pau você voltar, sabia? A mamãe perdeu dez quilos depois que você fugiu com Dylan. O papai passou semanas quase sem dormir! Tudo o que eles fizeram nos últimos cinco anos foi se preocupar com você. — Ela parou, dando a si mesma tempo suficiente para respirar. — Agora me conte. Dylan foi o príncipe encantado que você esperava que fosse?

Abra sentiu cada palavra como um golpe certeiro e merecido, porém o orgulho ferido ainda mostrava sua cabeça feia. Quis se defender, mas então se perguntou como poderia fazer isso sem arrumar desculpas para o indesculpável, ou jogar a culpa nos outros quando ela havia feito as próprias escolhas. Se quisesse que ela e Penny voltassem a ser irmãs, ou pelo menos amigas, precisava ser honesta e rezar para que a outra a perdoasse.

— Eu fui uma idiota, e Dylan era pior do que você jamais poderia imaginar.

Os lábios de Penny se abriram, mas toda a irritação desapareceu de seus olhos.

— Para onde vocês foram aquela noite?

— Ele me levou para um hotel chique em San Francisco. Eu soube antes do fim da noite que tinha cometido o maior erro da minha vida. Mas não tive coragem de voltar para casa.

— Por quê?

— Eu estava muito envergonhada.

— Ah, Abra. — Penny parecia inconformada. — A mamãe e o papai teriam caminhado sobre fogo para ter você de volta.

— Eu não sabia disso. — Ela nunca acreditara que eles a amavam. Achava que a haviam aceitado na família apenas por um senso de dever cristão, e porque Penny queria uma irmã.

Os olhos de Penny ficaram cheios de lágrimas.

— Em parte é minha culpa. Eu devia ter alertado você sobre Dylan. Eu sabia que ele não prestava.

— Não, não sabia. Você estava tão encantada com ele quanto eu.

— No começo. Nas duas ou três primeiras vezes que saí com ele. Eu ainda penso nele como o homem mais bonito que já conheci. Só que, na última vez em que estivemos juntos... — Ela suspirou. — Talvez você não acredite em mim, mas, quando Dylan me tocou, me deu arrepios. E não estou falando do tipo bom. — Ela falava com seriedade. — Às vezes, o jeito como ele sorria para mim me dava a sensação de que ele queria me machucar, que talvez até se divertisse com isso.

— Você o enxergou mais claramente do que eu.

O queixo de Penny tremeu, os olhos marejaram.

— Eu tentei dizer a você no corredor da escola uma vez. Achei que podíamos conversar mais tarde, em casa... Depois esqueci, até a noite em que a mamãe e o papai me acordaram e disseram que você tinha ido embora. Eles perguntaram se eu sabia de alguma coisa, e eu não sabia. — Ela enxugou as lágrimas. — A mamãe ficou como louca. Ela também tinha um sentimento ruim em relação a Dylan. Tinha medo que você fosse encontrada jogada em uma vala, em algum lugar, e eu sabia que seria minha culpa se isso acontecesse.

— Nada disso foi sua culpa, Penny.

— Eu sei que fui horrível com você algumas vezes, Abra. Eu sempre soube que era amada. O que quer que eu fizesse, ainda era filha deles. E você também é. Mas você nunca agiu como se fosse. Nunca nem os chamou de mãe e pai. E acho que pode ser por causa de coisas que eu disse para você. Lembro de dizer que a mamãe e o papai só deixavam você morar aqui porque eu queria uma irmã. Isso não era verdade, Abra, mas eu tinha tanto ciúme quando a mamãe ficava com você... — Ela sacudiu a cabeça. — E você sempre fazia tudo certo. Fazia a lição de casa. Fazia suas tarefas e as minhas. Tocava piano tão bem quanto Mitzi. Acho que fiquei meio maluca quando Kent te escolheu.

— Mas ele acabou sendo seu namorado.

— É, e que namorado... — Ela fez uma careta. — Só falava em você. Parei de gostar dele em menos de um mês. Sabe o que me irritava em você mais que tudo? Você enchia melhor o maiô do que eu! Eu tinha os cabelos loiros, mas você tinha as curvas. — Penny endireitou o corpo e pôs os ombros para trás. — Claro que não tenho mais esse problema.

Abra deu um sorriso.

— Só não ponha um biquíni.

Penny começou a rir.

— Imagine só a cena!

Abra sentiu algo se abrandar dentro de si. Talvez pudessem ser irmãs, afinal.

— Você sempre foi mais bonita, Penny. Meninos sempre preferem olhos azuis e cabelos loiros.

— Ah, eu também achava, até Rob me chamar de Barbie metida com cabeça de vento. — Ela deu uma risada autodepreciativa, depois examinou Abra com ar especulativo. — Sabe, Kent e Rob são bons amigos. Kent é um cara muito legal, e ainda bonito, apesar de Dylan ter quebrado o nariz dele.

Constrangida, Abra comprimiu as mãos sobre o colo.

— Então você soube o que aconteceu...

— Todos ficaram sabendo quando ele voltou para casa no Natal, naquele ano. Tiveram que quebrar o nariz de novo para arrumar. Ainda está um pouquinho torto. Ele diz que isso dá personalidade ao seu rosto. Gostaria de vê-lo?

— Só para pedir desculpas.

— Por quê? Não foi você quem quebrou o nariz dele. E ele certamente não te culpa. — Penny ficou séria. — Todos têm rezado por você. A mamãe e o papai, o pastor Zeke, Mitzi, Ian Brubaker, Susan Wells, eu e Rob, e provavelmente uma dezena de outros. Mesmo com essa gangue toda tentando ser ouvida por Deus, eu não achava que você fosse voltar para Haven. Sempre pareceu tão infeliz aqui.

Ela não teria voltado por conta própria.

— Joshua me trouxe.

— Ah. — Essa única palavra era rica em significados, embora Abra não soubesse exatamente quais seriam. Penny sorriu de leve. — Tinha que ser ele. É o único que já conseguiu ser ouvido por você.

— Nem sempre. Ele me alertou sobre Dylan. — Abra meneou a cabeça. — E eu lhe disse coisas terríveis.

— E ele ainda foi te procurar. — Penny estendeu o braço e apertou com firmeza a mão de Abra. — Estou feliz por você ter voltado. Vai ficar aqui?

Temos tanto para conversar! Quero saber como era em Hollywood. Vi uma foto sua com Elvis Presley! — Penny podia estar casada e ser quase mãe, mas continuava uma menininha em alguns sentidos.

Ela ficou lá o dia inteiro, e Abra só contou a verdade. Foi difícil em certos momentos, e arruinou algumas das ilusões de Penny sobre a vida em Hollywood entre os famosos. Rob apareceu depois do trabalho e cumprimentou Abra com um beijo no rosto.

Priscilla passou a tarde entrando e saindo da cozinha. Quando avisou que o jantar estava pronto, todos se sentaram à mesa e Peter estendeu as mãos para as duas filhas. Priscilla segurou a outra mão de Abra. Peter olhou para a esposa com os olhos úmidos, a voz embargada.

— É a primeira vez que nossa família está reunida em cinco anos. Louvado seja Deus. — Abra abaixou a cabeça enquanto ele fazia uma oração em agradecimento.

O medo que ainda borbulhava até a superfície acalmou-se um pouco. Todos a tinham recebido bem. Ela era uma filha, uma irmã, uma amiga. Mas, apesar do acolhimento carinhoso de todos, ainda não sentia aquele lugar como um lar.

Abra e Penny tiraram os pratos da mesa e continuaram a conversar em voz baixa. A campainha tocou, mas elas nem prestaram atenção até que Priscilla chamasse por Abra.

Joshua estava no saguão de entrada.

— Só vim trazer sua sacola. — E a entregou a Abra.

Ela a segurou.

— Não quer entrar?

— Você precisa de tempo com sua família. — Ele saiu para a varanda.

Abra pôs a sacola no chão e o seguiu.

— Eles não se importariam.

— Outra hora.

Ela desceu os degraus ao lado dele.

— Obrigada por me trazer para casa.

— Foi um prazer. — Joshua saiu pelo portão. Ela o teria seguido, mas ele parou e o fechou atrás de si, inclinando-se para puxar o trinco. Abra sentiu um aperto intenso dentro de si. O calor nos olhos dele fazia seu corpo se arrepiar de um modo estranho. Ele parecia estar analisando cada centímetro de seu rosto. — Ligo para você daqui a alguns dias.

Ela permaneceu ali até Joshua entrar na caminhonete e desaparecer rua abaixo.

===

Joshua queria dar a Abra tempo suficiente para ser filha e irmã antes de começar a bater à sua porta. Foi ver Jack Wooding, que o contratou de volta como capataz para o novo conjunto residencial em Quail Run. No fim da semana seguinte, Joshua escolheu um lote no fim de uma rua sem saída, com planta para uma casa de três quartos e dois banheiros em estilo rústico, na primeira fase de construção. Conversou com o gerente de vendas e foi ao banco. Com uma entrada de vinte por cento, um emprego em tempo integral e uma lista de referências, garantiram-lhe que não teria problemas para conseguir um empréstimo no programa de crédito para veteranos de guerra. Quando a construção começasse, algumas semanas depois, ele pretendia acompanhar com frequência a qualidade da obra e fazer as melhorias que pudesse em seu tempo livre. O prazo de entrega previsto era de seis meses.

Jack ligou para ele.

— Soube que você comprou o maior lote na primeira fase.

— Sim.

— É um bom investimento.

Joshua sorriu.

— É.

A boca de Jack se curvou em um sorriso sugestivo.

— Pensando em criar raízes, Joshua?

— Tão profundas quanto elas puderem ser, Jack.

— Você é louco por aquela garota desde que posso me lembrar.

— Timing é tudo.

— Se quer saber, acho que já esperou demais.

===

Abra tinha sido avisada de que Mitzi não estava bem, mas não esperava ver uma enfermeira atendendo a porta e Mitzi frágil e enrugada, deitada em uma cama de hospital na sala de estar. Mas os olhos dela continuavam faiscantes.

— Ora, se não é nossa pequena viajante. Já era hora de voltar para casa! — Ela deu uma batidinha na cama. — Sente-se aqui, onde eu posso olhar direito para você.

— Mitzi. — Abra não conseguiu dizer nada além disso.

— Pare de olhar para mim desse jeito. Ainda não estou morta. — Mitzi segurou a mão dela e deu-lhe uma palmadinha. — Toda essa parafernália foi ideia da Carla. Claro que Hodge obedece a tudo que ela diz. Eles queriam que eu fosse para uma casa de repouso, mas respondi que só sobre o meu cadáver. Então esta foi a alternativa. — Ela procurou com os olhos pela sala e apresentou Frieda King. — Hodge a contratou. — Mitzi fez uma careta. — Tenho certeza que ele já sabia que ela é uma instrutora militar especializada em enfiar comprimidos goela abaixo.

— E você é a paciente mais briguenta que eu já tive. — Frieda piscou para Abra.

Mitzi sorriu de orelha a orelha.

— Poderia ter a gentileza de me levantar, para eu não ficar estendida aqui como um cadáver?

Frieda riu. Ambas continuaram se alfinetando enquanto Frieda girava a manivela na extremidade da cama. Mitzi levantou a mão quando chegou à posição sentada.

— Ôa! Já está bom assim, a menos que você queira que eu toque os dedos dos pés e beije os joelhos.

— Não me dê ideias. — Frieda foi para a cozinha. — Vou preparar um chá para você e um chocolate quente para sua visita.

Mitzi olhou com seriedade para Abra.

— Então você fugiu com Romeu e acabou com o rei Lear. — Quando Abra abaixou a cabeça, Mitzi segurou-lhe o queixo, com o olhar cheio de ternura. — Não se preocupe, docinho, não vou lhe dar um sermão. Acho que você provavelmente já gastou boa parte do seu tempo fazendo isso. Não vou desperdiçar o meu. — Apertou a mão de Abra. — É um novo dia que o Senhor criou. O que pretende fazer com ele?

— Terminar o colégio, arrumar um emprego e tentar reconstruir as pontes que queimei.

— Há muita gente disposta a ajudá-la nisso.

— É, foi o que descobri.

— Ah, a menininha está crescendo. — Mitzi começou a tossir. Soltou a mão de Abra, cobriu a boca com uma das mãos e indicou uma caixa de lenços de papel com a outra. Abra pegou dois ou três e entregou-os a ela. Mitzi continuou tossindo e respirando com dificuldade. Frieda apareceu para lidar com a situação, encorajando-a a eliminar o material dos pulmões. Apoiou Mitzi e massageou suas costas, depois levou os lenços de papel para descartá-los em uma lata de lixo coberta.

Mitzi recostou-se, pálida e fraca.

— Tive pneumonia. Parece não acabar nunca.

— Leva tempo, Mitzi. — Frieda pegou um estetoscópio e pôs as extremidades nos ouvidos, a fim de auscultar o peito de Mitzi.

— Tem um coração aí?

— Pare de falar. Estou tentando achá-lo. — Ela abriu um sorriso de provocação para Mitzi. — Ah, aqui está.

— Agora que você sabe que estou viva, que tal aquele chá?

— Em um minuto.

Era evidente que as duas já tinham passado por aquilo antes. Frieda guardou o estetoscópio, pegou uma prancheta com uma caneta amarrada e fez algumas anotações.

— Uma melhora contínua. — E voltou para a cozinha.

Abra sentou-se na beira da cama outra vez.

— Você parece exausta, Mitzi.

— Toda essa tosse e respiração forçada tiram mais que catarro de mim.

Frieda trouxe o chá, o chocolate quente e um prato de macarons caseiros, avisando que estaria na cozinha para preparar o jantar.

— Ela está tentando me engordar.

— Deixe-a fazer isso, por favor.

— Não comece você também. — Mitzi pegou um macaron. — E a sua música?

Abra deu de ombros.

— Acho que já esqueci tudo o que você me ensinou.

— Duvido. Mas vamos ver. O que acha? — Fez um sinal em direção ao piano. — Toque "In the Sweet By and By" para mim.

Abra fez uma careta.

— Posso terminar o chocolate e os docinhos primeiro? — Ela sempre associara aquele hino com o culto em memória de Marianne Freeman.

— Então não demore. Meu tempo é curto. — Mitzi lambeu com gosto as migalhas de macaron dos dedos. — Estou fazendo uma lista de músicas que quero que toquem em meu funeral.

Abra quase engasgou.

— Isso não é engraçado!

Mitzi riu alto.

— Você devia ver sua cara!

— Eu devia é jogar este chocolate quente na sua cabeça!

— Pelo menos você não parece estar aqui para um velório. Agora, trate de acomodar o traseiro naquele banquinho. São cinco longos anos. Quero ouvir você tocar outra vez.

Abra pousou a caneca e foi para o piano. Posicionou o banquinho e deslizou as mãos com reverência sobre as teclas. Começou com escalas para aquecer, os dedos correndo de uma ponta à outra do teclado. Tocou acordes e progressões.

E então as canções lhe surgiram na memória, uma após a outra. "Amazing Grace." "O the Deep, Deep Love of Jesus." "Immortal, Invisible, God Only Wise." "Holy, Holy, Holy." "All Hail the Power of Jesus' Name." Uma se emendava à outra, fluindo facilmente. O relógio de Mitzi soou, e Abra levantou as mãos do teclado.

— Eu sabia que você nunca ia esquecer, docinho. Contava com isso.

Abra fechou o piano e passou a mão pela madeira polida.

— Letras de hinos costumavam vir à minha cabeça nos momentos mais estranhos.

— Provavelmente quando Deus sabia que você precisava mais delas. Já pensou em escrever alguma música você mesma?

— Eu? — Abra riu. — Nem saberia por onde começar.

Mitzi a observou.

— Você não está diferente só na aparência. Você toca de um jeito diferente. Há mais Abra saindo por esses seus longos e lindos dedos. Devia tocar um pouco à toa e ver o que surge. Nunca sabemos o que vai acontecer se não dermos um salto de fé.

Abra sentou-se na cama.

— E você, Mitzi? Tem alguma composição original escondida por aí? Algo em que tenha despejado seu coração e sua alma?

Mitzi segurou a mão de Abra e lhe dirigiu um sorriso.

— Só você, docinho. Só você.

=====

Joshua ligou e convidou Abra para jantar. Quando ele parou o carro na frente da casa, ela saiu com um bonito vestido de verão amarelo e os cabelos, agora castanhos e brilhantes, em vez de pretos, bem aparados em um penteado curto que lhe emoldurava o rosto. Ele saiu da caminhonete, mas ela desceu os degraus e passou pelo portão antes mesmo que ele chegasse à calçada.

— Espere aí!

— O quê? — Abra abriu a porta do passageiro e entrou.

Contrariado, Joshua deu a volta e entrou de novo no carro.

— Da próxima vez, espere até eu tocar a campainha.

— Por quê?

— Porque é isso que uma dama faz, e eu quero te conduzir até a minha carruagem como um cavalheiro.

Ela riu.

— Ah, Joshua, só ligue o carro. Mal posso esperar para chegar ao Bessie's.

Ele girou a chave na ignição, mas seu próprio motor já estava ligado.

— Pensei em levá-la à churrascaria nova no...

— Ah, não. Por favor. Faz séculos que não como um bom hambúrguer com fritas e milk-shake de chocolate.

Lá se foram seus planos de um jantar tranquilo e privativo em um bom restaurante. Joshua esperava que isso não fosse uma indicação de que Abra queria que eles voltassem a ser bons amigos. Ele tinha algo mais do que uma relação platônica em mente.

Bessie foi só alegria quando os viu entrar.

— Ah, vocês dois são um colírio para olhos cansados! Susan! Veja quem ressurgiu das cinzas! — Ela os acomodou a uma mesa de frente para o balcão e pôs as mãos nos quadris. — Vocês precisam de um cardápio? Ou devo trazer o de sempre?

Abra sorriu.

— Eu não preciso do cardápio.

Joshua ergueu os ombros em sinal de rendição.

Abra franziu a testa de leve quando Bessie os deixou sozinhos.

— Fiquei contente por você me ligar. Fazia algum tempo que não te via.

Ele poderia ter dito o número de dias e de horas.

— Ficou preocupada que eu tivesse esquecido de você?

— Quando não te vi na igreja, pensei que talvez você tivesse mudado de ideia e voltado para o sul da Califórnia.

Não havia chance de que isso acontecesse, agora que ela estava de volta a Haven.

— Você não me viu porque sua família vai ao segundo culto, e eu vou ao primeiro.
— Ah.
Joshua sorriu.
— Diga de uma vez.
— Dizer o quê?
— Que sentiu saudade de mim.
Ela riu suavemente.
— Certo. Eu senti saudade de você.
Joshua continuou olhando para ela. Deixou que seu olhar percorresse lentamente o rosto de Abra, demorando-se nos lábios, no pescoço. Ela engoliu em seco e ele ergueu os olhos, observando os dela se dilatarem. Viu suas faces corarem e os lábios se separarem um pouco. Ela parecia consciente, mas incerta. Ele sorriu.
— Seu cabelo está melhor.
— Pris... *Minha mãe* me levou ao cabelereiro para consertar o estrago que eu fiz. Vai demorar um pouco para ficar ruivo outra vez, mas pelo menos pareço um pouco mais... — deu de ombros — ... comigo mesma.
Não passara despercebida a Joshua a nova referência a Priscilla, mas ele não quis chamar a atenção dela para isso.
— O que mais andou fazendo?
— Peter vai me dar aulas para eu fazer o exame de conclusão do ensino médio. Dorothea Endicott me contratou em meio período. Comecei na loja dela segunda-feira, vinte horas por semana. E você?
— Consegui meu emprego de volta com Jack Wooding. Ele está começando um novo conjunto residencial na parte nordeste da cidade. Quando as unidades piloto estiverem prontas, vou levar você para vê-las. — Ele não mencionou o lote ou as plantas, nem quando a casa que ele queria estaria pronta.
— Eu gostaria muito.
— Como você está se dando com Penny?
— Temos passado bastante tempo juntas. Ela aparece em casa todas as manhãs. O bebê deve nascer a qualquer momento. Penny e Rob estavam falando de nomes ontem à noite. Paul ou Patrick se for menino, Pauline ou Paige se for menina. — O sorriso de Abra era sincero. — Seja como for, serão quatro Ps na família.

— E um A — ele a lembrou.

Ela riu.

— Eu sempre posso mudar meu nome para Pandora. — A expressão dela mudou. — Tenho estado com Mitzi.

Ele também tinha ido visitá-la.

— Ela me disse que você está tocando piano de novo.

— Ela quer que eu trabalhe com Ian Brubaker. Acha que devo compor minhas próprias músicas. Não sei nada sobre isso. Queria ter voltado para casa antes. Perdi tanto tempo.

Ele viu emoções surgirem e serem contidas, depois reaparecerem.

— Você tinha coisas a aprender, Abra.

— Ah, Joshua, algumas coisas eu gostaria de não ter aprendido. — Ela forçou um sorriso quando Bessie entregou os hambúrgueres e as fritas.

Susan trouxe os milk-shakes.

— É bom ter você em casa, Abra. — Ela disse que era bom estar de volta. Joshua notou que ela não chamou Haven de *casa*. Susan olhou para ele. — Bom vê-lo aqui também, Joshua. — Susan os deixou sozinhos, mas de vez em quando dava uma espiada em sua direção.

Abra pegou o hambúrguer e deu uma mordida. Seu gemido doce de prazer fez o pulso de Joshua acelerar. Ele a observou mastigar, engolir e tomar um gole do milk-shake de chocolate. Abra revirou os olhos.

— Estou no paraíso. — Ela olhou para o prato dele. — Não vai comer?

— Estou tendo diversão demais observando você.

— Os de Oliver são os melhores. Franklin não me deixava comer hambúrguer ou batata frita. Nem tomar refrigerante. — Deu outra mordida, visivelmente apreciando a refeição. — Ruim para a pele, calorias demais. — Ela relaxou outra vez e se pôs a falar, e Joshua começou a ter uma ideia melhor de seus anos em uma cobertura com um homem que controlava todos os aspectos de sua vida. — Eu não devia estar lhe contando tudo isso.

— Por que não?

— Porque incomoda você.

Ele havia se esforçado para não demonstrar quanto o incomodava.

— Nada que está me contando muda o que sinto por você, Abra. — Isso era tudo o que ele diria por enquanto, sabendo que seria suficiente.

Eles se demoraram com os hambúrgueres, depois foram sentar na praça. Abra já havia compartilhado os fatos com ele em sua confissão; agora, contava os sentimentos. Ele ouviu coisas nas entrelinhas, coisas que ela nem sabia que estava dizendo. A dor vinha de muito tempo atrás, de quando ela era pequena demais para compreender ou mesmo lembrar com clareza. Ele percebeu que Abra precisava conversar com o pai dele.

O relógio da torre soou. Abra se virou e ergueu os olhos para ver as horas.

— Meia-noite! Falei até cansar seus ouvidos, e você mal disse uma palavra.

— Estava escutando. — O braço dele se apoiava no encosto do banco, atrás dela. — Sabe, se ficarmos aqui tempo suficiente, podemos tomar café da manhã no Bessie's. Você tem toque de recolher?

— O Peter... quer dizer, meu pai... sabe que estou com você. Ele não se preocuparia se ficássemos fora a noite inteira.

— Bom saber que ele me acha confiável.

Ela chegou mais perto e pousou a cabeça no ombro dele.

— Obrigada por me escutar, Joshua. — Endireitou o corpo abruptamente. — A que horas você tem de estar no trabalho?

— Às sete.

— Ah, desculpe! — Ela se levantou, pegou a mão dele e o puxou. — Você precisa ir para casa dormir um pouco.

— Só se você sair de novo comigo amanhã à noite e me deixar escolher o lugar.

— Se você quiser...

— Foi só o começo em Agua Dulce. — Ele a segurou pela mão. — Temos muito tempo para compensar.

———

Ian Brubaker disse que o melhor lugar para as aulas de Abra seria a Igreja Comunitária de Haven, porque a comunidade havia concordado por unanimidade em investir em um piano de cauda. Com os contatos de Ian, haviam comprado um Steinway próprio para concertos por um preço vantajoso. Ninguém objetou quando ele pediu permissão ao pastor Zeke e à administração da igreja para usar o instrumento para as aulas de Abra.

Ian mostrou-se tão rígido quanto antes, um professor exigente que, em alguns aspectos, a fazia lembrar-se de Franklin. Este fora um perfeccionista, fazendo-a ensaiar as falas dos diálogos até que elas se confundissem com a realidade. Franklin estava perdido antes de encontrá-la, e fizera de Lena Scott o centro de sua vida. *E eu ajudei a destruí-lo, Senhor. Não posso dizer que eu não sabia o que estava fazendo.*

As coisas iam bem até aquele dia. Ela não conseguia se concentrar, errava notas e depois tinha dificuldade para encontrar o compasso para recomeçar. Frustrada, Abra levantou as mãos, resistindo à vontade de bater os punhos no teclado. Não era culpa do piano se ela não conseguia fazer os dedos funcionarem direito.

Ian pousou uma mão firme sobre seu ombro.

— Chega por hoje. Vai levar algum tempo para você voltar ao ponto onde estava. Vejo-a no domingo.

Abra juntou as partituras. Em vez de caminhar para casa, foi ao escritório da igreja, onde Irene Farley a recebeu com um abraço antes de espiar dentro da sala do pastor Zeke.

— Entre. Eu tenho que sair um pouquinho.

Zeke contornou a mesa e a abraçou. Roçou o queixo ternamente no alto da cabeça dela, antes de soltá-la e indicar uma cadeira, enquanto se sentava na outra à frente.

— Eu ia até a igreja ouvir você tocar. Já terminou sua aula?

— Já. E foi bom você não ter ido ouvir. Não consegui tocar nada sem um punhado de erros. — Ela mordeu o lábio inferior.

— Alguma coisa está te incomodando?

Algo a estava incomodando havia muito tempo, uma ferida que nunca cicatrizara.

— Preciso lhe fazer uma pergunta.

— Pergunte o que quiser.

Abra teve a estranha sensação de que ele sabia o que ela ia perguntar. Mas, mesmo agora que o momento havia chegado, ela não tinha certeza se conseguiria fazer com que as palavras superassem a mágoa e passassem pela garganta apertada.

— E, por favor — ela pediu —, me diga a verdade desta vez. — Percebeu um lampejo de dor nos olhos dele ao ouvir isso.

— Eu sempre disse, Abra.

Será? Talvez ele nem se desse conta. Abra levantou os olhos e o encarou.

— Você me culpou pela morte da Marianne? — Ele pareceu surpreso, depois angustiado. — Não responda antes de pensar bem. Por favor.

O pastor se recostou e fechou os olhos. Ficou assim por tanto tempo que Abra se perguntou se deveria ir embora. Já ia se levantar quando ele soltou um suspiro e falou com a voz triste:

— Não conscientemente. — Ele a olhou nos olhos, sem esconder nada. — Mas entendo que você possa ter se sentido assim. Eu estava tão envolvido em meu próprio sofrimento que tive dificuldade para perceber as necessidades dos outros, não apenas as minhas.

Ele se inclinou para frente, com as mãos frouxamente presas entre os joelhos, os olhos fixos nela.

— A maior provação da minha vida teve a ver com você. Eu não queria desistir de você. Então Deus deixou claro que era isso que ele queria de mim. As pessoas me chamavam todas as horas do dia e da noite, e Joshua era só um menino. Eu não podia deixá-lo com a responsabilidade. Eu já havia rejeitado uma vez o plano de Deus e depois tive que pagar o preço.

— Você tentou me explicar isso.

— Sim, mas o que uma criança de cinco anos pode entender? — Os olhos dele estavam úmidos. — Sei que magoei você, mas tenho mais do que isso para confessar, Abra.

Com as mãos apertadas no colo, ela esperou.

— Quando eu encontrei e salvei você, eu te amei como se fosse meu próprio sangue. Não foi só Marianne que quis levá-la para casa e fazê-la parte de nossa família. Eu sabia que não devíamos. Marianne teve febre reumática quando criança, e isso enfraqueceu seu coração. A gravidez e o parto de Joshua representaram um grande esforço, e o médico nos aconselhou a não ter mais filhos. Mas ela sempre sonhara em ter uma menininha. Você era a resposta a todas as orações dela, e um presente inesperado para mim também.

Ele se recostou na cadeira novamente, parecendo cansado.

— Se eu tivesse sido mais forte, ou menos egoísta, teria sido firme. Nós dois sabíamos o risco, mas eu quis fazê-la feliz. Depois disso, pensei muitas vezes que seria melhor ter deixado você com Peter e Priscilla desde o começo.

— Como assim, desde o começo?

— Peter e Priscilla foram ao hospital logo depois que eu te encontrei. Eles queriam adotar você. Eu não tive coragem de tirá-la dos braços de Marianne.

— Eles me queriam?

— Ah, sim. Desde o início, Abra. Não pensei nas possíveis ramificações de minha decisão até que Marianne morreu e eu encarei a verdade. Eu não poderia cuidar direito de você sozinho. Não tinha dinheiro para contratar alguém para ficar com você. E eu ficava fora tanto tempo. Você mal tinha cinco anos e estava sofrendo pela única mãe que havia conhecido, e eu não podia estar ao seu lado. Peter e Priscilla ajudaram tanto depois que Marianne morreu, Penny já te amava como a uma irmã, e eu sabia o que Deus queria. Partiu meu coração levar você à casa deles e deixá-la. Eu vi que você não estava entendendo. Percebi como você se retraiu. Não foi mais a mesma criança depois daquilo. Tentei facilitar as coisas indo visitá-la sempre que podia. Esperava que você conseguisse fazer a transição. Até que Peter teve que me pedir para me afastar. Minhas visitas frequentes só estavam piorando a situação. — Os lábios dele se curvaram em um sorriso triste. — Como você poderia criar um vínculo com eles se eu estava sempre por perto? Percebi meu egoísmo e me afastei.

Pedaços do passado foram se juntando.

— Por isso começamos a ir a outra igreja?

— Sim. Concordamos que isso seria o melhor. — O pastor Zeke sacudiu a cabeça, com uma expressão cheia de remorso. — Ou esperávamos que fosse. A mudança ajudou Penny a se tornar mais sociável, mas você só se fechou em si mesma ainda mais. Cada tentativa parecia produzir mais mal do que bem. Você se esforçava para ser perfeita, para agradar a todos. Doía observá-la. Eu me sentia impotente. Só podia rezar. Não houve um dia em minha vida em que eu não tenha rezado por você... não uma vez, mas muitas vezes.

Ela sentiu o coração apertado abrir-se aos poucos para ele.

— Eu via você parado no portão todas as noites. Queria que você viesse, tocasse a campainha e me levasse para casa.

Os olhos dele se encheram de lágrimas.

— Você estava em casa, Abra. Você está em casa. — Ele estendeu as mãos, com as palmas para cima. — Peço seu perdão.

Ela pousou as mãos nas dele.

— Como você me perdoou, eu também te perdoo. — Ela lembrava como ele tinha sofrido por causa de Marianne e sabia que, nos anos seguintes, sua própria frieza o havia ferido ainda mais. — De verdade. Marianne poderia ter vivido mais tempo se eu não tivesse entrado na vida de vocês?

— Não. Eu lutei com esse pensamento e me culpei, até que Deus me lembrou de que ele sabe o número de cabelos em nossa cabeça. Ele sabe o número de dias que nos atribuiu. Aqueles cinco anos que você passou conosco foram uma alegria para Marianne. — Ele beijou a mão direita de Abra.

— E para mim. — Em seguida, beijou a esquerda. — E para Joshua. — Quando ele levantou a cabeça, sua expressão havia se suavizado com um sorriso esperançoso. — Deus guarda o futuro em suas mãos. — Ele apertou as mãos de Abra entre as dele. — Mais alguma pergunta?

Ela conseguia respirar outra vez.

— Provavelmente, mas nenhuma me ocorre neste momento. — Quando ele a soltou, ela se levantou com um suspiro profundo. — Obrigada.

— Sempre que precisar. — Ele passou o braço sobre os ombros dela enquanto a acompanhava. — Minha porta está sempre aberta.

Ela se virou, ergueu a cabeça e beijou o rosto dele.

— Eu te amo. Papai.

— Não ouço essas palavras de você há muito, muito tempo. — Seus olhos ficaram úmidos. — Eu também te amo.

Ela abriu a porta e quase colidiu com Susan Wells, que recuou abruptamente, com os olhos arregalados de surpresa, e balbuciou um pedido rápido de desculpas. Atrapalhada, olhou para o pastor Zeke, postado atrás de Abra, e enrubesceu.

Abra ergueu ligeiramente as sobrancelhas enquanto sorria para Susan, desviava-se dela e saía da sala. Susan não parecia apenas surpresa. Parecia culpada. Abra continuou andando, com um sorriso nos lábios.

Então era por isso que o pastor Zeke passava tanto tempo no Bessie's Corner Café!

Pastor Zeke e Susan. Agora que pensava nisso, começou a achar que eles formariam um belo casal.

# 19

*Muitos são os projetos do coração humano,
mas é o desígnio do Senhor
que permanece firme.*

PROVÉRBIOS 19,21

## 1959

Abra terminou o turno da manhã na loja de Dorothea e sentou-se em um banco na praça, desfrutando da paz à medida que o sol de início de primavera se punha atrás das altas sequoias. Ergueu o rosto e sentiu o calor acariciante. Depois se levantou, passou pela frente do coreto e atravessou a rua em direção ao Bessie's. Às vezes o pastor Zeke ia almoçar lá, e talvez pudesse se sentar com ele e conversar um pouco. Não via Joshua há alguns dias e sentia falta dele. Ele avisara que estaria trabalhando até tarde em um projeto, mas não quis contar o que era.

Susan pareceu surpresa quando ela entrou.

— É um prazer te ver, Abra.

— Igualmente. — Abra sentou-se junto ao balcão, em vez de à mesa, imaginando uma vez mais se existiria algo entre a garçonete e o pastor Zeke. Fazia muito tempo que Marianne havia morrido. Susan era uma boa mulher, embora sempre tenha sido um tanto enigmática.

Susan lhe deu um sorriso acolhedor.

— O que vai querer?

— Acho que vou viver perigosamente e pedir uma vaca-preta.

— Você quase sempre vem aqui com Joshua, não é? — Susan comentou por sobre o ombro, enquanto colocava bolas de sorvete de baunilha em um copo alto.

— Ele é meu melhor amigo.

Susan puxou uma alavanca e o refrigerante se despejou sobre o sorvete. Pôs um canudo dentro da bebida e a trouxe para o balcão.

— Joshua é um rapaz especial.

— É mesmo.

— Ele te ama, você sabe.

— Eu sei.

— Não, acho que você não sabe. Tenho observado vocês ao longo dos anos, desde que cheguei aqui. As coisas mudaram para ele quando ele voltou da Coreia.

— Como assim?

— Ele é apaixonado por você. É isso que quero dizer. Não há uma alma nesta cidade que não saiba disso, exceto você.

Abra olhou para ela, boquiaberta. Houve momentos em que ela se perguntara, desejara, mas ele agia da maneira discreta de sempre.

— As pessoas não sabem tudo.

Susan parecia estar em uma missão.

— Eu vejo o jeito como ele te olha quando você está distraída, e vejo como você olha para ele. Você o ama, Abra. O que vão fazer em relação a isso?

Abra sentiu o rosto quente. Nunca havia tido uma conversa daquele tipo com Susan — na verdade, nem com qualquer outra pessoa —, e não estava preparada para responder de outra maneira que não com a verdade pura e simples.

— Ele merece alguém muito melhor do que eu.

— Ele quer *você*.

Alguém entrou e ocupou uma mesa. Susan pôs as mãos sobre o balcão e baixou a voz, com a expressão quase suplicante.

— Você tem uma chance de amor verdadeiro, Abra. Segure-a! Agarre-a com força! Nem todos nós temos tanta sorte.

Na volta para casa, Abra ouviu o som tão conhecido da caminhonete de Joshua atrás dela. Seu coração deu um pulo, e tudo o que Susan tinha dito soou como trombetas em sua cabeça. Ela se virou, sorriu e fez um sinal com o polegar pedindo carona.

Ele parou e abriu a porta do passageiro.

— Como eu poderia passar reto por uma garota tão bonita? — Seu olhar a percorreu inteira enquanto ela entrava no carro.

Abra sentiu o pulso acelerar. Um cheiro de suor masculino permeava o ar.

Ela inspirou fundo o perfume de Joshua enquanto "One Night", de Elvis Presley, tocava no rádio que ele havia instalado. "Life without you has been too lonely, too long." Que estranho saber que ela havia conhecido aquele rapaz que agora alcançara tanta fama e fortuna. Perguntou-se se ele teria conseguido encontrar o que procurava no meio de todo o brilho e glamour que se mostrara tão vazio para ela.

Joshua pôs a caminhonete em movimento.

— Eu ia passar na sua casa depois de tomar banho. As unidades piloto estão prontas. Quer dar uma olhada?

Havia outro lugar que a vinha chamando fazia tempo, mas ela fingia não ouvir.

— Podemos ir ao Riverfront Park primeiro?

Ele arqueou as sobrancelhas, surpreso.

— Claro. Vou deixar você em casa, tomar um banho, e te pego de novo em...

— Eu queria ir agora, Joshua, se não se importa. — Se ela esperasse, poderia encontrar mais desculpas para não ir.

— Está bem. — Ele deu meia-volta na Maple Avenue e dirigiu-se à ponte. — Por que isso?

— Não sei. — Ela abriu a janela quando Joshua chegou à ponte. Inclinando-se para fora, esticou o pescoço para ver a água em ondulações azuis e cristalinas lá embaixo. Ainda não era tempo dos visitantes de verão. Não havia trailers nas áreas de acampamento, nem crianças correndo nas margens. Ouviu o *tump-tump* das rodas da caminhonete enquanto Joshua atravessava a ponte. Ele reduziu a marcha e virou em direção ao Riverfront Park, do outro lado da estrada.

Estacionou de frente para o rio.

— Pronto, estamos aqui. E agora?

— Vou andar um pouco sozinha. — Ela saiu e atravessou o gramado para a margem. Seus pés afundaram na areia branca que Haven trazia todos os anos para reconstruir a "praia". Foi até as colunas de cimento que sustentavam a ponte.

Abra olhou para cima e viu a estrutura de treliça da edificação. Deu um passo para trás, a fim de ver a grade. Sonhara inúmeras vezes com o pastor Zeke em pé ali, olhando para ela lá embaixo. Ele lhe contara uma vez que uma intuição lhe dissera que precisava ir até a ponte naquela manhã. Zeke sempre acreditara que Deus o mandara até lá.

Por que ela não acreditara nisso? Sim, sua mãe a abandonara, mas Deus não. Deus a colocara nos braços de Zeke e Marianne Freeman, e, quando Marianne foi para a casa do Senhor e o pastor Zeke tinha a responsabilidade por toda uma comunidade de pessoas necessitadas, Deus a encaminhara em segurança para outra família, com um segundo pai e uma segunda mãe, e acrescentara ainda a bênção de uma irmã cheia de iniciativa. Quando ela fugiu, Deus a alcançou por meio de Murray e Mary Ellen. Quando perdeu toda a fé e a esperança, ele a levou para Agua Dulce e para Joshua.

Abra olhou para a ponte, um dossel de proteção, uma estrada para atravessar, um caminho para casa, e se sentiu emocionada ante o amor que lhe fora oferecido. *Você tem uma chance, Abra. Segure-a. Agarre-a com força.* Por que via com tanta clareza agora o que estivera escondido dela por tanto tempo?

*Eu te segurei na palma de minha mão e nunca te deixarei.*

Abra se sentiu viva e livre quando aceitou plenamente aquilo em que seu coração sempre quisera acreditar e não conseguira entender de fato.

Deu uma risada curta e suave, de alegria.

— Você me ama, Senhor. Apesar de meu coração teimoso e rebelde.

*Eu te conheci antes de nasceres. Eu contei os cabelos em tua cabeça. Eu escrevi teu nome na palma de minhas mãos.*

Quando ela olhou para cima, por entre as vigas da ponte e de volta para sua própria vida, enxergou a verdade. Humilde, sussurrou os versos de um dos hinos favoritos de Mitzi: "Oh, o amor profundo de Jesus, vasto, desmesurado, sem limites, livre! Ondulando como um poderoso oceano, em sua plenitude, sobre mim".

Ela se virou e viu Joshua em pé, não muito longe, com os polegares enfiados nos bolsos, tranquilo, observando-a, esperando. Seu coração se abriu e se encheu de amor. Ela o chamou.

— Você me batizaria, Joshua?

O rosto dele registrou a surpresa.

— Claro. Vamos falar com meu pai.

— Não quero esperar. Quero que você me batize agora.

— Aqui?

Que lugar melhor que aquele? Que melhor hora?

— Sim! — Abra entrou no rio até a água bater em sua cintura, a corrente fazendo ondular suavemente sua saia.

Joshua a encontrou ali, e suas mãos calosas tocaram as dela enquanto ela tampava a boca e o nariz. Ele a fez inclinar-se para trás.

— Sepultada com Cristo...

Ela prendeu a respiração enquanto era imersa na água fria e límpida. Abrindo os olhos, viu a cintilação da corrente purificadora movendo-se sobre e em volta dela, e Joshua no alto.

O braço dele a segurou com firmeza por trás dos ombros, e ele a levantou.

— ... ressuscitada para uma vida nova. — Ele a equilibrou até que ela tivesse os pés firmemente apoiados no fundo.

Enxugando a água do rosto, Abra riu.

— Ah, Joshua, eu fui cega toda a minha vida. — Ela levantou a cabeça. — E agora eu vejo!

— Abra. — O nome dela lhe escapou em um sussurro suave. Os olhos de Joshua brilhavam enquanto suas mãos seguravam o rosto dela. — Abra. — Ele a beijou, não como um irmão ou um amigo, mas como um homem apaixonado.

*Você tem uma chance de amor verdadeiro, Abra. Segure-a! Agarre-a com força!*

Ela deslizou os braços em volta da cintura de Joshua e levantou a cabeça. Quando os braços dele a envolveram, ela se pressionou contra ele. Dessa vez, quando ele a beijou, ela retribuiu o beijo.

Joshua se soltou dela e a afastou alguns centímetros.

— Só isso. — Sua respiração estava apressada, o olhar intenso. — Até você se casar comigo. — Ele fez uma careta, como em contrição. — Desculpe. Esse foi o pior pedido de casamento da história.

— Foi bom o bastante. Sim! — Ela estava rindo e chorando ao mesmo tempo. — Quando?

Rindo com ela, Joshua a fez girar em seus braços.

— Vamos pedir a meu pai para abrir sua agenda. — Ele a carregou para fora do rio.

═══

No dia do casamento, Zeke passou para ver Abra, no caminho para a igreja.

— Vou chamá-la. — Priscilla subiu as escadas. — Penny! Paige está com fome e eu não posso alimentá-la. Abra, querida, o pastor Zeke está lá embaixo. Ele quer falar com você.

Peter sorriu e acompanhou Zeke à sala de estar.

— Ainda bem que só temos duas filhas. Acho que Priss não sobreviveria a mais um casamento.

— Pastor Zeke! — Abra apareceu em um roupão de banho felpudo cor-de-rosa e chinelos, o cabelo enrolado em bobes. — Desculpe, ainda não me vesti.

Zeke lhe deu um abraço.

— Não se preocupe — ele murmurou em seu ouvido. — Você está linda. — Afastou-se e tirou uma caixinha do bolso do paletó. — Uma coisa antiga, para combinar com uma coisa emprestada e uma coisa azul.

Ela abriu a caixa e perdeu o fôlego, surpresa.

— Você achou.

Abra olhou para ele, e a dor e a culpa em sua expressão o encheram de ternura.

— Alguns dias depois que você foi embora.

Com lágrimas descendo pelo rosto, ela tocou a cruz dourada de Marianne.

— Não mereço ficar com isto.

— Marianne queria que fosse sua. Ela a usou no nosso casamento.

Abra se aproximou e apoiou a testa no peito dele.

— Obrigada.

=====

O coração de Abra saltava como um coelho assustado quando Joshua saiu da estrada e estacionou diante de uma pequena casa, com o segundo andar parcial em forma de farol. Ciprestes emolduravam os dois lados e os fundos. Havia um pequeno agrupamento de casas, quatrocentos metros mais à frente, com algumas luzes acesas nas janelas. As ondas batiam na praia logo do outro lado da estrada, e ela sentiu o cheiro do mar. Joshua saiu da caminhonete e deu a volta para abrir a porta para ela. Tirou uma lanterna do porta-luvas antes de ajudá-la a sair. A noite enevoada a arrepiou. O vento agitou-lhe os cabelos. Ela estremeceu.

O casamento havia sido tudo que ela poderia ter sonhado. Toda a cidade parecia estar lá; até Mitzi, vestida de vermelho, com um lenço colorido enrolado nos cabelos. Ela demonstrava a idade e a saúde precária, mas ainda sabia ter estilo. Depois da cerimônia, ela sussurrou para Abra: "Prometi a mim mesma que não ia bater as botas antes de ver este casamento".

Priscilla e Rob, com a bebê Paige nos braços, estavam sentados na primeira fila, em companhia de Susan. O pastor Zeke devia tê-la acomodado ali. Dave Upton e Penny ficaram em pé ao lado da noiva e do noivo, e, claro, o pastor Zeke realizou a cerimônia. Lembrou a todos que o casamento havia sido instituído por Deus no Jardim de Éden, entre o primeiro homem e a primeira mulher, confirmado por Jesus no primeiro milagre em Caná e declarado por inspiração divina pelo apóstolo Paulo.

— Quando um homem e uma mulher se unem em matrimônio, eles se tornam uma só carne e um só espírito. Mulheres, estejam sujeitas a seus maridos como ao Senhor. Maridos, amem suas mulheres como Cristo amou a Igreja e se entregou por ela. Então, amem suas mulheres como amam a si mesmos. Em resumo, cada um ame a sua mulher como a si mesmo, e a mulher respeite seu marido, reverenciando-o, admirando-o e honrando-o.

Joshua não havia lhe contado para onde a levaria na lua de mel. Dissera-lhe apenas para levar jeans e tênis. Também não a deixara ver o lado de dentro da casa que havia construído. Queria surpreendê-la. Ela não tinha certeza se conseguiria lidar com muito mais emoções.

Joshua segurou a mão dela, conduziu-a até a casa, abriu a porta e acendeu a luz. A sala de estar parecia aconchegante e confortável, com sua mobília simples. Antes que ela pudesse entrar, Joshua a ergueu nos braços e a carregou para dentro. Beijou-a antes de descê-la ao chão outra vez.

— Lar, doce lar, pelos próximos sete dias. — Ela ficou tensa quando as mãos dele desceram por suas costas e pousaram em seus quadris. Ele franziu a testa de leve antes de se afastar. — Quarto e banheiro por aquela porta, interruptor de luz à direita. Vou acender a lareira e trazer sua mala para dentro. — Tudo já estava preparado. Ele só precisou riscar um fósforo.

Abra sentiu o estômago se apertar de tensão.

Havia uma porta aberta que revelava uma escada, mas ela atravessou o pequeno quarto para usar o banheiro primeiro, intrigada ao ver que a cama de casal só tinha o lençol de baixo. No banheiro, havia várias toalhas limpas, uma banheira com pés de ferro em formato de patas, chuveiro e uma pia de pedestal. O armário com espelho continha uma escova de dentes, pasta de dentes, desodorante masculino, creme de barbear e uma lâmina. Quando voltou ao quarto, ela notou duas calças jeans e camisetas de algodão penduradas no armário. Abra olhou dentro da cômoda e de um baú sob a janela. A porta da frente abriu e fechou.

— Não temos cobertores, Joshua. — Estava frio, e ela o sentia aumentando.

Ele entrou no quarto e pôs a mala dela sobre o baú.

— Nós não vamos dormir aqui. — Foi o jeito como ele disse aquilo que fez o pulso de Abra se acelerar. — Alguém pôs uma cesta no carro. Vamos ver o que tem dentro? — Ele voltou para a sala, onde o fogo crepitava e uma única lâmpada lançava um brilho dourado.

— É a cesta de piquenique de Priscilla.

Joshua a colocou no tapete, na frente da lareira. Ela se ajoelhou e a abriu. Sanduíches de frango, uvas, queijo brie, biscoitos, uma garrafa de champanhe, duas taças de cristal e duas velas com castiçal.

— Excelente. Tudo de que precisamos para um jantar romântico.

A sala já estava ficando confortavelmente aquecida. Abra tirou os sapatos e se sentou no chão, sentindo-se incomodamente vestida em seu conjunto verde de festa. Esticou as pernas. Nenhum dos dois tinha comido mais do que uns poucos canapés e os pedaços de bolo de casamento, que deram na boca um do outro.

Os três últimos meses tinham sido uma confusão de preparativos para o casamento, visitas a Mitzi, estudo com Ian Brubaker e meio período de trabalho, cinco vezes por semana, na loja de Dorothea. Depois de terem marcado a data, Abra vira menos Joshua do que antes.

Na véspera, Penny tinha trazido a bebê Paige e um bercinho e anunciado que ia passar a noite com eles. Penny se ocupava da bebê enquanto falava sobre seu casamento e sobre a lua de mel. Abra observou, com uma sensação dolorida de tristeza e lamento, quando sua irmã se cobriu com discrição para amamentar Paige.

— Rob sabia mais do que eu. Não que ele tivesse uma grande experiência, veja bem. Ele e o pai tiveram *a conversa* na noite anterior à festa de despedida de solteiro. — Ela riu. — Rob contou que nunca tinha visto o pai ficar vermelho e respondeu a ele que já sabia sobre as sementinhas. — Ela segurou a doce Paige no colo, já adormecida, a boquinha curva ainda se movendo, e ajeitou suas roupas. — Mamãe teve *a conversa* comigo também. — Enquanto levantava Paige até o ombro, ela olhou para Abra e parou de rir. — O que foi?

Abra deu de ombros.

— Pelo menos a mamãe vai ser poupada desse constrangimento comigo. Sei mais que o suficiente sobre os fatos da vida. — E desviou o olhar, com lágrimas correndo pelo rosto. — Joguei tudo fora, Penny. Não posso dar ao Joshua o presente que você deu ao Rob. Eu não sou virgem. Não sou inocente.

Os olhos de Penny se umedeceram em solidariedade.

— Joshua não tem ressentimento pelo seu passado. É tudo parte de quem você se tornou agora. — Ela lhe passou Paige, causando mais dor sem querer. — Tome, tia Abra, segure sua sobrinha. — Tocou o joelho de Abra. — Não será como foi com Dylan, ou com um homem com idade para ser seu pai. Joshua é... Joshua.

Abra segurou a bebê perto de si, olhando para seu rostinho doce, mais uma tristeza. Não sabia nem se poderia ter outro filho depois do que havia feito. Por que Deus permitiria isso? Joshua sabia de tudo, mas ela devia ter levantado a questão, dado a ele uma chance de refletir sobre o outro dom que talvez ele nunca pudesse ter.

Sentiu Joshua passar os nós dos dedos de leve por seu rosto, despertando-a de seu devaneio.

— Somos só você e eu agora, Abra.

Ela sabia o que ele queria dizer. *Não deixe Dylan ou Franklin entrarem na casa. Não os convide para a lua de mel.* Ela também não os queria ali. Os olhos de Joshua eram tão ternos, ela tinha medo de decepcioná-lo. Tinha medo de que, quando chegasse o momento decisivo, ela ficasse fria.

Sim, ele mexia com ela de um jeito como nunca sentira antes, mas conseguiria se entregar? E o que isso significaria? A tensão crescia dentro de seu corpo, o medo persistente de não conseguir ser suficiente. Sentia o desejo instintivo de se proteger.

*Pare de se preocupar. Pare, pare, pare.* Ela queria se lembrar daquele único beijo no rio, e não dos milhares de beijos que haviam trazido desilusão.

Joshua não era como Dylan ou Franklin. Ele nem a tocara nos últimos três meses. Quando ela lhe perguntara a razão, ele respondeu que era porque a queria demais e preferia que tudo acontecesse da forma apropriada e no tempo de Deus. Brincara sobre o número de banhos frios que andava tomando. O compromisso dele com a pureza antes do casamento a fazia lamentar por não ter nenhuma pureza para lhe oferecer em troca. Ela provocara a tentação em dois homens e fizera surgir o pior em ambos. Não queria tentar Joshua.

O fogo crepitava. As ondas batiam.

— Quer conversar sobre o que você está pensando? — Joshua via as expressões que se alternavam no rosto de Abra e quis trazê-la de volta para o presente e para ele. Ela estivera pensativa nas semanas anteriores ao casamento, mas agora era diferente. Seria tensão de lua de mel? Ele também sentia um frio no estômago. Gostaria que fosse só isso, mas a conhecia bem demais. Puxou uma mecha de cabelo dela para trás da orelha. — Esta é uma noite para o amor, Abra, não para arrependimentos.

— Desculpe. Estou tentando.

Ele pôs o braço sobre os ombros dela e a embalou gentilmente junto ao corpo, beijando-lhe o alto da cabeça.

— Não precisa se esforçar tanto. Vai ser bom entre nós.

Seu pai tinha anos de experiência de aconselhamento, e eles haviam conversado sobre o que Abra poderia estar sentindo depois de tudo que tinha passado. Fora usada e abusada, nunca amada. Era compreensível que estivesse fechada agora, recolhida em si mesma. Seu pai lhe falara do sentido da lua de mel. Aquela noite não seria apenas sua união sexual; destinava-se a que Joshua encontrasse maneiras de mostrar à noiva quanto ela era querida, que era possível confiar nele completamente, que ele pretendia restaurá-la, alegrá-la, amá-la.

Seria uma noite de paciência, não só de paixão... se ele conseguisse conter seu desejo por tempo suficiente. Ele rira um pouco quando confessara isso ao pai, que o aconselhara, então, a trazer Deus para o meio de tudo e lhe pedir autocontrole. Joshua jejuara e rezara para que suas necessidades físicas não vencessem seu desejo de dar a Abra o tempo de que ela precisasse. Agora, ele respirava o perfume que era só dela e sua cabeça girava.

*Senhor, estou andando em um campo minado. Ajude-me a amparar minha noiva ferida. Ajude-me a trazer um toque curador.*

Ele tirou o braço dos ombros dela, lembrando que ela mal havia comido na recepção do casamento.

— Bendita Priscilla por ter pensado nisso. — Joshua espalhou o queijo sobre um biscoito e o entregou a ela. — Planejei nossas refeições até o fim da semana, mas não tinha pensado nesta noite. Não tivemos muita chance de comer, não é? — Ele sorriu enquanto olhava para ela. Sentia o coração partido ao observá-la. Não gostava de ver aquela expressão em seu olhar, nem de pensar em quem e o que a havia produzido.

Ela mordiscou o biscoito e o deixou sobre a mesa. Joshua entendeu o sinal e pôs a cesta de lado. Eles comeriam mais tarde.

— Nós nos conhecemos a vida inteira, Abra. Mas isso é território novo, não é?

— Sim. — A voz dela falhou ligeiramente, e ele sentiu a tensão crescente.

— Você confia em mim?

Ela o fitou e examinou seu rosto.

— Confio. — Abra inspirou, trêmula. — Como encontrou este lugar?

Ele sabia que adiar o inevitável não ia facilitar as coisas para ela.

— Foi Jack quem sugeriu. Ele e Reka vêm aqui umas duas vezes por ano. — Joshua se levantou e estendeu as mãos. As dela estavam frias. — O proprietário é arquiteto. Ele mora em San Francisco e não vem com muita frequência. Então aluga a casa. Tem um trecho de praia bem bonito do outro lado da rua. Você vai ver de manhã. Podemos sair para uma caminhada na hora que quisermos.

Ele a puxou para junto de si e sentiu como o corpo dela tremia.

— Está tudo bem, Abra. — Falava gentilmente, com os lábios roçando-lhe os cabelos. — Vamos com calma esta noite. — A respiração acelerada de Abra contra seu pescoço o excitou. Ele afagou os cabelos dela. — Não estamos com pressa. — Aquilo não seria um racha em uma estrada secundária, mas a Indianapolis 500.

— Ah, Joshua. — O tom dela sugeria que ela sabia melhor do que ele o que esperar daquela noite.

Ele levantou o queixo de Abra.

— Eu te amo. — Joshua a beijou do jeito como desejava fazer há semanas. Ela tinha gosto de céu, e ele a saboreou. — Eu te valorizo. — Demorou-se mais dessa vez e sentiu o corpo dela relaxar, aquecer-se. Ela se moveu para mais perto, e o desejo cresceu nele como fogo. Joshua recuou um pouco, abrandando-o. Abra suspirou, de olhos fechados. Ele desabotoou a jaqueta de lã que ela vestia e a fez deslizar de seus ombros, contendo a respiração quando ela tentou desafivelar seu cinto. — Não. — Ele segurou as mãos dela e as colocou sobre seus ombros. Se ela começasse a tocá-lo abaixo da cintura, estaria tudo acabado. — Quero que conheçamos um ao outro.

— Nós já nos conhecemos, Joshua.

— Eu conheço sua mente e seu coração, Abra. Quero conhecer seu corpo, o que você precisa, o que agrada você. — Os olhos dela se arregalaram de surpresa e ficaram úmidos. — Quero despi-la. Está pronta para eu fazer isso?

Abra juntou coragem e assentiu com a cabeça, porque não confiava na própria voz para responder. Sua pele queimava sob o toque dos dedos de

Joshua. Ele removeu cada camada, como camadas de papel que escondessem um presente precioso em que estivesse marcado: "Frágil, manuseie com cuidado". Removeu tudo, exceto a corrente com a cruz de sua mãe, e olhou-a com admiração. Quando suas mãos suaves se moveram pelo corpo de Abra, ela estremeceu.

— Está com frio?

— Não. — Aquela voz rouca era dela? Abra percebeu em si uma sensação de arrebatamento, uma certeza interior.

*Lança fora todos os medos, amada.* Tudo seria diferente com Joshua.

— Você é tão linda. — As mãos dele percorriam-lhe o corpo. — Tão macia.

Ela inspirou enquanto correntes de calor e sensação a tomavam como ondas. Quando ele sorriu para ela, Abra sorriu também. Joshua tomou suas mãos e as colocou, abertas, sobre seu peito. Ela sentiu os batimentos fortes e rápidos do coração de Joshua.

— Sua vez.

Como ele havia feito, ela também não teve pressa. Ele tremia também. Quando ficou nu, Abra passou a mão sobre a cicatriz na lateral de seu corpo. Inclinando-se, ela a beijou. O *Davi* de Michelangelo não se comparava a seu marido.

Quando ambos ficaram em pé, face a face, como Adão e Eva no Jardim do Éden, ela não sentiu vergonha, apenas uma expectativa doce e urgente que se abria como uma flor dentro de si. Ele era tão perfeito, tão forte, tão bonito, e ela o amava tanto que seu coração doía.

Ela ofegou com a força dele quando a levantou nos braços como se ela não pesasse nada e a carregou para o quarto. Lembrou-se de como o conhecia bem. Aquele era o menino com quem ela brincava, o adolescente que a provocava, o amigo que passeava com ela pela cidade e lhe comprava hambúrgueres, fritas e milk-shakes de chocolate. Aquele era Joshua, o homem que ela amava. Joshua, o marido que se tornaria seu amante. Ele a colocou na cama.

Abra tocou-lhe o rosto enquanto ele se inclinava sobre ela, amando os contornos, o leve começo de barba, os lábios ligeiramente separados, o calor e a doçura da respiração. Deu uma risadinha de prazer, depois puxou o ar quando ele se estendeu a seu lado, firme contra suave, músculo rijo contra curvas macias. Ela se retraiu, e sabia que ele havia percebido.

— Do que você precisa, Abra? O que você quer? — Ele falava com doçura, os olhos ternos. — Diga para mim.

— Eu não sei. — Nunca lhe haviam perguntado isso antes, e ela não sabia o que seria necessário para afastar aquele medo insistente que não parava de tentar arruinar o momento. — Joshua. — Pronunciou o nome dele para se lembrar. — Ah, Joshua, desculpe.

Ele pôs a ponta dos dedos sobre os lábios dela e sorriu com carinho.

— Nós vamos descobrir.

E, miraculosamente, ele descobriu. A frieza se derreteu, e o corpo dela se encheu de sensações prazerosas. Quando Joshua finalmente pôs a mão sob a cabeça dela e a puxou para o enlace conjugal, ela estava pronta. Uma sinfonia teve início dentro dela quando olhou nos olhos dele, tão ternos e repletos de prazer, e quando tocou o rosto dele.

As ondas quebravam na praia. Ela ouviu tambores rufando, o ritmo se acelerando. A tensão se aprofundou, retesou-se ao máximo, depois a ergueu mais alto, mais alto, até que acordes harmoniosos explodiram em exaltação. Suspensa no espaço, ela sentiu a dissolução de prazer, o planar como uma folha flutuando suavemente para um lado e para o outro, até pousar, sem forças, no solo.

Joshua deslocou seu peso sobre ela.

— E Deus teve essa ideia. — Ele deu uma risada rouca, esfregando o nariz no pescoço de Abra enquanto rolava para o lado e a puxava para cima de si. Suas mãos desceram pelas costas dela, em um carinho suave. — Como se sente?

Abra suspirou e apoiou a cabeça no peito do marido.

— Renascida. — Lânguida e sonolenta, ela se aconchegou nele. — Acho que poderia dormir uma semana agora.

— Então é hora de irmos para a cama. — Joshua se levantou e a pegou pela mão. Ele a conduziu pela escada até o observatório, onde havia preparado uma cama de lençóis e cobertores.

— Eu estava pensando como faríamos para nos aquecer.

— É mesmo? Olhe para cima.

Aninhados nos braços um do outro, eles dormiram sob o dossel de estrelas.

━━

Zeke esperou alguns dias antes de aparecer na casa de Joshua e Abra para saber como estavam indo. Ouviu os sons abafados de alguém que sabia tocar piano muito bem. Mitzi tinha surpreendido Abra dando-lhe seu piano de presente, entregue e afinado enquanto os recém-casados estavam em lua de mel. Pelo jeito, Abra estava fazendo bom uso dele.

— Pai! — Joshua abriu a porta da frente. — Entre. Você não aparece desde que voltamos da lua de mel.

— Quis lhes dar um tempo sozinhos.

Abra veio abraçá-lo.

— Ouvi você tocando. Uma música que nunca tinha ouvido antes.

— É só algo em que estou trabalhando. — Ela o convidou a se sentar e ficar à vontade. Zeke acomodou-se em um dos lados do sofá, Joshua no outro, e Abra aconchegou-se ao lado do marido, apoiada no braço do sofá. Seu filho parecia feliz e tranquilo, e Abra radiante. Zeke nunca duvidara de que Joshua e Abra ficariam bem juntos. Enquanto conversavam sobre assuntos cotidianos, ele observava a interação entre ambos: um roçar de dedos, um olhar rápido, uma expressão amorosa. Haviam usado a lua de mel com sabedoria. A vaga sombra de dúvida havia sumido dos olhos de Abra. Eles eram claros agora, brilhantes, cheios de alegria. Ela sabia que era amada e podia amar plenamente de volta. A promessa do que poderia ser estava sendo cumprida.

— Eu lhe trouxe algo. — Ele entregou o presente a Abra e a observou desembrulhar a Bíblia de Marianne. Será que ela lembraria que a havia devolvido a ele, com instruções de guardá-la para a esposa de Joshua?

Abra a segurou contra o peito e sorriu para o pastor, com lágrimas cintilantes de gratidão.

— Vou guardá-la com carinho.

Ele percebeu que ela se lembrava de tudo, especialmente que seus pecados haviam ficado tão distantes quanto o leste do oeste.

# 20

*Mais perto, mais perto ainda,*
*próximo de teu coração,*
*Puxa-me, meu Salvador, tão precioso és;*
*Abraça-me, oh, abraça-me junto a teu peito,*
*Abriga-me em segurança nesse Céu de Repouso.*

LEILA MORRIS

Joshua acordou quando Abra gemeu. Ela se movia, agitada, sob as cobertas, como se estivesse se debatendo. Falava, mas não distintamente o bastante para que ele entendesse. Ele se aproximou mais e tocou-lhe o ombro nu.

— Abra. — Ela acordou com um susto, ofegante. Ele acariciou seu braço. — Você estava tendo um pesadelo, querida. — Sua respiração foi se acalmando, e ela começou a chorar. — Me conte o que foi — pediu ele, afagando-lhe os cabelos.

Ela engoliu em seco.

— Eu quase vi o rosto dela.

Quando se encolheu de lado, Joshua curvou o próprio corpo em torno do dela, a fim de confortá-la. Acariciou o alto de sua cabeça com o queixo.

— O rosto de quem?

— Minha mãe. — Ela soltou um suspiro trêmulo.

Joshua sentiu que a respiração dela se tranquilizava. Estava cansado, mas, se ela quisesse conversar, ele ouviria.

— Eu costumava sonhar com a ponte, que eu estava deitada no cascalho, indefesa e com frio. Podia ver o papai no alto, olhando para baixo, mas não conseguia gritar.

Joshua a puxou para mais perto.

— Ele a encontrou e a trouxe para casa. — E a amara desde a primeira vez em que a vira. Ele afastou o corpo para lhe dar espaço e apoiou a cabeça na mão. — O papai não queria dar você.

— Eu sei.

— Nós não estaríamos casados agora, se ele não tivesse feito isso.

— Eu sei. — Ela virou de lado e passou os dedos nos pelos do peito de Joshua. — Estou feliz por ele ter me entregado para Peter e Priscilla.

— Mamãe e papai.

— Sim. — Havia um sorriso na voz dela. — Mamãe e papai.

=====

Abra acordou cedo, sem muita lembrança do pesadelo e nenhum desejo de pensar nele. Tinha ido ao dr. Rubenstein uma semana atrás para um teste de gravidez. Talvez fosse por estar guardando esse segredo de Joshua que o pesadelo tinha voltado. Não tinha mencionado nada porque não queria lhe dar esperanças antes da hora. Havia tirado a vida de seu primeiro filho e não tinha certeza se Deus lhe daria uma segunda chance.

Saiu da cama com cuidado para não acordar Joshua. Foi para o banheiro, fechou a porta devagar e ligou o chuveiro. Deus a havia perdoado. Joshua também, e tantos outros. Algum dia ela encontraria o filho no céu. Não ia pensar no passado. Não ia ficar se perguntando de onde teria vindo.

Ela se enxugou, vestiu-se e penteou os cabelos. Já haviam crescido até os ombros, tão ruivos como sempre haviam sido. Parecia ela mesma outra vez.

Fez café e ligou o aquecedor, para que a casa estivesse agradável quando acordasse Joshua. Puxou as cobertas e admirou o corpo do marido. Ele era tão maravilhoso que até dava medo. Ajoelhou-se na borda da cama e se inclinou para beijá-lo.

— Hora de acordar. — Os olhos dele se entreabriram, sonolentos. Ela o beijou de novo, mais demoradamente dessa vez. Ele soltou um gemido de prazer e disse que ela estava com gosto de pasta de dentes. Quando tentou puxá-la para a cama, Abra afastou as mãos dele. — Não, não, não... — Ela se moveu para fora de seu alcance.

— Você que começou. — Ele deu um sorriso preguiçoso e bateu no colchão a seu lado. — Volte para a cama.

— É segunda-feira. Você vai se atrasar para o trabalho.

Ele olhou para o relógio na mesinha de cabeceira e gemeu.

— Mas você pode voltar para almoçar em casa. — Rindo, ela retornou à cozinha. — O café da manhã estará na mesa quando você ficar pronto.

Eles rezaram e comeram juntos. Ele perguntou o que ela planejava fazer naquele dia. Abra disse que estudaria piano e trabalharia na música que estava tentando compor. Ian Brubaker viria à tarde para ajudá-la. Fora isso, tinha muito a fazer na casa e no jardim.

Joshua lhe deu um beijo demorado na porta da garagem.

— Te vejo na hora do almoço.

Abra passou uma hora lendo a Bíblia de Marianne, depois limpou a cozinha, arrumou a cama e pôs a roupa na máquina de lavar. Ficou na dúvida entre sair ou não, com receio de não ouvir o telefone ou não chegar a ele a tempo. Mas tinha trabalho a fazer no jardim. Havia acabado de abrir a porta de vidro quando o telefone tocou. Ela correu e atendeu no segundo toque.

— Esteve sentada ao lado do telefone nesta última semana? — O dr. Rubenstein riu.

— Sim ou não?

— O teste diz que sim. Você está grávida. Vou passar a ligação para Colleen. Ela vai marcar uma consulta para você vir fazer um exame completo e calcularmos o tempo de gestação.

— Obrigada! Obrigada!

Ele riu.

— Não agradeça a mim. Agradeça ao Joshua. — Colleen entrou na linha e perguntou se ela poderia ir na quarta-feira.

Abra dançou pela sala.

— Obrigada, Jesus. Obrigada, Jesus! — Teve vontade de ligar para Joshua e lhe dizer para vir para casa imediatamente, mas depois pensou melhor. Não queria lhe dar a notícia pelo telefone, e ele acharia que havia algo errado se ela lhe pedisse para vir para casa. Eram dez e meia. Poderia esperar mais uma hora e meia. Não poderia?

A campainha tocou.

Vendedores de porta em porta estavam vindo todas as semanas. Ela já recusara um aspirador de pó, uma coleção de escovas Fuller e cosméticos Avon. Abriu a porta e se surpreendeu.

— Susan! — Ela nunca viera visitá-los. — Como vai? — Lembrando-se das boas maneiras, Abra puxou a porta de tela. — Entre, por favor.

A mulher hesitou por um segundo antes de entrar.

— Espero não estar chegando em uma hora ruim.

— Não, é uma hora perfeita. — A alegria pelo bebê estava borbulhando dentro dela. Um bebê! Ela ia ter um bebê! — Quer tomar algo? Café, chá gelado?

— Não, não se preocupe, obrigada.

Abra já estava indo para a cozinha e voltou.

— Tem certeza? Não é incômodo nenhum. — Ela notou o mal-estar e teve uma sensação estranha de ameaça iminente. — Sente-se, por favor, fique à vontade.

Susan sentou na borda do sofá. Estava trêmula.

Abra não podia imaginar por que aquela mulher estaria ali, tão nervosa. Haviam conversado muitas vezes quando ela era estudante e vivia no restaurante. Na verdade, Susan a ajudara a se decidir sobre Joshua. Um pensamento lhe veio à cabeça.

— Você veio falar sobre o papai? Todos sabem que vocês passam muito tempo juntos. — Não se admirava por ela estar nervosa. As fofocas eram constantes. Esperava poder deixar Susan mais tranquila.

— Todos têm uma ideia errada sobre nós. — Susan meneou a cabeça. — Ele tem sido o melhor e o único amigo de verdade que já tive. — Engoliu em seco, virou-se para Abra, depois desviou o olhar. — Ele quis que eu viesse, mas não sei se consigo lidar com isso.

— Isso o quê? — Abra chegou mais perto. Susan ficava mais pálida a cada segundo. Seus lábios tremiam, e as mãos estavam tão apertadas que os nós dos dedos ficaram brancos.

Susan moveu-se no sofá para ficar de frente para Abra. Pela expressão em seu rosto, parecia estar enfrentando um batalhão de fuzilamento.

— Eu sou sua mãe.

Um arrepio percorreu o corpo de Abra.

— O quê? — Ela não podia ter ouvido direito.

— Eu sou sua mãe — Susan repetiu em um tom objetivo, embora seus olhos traíssem o medo. Baixou a cabeça e continuou, depressa: — Não há desculpa para o que fiz com você.

Abra se levantou e se afastou, com o coração acelerado. Sua mãe? A vida toda ela se perguntara sobre a mulher que a parira sob a ponte e a deixara ali para morrer.

*Mas você não morreu, não é?*, a vozinha baixa e miúda sussurrou dentro dela.

Abra levou a mão trêmula à testa, tentando pensar. Susan Wells? Sempre gostara dela. Como ela pôde ter feito uma coisa assim?

*Não julgue os outros...*

Abra apertou os punhos. Como ela ousava vir à sua casa? *Por que hoje, entre todos os dias? Eu estava tão feliz...* Ela parou, lembrando por quê.
*O padrão que você usa para julgar é o padrão pelo qual será julgada.*
O telefone tocou.
Susan deu um pulo ao ouvir o som.
— Perdão, Abra. Eu lhe peço mil perdões. — Ela apoiou as mãos na borda do sofá e começou a se levantar. — Foi só isso que eu vim dizer.
— Isso não é suficiente! — Abra olhou para o telefone e para Susan. — Você não vai sair. Vai ficar aí mesmo — apontou para o sofá, enquanto o telefone não parava de tocar, exigindo ser atendido. — Você veio e não vai sair enquanto não me disser *por quê*!
O telefone continuava tocando.
— Você não pode jogar uma bomba atômica em cima de mim e depois simplesmente ir embora! Eu não vou deixar!
Susan sentou-se outra vez, com os ombros curvados. Quando o telefone finalmente parou, a sala ecoou o silêncio.
Os minutos se passaram. Abra apertava as mãos fechadas e lutava para não chorar. Quando finalmente obteve um controle razoável sobre si, falou, com a voz tensa de dor:
— Só me diga isso. *Por quê?*
Susan não ergueu a cabeça.
— Eu me fiz essa pergunta um milhão de vezes. Raiva. Medo. Vergonha. — Ela segurou os joelhos. — Culpa.
— E achou que abandonar um bebê recém-nascido embaixo de uma ponte melhoraria a situação? — Assim que as palavras saíram, Abra sentiu uma pontada aguda de culpa e ouviu o sussurro em sua mente outra vez. Que direito tinha ela de julgar? Não fizera pior? Levou as mãos trêmulas à cabeça.
— Desculpe, Abra. Eu não devia ter vindo.
— Talvez não devesse, mas é tarde demais agora, não é? — Abra sentia que ia sufocar. Ouviu um rangido de pneus na rua. Olhou com raiva para Susan através das lágrimas. — Por que teve que trazer o passado de volta? — Pensou em Franklin e em todos os seus argumentos contra ter um bebê. Pensou na viagem de carro à noite com ele. Lembrou-se da mulher esperando na sala dos fundos de uma casa velha, nas colinas costeiras. Sufocou-se com um soluço, e a expressão no rosto de Susan espelhava o que ela sentia.

A porta da frente se abriu.

Joshua entrou apressado, preocupado que algo tivesse acontecido com Abra. Tivera uma sensação ruim a manhã inteira e resolvera ligar para casa, mas ela não atendeu o telefone. Ele a viu parada no meio da sala, transtornada, e soube que algo estava errado. Nem notou que havia mais alguém ali até estar ao lado de Abra.

— Susan? — Ele olhou dela para Abra outra vez. — O que está acontecendo?

Abra apontou-lhe um dedo acusador.

— Ela é minha mãe! — E apertou os braços em torno de si.

Enrubescida, trêmula, Susan se levantou.

— Desculpem. — Toda a cor sumira de seu rosto. — Vou embora. Isso foi um erro.

Abra deu um passo na direção dela e falou, com a fúria de sua mágoa:

— Você quer dizer que *eu* fui um erro.

— Não. — As lágrimas corriam pelas faces pálidas de Susan. — Não!

Joshua sentia o inimigo na sala com eles, naquele exato momento, e o inimigo não era Susan Wells. Ele viu a dor e a raiva de Abra, sua confusão, e viu o medo e o sofrimento de Susan. Ela estava pronta para fugir e, se o fizesse, Joshua sabia que nunca olharia para trás. Só continuaria correndo, sozinha, pelo deserto.

— Por favor, Susan, sente-se. — Joshua fez um gesto de receptividade. Abra olhou para ele, boquiaberta. Ele se aproximou dela e pôs o braço em sua cintura. — Vamos conversar sobre isso. Por favor. — Ele sentia a esposa tremendo. Choque ou raiva? O corpo dela estava frio. Joshua massageou-lhe o braço e falou com suavidade. — Você tem sonhado com ela outra vez. Lembra? Precisa descobrir o que aconteceu.

Abra encostou-se em Joshua, em busca de apoio, e deixou que ele falasse. Ele pediu que Susan lhes contasse tudo.

A voz de Susan era baixa, arquejante.

— Eu tinha dezessete anos e achava que sabia de tudo. Meus pais me alertaram sobre o rapaz com quem eu estava saindo, mas eu não quis ouvir. Quando fiquei grávida, ele não quis mais saber de mim. Fui tão idiota. Consegui esconder a gravidez até o fim. E então as dores começaram. Eu estava com tanto medo e vergonha. Não sabia o que fazer. Peguei as chaves do carro do meu pai e saí sem rumo. Não sabia para onde estava indo. Só queria ir embora, para longe. Passei pela entrada para o litoral e pensei em dar meia-volta e seguir para o mar. Achei que talvez pudesse jogar o carro de cima de um penhasco sobre o oceano, e ninguém nunca mais saberia de mim ou do que eu tinha feito. Mas as dores eram tão fortes. Eu saí da estrada principal. Vi o Riverfront Park e parei. Estava muito escuro... Lembro como se fosse ontem. Ainda ouço os grilos na grama. Era lua cheia. Eu não sabia o que fazer, mas tinha que sair do carro. Minhas contrações eram cada vez mais próximas. Achei que poderia encontrar abrigo, algum lugar escondido. Tentei o banheiro feminino, mas estava trancado. Queria ter parado antes, em algum hotel de estrada, mas já era tarde demais. Tive muito medo que alguém me ouvisse. E pensar que eu havia me enchido de esperança quando descobri que estava grávida de você. Meu namorado dizia que me amava. Ele dizia que, se eu realmente o amasse, tinha que me dar inteira a ele, e eu fiz isso. Coração, mente, corpo e alma. Depois, quando lhe contei da gravidez, ele nem sequer acreditou que o filho fosse dele. Se eu me entregara a ele, provavelmente havia feito o mesmo com outros. Ele disse: "Por que eu deveria acreditar em você? O problema é seu, não meu". E me deixou na casa dos meus pais e nunca mais voltou. Eu fui tão idiota. Consegui descer no escuro até embaixo da ponte. Sabia que ninguém ia me ver ali. O som do rio abafaria meus gemidos, e haveria água para me lavar quando tivesse terminado. Quando você nasceu, ficou tão quieta que eu pensei que estivesse morta. E, para ser sincera, achei que era melhor assim. Você estava ali deitada, tão pálida e perfeita, sobre um cobertor escuro de terra. Estava escuro demais para saber se era menino ou menina. Tirei meu blusão e coloquei sobre você. Não sabia para onde ia, mas precisava sair dali. Sabia que nunca ficaria livre da culpa e do remorso. Não merecia. Eu pretendia encontrar um lugar para me matar. Mas, no fim, não tive coragem nem para isso.

 Abra se curvou e pôs as mãos sobre a cabeça, não querendo ouvir mais. Joshua pediu a Susan para continuar. Quando Abra olhou para o marido, percebeu que ele entendia. Ela tinha lhe contado tudo, não tinha? Confessara as piores coisas que havia feito quando se encontraram em Agua Dulce, e ele ainda a amava. As palavras de Susan se pareciam com as dela. *Dezessete anos... achava que sabia de tudo... Todos me alertaram... eu fui uma idiota.* Tal mãe, tal filha. Abra chorou. Seu nariz escorria. Joshua se levantou e pegou dois lenços de papel, um para ela e outro para Susan, que soluçava a alguns passos de distância.

— Vai ficar tudo bem. — Ele se dirigia a ambas.

Será que ficaria mesmo?

Engolindo as lágrimas, Abra olhou para Susan e viu sua própria angústia espelhada nela.

— Quem era o meu pai?

Susan apertou o lenço nas mãos.

— Ninguém que você deva conhecer. — Ela ergueu a cabeça e olhou para Abra com tristeza. — Ele era bonito, carismático e mimado. Vinha de uma família rica e achava que era dono do mundo. Eu não fui a primeira nem a última menina que ele usou e jogou fora.

— Foi por isso que você me alertou sobre Dylan.

— Eu tentei. — Os olhos de Susan estavam cheios de desgosto. — Eu soube o que aquele garoto era no minuto em que ele entrou no restaurante.

— E eu não quis ouvir. — Ela examinou o rosto de Susan, procurando semelhanças. — Eu me pareço com meu pai?

— De jeito nenhum. — A voz de Susan se tornou saudosa. — Na verdade, você se parece com a minha mãe. Os cabelos ruivos. Mas tem mãos como as minhas. — Ela as estendeu para que Abra pudesse ver os dedos longos, o formato das unhas.

Abra se recostou outra vez em Joshua, confortando-se em seu apoio sólido, seu calor. Olhou nos olhos de Susan e sentiu sua dor. Vinte e três anos de dor.

— Você foi para casa depois daquela noite?

— Depois de uns dias em um hotel barato. Nunca contei a eles o que havia feito, mas eles sabiam que algo tinha acontecido. Eu não era mais a mesma depois daquela noite. Tentei, finalmente, cometer suicídio, mas minha mãe me encontrou. Voltei para a escola, mas não conseguia me concentrar. Arrumei um emprego de garçonete em Fisherman's Wharf.

— Eu fui garçonete em Agua Dulce.

Susan sorriu levemente.

— Eu sei. Zeke me contou.

Elas olharam uma para a outra, realmente se olharam. Abra sempre se perguntara quem seria sua mãe. Entendia agora por que Susan prestava tanta atenção nela quando entrava no Bessie's, por que a procurava e falava com ela, por que fora tão incisiva quanto a segurar o amor, agarrar-se a ele.

— Eu chorei o dia inteiro depois que você nasceu. Sabia que precisava voltar, mas vi um jornal na manhã seguinte, do lado de fora do hotel. A manchete dizia que um pastor tinha encontrado um bebê abandonado no Riverfront Park. Agradeci a Deus por você ter sobrevivido. Você estava em boas mãos. Eu sabia que tudo ficaria bem. Achei que poderia esquecer.

— Mas não conseguiu. — Abra conhecia a sensação.

— Não. Não consegui.

Joshua rompeu o silêncio que se seguiu.

— Podemos conhecer seus pais?

— Os dois morreram. Em um acidente de carro. Mudei muito de cidade depois disso. Tenho fotos deles, se quiserem ver.

— Por favor.

— Vou fazer chegarem até vocês. — Os olhos de Susan continuavam cheios de dor. — Eu não conseguia parar de pensar em você. Foi por isso que vim para Haven, para descobrir o que tinha lhe acontecido. Ouve-se de tudo no Bessie's. — Ela lançou um olhar para Joshua. — Eu soube de Marianne Freeman. Ela deve ter sido uma mulher maravilhosa. — Susan voltou a atenção para Abra. — Peter e Priscilla te adotaram. Eles te queriam desde o começo. Bessie fala muito... com carinho, claro. Ela sabe sobre todo mundo. — Ela sorriu com tristeza. — Bem, quase todo mundo. Ela não sabe sobre mim. — Susan olhou para Abra. — Você passava muito tempo lá. Quando fugiu com aquele garoto, eu fiquei rezando para que voltasse.

Tanta coisa fazia sentido agora.

— Você sempre pareceu interessada pelo que eu tinha a dizer.

— Eu estava. Muito interessada.

— Meu pai sabe, não é? — Joshua falou como se tivesse certeza.

O sorriso de Susan era cheio de dor e autodepreciação.

— Eu contei a ele alguns anos atrás, mas ele já sabia. — Ela flexionou os dedos. — Talvez minhas mãos tenham me entregado. Zeke disse que foi Deus quem lhe abriu os olhos.

Abra sentiu os olhos marejarem. Sabia o que ele queria dizer. Olhou para a mãe e viu a si mesma.

Susan suspirou.

— Eu sei que é demais pedir que você me perdoe, mas achei que tinha o direito de saber. — Ela se levantou. — Obrigada por me ouvir. — E seguiu em direção à porta.

Abra se levantou depressa. Sentia as lágrimas querendo sair novamente.

— Eu sei que não foi fácil para você vir aqui, Susan.

Ela se deteve.

— Eu não achei que viria, mas Zeke não desistia. — Abriu a porta. — Vou embora da cidade logo mais.

Pareceu um choque conhecer sua mãe e saber, em seguida, que aquela talvez fosse a última vez em que a via. Abra sentiu as mãos gentis de Joshua em seus ombros.

— Para onde você vai?

Susan deu de ombros.

— Algum lugar onde eu possa recomeçar.

Abra pensou na noite em que Joshua a trouxera de volta para Haven. Seu pai estava na ponte. Era quase como se ele tivesse estado ali, esperando, durante todo o tempo em que ela esteve longe. Quando ela saiu da caminhonete, ele a encontrou antes da metade do caminho e a abraçou. Ele a perdoou antes mesmo que ela confessasse. Nunca havia deixado de amá-la. Pensou em Joshua e em quanto tempo ele esperara até que ela crescesse, quanto ele havia perdoado. Todos na cidade sabiam que seu pai amava Susan. Eles só não entendiam quanto.

Susan parecia tão perdida. Ela saiu pela porta.

Abra ouviu o sussurro de Deus. A escolha era dela. Sempre tinha sido. Ela saiu também.

— Susan, espere. — Abra se afastou de Joshua, rezando para que Deus lhe desse as palavras. Alcançou-a antes que ela chegasse à calçada. Quando Susan se virou, Abra segurou suas mãos. — Eu perdoo você.

— Obrigada. — Ela apertou as mãos de Abra com afeto.

— Não vá embora.

Susan encolheu os ombros.

— Eu preciso.

— Mas você já começou de novo. Não precisa fazer isso outra vez.

Susan ficou em silêncio por um momento, refletindo sobre aquelas palavras, depois soltou as mãos das de Abra.

— Estou contente por tê-la conhecido. Você é uma menina incrível. — Seus olhos se encheram de lágrimas. — Adeus, Abra. — Ela deu a volta em seu velho Chevy e entrou no lado do motorista.

Abra olhou para Joshua, procurando uma resposta. Ele meneou a cabeça, mas veio ficar ao lado dela. Abra continuou esperando, mas Susan se afastou sem olhar para trás.

— Pelo menos agora eu sei.

Joshua permaneceu parado atrás dela, com os braços em volta de sua cintura, o queixo apoiado em sua cabeça.

Abra sentiu o peso do passado se dissipar, os restos irem embora. Joshua sabia tudo sobre ela. Tinha visto a raiva que a habitara desde a infância, a teimosia, a mania de achar que tinha razão em tudo. E a amava assim mesmo. O que acontecera para mudá-la? "Deus vive em você agora", papai tinha dito quando eles lhe contaram que Joshua a havia batizado no Riverfront Park. "Você se tornou o templo dele." Sem que ela sequer se desse conta do que acontecia, o Espírito Santo tinha começado o trabalho de transformação. De que outra maneira uma vida inteira de ódio poderia ter sido trocada por perdão, no espaço de alguns minutos?

Ela expirou.

— Deus nunca para de me surpreender.

Joshua a soltou e voltou para dentro da casa.

— É melhor eu ligar para Jack e avisar que a casa não pegou fogo e você não está no hospital.

Hospital.

Dr. Rubenstein.

O bebê!

— Joshua. Quando sair do telefone, tenho algo para lhe contar.

=====

Zeke soube, pelo entusiasmo na voz de Joshua, qual era a notícia que ele ia lhe dar.

— Quer dizer que vou ser vovô.

— Sim, senhor! Em cinco ou seis meses. Vamos saber melhor na quarta-feira, depois da consulta com o dr. Rubenstein. — Zeke ouviu Abra dizer alguma coisa ao fundo. Joshua riu. — Abra já está falando em pintar um dos quartos. Verde ou pêssego, algo que combine com menino ou menina. Ela provavelmente vai querer sair para comprar um berço amanhã.

— É bom estar preparado.

— Falando em estar preparado, Susan Wells veio aqui. Acho que você sabe por quê.

*Graças a Deus.*

— Ela contou a Abra que é mãe dela.

— Sim, contou. — O tom de voz dele mudou. — Eu tive uma sensação de que havia algo errado a manhã inteira, então telefonei. Quando Abra não atendeu, vim para casa e lá estavam elas na sala, e eu senti o diabo pronto para fazer a festa. A luta não era minha, mas eu rezei.

— Como Abra recebeu a notícia?

— Ela estava em choque e pronta para explodir, mas depois chorou durante boa parte da história de Susan. Acho que nenhuma das duas esperava que Abra a perdoasse, mas foi isso que aconteceu.

— Graças a Deus. — Zeke sentiu a alegria encher-lhe o peito. O perdão era evidência da entrega da vida a Deus.

— Amém. Pena que Susan vai embora da cidade.

— Ela disse isso?

— Abra tentou convencê-la a não ir. Não sei se teve algum efeito.

— O tempo dirá.

Depois de desligar o telefone, Zeke pegou o casaco e o boné no cabideiro e foi até o Bessie's. Quando dobrou a esquina, deu uma olhada pela janela da frente. Bessie estava atrás do balcão. O sininho tocou quando ele entrou, e ela levantou a cabeça.

Ele olhou para as portas da cozinha, e Bessie meneou a cabeça.

— Se veio procurar Susan, ela não está aqui. Chegou há pouco e disse que ia embora. Simples assim. Foi um choque para mim. Achei que ela gostasse daqui. — Tirou um envelope do bolso. — Deixou isto para você.

Com o coração pesado, Zeke abriu o envelope e leu a breve carta. Dobrou-a, guardou de novo no envelope e enfiou-a no bolso da camisa.

— O que ela disse? — Bessie quis saber.

— Agradeceu. — Todas as outras palavras eram apenas para ele.

=====

A velha coruja no pinheiro do pátio acordou Zeke. Ainda não eram três horas, mas ele se levantou mesmo assim. Depois de se vestir rapidamente no escuro, pôs o casaco e o boné dos St. Louis Cardinals e saiu. Tinha sonhado com Susan. Eles estavam sentados no Bessie's Corner Café outra vez, conversando sobre o Senhor como sempre faziam, quando Marianne entrou pela porta. Ela sorriu e juntou-se a eles no balcão. Zeke ficou em silêncio e deixou as duas mulheres conversarem. Marianne sempre soubera quando falar e o que dizer quando alguém estava sofrendo, embora ele não conseguisse mais se lembrar de nenhuma das palavras dela agora que havia acordado.

E Susan não tinha voltado. Já fazia um mês, e nenhuma notícia dela. *Ela está por aí perdida no deserto, Senhor. Está em perigo outra vez, e sofrendo.*

Zeke sentia a resposta dentro do coração, Deus sussurrando palavras suaves de conforto. Susan não estava perdida; estava em uma jornada particular. Quando Abra foi embora, Joshua sofrera terrivelmente e Zeke dissera ao filho para se acalmar e confiar no Senhor. Agora, Zeke tinha de ouvir o próprio conselho. Deus sabia onde Susan estava e o que seria preciso antes que ela estivesse pronta para se render, para entregar sua vida e experimentar o poder ressuscitador que Jesus oferecia. Susan poderia correr até os confins da terra e, mesmo assim, nunca estaria fora da vista ou do cuidado amoroso de Deus. Nem estaria fora do alcance das preces de Zeke. Cada uma que ele oferecesse traria Susan para diante do trono do Deus onisciente, onipresente e onipotente. O Senhor saberia o que fazer com ela, fosse em Haven ou em Timbuktu. Quantos anos poderiam se passar antes que ela entendesse isso?

Ainda assim, o coração de Zeke doía. O inimigo tinha um reduto em Susan.

Com as mãos enfiadas nos bolsos do casaco, o pastor caminhou pelas ruas, passando pelas casas de amigos e vizinhos. Fazia anos desde o tempo em que Joshua cortava a grama para os Weir e os McKenna.

Enquanto Zeke percorria seu trajeto, ele rezava. Penny, Rob e Paige estavam indo bem. Havia outro bebê a caminho. Ele riu. Será que seria um Paul ou uma Pauline desta vez?

Continuou andando e agradecendo pelas preces atendidas.

Dutch e Marjorie estavam abrindo a casa para o estudo da Bíblia nas quartas-feiras à noite.

Gil e Sadie MacPherson vieram à cidade a fim de participar e espalharam a notícia de que Dutch era um ótimo professor.

Mitzi tinha se recuperado depois de um longo episódio de pneumonia e agora estava instalada na casa de repouso Shady Glen, para alívio de Hodge e Carla. Mitzi resistira, no começo. Dissera que não gostava de se sentir como se estivesse com um pé na cova e outro em uma casca de banana. Estava criando problemas, mas também amigos. Havia anunciado, logo ao chegar, que, se alguém achava que ela ia jogar bingo ou montar quebra-cabeças pelo resto da vida, estava muito enganado. Havia um piano ali, e ela ia tocar. Os funcionários não se importaram nem um pouco.

— Eles gostam de ragtime de manhã e hinos à noite. Como alvorada e toque de recolher — Mitzi brincou. — Isso põe todos os velhos em pé de manhã, e depois os prepara para receber o Criador antes de ir para a cama à noite.

Zeke passou pelo Hospital Bom Samaritano e rezou por todos os funcionários e pacientes. O dr. Rubenstein, perto da aposentadoria, havia trazido seu sobrinho Hiram como parceiro. O jovem acabara de completar a residência no Johns Hopkins e tinha talento suficiente para escolher o lugar onde queria clinicar. Zeke lembrava-se de como o velho médico sacudira a cabeça quando lhe contara sobre isso.

— Eu tentei fazê-lo mudar de ideia, mas ele quer ficar aqui. — Hiram Cohen queria seguir os passos do tio favorito e ser clínico-geral em uma cidade pequena. — Minha irmã tinha ambições maiores para ele, mas o garoto tem ideias próprias. Ela disse que me perdoará se eu encontrar uma boa esposa judia para ele.

As luzes da delegacia estavam acesas. Jim Helgerson saiu pela porta da frente. Zeke se deteve.

— Está de plantão bem cedo, Jim.

— Faz parte de ser chefe de polícia de uma cidade pequena e deixar seu assistente sair de férias. Recebi um chamado e peguei um garoto pichando os fundos da estação ferroviária. Ele não está nem um pouco feliz dentro da cela, mas talvez isso lhe traga um pouco de bom senso. Seus pais já não sabem mais o que fazer. Vou falar com Eddie e ver se ele pode se engajar em um novo projeto.

Zeke sorriu.

— Eddie nunca diz não.

Voltando para o centro da cidade, Zeke passou pela loja de letreiros de Brady Studebaker. Sally e Brady esperavam o primeiro filho. Haven parecia estar tendo uma explosão populacional. Os filhos de Penny e Rob, Sally e Brady e Joshua e Abra iam crescer juntos.

As luzes já estavam acesas no Corner Café. Bessie e Oliver, sentados a uma mesa à frente, tomavam café e conversavam antes de começar o dia. A placa de "Contrata-se ajudante" continuava afixada à janela. Ainda não haviam encontrado ninguém para substituir Susan.

Em um impulso, Zeke decidiu ir até a ponte, na entrada de Haven. Quando a dor chegava em ondas esmagadoras, a paz do rio aliviava seu coração perturbado. Havia algo tranquilizador em ouvir o movimento da água corrente.

Ele se deteve no meio da ponte e apoiou os braços na grade, escutando a correnteza lá embaixo. Lembrou-se da noite em que encontrou Abra e lamentou-se pela mãe, novamente em fuga. Unindo as mãos, abaixou a cabeça e rezou. *Traga-a para casa, Senhor.*

*Tudo a seu tempo.*

Quase podia ouvir Marianne cantando um belo hino que havia sido composto depois de uma grande perda. Fechando os olhos, pronunciou as palavras em voz baixa:

— Está tudo bem com a minha alma. — De alguma forma, pronunciar aquelas palavras trouxe paz. Ele levantou a cabeça e escutou outra vez. Não estava sozinho.

Ao longo dos anos, Zeke presenciara muitos milagres. Sabia que podia esperar outros mais. Novas palavras vieram, não de letras escritas, mas diretamente de seu coração. Ele aprumou o corpo enquanto as cantava, agora para seu Senhor. Um canto de esperança, um canto de ação de graças por tudo o que havia acontecido e ainda ia acontecer. Sua voz se moveu sobre a água e se elevou como a primeira luz do amanhecer que surgia no horizonte.

Palavras de amor por seu povo, seus filhos, o rebanho que Deus lhe confiara para apascentar. Ah, como amava aquelas pessoas. Elas o faziam rir. Elas o faziam chorar. Enchiam seu coração de amor e o partiam de dor. Ah, não queria nada mais do que ser o que Jesus o chamara para ser: um servo do Deus vivo, um porta-voz da Boa Nova. Estendeu as mãos, como se as erguesse sobre seu rebanho em uma bênção, e deixou que sua voz se elevasse com as palavras que Deus lhe dera. E, enquanto obedecia a esse impulso, o escuro foi se dissipando.

Uma luz se acendeu dentro de uma casa de frente para o rio, depois outra, e outra...

Zeke fez silêncio e baixou os braços junto do corpo outra vez, enquanto renovava sua promessa. *Vou cantar por eles em ação de graças todos os dias de minha vida, Senhor. Em sua força, eu os amarei com todo meu coração e minha alma. Sempre.*

*Como eu também.*

Com o coração satisfeito, Zeke pôs as mãos nos bolsos do casaco. Ficou mais um momento ali, saboreando a certeza de que tudo estava bem. Depois atravessou a ponte de volta para Haven, pronto para tudo que o novo dia pudesse lhe trazer.

# NOTA DA AUTORA

Caros leitores,

A inspiração para *A ponte de Haven* veio de Ezequiel 16, em que Deus fala de seu povo escolhido como de um recém-nascido indesejado de quem ele cuidou, protegeu e, por fim, escolheu como noiva, apesar de ter sido rejeitado. A história tocou profundamente a mim, que fui criada em um lar cristão e depois abandonei o que me havia sido ensinado. Parti para seguir meu próprio caminho, desperdiçando os dons que Deus havia me dado. Essa busca trouxe suas próprias consequências de dor e arrependimento, mas as repercussões acabaram me fazendo ajoelhar e me render ao Senhor, o qual me amou durante todo o percurso.

Tive dificuldade para escrever este livro. Queria que o pastor Zeke refletisse o caráter de Deus, mas percebi que nenhum homem, nem mesmo um personagem fictício, poderia conseguir isso. Só Jesus, como Deus encarnado, é uma representação verdadeira. Zeke precisava ser um pai amoroso, totalmente humano, com forças e fraquezas, falhas e defeitos. O mesmo se aplicava a Joshua, o filho, que procura ser como Jesus. Abra é como tantos de nós: magoada, confusa, buscando a felicidade em coisas que nunca satisfazem verdadeiramente. Poucos de meus amigos abraçaram a fé com facilidade. Eu mesma resisti e lutei contra o Senhor, acreditando que ceder seria admitir a derrota. Demorou um longo tempo para que eu abrisse meu punho fechado. Quando finalmente o fiz, ele estava à minha espera e segurou minha mão. E nunca mais soltou, e estou apaixonada por ele desde então.

Minha prece é que a história de Zeke, Joshua e Abra impulsione você, leitor, para uma relação mais próxima com Deus, que enviou seu único filho, Jesus, para morrer por você, para que você pudesse viver para sempre nele. Nossos sonhos de felicidade só são realizados nele.

Que você encontre a fé e atravesse a ponte para o repouso que Deus proporciona.

FRANCINE RIVERS

# AGRADECIMENTOS

Ao longo dos anos, muitas pessoas apoiaram e influenciaram meu trabalho como escritora. Meu marido, Rick, sempre esteve no alto da lista. Foi ele quem me incentivou a começar a escrever e, depois, insistiu que eu tirasse o manuscrito da gaveta e o enviasse a uma editora. Aconselhou-me a largar o emprego, ficar em casa e me dedicar à carreira de escritora. Nossos filhos, hoje adultos e com seus próprios filhos, também me incentivaram. Nossa filha, Shannon, faz as postagens em meus blogs, envia-me lembretes do que é preciso fazer e fica atenta às mensagens em meu site.

Minha agente, Danielle Egan-Miller, e sua sócia, Joanna MacKenzie, cuidam do lado comercial de minha carreira, liberando-me para me concentrar nos projetos que inicio. Confio nelas sem restrições e agradeço pelo tempo que passam buscando novas áreas para publicação: internacionais, domésticas, ciberespaço. Todo o meu sucesso se deve, em grande medida, ao empenho delas.

Tenho a bênção de trabalhar com a mesma editora, Tyndale House, há mais de vinte anos. Publicar um livro sempre foi um esforço de equipe, que envolve de executivos a editores, de designers de capa a profissionais de marketing e especialistas em Facebook, além de todo o pessoal da distribuição. Agradeço a cada um dos que tiveram participação na passagem de meu livro do pen drive (ou de arquivos de e-mail) para a página impressa e para as livrarias de nossas cidades ou online. Quero agradecer especialmente a Mark Taylor e Ron Beers, fortes apoiadores e bons amigos desde o início de meu lançamento no universo das editoras cristãs. Eles estiveram presentes desde os primeiros passos, encorajando-me. Outra amiga especial é Karen Watson, que sempre fez as perguntas certas para me levar a refletir com mais profundidade e, às vezes, colocar-me em uma nova direção. Minha editora, Kathy Olson, é uma bênção. Ela sabe o que cortar e quando acrescentar. Percebe tanto o quadro mais amplo como os detalhes. É sempre um prazer trabalhar com ela. Agradeço também a Stephanie Broene, pelas contribuições, e a Erin Smith, por checar os fatos históricos e me ajudar com minha página de autora no Facebook.

Inúmeros amigos estiveram a meu lado e me apoiaram durante o processo de escrita, principalmente ao longo de tempos difíceis, em que eu me perguntei o que me levara a pensar que poderia escrever algo que fizesse sentido para alguém. Colleen Phillips é minha alma gêmea no Chile. Os membros de nossa família de estudos da Bíblia, nas noites de terça-feira, são poderosos guerreiros da oração. Quando preciso de ajuda, recorro a meus brilhantes colegas de brainstorming da Coeur d'Alene, que amam o Senhor de todo o coração, cantam como anjos, escrevem como profetas e contam piadas como comediantes de alto nível. Mal posso esperar por nosso retiro anual de oração, conversas e brincadeiras.

As pessoas que mencionei aqui e tantas outras não mencionadas enriquecem minha vida imensamente. Que o Senhor continue a despejar bênçãos sobre cada uma delas.

Este livro foi composto na tipografia
Adobe Garamond Pro, em corpo 11,5/15, e impresso
em papel off-white no Sistema Digital Instant Duplex
da Divisão Gráfica da Distribuidora Record.